Der Insel Verlag legt das unsterbliche Lederstrumpf-Epos nun in geschlossener Form als Kassette vor. Der Romanzyklus des ersten bedeutenden amerikanischen Autors James Fenimore Cooper wird in der von Rudolf Drescher überarbeiteten Kolbschen Übersetzung vollständig und ungekürzt wiedergegeben.

Es ist ein gewaltiges Prosa-Epos, die immer wieder fesselnde Saga aus der frühen amerikanischen Pionierzeit mit dem Helden Nathaniel Bumppo im Mittelpunkt der Handlung, die von der Kolonisierung des amerikanischen Kontinents erzählt: *Der Wildtöter* (The Deerslayer – 1841), *Der letzte Mohikaner* (The Last of the Mohicans – 1826), *Der Pfadfinder* (The Pathfinder – 1840), *Die Ansiedler oder Die Quellen des Susquehanna* (The Pioneers or the Sources of Susquehanna – 1823) und *Die Prärie* (The Prairie – 1827). In dieser Reihenfolge sind die Romane nach Inhalt und Zeitangabe zu ordnen. Entstanden sind sie allerdings, wie die Daten der Erstausgabe zeigen, in einer anderen Reihenfolge. Mit den Lederstrumpferzählungen führt uns Cooper 60 Jahre der amerikanischen Gründerperiode vor Augen, den Zeitraum von den 40er Jahren des 18. Jahrhunderts bis hin zum beginnenden 19. Jahrhundert.

»Keine literarische Gestalt begleitet mich so lange wie *Natty Bumppo*. Mit acht Jahren vernarrte ich mich in ihn, lief ihm nach in Landschaften, deren Weite und Unberührtheit für mich bis heute den Anschein von Utopie bewahren.« *Peter Härtling*

insel taschenbuch 760
Cooper
Der Lederstrumpf

James Fenimore Cooper

DER LEDERSTRUMPF

In der Bearbeitung der Übersetzung von C. Kolb u.a. durch Rudolf Drescher
Mit Illustrationen von O. C. Darley
Vollständige Ausgabe
Mit einer Nachbemerkung von Peter Härtling

Dritter Band

James Fenimore Cooper

DER PFAD-FINDER

Insel Verlag

insel taschenbuch 760
Erste Auflage 1983
Lizenzausgabe mit freundlicher Genehmigung
des F. W. Hendel Verlages, Meersburg am Bodensee
Vertrieb durch den Suhrkamp Taschenbuch Verlag
Umschlag nach Entwürfen von Willy Fleckhaus
Druck: Nomos Verlagsgesellschaft, Baden-Baden
Printed in Germany

3 4 5 6 7 – 94 93 92 91 90

Der Pfadfinder

Erstes Kapitel

Der Rasen gebe des Altares Duft,
Zum Tempel wölben sich des Himmels Räume
Der Opferrauch sei mir der Berge Luft
Und mein Gebet des Herzens stille Träume!

Moore

Es tritt jedem Auge nahe, in welch enger Verbindung das Erhabene mit dem Unermeßlichen steht. Die tiefsten, die umfassendsten und vielleicht die reinsten Gedanken erfüllen die Phantasie des Dichters, wenn er in die Weiten eines unbegrenzten Raumes schaut. Selten erblickt man zum erstenmal die endlose Fläche des Ozeans mit Gleichgültigkeit, und selbst in der Dunkelheit der Nacht findet die Seele eine Parallele zu der Größe, die unzertrennlich von Bildern zu sein scheint, welche die Sinne nicht in Rahmen zu fassen vermögen. Mit solchen Gefühlen der Bewunderung und Ehrfurcht, den Sprößlingen des Erhabenen, blickten die verschiedenen Personen, mit welchen ich die Handlung dieser Erzählung eröffnen muß, auf die vor ihren Augen liegende Szene. Die Gesellschaft bestand aus zwei Männern und zwei Weibern, welche, um eine freiere Aussicht auf ihre Umgebung zu gewinnen, einen Haufen Bäume zu ersteigen versuchten, welche der Sturm umgestürzt hatte. Man nennt solche Stellen in jenen Gegenden heute noch Windgassen, und da nur an solchen das Licht der Sonne in die dunkeln, dunstigen Waldgründe zu dringen vermag, so bilden sie eine Art von Oasen in der feierlichen Dunkelheit der jungfräulichen Wälder Amerikas.

Die genannte Windgasse lag auf einer sanften Ansteigung, welche dem, der ihren höchsten Punkt erstiegen hatte, eine weithin reichende Aussicht, deren sich Wanderer in den Wäldern nur selten erfreuen können, darbot. Wie üblich, war es nur ein kleiner Platz, aber der Umstand, daß die Gasse auf einem Hügel lag und daß die Waldlücke sich abwärts zog, gewährte dem Auge ungewöhnliche Vorteile. Die Physiker haben es bis jetzt noch nicht vermocht, das Wesen der Kräfte zu ergründen, welche so oft Stellen auf die beschriebene Weise verwüsten, und sie haben es bald in den Wirbelwinden, welche auf dem Meere die Wasserhosen erzeugen, bald in plötzlichen und heftigen Durchzügen elektrischer Strömungen zu finden geglaubt. Wie dem übrigens sei – die Erscheinung selbst ist eine in den Wäldern wohlbekannte Tatsache. Am oberen Saume der genannten Waldlücke hatte jener unsichtbare Einfluß Baum auf Baum in einer Weise aufgetürmt, daß nicht nur der männliche Teil der Gesellschaft imstande war, sich etwa dreißig Fuß über den Boden zu erheben, sondern daß auch die furchtsameren weiblichen Genossen sich durch einige Nachhilfe und Ermutigung zur Teilnahme veranlassen ließen. Die ungeheuren Stämme, welche die Gewalt des Sturmes zerbrochen und fortgetrieben hatte, lagen wie Strohhalme untereinandergemengt, indes die Zweige mit den duftenden, welkenden Blättern sich untereinander verflochten und den Händen hinreichende Anhaltspunkte boten. Ein Baum war vollkommen entwurzelt und das untere Ende zuoberst gekehrt, so daß es mit der in den Wurzelzwischenräumen befindlichen Erde für unsere vier Abenteurer, als sie die gewünschte Höhe erreicht hatten, eine Art von Gerüst bildete.

Der Leser darf sich bei der ihm vorgeführten Gruppe keine Leute von Stand denken. Es waren Reisende in der Wildnis, denen man auch unter andern Verhältnissen angesehen haben würde, daß ihren frühern Gewohnheiten und ihrer jetzigen gesellschaftlichen Stellung vieles von den Bedürfnissen der höhern Stände fremd geblieben war. In der Tat gehörten auch zwei von der Gesellschaft, ein Mann und ein Weib, zu den eingebornen Eigentümern des Bodens; sie waren Indianer aus dem bekannten Stamme der Tuscaroras. Das dritte Glied der Gesellschaft trug die Eigentümlichkeiten und Abzeichen eines Mannes, der seine Tage auf dem Ozean zugebracht hatte und, wenn er überhaupt auf irgendeine Stellung Anspruch machen konnte, keine viel höhere als die eines gemeinen Seemanns einnahm. Der weibliche Gefährte des letzteren war ein Mädchen aus einer nicht viel höhern Klasse als die seinige, obgleich ihre Jugend, das Anmutige ihrer Gesichtsbildung und eine bescheidene, aber ausdrucksvolle Miene ihr den Charakter des Verstandes und jener Verfeinerung aufprägten, welche soviel zu der Hebung weiblicher Reize beiträgt. Bei der gegenwärtigen Gelegenheit leuchteten in ihrem vollen blauen Auge die erhabenen Gefühle, welche das Schauspiel in ihr erzeugte, und ihr angenehmes Gesicht zeigte jenen Ausdruck des Nachdenkens, mit welchem alle tiefen Gemütsbewegungen, obgleich gerade sie das größte Vergnügen gewähren, die Gesichtszüge geistvoller und gedankenreicher Personen beschatten.

Und wahrlich, die Szene war durchaus geeignet, einen tiefen Eindruck auf die Phantasie des Beobachters zu üben. Das Auge streifte gegen Westen, in welcher Richtung allein die Aussicht frei war, über ein Meer von Blättern, das in dem herrlich wechselnden, lebhaften Grün einer kräftigen Vegatation, beschattet von den üppigen Tinten des zweiundvierzigsten Breitengrades, prangte. Die Rüster mit ihren zierlichen, hängenden Zweigen, die reichen Varietäten des Ahorns, am meisten aber die edeln Eichen der amerikanischen Urwälder mit den breitblättrigen Linden, welche man in diesen Gegenden unter dem Namen der Schwarzlinde (basswood) kennt, bildeten durch die Verschlingungen ihrer Wipfel einen breiten, endlosen Blätterteppich, der sich gegen Abend hinzog, bis er den Horizont begrenzte und sich mit den Wolken mischte, ähnlich den Wellen des Ozeans, die am Saume des Himmelsgewölbes sich an die Wolkenmassen reihen. Hin und wieder gestattete eine durch Stürme oder durch die Laune der Natur unter diesen riesenhaften Waldesgliedern erzeugte Lücke einem untergeordneten Baume, gegen das Licht aufwärts zu streben und sein bescheidenes Haupt nahezu in ein gleiches Niveau mit der ihn umgebenden grünen Fläche zu bringen. Von der Art war die Birke, ein Baum, der in minder begünstigten Gegenden schon einige Bedeutung hat, die Zitterpappel, einige kräftige Nußbäume und verschiedene andere, so daß das Unedle und Gemeine ganz zufällig in die Gesellschaft des Stattlichen und Großartigen geworfen zu sein schien. Hier und da durchbohrte der hohe gerade Stamm der Fichte die ungeheure Ebene, hoch über sie wegragend, gleich einem groß-

artigen Denkmal, welches die Kunst auf einer grünen Fläche errichtete.

Es war das Endlose der Aussicht, die fast ununterbrochene Fläche des Grüns, was dem Ganzen den Charakter der Größe aufprägte. Die Schönheit des Anblicks zeigte sich jedoch in den zarten Tinten, gehoben durch den Wechsel des Lichts und des Schattens, indes die feierliche Stille die Seele mit heiliger Scheu erfüllte.

»Onkel«, sagte das freudig erstaunte Mädchen zu ihrem männlichen Gefährten, indem sie sich seines Armes mehr wie eines Berührungspunktes als einer Stütze bediente, da sie selbst auf sicheren Füßen stand, »wie sehr erinnert dieser Anblick an den Ozean, der Euch so teuer ist.«

»So viel, als sich eben ein unwissendes Mädchen einbilden mag, Magnet« (es war dies ein Ausdruck der Zärtlichkeit, dessen sich der Seemann oft als einer Anspielung auf die persönlichen Anziehungskräfte seiner Nichte bediente), »aber nur ein Kind kann eine Ähnlichkeit zwischen dieser Handvoll Blätter und dem wirklichen Atlantischen Ozean finden. Nimm alle diese Baumwipfel zusammen, sie würden nichts weiter als einen Strauß für Neptuns Jacke geben.«

»Ich denke, Eure Phantasie versteigt sich, Onkel. Schaut nur, hier ist Meile an Meile, und doch sehen wir nichts als Blätter. Was kann uns ein Blick auf den Ozean mehr geben?«

»Mehr?« erwiderte der Onkel und berührte sie in ungeduldiger Bewegung mit dem Ellenbogen, da er die Arme gekreuzt und die Hände in dem Busen eines rotlinnenen Wamses, wie man es damals trug, verborgen hatte, »mehr, Magnet? Sage lieber, was weniger? Wo sind denn die kräuselnden Wellen, die blauen Wasser, die Rollwogen, die Brandungen, die Walfische, die Wasserhosen und die endlose Bewegung in diesem bißchen Walde da, mein Kind?«

»Und wo sind die Baumgipfel, die festliche Stille, die duftigen Blätter auf dem Ozean, Onkel?«

»Weg damit, Magnet! Wenn du etwas von solchen Dingen verstündest, so wüßtest du, daß grünes Wasser dem Seemann Gift ist. Kaum einen Grünschnabel kann er weniger leiden.«

»Aber grüne Bäume sind ganz andere Dinge. Horcht! Dieser Ton ist das Säuseln des Windes in den Blättern.«

»Da solltest du einen Nordwest sausen hören, Mädchen;

aber freilich, einen Wind auf dem Verdeck kannst du dir nicht denken. Ha, wo sind die Kühlten, die Orkane, die Passat- und Ostwinde und ähnliche Erscheinungen auf diesem Waldfleckchen hier? Und was für Fische schwimmen unter dieser zahmen Fläche?«

»Daß es hier Stürme gegeben hat, zeigt die Gegend rund um uns her hinreichend, und wenn auch nicht Fische, so sind doch Tiere unter diesen Blättern.«

»Ich weiß das nicht«, erwiderte der Onkel mit dem absprechenden Tone eines Seemanns. »Man erzählte uns zu Albany manche Geschichten von wilden Tieren, mit denen wir zusammentreffen könnten, und doch haben wir nicht soviel gesehen, als ein Seekalb erschrecken könnte. Ich zweifle, ob eines von diesen Landtieren sich mit einem Äquatorhai vergleichen läßt.«

»Seht!« rief die Nichte, welche sich mehr mit der erhabnen Schönheit des endlosen Waldes als mit ihres Onkels Argumentationen beschäftigte, »dort ringelt sich Rauch über den Gipfeln der Bäume. Mag der wohl aus einem Hause kommen?«

»Ja, ja; 's ist das Aussehen von 'was Menschlichem in diesem Rauch«, erwiderte der alte Seemann, »was mehr wert ist als tausend Bäume. Ich muß ihn Arrowhead[1] zeigen, der bei seinem Rennen wohl an einem Hafen vorbeifahren würde, ohne ihn zu erkennen. Wo Rauch ist, da muß auch wahrscheinlich eine Kombüse sein.«

Als er ausgesprochen, zog er die Hand aus dem Busen, berührte den Indianer, welcher in der Nähe stand, leicht an der Schulter und deutete auf eine dünne Dunstsäule, welche sich in der Entfernung von ungefähr einer Meile langsam aus der Blätterwildnis emporstahl und in fast unmerklichen Nebelstreifen in der bebenden Atmosphäre verlor. Der Tuscarora war eine von jenen edeln Kriegergestalten, welche man unter den Ureinwohnern dieses Kontinents vor einem Jahrhundert häufiger antraf, als das gegenwärtig der Fall ist, und obgleich er oft genug mit den Kolonisten in Berührung gestanden hatte, um mit ihrer Sprache und ihren Sitten vertraut zu sein, so hatte er doch wenig oder gar nichts von der wilden Größe und der einfachen Würde eines Häuptlings verloren. Zwischen ihm und dem alten Seemann hatte ein zwar freundschaftlicher, doch etwas zurückhaltender Verkehr stattgefunden; denn der Indianer war zu oft mit den Offizieren der verschiedenen militärischen Posten zusammengekommen, um nicht die subalterne Stellung seines gegenwärtigen Reisegefährten zu kennen. Die ruhige Zurückhaltung des Tuscarora hatte auch in der Tat ein solches Übergewicht auf Charles Cap[2], denn so war der Name des Seemanns, geübt, daß letzterer selbst in seiner fröhlichsten Laune oder in seinen dünkelvollsten Augenblicken sich keine Vertraulichkeit erlaubte, obschon ihr Verkehr bereits über eine Woche anhielt. Der Anblick des aufsteigenden Rauchs hatte ihn jedoch wie die plötzliche Erscheinung eines Segels auf der See ergriffen, und das erstemal während ihres Zusammenseins wagte er es, den Krieger auf die eben bezeichnete Weise zu berühren.

Das schnelle Auge des Tuscarora warf einen raschen Blick auf den Rauch. Dann erhob er sich leicht auf die Zehenspitzen und stand eine volle Minute mit erweiterten Nüstern da, gleich dem Reh, das in der Luft Gefahr wittert, mit einem Blick, ähnlich dem des gutdressierten Hühnerhundes, der auf den Wink seines Herrn lauert. Dann senkte er die Ferse mit einem schwachen, kaum vernehmbaren Ausruf in der sanften Tonweise, welche einen so eigentümlichen Kontrast zu dem rauhen Kriegsgeschrei der Indianer bildet. Seine Züge waren ruhig, und sein schnelles, dunkles Adlerauge flog über das Blätterpanorama, als ob er mit *einem* Blick jeden Umstand, der ihm Auskunft erteilen konnte, erfassen wollte. Die lange Reise, welche sie durch den breiten Gürtel der Wildnis unternommen hatten, war, wie Onkel und Nichte wohl wußten, notwendig mit Gefahr verbunden, obgleich sie nicht gerade bestimmen konnten, ob die Spuren von menschlicher Nachbarschaft gute oder schlimme Vorzeichen seien.

»Es müssen Oneidas oder Tuscaroras in unserer Nähe sein, Arrowhead«, sagte Cap, indem er sich mit der gewöhnlichen Benennung an seinen indianischen Gefährten wandte. »Wird es nicht gut sein, Gesellschaft mit ihnen zu machen, um ein behagliches Nachtlager in ihrem Wigwam zu gewinnen?«

»Dort kein Wigwam«, antwortete Arrowhead in seiner unbeweglichen Weise, »zuviel Baum.«

»Aber Indianer müssen da sein, vielleicht einige von Euren alten Bootsgenossen, Meister Arrowhead.«

»Kein Tuscarora – kein Oneida – kein Mohawk – Blaßgesichtsfeuer.«

»Der Teufel ist es! – Wohl, Magnet! Das übersteigt eines

Seemanns Philosophie. Wir alten Seehunde können von eines Soldaten und eines Schiffers Tabakskauen reden, und das Soldatengatt von der Hängematte eines Kameraden unterscheiden; aber ich glaube nicht, daß der älteste Admiral von Seiner Majestät Flotte einen Unterschied zwischen dem Rauch eines Königs und dem eines Kohlengräbers finden wird.«

Der Gedanke, in diesem Meer von Wildnis menschliche Wesen zu Nachbarn zu haben, hatte das Rot auf den blühenden Wangen des schönen Geschöpfes, welches ihm zur Seite stand, und den Glanz ihrer Augen noch erhöht. Doch schnell kehrte sie den überraschten Blick zu ihrem Verwandten, und da sie beide zu oft die Kenntnisse, wir möchten fast sagen, den Instinkt des Tuscarora bewundert hatten, so sprach sie mit Zögern:

»Ein Blaßgesichtsfeuer? Gewiß, Onkel, das kann er doch nicht wissen?«

»Zehn Tage früher, Kind, würde ich darauf geschworen haben; aber jetzt weiß ich wahrlich nicht, was ich glauben soll. – Ich möchte mir die Freiheit nehmen, zu fragen, warum Ihr Euch einbildet, daß der Rauch, welchen wir sehen, der eines Blaßgesichts und nicht der einer Rothaut ist?«

»Feucht Holz«, erwiderte der Krieger mit einer Ruhe, ähnlich der eines Pädagogen, welcher seinem ungelehrigen Zögling eine arithmetische Demonstration klarzumachen sucht. »Viel feucht – viel Rauch; viel Wasser – schwarzer Rauch.«

»Aber, Vergebung, Meister Arrowhead, der Rauch ist weder schwarz, noch ist viel davon vorhanden. Soviel ich erkennen kann, ist es ein so lichter und leichter Rauch, als nur je einer aus eines Kapitäns Teekessel stieg, wenn zum Brennmaterial nichts anderes als einige Schnitzel von den Ballastunterlagen zu finden waren.«

»Zuviel Wasser«, entgegnete Arrowhead mit einem leichten Kopfnicken. »Tuscarora zu schlau, als zu machen Feuer mit Wasser; Blaßgesicht zuviel Buch, und verbrennt alles; viel Buch – wenig Wissen.«

»Vernünftig, ich geb' es zu«, sagte Cap, der eben kein Freund von Büchern war, »das ist ein Stich auf dein Lesen, Magnet. Der Häuptling hat nach seiner Weise verständige Ansichten von den Dingen. Wie weit aber, Arrowhead, entfernt uns Eure Berechnung noch von der Pfütze, welche Ihr den Großen See nennt und auf die wir nun schon so viele Tage lossteuern?«

Der Tuscarora blickte auf den Seemann mit ruhiger Überlegenheit und sprach:

»Ontario gleich dem Himmel; eine Sonne, und der große Reisende wird es erfahren.«

»Wohl, ich kann's nicht leugnen, daß ich ein großer Reisender gewesen bin, aber von allen meinen Reisen war diese die längste, die am wenigsten einträgliche und die weiteste auf dem Lande. Wenn unser Frischwasserbehälter so nahe und zu gleicher Zeit doch so groß sein soll, Arrowhead, so sollte man doch glauben, daß ein Paar gute Augen ihn aufzufinden vermöchten; denn es hat den Anschein, als ob man alles, was innerhalb des Raumes von dreißig Meilen liegt, in diesem Ausguck sollte sehen können.«

»Sieh«, sagte Arrowhead, indem er einen Arm mit ruhiger Würde vor sich ausstreckte, »Ontario.«

»Onkel, ihr seid gewöhnt, zu schreien ›Land ho!‹ aber nicht ›Wasser ho‹, und seht es deshalb nicht«, rief die Nichte mit Lachen, wie es Mädchen über ihre eigenen törichten Einfälle zu tun pflegen.

»Wie, Magnet! Glaubst du, daß ich mein angeborenes Element nicht kennen würde, wenn ich es zu Gesicht bekäme?«

»Aber der Ontario ist nicht Euer angeborenes Element, lieber Onkel, denn Ihr kommt von dem Salzwasser, und dieses Wasser ist süß.«

»Das könnte allenfalls für einen jungen Schiffsmann einen Unterschied machen, aber nirgends in der Welt für einen alten. Ich würde das Wasser kennen, wenn ich es in China zu Gesicht bekäme.«

»Ontario«, wiederholte Arrowhead mit Begeisterung und deutete mit der Hand gegen Nordwest.

Cap blickte auf den Tuscarora zum erstenmal seit dem Beginn der Bekanntschaft mit einem gewissen Anflug von Verachtung, obgleich er nicht ermangelte, der Richtung von Auge und Arm des Häuptlings zu folgen, welche allem Anschein nach auf eine leere Stelle des Himmels in kleiner Entfernung über der Blätterfläche hinwiesen.

»Ja, ja, es entspricht ganz der Erwartung, die ich mir machte, als ich die Küste verließ, um einen Süßwasserteich aufzusuchen«, erwiderte Cap mit Achselzucken, gleich einem Manne, der mit sich im reinen ist und alle weitern Worte für unnötig hält. – »Der Ontario mag da oder meinetwegen in meiner Tasche sein. Wohl, ich will auch annehmen, daß er Raum genug gibt, unser Kanu auf ihm zu handhaben, wenn wir ihn erreichen. Aber Arrowhead, wenn Bleichgesichter in unserer Nachbarschaft sind, so hätte ich wohl Lust, sie anzupreien.«

Der Tuscarora gab durch ein ruhiges Kopfnicken seine Zustimmung, und die ganze Gesellschaft verließ schweigend die Wurzeln des umgestürzten Baumes. Als sie den Boden erreicht hatten, deutete Arrowhead seine Absicht an, auf das Feuer zuzugehen und sich über die Lage desselben Sicherheit zu verschaffen. Zugleich hieß er sein Weib und die beiden andern Reisenden zu dem Kanu, welches sie in dem nahen Strome gelassen hatten, zurückkehren und seine Wiederkunft erwarten.

»Warum, Häuptling?« erwiderte der alte Cap. »Das möchte wohl angehen auf dem Ankergrund und in der Landweite, deren Fähre man kennt. Aber in einer so unbekannten Gegend wie diese halte ich es für nicht rätlich, den Lotsen sich so weit vom Schiff entfernen zu lassen, und wir wollen deshalb, mit Eurer Erlaubnis, unsere Gesellschaft nicht trennen.«

»Was verlangt mein Bruder?« fragte der Indianer ernst, ohne sich jedoch durch dieses offen ausgesprochene Mißtrauen beleidigt zu fühlen.

»Eure Gesellschaft, Meister Arrowhead, und nichts weiter. Ich will mit Euch gehen und diese Fremden sprechen.«

Der Tuscarora willigte ohne Bedenken ein und beauftragte sein geduldiges, unterwürfiges Weibchen, welche selten ihr volles, reiches, schwarzes Auge anders als mit dem gleichen Ausdruck der Achtung, der Furcht und der Liebe auf ihn richtete, sich zu dem Boot zu begeben. Nun erhob aber Magnet eine Schwierigkeit. Obgleich mutig und da, wo es galt, von ungewöhnlicher Energie, war sie doch ein Weib, und der Gedanke, in der Mitte einer Wildnis, von deren Unabsehbarkeit sie eben erst ihre eigenen Sinne überzeugt hatten, von ihren beiden männlichen Beschützern verlassen zu werden, wurde ihr so peinigend, daß sie den Wunsch ausdrückte, ihren Onkel zu begleiten.

»Die Bewegung wird mir, nachdem ich so lange in dem Kanu gesessen, gut bekommen, lieber Onkel«, fügte sie bei, als das Blut langsam auf die Wangen zurückkehrte, welche ungeachtet ihrer Bemühung, ruhig zu erscheinen, erblaßt waren, »und vielleicht sind auch Frauen bei den Freunden.«

»So komm denn, Kind. Es ist ja nur eine Kabellänge, und wir werden wohl eine Stunde vor Sonnenuntergang zurück sein.«

Infolge dieser Erlaubnis schickte sich das Mädchen, dessen wirklicher Name Mabel Dunham war, an, die Männer zu begleiten, indes das Weib des Indianers, Dew of June[3], welche zu sehr an Gehorsam, Einsamkeit und die Dunkelheit der Wälder gewöhnt war, um Furcht zu fühlen, geduldig ihren Weg zum Boote nahm.

Die drei, welche in der Windgasse zurückgeblieben waren, suchten nun ihren Weg rings um die verwickelten Irrgänge derselben und gelangten in der erforderlichen Richtung an den Saum des Waldes. Einige Blicke des Auges genügten Arrowhead, aber der alte Cap beriet sich über die Richtung des Rauches mit einem Taschenkompaß, ehe er sich dem Schatten der Bäume anvertraute.

»Dieses Steuern nach der Nase, Magnet, mag wohl für einen Indianer gut genug sein, aber ein rechter Seemann kennt die Tugend der Nadel«, sagte der Onkel, indes er sich bemühte, dem leicht dahinschreitenden Tuscarora auf der Ferse zu folgen. »Auf mein Wort, Amerika würde nie entdeckt worden sein, wenn Kolumbus nichts als seine Nasenlöcher gehabt hätte. Freund Arrowhead, habt ihr je eine Maschine wie diese gesehen?«

Der Indianer drehte sich um, warf einen Blick auf den Kompaß, welchen Cap auf eine Weise hielt, daß er die Richtung ihres Weges anzeigte, und antwortete ernst:

»Ein Blaßgesichtsauge. Der Tuscarora sieht in seinem Kopf. Das Salzwasser (denn so benannte der Indianer seine Gefährten) nun ganz Auge; keine Zunge.«

»Er meint, Onkel, daß wir Ursache hätten, stille zu sein. Vielleicht traut er den Personen nicht, mit denen wir zusammenzutreffen beabsichtigen.«

»Ach, es ist dies die Gewohnheit eines Indianers, wenn er sich bewohnten Quartieren nähert. Du siehst, daß er die Pfanne seines Gewehres untersucht, und es wird wohl gut sein, wenn ich bei meinen Pistolen das gleiche tue.«

Ohne bei diesen Vorbereitungen Unruhe zu verraten, da sie während ihrer langen Reise durch die Wildnis an dieselben gewöhnt worden war, hielt sich Mabel mit einem Schritt, so leicht und elastisch wie der des Indianers, dicht an ihre Gesellschafter. Während der ersten halben Meile beobachteten sie, außer einem tiefen Schweigen, keine weitere Vorsichtsmaßregel. Als sie sich aber mehr der Stelle näherten, wo sie das Feuer finden mußten, wurde größere Sorgfalt nötig.

Der Urwald störte unter den Baumkronen gewöhnlich die Aussicht fast durch nichts anderes als durch die schlanken, geraden Baumstämme. Alle Vegetation hatte sich zum Licht emporgehoben und unter dem Laubhimmel ging man wie durch ein weiteres natürliches Gewölbe, welches sich auf Myriaden roher Säulen stützte. Diese Säulen oder Bäume dienten oft dazu, den Abenteurer, den Jäger oder den Feind zu verbergen, und je mehr Arrowhead mit schnellen Schritten sich der Stelle nahte, wo ihn seine geübten Augen, unfehlbaren Sinne den Aufenthalt der Fremden erwarten ließen, desto größer die Sorgfalt, seine Person zu verbergen.

»Sieh, Salzwasser«, sprach er triumphierend, indem er auf eine Öffnung zwischen den Bäumen deutete, »Blaßgesichtsfeuer!«

»Bei Gott, der Bursche hat recht«, brummte Cap. »Da sind sie, sicher genug, und verzehren ihr Mal so ruhig, als ob sie sich in der Kajüte eines Dreideckers befänden.«

»Arrowhead hat nur halb recht«, flüsterte Mabel, »denn dort sind zwei Indianer und nur ein Weißer.«

»Blaßgesichter«, sagte der Tuscarora und hob zwei Finger in die Höhe, »roter Mann«, fuhr er fort, indem er mit *einem* Finger zeigte.

»Gut«, erwiderte Cap, »es ist schwer zu sagen, wer recht oder unrecht hat. Einer ist ganz weiß und ein feiner, anständiger Bursche mit einem respektablen Aussehen; der andere ist so eine gute Rothaut, als nur Farben und Natur hervorzubringen vermögen; aber der dritte Kunde ist halb aufgetakelt und weder Brigg noch Schoner.«

»Blaßgesichter«, wiederholte Arrowhead, indem er wieder zwei Finger erhob: »roter Mann«, nur einen zeigend.

»Es muß wahr sein, Onkel; denn sein Auge scheint nie zu irren. Aber es ist nun dringend nötig zu wissen, ob wir mit Freunden oder mit Feinden zusammentreffen. Es könnten Franzosen sein.«

»Eine einzige Begrüßung wird uns bald über diesen Umstand ins klare setzen«, entgegnete Cap. »Stelle dich hinter diesen Baum, Magnet, damit sich's die Spitzbuben nicht in den Kopf setzen, eine Lage zu geben, ohne zu parlamentieren. Ich will bald erfahren, unter was für einer Flagge sie segeln.«

Der Onkel hatte seine beiden Hände in der Form eines Trompetenbechers an den Mund gesetzt und war im Begriff, die verheißene Begrüßung zu geben, als Arrowhead durch eine rasche Handbewegung seine Absicht vereitelte, indem er das extemporierte Instrument in Unordnung brachte.

»Roter Mann, Mohikaner«, sagte der Tuscarora, »gut; Blaßgesichter, Yengeese.«

»Das ist eine Himmelspost«, flüsterte Mabel, welche an der Aussicht auf einen tödlichen Kampf in dieser abgelegenen Wildnis wenig Geschmack fand. »Laßt uns miteinander auf sie zugehen, lieber Onkel, und uns als Freunde vorstellen.«

»Gut«, sagte der Tuscarora, »roter Mann, kalt und klug; Blaßgesicht, übereilt und Feuer. Laßt die Squaw gehen!«

»Was!« rief Cap erstaunt, »den kleinen Magnet als Lug-aus voranschicken, während zwei Schlingel, wie Ihr und ich, stillliegen, um zu sehen, was sie für ein Land antun wird? Ehe ich das zugebe, will ich –«

»Es ist das klügste, Onkel«, unterbrach ihn das hochherzige Mädchen, »und ich habe nichts zu fürchten. Kein Christ wird auf ein Weib, welches er allein auf sich zukommen sieht, Feuer geben, und meine Gegenwart wird als eine Bürgschaft friedlicher Gesinnung gelten. Laßt mich vorangehen, wie Arrowhead wünscht, und es wird alles gut werden. Wir sind bis jetzt unbemerkt geblieben und werden die Fremden, ohne Unruhe zu erregen, überraschen.«

»Gut«, erwiderte Arrowhead, welcher seinen Beifall über Mabels Mut nicht verhehlte.

»Die Sache sieht so gar nicht seemännisch aus«, antwortete Cap, »aber da wir hier in den Wäldern sind, so weiß ja niemand darum. Wenn du glaubst, Mabel –«

»Onkel, ich verstehe. Es ist kein Grund vorhanden, für mich Besorgnisse zu hegen. Und wäre es auch, Ihr seid ja nahe genug, mich zu beschützen.«

»Gut! aber nimm eine von den Pistolen mit, denn –«

»Nein, ich verlasse mich besser auf meine Jugend und meine

Schwäche«, sagte das Mädchen lächelnd, indes eine augenblickliche Aufregung die Farbe ihrer Wangen erhöhte. »Unter christlichen Männern ist ihr Anspruch auf Schutz der beste Schirm des Weibes. Ich verstehe mich nicht auf Waffen und wünsche ihren Gebrauch nicht kennenzulernen.«

Der Onkel ließ sie gewähren, und Mabel faßte, nachdem ihr der Tuscarora einige Vorsichtsmaßregeln empfohlen hatte, all ihren Mut zusammen und ging allein auf die in der Nähe des Feuers sitzende Gruppe zu. Obgleich das Herz des Mädchens schneller schlug, so war doch ihr Schritt fest, und ihre Bewegungen ließen kein inneres Widerstreben erkennen. Eine Grabesstille herrschte in dem Walde; denn diejenigen, welchen sie sich näherte, waren zu sehr mit der Befriedigung jenes mächtigen Naturtriebes, den man Hunger nennt, beschäftigt, als daß sie nur einen Moment ihren Blick dem wichtigen Werke, in welchem alle miteinander begriffen waren, hätten entziehen mögen. Als jedoch Mabel dem Feuer auf ungefähr hundert Fuß nahe gekommen war, trat sie auf einen trockenen Ast, und so schwach auch das Geräusch war, das durch ihren leichten Tritt veranlaßt wurde, so war es doch hinreichend, den Indianer, welchen Arrowhead als einen Mohikaner bezeichnet hatte, und seinen Gefährten, über dessen Charakter man nicht hatte einig werden können, mit Gedankenschnelle auf die Beine zu bringen. Ihr Blick fiel zuerst auf ihre an einen Baum gelehnten Gewehre; aber beide standen still, ohne den Arm auszustrecken, als ihnen die Gestalt des Mädchens vor die Augen trat. Der Indianer murmelte seinem Gefährten einige Worte zu und nahm dann so ruhig, als ob gar keine Unterbrechung vorgefallen wäre, den Sitz beim Mahle wieder ein. Der weiße Mann dagegen verließ das Feuer und ging Mabel entgegen.

Letztere sah, als der Fremde sich näherte, daß sie sich hier wirklich an einen Mann von ihrer Farbe zu wenden hatte, obgleich sein Anzug aus einer so sonderbaren Mischung der Trachten beider Rassen bestand, daß es wohl eines näheren Blickes bedurfte, um sich Gewißheit zu verschaffen. Er war von mittlerem Alter, und sein allerdings nicht schönes Gesicht trug den Ausdruck einer biedern Offenheit, fern von jedem Zuge der Arglist, so daß sich Mabel schnell überzeugen konnte, es drohe ihr hier keine Gefahr. Demungeachtet blieb sie stehen, indem sie vielleicht der Macht der Gewohnheit, vielleicht auch einem inneren Gefühle gehorchte, welches sie verhinderte, unter Verhältnissen, wie die ihrigen waren, so ohne alle Umstände auf eine Person des andern Geschlechtes zuzugehen.

»Fürchten Sie nichts, junge Frau«, sagte der Jäger; denn als solchen mochte ihn sein Anzug bezeichnen; »Sie sind in der Wildnis mit Christen und Männern zusammengetroffen, die alle, welche zum Frieden und zur Gerechtigkeit geneigt sind, auf eine liebevolle Weise zu behandeln wissen. Ich bin ein Mann, der wohlbekannt in diesen Gegenden ist, und vielleicht hat einer meiner Namen Ihr Ohr erreicht. Bei den Franzosen und den Rothäuten auf der andern Seite des großen Sees heiße ich La longue Carabine, bei den Mohikanern, deren Stamm, soviel von ihm noch übrig ist, ein gutgesinnter und aufrichtiger ist, bin ich Hawk-eye, indes die Truppen und Jäger auf dieser Seite des Wassers mich Pfadfinder nennen, weil es bekannt ist, daß ich nie das eine Ende einer Fährte, mochte es die eines Mingos oder die eines meiner Hilfe bedürftigen Freundes sein, verlor, wenn ich das andere gefunden hatte.«

Er brachte dies alles nicht in prahlerischem Tone, wohl aber mit der treuherzigen Zuversicht eines Mannes vor, welcher wohl wußte, daß er, mochte er unter was immer für einem Namen bekannt sein, keine Ursache hatte, sich desselben zu schämen. Der Eindruck auf Mabel war ein augenblicklicher. Sobald sie den letzten Beinamen gehört hatte, schlug sie die Hände lebhaft zusammen und wiederholte das Wort: –

»Pfadfinder!«

»So nennt man mich, junges Frauenzimmer, und mancher große Herr ist zu einem Titel gekommen, den er nicht halb so gut verdiente; obgleich, wenn ich die Wahrheit sagen soll, ich mir mehr darauf einbilden möchte, meinen Weg zu finden, wo kein Pfad ist, als einen zu finden, der vor mir liegt. Aber die regulären Truppen nehmen es nicht so genau und wissen meist keinen Unterschied zu machen zwischen einem Pfad und einer Fährte, obgleich sie den einen vor Augen haben, und von der andern wenig mehr als der Geruch vorhanden ist.«

»So seid Ihr der Freund, den mein Vater uns entgegenzusenden versprochen hat?«

»Wenn Sie Sergeant Dunhams Tochter sind, so hat der große Prophet der Delawaren nie ein wahreres Wort gesprochen.«

»Ich bin Mabel, und dort hinter den Bäumen verborgen ist

mein Onkel Cap und ein Tuscarora, namens Arrowhead. Wir hofften, Euch erst in größerer Nähe des Sees zu treffen.«

»Ich wünschte, ein besser gesinnter Indianer wäre Euer Führer gewesen«, sagte der Pfadfinder, »denn ich bin kein Freund der Tuscaroras, die immer zu weit weg gewandert sind von den Gräbern ihrer Väter, um sich des Großen Geistes noch zu erinnern, und Arrowhead ist ein ehrgeiziger Häuptling. Ist Dew of June bei ihm?«

»Sein Weib begleitet uns. Es ist ein demütiges und sanftes Geschöpf.«

»Und ein treues Herz obendrein, was mehr ist, als man von Arrowhead rühmen kann, wenn man ihn kennt. Nun gut! wir müssen den Gefährten nehmen, wie ihn die Vorsehung uns gibt, indes wir der Fährte des Lebens folgen. Ich glaube, daß man einen schlechteren Wegweiser hätte finden können als den Tuscarora, obgleich er zuviel Mingoblut hat für einen Mann, der stets in der Gesellschaft der Delawaren lebt.«

»Es ist vielleicht ein glücklicher Zufall, daß wir zusammengetroffen sind.«

»In jedem Fall kein unglücklicher; denn ich habe dem Sergeanten versprochen, sein Kind wohlbehalten in seine Garnison zu bringen, und wenn ich darüber zugrunde gehen müßte. Wir hofften, euch zu treffen, ehe ihr die Wasserfälle erreichtet, wo wir unser eigenes Kanu gelassen haben; doch wir dachten, ihr würdet euch nicht darob grämen, wenn wir einige Meilen weiter heraufkämen, um im Notfalle zu euern Diensten zu sein. Es ist

übrigens gut, daß wir es taten; denn ich zweifle, ob Arrowhead der Mann ist, durch die Strömung zu fahren.«

»Hier kommen mein Onkel und der Tuscarora; unsere Trupps können sich daher jetzt vereinigen.«

Als Mabel geendet hatte, kamen Cap und Arrowhead näher; denn sie sahen, daß die Verhandlung freundschaftlich war. Einige Worte genügten, sie von dem, was das Mädchen von den Fremden erfahren hatte, in Kenntnis zu setzen. Sobald dies geschehen war, begab sich die Gesellschaft zu den zweien, welche ruhig bei ihrem Feuer geblieben waren.

Zweites Kapitel

Solange nicht dein Heiligtum entweiht
Und harmlos dir sein Opfer streut,
Natur! Dein ärmster Sohn,
Ist er ein Fürst, der Erde Segen,
Ist ausgestreut auf seinen Wegen,
Sein Sitz ein Wolkenthron.

Wilson

Der Mohikaner fuhr fort zu essen; der zweite weiße Mann jedoch erhob sich und nahm vor Mabel Dunham höflich die Mütze ab. Es war ein junger, gesunder, kräftiger Mann und trug einen Anzug, der, obgleich weniger streng gewerbsmäßig als bei dem Onkel, in ihm den Schiffsmann nicht verkennen ließ. In der Tat sind auch die Seeleute eine von den übrigen Menschen ganz verschiedene Klasse. Ihre Ideen, ihre Gewohnheitssprache, ihr Anzug, alles ist so streng bezeichnend für ihren Beruf, als Meinungen, Sprache und Tracht bezeichnend sind für den Muselman. Obgleich der Pfadfinder kaum mehr in der Blütezeit des Lebens stand, so schloß sich Mabel doch mit einer Festigkeit an ihn, welche wohl darin ihren Grund haben mochte, daß ihre Nerven auf diese Zusammenkunft vorbereitet waren; aber als ihre Augen denen des jungen Mannes am Feuer begegneten, senkten sie sich vor dem Blicke der Bewunderung, mit welchem er, wie sie sah oder zu sehen glaubte, sie beobachtete. In der Tat fühlten auch beide ein gegenseitiges Interesse füreinander, welches die Ähnlichkeit des Alters und des Standes, der freundliche Verkehr und die ungewöhnliche Lage bei jungen offenen Gemütern wohl zu erwecken geeignet waren.

»Hier«, sagte der Pfadfinder mit einem ehrlichen Lächeln zu Mabel, »sind die Freunde, welche Ihr würdiger Vater Ihnen entgegensendet. Dies ist ein großer Delaware, der zu seiner Zeit ein hochgestellter Mann war und viele Gefahren und Mühen gesehen hat. Er trägt einen für einen Häuptling ganz geeigneten, indianischen Namen, den aber eine unerfahrene Zunge nur schwer auszusprechen vermag, weshalb wir ihn auch ins Englische übertragen haben und ihn Big Serpent[4] nennen.

Glauben Sie aber ja nicht, man wolle damit sagen, daß er verräterisch sei, wie dies bei den Rothäuten jenseits des Sees der gewöhnliche Fall ist, sondern daß er weise und schlau ist, wie es einem Krieger ziemt. Arrowhead weiß, was ich meine.«

Während Pfadfinder diese Worte sprach, beobachteten sich die beiden Indianer eine Weile mit festen Blicken. Dann trat der Tuscarora näher und redete den andern anscheinend mit freundlichen Worten an.

»Ich sehe«, fuhr der Pfadfinder fort, »die Begrüßung zweier Rothäute in den Wäldern so gerne, Meister Cap, als Ihr den Gruß freundlicher Schiffe auf dem Ozean. Aber weil wir gerade vom Wasser sprechen – es erinnert mich dies an meinen jungen Freund da, den Jasper Western, der einiges von solchen Dingen verstehen muß, da er seine Tage auf dem Ontario zugebracht hat.«

»Freut mich, Euch zu sehen, Freund«, sagte Cap, indem er dem jungen Süßwassersegler herzlich die Hand drückte, »aber Ihr mögt wohl noch manches zu lernen haben in der Schule, in die man Euch schickte. Dies ist meine Nichte, Mabel. Ich nenne sie Magnet, aus einem Grunde, von dem sie sich nichts träumen läßt, obgleich Ihr vielleicht Erziehung genug habt, es zu erraten; denn ich vermute, daß Ihr doch einigen Anspruch darauf macht, einen Kompaß zu verstehen.«

»Der Grund ist leicht aufzufinden«, sagte der junge Mann, indem er dabei unwillkürlich sein scharfes, dunkles Auge auf das errötende Antlitz des Mädchens richtete, »und ich fühle sicher, daß der Schiffer, der mit Eurem Magnet steuert, nie ein falsches Land antun wird.«

»Ah, Ihr bedient Euch einiger unserer Kunstausdrücke, und mit Verstand und Anstand, wie ich merke, obschon ich fürchte, daß Ihr mehr grünes als blaues Wasser gesehen habt.«

»Es darf nicht überraschen, daß wir einige Phrasen, die auf das Land Bezug haben, kennen, da wir es selten länger als auf vierundzwanzig Stunden aus dem Gesicht verlieren.«

»Das ist schade, Junge, recht schade! Ein ganz kleines Stück Land muß weit reichen für einen Seefahrer, und wahrlich, ich glaube, Meister Western, es ist mehr oder weniger Land rund um Euern See herum.«

»Und ist nicht mehr oder weniger Land um den Ozean herum, Onkel?« erwiderte Magnet schnell; denn sie fürchtete eine unzeitige Entwicklung des dem alten Seemann eigentümlichen Dogmatismus, wenn man ihn nicht lieber Pedanterie nennen will.

»Nein, Kind, es ist mehr oder weniger Meer um das Land herum; das ist's, was ich dem Ufervolk sagen will, junger Bursche. Man lebt, so gut es gehen will, mitten im Meere, ohne es zu wissen, eigentlich nur geduldet, möchte ich sagen; denn das Wasser ist mächtiger und in viel größerer Masse vorhanden. Allein 's ist des Dünkels kein Ende auf dieser Welt. Ein Kerl, der nie Salzwasser sah, bildet sich oft ein, er wisse mehr als einer, der das Kap Hoorn umsegelt hat. Nein, nein, die Erde ist weiter nichts als eine ziemlich große Insel, und alles übrige, kann man mit Wahrheit sagen, ist Wasser.«

Der junge Western hatte einen großen Respekt vor den Seeleuten des Ozeans, nach welchem er sich oft gesehnt; aber er hegte auch eine natürliche Verehrung gegen die breite Fläche, auf der er sein Leben zugebracht hatte und die in seinen Augen ihre eigenen Reize besaß.

»Was Ihr sagt«, antwortete er bescheiden, »mag, was das Atlantische Meer anbelangt, wahr sein; aber wir, hier oben um den Ontario, verehren das Land.«

»Das macht, weil Ihr überall vom Land eingeschlossen seid«, erwiderte Cap mit herzlichem Lachen, »aber dort ist der Pfadfinder, wie man ihn nennt, mit einigen dampfenden Schüsseln, der uns einlädt, am Mahle teilzunehmen, und ich will nur gestehen, daß einem auf dem Meere ein Wildbraten nicht zu Gesicht kommt. Meister Western, Höflichkeit gegen Mädchen kommt in Euren Jahren so leicht als das Schlaffwerden der Flaggenfalltaue, und wenn Ihr ein Auge haben wollt auf ihre Bequemlichkeit, während ich mich mit dem Pfadfinder und Euren indianischen Freunden zum Mahle vereinige, so zweifle ich nicht, daß sie es Euch gedenken wird.«

Meister Cap hatte mehr gesprochen, als zu dieser Zeit klug war. Jasper Western achtete sorgsam auf Mabels Bedürfnisse, und lange gedachte sie dem jungen Seemann die zarte und männliche Aufmerksamkeit, die er ihr bei Gelegenheit dieses ersten Zusammentreffens bewiesen hatte. Er bereitete ihr aus einem Baumstrunk einen Sitz, besorgte ihr ein köstliches Wildbretstückchen, holte Wasser von der Quelle, und da er ihr ganz nahe gegenüber saß, so gewann er durch die höfliche, aber freie

Manier, mit der er seine Sorgfalt an den Tag legte, einen festen Weg zu ihrer Achtung. Frauen wünschen immer, Huldigung zu empfangen; aber nie ist sie ihnen so angenehm und schmeichelhaft, als wenn sie den Ausdruck einer männlichen Höflichkeit trägt und von einem jugendlichen Altersgenossen dargebracht wird. Der junge Western war wie die meisten, welche ihre Zeit fern von der Gesellschaft des sanfteren Geschlechts zugebracht haben, ernst, einfach und zart in seinen Aufmerksamkeiten, die einen reichen Ersatz für alle die konventionellen Verfeinerungen gewährten, welche Mabel vielleicht nicht einmal vermißte. Doch wir wollen die beiden unerfahrenen, arglosen jungen Leute ihren Gefühlen überlassen, durch die sie sich gegenwärtig wohl eher als durch Worte, den Ausdruck der Gedanken, befreunden konnten, und kehren zu der Gruppe zurück, in welcher der Onkel, mit der anmaßenden Vertraulichkeit, welche ihn nie verließ, bereits die Hauptperson geworden war.

Die Gesellschaft hatte sich um eine zum gemeinschaftlichen Gebrauche aufgestellte Schüssel mit Wildbretstücken niedergelassen, und natürlich trug die Unterhaltung das charakteristische Gepräge der dabei beteiligten Individuen. Die Indianer waren still und emsig; der Wildbret-Appetit der ureingebornen Amerikaner schien unstillbar. Die zwei weißen Männer waren mitteilend und gesprächig, geschwätzig sogar, und beide starrsinnig in ihrer Weise. Da jedoch die Unterhaltung, welche sie führten, den Leser mit manchen Tatsachen bekannt machen kann, welche zum bessern Verständnis der nachfolgenden Erzählung beitragen, so wird es geeignet sein, dieselbe nicht zu übergehen.

»Ich zweifle nicht, Meister Pfadfinder«, begann Cap, als der Hunger des Reisenden so weit beschwichtigt war, daß er nun anfing, sich unter den übrigen nur die saftigeren Stückchen auszulesen, »daß ein Leben wie das Eurige viel Befriedigung gewähren muß. Es hat einiges von den Wechseln und Zufällen, welche der Seemann liebt, und wenn bei uns alles Wasser ist, so ist bei Euch alles Land.«

»Ha, wir haben auch Wasser auf unsern Reisen und Märschen«, erwiderte sein weißer Gesellschafter. »Wir Grenzleute handhaben das Ruder und die Fischgabel fast ebensooft als die Büchse und das Weidmesser.«

»Ah, aber handhabt ihr auch die Brasse und die Bugleine,

das Steuerrad und die Leitleine, das Reffseising und das Windreep? Das Ruder ist ein gutes Ding, ohne Zweifel, für ein Kanu; aber wozu kann man es in einem Schiff brauchen?«

»Ich respektiere jeden in seinem Beruf, und ich kann wohl glauben, daß alle die Dinge, die Ihr da erwähnt habt, zu etwas nütze sind. Ein Mann, der, wie ich, mit so vielen Stämmen gelebt hat, weiß wohl einen Unterschied zu machen unter den Gebräuchen. Der Mingo malt seine Haut anders als der Delaware, und wer einen Krieger in dem Anzug einer Squaw zu sehen hofft, wird sich wohl täuschen. Ich bin zwar noch nicht besonders alt, aber ich habe in den Wäldern gelebt und mir einige Vertrautheit mit der Menschennatur erworben. Auf das Wissen derer, die in den Städten wohnen, habe ich nie viel gehalten; denn ich habe von dorther noch keinen gesehen, der ein Auge für eine Büchse oder eine Fährte gehabt hätte.«

»Das ist bis aufs Garn meine Art zu räsonieren, Meister Pfadfinder. Durch die Straßen laufen, sonntags in die Kirche gehen und eine Predigt anhören, das hat nie aus einem menschlichen Wesen einen Mann gemacht. Aber sendet den Knaben hinaus auf den weiten Ozean, wenn Ihr seine Augen öffnen wollt; laßt ihn fremde Völker oder, wie ich es nenne, das Angesicht der Natur sehen, wenn Ihr wollt, daß er seinen Charakter kennenlernen soll. Da ist nun mein Schwager, der Sergeant; er ist in seiner Weise ein so guter Bursche, als nur je einer Zwieback gebrochen hat; aber was ist er im ganzen? – nichts als ein Soldat, – ein Sergeant zwar; aber das ist doch nur so eine Soldatenart, wie Ihr wohl wißt. Als er die arme Bridget, meine Schwester, heiraten wollte, sagte ich dem Mädchen, was er sei, wie er von seinen Pflichten in Anspruch genommen werde und was sie von einem solchen Ehemann zu hoffen habe; aber Ihr wißt ja, wie es ist mit den Mädchen, wenn eine Liebschaft ihren Verstand in die Klemme bringt. Es ist wahr, der Sergeant ist in seinem Beruf gestiegen, und man sagt, daß er ein bedeutender Mann im Fort sei; aber sein armes Weib hat's nicht erlebt, all das zu sehen; denn es ist nun schon an vierzehn Jahre, daß sie tot ist.«

»Des Soldaten Beruf ist ein ehrenwerter Beruf, vorausgesetzt, daß er nur auf der Seite des Rechts kämpft«, entgegnete der Pfadfinder, »und da die Franzosen immer schlecht sind, und

Seine geheiligte Majestät und diese Kolonien immer recht handeln, so behaupte ich, daß der Sergeant ein ebenso gutes Gewissen hat, als er einen wackeren Charakter besitzt. Ich schlief nie süßer, als wenn ich einen Kampf mit den Mingos ausgefochten hatte, obgleich ich es mir zum Grundsatz gemacht habe, stets wie ein weißer Mann und nie wie ein Indianer zu kämpfen. Der Serpent da hat seine Gewohnheiten, und ich die meinigen, und doch haben wir so manche Jahre miteinander Seite an Seite gefochten, ohne daß einer dem andern seine Weise verdachte. Ich erzähle ihm, daß es trotz seiner Traditionen doch nur *einen* Himmel und *eine* Hölle gibt, obschon die Wege zu beiden vielfältig sind.«

»Das ist vernünftig, und er muß Euch glauben, obschon ich denke, daß die Wege zur letzteren meist auf dem trockenen Lande liegen. Das Meer ist, wie meine arme Schwester zu sagen pflegte, ein Reinigungsort, und man ist außer den Wegen der Versuchung, wenn man außer der Sicht des Landes ist. Ich zweifle, ob man ebensoviel zugunsten Eurer Seen da oben sagen kann.«

»Ich will einräumen, daß Städte und Ansiedelungen zur Sünde verleiten können, aber unsere Seen sind von den Urwäldern begrenzt, und man findet jeden Tag eine Aufforderung zur Verehrung Gottes in einem solchen Tempel. Freilich muß ich zugeben, daß die Menschen auch in der Wildnis nicht immer dieselben sind; denn der Unterschied eines Mingos und eines Delawaren liegt so auf flacher Hand wie der des Mondes und der Sonne. Doch, ich bin froh, Freund Cap, daß wir uns getroffen haben, wäre es auch nur deshalb, damit Ihr dem Big Serpent erzählen könnt, daß es auch Seen gibt, in welchen salziges Wasser ist. Wir sind, seit wir uns kennen, stets ziemlich eines Sinnes gewesen, und wenn der Mohikaner nur halb soviel Vertrauen zu mir hätte als ich zu ihm, so müßte er mir alles glauben, was ich ihm von den Gewohnheiten und Naturgesetzen der Weißen erzählt habe. Aber es hat mir immer geschienen, als ob keine der Rothäute den Erzählungen von den großen Salzseen und den aufwärtsgehenden Strömungen der Flüsse einen so offenen Glauben schenke, wie ihn ein ehrlicher Mann wohl haben möchte.«

»Das kommt daher«, antwortete Cap mit einem herablassenden Nicken, »daß Ihr in diesen Dingen verkehrterweise das

Pferd beim Schwanz aufgezäumt habt. Ihr habt Euch Eure Seen und Stromschnellen als das Schiff und das Meer mit seiner Ebbe und Flut als ein Boot gedacht. Weder Arrowhead noch der Serpent hat Ursache, das, was Ihr bezüglich der beiden genannten Punkte gesagt habt, zu bezweifeln. Ich muß übrigens gestehen, daß es mir Schwierigkeit macht, die Erzählung von den Binnenmeeren so gerade hinunterzuschlucken, und noch mehr, daß es hier eine See mit frischem Wasser geben soll. Ich habe deshalb meine Reise ebensogut in der Absicht unternommen, meine eigenen Augen und meinen Gaumen von der Wahrheit dieser Dinge zu überzeugen, als um dem Sergeanten und Magnet gefällig zu sein, obgleich der erste meiner Schwester Mann war und die letztere mir wie mein eigenes Kind am Herzen liegt.«

»Ihr habt unrecht, sehr unrecht, Freund Cap, daß Ihr in irgendeiner Sache der Macht Gottes mißtraut«, entgegnete der Pfadfinder ernst. »Die, welche in den Ansiedelungen der Städte wohnen, mögen wohl zu beschränkten und irrigen Meinungen über die Macht Seiner Hand kommen; aber wir, die wir unsere Zeit, sozusagen, in Seiner wahren Gegenwart zubringen, sehen die Sachen anders – ich meine die Weißen. Eine Rothaut hat wieder ihre eigenen Begriffe, und es ist recht, daß es so ist; wenn sie auch nicht ganz so sind wie die eines Weißen, so darf uns das nicht bekümmern. Es sind Dinge, welche in die weise Ordnung der göttlichen Vorsehung gehören, und zu diesen sind auch jene Süß- und Salzwasserseen zu rechnen. Ich maße mir nicht an, sie erklären zu wollen, aber ich denke, es ist Schuldigkeit eines jeden, daran zu glauben. Was mich anbelangt, so bin ich einer von denen, welche denken, daß dieselbe Hand, welche das Süßwasser gemacht hat, auch Salzwasser schaffen kann.«

»Halt da, Meister Pfadfinder«, unterbrach ihn Cap nicht ohne einige Hitze, »auf dem Wege eines gebührlichen und männlichen Glaubens werde ich keinem den Rücken kehren, solange ich flott bin. Obgleich ich mehr daran gewöhnt bin, auf dem Verdecke alles reinzuhalten und ein schönes Segel zu zeigen, als zu beten, wenn der Orkan kommt, so weiß ich wohl, daß wir zur Zeit nur hilflose Sterbliche sind, und ich hoffe, ich zolle Verehrung, wo ich Verehrung schuldig bin. Was ich sagen zu müssen meinte – und das läßt sich besser andeuten als sagen –, war nichts weiter als der einfache Wink, daß ich, der ich gewöhnt bin, in großen Behältern salziges Wasser zu sehen, es vorziehe, dasselbe vorher zu kosten, ehe ich glauben kann, daß es frisch ist.«

»Gott hat dem Hirsch die Salzlecke gegeben, und dem Menschen, sei er eine Rothaut oder ein Weißer, die köstliche Quelle, um an ihr seinen Durst zu stillen. Es ist daher unvernünftig zu denken, daß er dem Westen nicht habe Seen von frischem und dem Osten Seen von unreinem Wasser geben können.«

Cap war, trotz seiner anmaßenden Starrköpfigkeit, durch den einfachen Ernst des Pfadfinders eingeschüchtert, obgleich ihm der Gedanke, eine Sache zu glauben, deren Unmöglichkeit er jahrelang behauptet hatte, nicht behagte. Da er jedoch nicht geneigt war, seine Meinung aufzugeben, und zugleich gegen eine so ungewohnte Argumentation, welche obendrein die Macht der Wahrheit, des Glaubens und der Wahrscheinlichkeit für sich hatte, nichts auszurichten vermochte, so war er froh, sich aus dieser Sache durch eine Ausflucht retten zu können.

»Nun, nun, Freund Pfadfinder«, sagte er, »wir wollen die Sache bewenden lassen, und da der Sergeant Euch uns als Lotsen für den fraglichen See geschickt hat, so können wir ja das Wasser untersuchen, wenn wir hinkommen. Merkt Euch übrigens meine Worte – ich sage nicht, daß es nicht auch frisches Wasser auf der Oberfläche geben könne; sogar der Atlantische Ozean hat bisweilen solches in der Nähe der Mündungen großer Flüsse; aber verlaßt Euch darauf, ich will Euch eine Methode zeigen, das Wasser, und wenn es manche Faden tief ist, zu kosten, von der Ihr Euch nichts träumen laßt; und dann werden wir mehr davon erfahren.«

Der Führer schien zufrieden, die Sache auf sich beruhen zu lassen, und der Gegenstand der Unterhaltung wechselte.

»Wir bilden uns nicht zuviel auf unsere Gaben ein«, bemerkte der Pfadfinder nach einer kurzen Pause, »und wissen wohl, daß diejenigen, welche in den Städten leben oder in der Nähe des Meeres« –

»Auf dem Meere«, unterbrach ihn Cap.

»Auf dem Meere also, wenn ihr so wollt – manche Gelegenheiten haben, welche uns hier in unserer Wildnis nicht aufstoßen. Genug, wir kennen unsern Beruf, betrachten ihn als unsere natürliche Bestimmung und sind nicht durch Eitelkeit und Üppigkeit verdorben. Meine Gaben beschränken sich auf den Gebrauch der Büchse und das Erkennen der Fährte zum Zwecke der Jagd und des Kundschaftens, und obgleich ich auch ein Ruder führen und die Gabel handhaben kann, so darf ich mir wenigstens nichts darauf einbilden. In dieser Beziehung ist der junge Jasper da, der sich mit des Sergeanten Tochter unterhält, ein ganz anderer Bursche, so daß man von ihm sagen kann, er atme Wasser wie ein Fisch. Die Indianer und die Franzosen des nördlichen Seeufers nennen ihn wegen seinen Gaben Eau-douce[5]. Er versteht es aber besser, das Ruder und das Tau zu handhaben, als Feuer auf einer Fährte anzumachen.«

»Im Grunde muß doch etwas an den Gaben sein, von denen Ihr sprecht«, sagte Cap. »Ich gestehe, dieses Feuer hier hat mein ganzes Seemannswissen zuschanden gemacht. Arrowhead sagte, der Rauch komme von einem Blaßgesichtsfeuer, und das nenne ich mir ein Stückchen Philosophie, welches dem Steuern an dem Rand einer Sandbank vorbei bei finstrer Nacht nichts nachgibt.«

»Ist kein großes Geheimnis, ist kein großes Geheimnis«, erwiderte der Pfadfinder mit lustigem Lachen, obgleich er aus gewohnter Vorsicht den allzulauten Ausbruch desselben unterdrückte. »Nichts ist für uns, die wir unsere Zeit in der großen Schule der Vorsehung zubringen, leichter, als ihre Aufgaben zu lernen. Wir wären für die Fährte wie für das Geschäft eines Kundschafters so nutzlos wie die Murmeltierlein, wenn wir uns nicht früh die Kenntnis solcher Kleinigkeiten zu verschaffen wüßten. Eau-douce, wie wir ihn nennen, ist ein so großer Freund des Wassers, daß er ein oder zwei feuchte Holzstücke für unser Feuer auflas, obschon vollkommen trockene neben den feuchten im Überfluß umherlagen, und Feuchtigkeit macht schwarzen Rauch, was meiner Meinung nach Ihr Herren von der See auch wissen müßt. 's ist kein großes Geheimnis, 's ist kein großes Geheimnis, obschon für solche, welche nicht auf den Herrn und Seine mächtigen Wege mit Demut und Dankbarkeit achten, alles geheimnisvoll ist.«

»Arrowhead muß ein scharfes Auge haben, um einen so unbedeutenden Unterschied erkennen zu können!«

»Er wär' ein armer Indianer, wenn er das nicht könnte. Nein, nein; es ist Kriegszeit, und keine Rothaut wagt sich hinaus, wenn sie nicht im vollen Besitz ihrer Sinne ist. Jede Haut hat ihre eigene Natur, und jede Natur hat ihre eigenen Gesetze, so gut als ihre eigene Haut. Es dauerte manches Jahr, bis ich mir alle diese höheren Zweige der Wäldererziehung angeeignet hatte; denn die Kenntnisse der Rothäute gehen der Natur einer weißen Haut nicht so leicht ein, als man sich, wie ich vermute, von den Kenntnissen der Weißen einbildet, obschon ich von letzteren wenig besitze, da ich meine Zeit meistens in den Wäldern zugebracht habe.«

»Ihr seid ein braver Schüler gewesen, Meister Pfadfinder, wie man aus Eurer genauen Kenntnis aller dieser Dinge merkt. Ich denke aber, es müßte für einen ordentlichen Zögling des Meeres nicht schwer sein, diese Kleinigkeiten zu lernen, wenn er nur seinen Kopf so weit zusammennehmen will, um darauf achtzugeben.«

»Ich weiß das nicht. Der Weiße findet seine Schwierigkeiten, wenn er sich die Fertigkeiten der Rothäute aneignen will, wie der Indianer, wenn er die Wege einer weißen Haut geht. Es liegt, wie ich meine, in der Natur, daß keiner von beiden in die Weise des andern vollkommen eingehen kann.«

»Und doch sagen wir Seeleute, die wir ganz um die Welt herumgekommen, es gebe allenthalben nur eine Natur, beim Chinesen dieselbe wie bei dem Holländer. Was mich anbelangt, so fühle ich mich geneigt, dasselbe anzunehmen; denn ich habe im allgemeinen gefunden, daß alle Nationen Gold und Silber lieben, und die meisten Männer Geschmack an dem Tabak finden.«

»Dann kennt Ihr Seefahrer die Rothäute wenig. Habt Ihr je einen von Euern Chinesen gesehen, der sein Sterbelied singen konnte, während sein Fleisch mit Splittern zerrissen und mit Messern zerschnitten wurde? während das Feuer rund um seinen nackten Körper wütete und der Tod ihm ins Auge starrte? Könnt Ihr mir einen Chinesen oder irgendeinen Christenmenschen finden, der dieses kann? Ihr werdet keinen finden mit einer Rothautnatur mag er noch so tapfer aussehen oder alle Bücher, die je gedruckt worden sind, zu lesen verstehen.«

»Nur die Wilden können einander solche höllischen Streiche spielen«, sagte Cap, indem er seinen Blick unbehaglich unter den endlos scheinenden Wölbungen des Forstes umherstreifen ließ. »Kein weißer Mann ist je verurteilt worden, solche Proben zu bestehen.«

»Nein, da habt Ihr mich wieder irrig verstanden«, entgegnete der Pfadfinder, indem er sich ruhig noch ein leckeres Stückchen Wildbret als bonne bouche auslas, »denn obgleich diese Quälereien nur zu der Natur einer Rothaut gehören, so mag doch eine weiße Haut sie ebensogut zu ertragen vermögen, und wir haben oft Beispiele davon gehabt!«

»Zum Glück«, sagte Cap, indem er seine Stimme klar zu machen sich mühte, »wird keiner von Seiner Majestät Alliierten lüstern sein, solche verdammlichen Grausamkeiten an irgendeinem von Seiner Majestät loyalen Untertanen zu versuchen. Es ist wohl wahr, ich habe nicht lange in der Königlichen Flotte gedient; aber ich habe gedient, und das ist schon etwas, und an den Kaperzügen, an der Bekriegung des Feindes in seinen Schiffen und Schiffsladungen habe ich vollen Anteil genommen. Aber ich glaube, es gibt keine französischen Wilden auf dieser Seite des Sees, und wenn ich nicht irre, so habt Ihr gesagt, daß der Ontario eine breite Wasserfläche ist?«

»Ja, er ist breit in unsern Augen«, erwiderte der Pfadfinder, ohne sich Mühe zu geben, das Lächeln zu verbergen, das seine sonnverbrannten Züge überflog, »doch ich weiß nicht, ob ihn nicht einige für schmal halten. Jedenfalls ist er nicht breit genug, den Feind abzuhalten. Der Ontario hat zwei Enden, und der Feind, welcher zu furchtsam ist, über denselben zu setzen, weiß wohl, daß er um ihn herumgehen kann.«

»Ach, da haben wir's ja, mit euern v-n Frischwasserteichen!« brummte Cap mit einem Seufzer, der laut genug war, ihn schnell seine Unvorsichtigkeit bereuen zu lassen. »Kein Mensch hat je gehört, daß ein Pirat oder ein Schiff geschwind um ein Ende des Atlantischen Ozeans herumgekommen wäre!«

»Vielleicht hat der Ozean keine Enden?«

»Freilich hat er nicht; weder Enden noch Seiten noch Grund. Das Volk, welches fest an einer seiner Küsten vor Anker liegt, hat nichts zu fürchten von den Bewohnern eines jenseitigen Ankerplatzes, mögen sie so wild sein, als sie wollen, wenn sie nicht die Kunst des Schiffbaus besitzen. Nein, nein! Die Leute, die an den Ufern des Atlantischen Meeres wohnen, haben wenig für ihre Häute und ihre Skalpe zu fürchten. Da kann einer sich doch nachts mit der Hoffnung niederlegen, am Morgen sein Haar noch auf dem Kopf zu finden, wenn er nicht eine Perücke trägt.«

»Hier ist's nicht so. Doch ich möchte das junge Frauenzimmer dort nicht beunruhigen, und ich will deshalb nicht auf Einzelheiten eingehen, obschon sie mehr auf den Eau-douce, wie wir ihn nennen, zu hören scheint. Jedenfalls aber möchte ohne die Erziehung, die ich dem Aufenthalt in den Wäldern verdanke, jetzt unter den gegenwärtigen Verhältnissen, eine Reise über den zwischen uns und der Garnison liegenden Grund ein gefährliches Unternehmen sein. Es gibt auf dieser Seite des Ontario so viele Irokesen wie auf der andern. Der Sergeant hat also sehr wohl daran getan, Freund Cap, uns euch als Wegweiser entgegenzuschicken.«

»Was? dürfen die Schurken so nahe an den Kanonen von einem der Werke Seiner Majestät kreuzen?«

»Halten sich nicht die Raben in der Nähe eines Hirschgerippes auf, obgleich der Vogelsteller bei der Hand ist? Sie kommen eben, weil es in ihrer Natur liegt. Es gibt immer mehr oder weniger Weiße, welche zwischen den Forts und den Ansiedelungen wandern, und sie sind ihrer Fährte sicher. Der Serpent ist auf der einen und ich auf der andern Seite des Flusses heraufgekommen, um diese herumstreichenden Schufte auszukundschaften, indes Jasper, der ein kühner Schiffer ist, den Kahn heraufbrachte. Der Sergeant hatte ihm mit Tränen im Auge alles von seinem Kinde erzählt, wie sein Herz nach ihr verlange, und wie sanft und gehorsam sie sei, so daß ich glaube, der Junge hätte sich lieber ganz allein in ein Mingolager gestürzt als die Partie ausgeschlagen.«

»Wir danken ihm – wir danken ihm und wollen nun um seiner Bereitwilligkeit willen besser von ihm denken, obschon ich im Grunde vermute, daß er sich gerade keiner großen Gefahr unterzogen hat!«

»Bloß der Gefahr, von einem Hinterhalt aus erschossen zu werden, während er den Kahn durch die Stromengen drängte oder bei den Krümmungen des Flusses mit auf die Wirbel gerichtetem Auge eine Wendung machte. Von allen gefährlichen Reisen ist nach meinem Dafürhalten die auf einem Fluß, der vom Gebüsch umsäumt ist, die allergefährlichste, und einer solchen hat sich Jasper unterzogen.«

»Und warum, beim Teufel, veranlaßte mich der Sergeant, einen Weg von hundertundfünfzig Meilen in dieser ausländischen Manier zu machen? Gebt mir offene See und den Feind ins Gesicht, und ich will eine Partie mit ihm machen nach seiner eigenen Weise, solange als es ihm beliebt, auf Buglänge oder hinter den Enterschotten; aber erschossen zu werden wie eine Schildkröte im Schlaf, das ist nicht nach meinem Geschmack. Wäre es nicht um der kleinen Magnet willen, ich ginge augenblicklich an Bord, kehrte eilends nach York zurück und ließe den Ontario für sich selber sorgen, mag er nun Salzwasser oder Frischwasser haben!«

»Das würde die Sache nicht viel verbessern, Freund Seemann, da der Rückweg viel länger und fast ebenso gefährlich ist als der, den wir noch zu gehen haben. Doch verlaßt Euch darauf, wir wollen Euch mit heiler Haut durchbringen oder unsere Kopfhäute verlieren.«

Cap trug einen steifen mit Aalhaut umwickelten Zopf, indes der Scheitel seines Kopfes fast kahl war. Mechanisch fuhr seine Hand über beide, als ob sie sich versichern wolle, daß alles noch an seinem gehörigen Orte sei. Er war im Grunde ein braver Mann und hatte oft dem Tod mit Ruhe ins Auge gesehen, jedoch nie in der furchtbaren Gestalt, in welcher er ihm durch das zwar gedrängte, aber doch sehr bezeichnende Gemälde seines Tischgenossen vorgeführt wurde. Es war zu spät zum Rückzug, und so entschloß er sich denn, zum bösen Spiel gute Miene zu machen, obgleich er sich nicht entbrechen konnte, einige Flüche über die Gleichgültigkeit und Unbesonnenheit in den Bart zu brummen, mit der sein Schwager, der Sergeant, ihn in dies Dilemma geführt hatte.

»Ich zweifle nicht, Meister Pfadfinder«, erwiderte er, als er mit seinen Betrachtungen zu Ende gekommen war, »daß wir den Hafen wohlbehalten erreichen werden. Wie weit können wir noch vom Fort entfernt sein?«

»Wenig mehr als fünfzehn Meilen, und zwar so schnelle Meilen, als sie der Strom nur machen kann, wenn uns die Mingos ungehindert ziehen lassen.«

»Und ich denke, daß die Wälder sich längs dem Steuerbord und Backbord hinziehen werden wie bisher?«

»Wie?«

»Ich meine, daß wir unsern Weg durch diese verwünschten Bäume zu suchen haben werden?«

»Nein, nein, Ihr werdet in den Kahn gehen, und der Oswego ist durch die Truppen von seinem Treibholz gereinigt worden. Wir werden schnell genug stromabwärts kommen.«

»Und was, zum Teufel wird diese Minks[6], von denen ihr sprecht, abhalten, auf uns zu schießen, wenn wir ein Vorgebirge umsegeln oder beschäftigt sind, von den Felsen abzusteuern?«

»Der Herr! – Er, der so oft andern aus noch größeren Schwierigkeiten geholfen hat. Oft und vielmal wäre meinem Kopf Haar, Haut und alles abgestreift worden, wenn der Herr nicht an meiner Seite gefochten hätte. Ich unterziehe mich nie einem Scharmützel, Freund Seemann, ohne an diesen großen Verbündeten zu denken, der im Kampfe mehr tun kann als alle Bataillone vom Sechzigsten, stünden sie auch in *einer* Linie.«

»Ja, ja, das mag wohl für einen Kundschafter gut sein, aber wir Seeleute lieben unsere offene See, und wenn's ins Feuer geht, mögen wir unsern Kopf mit nichts anderem behelligen als mit dem Geschäft vor uns – volle Lage gegen volle Lage und keine Bäume und Felsen, das Wasser unsicher zu machen.«

»Und auch keinen Gott, um es mit einem Wort zu sagen. Nehmt mein Wort dafür, Meister Cap, daß kein Kampf ein schlimmer sein wird, wenn Ihr den Herrn auf Eurer Seite habt. Betrachtet einmal den Kopf des Big Serpent! Ihr könnt noch der ganzen Länge nach die Spur eines Messers an seinem linken Ohre erkennen, und nur eine Kugel aus dieser meiner langen Büchse konnte damals seine Kopfhaut retten; denn sie klaffte bereits, und eine halbe Minute später wäre es um seine Kriegerlocke geschehen gewesen. Wenn mir nun der Mohikaner die Hand drückt und mir zu verstehen gibt, ich hätte mich ihm in dieser Sache als ein Freund erwiesen, so sage ich zu ihm: Nein, es war der Herr, der mich zu der einzigen Stelle führte, wo ihm dieses Leid geschehen konnte, und von wo aus der aufsteigende Rauch mir seine Not verriet. Freilich – als ich einmal meine Stellung genommen hatte, beendigte ich die Sache auf eigene Faust; denn ein Freund unter dem Tomahawk bringt einen zu einem raschen Entschluß und zu schneller Tat, wie dies bei mir der Fall war: sonst würde jetzt wohl Serpents Geist in dem seligen Lande seines Volkes jagen!«

»Na, na, Pfadfinder, dieses Gewäsch ist schlimmer, als vom Vorsteven bis zum Stern skalpiert zu werden. Wir haben nur noch wenige Stunden bis zum Untergang der Sonne, und es wird besser sein, uns Eurer Strömung anzuvertrauen, solange es noch möglich ist. Magnet, Schätzchen, bist du nicht bereit aufzubrechen?«

Magnet fuhr auf, errötete über und über und machte ihre Vorbereitungen zur unmittelbaren Weiterreise. Sie hatte von der Unterhaltung der beiden keine Silbe gehört; denn Eau-douce unterhielt ihr Ohr mit einer Beschreibung des Forts, welches das Ziel ihrer Reise war, mit Erzählungen von ihrem Vater, den sie seit ihrer Kindheit nicht mehr gesehen hatte, und mit den Sitten und Gebräuchen derer, welche die Grenzgarnisonen bewohnten. Unwillkürlich hatten sich ihre Gedanken zu sehr in diese Gegenstände vertieft, als daß die minder erfreulichen, welche von ihren Nachbarn besprochen wurden, ihr Ohr hätten erreichen können. Der Lärm des Aufbruchs machte dieser Unterhaltung ein Ende, und in wenigen Minuten war die ganze Gesellschaft samt dem wenigen Gepäck der Kundschafter oder Wegweiser zum Abzuge bereit. Ehe sie jedoch die Stelle verließen, sammelte Pfadfinder, zur großen Verwunderung seiner Gefährten, eine Partie Zweige und warf sie auf den glimmenden Rest des Feuers. Dabei nahm er darauf Bedacht, einige feuchte Holzstücke darunterzumengen, um den Rauch so dunkel und dicht als nur möglich zu machen.

»Wenn Ihr Eure Fährte verbergen könnt, Jasper«, sagte er, »so wird der Rauch auf dem Lagerplatz eher Nutzen als Schaden bringen. Wenn sich ein Dutzend Mingos innerhalb zehn Meilen von uns befindet, so werden einige davon auf den Höhen oder in den Bäumen sich aufhalten und sich nach Rauch umsehen. Erblicken sie diesen, so mag er ihnen wohl bekommen; unsere Überbleibsel sind ihnen gegönnt.«

»Aber kann er sie nicht veranlassen, unsere Spur zu verfolgen?« fragte Jasper, dessen Besorgnisse über die Gefährlichkeit ihrer Lage seit seinem Zusammentreffen mit Magnet bedeutend erhöht worden waren. »Wir lassen bis zum Fluß einen breiten Pfad zurück.«

»Je breiter, desto besser! Wenn wir dort sind, so wird es über den Horizont eines listigen Mingos gehen zu sagen, ob der Kahn aufwärts oder abwärts gegangen ist. Wasser ist das einzige in der Natur, was durchaus jede Fährte verwischt, und doch tut es auch das Wasser nicht immer, wenn die Witterung scharf ist. Seht Ihr nicht, Eau-douce, daß die Mingos, wenn sie unsere Spur unterhalb der Fälle bemerkt haben, sich gegen diesen

Rauch heraufziehen und daraus den natürlichen Schluß ableiten werden, diejenigen, welche stromaufwärts gegangen sind, würden auch stromaufwärts ihre Fahrt fortgesetzt haben? Wenn sie etwas wissen, so wissen sie nur, daß eine Partie von dem Fort ausgegangen ist, und sicher wird es den Witz eines Mingos übersteigen, sich zu denken, daß wir nur um einer Lustpartie willen den nämlichen Tag hierher und wieder zurück – unsere Kopfhäute in Gefahr gesetzt haben.«

»Freilich«, versetzte Jasper, welcher sich abseits mit dem Pfadfinder besprach, während sie ihre Richtung gegen die Windgasse hin einschlugen, »sie können nichts von des Sergeanten Tochter wissen; denn in Beziehung auf sie wurde das größte Geheimnis beobachtet.«

»Und hier sollen sie nichts erfahren«, erwiderte Pfadfinder, indem er seinen Gefährten veranlaßte, sorgfältig in die Spuren von Mabels kleinem Fuße zu treten, »wenn nicht dieser alte Salzwasserfisch seine Nichte in der Windgasse herumgeführt hat, wie eine alte Hirschgeiß ihr Kitzchen.«

»Ein Bock, meint ihr, Meister Pfadfinder.«

»Ist er nicht ein Querkopf? Nun, ich kann wohl Kameradschaft machen mit einem Schiffer, wie Ihr seid, Eau-douce, und finde nichts besonders Konträres in unsern Gaben, obgleich sich die Euern mehr für die Seen und die meinen für die Wälder eignen; aber mit diesem – hört, Jasper«, fuhr der Kundschafter mit seinem gewohnten tonlosen Lachen fort, »ich meine, wir sollten ihm doch das Rüstzeug visitieren und ihn über die Fälle schießen lassen?«

»Und was in der Zwischenzeit mit der artigen Nichte anfangen?«

»Nun, *ihr* braucht deshalb kein Leid zu widerfahren. Sie muß jedenfalls auf dem Trageweg um die Fälle gehen. Aber Ihr und ich können diesen Atlantischen Ozeansmenschen auf die Probe stellen, und dann werden sich wohl alle Teile besser miteinander befreunden. Wir wollen ausfindig machen, ob sein Stein Feuer gibt, und er mag etwas von den Streichen der Grenzleute erfahren.«

Der junge Jasper lächelte; denn er war einem Scherze nicht abgeneigt, um so weniger, als Caps Anmaßung ihn unangenehm berührt hatte. Aber Mabels schönes Antlitz, ihre leichte, behende Gestalt und ihr gewinnendes Lächeln stellten sich wie ein

Schild zwischen ihren Onkel und den beabsichtigten Versuch.

»Vielleicht wird es des Sergeanten Tochter erschrecken«, sagte er.

»Gewiß nicht, wenn sie etwas von des Sergeanten Geist in sich hat. Sie sieht nicht aus, als ob sie ein zimperliches Ding wäre. Oder laßt mich allein machen, ich will die Sache schon durchführen.«

»Nicht Ihr allein, Pfadfinder; ihr würdet beide miteinander ertrinken. Wenn der Kahn über die Fälle geht, muß ich dabei sein.«

»Gut, sei es so. Es bleibt also bei der Übereinkunft.«

Jasper nickte lächelnd seine Zustimmung, und der Gegenstand war abgemacht, als die Gesellschaft bei dem mehrerwähnten Kahne anlangte. Weniger Worte hatten schon über wichtigere Dinge zwischen den Parteien entschieden.

Drittes Kapitel

Eh' Pflug und Karst auf diesen Feldern galt,
Floß voll zum Rand des Stromes Welle,
Und durch den frischen weiten Wald
Erklang der Wasser Echo helle;
Der Waldstrom brauste, Bäche spielten,
Und in dem Schatten sprang die Quelle.

Bryant

Die Wasser, welche in die Südseite des Ontario einmünden, sind bekanntlich im allgemeinen schmal, träge und tief. Doch gibt es einige Ausnahmen von dieser Regel; denn manche jener Flüsse haben reißende Strömungen oder Stromschnellen (rifts), wie man sie in diesen Gegenden nennt, andere haben Fälle. Unter die letzteren gehörte der Fluß, auf welchem unsere Abenteurer ihre Reise fortsetzten. Der Oswego wird von dem Oneida und dem Onondaga, welche beide von Seen herkommen, gebildet und fließt etwa acht oder zehn Meilen durch ein wellenförmiges Land, bis er den Rand einer Art von natürlicher Terrasse erreicht, von dem aus er zehn bis fünfzehn Fuß tief in eine andere Ebene hinabstürzt und durch dieselbe in der stillen und ruhigen Weise eines tiefen Gewässers hingleitet, bis er seinen Zoll an den weiten Behälter des Ontario entrichtet. Der Kahn, in welchem Cap und seine Gesellschaft vom Fort Stanwix, der letzten militärischen Station am Mohawk, hergekommen waren, lag am Ufer des Flusses und nahm die ganze Gesellschaft mit Ausnahme des Pfadfinders auf, welcher am Lande blieb, um das leichte Fahrzeug abzustoßen.

»Laßt den Stern vorantreiben, Jasper«, sagte der Mann der Wälder zu dem jungen Schiffer des Sees, welcher Arrowheads Ruder ergriffen und selber die Stellung des Steuermanns eingenommen hatte, »laßt ihn mit der Strömung abwärts gehen. Wenn einige von diesen Teufeln, den Mingos, unsere Fährte auswittern und bis zu dieser Stelle verfolgen, so werden sie zuerst die Spuren im Schlamm untersuchen; und bemerken sie, daß wir das Ufer mit stromaufwärts gerichteter Nase verlassen haben, so müssen sie natürlich zu der Vermutung kommen, daß wir aufwärts gerudert seien.«

Dieser Anweisung wurde Folge geleistet. Pfadfinder, welcher sich in der Blüte seiner Kraft und Tätigkeit befand, gab nun dem Kahn einen kräftigen Stoß und sprang mit einer Leichtigkeit in den Bug desselben, die das Gleichgewicht des Fahrzeugs nicht im mindesten störte. Als sie die Mitte des Flusses, wo die Strömung am stärksten war, erreicht hatten, drehte sich das Boot und begann geräuschlos stromabwärts zu gleiten.

Das Fahrzeug, in welchem sich Cap und seine Nichte zu ihrer langen und abenteuerlichen Reise eingeschifft hatten, war eines von den Rindenkanus, welche die Indianer verfertigen, und die wegen ihrer außerordentlichen Leichtigkeit, wie auch wegen der Geschwindigkeit, mit der sie bewegt werden können, ungemein geeignet für eine Fahrt sind, bei welcher Sandbänke, Treibholz und ähnliche Störungen so oft in den Weg treten. Die zwei Männer, welche die ursprüngliche Gesellschaft ausmachten, hatten es ohne das Gepäck manche hundert Ellen weit geschleppt, und das Gewicht desselben hätte wohl durch die Kraft eines einzelnen Mannes gehoben werden können. Demungeachtet war es lang, für einen Kahn weit, und nur die geringere Stetigkeit mochte in den Augen der Uneingeweihten als ein Mangel erscheinen. An diesen Übelstand war man jedoch nach ein paar Stunden gewöhnt, und Mabel wie ihr Onkel hatten sich so weit in seine Bewegungen zu finden gelernt, daß sie nun mit vollkommener Gemütsruhe ihre Plätze festhielten. Auch wurden die Kräfte des Kahns durch das Gewicht der drei Wegweiser nicht über Gebühr in Anspruch genommen, da der breite runde Bauch desselben hinreichend Wasser verdrängte, ohne das Schandeck der Oberfläche des Stromes merklich näher zu bringen. Die Arbeit daran war zierlich, die Spannen klein und mit Lederwerk befestigt und der ganze Bau, so unbedeutend und unsicher er dem Auge erscheinen mochte, imstande, vielleicht noch einmal soviel Personen, als sich darin befanden, weiterzubringen.

Cap hatte einen niedrigen Quersitz in der Mitte des Kahnes, und Big Serpent kauerte sich neben ihn auf die Knie. Arrowhead und sein Weib saßen vor ihnen, da ersterer seinen Platz hinten im Kahn verlassen hatte. Mabel hatte sich hinter ihrem Onkel halb auf ihr Gepäck zurückgelehnt, indes der Pfadfinder und Eau-douce, der eine im Bug, der andere im Stern, aufrecht standen und langsam, fest und geräuschlos die Ruder bewegten. Die Unterhaltung wurde mit gedämpfter Stimme geführt; denn alle fingen an, die Notwendigkeit der Vorsicht zu fühlen, da sie sich nun den Außenwerken des Forts mehr näherten und nicht mehr durch das Versteck des Waldes gedeckt waren.

Der Oswego war gerade auf dieser Strecke von tiefdunkler Farbe, nicht besonders breit; der stille düstere Strom verfolgte seine Windungen unter überhängenden Bäumen, welche an manchen Stellen das Licht des Himmels fast ganz ausschlossen. Hier und da kreuzte ein halbgefallener Waldriese nahezu die Oberfläche und machte Vorsicht nötig, indes am Ufer Bäume von niedrigerem Wuchse Zweige und Blätter in das Wasser senkten. Das Gemälde, welches einer unserer Dichter so herrlich gezeichnet hat, und das wir über dieses Kapitel gesetzt haben, war hier verwirklicht. Die Erde, gedüngt durch die vermoderte Vegetation von Jahrhunderten, der schwarze Lehmgrund, die Ufer des Stroms voll zum Überfließen, und »der frische weite Wald« – alles erschien hier so lebenswarm, wie es Bryant für die Phantasie malte. Kurz, die ganze Szene war die einer reichen und wohlwollenden Natur, ehe sie der Mensch unterworfen – verschwenderisch, wild, vielversprechend und auch in diesem rohesten Zustand nicht ohne den Reiz des Malerischen. Ich muß bemerken, daß der Zeitraum unserer Geschichte in das Jahr 175– fällt, in eine Zeit also, da der Spekulationsgeist abenteuerlicher Projektanten jenen Teil des westlichen Staates Neuyork noch nicht in die Grenzen der Zivilisation gezogen hatte. In jener fernen Zeit gab es zwischen dem bewohnten Teil der Kolonie Neuyork und den Grenzfestungen Kanadas zwei große militärische Verbindungskanäle, deren einer durch den Champlain- und Georgsee, der andere durch den Mohawk, den Wood-Creek, den Oneida und die oben genannten Flüsse vermittelt wurde. Längs dieser beiden Verbindungslinien waren militärische Posten aufgestellt. Diese fanden sich übrigens so spärlich, daß von dem letzten am dem Ursprung des Mohawk gelegenen Fort bis zum Ausfluß des Oswego sich eine unbesetzte Strecke von hundert Meilen ausdehnte, welche Cap und Mabel nun größtenteils unter Arrowheads Schutz zurückgelegt hatten.

»Ich wünsche mir wohl bisweilen die Zeit des Friedens wieder«, sagte der Pfadfinder, »da man den Wald durchstreifen konnte, ohne es mit einem andern Feinde als den wilden Tieren und den Fischen zu tun zu haben. Ach, wie manchen Tag haben ich und der Serpent zwischen den Strömen bei Wildbret, Salmen und Forellen zugebracht, ohne an einen Mingo oder einen Skalp zu denken! Bisweilen wünsche ich, diese gesegneten Tage möchten wiederkehren; denn die Jagd auf mein eignes Geschlecht gehört nicht zu meinen eigentlichen Gaben. Ich bin überzeugt, daß des Sergeanten Tochter mich nicht für einen solchen Elenden hält, der seine Lust an Menschenblut hat!«

Nach dieser Bemerkung, welche halb fragend gemacht wurde, blickte der Pfadfinder hinter sich; obgleich selbst der parteiischste Freund seine sonnverbrannten, harten Züge kaum schön nennen konnte, fand doch Mabel sein Lächeln, seinen gesunden Verstand und die Aufrichtigkeit, die aus seinem ehrlichen Gesicht leuchtete, sehr anziehend.

»Ich glaube nicht, daß mein Vater einen Mann, wie Ihr ihn bezeichnet, ausgeschickt hätte, seine Tochter durch die Wildnis zu geleiten«, antwortete das Mädchen, indem sie sein Lächeln so freimütig, wie es gegeben wurde, nur mit etwas mehr Anmut erwiderte.

»Er hätte es nicht, nein, er hätte es nicht getan. Der Sergeant ist ein Mann von Gefühl, und wir haben zusammen manchen Marsch gemacht und manchen Kampf ausgefochten – Schulter an Schulter, wie er es nennen würde – obgleich ich mir die Glieder immer frei gehalten habe, wenn ein Franzose oder Mingo in der Nähe war.«

»So seid Ihr also der junge Freund, von dem mein Vater so oft in seinen Briefen gesprochen hat?«

»Sein *junger* Freund – der Sergeant ist gegen mich um dreißig Jahre im Vorteil, ja, er ist dreißig Jahre älter als ich, und nun ebensolange mein Vorgesetzter.«

»In den Augen der Tochter wohl nicht, Freund Pfadfinder«, warf Cap ein, dessen Lebensgeister wieder rege zu werden begannen, als er Wasser um sich fließen sah. »Die dreißig Jahre, deren Ihr erwähnt, werden von den Augen eines neunzehnjährigen Mädchens selten als ein Vorteil betrachtet.«

Mabel errötete, und während sie ihr Gesicht von den im Vorderteil des Kahnes befindlichen Personen abwenden wollte, begegnete sie dem bewundernden Blick des jungen Mannes am

Stern. Als letzte Zuflucht senkte sie nun ihr sanftes, blaues, ausdrucksvolles Auge gegen die Wasserfläche. Gerade in diesem Augenblick schwebte durch die Baumreihe ein matter, dumpfer Ton, getragen von einem leichten Luftstrome, welcher kaum ein Kräuseln auf dem Wasser hervorbrachte.

»Das klingt angenehm«, sagte Cap und spitzte die Ohren gleich einem Hunde, der entferntes Bellen hört.

»Es ist nur der Fluß, der eine halbe Meile unter uns über einige Felsen stürzt.«

»Ist ein Fall auf dem Strom?« fragte Mabel, indem sie noch stärker errötete.

»Der Teufel! Meister Pfadfinder, oder Ihr, Herr Eaudouce«, (denn so begann Cap Jasper in der vertraulichen Weise der Grenzleute zu nennen), »konntet Ihr dem Kahn keinen bessern Strich geben und Euch näher an das Ufer halten? Diese Wasserfälle haben gewöhnlich Stromschnellen über sich, und ebensogut könnten wir uns dem Mahlstrom als ihrem Saugen anvertrauen!«

»Verlaßt Euch auf uns, verlaßt Euch auf uns, Freund Cap«, antwortete der Pfadfinder, »wir sind zwar Frischwasserschiffer, und ich darf mir nicht einmal auf dieses viel zugute tun; aber wir kennen die Strömungen und die Wasserfälle, und während wir darübergehen, werden wir uns Mühe geben, unserer Erziehung keine Unehre zu machen.«

»Darübergehen!« rief Cap. »Zum Teufel, Mensch, Ihr werdet's Euch doch nicht träumen lassen, über einen Wasserfall zu fahren in dieser Nußschale von Barke?«

»Gewiß, der Weg geht über die Fälle und es ist viel leichter, über diese wegzuschießen, als den Kahn auszuladen und ihn samt seinem Inhalt zu Land eine Meile Wegs herumzutragen.«

Mabel kehrte ihr erblaßtes Antlitz gegen den jungen Mann am Sterne des Kahnes; denn gerade jetzt hatte ein frischer Luftstrom das Getöse der Fälle aufs neue zu ihren Ohren getragen. Der Ton konnte wirklich Schrecken erregen, da nunmehr seine Ursache bekannt war.

»Wir dachten, die Frauen und die beiden Indianer ans Land zu setzen«, bemerkte Jasper ruhig, »indes wir drei weißen Männer, die wir ans Wasser gewöhnt sind, das Boot sicher darüber wegführen; denn wir sind schon oft über diese Fälle geschossen.«

»Und wir zählen auf Euern Beistand, Freund Seemann«, sagte der Pfadfinder, indem er Jasper über die Achsel zuwinkte, »denn Ihr seid des Wellensturzes gewohnt, und wenn nicht einer auf die Ladung achthat, so möchten alle die feinen Sachen der Tochter des Sergeanten in der Flußwäsche zugrunde gehen.«

Cap war verwirrt. Der Gedanke, über die Fälle zu fahren, erschien seinen Augen vielleicht ernsthafter, als er denen, welche mit der Führung eines Bootes gänzlich unbekannt waren, vorkommen mochte; denn er kannte die Macht des Elementes und die Ratlosigkeit des Menschen, wenn er der Wut desselben ausgesetzt ist. Sein Stolz empörte sich aber gegen den Gedanken, das Boot zu verlassen, als er sah, mit welcher Festigkeit und Ruhe die andern darauf bestanden, den Weg auf die bezeichnete Weise fortzusetzen. Ungeachtet dieses Gefühls und seiner sowohl angebornen als erworbenen Standhaftigkeit in Gefahren würde er übrigens seinen Posten wahrscheinlich dennoch verlassen haben, wenn seine Phantasie nicht von den Bildern der auf Skalpe lauernden Indianer so ganz hingerissen gewesen wäre, daß er den Kahn gewissermaßen als ein Asyl betrachtete.

»Was fängt man aber mit Magnet an?« fragte er, als die Zuneigung zu seiner Nichte neue Gewissensskrupel in ihm aufsteigen ließ. »Wir können sie doch nicht ans Land setzen, wenn Indianer in der Nähe sind?«

»Nein, kein Mingo wird sich dem Trageweg nähern; denn dies ist ein Ort, der zu offen ist für ihre Teufeleien«, antwortete Pfadfinder zuversichtlich. »Natur ist Natur, und es gehört zur Natur des Indianers, sich da finden zu lassen, wo er am wenigsten erwartet wird. Auf besuchten Pfaden hat man ihn nicht zu fürchten; denn er wünscht immer, unvorbereitet zu überfallen, und die Schufte machen sich's zur Ehrensache, ihre Gegner auf einem oder dem andern Wege zu täuschen. Streich ein, Eaudouce, wir wollen des Sergeanten Tochter am Ende jenes Baumstrunks landen, auf dem sie trockenen Fußes das Ufer erreichen kann.«

Das Einlenken erfolgte, und in wenigen Minuten hatte die ganze Gesellschaft mit Ausnahme des Pfadfinders und der beiden Seeleute den Kahn verlassen. Ungeachtet des Stolzes auf sein Gewerbe würde jedoch Cap freudig gefolgt sein, wenn er sich nicht gescheut hätte, in Gegenwart der beiden Frischwasserschiffer eine so unzweideutige Schwäche an den Tag zu legen.

»Ich rufe alle zu Zeugen auf«, sagte er, als die Gelandeten sich zum Abzuge anschickten, »daß ich diese ganze Sache für weiter nichts ansehe als für eine Kahnfahrt in den Wäldern. Es gilt keine Seemannskunst beim Hinunterstürzen über einen Wasserfall, und es ist eine Heldentat, die der unerfahrenste Schlingel so gut wie der älteste Matrose bestehen kann.«

»Nein, nein, Ihr habt nicht nötig, die Oswegofälle zu verachten; denn wenn sie schon keine Niagaras oder Genessees oder Cahoos oder Glenns oder sonstige Fälle Kanadas sind, so sind sie doch immer stark genug für einen Neuling. Laßt des Sergeanten Tochter auf jenen Felsen stehen, und sie wird sehen, wie wir unwissenden Hinterwäldler *über* eine Schwierigkeit hingehen, *unter* der wir nicht wegkommen können. Nun, Eau-douce, feste Hand und sicheres Auge; denn alles liegt auf Euch, da, wie ich sehe, Meister Cap für nichts weiter als für einen Passagier zu rechnen ist.«

Als er geendet hatte, verließ der Kahn das Ufer. Mabel erreichte mit schnellem und zitterndem Schritte den ihr bezeichneten Felsen und sprach mit ihrer Begleiterin über die Gefahr, in welche ihr Onkel sich so unnötigerweise begeben hatte, indes ihr Blick unverwandt auf der behenden und kräftigen Gestalt von Eau-douce ruhte, welcher aufrecht in dem Stern des leichten Bootes stand und die Bewegungen desselben leitete. Als sie jedoch die Stelle erreicht hatte, wo sich ihr die Aussicht über den Wasserfall öffnete, stieß sie einen unwillkürlichen, aber unterdrückten Schrei aus und bedeckte sich die Augen. Im nächsten Augenblick ließ sie aber die Hände wieder sinken, und nun stand das hingerissene Mädchen unbeweglich wie eine Statue und beobachtete mit verhaltenem Atem, was vorging. Die zwei Indianer setzten sich teilnahmslos auf einen Baumstamm, kaum gegen den Strom hinblickend, indes Arrowheads Weib sich Mabel näherte und auf die Bewegungen des Kahns mit demselben Interesse zu achten schien, mit welchem die Blicke der Kinder den Sprüngen eines Gauklers folgen.

Als das Boot in der Strömung war, sank Pfadfinder auf die Knie und fuhr fort zu rudern. Er tat es jedoch nur langsam und in einer Weise, welche die Bemühungen seines Gefährten nicht beeinträchtigte. Letzterer stand noch aufrecht, und da er sein

Auge auf irgendeinen Gegenstand jenseits des Falles gerichtet hielt, so war es augenscheinlich, daß er sorgfältig die für ihre Passage geeignetste Stelle ausspähte.

»Mehr West, Junge; mehr West«, brummte Pfadfinder, »da, wo Ihr den Wasserschaum seht! Bringt den Gipfel der toten Eiche in eine Linie mit dem Stamm der dürren Schierlingstanne.«

Eau-douce gab keine Antwort; denn der Kahn war in der Mitte des Flusses, mit dem Schnabel gegen den Fall gekehrt, und fing nun an, seine Bewegungen zu beschleunigen, da die Gewalt der Strömung sich mehrte. In diesem Augenblicke würde Cap mit Freuden auf alle ruhmvollen Ansprüche, die er bei dieser Unternehmung erwerben konnte, verzichtet haben, wenn er nur mit heiler Haut hätte das Ufer erringen können. Er hörte das Geräusch des Wassers wie ein entferntes Donnern, welches immer lauter und deutlicher wurde, und vor sich sah er eine Linie den Wald durchschneiden, in welcher das erzürnte grüne Element sich zu weiten und zu leuchten schien, als ob es eben im Begriff sei, die Elemente seines Zusammenhangs zu zerstören.

»Hinunter mit Eurem Steuer, hinunter mit Eurem Steuer, Mensch!« rief er aus, unfähig, seine Beängstigung länger zu unterdrücken, als der Kahn auf den Rand des Falles losglitt.

»Ha, ha, hinunter geht es sicher genug«, antwortete Pfadfinder, indem er einen Augenblick mit seinem stillen, muntern Lachen hinter sich blickte, »hinunter gehen wir, sicherlich! Lüpf' den Stern, Junge, besser auf mit dem Stern!«

Das übrige ging mit der Schnelligkeit des Windes. Eau-douce gab mit dem Ruder den erforderlichen Schwung, der Kahn schoß in das Fahrwasser, und auf einige Augenblicke war es Cap, als sei er in einen Kochkessel gestoßen. Er fühlte die Kahnspitze sich biegen, sah das wildbewegte, schaumige Wasser in tollen Wogen an seiner Seite tanzen und bemerkte, daß das leichte Fahrzeug, in welchem er schwamm, wie eine Nußschale umhergestoßen wurde. Dann entdeckte er zu seiner ebenso großen Freude wie Überraschung, daß es unter Jaspers sicherm Ruderschlage quer durch das ruhige Wasserbecken glitt, welches sich unter dem Falle befand.

Der Pfadfinder fuhr fort zu lachen, erhob sich von seinen Knien, brachte eine zinnerne Kanne nebst einem Hornlöffel hervor und fing an, bedächtig das Wasser, welches während ihrer Überfahrt in den Kahn gedrungen war, zu messen.

»Vierzehn Löffel voll, Eau-douce, vierzehn wohlgemessene Löffel voll. Ihr müßt zugeben, daß ich Euch mit bloß zehn habe übersetzen sehen.«

»Meister Cap lehnte so hart gegen den Strom«, entgegnete Jasper ernst, »daß ich Mühe hatte, dem Kahn die gehörige Richtung zu geben.«

»Es mag sein, es mag sein, und ich zweifle nicht, daß es wirklich so ist, weil Ihr es sagt. Aber ich weiß, daß Ihr sonst bloß mit zehn überfahrt.«

Cap machte sich durch ein erschütterndes Räuspern Luft, griff nach seinem Zopf, als ob er sich versichern wollte, daß sich derselbe noch wohlbehalten an seiner Stelle befinde, und blickte dann zurück, um die Gefahr zu ermessen, welche er eben bestanden hatte; denn daß sie vorüber war, wurde ihm schnell klar. Die größte Wassermasse des Stromes hatte einen senkrechten Fall von ungefähr zehn bis zwölf Fuß, aber mehr gegen die Mitte hin wurde die Gewalt der Strömung so mächtig, daß sie das Wasser unter einem Winkel von ungefähr vierzig oder fünfundvierzig Grad abstieß und daselbst eine schmale Passage über den Felsen eröffnete. Der Kahn war über diesen kitzligen Weg mitten durch zerbrochene Felsenstücke, die Strudel und die Stöße des empörten Elements, welche jeden Unkundigen die unvermeidliche Zerstörung eines so zerbrechlichen Fahrzeugs besorgen ließen, gegangen. Seine große Leichtigkeit hatte die Überfahrt begünstigt; denn getragen vom Kamme des Wassers und geleitet von einem festen Auge und einem kräftigen Arm tanzte er mit der Leichtigkeit einer Feder von einer Schaumspitze zur andern, so daß kaum seine glatte Seite benetzt wurde. Es waren einige Felsblöcke zu vermeiden, welche eine äußerst genaue Führung forderten; das übrige geschah durch die Gewalt der Strömung[7].

Wollte man sagen, daß Cap erstaunt gewesen sei, so würde man seine Gefühle nicht halb ausdrücken. Er war mit Ehrfurcht erfüllt; denn der gewaltige Respekt, den die meisten Seeleute vor Felsen haben, kam noch seiner Bewunderung für die Kühnheit zu Hilfe, mit welcher dieses Manöver ausgeführt worden war. Er war jedoch nicht geneigt, alle seine Empfindungen an den Tag zu legen, um nicht zuviel zugunsten der Frischwasser- und Binnenschiffahrt einzuräumen. Auch klärte er seine Kehle nicht eher durch das erwähnte Räuspern, als seine Zunge sich wieder in dem gewöhnlichen Zuge der Überlegenheit befand.

»Ich habe nichts gegen Eure Kenntnis der Stromfahrt einzuwenden, Meister Eau-douce (denn diese Benennung hielt er gläubig für Jaspers Zunamen), und allem nach ist die Kenntnis des Fahrwassers an einem solchen Platze die Hauptsache. Ich habe es mit Schaluppenführern zu tun gehabt, die hier auch hätten herunterfahren können, wenn sie das Fahrwasser gekannt hätten.«

»Es ist nicht genug, das Fahrwasser zu kennen, Freund Seemann«, sagte Pfadfinder, »es braucht Kraft und Geschicklichkeit, den Kahn aufrechtzuhalten und ihn klar von den Felsen abzusteuern. Es ist außer Eau-douce in der ganzen Gegend kein Bootsmann, der den Oswegofall mit Sicherheit zu passieren imstande wäre, obschon hin und wieder einer durchgetappt ist. Ich kann's auch nicht, wenn nicht mit Gottes Hilfe: und man braucht Jaspers Hand und Jaspers Auge, wenn man die Fahrt trocken und sicher machen will. Vierzehn Löffel voll sind im Grunde auch nicht viel, obgleich ich gewünscht hätte, es wären nur zehn gewesen, weil des Sergeanten Tochter zugesehen hat.«

»Und doch kanntet Ihr die Führung des Kahns und sagtet ihm, wie er leiten und streichen solle.«

»Menschliche Schwachheit, Meister Seemann; 's ist etwas von der Weißhaut-Natur. Wäre der Serpent in diesem Boot gewesen, so würde er kein Wort gesprochen und keinem Gedanken Laut gegeben haben. Ein Indianer weiß, wie er seine Zunge zu meistern hat, aber wir weißes Volk bilden uns immer ein, wir seien klüger als unsere Kameraden. Ich bin zwar willens, mich von dieser Schwäche zu kurieren, aber es braucht Zeit, ein Unkraut auszurotten, das schon mehr als dreißig Jahre gewuchert hat.«

»Ich halte wenig oder, aufrichtig zu reden, gar nichts von der ganzen Geschichte. Es handelt sich bei einem Wegschießen unter der Londoner Brücke nur um eine kleine Schaumwäsche, und Hunderte von Menschen, ja, selbst die empfindlichsten vornehmen Damen tun es täglich. Selbst des Königs Majestät hat in höchsteigener Person die Fahrt gemacht.«

»Wohl, wir brauchen keine vornehmen Damen oder Königliche Majestäten (Gott segne sie) für unsern Kahn, wenn er über diese Fälle geht; denn eine Bootsbreite auf irgendeine

Weise gefehlt, möchte leicht aus ihnen ersäufte Leichname machen. Eau-douce, wir werden des Sergeanten Schwager wohl noch über den Niagara führen müssen, um ihm zu zeigen, was wir Grenzleute zu leisten vermögen.«

»Zum Teufel, Meister Pfadfinder, Ihr seid gegenwärtig sehr spaßhaft. Sicher ist es unmöglich, in einem Birkenkahn über jenen mächtigen Wassersturz zu setzen.«

»Ihr seid in Eurem Leben nie in einem größern Irrtum gewesen, Meister Cap. Nichts ist leichter als dies, und ich habe manchen Kahn mit meinen eigenen Augen hinunterrutschen sehen. Wenn wir beide leben, so hoffe ich, Euch von der Wahrheit zu überzeugen. Ich, für meinen Teil, denke, das größte Schiff, das je auf dem Ozean gesegelt hat, müßte da hinuntergeführt werden, sobald es einmal in den Stromschnellen ist.«

Cap bemerkte den Wink nicht, welchen der Pfadfinder mit Eau-douce wechselte, und blieb eine Weile still; denn in der Tat hatte er nie an die Möglichkeit gedacht, den Niagara hinunterzukommen, sosehr sie auch jedem andern in die Augen springen mußte, während doch, wenn man die Sache beim Licht betrachtet, die Schwierigkeit eigentlich nur in dem Hinaufkommen liegt.

Unterdessen hatte die Gesellschaft die Stelle erreicht, wo Jasper seinen eigenen Kahn gelassen und im Gebüsch versteckt hatte. Sie schifften sich hier aufs neue ein; Cap, Jasper und die Nichte in dem einen, Pfadfinder, Arrowhead und das Weib des letzteren in dem andern Boote. Der Mohikaner war bereits zu Lande an den Ufern des Flusses weitergegangen, indem er vorsichtig und mit der Gewandtheit seines Volkes auf die Zeichen eines Feindes achtete.

Mabels Wangen fingen erst wieder an zu blühen, als der Kahn sich in der Strömung befand, auf welcher er sanft, nur gelegentlich von Jaspers Ruder angetrieben, abwärts glitt. Sie hatte den Übergang über den Wasserfall mit einem Schrecken angesehen, der ihre Zunge gebunden hielt. Doch war ihre Furcht nicht so groß gewesen, daß sie der Bewunderung Eintrag getan hätte, welche sie der Festigkeit des Jünglings, der die Bewegungen leitete, zollen mußte. In der Tat wären auch die Gefühle eines weit weniger empfänglichen Mädchens durch die besonnene und brave Haltung, mit welcher er das Wagestück ausführte, erweckt worden. Er war ungeachtet des Sturzes aufrecht geblieben, und diejenigen, welche sich am Ufer befanden, vermochten deutlich zu unterscheiden, daß nur durch die rechtzeitige Anwendung seiner Kraft und Gewandtheit der Kahn den nötigen Schwung bekam, um von einem Felsen klar abzufahren, über welchem das sprudelnde Wasser sich in Strahlen brach und bald das braune Gestein sichtbar werden ließ, bald es mit einem durchsichtigen Wogenguß überschüttete, als ob ein künstliches Triebwerk dieses Spiel des Elements veranlaßte. Die Zunge vermag nicht immer auszudrücken, was das Auge schaut; aber Mabel sah selbst in jenem Augenblicke des Schreckens genug, um ihrem Geiste für immer die Bilder des herabstürzenden Kahns und des unbewegten Steuermanns einzuprägen. Sie duldete diese verräterischen Gefühle, welche das Weib so eng an den Mann ketten und denen sich noch der Eindruck der Sicherheit, welche ihr sein Schutz versprach, beimischte. Sie fühlte sich in der zerbrechlichen Barke, in welcher sie sich befand, das erstemal wieder, seit sie Fort Stanwix verlassen hatte, so recht leicht und behaglich. Der andere Kahn ruderte ganz nahe dem ihrigen, und da der Pfadfinder ihr gerade gegenüber saß, fand vorzugsweise zwischen ihnen beiden die Unterredung statt. Jasper sprach selten, wenn er nicht angeredet wurde, und verwandte fortwährend eine Sorgfalt auf die Führung seines Bootes, welche wohl jedem, der an seine sonstige zuversichtliche und sorglose Weise gewöhnt war, hätte auffallen müssen, wenn ein solcher Beobachter gegenwärtig gewesen wäre.

»Wir kennen zu gut die Gaben der Frauen, um daran zu denken, des Sergeanten Tochter über die Fälle zu führen«, sagte der Pfadfinder mit einem Blick auf Mabel zu dem Onkel, »obgleich ich manche ihres Geschlechts in diesen Gegenden gekannt habe, welche sich wenig aus einer solchen Fahrt machen würden.«

»Mabel ist zaghaft wie ihre Mutter«, entgegnete Cap, »und Ihr tatet wohl, Freund, ihrer Schwäche zu schonen. Ihr werdet Euch erinnern, daß das Kind nie auf der See gewesen ist.«

»Nein, nein, das war leicht zu entdecken; doch bei Eurer eigenen Furchtlosigkeit hätte wohl jeder sehen können, wie wenig Ihr Euch aus der Sache machtet. Ich fuhr einmal mit einem ungeschickten Burschen hinunter, der aus dem Kahn sprang, gerade als er den Saum berührte, und Ihr mögt urteilen, was für eine Zeit er dazu gewählt hatte.«

»Was wurde aus dem armen Kerl?« fragte Cap, welcher nicht wußte, wie er des andern Weise zu nehmen hatte; denn sie war so trocken und einfach, daß ein Mensch, der nur ein bißchen weniger stumpf als der alte Seemann war, ihre Aufrichtigkeit verdächtig gefunden hätte. »Wer diese Stelle passiert hat, weiß, wie es ihm zumute sein mochte.«

»Es war ein *armer* Kerl, wie Ihr sagt, und ein armer Grenzmann dazu, obgleich er es nur tat, um uns unwissenden Leuten seine Geschicklichkeit zu zeigen. Was aus ihm wurde? Ei, er ging köpflings die Fälle hinunter, wie es bei einem Landhaus oder Fort auch gegangen wäre« –

»Wenn sie aus einem Kahn springen würden«, unterbrach ihn Jasper lächelnd, obgleich er sichtlich weit geneigter als sein Freund war, die Fahrt über die Wasserfälle in Vergessenheit geraten zu lassen.

»Der Junge hat recht«, erwiderte Pfadfinder mit einem Lachen gegen Mabel, welcher er sich so weit genähert hatte, daß die Kähne sich hart berührten, »er hat sicher recht. Aber Sie haben uns noch nicht gesagt, was Sie von dem Satze halten, den wir da gemacht haben?«

»Er war gefährlich und kühn«, sagte Mabel, »und als ich zusah, hätte ich wohl gewünscht, daß er nicht versucht worden wäre, obschon ich jetzt, da er vorüber ist, die Kühnheit und Festigkeit, mit der er gemacht wurde, bewundern muß.«

»Glauben Sie übrigens ja nicht, daß wir es taten, um uns in den Augen eines Frauenzimmers hervorzuheben. Es mag zwar jungen Leuten angenehm sein, durch Handlungen, welche kühn und lobenswert erscheinen, sich bei andern in eine gute Meinung zu setzen, aber weder Eau-douce noch ich selbst bin von dieser Sorte. Meine Natur, obgleich vielleicht Serpent ein besseres Zeugnis ablegen könnte, hat sich hierin nicht geändert; sie ist eine gerade Natur und würde nicht geeignet sein, mich zu einer derartigen, ungebührlichen Eitelkeit zu verleiten. Was den Jasper anbelangt, so würde er über die Oswego-Fälle lieber ohne einen Zuschauer gehen als vor hundert Augenpaaren. Ich kenne den Jungen aus langer Kameradschaft und bin sicher, daß er kein Prahler und eitler Großtuer ist.«

Mabel blickte den Kundschafter mit einem Lächeln an, welches Veranlassung gab, die Kähne noch eine Weile länger beisammenzuhalten; denn der Anblick von Jugend und Schönheit war so selten an dieser entfernten Grenze, daß die eben getadelten und unterdrückten Gefühle dieses Wanderers in den Wäldern durch die blühende Liebenswürdigkeit des Mädchens merklich erregt wurden.

»Wir hielten es fürs beste«, fuhr Pfadfinder fort, »und es war auch das beste. Hätten wir den Kahn zu Lande weiter gebracht, so wäre viel Zeit verlorengegangen, und nichts ist so kostbar als Zeit, wenn man sich vor den Mingos in acht zu nehmen hat.«

»Aber wir können nun wenig mehr zu fürchten haben. Die Kähne fahren schnell, und zwei Stunden werden uns, wie Ihr gesagt habt, nach dem Fort bringen.«

»Es muß ein schlauer Irokese sein, der Ihnen auch nur ein Haar Ihres Hauptes beschädigen will; denn hier haben sich alle dem Sergeanten und die meisten, denke ich, gegen Sie selbst verpflichtet, jedes Ungemach von Ihnen fernzuhalten. Ha! Eau-douce, was ist das an dem Fluß? dort, an der untern Umbiegung, unterhalb des Gebüsches – was steht dort an dem Felsen?«

»'s ist Big Serpent, Pfadfinder, er macht uns Zeichen, die ich nicht verstehe.«

»'s ist der Serpent, so wahr ich ein Weißer bin, und er wünscht, daß wir uns mehr seinem Ufer nähern. Es ist Unheil um den Weg, sonst würde ein Mann von seiner Bedächtigkeit und Festigkeit nie diese Störung veranlassen. Doch Mut! Wir

sind Männer und müssen uns bei einer Teufelei benehmen, wie es unserer Farbe und unserem Berufe ziemt. Ah! ich hab nie etwas Gutes aus dem Großtun kommen sehen; und hier, gerade da ich mich unserer Sicherheit rühme, kommt die Gefahr, die mich Lügen straft.«

Viertes Kapitel

Hier bietet der Natur die Kunst die Wette
Und schafft in seiner grünen Pracht den Baum
Um seinen Stamm schlingt sich des Efeus Kette,
Und wilde Rosen glühn in ihrem Saum.

Spenser

Unter den Fällen des Oswego ist die Strömung reißender und ungleicher als oberhalb derselben. Es gibt Stellen, wo der Fluß mit der stillen Ruhe des tiefen Wassers hinfließt, aber auch viele Sandbänke und Stromschnellen, und damals, als noch alles in seinem Naturzustande sich befand, war die Durchfahrt stellenweise nicht ohne Gefahr. Zwar war im allgemeinen nur wenig Anstrengung von seiten der Kahnführer erforderlich; an Stellen aber, wo die Schnelligkeit der Strömung und die vorhandenen Felsen Vorsicht verlangten, bedurfte es in der Tat nicht bloß der Wachsamkeit, sondern auch der größten Besonnenheit, Schnelligkeit und kräftiger Arme, um die Gefahr zu vermeiden. Auf alles dieses hatte der Mohikaner geachtet und mit Umsicht eine Stelle gewählt, wo der Fluß ruhig genug floß, um die Kähne anhalten und die Kommunikation für diejenigen, welche er zu sprechen wünschte, gefahrlos einleiten zu können.

Sobald der Pfadfinder die Gestalt seines roten Freundes erkannt hatte, ruderte er mit kräftigen Schlägen dem Ufer zu und veranlaßte Jasper, ihm zu folgen. In einer Minute waren beide Kähne in dem Bereiche des überhängenden Gebüsches. Es herrschte tiefes Stillschweigen, welches die einen aus Furcht, die andern aus gewohnter Vorsicht beobachteten. Als die Reisenden sich dem Indianer näherten, veranlaßte er sie durch ein Zeichen stillzuhalten und hielt dann mit dem Pfadfinder eine kurze, aber ernste Besprechung in der Sprache der Delawaren.

»Der Häuptling ist nicht der Mann, der einen toten Stamm für einen Feind ansieht«, bemerkte der weiße Mann gegen seinen roten Verbündeten, »warum läßt er uns anhalten?«

»Mingos sind in den Wäldern.«

»Das haben wir in diesen zwei Tagen vermutet. Weiß der Häuptling davon?«

Der Mohikaner hielt ruhig einen steinernen Pfeifenkopf in die Höhe.

»Er lag auf einer frischen Fährte, welche gegen die Garnison hinführt« – so wurden nämlich von den Grenzleuten die militärischen Werke, mochten sie Mannschaft haben oder nicht, genannt.

»Das kann ein Pfeifenkopf sein, der einem Soldaten gehört. Viele bedienen sich der Pfeifen der Rothäute.«

»Sieh«, sagte Big Serpent und hielt aufs neue den gefundenen Gegenstand seinem Freunde vor Augen.

Der Pfeifenkopf war mit großer Sorgfalt und Geschicklichkeit aus Seifenstein geschnitten. In der Mitte befand sich ein kleines Lateinisches Kreuz, das mit einer Genauigkeit gefertigt war, welche keinen Zweifel über seine Bedeutung gestattete.

»Das prophezeit Unheil und Teufelei«, sagte der Pfadfinder, welcher den damals in den englischen Provinzen gewöhnlichen Abscheu gegen dieses heilige Symbol teilte; da man leicht Sachen mit Personen verwechselt, so hatte sich dieses Grauen so mit den Vorurteilen der Leute verflochten und einen so mächtigen Eindruck auf das moralische Gefühl des Volkes geübt, daß man die Spuren desselben noch heutigentags erkennen kann.

»Kein Indianer, der nicht durch die schlauen Priester Kanadas verdorben ist, würde sich's einfallen lassen, ein Ding wie dieses auf seine Pfeife zu schneiden. Ich wette, der Spitzbube betet jedesmal zu diesem Bild, wenn er mit einem Unschuldigen zusammentreffen und seine Schuftigkeit an ihm ausüben will. Ist sie auch frisch, Chingachgook?«

»Der Tabak war noch brennend, als ich sie fand.«

»Das wird tüchtige Arbeit geben, Häuptling. Wo ist die Spur?«

Der Mohikaner deutete auf eine Stelle, welche keine hundert Ellen von seinem Standort entfernt war.

Die Sache begann nun ein ernsteres Aussehen zu gewinnen. Die zwei Hauptführer besprachen sich einige Minuten abseits, stiegen dann am Ufer hinauf, näherten sich dem bezeichneten Orte und untersuchten die Fährte mit der größten Sorgfalt. Als ihre Nachforschungen ungefähr eine Viertelstunde gedauert hatten, kehrte der weiße Mann allein zurück, und sein roter Freund verschwand in dem Walde.

Sonst trug das Gesicht des Pfadfinders ein Gepräge der Einfachheit, Rechtschaffenheit und Aufrichtigkeit, gemischt mit der Miene des Selbstvertrauens, welches gewöhnlich allen, die sich unter seiner Obhut befanden, Zuversicht einflößte; aber nun warf der Ausdruck der Sorge einen Schatten über seine ehrlichen Züge, welcher die ganze Gesellschaft beunruhigte.

»Was gibt's, Meister Pfadfinder?« fragte Cap, indem seine gewohnte tiefe, starke und zuversichtliche Stimme zu einem scheuen Flüstern sich ermäßigte, welches sich allerdings mehr für die Gefahren der Wildnis eignete. »Hat sich der Feind zwischen uns und unsern Hafen gelegt?«

»Wie?«

»Haben einige von diesen bemalten Schalksnarren Anker geworfen vor dem Hafen, auf welchen wir lossteuern, in der Hoffnung, uns die Einfahrt abzuschneiden?«

»Es mag sein wie Ihr sagt, Freund Cap, aber ich bin durch Eure Worte um kein Haar weiser geworden, und in kitzligen Zeitumständen wird man um so leichter verstanden, je deutlicher man sein Englisch macht. Ich weiß nichts von Hafen und Anker, aber es liegt eine beängstigende Mingofährte in der Nähe von hundert Ellen und so frisch wie Wildbret ohne Salz. Wenn einer von diesen argen Teufeln vorübergekommen ist, so sind es auch ein Dutzend; und was das schlimmste ist, sie sind abwärts gegen die Garnison zu gegangen, und keine Seele kann um die Lichtung herumkommen, ohne daß man einigen ihrer durchbohrenden Augen in den Weg käme. Dann wird's sicher Kugeln geben.«

»Kann nicht das besagte Fort eine Lage geben und alles innerhalb des Bereichs seiner Klüsen wegfegen?«

»Nein, die Forts sind bei uns nicht wie die Forts in den Ansiedelungen, und zwei oder drei leichte Kanonen sind alles, was sie da unten an der Mündung des Flusses haben. Überhaupt hieße auch eine Lage auf ein Dutzend herumstreifender Mingos geben, die sich hinter Baumstämmen und im Walde verbergen können, sein Pulver verschwenden. Wir haben nur einen, und zwar einen sehr kitzligen Weg. Wir sind einmal hier; beide Kähne sind durch das hohe Ufer und das Gebüsch vor allen Augen verborgen, wenn uns nicht einer von jenen Strauchdieben gerade gegenüber in den Weg kommt. Hier wollen wir also bleiben, ohne uns der Furcht zu überlassen. Aber wie bringen wir die blutdürstigen Teufel wieder über den Strom hinauf? –

Ha, ich hab' es – ich hab' es. Wenn es auch nichts nützt, so kann es doch nichts schaden. Seht Ihr den breitwipfeligen Kastanienbaum dort, Jasper, an der letzten Stromwendung? Auf Eurer Seite, meine ich.«

»Den bei der gestürzten Fichte?«

»Denselben. Nehmt Stein und Zunderbüchse, kriecht am Ufer hin und macht ein Feuer an dieser Stelle. Kann sein, daß sie der Rauch da hinauflockt. Mittlerweile bringen wir vielleicht mit der gehörigen Vorsicht die Kähne weiter hinunter und finden einen andern Schutz. Buschwerk haben wir genug, und ein Versteck ist leicht in dieser Gegend zu finden, was uns die vielen Hinterhalte beweisen können.«

»Ich will's tun, Pfadfinder«, sagte Jasper und sprang ans Ufer. »In zehn Minuten soll das Feuer brennen.«

»Und, Eau-douce, nehmt diesmal ordentlich feuchtes Holz dazu«, flüsterte der andere mit seinem eigentümlichen herzlichen Lachen. »Wenn es an Rauch fehlt, so muß Wasser helfen, ihn zu verdicken.«

Der junge Mann, welcher zu wohl den Wert seiner Aufgabe kannte, um sie unnötig zu verzögern, eilte rasch dem bezeichneten Punkte zu. Mabel wagte einen leichten Einwurf wegen der Gefahr, welcher aber nicht beachtet wurde, und die Gesellschaft bereitete sich vor, ihre gegenwärtige Stellung unverzüglich zu verändern, da sie von dem Orte aus, wo Jasper das Feuer anzuzünden beabsichtigte, gesehen werden konnte. Die Bewegung forderte keine Eile und wurde mit Ruhe und Vorsicht ausgeführt. Die Kähne fuhren um die Gebüsche herum und glitten mit der Strömung fort, bis sie eine Stelle erreicht hatten, an welcher sie von dem Kastanienbaum aus nicht mehr erblickt werden konnten. Hier hielten sie an, und alle Augen richteten sich nun auf den zurückgebliebenen Abenteurer.

»Da steigt der Rauch auf«, rief der Pfadfinder, als ein leichter Windstoß eine kleine Dunstsäule vom Land aus in die Höhe wirbelte und sie in spiralförmigen Windungen über das Bett des Flusses hintrieb. »Ein guter Stein, ein Stückchen Stahl und ein Haufen dürrer Blätter machen ein schnelles Feuer. Ich hoffe, Eau-douce wird soviel Einsicht haben, sich an das feuchte Holz zu erinnern, wenn uns die List zustatten kommen soll.«

»Zu viel Rauch – zu viel Klugheit«, sagte Arrowhead in seiner sentenziösen Weise.

»Das wäre so wahr als die Bibel, Tuscarora, wenn die Mingos nicht wüßten, daß es Soldaten in der Nähe gibt. Die Soldaten denken aber an einem Rastorte gemeiniglich eifriger an ihre Mahlzeit als an das, was klug ist und sie gegen Gefahr schützen könnte. Nein, nein! Mag der Junge immerhin seine Holzklötze aufhäufen, daß es einen tüchtigen Rauch setzt; sie werden es der Dummheit einiger irischer oder schottischer Tölpel zuschreiben, welche mehr an ihre Hafergrütze und ihre Kartoffeln denken als an ein Zusammentreffen mit Indianern und indianischen Büchsen.«

»Man sollte aber doch nach allem, was ich hierüber in den Städten gehört habe, glauben, daß die Soldaten an dieser Grenze an die Kunstgriffe ihrer Feinde gewöhnt und fast so listig geworden seien als die roten Menschen selbst«, erwiderte Mabel.

»Nicht doch, nicht doch. Erfahrung macht sie nur wenig klüger, und sie diskurieren von ihren Wendungen, ihren Pelotons und Bataillons hier in den Wäldern so behaglich, als wären sie zu Hause in ihren Pferchen. Eine Rothaut hat mehr Schlauheit in ihrer Natur als ein ganzes Regiment von der andern Seite des Wassers. Ich nenne das Wälderschlauheit. – Aber auf mein Wort, nun ist's genug Rauch, und wir werden besser tun, uns ein anderes Versteck aufzusuchen. Der Junge hat den ganzen Fluß in sein Feuer geworfen, und es ist zu besorgen, daß die Mingos glauben, es sei ein ganzes Regiment um den Weg.«

Während er so sprach, ließ der Pfadfinder seinen Kahn von dem Busche wegtreiben, an dem er bisher angelegt hatte, und in einigen Minuten verbarg ihnen die Biegung des Flusses den Rauch und den Baum. Glücklicherweise zeigte sich auch an dem Ufer, wenige Ellen von dem Punkt, an dem sie eben vorbeifuhren, eine kleine Bucht, in welche die Kähne unter dem Einfluß der Ruder einlenkten.

Die Reisenden hätten wohl keinen geschickteren Platz für ihre Absicht auffinden können. Das Gebüsch war dick und hing gegen das Wasser hin, so daß es einen vollständigen Blätterbaldachin bildete. Im Grunde der kleinen Bucht befand sich ein schmaler kiesiger Strand, wo die Mehrzahl der Gesellschaft zu ihrer größeren Bequemlichkeit ans Land ging. Auch konnten sie bloß von der gerade entgegengesetzten Seite des Flusses aus bemerkt werden. Von dieser Seite her war jedoch die Gefahr der Entdeckung gering, da das Gesträuch hier dichter als gewöhnlich und das Land jenseits desselben so naß und sumpfig war, daß man nicht ohne große Schwierigkeiten durchkommen konnte.

»Das ist ein guter Schlupfwinkel«, sagte der Pfadfinder, als er seine Stellung mit dem Blicke eines Kenners untersucht hatte, »aber es ist nötig, ihn noch sicherer zu machen. Meister Cap, ich verlange nichts von Euch als Stillschweigen und ein Ruhenlassen aller jener Gaben, die Ihr Euch auf dem Meere erworben habt, während der Tuscarora und ich unsere Vorkehrungen für die Stunde der Gefahr treffen.«

Der Führer ging nun mit dem Indianer etwas weiter in das Gebüsch, wo sie die stärkeren Stämme mehrerer Erlen und anderer Sträucher abschnitten, dabei aber die größte Sorgfalt anwandten, um kein Geräusch zu verursachen. Die Enden dieser kleinen Bäume; denn das waren sie in der Tat, wurden, da das Wasser nur eine geringe Tiefe hatte, an der äußern Seite der Kähne in den Schlamm gesteckt, und im Verlaufe von zehn Minuten war ein sehr täuschender Schirm zwischen ihnen und dem Orte, woher die hauptsächlichste Gefahr zu befürchten war, errichtet. Die beiden Arbeiter hatten viel Scharfsinn und Geschicklichkeit bei dieser einfachen Anordnung entwickelt, wobei sie durch die Form des Ufers, seine Einbuchtung, die Seichtigkeit des Wassers und die Art, mit welcher diese Gebüschverzweigungen in das Wasser tauchten, wesentlich begünstigt wurden. Der Pfadfinder sah dabei vorzüglich auf gekrümmte Stämme, welche an einem Orte wie dieser leicht aufzufinden waren, und da er sie in einiger Entfernung unter der Biegung abschnitt und die letztere das Wasser berühren ließ, so hatte das künstliche Dickicht zwar nicht das Ansehen eines solchen, welches in dem Strome gewachsen war, was wohl hätte Verdacht erregen mögen, aber doch konnte es jeder, der an ihm vorbeikam, für ein Gebüsch halten, das waagrecht vom Ufer ausging, ehe es sich aufwärts gegen das Licht richtete. Kurz, der Schirm war so scharfsinnig angeordnet und so kunstreich zusammengesetzt, daß nur ein ungewöhnlich mißtrauisches Auge hier ein Versteck hätte ahnen können.

»Das ist der beste Schlupfwinkel, in dem ich je gesteckt habe«, sagte der Pfadfinder mit seinem ruhigen Lachen, nachdem er sich die Außenseite betrachtet hatte. »Die Blätter unserer neuen Bäume berühren aufs genaueste die des Gebüsches zu unseren Häuptern, und selbst der Maler, welcher sich kürzlich in der Garnison befand, könnte nicht sagen, was hier das Werk der Vorsehung und was das unsere ist. Pst! dort kommt Eau-douce gewatet. Was er doch für ein verständiger Junge ist, seine Fährte dem Wasser zu überlassen! Nun, wir werden bald sehen, ob unser Versteck zu etwas gut ist oder nicht.«

Jasper war wirklich von seiner Verrichtung zurückgekehrt, und da er die Kähne vermißte, so folgerte er, daß sie sich unter der nächsten Wendung des Flusses verborgen hätten, in der sie von dem Feuer aus nicht bemerkt werden konnten. Seine gewohnte Vorsicht hatte ihn veranlaßt, im Wasser fortzugehen, um nicht eine Verbindung der Spuren, welche von der Gesellschaft am Ufer zurückgeblieben waren, und des Platzes, wo er ihren neuen Zufluchtsort vermutete, erkennen zu lassen. Kehrten dann die Kanada-Indianer auf ihrer eigenen Fährte zurück und bemerkten die Spuren, welche der Pfadfinder und Serpent bei Gelegenheit ihrer Besprechung und Untersuchung hinterlassen hatten, so mußten sie den Schlüssel zu diesen Bewegungen verlieren, da sich dem Wasser keine Fußtapfen aufdrücken. Der junge Mann war deshalb von diesem Punkt aus knietief im Wasser gewatet und machte nun langsam seinen Weg am Rande des Stromes abwärts, um die Stelle zu suchen, wo die Kähne verborgen lagen.

Wenn diejenigen, welche sich hinter dem Gebüsche befanden, ihre Augen näher an die Blätter brachten, so konnten sie manche Stellen finden, welche ihnen einen Durchblick gestatteten, während dieser Vorteil in einiger Entfernung wieder verlorenging. Mochte dann auch ein Auge auf einige solcher Öffnungen fallen, so wurde doch durch das Ufer und den Schatten des Gebüsches vermittelt, daß die Gestalten und Umrisse unserer Flüchtlinge keiner Entdeckung ausgesetzt waren. Unsere Gesellschaft, die sich nun in die Kähne begeben hatte und aus ihrem Versteck hervor Jaspers Bewegungen beobachtete, erkannte bald, daß ihm die Stelle, wo Pfadfinder sich verborgen hatte, entging. Als er um die Krümmung des Ufers gekommen war und die Aussicht nach dem Feuer hin verlor, hielt der junge Mann an, und begann das Ufer mit Bedacht und Vorsicht zu untersuchen. Gelegentlich ging er wieder acht bis zehn Schritte weiter und hielt dann einmal an, um sein Suchen zu erneuern.

Das Wasser war viel seichter als gewöhnlich, und er ging an der Seite desselben hin, um sich seinen Spaziergang zu erleichtern, wobei er der künstlichen Plantage so nahe kam, daß er sie mit seinen Händen hätte erreichen können. Aber er entdeckte nichts und war im Begriff, seinen Weg weiter fortzusetzen, als der Pfadfinder eine Öffnung in die Zweige machte und ihn mit gedämpfter Stimme eintreten hieß.

»Es ist ganz gut so«, sagte der Pfadfinder lachend, »obgleich die Augen eines Blaßgesichts von denen einer Rothaut so verschieden sind wie die Fernrohre untereinander. Ich wollte mit des Sergeanten Tochter ein Pulverhorn gegen einen Wampumgürtel wetten, daß ihres Vaters Regiment an unserer Einsiedelung vorbeimarschieren könnte, ohne je die List auszufinden. Aber wenn die Mingos wirklich wie Jasper in dem Bette des Flusses herunterkämen, so würde ich für diese Anpflanzung zittern. Über den Fluß hinüber mag sie wohl ihre Augen täuschen und insofern nicht ohne Nutzen sein.«

»Glaubt Ihr nicht, Meister Pfadfinder«, sagte Cap, »daß es das beste wäre, uns auf den Weg zu machen und so schnell als möglich stromabwärts zu segeln, sobald wir gewiß wissen, daß diese Schufte in unserm Stern sind? Wir Seeleute nennen eine Sternjagd eine lange Jagd.«

»Ich möchte mich mit des Sergeanten Tochter nicht um alles Pulver, welches im Fort da unten liegt, von der Stelle rühren, bis wir etwas von Serpent gehört haben. Sichere Gefangenschaft oder gewisser Tod würden die Folge sein. Wenn so ein zartes Schmaltierchen wie das Mädchen, welches wir zur Fracht haben, sich durch die Wälder finden könnte wie ein alter Hirsch, so möchte es allerdings angehn, die Kähne zu verlassen; denn auf einem Umweg könnten wir die Garnison noch vor Anbruch des Morgens erreichen.«

»Dann tut es«, sagte Mabel, rasch unter dem plötzlichen Einfluß erweckter Energie aufspringend. »Ich bin jung, behend, an Anstrengung gewöhnt und möchte es leicht meinem lieben Onkel zuvortun. Ich will durchaus kein Hindernis sein und könnte es nicht ertragen, daß euer aller Leben um meinetwillen gefährdet sein sollte.«

»Nein, nein, gutes Kind! Wir halten Sie keineswegs für ein Hindernis oder eine Belästigung und würden uns gerne noch einmal dieser Gefahr unterziehen, um Ihnen und dem wackern

Sergeanten einen Dienst zu leisten. Ist das nicht auch Eure Meinung, Eau-douce?«

»Ihr einen Dienst zu leisten?« rief Jasper mit Nachdruck. »Nichts soll mich bewegen, Mabel Dunham zu verlassen, bis ich sie sicher in ihres Vaters Armen weiß!«

»Wohl gesprochen, Junge, brav und ehrenhaft gesprochen, und ich stimme bei mit Herz und Hand. Nein, nein, Sie sind nicht die erste Ihres Geschlechts, welche ich durch die Wälder geleitet habe, und keine hat dabei je Schaden genommen mit Ausnahme einer einzigen. Das war freilich ein trüber Tag, aber seinesgleichen wird wohl nicht wiederkommen.«

Mabel blickte von einem ihrer Beschützer auf den andern, und ihre schönen Augen schwammen in Tränen. Sie reichte jedem ihre Hand und sprach, obgleich anfangs mit erstickter Stimme:

»Ich tue unrecht, Euch um meinetwillen der Gefahr auszusetzen. Mein teurer Vater wird es Euch danken. Auch ich danke Euch – Gott vergelte es Euch; aber laßt uns hier nicht unnötigerweise die Gefahr erwarten. Ich kann wohl gehen und bin oft in mädchenhafter Laune meilenweit gegangen. Warum sollte ich es jetzt nicht können, da es mein Leben – nein, da es Euer kostbares Leben gilt?«

»Sie ist eine treue Taube, Jasper«, sagte der Pfadfinder, indem er ihre Hand so lange festhielt, bis das Mädchen selbst aus angeborener Bescheidenheit die Gelegenheit ersah, sie zurückzuziehen, »und wunderbar einnehmend! Wir sind in den Wäldern rauh und bisweilen auch hartherzig geworden, Mabel, aber ein Anblick wie der Ihrige erweckt unsere jugendlichen Gefühle wieder und tut uns wohl für den Rest unserer Tage. Jasper wird dasselbe sagen; denn wie ich in den Wäldern, so sieht Jasper auf dem Ontario wenige Ihresgleichen, die sein Herz zu erweichen und ihn an die Liebe zu den Menschen zu erinnern vermöchten. Sprecht selbst, Jasper, und sagt, ob es nicht so ist.«

»Ich zweifle, ob viele wie Mabel Dunham irgendwo gefunden werden können«, entgegnete der junge Mann artig und mit einem Blicke voll ehrlicher Aufrichtigkeit, welcher mehr als seine Zunge ausdrückte. »Ihr braucht nicht die Seen und Wälder herauszufordern; ich möchte lieber die Städte und Ansiedelungen darum befragen.«

»Wir würden besser tun, die Kähne zu verlassen«, erwiderte

Mabel hastig, »denn ich fühle, es ist hier nicht länger sicher.«

»Ihr könnt nicht fort von hier, in keinem Fall. Wir hätten einen Marsch von mehr als zwanzig Meilen vor uns, durch Dikkicht und Sümpfe und noch obendrein in der Finsternis. Auch gäbe unsere Gesellschaft eine breite Fährte, und wir müßten aller Wahrscheinlichkeit nach unsern Weg in die Garnison erkämpfen. Wir wollen auf den Mohikaner warten.«

Nach dieser Entscheidung des Mannes, von dem alle in der gegenwärtigen gefährlichen Lage Rat erwarteten, wurde nichts mehr über diesen Gegenstand gesprochen. Die Gesellschaft bildete nun Gruppen. Arrowhead und sein Weib saßen abgesondert unter dem Gebüsche und besprachen sich mit leiser Stimme, der Mann mit Ernst, das Weib mit der untertänigen Sanftmut, welche die herabgewürdigte Lage des Weibes eines Wilden bezeichnete. Pfadfinder und Cap hatten in einem der Kähne Platz genommen und schwatzten von ihren verschiedenen Abenteuern zu Wasser und zu Land, während Jasper und Mabel in dem andern saßen, wobei ihre Vertraulichkeit in einer Stunde größere Fortschritte machte, als dies unter andern Umständen vielleicht in einem Jahre der Fall gewesen wäre. Ungeachtet ihrer bedrängten Lage verging ihnen die Zeit schnell, und besonders die jungen Leute waren nicht wenig verwundert, als ihnen Cap mitteilte, wie lange sie sich in dieser Weise beschäftigt hätten.

»Wenn man rauchen könnte, Freund Pfadfinder, so möchte dieser Raum behaglich genug sein; denn um auch dem Teufel sein Recht widerfahren zu lassen, Ihr habt die Kähne hübsch eingebuchtet und in eine Reede gebracht, die dem Passatwind trotzen würde. Das einzige Unbequeme ist, daß man von seiner Pfeife keinen Gebrauch machen kann.«

»Der Tabaksgeruch würde uns verraten, und welchen Vorteil hätten wir von allen gegen die Augen der Mingos gerichteten Vorsichtsmaßregeln, wenn ihnen ihre Nase sagte, wo unser Versteck zu finden ist? Nein, nein, unterdrückt Eure Begierden, unterdrückt sie und lernt eine Tugend von der Rothaut, welche eine ganze Woche das Essen vergessen kann, um einen einzigen Skalp zu erbeuten. Hörtet Ihr nichts, Jasper?«

»Der Serpent kommt.«

»Dann laßt uns sehen, ob die Augen des Mohikaners besser

sind als die eines gewissen Burschen, den sein Gewerbe aufs Wasser führt.«

Der Mohikaner folgte derselben Richtung, welche Jasper eingeschlagen hatte, um sich mit seinen Freunden zu vereinigen: aber statt geradeaus zu gehen, drückte er sich in der Windung des Flusses, welche verhinderte, daß er von höher gelegenen Punkten gesehen wurde, dicht an das Ufer und suchte mit der größten Sorgfalt eine Stellung in dem Gebüsch, welche ihm gestattete, sich umzusehen, ohne daß man ihn bemerken konnte.

»Der Serpent sieht die Schufte!« flüsterte der Pfadfinder. »So wahr ich ein Christ und ein Weißer bin, sie haben angebissen und den Rauch umzingelt.«

Hier unterbrach ein herzliches, aber stilles Lachen seine Worte, indem er zugleich mit dem Ellenbogen Cap anstieß, und alle verfolgten mit gespannter Aufmerksamkeit die lautlosen Bewegungen Chingachgooks. Der Mohikaner blieb volle zehn Minuten so unbeweglich wie der Fels, an welchem er stand; dann war ihm augenscheinlich ein Gegenstand von Interesse zu Gesicht gekommen; denn er ließ einen ängstlichen und scharfen Blick längs des Stromrandes hinwandern und bewegte sich schnell abwärts, wobei er Sorge trug, daß er seine Fährte dem seichten Wasser überließ. Er war sichtlich in großer Hast und Unruhe und blickte bald hinter sich, bald untersuchte sein Auge jede Stelle des Ufers, wo er sich die Kähne verborgen denken mochte.

»Ruft ihn herein«, flüsterte Jasper, kaum fähig, seine Ungeduld zurückzuhalten, »ruft ihn herein, ehe es zu spät ist. Seht, er kommt eben an uns vorbei.«

»Nicht doch, nicht doch, Junge; es drängt nicht«, entgegnete sein Gefährte, »sonst würde der Serpent zu kriechen anfangen. Der Herr helfe und und lehre uns Weisheit! Aber ich glaube gar, daß Chingachgook, dessen Augen so zuverlässig sind wie der Geruch des Hundes, uns übersieht und nicht auffindet in der Umbüschung, welche wir gemacht haben!«

Dieser Ausbruch war unzeitig; denn die Worte waren kaum ausgesprochen, als der Indianer, welcher bereits einige Fuß über das künstliche Versteck hinausgeschritten war, plötzlich anhielt, einen festen und scharfen Blick auf die Anpflanzung warf, schnell einige Schritte rückwärts machte, sich beugte und, nachdem er das Gebüsch vorsichtig auseinander gebogen hatte, unter der Gesellschaft erschien.

»Die verfluchten Mingos!« sagte Pfadfinder, sobald sein Freund nahe genug war, um ohne Gefahr angeredet werden zu können.

»Irokesen«, erwiderte kurz der Indianer.

»Gleichviel, gleichviel; Irokesen, Teufel, Mingos, Mengwes oder Furien – alles ist beinahe das nämliche. Ich nenne alle Schurken Mingos. Komm hierher, Häuptling, und laß uns vernünftig miteinander reden.«

Beide begaben sich auf die Seite und besprachen sich ernsthaft in der Sprache der Delawaren. Als ihr Gespräch zu Ende war, trat Pfadfinder wieder zu den übrigen und teilte ihnen alles, was er eben erfahren hatte, mit.

Der Mohikaner hatte die Spur ihrer Feinde eine Strecke weit gegen das Fort hin verfolgt, bis letztere den Rauch von Jaspers Feuer zu Gesicht bekamen, worauf sie alsbald ihre Schritte anhielten. Da Chingachgook hierdurch in die größte Gefahr entdeckt zu werden geriet, so wurde es für ihn nötig, ein Versteck aufzufinden, wo er sich verbergen konnte, bis der Haufen vorüber war. Es war vielleicht ein Glück für ihn, daß die Wilden zu sehr auf diese neue Entdeckung achteten, um ihre gewöhnliche Aufmerksamkeit auf die Spuren im Walde zu verwenden. Kurz, sie eilten, fünfzehn an der Zahl, rasch an ihm vorüber, indem jeder in die Fußtapfen des andern trat, und so wurde es Serpent unmöglich gemacht, wieder in ihr Bereich zu gelangen. Als sie zu der Stelle gekommen waren, wo die Spuren des Pfadfinders und des Mohikaners sich mit ihrer eigenen Fährte vermischten, zogen sich die Irokesen gegen den Fluß hin und erreichten diesen, als Jasper gerade hinter der Biegung verschwunden war. Die Aussicht nach dem Rauch hin war nun frei, und die Wilden stürzten sich in die Wälder, um sich unbemerkt dem Feuer zu nähern. Chingachgook benutzte diese Gelegenheit, um ins Wasser hinunterzusteigen und gleichfalls die Flußbiegung zu gewinnen, welche ihn gegen Entdeckung schützen sollte.

Über die Beweggründe der Irokesen konnte der Mohikaner nur nach ihren Handlungen urteilen. Er vermutete, daß sie die List mit dem Feuer entdeckt und sich überzeugt hatten, es sei nur in der Absicht, sie irrezuleiten, angezündet worden; denn nach einer hastigen Untersuchung der Stelle hatten sie sich getrennt und einige davon sich in die Wälder begeben, indes sechs oder acht den Fußtritten Jaspers an dem Ufer hin folgten und stromabwärts zu der Stelle kamen, wo die Kähne gelandet waren. Welchen Weg sie nun von dieser Stelle weiter gemacht, konnte nur vermutet werden; denn die Gefahr war zu drängend, als daß Serpent länger hätte zögern sollen, sich nach seinen Freunden umzusehen. Nach einigen Anzeichen, die er aus ihren Gebärden entnehmen konnte, hielt er es für wahrscheinlich, daß die Feinde am Rande des Flusses herunterkommen würden. Er konnte dies jedoch nicht mit Sicherheit behaupten.

Als der Pfadfinder seinen Gefährten diese Umstände mitgeteilt hatte, gewannen bei den zwei andern weißen Männern die Gefühle ihres Berufes die Oberhand, und bei beiden entsprach die Behandlung der Frage über die Mittel des Entrinnens natürlich ihren Beschäftigungen.

»Laßt schnell die Kähne frei!« sagte Jasper lebhaft, »die Strömung ist stark, und wenn wir tüchtig rudern, werden wir bald aus dem Bereich dieser Schurken sein.«

»Und diese arme Blume, die kaum erst aufblühte in den Lichtungen, – soll sie in dem Walde verwelken?« entgegnete sein Freund mit einer Poesie, welche er unwillkürlich aus seinem langen Umgang mit den Delawaren geschöpft hatte.

»Wir müssen alle einmal sterben«, antwortete der Jüngling, indem ein kühnes Rot seine Wangen färbte. »Mabel und Arrowheads Weib können sich in den Kähnen niederlegen, indes wir aufrecht, wie es Männern ziemt, unsere Pflicht erfüllen.«

»Ja, Ihr seid ein gewandter Ruderer, aber die Bosheit eines Mingo ist noch viel gewandter. Die Kähne sind schnell, aber eine Büchsenkugel ist schneller.«

»Da wir einem vertrauenden Vater unser Wort gegeben haben, so ist es Männerpflicht, uns dieser Gefahr zu unterziehen.«

»Aber es ist nicht unsere Pflicht, die Klugheit außer acht zu lassen.«

»Klugheit? Man kann seine Klugheit auch so weit treiben, den Mut darüber zu vergessen!«

Die Gruppe stand an dem nahen Ufer, der Pfadfinder auf seine Büchse gelehnt, deren Schaft auf dem Kiesgrund ruhte, indes er den Lauf derselben, welcher bis zu seinen Schultern reichte, mit beiden Händen umfaßte. Als Jasper diesen schweren und unverdienten Vorwurf ausstieß, blieb das tiefe Rot auf dem Gesichte seines Kameraden unverändert, obgleich der junge Mann bemerkte, daß seine Hände das Eisen des Gewehres mit der Festigkeit eines Schraubstockes umfaßten. Weiter verriet sich keine Bewegung.

»Ihr seid jung und heißköpfig«, erwiderte der Pfadfinder mit einer Würde, welche die Zuhörer seine moralische Überlegenheit deutlich fühlen ließ, »aber mein Leben war eine Reihe von Gefahren wie diese, und meine Erfahrung und meine Gaben sind von der Art, daß sie nicht nötig haben, sich durch die Ungeduld eines Knaben meistern zu lassen. Was den Mut anbelangt, Jasper, so will ich kein kränkendes, bedeutungsloses Wort einem ähnlichen entgegensetzen; denn ich weiß, daß Ihr treu auf Eurem Posten seid, so gut Ihr es eben versteht; aber beachtet den Rat eines Mannes, der den Mingos schon ins Auge schaute, als Ihr noch ein Kind waret, und weiß, daß man ihre Schlauheit weit eher durch Klugheit umgeht als durch Torheit überlistet.«

»Ich bitte Euch um Verzeihung, Pfadfinder«, sagte der reuige Jasper, indem er mit Feuer nach der Hand des andern griff, welche dieser ihm überließ, »ich bitte aufrichtig um Verzeihung. Es war töricht und schlecht von mir, einen Mann zu beschuldigen, von dem man weiß, daß sein Herz in einer guten Sache so fest ist wie die Felsen am Seeufer.«

Zum erstenmal vertiefte sich die Röte auf den Wangen des Pfadfinders, und die feierliche Würde, die er angenommen hatte, wich dem Ausdruck der ernsten Einfachheit, welche alle seine Gefühle durchdrang. Er erwiderte den Händedruck seines jungen Freundes so herzlich, als ob keine Saite einen Mißton zwischen ihnen hätte laut werden lassen, und ein leichter Ernst, der noch seine Augen umfangen hielt, gab dem Ausdruck natürlicher Güte Raum.

»'s ist gut, Jasper, 's ist gut«, antwortete er lachend. »Ich trage nichts nach, und mir soll auch niemand was nachtragen. Meine Natur ist die eines Weißen, und die besteht darin, keinen Groll im Herzen zu hegen. Es möchte übrigens ein kitzliges Werk gewesen sein, dem Serpent da nur halb soviel zu sagen, obschon er ein Delaware ist; denn jede Farbe hat ihre Weise.«

Eine Berührung seiner Schulter ließ den Sprecher schweigen. Mabel stand aufrecht in dem Kahne, und ihre leichte, schwellende Gestalt beugte sich vorwärts in eine Stellung des anmutigsten Ernstes, während sie den Finger an die Lippen legte, mit abgewandtem Haupte ihre ausdrucksvollen Augen auf eine Öffnung im Gebüsche richtete und dabei mit dem Ende einer Fischerrute, welche sie in dem ausgestreckten Arme hielt, den Pfadfinder berührte. Letzterer beugte seinen Kopf gegen eine Öffnung, welcher er absichtlich nahe geblieben war, und flüsterte dann Jasper zu: –

»Die verfluchten Mingos: Greift zu euern Waffen, Männer, aber verhaltet euch so ruhig wie die Stämme toter Bäume!« Jasper eilte mit lautlosen Tritten zum Kahne und veranlaßte mit höflicher Gewalt Mabel, eine Stellung anzunehmen, durch

die ihr ganzer Körper verborgen wurde, obschon es wahrscheinlich über seine Macht gegangen wäre, das Mädchen zu bewegen, seinen Kopf so niedrig zu halten, daß es nicht noch einen Blick auf die Feinde hätte werfen können. Er stellte sich dann in ihre Nähe und brachte das gespannte Gewehr in Anschlag. Arrowhead und Chingachgook krochen zu dem Versteck und lauerten wie die Schlangen mit bereitgehaltenen Waffen, während das Weib des ersteren den Kopf zwischen die Knie beugte, ihn mit ihrem Kattunkleide bedeckte und sich ganz ruhig und unbeweglich verhielt. Cap zog seine beiden Pistolen aus dem Gürtel, schien aber ganz verlegen zu sein, welchem Kurs er folgen solle. Der Pfadfinder stand bewegungslos. Er hatte gleich im Anfang eine Stellung eingenommen, welche ihm gestattete, mit gutem Erfolge durch die Blätter zu zielen und die Bewegungen der Feinde zu überwachen. Er war zu standhaft, um sich durch diesen kritischen Moment aus der Fassung bringen zu lassen.

Es war in der Tat ein beengender Augenblick. Gerade als Mabel die Schulter ihres Führers berührte, zeigten sich drei Irokesen im Wasser an der Biegung des Flusses, etwa hundert Ellen von dem Versteck, und hielten an, um den Strom nach unten zu untersuchen. Sie waren nackt bis zum Gürtel, für einen Feldzug gegen ihre Feinde bewaffnet und mit ihren Kriegsfarben bemalt. Sie schienen über den Weg, den sie zur Verfolgung der Flüchtigen einzuschlagen hätten, unentschieden zu sein: denn der eine deutete stromabwärts, der andere aufwärts und der dritte auf das entgegengesetzte Ufer. Ihre Zweifel waren sichtlich.

Fünftes Kapitel

> Hier der Tod und dort der Tod
> Überall geschäftig droht.
>
> *Shelley*

Es war ein atemloser Augenblick. Die Flüchtigen konnten die Absichten ihrer Verfolger nur aus ihren Gebärden und den Zeichen erraten, welche ihnen in der Wut der getäuschten Erwartung entschlüpften. Daß eine Partie bereits auf ihrer eigenen Fährte zu Lande zurückgekehrt war, war fast gewiß und also der ganze Vorteil, welchen man von dem Kunstgriff mit dem Feuer erwartet hatte, verloren. Diese Betrachtung war jedoch im gegenwärtigen Augenblick von geringem Belang, da die Gesellschaft von seiten derer, welche in dem Wasser herunterkamen, mit augenblicklicher Entdeckung bedroht war. Alle diese Umstände traten wie durch Anschauung vor die Seele des Pfadfinders, welcher die Notwendigkeit einer schnellen Entscheidung erkannte und die Vorbereitungen zum Kampfe traf. Er winkte den beiden Indianern und Jasper, näher zu kommen, und teilte ihnen flüsternd seine Ansichten mit.

»Wir müssen schlagfertig sein, wir müssen bereit sein«, sagte er, »es sind nur drei von diesen skalplustigen Teufeln, und wir sind fünf, von denen vier als brave Krieger für solch ein Scharmützel betrachtet werden können. Eau-douce, nehmt Ihr den Burschen, der wie der Tod bemalt ist, aufs Korn; dir, Chingachgook, gebe ich den Häuptling, und Ihr, Arrowhead, müßt Euer Auge auf den Jungen halten. Es darf kein Irrtum stattfinden; denn zwei Kugeln in den nämlichen Körper wären eine sündhafte Verschwendung, wenn man eine Person wie des Sergeanten Tochter in Gefahr weiß. Ich selbst will die Reserve bilden, wenn etwa so ein viertes Gewürm erschiene oder eine eurer Hände sich als unsicher erprobte. Gebt aber nicht Feuer, bis ich es sage. Wir dürfen nur im äußersten Notfall unsere Büchsen brauchen, da die übrigen Bösewichter den Knall hören würden. Jasper, Junge, wenn sich eine Bewegung hinter uns, vom Ufer her, hören läßt, so verlasse ich mich auf Euch, daß Ihr mit des

Sergeanten Tochter den Kahn auslaufen laßt und in Gottes Namen, so schnell Ihr könnt, nach der Garnison lenkt.«

Der Pfadfinder hatte kaum diese Anweisungen gegeben, als die Annäherung der Feinde das tiefste Stillschweigen nötig machte.

Die Irokesen kamen langsam den Strom herunter und hielten sich in der Nähe des Gebüsches, welches über das Wasser herging, indes das Rauschen der Blätter und das Rasseln der Zweige es bald zur Gewißheit machte, daß ein zweiter Trupp sich längs dem Ufer hinbewegte und mit denen im Wasser gleichen Schritt und gleiche Richtung hielt. Da das von den Flüchtigen künstlich angelegte Gebüsch in einiger Entfernung von dem wahren Ufer lag, so wurden die beiden Haufen einander gerade an den gegenüberliegenden Punkten ansichtig. Sie hielten nun an, und es erfolgte eine Besprechung, welche sozusagen über die Häupter der Verborgenen weg geführt wurde. In der Tat wurden auch unsere Reisenden durch nichts geschützt als durch die Zweige und Blätter ihrer Pflanzung, welche so biegsam waren, daß sie jedem Luftstrome nachgaben und von jedem mehr als gewöhnlichen Windstoß weggeblasen worden wären. Glücklicherweise führte die Gesichtslinie die Augen der Wilden, sowohl derer, die im Wasser standen, als derer, welche sich am Lande befanden, über das Gebüsch weg, dessen Blätter dicht genug schienen, um jeden Verdacht zu beseitigen. Vielleicht verhinderte bloß die Kühnheit dieses Auswegs eine augenblickliche Entdeckung. Die Besprechung, welche nun stattfand, wurde mit Ernst, jedoch in gedämpftem Tone geführt, als ob die Sprechenden die Aufmerksamkeit irgendeines Lauschers vereiteln wollten. Sie geschah in einem Dialekt, welchen sowohl die beiden indianischen Krieger als auch der Pfadfinder verstanden, obschon Jasper nur ein Teil des Gespräches deutlich wurde.

»Die Fährte ist durch das Wasser weggewaschen«, sagte von unten einer, welcher dem künstlichen Versteck der Flüchtigen so nahe stand, daß man ihn mit dem Salmenspieß, welcher in Jaspers Kahne lag, hätte erreichen können. »Wasser hat sie so rein gewaschen, daß der Hund eines Yengeese ihr nicht zu folgen wüßte.«

»Die Bleichgesichter haben das Ufer in ihren Kähnen verlassen«, antwortete der Sprecher am Ufer.

»Es kann nicht sein. Die Büchsen unserer Krieger unten sind sicher.«

Der Pfadfinder warf Jasper einen bedeutungsvollen Blick zu und biß die Zähne zusammen, um den Ton seines Atems zu unterdrücken.

»Laßt meine jungen Leute um sich blicken, als ob ihre Augen Adler seien«, sagte der älteste Krieger unter denen, welche im Fluß wateten. – »Wir sind einen ganzen Mond auf dem Kriegspfad gewesen und haben nur einen Skalp gefunden. Es ist ein Mädchen unter ihnen, und einige unserer Tapfern brauchen Weiber.«

Glücklicherweise gingen diese Worte für Mabel verloren: aber Jaspers Stirne furchte sich tiefer, und sein Gesicht glühte.

Die Wilden brachen nun ihre Unterhaltung ab, und unsere Versteckten hörten die langsamen und vorsichtigen Bewegungen ihrer Feinde am Ufer und das Rascheln des Gebüsches, welches sie auf ihrem Wege behutsam auf die Seite bogen. Sie waren augenscheinlich schon über das Versteck hinaus; aber das Häuflein im Wasser hielt noch an und prüfte das Ufer mit Augen, welche aus ihren Kriegsfarben wie die Glut aus Kohlen herausfunkelten. Nach einer Pause von zwei oder drei Minuten fingen auch sie an, stromabwärts zu gehen, obgleich nur Schritt für Schritt, wie Menschen, welche einen verlornen Gegenstand suchen.

In dieser Weise kamen sie an dem künstlichen Schirme vorbei, und der Pfadfinder verzog seinen Mund zu dem herzlichen, aber lautlosen Lachen, welches Natur und Gewohnheit zu einer Eigentümlichkeit dieses Mannes gemacht hatte. Sein Triumph war jedoch voreilig; denn der Letzte des abziehenden Häufleins warf gerade in diesem Moment einen Blick zurück und hielt plötzlich an. Diese Bewegung und ein vorsichtiges Umschauen verrieten ihnen auf einmal zu ihrem größten Schrecken, daß einige vernachlässigte Büsche den Verdacht erregt hätten.

Es war vielleicht ein Glück für die Verborgenen, daß der Krieger, welcher diese erschreckenden Zeichen eines auftauchenden Verdachtes kundgab, ein Jüngling war, der erst Achtung erwerben mußte. Er wußte, wie wichtig Besonnenheit und Bescheidenheit für einen Menschen von seinen Jahren sei, und fürchtete mehr als alles das Lächerliche und die Verachtung, die die Folgen eines falschen Lärmes waren. Ohne daher einen der

Gefährten zurückzurufen, kehrte er wieder zurück, und während die andern in dem Flusse weiterschritten, näherte er sich vorsichtig den Büschen, auf die er seine Blicke wie durch einen Zauber gebannt hielt. Einige von den Blättern, welche der Sonne am meisten ausgesetzt geblieben, waren verwelkt, und diese leichte Abweichung von den gewöhnlichen Gesetzen der Natur hatte das rasche Auge des Indianers auf sich gezogen; denn die Sinne der Wilden werden durch die Übung so scharf, daß ihnen zumal auf ihrem Kriegspfade oft die anscheinend unbedeutendsten Dinge den Faden zur Verfolgung ihres Zieles geben.

Die scheinbare Geringfügigkeit der Beobachtung, welche er gemacht hatte, war ein weiterer Grund für den Jüngling, sie seinen Gefährten nicht mitzuteilen. Hatte sie ihn wirklich zu einer Entdeckung geleitet, so war sein Ruhm um so größer, wenn er denselben ungeteilt genoß; war dies nicht der Fall, so durfte er hoffen, dem Gelächter zu entgehen, welches die jungen Indianer so sehr scheuen. Hier drohte jedoch die Gefahr eines Hinterhalts und eines Überfalls, welche jeden, auch den feurigsten Krieger der Wälder, zu einer langsamen und vorsichtigen Annäherung veranlaßt, und infolge der aus den eben genannten Umständen fließenden Zögerung waren die zwei Trupps bereits fünfzig bis sechzig Ellen weiter abwärts gekommen, ehe der junge Wilde der Anpflanzung Pfadfinders so nahe gerückt war, daß er sie mit den Händen erreichen konnte.

Ungeachtet ihrer kritischen Lage hatte die ganze Gesellschaft in dem Verstecke ihre Augen fest auf das bewegte Gesicht des jungen Irokesen gerichtet, auf welchem sich der Kampf seiner Gefühle deutlich abzeichnete. Das erste war die lebhafte Hoffnung, einen Erfolg zu erringen, wo einige der Erfahrensten seines Stammes bereits irregegangen waren, und einen Ruhm zu erwerben, wie er selten einem Manne von seinem Alter oder einem Mutigen auf dem ersten Kriegspfade zuteil wird: dann folgten Zweifel, da die welken Blätter sich wieder zu erheben und in den Strömungen der Luft aufzuleben schienen; endlich ließ der Argwohn einer vorhandenen Gefahr die erregten Gefühle in seinen Zügen ihr beredtes Spiel treiben.

Die durch die Hitze hervorgebrachte Veränderung des Gebüsches, dessen Stämme im Wasser standen, war nur so leicht gewesen, daß der Irokese, als er wirklich die Hand an die Blätter legte, zu der Vermutung kam, er habe sich getäuscht. Da aber niemand bei einem starken Verdacht die naheliegenden Mittel, seine Zweifel zu berichtigen, verabsäumt, bog der junge Krieger vorsichtig die Zweige auf die Seite und war mit einem Schritte in dem Versteck, wo die Gestalten der darin Befindlichen wie ebenso viele atemlose Statuen seinen Blicken entgegentraten. Der dumpfe Ausruf, das leichte Zurückfahren und das glänzende Auge des Feindes wurden kaum gesehen und gehört, als sich der Arm Chingachgooks erhob und der Tomahawk des Delawaren auf den nackten Schädel seines Gegners niedersank. Der Irokese erhob wütend die Hände, stürzte rückwärts und fiel an einer Stelle ins Wasser, wo der Strom den Körper wegführte, dessen Glieder noch im Todeskampfe zuckten. Der Delaware machte einen kräftigen, aber erfolglosen Versuch, seinen Arm zu ergreifen, in der Hoffnung, sich des Skalps zu bemächtigen; aber das blutgestreifte Wasser wirbelte stromabwärts und führte seine bebende Last mit sich fort.

Alles dieses geschah in weniger als einer Minute und erschien dem Auge so plötzlich und unerwartet, daß Leute, welche weniger an die Kriegsfahrten der Wälder gewöhnt waren als der Pfadfinder und seine Genossen, nicht sogleich gewußt hätten, was zu beginnen sei.

»Es ist kein Augenblick zu verlieren«, sagte Jasper mit ernster, aber gedämpfter Stimme, indem er das Gebüsch auf die Seite drückte. »Tut, was ich tue, Meister Cap, wenn Ihr Eure Nichte gerettet wissen wollt; und Sie, Mabel, legen Sie sich der Länge nach in dem Kahne nieder.«

Er hatte diese Worte kaum gesprochen, als er den Bug des leichten Bootes ergriff, es, im Wasser watend, längs dem Ufer hinschleppte, wobei Cap ihn am Stern unterstützte – sich so nahe als möglich am Ufer hielt, um von den Wilden nicht bemerkt zu werden, und die obere Wendung des Flusses zu gewinnen suchte, welche die Gesellschaft mit Sicherheit vor dem Feind verbergen mußte. Des Pfadfinders Kahn lag zunächst am Lande und mußte deshalb zuletzt das Ufer verlassen. Der Delaware sprang ans Land und verlor sich in den Wald, da er es für seine Aufgabe hielt, den Feind in dieser Gegend zu überwachen, indes Arrowhead seinen weißen Gefährten beim Flottmachen des Kahnes unterstützte, um Jasper folgen zu können. Alles dieses war das Werk eines Augenblicks; als aber Pfadfinder die Strömung an der Flußwendung erreicht hatte, fühlte er plötzlich ein Leichterwerden des Gewichtes, welches er führte, und beim Zurückschauen entdeckte er, daß der Tuscarora mit seinem Weibe ihn verlassen hatte. Der Gedanke an Verrat blitzte in seiner Seele auf; aber es war keine Zeit anzuhalten. Der Klageruf, der sich weiter unten im Fluß erhob, verkündete, daß der weggeschwemmte Körper des jungen Indianers bei seinen Freunden angelangt war. Der Knall einer Flinte folgte, und nun sah der Wegweiser, daß Jasper, nachdem er die Flußbeugung umrudert hatte, den Strom quer durchschnitt und beide, Jasper aufrechtstehend im Stern des Kahnes und Cap am Bug sitzend, das leichte Fahrzeug mit kräftigen Ruderschlägen vorwärts trieben. Ein Blick, ein Gedanke, ein Auskunftsmittel folgten rasch aufeinander in der Seele eines Mannes, der so sehr an die Wechselfälle des Grenzkrieges gewöhnt war. Er sprang schnell in das Hinterteil seines Kahnes, drängte ihn mit einem kräftigen Stoß in die Strömung und fing gleichfalls an, den Strom so weit unten zu kreuzen, daß seine Person eine Zielscheibe für den Feind abgeben konnte, indem er wohl wußte, daß ihr eifriges Verlangen, sich einer Kopfhaut zu versichern, alle anderen Gefühle überwältigen würde.

»Haltet Euch über der Strömung, Jasper«, rief der hochherzige Führer, indem er das Wasser mit langen, festen und kräftigen Ruderschlägen peitschte, »haltet Euch wohl über der Strömung und rudert gegen das Erlengebüsch auf der andern Seite zu. Bewahrt vor allem des Sergeanten Tochter und überlaßt diese Schufte von Mingos mir und dem Serpent.«

Jasper schwenkte sein Ruder zum Zeichen, daß er ihn verstanden habe, und nun ertönte Schuß auf Schuß in rascher Folge, davon jeder auf den einzelnen Mann in dem nächsten Kahne gerichtet war.

»Ha, entladet nur eure Büchsen, ihr Dummköpfe«, sagte der Pfadfinder, der in der Einsamkeit der Wälder, in welcher er so viele Zeit zubrachte, die Gewohnheit angenommen hatte, mit sich selber zu sprechen, »feuert nur eure Büchsen auf ein unsicheres Ziel ab, und laßt mir Zeit, auf dem Fluß eine Elle um die andere zwischen uns zu legen. Ich will euch nicht schmähen wie ein Delaware oder ein Mohikaner; denn meine Gaben sind die eines weißen Mannes und nicht die eines Indianers, und das Prahlen im Kampf ist nicht die Sache eines christlichen Kriegers; aber ich kann hier ganz allein mir selbst sagen, daß ihr wenig besser seid als die Leute aus den Städten, welche auf die Rotkehlchen in den Obstgärten schießen. Nun, das war gut gemeint« – er zog seinen Kopf zurück, da eine Flintenkugel eine Haarlocke von seinen Schläfen abgerissen hatte – »aber das Blei, das um einen Zoll fehlt, ist ebenso nutzlos als das, welches stets im Flintenlauf bleibt. Brav getan, Jasper! Des Sergeanten süßes Kind muß gerettet werden, und wenn wir alle unsere Kopfhäute darüber verlieren sollten.«

Mittlerweile war der Pfadfinder in die Mitte des Flusses und fast an die Seite seiner Feinde gerudert, indes der andere Kahn, von Caps und Jaspers kräftigen Armen getrieben, der ihnen bezeichneten Stelle am jenseitigen Ufer nahegekommen war. Der alte Seemann spielte nun seine Rolle männlich; denn er war auf seinem eigenen Element, liebte seine Nichte aufrichtig, hatte eine besondere Verehrung gegen seine eigene Person und war des Feuers nicht ungewohnt, obgleich seine Erfahrung sich auf eine ganz andere Art des Kriegführens bezog. Einige Ruderstreiche brachten den Kahn in das Gebüsch; Mabel eilte mit Jasper ans Land, und für den Augenblick waren alle drei Flüchtlinge gerettet.

Nicht so verhielt es sich mit dem Pfadfinder. Seine mutige Selbstaufopferung hatte ihn in eine ungemein gefährliche Lage gebracht, die sich, als er gerade zunächst dem Feinde vorbeitrieb, noch dadurch verschlimmerte, daß der am Lande befindliche Haufen am Ufer herunterglitt und sich mit seinen in dem Wasser stehenden Freunden vereinigte. Der Oswego war an dieser Stelle ungefähr eine Kabellänge breit, und der in der Mitte befindliche Kahn nur ungefähr hundert Ellen oder eine Zielweite von den Büchsen entfernt, welche ohne Unterlaß gegen denselben abgefeuert wurden.

In dieser verzweifelten Lage taten die Festigkeit und Geschicklichkeit des Pfadfinders gute Dienste. Er wußte, daß seine Sicherheit nur von einer fortdauernden Bewegung abhing; denn ein feststehender Gegenstand wäre in dieser Entfernung fast mit jedem Schusse getroffen worden. Bewegung allein war aber nicht zureichend; denn seine Feinde, die gewöhnt waren, den Hirsch im Sprunge zu töten, wußten wahrscheinlich ihr Ziel so gut zu nehmen, daß sie ihn getroffen hätten, wenn die Bewegung eine gleichförmige war. Er sah sich daher veranlaßt, den

Kurs des Kahnes zu wechseln, und schoß einen Augenblick mit der Schnelligkeit des Pfeiles stromabwärts: im nächsten hielt er in dieser Richtung an, und schnitt schräg in den Strom ein. Glücklicherweise konnten die Irokesen ihre Gewehre im Wasser nicht wieder laden, und das Gebüsch, welches überall das Ufer umsäumte, machte es schwierig, den Flüchtling im Gesicht zu behalten, wenn sie ans Land stiegen. Unter dem Schutze dieser Umstände, und da die Feinde alle ihre Gewehre auf ihn abgefeuert hatten, hatte Pfadfinder schnell sowohl abwärts als stromüber eine sichernde Entfernung gewonnen, als plötzlich eine neue, wenn auch nicht unerwartete Gefahr auftauchte.

Diese bestand in der Erscheinung des Haufens, welcher weiter unten im Hinterhalt gelegen hatte, um den Strom zu bewachen, und dessen die Wilden in dem oben aufgeführten kurzen Gespräch Erwähnung getan. Die Zahl desselben betrug nicht weniger als zehn, und da ihnen alle Vorteile ihres blutigen Gewerbes bekannt waren, so hatten sie sich an einer Stelle aufgestellt, wo das Wasser zwischen den Felsen und über die Untiefen brandete: Stellen, die man in der Sprache dieser Gegend Stromengen (rifts) nennt. Der Pfadfinder sah wohl, daß er, wenn er in diese Enge einliefe, auf den Punkt zugetrieben würde, wo die Irokesen sich aufgestellt hatten; denn die Strömung war unwiderstehlich, die Felsen gestatteten keinen andern sichern Durchgang, und so waren Tod oder Gefangenschaft die einzigen wahrscheinlichen Resultate eines solchen Versuches. Er strengte daher alle seine Kräfte an, um das westliche Ufer zu erreichen, da sich die Feinde alle auf der Ostseite des Flusses befanden. Aber ein solches Unternehmen überstieg die Kraft eines einzelnen Menschen, und ein Versuch, die Strömung zu überwinden, würde die Bewegung des Kahnes auf einmal so weit vermindert haben, daß dadurch einem sicheren Zielen Raum gegeben worden wäre. In dieser Not kam der Wegweiser mit seiner gewohnten schnellen Besonnenheit zu einem Entschluß, für welchen er alsbald seine Vorbereitungen traf. Anstatt sich zu bemühen, das Fahrwasser zu gewinnen, steuerte er nach der seichtesten Stelle des Stroms, und als er diese erreicht hatte, ergriff er seine Büchse und sein Bündel, sprang ins Wasser und fing an von Felsen zu Felsen zu waten, wobei er die Richtung gegen das westliche Ufer einschlug. Der Kahn wirbelte in der wütenden Strömung, rollte über einige schlüpfrige Steine, füllte und leerte sich wieder und erreichte endlich das Ufer, einige Ellen von der Stelle entfernt, wo die Indianer sich aufgestellt hatten.

Indes war der Pfadfinder noch lange nicht außer Gefahr. In den ersten Minuten hielt die Bewunderung seiner Schnelligkeit und seines Mutes, dieser bei den Indianern so hoch geachteten Tugenden, seine Verfolger regungslos. Aber der Durst nach Rache und die Gier nach dem so hochgepriesenen Siegeszeichen überwältigten bald dieses vorübergehende Gefühl und weckten sie aus ihrer Erstarrung. Büchse um Büchse krachte, und die Kugeln sausten um des Flüchtlings Haupt, daß er sie durch das Brausen des Wassers hören konnte. Aber er schritt fort gleich einem, der ein durch Zauberkraft geschütztes Leben trägt, und obwohl das grobe Gewand des Grenzmannes mehr als einmal durchlöchert ward, so wurde doch nicht einmal seine Haut gestreift.

Da der Pfadfinder einigemal genötigt war, bis unter die Arme im Wasser zu waten, wobei er seine Büchse samt dem Schießbedarf über die wütende Strömung erhob, so wurde er von der Anstrengung bald ermüdet und war erfreut, an einem großen Steine oder vielmehr einem kleinen Felsen, welcher so hoch über den Fluß hervorragte, daß seine obere Fläche trocken war, haltmachen zu können. Auf diesen Stein legte er sein Pulverhorn und stellte sich selbst hinter denselben, so daß sein Körper teilweise gedeckt wurde. Das westliche Ufer war nur noch fünfzig Fuß entfernt, aber die ruhige, schnelle, dunkle Strömung, die durch den Zwischenraum schoß, verschaffte ihm die Überzeugung, daß er hier werde schwimmen müssen.

Die Indianer, welche eine Weile ihr Feuer aussetzten, versammelten sich um den gestrandeten Kahn, und da sie dabei die Ruder fanden, so schickten sie sich an, über den Fluß zu setzen.

»Pfadfinder!« rief eine Stimme aus dem Gebüsche des westlichen Ufers an der Stelle, welche der angeredeten Person am nächsten war.

»Was wollt Ihr, Jasper?«

»Seid guten Muts! – Es sind Freunde bei der Hand, und kein Mingo soll über den Fluß setzen, ohne für seine Kühnheit zu büßen. Würdet Ihr nicht besser tun, Eure Büchse auf dem Felsen zu lassen und herüberzuschwimmen, ehe die Schurken sich flottmachen können?«

»Ein braver Jäger läßt nie sein Gewehr im Stich, solange er Pulver in seinem Horn und eine Kugel in der Tasche hat. Ich habe heute den Drücker noch nicht berührt und könnte den Gedanken nicht ertragen, mit diesem Gewürm zusammengekommen zu sein, ohne ihm eine Erinnerung an meinen Namen zurückzulassen. Ein bißchen Wasser wird meinen Beinen nicht schaden, und ich sehe jenen Lumpenkerl, den Arrowhead, unter den Strolchen; ich möchte dem wohl einen Lohn, den er so redlich verdient hat, zusenden. Ihr habt doch hoffentlich nicht des Sergeanten Tochter mit herunter und in die Schußweite ihrer Kugeln gebracht, Jasper?«

»Sie ist in Sicherheit, wenigstens für den Augenblick, obgleich alles davon abhängt, daß wir den Fluß zwischen uns und dem Feinde behalten. Sie müssen jetzt unsere Schwäche kennen, und wenn sie übersetzen sollten, so zweifle ich nicht, daß ein Teil davon auf der andern Seite bleiben wird.«

»Diese Kahnfahrt betrifft Eure Gaben näher als die meinigen, Junge, obgleich ich mein Ruder handhaben werde wie der beste Mingo, der je einen Salm erlegte. Wenn sie unterhalb der Stromenge kreuzen, warum sollten wir nicht ebensogut oberhalb derselben über das ruhige Wasser setzen und sie durch das Hin und Her, wie im Wolfsspiel, zum besten haben können?«

»Weil sie, wie ich gesagt habe, einen Trupp auf dem andern Ufer lassen werden; und dann, Pfadfinder, möchtet Ihr Mabel den Büchsen der Irokesen bloßgeben?«

»Des Sergeanten Tochter muß gerettet werden«, entgegnete der Wegweiser mit ruhiger Energie. »Ihr habt recht, Jasper, sie hat nicht die Gabe, ihren Mut dadurch zu bewähren, daß sie ihr süßes Gesicht und ihren zarten Körper einer Mingobüchse aussetzt. Was können wir tun? Wir müssen eben, wenn es möglich ist, das Übersetzen ein oder zwei Stunden verhindern und dann in der Dunkelheit unser Letztes versuchen.«

»Ich stimme Euch bei, Pfadfinder, wenn es bewerkstelligt werden kann. Aber sind wir auch stark genug für dieses Vorhaben?«

»Der Herr ist mit uns, Junge – der Herr ist mit uns, und es ist unvernünftig zu glauben, daß eine Person wie des Sergeanten Tochter in einer solchen Verlegenheit so ganz von der Vorsehung sollte verlassen werden. Es ist, wie ich gewiß weiß, kein Boot zwischen den Fällen und der Garnison als unsere beiden

Kähne, und ich denke, es wird über die Gaben einer Rothaut gehen, angesichts zweier Büchsen, wie die Eurige und die meinige, über den Fluß zu setzen. Ich will nicht prahlen, Jasper, aber man weiß in allen Grenzorten wohl, daß der Hirschtöter selten fehlt.«

»Eure Geschicklichkeit ist nah und fern bekannt, Pfadfinder, aber eine Büchse braucht Zeit, um geladen zu werden; auch seid Ihr nicht am Lande und durch ein gutes Versteck geschützt, von dem aus Ihr Euch Eurer gewohnten Vorteile bedienen könntet. Wenn Ihr unsern Kahn hättet, getrautet Ihr Euch wohl, mit trockenem Gewehr das Ufer zu erreichen?«

»Kann ein Adler fliegen?« erwiderte der andere mit seinem gewohnten Lachen, indem er im Sprechen rückwärts blickte. »Aber es würde unklug sein, Euch selbst auf dem Wasser auszusetzen; denn diese Spitzbuben fangen wieder an, sich an ihr Pulver und ihre Kugeln zu erinnern.«

»Es kann auch, ohne daß ich mich in Gefahr begebe, geschehen. Meister Cap ist zu dem Kahn hinaufgegangen und wird den Zweig eines Baumes in den Fluß werfen, um die Strömung zu untersuchen, welche von jener obern Stelle in der Richtung Eures Felsens läuft. Seht, da kommt er schon; wenn er gut anlangt, so dürft Ihr nur den Arm ausstrecken, und der Kahn wird folgen. Jedenfalls wird ihn, wenn er an Euch vorbeigehen sollte, der Wirbel da unten wieder heraufbringen, so daß ich ihn wohl erreichen kann.«

Während Jasper noch sprach, kam der schwimmende Zweig näher. Er beschleunigte seine Geschwindigkeit mit der zunehmenden Schnelle der Strömung und trieb schnell abwärts auf den Pfadfinder zu, welcher ihn rasch ergriff und als ein erfolgversprechendes Zeichen in die Höhe hielt. Cap verstand das Signal und überließ den Kahn mit einer Behutsamkeit und Umsicht, zu deren Beobachtung die Gewohnheit den Seemann geeignet gemacht hatte, dem Strome. Er schwamm in derselben Richtung wie der Zweig und wurde nach einer Minute von dem Pfadfinder angehalten.

»Das ist mit der Einsicht eines Grenzmannes ausgeführt, Jasper«, sagte der Wegweiser lachend. »Doch Eure Gaben eignen sich für das Wasser wie die meinigen für die Wälder. Nun laßt diese schuftigen Mingos ihre Hähne spannen und auflegen;

denn dies ist das letztemal, daß sie imstande sind, auf einen Mann außerhalb eines Versteckes zu zielen.«

»Schiebt den Kahn gegen das Ufer, legt gegen die Strömung ein und springt hinein, wenn er abstößt. Man hat wenig Vorteil, wenn man sich der Gefahr aussetzt.«

»Ich liebe es, Gesicht gegen Gesicht wie ein Mann meinen Feinden gegenüberzustehen, wenn sie mir hierin das Beispiel geben«, erwiderte der Pfadfinder stolz. »Ich bin keine geborne Rothaut, und es gehört mehr zu den Gaben eines weißen Mannes, offen zu fechten, als in einem Hinterhalt zu liegen.«

»Und Mabel?«

»Richtig, Junge, Ihr habt recht; des Sergeanten Tochter muß gerettet werden, und eine törichte Aussetzung, wie Ihr sagt, ziemt bloß Knaben. Glaubt Ihr, daß Ihr auf Euerm Standort den Kahn auffangen könnt?«

»Daran ist kein Zweifel, wenn Ihr ihm einen kräftigen Stoß gebt.«

Pfadfinder wandte die erforderliche Kraft an; die leichte Barke schoß quer über den trennenden Raum, und als sie gegen das Land kam, wurde sie von Jasper ergriffen. Da die beiden Freunde nun den Kahn zu sichern und die geeignete Stellung in einem Versteck zu nehmen hatten, so blieb ihnen nur ein Augenblick, um sich die Hände zu drücken, was mit einer Herzlichkeit geschah, als ob sie sich nach langer Trennung zum erstenmal wieder gesehen hätten.

»Nun, Jasper, wir werden sehen, ob einer von diesen Mingos über den Oswego setzen kann, wenn ihm der Hirschtöter die Zähne weist. Ihr seid zwar vielleicht gewandter in der Führung des Ruders als in dem Gebrauch der Büchse, aber Ihr habt ein tapferes Herz und eine sichere Hand, und das sind schon Dinge, die bei einem Kampf in Betracht kommen.«

»Mabel wird mich zwischen ihr und ihren Feinden finden«, sagte Jasper ruhig.

»Ja, ja, des Sergeanten Tochter muß beschützt werden. Ich liebe Euch, Junge, um Eurer selbst willen; aber ich liebe Euch noch viel mehr, weil Ihr so auf den Schutz dieses schwachen Geschöpfs bedacht seid, in einem Augenblick, wo sie Eurer ganzen Mannheit bedarf. Seht, Jasper, drei von diesen Schurken sind eben in den Kahn gestiegen. Sie müssen glauben, wir seien geflohen, sonst würden sie so etwas sicher nicht im Angesicht des Hirschtöters gewagt haben.«

Die Irokesen schienen sich nun zu einer Kreuzung des Stromes anzuschicken; denn da der Pfadfinder und seine Freunde sich sorgfältig versteckt hielten, so fingen ihre Feinde an zu glauben, daß sie die Flucht ergriffen hätten. Diesen Ausweg würden wohl auch die meisten Weißen eingeschlagen haben; aber Mabel war unter dem Schutze von Leuten, welche zu sehr den Krieg in den Wäldern kannten, um die Verteidigung des einzigen Übergangspunktes, der ihre Sicherheit gefährden konnte, zu vernachlässigen.

Wie der Pfadfinder gesagt hatte, waren drei Krieger in dem Kahn, von denen zwei auf den Knien im Anschlag lagen, um jeden Augenblick ihrer tödlichen Waffe ein Ziel geben zu können: der dritte stand aufrecht in dem Stern und lenkte das Ruder. In dieser Weise verließen sie das Ufer, nachdem sie den Kahn, ehe sie in ihn traten, vorsichtig stromaufwärts gehalten hatten, um in das vergleichsweise stille Wasser oberhalb der Stromenge zu kommen. Man konnte auf den ersten Blick sehen, daß der Wilde, welcher das Boot führte, seine Sache gut verstand; denn unter seinem langen und sicheren Ruderschlag flog das leichte Fahrzeug mit der Leichtigkeit einer Feder in der Luft über die glänzende Fläche des ruhigen Stromes.

»Soll ich Feuer geben?« fragte Jasper flüsternd und zitternd vor Begierde, den Kampf zu beginnen.

»Noch nicht, Junge, noch nicht. Es sind ihrer drei, und wenn Meister Cap dort weiß, wie er die Schlüsselbüchsen, die in seinem Gürtel stecken, zu gebrauchen hat, so können wir sie immer ans Land kommen lassen. Wir werden dann den Kahn wiederkriegen.«

»Aber Mabel?« –

»Fürchtet nichts für des Sergeanten Tochter. Sie ist ja, wie Ihr sagt, sicher in dem hohlen Baum, dessen Öffnung Ihr klugerweise durch die Brombeerstaude verbarget. Wenn es wahr ist, was Ihr mir über die Weise, wie Ihr ihre Fährte verdeckt habt, erzähltet, so könnte das süße Geschöpf wohl einen Monat dort liegen und alle Mingos auslachen.«

»Wir sind dessen nie gewiß, und ich wünschte, wir hätten sie unserem eigenen Versteck näher gebracht.«

»Warum, Eau-douce? Um ihren niedlichen kleinen Kopf

und ihr klopfendes Herz den fliegenden Kugeln auszusetzen? Nein, nein, sie bleibt besser, wo sie ist, weil sie dort sicherer ist.«

»Wir sind dessen nicht gewiß. Wir hielten uns auch für sicher hinter dem Gebüsch, und doch habt Ihr selbst gesehen, daß wir entdeckt wurden« –

»Und der junge Teufel von Mingo seine Neugierde büßen mußte, wie es mir alle diese Schufte tun sollen –«

Der Pfadfinder unterbrach seine Worte; denn in diesem Augenblick schlug der Knall einer Büchse an sein Ohr. Der Indianer im Stern des Kahnes sprang hoch in die Luft und fiel mit dem Ruder in der Hand ins Wasser. Ein leichtes Rauchwölkchen wirbelte aus einem der Gebüsche auf dem östlichen Ufer in die Höhe und verlor sich bald in der Atmosphäre.

»Das ist Serpents Zischen!« rief der Pfadfinder frohlockend. »Ein kühneres und treueres Herz hat nie in der Brust eines Delawaren geschlagen. Es ist mir zwar leid, daß er sich in die Sache gemischt hat, aber er konnte unsere Lage nicht kennen, er konnte nicht wissen, wie wir stehen.«

Kaum hatte der Kahn seinen Führer verloren, so wurde er von den Schnellen der Stromenge ergriffen. Gänzlich hilflos blickten die zwei in demselben befindlichen Indianer verwirrt um sich, vermochten es jedoch nicht, der Macht des Elementes Widerstand entgegenzusetzen. Es war vielleicht ein Glück für Chingachgook, daß die Aufmerksamkeit der meisten Irokesen von der Lage ihrer Freunde im Boot in Anspruch genommen wurde, sonst möchte ihm wohl das Entkommen zum mindesten schwer, wo nicht gar unmöglich geworden sein. Aber man bemerkte unter den Feinden keine weitere Bewegung als die des Verbergens in irgendeinem Versteck. Jedes Auge war fest auf die beiden im Kahn befindlichen Abenteurer gerichtet. In kürzerer Zeit, als nötig ist, um diese Begebenheiten zu erzählen, wurde das Boot in den Wirbel der Stromenge geschleudert, wobei die Wilden sich auf dem Boden desselben ausgestreckt hatten, da dies das einzige Mittel war, das Gleichgewicht zu erhalten. Aber auch dieser Ausweg schlug ihnen fehl; denn ein Stoß an einen Felsen stürzte das kleine Fahrzeug um, und beide Krieger wurden in den Fluß geschleudert. Das Wasser ist an solchen Engen selten tief, mit Ausnahme einzelner Stellen, wo es Kanäle ausgewaschen hat. Sie hatten deshalb von diesem

Unfall wenig zu besorgen, obgleich ihre Waffen dabei verlorengingen. Sie waren nur genötigt, sich mit dem möglichsten Vorteil an das freundliche Ufer, bald schwimmend, bald watend, wie es die Umstände erforderten, zurückzuziehen. Der Kahn selbst blieb an einem Felsen in der Mitte des Stromes hängen, wodurch er für den Augenblick beiden Parteien gleich nutzlos wurde.

»Jetzt ist's an uns, Pfadfinder«, sagte Jasper, als die beiden Irokesen, während sie durch die seichteste Stelle der Stromschnellen wateten, ihre Körper am meisten aussetzten. »Der obere Bursche ist mein; Ihr könnt den untern nehmen!«

Der junge Mann war durch alle Einzelheiten dieser beunruhigenden Szene so aufgeregt worden, daß die Kugel, ehe er noch ausgesprochen hatte, aus seinem Rohre flog, – aber sie war augenscheinlich vergeudet; denn die beiden Flüchtlinge erhoben voll Geringschätzung ihre Arme. Der Pfadfinder feuerte nicht.

»Nein, nein, Eau-douce«, erwiderte er, »ich vergieße kein Blut ohne Grund, und meine Kugel ist wohl gepflastert und sorgfältig aufgesetzt für den Augenblick, wo ich ihrer bedarf. Ich liebe keinen Mingo, was man daraus sehen kann, daß ich mich so viel in der Gesellschaft der Delawaren, ihrer natürlichen Todfeinde, herumtreibe. Ich will aber nie meinen Drücker gegen einen solchen Schuft brauchen, wenn es nicht auf der Hand liegt, daß sein Tod zu irgendeinem guten Ziele führen wird. Der Hirsch sprang niemals, den meine Hand leichtfertig fällte, und wenn man viel allein mit Gott in den Wäldern lebt, so lernt man die Gerechtigkeit solcher Ansichten empfinden. *Ein* Leben ist hinreichend für unsere gegenwärtigen Bedürfnisse, und es wird jetzt Gelegenheit geben, den Hirschtöter zur Verteidigung des Serpent zu brauchen, der eine höchst verwegene Tat begangen, indem er diese überhandnehmenden Teufel so deutlich wissen ließ, daß er in ihrer Nachbarschaft sei. So wahr ich ein armer Sünder bin, da schleicht gerade einer von diesen Strolchen an dem Ufer hin wie ein Junge in der Garnison hinter einem gefallenen Baum, wenn er auf ein Eichhörnchen schießen will!«

Da der Pfadfinder, während er sprach, mit seinen Fingern zeigte, so konnte Jaspers schnelles Auge den Gegenstand, auf den sie gerichtet waren, rasch auffinden. Es war einer der jungen Krieger des Feindes, der vor Begierde brannte, sich auszuzeichnen, und sich von seinem Trupp weg gegen das Versteck hin, in welchem Chingachgook verborgen lag, gestohlen hatte; und da der letztere durch die scheinbare Apathie seiner Feinde getäuscht und überhaupt mit weiteren Vorkehrungen für seine Sicherheit beschäftigt war, so hatte der Irokese augenscheinlich eine Stellung eingenommen, welche ihm den Delawaren zu Gesicht brachte. Man konnte dies aus seinen Vorkehrungen, Feuer zu geben, erkennen; denn Chingachgook selbst war denen auf dem westlichen Ufer des Flusses nicht sichtbar. Die Stromenge befand sich an einer Krümmung des Oswego, und der Bogen des östlichen Ufers bildete eine so tiefe Einbiegung, daß Chingachgook in gerader Linie seinen Feinden ganz nahe war, obgleich er zu Lande mehrere hundert Fuß von ihnen entfernt stand. Aus diesem Grunde war auch die Entfernung beider Trupps gegen Jaspers und Pfadfinders Stellung so ziemlich die gleiche und mochte nicht viel weniger als zweihundert Ellen betragen.

»Der Serpent muß um den Weg sein«, sagte der Pfadfinder, welcher keinen Augenblick sein Auge von dem jungen Krieger abwandte. »Er sieht sich auf eine sonderbare Weise vor, wenn er einem solchen blutdürstigen Mingoteufel gestattet, so nahe zu kommen.«

»Seht«, unterbrach ihn Jasper, »da ist der Körper des Indianers, welchen der Delaware erschoß. Er wurde an einen Felsen getrieben, und die Strömung hat den Kopf und das Gesicht aus dem Wasser gedrängt.«

»Ganz wahrscheinlich, Junge, ganz wahrscheinlich. Menschennatur ist wenig besser als ein Stamm Treibholz, wenn das Leben, das in ihrer Brust geatmet hat, gewichen ist. Dieser Irokese wird niemand mehr ein Leid tun; aber jener schleichende Wilde steht im Begriff, sich des Skalps meines besten und erprobtesten Freundes –«

Der Pfadfinder unterbrach sich plötzlich selbst und erhob seine Büchse, eine Waffe von ungewöhnlicher Länge, mit bewundernswürdiger Genauigkeit und feuerte in dem Augenblick, wo sie die nötige Höhe erreicht hatte. Der Irokese auf dem entgegengesetzten Ufer zielte eben, als ihn der verhängnisvolle Bote aus dem Laufe des Hirschtöters ereilte. Seine Büchse entlud sich allerdings, aber mit der Mündung in die

Luft, indes der Mann selbst in das Gebüsch stürzte, gewiß verwundet, wo nicht getötet.

»Dieses schleichende Gewürm wollte es nicht besser«, brummte der Pfadfinder, indem er sein Gewehr sinken ließ und wieder neu zu laden anfing. »Chingachgook und ich haben von Jugend auf in Kompanie gefochten, am Horican, am Mohawk, am Ontario und an allen andern blutigen Pässen zwischen unserm und dem französischen Gebiete, und so ein törichter Schuft glaubt, ich werde dabeistehen und zusehen, wenn mein bester Freund in einem Hinterhalt erlegt wird!«

»Wir haben dem Serpent einen so guten Dienst getan als er uns. Diese Schufte sind eingeschüchtert und werden in ihre Verstecke zurückgehen, zumal wenn sie finden, daß wir sie über den Fluß hinüber erreichen können.«

»Der Schuß ist von keiner besondern Bedeutung, Jasper; er will nichts besagen. Fragt einen von dem Sechzigsten, und er wird Euch erzählen, was der Hirschtöter tun kann, und was er getan hat, selbst wenn die Kugeln wie Hagelsteine uns um die Köpfe sausten. Nein, dieser ist von keiner großen Bedeutung, und der gedankenlose Herumstreicher ist selber schuld daran.«

»Ist das ein Hund oder ein Hirsch, was auf unser Ufer zuschwimmt?«

Der Pfadfinder fuhr auf; denn es war gewiß, daß irgendein Gegenstand oberhalb der Stromenge über den Fluß setzte, aber immer mehr durch die Gewalt der Strömung der ersteren zugetrieben wurde. Ein zweiter Blick überzeugte beide Beobachter, daß es ein Mensch, und zwar ein Indianer war, obgleich er im Anfang so tief im Wasser stak, daß man noch zweifeln mußte. Die Freunde fürchteten eine Kriegslist und richteten deshalb die schärfste Aufmerksamkeit auf die Bewegungen des Fremden.

»Er stößt etwas im Schwimmen vor sich hin, und sein Kopf gleicht einem treibenden Busch«, sagte Jasper.

»'s ist eine indianische Teufelei, Junge, aber christliche Ehrlichkeit wird alle ihre Künste umgehen.«

Als der Mann sich langsam näherte, begannen die Beobachter die Richtigkeit ihrer ersten Eindrücke zu bezweifeln, und erst als er zwei Dritteile des Stromes zurückgelegt hatte, wurde ihnen die Wahrheit völlig klar.

»Der Big Serpent, so wahr ich lebe«, rief Pfadfinder, indem

er auf seinen Gefährten blickte und dabei vor Wonne über den glücklichen Kunstgriff lachte, bis ihm die Tränen in die Augen traten. »Er hat Gesträuch um seinen Kopf gebunden, um ihn zu verbergen, und das Pulverhorn an die Spitze gehängt. Die Flinte liegt auf dem Stückchen Stamm, das er vor sich hertreibt, und er kommt herüber, um sich mit seinen Freunden zu vereinigen. Ach! die Zeiten, die Zeiten, wo er und ich solche Schwänke gemacht haben, recht unter den Zähnen der nach Blut tobenden Mingos, bei der großen Durchfahrt um den Ty herum.«

»Es kann, genau betrachtet, doch nicht der Serpent sein, Pfadfinder; ich kann keinen Zug entdecken, dessen ich mich erinnere.«

»Was Zug! wer sieht auf die Züge bei einem Indianer? – Nein, nein, Junge, seine Malerei ist es, die spricht, und nur ein Delaware würde diese Farben tragen... Dies sind seine Farben, Jasper, gerade wie Euer Fahrzeug auf dem See das Georgkreuz trägt und die Franzosen ihre Tafeltücher in dem Winde flattern lassen mit all ihren Flecken von Fischgräten und Wildbretstükken. Ihr seht doch das Auge, Junge, und es ist das Auge eines Häuptlings. Aber, Eau-douce, so ungestüm es im Kampfe und so glänzend es unter den Blättern blickt« – hier legte der Pfadfinder seinen Finger leicht, aber mit Nachdruck auf den Arm seines Gefährten, »so habe ich es doch gesehen, wie es Tränen gleich dem Regen vergoß. Es ist eine Seele und ein Herz unter dieser roten Haut, verlaßt Euch drauf, obgleich diese Seele und dieses Herz Gaben haben, die von den unsrigen verschieden sind.«

»Niemand, der den Häuptling kennt, hat je hieran gezweifelt.«

»Ich aber *weiß* es«, erwiderte der andere stolz, »denn ich war in Freud und Leid sein Gefährte und habe in dem einen ihn als einen *Mann* gefunden, wie schwer er auch getroffen war, und in der andern als einen Häuptling, welcher weiß, daß selbst die Weiber seines Stammes anständig sind in ihrer Fröhlichkeit. Doch still! Es gleicht zu sehr den Leuten von den Ansiedlungen, schmeichelnde Reden in das Ohr eines andern zu gießen, und der Serpent hat scharfe Sinne. Er weiß, daß ich ihn liebe und gut von ihm spreche hinter seinem Rücken; aber ein Delaware trägt Bescheidenheit in seiner innersten Natur, obgleich er prahlen wird wie ein Sünder, wenn er an den Pfahl gebunden ist.«

Der Serpent hatte nun das Ufer gerade angesichts seiner Kameraden erreicht, mit deren Stellung er schon, ehe er das östliche Ufer verließ, bekannt gewesen sein mußte. Als er sich aus dem Wasser erhob, schüttelte er sich wie ein Hund und rief in seiner gewohnten Weise – »Hugh!«

Sechstes Kapitel

Ew'ger Vater, die hier wechselnd sich gestalten,
Sind die andre Seite nur von Dir.

Thomson

Als der Häuptling an das Land gestiegen war und mit dem Pfadfinder zusammentraf, redete dieser ihn in der Sprache der Krieger seines Volkes an.

»War es wohl getan, Chingachgook«, sagte er vorwurfsvoll, »sich gegen ein Dutzend Mingos ganz allein in einen Hinterhalt zu legen? 's ist zwar wahr, der Hirschtöter fehlt selten; aber der Oswego ist breit, und dieser Schuft zeigte wenig mehr als den Kopf und die Schultern über dem Gebüsch, und eine ungeübte Hand und ein unsicheres Auge hätten ihn wohl fehlen mögen. Du solltest das bedacht haben, Häuptling, du solltest hieran gedacht haben.«

»Big Serpent ist ein mohikanischer Krieger und sieht nur die Feinde, wenn er auf seinem Kriegspfad ist. Seine Väter haben ihre Feinde im Rücken angegriffen, seit die Wasser zu fließen begannen.«

»Ich kenne deine Gaben, ich kenne sie und habe alle Achtung vor ihnen. Kein Mensch wird mich darüber klagen hören, daß eine Rothaut der Rothautnatur treu bleibt; aber Klugheit ziemt einem Krieger so gut als Tapferkeit, und hätten nicht diese Irokesenteufel auf ihre Freunde im Wasser gesehen, so möchten sie dir wohl heiß genug auf die Fährte gekommen sein.«

»Was hat der Delaware vor?« rief Jasper, welcher in diesem Augenblick bemerkte, daß der Häuptling plötzlich den Pfadfinder verließ und zum Rande des Wassers ging, anscheinend mit der Absicht, wieder in den Fluß zu steigen. »Er wird doch nicht so toll sein, wieder an das andere Ufer zurückzukehren, vielleicht um einer Kleinigkeit willen, die er vergessen hat?«

»Nein, gewiß nicht, er ist im Grunde so klug als tapfer, obgleich er in seinem letzten Hinterhalt sich vergessen hat. Hört, Jasper –« er führte den andern ein wenig auf die Seite, als man gerade den Indianer in das Wasser springen hörte, »– hört,

Junge: Chingachgook ist kein Christ, kein weißer Mann wie wir, sondern ein mohikanischer Häuptling, der seine eigenen Gaben hat und den Überlieferungen folgt, welche ihm die Richtschnur seiner Handlungen vorschreiben, und wer sich zu Männern gesellt, die nicht so ganz von seiner Art sind, tut gut, sich der Leitung ihrer Natur und Gewohnheit zu überlassen. Ein Soldat des Königs flucht und trinkt, und es wird von geringem Erfolg sein, es ihm abgewöhnen zu wollen; ein Gentleman liebt seine Lekkerbissen, eine Dame ihren Federschmuck, und es fruchtet nicht viel, sich dagegen anzustemmen. Dazu sind Natur und Gaben eines Indianers weit tiefer gewurzelt als diese Gewohnheiten, und ich zweifle deshalb nicht, daß sie ihm von dem Herrn zu einem weisen Zwecke beschert wurden, obgleich weder Ihr noch ich seinen Ratschlüssen zu folgen vermögen.«

»Was soll das bedeuten? – Seht, der Delaware schwimmt auf den Körper zu, der dort an dem Felsen hängt. Warum begibt er sich in diese Gefahr?«

»Um der Ehre und des Ruhmes willen! wie die großen Herren ihre ruhige Heimat jenseits des Meeres verlassen, wo, wie sie sagen, das Herz ihnen nichts zu wünschen übrigließ – das heißt solche Herzen, die mit den Lichtungen zufrieden sein können – und hierherkommen, um von der Jagd zu leben und gegen die Franzosen zu kämpfen.«

»Ich verstehe Euch. Euer Freund ist hingegangen, um sich des Skalps zu versichern.«

»'s ist seine Gabe, und er mag sich derselben freuen. Wir sind weiße Männer und können einen toten Feind nicht verstümmeln. Aber in den Augen einer Rothaut erscheint dies als ehrenhaft. Es mag Euch sonderbar vorkommen, Eau-douce, aber ich habe weiße Männer von großem Namen und Charakter ebenso merkwürdige Ideen von Ehre kundgeben sehen.«

»Ein Wilder bleibt ein Wilder, Pfadfinder, mag er in was immer für einer Gesellschaft leben.«

»Wir haben da gut reden, Junge, aber die Ehre des Weißen steht gleichfalls nicht immer im Einklang mit der Vernunft und dem Willen Gottes. Ich habe in den stillen Wäldern draußen manchen Tag in Gedanken über diese Gegenstände zugebracht und bin nun zu der Überzeugung gekommen, daß die Vorsehung, welche alle Dinge regelt, keine Gaben ohne weisen und vernünftigen Zweck erteilt. Wären Indianer zu nichts nütze, so wären keine geschaffen worden, und ich glaube, daß am Ende auch die Stämme der Mingos zu irgendeinem vernünftigen und eigentümlichen Zwecke vorhanden sind, obschon ich bekenne, daß die Erkenntnis desselben über meine Einsicht geht.«

»Der Serpent setzt sich bei diesem Skalpholen der größten Gefahr aus. Es kann uns den Sieg kosten.«

»Wie er es betrachtet, nicht, Jasper. Dieser einzige Skalp gereicht ihm, nach seinen Begriffen vom Krieg, zu einer größeren Ehre als ein ganzes Feld voll Erschlagener, welche ihre Haare auf dem Kopf haben. Da hat der feine junge Kapitän vom Sechzigsten bei dem letzten Gefecht, das wir mit den Franzosen hatten, sein Leben dem Versuch geopfert, einen feindlichen Dreipfünder zu nehmen, wobei er sich auch Ehre zu erwerben hoffte; dann habe ich noch einen jungen Fähnrich gekannt, der sich in seine Fahne wickelte, um darin den blutigen Todesschlaf zu schlafen. Mochte er sich wohl einbilden, daß er so sanfter ruhe als auf einer Büffelshaut?«

»Ja, es ist ein anerkanntes Verdienst, seine Flagge nicht zu streichen.«

»Und dies sind Chingachgooks Farben – er wird sie aufbewahren, um sie seinen Kindeskindern zu zeigen.« – Hier unterbrach sich Pfadfinder, schüttelte melancholisch den Kopf und fuhr fort: »Was sage ich! Kein Sprößling ist dem alten mohikanischen Stamme geblieben. Er hat keine Kinder, die er mit seinen Siegeszeichen erfreuen könnte; keinen Stamm, der seine Taten preist. Er ist ein einsamer Mann in dieser Welt, und doch hält er treu an seiner Erziehung und seinen Gaben! Es liegt etwas Ehrenwertes und Achtbares hierin, Jasper, Ihr müßt es zugeben; ja, es liegt etwas Würdiges darin.«

Hier erhob sich unter den Irokesen ein gewaltiges Geschrei, welchem schnell das Knallen ihrer Büchsen folgte. Die Feinde wurden in ihrem Bemühen, den Delawaren von seinem Opfer zurückzutreiben, so hitzig, daß ein Dutzend von ihnen in das Wasser stürzten und einige fast auf hundert Fuß in der schäumenden Strömung vordrangen, als ob sie wirklich an einen ernstlichen Ausfall dächten. Aber Chingachgook arbeitete ruhig weiter, da er von den Geschossen nicht verletzt worden war, und beendete seine Aufgabe mit der Gewandtheit einer langen Übung. Dann schwang er sein triefendes Siegeszeichen in der Luft und ließ seinen Schlachtruf in den furchtbarsten Intonationen erschallen. Eine Minute lang ertönten nun die Hallen des schweigenden Waldes und der tiefe von dem Laufe des Stromes gebildete Einschnitt von einem schrecklichen Geschrei wider, so daß Mabel in unbezwinglicher Furcht ihr Haupt sinken ließ, während ihr Onkel einen Augenblick ernstlich auf Flucht bedacht war.

»Das übersteigt alles, was ich je von diesen Elenden gehört habe«, rief Jasper voll Entsetzen und Abscheu, indem er sich die Ohren zuhielt.

»'s ist ihre Musik, Junge, ihre Trommeln und Pfeifen, ihre Trompeten und Zinken. Es ist kein Zweifel, daß sie diese Töne lieben; denn sie erregen in ihnen ungestüme Gefühle und das Verlangen nach Blut«, erwiderte Pfadfinder in vollkommener Ruhe. »Ich hielt sie für schrecklicher, als ich noch ein junger Bursche war; jetzt aber sind sie meinen Ohren nicht mehr als das Pfeifen des Windfängers oder der Gesang des Spottvogels, und stünde dieses kreischende Gewürm von den Fällen an bis zur Garnison, einer an dem andern, so würde es jetzt keinen Eindruck mehr auf meine Nerven machen. Ich sage das nicht aus Prahlerei, Jasper; denn der Mann, der die Feigheit durch die Ohren eindringen läßt, hat jedenfalls ein schwaches Herz. Töne und Geschrei sind mehr geeignet, Weiber und Kinder zu beunruhigen, als einen Mann, der gewohnt ist, die Wälder zu durchspähen oder dem Feinde ins Angesicht zu schauen. Ich hoffe, der Serpent ist nun zufriedengestellt; denn da kommt er mit dem Skalp an seinem Gürtel.«

Jasper wandte voll Abscheu über das letzte Beginnen des Delawaren sein Gesicht ab, als dieser ans Land stieg. Pfadfinder aber betrachtete seinen Freund mit der philosophischen Gleichgültigkeit eines Mannes, dessen Geist sich daran gewöhnt hat, auf alle ihm unwesentlich scheinenden Dinge ohne Vorurteil zu blicken. Als der Delaware sich tiefer in das Gebüsch begab, um seinen ärmlichen Kattunanzug auszuringen und seine Büchse für den Dienst instand zu setzen, warf er einen triumphierenden Blick auf seine Gefährten, nach welchem jedoch alle auf seine vermeintliche Heldentat Bezug habenden Gefühlsäußerungen verschwanden.

»Jasper«, begann nun der Wegweiser, »geht zu Meister Caps Station hinunter und ersucht ihn, sich mit uns zu vereinigen. Wir haben nur wenig Zeit zur Beratung und müssen daher schnell unsern Plan entwerfen; denn es wird nicht lange anstehen, bis diese Mingos neues Unheil spinnen.«

Der junge Mann gehorchte, und in wenigen Minuten waren die vier in der Nähe des Ufers versammelt, um über ihre nächsten Bewegungen zu beratschlagen, wobei sie sich jedoch vorsichtig verbargen und ein wachsames Auge auf das Beginnen ihrer Feinde hatten.

Mittlerweile hatte sich der Tag zu Ende geneigt und weilte noch einige Minuten zwischen dem scheidenden Lichte und einer Dunkelheit, welche tiefer als gewöhnlich zu werden versprach. Die Sonne war bereits hinter den Horizont gesunken, und die Dämmerung ging schon in das Dunkel der tiefen Nacht über. Die größte Hoffnung unserer Gesellschaft hing an diesem begünstigenden Umstand, obgleich auch er nicht alle Gefahr beseitigte; denn wiewohl er ihrer Flucht Vorschub tat, so verhehlte er auch zugleich die Bewegungen ihrer verschmitzten Feinde.

»Männer«, begann der Pfadfinder, »der Augenblick ist gekommen, wo wir mit Besonnenheit unsere Pläne entwerfen müssen, um gemeinschaftlich und nach bester Würdigung unserer Gaben handeln zu können. In einer Stunde werden diese Wälder so dunkel wie um Mitternacht sein, und wenn wir je die Garnison erreichen wollen, so muß es unter dem Schutze dieses günstigen Umstandes geschehen. Was sagt Ihr, Meister Cap? Denn obgleich Ihr in den Kämpfen und Rückzügen der Wälder nicht unter die Erfahrensten gehört, so berechtigen Euch doch Eure Jahre, zuerst im Rate und in dieser Sache zu sprechen.«

»Und meine nahe Verwandtschaft zu Mabel, Pfadfinder, die doch auch als etwas anzuschlagen ist.«

»Ich weiß das nicht, ich weiß das nicht. Rücksicht ist Rücksicht, und Zuneigung ist Zuneigung, ob sie eine Gabe der Natur ist oder ob sie aus dem eigenen Urteil und einer freiwilligen Anhänglichkeit fließt. Ich will hier nicht von Serpent sprechen, der für die Weiber keinen Sinn mehr hat, wohl aber von Jasper und mir; wir sind ebenso bereit, uns zwischen des Sergeanten Tochter und die Mingos zu stellen, als es ihr eigener braver Vater tun würde. Sag' ich nicht die Wahrheit, Junge?«

»Mabel kann bis zum letzten Tropfen Blutes auf mich rechnen«, sprach Jasper, zwar mit verhaltenem Tone, aber mit tiefem Ausdruck des Gefühls.

»Gut, gut«, erwiderte der Onkel, »wir wollen über diesen Gegenstand nicht streiten, da alle bereit scheinen, dem Mädchen zu dienen, und Taten sind besser als Worte. Nach meinem Gutachten können wir nichts anderes tun, als an den Bord des Kahnes zu gehen, sobald es dunkel genug ist, daß uns die feindlichen Ausluger nicht sehen können, und gegen den Hafen zu rennen, so schnell es Wind und Zeit erlauben.«

»Das ist leicht gesagt, aber nicht leicht getan«, entgegnete der Wegweiser. »Wir werden in dem Fluß weit mehr Gefahren ausgesetzt sein, als wenn wir unsern Weg durch die Wälder verfolgen, und dann ist die Stromenge des Oswego vor uns. Ich glaube nicht, daß selbst Jasper einen Kahn in der Dunkelheit wohlbehalten darüber wegbringen wird. Was sagt Ihr, Junge, da ich das Eurem Urteil und Eurer Geschicklichkeit überlassen muß?«

»Ich bin über die Benutzung des Kahnes mit Meister Cap einer Meinung. Mabel ist zu zart, um in einer Nacht, wie diese zu werden scheint, durch Sümpfe und unter Baumwurzeln zu gehen, und dann fühle ich mein Herz immer kräftiger und mein Auge treuer, wenn ich mich auf dem Wasser befinde.«

»Kräftig mag Euer Herz immer sein, Junge, und Euer Auge erträglich treu, wenigstens treu genug für einen, der so viel im hellen Sonnenscheine und so wenig in den Wäldern gelebt hat. Freilich, der Ontario hat keine Bäume, sonst würde er eine Fläche sein, die das Herz eines Jägers erfreuen könnte. Aber was Eure Meinung anbelangt, Freunde, so hat sie viel für sich und viel gegen sich. Einmal ist es richtig: das Wasser hinterläßt keine Fährte –«

»Was ist denn das Kielwasser anders?« unterbrach ihn der hartnäckige und überkluge Cap.

»Wie?«

»Macht nur fort«, sagte Jasper, »er bildet sich ein, er sei auf dem Meere – Wasser hinterläßt keine Fährte –«

»Es hinterläßt keine, Eau-douce, wenigstens bei uns nicht, obgleich ich mir nicht anmaße zu sagen, was es auf dem Meere hinterläßt. Ein Kahn ist schnell und bequem, wenn er mit der Strömung schwimmt, und den zarten Gliedern der Sergeantentochter wird diese Bewegung gut bekommen. Andererseits aber hat der Fluß keine Verstecke als die Wolken des Himmels. Die Stromenge ist sogar bei Tage für einen Kahn ein kitzliges Wagestück, und dann sind es zu Wasser sechs wohlgemessene Meilen von hier an bis zur Garnison. Eine Landspur dagegen findet man in der Dunkelheit nicht leicht auf. Es beunruhigt mich, Jasper; denn wirklich ist hier guter Rat teuer.«

»Wenn der Serpent und ich in den Fluß schwimmen und den andern Kahn aufbringen könnten«, erwiderte der junge Schiffer, »so möchte unser sicherster Weg der zu Wasser sein.«

»Ja, wenn! – Und doch ließe sich's vielleicht tun, wenn es erst ein wenig dunkler geworden ist. Gut, gut, wenn ich des Sergeanten Tochter und ihre Gaben betrachte, so weiß ich nicht, ob es nicht doch das beste sein mag. Ja, wenn es bloß eine Partie von Männern wäre, so möchte es eine lustige Hatz werden, wenn wir mit jenen schuftigen Burschen ein wenig Verstecken spielten. Jasper«, fuhr der Wegweiser fort, in dessen Charakter keine Spur von eitlem Gepränge oder Bühneneffekt Raum fand, »wollt Ihr es unternehmen, den Kahn aufzubringen?«

»Ich will alles unternehmen, was zu Mabels Dienst und Schutz dienen kann, Pfadfinder.«

»Das ist ein rechtschaffenes Gefühl, und ich denke, es ist Natur. Der Serpent, der bereits fast entkleidet ist, kann Euch helfen. So wird diesen Teufeln wenigstens eines der Mittel abgeschnitten, mit denen sie Unheil stiften könnten.«

Nachdem dieser wichtige Punkt im reinen war, bereiteten sich die verschiedenen Glieder der Gesellschaft vor, ihn zur Ausführung zu bringen. Die Schatten des Abends fielen dicht über den Forst, und als es so dunkel geworden war, daß man unmöglich noch die Gegenstände am jenseitigen Ufer unterscheiden konnte, war alles zu dem Versuche bereit. Die Zeit drängte; denn die indianische Schlauheit konnte so manches Mittel ersinnen, um über einen so schmalen Strom zu setzen, so daß der Pfadfinder mit Ungeduld darauf drang, den Ort zu verlassen. Während Jasper und sein Helfer, bloß mit Messern und dem Tomahawk des Delawaren bewaffnet, in den Strom gingen und die größte Sorgfalt anwandten, um keine ihrer Bewegungen zu verraten, holte der Wegweiser Mabel aus ihrem Versteck, hieß sie und Cap am Ufer hin bis an den Fuß der Stromschnellen gehen und bestieg selbst den andern Kahn, um ihn an dieselbe Stelle zu bringen.

Dies war leicht bewerkstelligt. Der Kahn wurde an das Ufer getrieben, und Mabel und Cap stiegen ein, um ihre vorigen Sitze wieder einzunehmen. Der Pfadfinder stand im Stern aufrecht, und hielt bei einem Gebüsche, um zu verhüten, daß das schnelle Wasser sie in die Strömung reiße. Einige Minuten gespannter und atemloser Aufmerksamkeit folgten, während welcher sie den Erfolg des kühnen Versuches ihrer Kameraden erwarteten.

Es muß bemerkt werden, daß die zwei Abenteurer sich genötigt sahen, über das tiefe und reißende Fahrwasser zu schwimmen, ehe sie den Teil der Stromenge erreichen konnten, welcher ihnen das Waten gestattete. So weit war jedoch die Unternehmung bald gediehen, und Jasper und Serpent erreichten in dem gleichen Augenblick Seite an Seite den Grund. Als sie nun festen Fuß gewonnen hatten, nahmen sie sich gegenseitig bei der Hand und wateten langsam und mit der äußersten Vorsicht in der Richtung fort, in welcher sie den Kahn vermuteten. Aber die Tiefe der Finsternis brachte sie zu der Überzeugung, daß ihnen der Gesichtssinn hier nur wenig Hilfe gewähre, und daß ihr Suchen durch jene Art von Instinkt geleitet werden müsse, welche die Jäger instand setzt, ihren Weg unter Umständen zu finden, wo keine Sonne und kein Stern einen Leitpunkt abgibt, und wo einem Neuling in den Labyrinthen der Urwälder alles nur wie ein Chaos erscheinen würde. Unter solchen Verhältnissen ergab sich Jasper darein, sich von dem Delawaren leiten zu lassen, dessen Gewohnheiten ihn am ehesten geeignet machten, die Führung zu übernehmen. Es war jedoch keine kleine Aufgabe, in dieser Stunde mitten durch das brausende Element zu waten und alle Örtlichkeiten dem Geiste so einzuprägen, daß ihnen die nötige Erinnerung daran blieb. Als sie sich in der Mitte des Stromes glaubten, waren die Ufer bloß noch als dunkle Massen zu unterscheiden, deren Umrisse am Himmel kaum durch die Einschnitte der Baumwipfel angedeutet wurden. Ein- oder zweimal veränderten die Wanderer ihren Kurs, weil sie unerwartet in das tiefe Wasser gekommen waren; denn sie wußten, daß der Kahn sich an der seichtesten Stelle der Stromenge befand. Dies war überhaupt ihr einziger Leitpunkt, und Jasper und sein Gefährte tappten nun schon nahezu eine Viertelstunde im Wasser herum, eine Zeit, welche dem jungen Manne gar kein Ende zu nehmen schien, und doch waren sie scheinbar dem Gegenstand ihres Suchens nicht näher, als sie es im Anfang gewesen waren. Als der Delaware gerade anhalten wollte, um seinem Kameraden mitzuteilen, daß sie besser tun würden, ans Land zurückzukehren und von dort aus einen neuen Versuch zu machen, sah er in einer Entfernung, die er mit dem Arme erreichen konnte, die Gestalt eines Menschen sich im Wasser bewegen. Jasper stand neben Serpent, dem es nun auf einmal klar wurde, daß die Irokesen die gleiche Absicht wie sie hatten.

»Mingo!« wisperte er in Jaspers Ohr – »Big Serpent wird seinem Bruder zeigen, wie man schlau ist.«

Der junge Schiffer warf in diesem Moment einen Blick auf die Gestalt, und die erschreckende Wahrheit blitzte auch in seiner Seele auf. Da er die Notwendigkeit erkannte, sich hier ganz dem Delawarenhäuptling anzuvertrauen, so hielt er sich zurück, indes sein Freund sich vorsichtig in der Richtung fortbewegte, in welcher die fremde Gestalt verschwunden war. Im nächsten Augenblick wurde sie wieder sichtbar und bewegte sich augenblicklich auf unsere beiden Abenteurer zu. Die Wasser tobten in einer Weise, daß von dem gewöhnlichen Ton der Stimme nichts zu besorgen war; der Indianer wendete daher den Kopf rückwärts und sprach hastig: »Überlaß dies der Schlauheit der Großen Schlange.«

»Hugh!« rief der fremde Wilde und fuhr in der Sprache seines Volkes fort – »der Kahn ist gefunden, aber es ist niemand da, mir zu helfen. Kommt, laßt uns ihn vom Felsen losmachen.«

»Gern«, antwortete Chingachgook, welcher den Dialekt verstand, »führe uns, wir wollen folgen.«

Der Fremde, welcher mitten in dem Brausen der Wasser die Stimme und den Akzent nicht zu unterscheiden vermochte, führte sie in der erforderlichen Richtung, wobei die beiden sich dicht an seine Ferse hielten, und so erreichten alle drei schnell den Kahn. Der Irokese hielt an dem einen Ende, Chingachgook stellte sich in der Mitte auf, und Jasper begab sich zu dem andern, da es von Wichtigkeit war, daß der Fremde nicht die Anwesenheit eines Blaßgesichts gewahr werde, – eine Entdekkung, die ebensogut durch die Kleidungsstücke, welche der junge Mann noch trug, als durch das Sichtbarwerden seines Kopfes hätte herbeigeführt werden mögen.

»Lüpft!« sagte der Irokese mit der seiner Rasse eigentümlichen Kürze, und mit geringer Anstrengung machten sie den Kahn von dem Felsen los, hielten ihn einen Augenblick in der Luft, um ihn auszuleeren, und setzten ihn dann sorgfältig in der geeigneten Lage auf das Wasser. Alle drei hielten fest, damit er nicht unter dem heftigen Drängen der Strömung ihren Händen entschlüpfe, während der Irokese, welcher den Kurs leitete und sich an dem Bug des Kahnes befand, die Richtung nach dem östlichen Ufer oder dem Orte, wo seine Freunde seine Rückkehr erwarteten, einschlug.

Da der Delaware und Jasper aus dem Umstand, daß ihre eigene Erscheinung dem Indianer so gar nicht aufgefallen war, entnehmen konnten, daß sich noch mehrere Irokesen in der Stromenge befanden, so fühlten sie die Notwendigkeit der äußersten Vorsicht. Männer von weniger Mut und Entschlossenheit würden zuviel Gefahr zu laufen gefürchtet haben, wenn sie sich in die Mitte ihrer Feinde begäben; aber die kühnen Grenzleute kannten Furcht nicht, waren mit Gefahren vertraut und sahen die Notwendigkeit, wenigstens die Besitzergreifung des Fahrzeugs von seiten der Feinde zu verhindern, zu sehr ein, um nicht mit Freuden zu Erringung dieses Zwecks sich sogar noch größeren Wagnissen zu unterziehen. Jasper erschien auch in der Tat der Besitz oder die Zerstörung dieses Kahnes für Mabel so wichtig, daß er sein Messer zog und sich bereit hielt, Löcher in denselben zu stoßen, um ihn wenigstens für den Augenblick unbrauchbar zu machen, wenn er und der Delaware durch irgendeinen Umstand genötigt werden sollten, ihre Beute im Stiche zu lassen.

Mittlerweile schritt der Irokese, welcher den Zug anführte, in der Richtung zu seiner eigenen Partei langsam durch das Wasser und schleppte seine widerstrebenden Hintermänner nach. Einmal hatte Chingachgook schon seinen Tomahawk erhoben, um ihn in das Hirn seines vertrauenden und arglosen Nachbars zu senken; aber die Wahrscheinlichkeit, daß der Todesschrei oder der schwimmende Körper Lärm erregen würde, veranlaßte den behutsamen Häuptling, sein Vorhaben zu ändern. Im nächsten Augenblick bereute er jedoch seine Unentschlossenheit, denn plötzlich fanden sich die drei, welche den Kahn festhielten, von vier andern umgeben, welche gleichfalls nach dem Fahrzeug spähten.

Nach den gewöhnlichen kurzen charakteristischen Ausrufen, welche ihre Zufriedenheit bezeichneten, hielten die Wilden den Kahn mit Lebhaftigkeit an; denn alle schienen die Notwendigkeit, sich dieser wichtigen Erwerbung zu versichern, zu fühlen, da solche auf der einen Seite zur Verfolgung der Feinde, auf der andern zur Sicherung des Rückzuges dienen sollte. Dieser Zuwachs der Gesellschaft war jedoch so unerwartet und gab dem Feinde ein so vollständiges Übergewicht, daß sich selbst der Scharfsinn und die Gewandtheit des Delawaren einige Augenblicke in Verlegenheit befanden. Die fünf Irokesen, welche den Wert ihres Unternehmens vollkommen erkannten, drängten gegen ihr Ufer zu, ohne zu einer Besprechung anzuhalten; denn ihre Absicht ging in Wahrheit dahin, die Ruder, deren sie sich vorläufig versichert hatten, zu holen und drei oder vier Krieger, samt allen ihren Büchsen und Pulverhörnern einzuschiffen, deren Unentbehrlichkeit allein sie verhindert hatte, sobald es dunkel war, über den Fluß zu schwimmen.

So erreichten nun Freunde und Feinde miteinander den Rand des östlichen Fahrwassers, wo, wie in dem westlichen, das Wasser zu tief war, um durchwatet werden zu können. Hier erfolgte eine kurze Pause; denn es war nötig, die Art zu bestimmen, wie man den Kahn darüber weg bringen solle. Einer von den vieren, welcher eben bei dem Boot angelangt war, war ein Häuptling, und da der amerikanische Indianer dem Verdienst, der Erfahrung und dem Range Achtung zu zollen gewöhnt ist, so verhielten sich alle übrigen still, bis der Führer gesprochen hatte.

Durch diesen Halt wurde die Gefahr einer Entdeckung für Jasper, obgleich er zur Vorsorge seine Mütze in den Kahn geworfen hatte, noch vermehrt. Doch mochten seine Umrisse in der Dunkelheit, da er Jacke und Hemd ausgezogen hatte, weniger Aufmerksamkeit auf sich ziehen, und seine Stellung am Hinterteile des Kahnes begünstigte gleichfalls ein Verborgenbleiben, da die Indianer mehr vorwärts blickten. Nicht so verhielt sich's mit Chingachgook, welcher sich buchstäblich mitten unter seinen tödlichsten Feinden befand und sich kaum bewegen konnte, ohne einen derselben zu berühren. Er verhielt sich jedoch ruhig, obgleich alle seine Sinne rege waren und er jeden Augenblick bereitstand, zu entwischen oder im geeigneten Moment einen Schlag zu führen. Die Gefahr einer Entdeckung wurde noch dadurch vermindert, daß er sich sorgfältig enthielt, auf die, welche hinter ihm waren, zurückzublicken, und so wartete er mit der unüberwindlichen Geduld eines Indianers auf den Augenblick, welcher ihm zu handeln gestattete.

»Mögen alle meine jungen Leute ans Land gehen und ihre Waffen holen, bis auf die zwei an den Enden des Boots. Diese mögen den Kahn über die Strömung wegbringen.«

Die Indianer gehorchten ruhig und ließen Jasper an dem Stern und den Indianer, welcher den Kahn aufgefunden hatte, an dem Bug des leichten Fahrzeuges. Chingachgook tauchte so tief in den Fluß, daß er, ohne entdeckt zu werden, an den andern vorbeikommen konnte. Das Plätschern in dem Wasser, das Schlagen der Arme und der gegenseitige Zuruf verkündeten bald, daß die vier, welche sich später zu der Gesellschaft gefunden, im Schwimmen begriffen waren. Sobald der Delaware sich hiervon überzeugt hatte, erhob er sich, nahm seine frühere Stellung wieder ein und dachte nun auf den Augenblick des Handelns.

Ein Mann von geringerer Selbstbeherrschung als unser Krieger würde wahrscheinlich jetzt seinen beabsichtigten Streich ausgeführt haben. Aber Chingachgook wußte, daß sich noch mehr Irokesen hinter ihm in der Strömung befanden, und war ein zu geübter und erfahrener Krieger, um irgend etwas unnützerweise zu wagen. Er ließ deshalb den Indianer am Bug des Kahnes in das tiefe Wasser stoßen und nun schwammen alle drei in der Richtung des östlichen Ufers fort. Statt aber das Fahrzeug quer über die rasche Strömung treiben zu helfen, begannen Jasper und der Delaware, als sie sich mitten in dem kräftigsten Schusse des Wassers befanden, in einer Weise zu schwimmen, daß dadurch die weiteren Fortschritte quer über den Strom verhindert wurden. Dies geschah jedoch nicht plötzlich oder in der unvorsichtigen Manier, mit welcher ein zivilisierter Mensch den Kunstgriff versucht haben würde, sondern mit Schlauheit und so allmählich, daß der Irokese am Bug zuerst dachte, er habe bloß gegen die Gewalt der Strömung anzukämpfen. Wirklich trieb auch unter dem Einfluß dieser gegenwirkenden Operation der Kahn stromabwärts und schwamm in ungefähr einer Minute in dem stillen tieferen Wasser am Fuße der Stromenge. Hier fand jedoch der Irokese bald, daß etwas Ungewöhnliches sich dem Weiterkommen entgegenstemme, und als er zurückblickte, wurde es ihm klar, daß er den Grund desselben in den Bemühungen seiner Gehilfen zu suchen habe.

Jene zweite Natur, welche in uns die Gewohnheit erzeugt, sagte dem Irokesen schnell, daß er allein mit seinen Feinden sei.

Mit einem raschen Stoße durch das Wasser fuhr er Chingachgook an die Kehle, und nun ergriffen sich die beiden Indianer, welche ihren Posten am Kahne verlassen hatten, mit der Wut der Tiger. In der Mitte der Finsternis der düsteren Nacht in einem Elemente schwimmend, das so gefährlich für einen tödlichen Kampf sein mußte, schienen sie alles mit Ausnahme ihres blutigen Hasses und des gegenseitigen Bestrebens, den Sieg davonzutragen, vergessen zu haben.

Jasper hatte nun den Kahn, der unter den durch das Ringen der beiden Kämpfer hervorgebrachten Wellenstößen wie eine Feder im Winde dahinflog, völlig in seiner Macht. Der erste Gedanke des Jünglings war, dem Delawaren zu Hilfe zu schwimmen. Dann aber zeigte sich ihm die Wichtigkeit der Sicherung des Kahnes in ihrer vollen Gewalt, und während er auf die schweren Atemzüge der beiden Krieger, welche sich an den Kehlen gefaßt hielten, horchte, schwamm er so eilig, als er es vermochte, dem westlichen Ufer zu. Dieses hatte er bald erreicht und nach kurzem Suchen die zurückgebliebene Gesellschaft, wie auch seine Kleider wiederaufgefunden. Wenige Worte genügten, um die Lage, in welcher er den Delawaren verlassen, und die Art, wie er den Kahn gerettet, auseinanderzusetzen.

Als die am Ufer Befindlichen die Mitteilung Jaspers gehört hatten, trat eine tiefe Stille ein, und jeder lauschte aufmerksam in der eiteln Hoffnung, etwas zu vernehmen, was über den Ausgang des schrecklichen Kampfes, welcher im Wasser stattgefunden hatte oder noch fortdauerte, Aufschluß geben konnte. Aber man vernahm nichts durch das Geräusch des brausenden Flusses, und es gehörte mit zu der Politik ihrer Feinde auf dem entgegengesetzten Ufer, eine totengleiche Stille zu beobachten.

»Nehmt dieses Ruder, Jasper«, sagte Pfadfinder ruhig, obgleich es den übrigen dünkte, daß seine Stimme melancholischer als gewöhnlich tönte, »und folgt mir mit Euerm Kahn. – Es ist nicht rätlich, lange hierzubleiben.«

»Aber der Serpent?«

»Die Große Schlange ist in den Händen ihrer eigenen Gottheit und wird leben oder sterben, je nach den Absichten der Vorsehung. Wir können ihm nicht helfen und würden zuviel wagen, wenn wir müßig hier bleiben und wie Weiber im Unglück jammern wollten. Diese Finsternis ist kostbar.« –

Ein lauter, langer, durchdringender Schrei drang vom Ufer herüber und unterbrach die Worte des Wegweisers.

»Was bedeutet dieser Lärm, Meister Pfadfinder?« fragte Cap. »Er klingt ja mehr wie das Zetergeschrei der Teufel als wie Töne aus den Kehlen von Menschen und Christen.«

»Christen sind es keine, geben sich auch für keine aus und wollen keine sein; und wenn Ihr sie Teufel nennt, so habt Ihr sie kaum unrecht betitelt. Dieser Schrei ist ein Freudenruf, wie ihn die Sieger ausstoßen. Es ist kein Zweifel, der Körper des Serpent ist tot oder lebendig in ihrer Gewalt.«

»Und wir –«, rief Jasper, welcher den Schmerz einer edlen Reue fühlte; denn der Gedanke vergegenwärtigte sich seinem Geiste, daß er wohl dieses Unglück abzuwenden vermocht hätte, wenn er seinen Kameraden nicht verlassen haben würde.

»Wir können dem Häuptling nichts nützen, Junge, und müssen diesen Platz so schnell als möglich verlassen.«

»Ohne einen Versuch zu seiner Befreiung? – ja, ohne zu wissen, ob er tot oder lebendig ist?«

»Jasper hat recht«, sagte Mabel, welche zwar zu sprechen vermochte, jedoch nur mit heiserer und erstickter Stimme. »Ich habe keine Furcht, Onkel, und will hierbleiben, bis ich weiß, was aus unserem Freunde geworden ist.«

»Das scheint vernünftig, Pfadfinder«, warf Cap ein. »Ein rechter Seemann kann nicht wohl seinen Kameraden verlassen, und es freut mich, so richtige Grundsätze unter diesem Frischwasservolk zu finden.«

»Fort, fort damit«, erwiderte der ungeduldige Wegweiser, indem er zugleich den Kahn in den Strom drängte, »Ihr wißt nichts, darum fürchtet Ihr nichts. Aber wenn Euch Euer Leben wert ist, so denkt daran, die Garnison zu erreichen, und überlaßt den Delawaren den Händen der Vorsehung. Ach! der Hirsch, der zu oft zu der Lecke geht, trifft am Ende doch mit dem Jäger zusammen!«

Siebentes Kapitel

Dies – Yarrow – ist der Strom, darob
In schönem wachem Traume
Die Phantasie sich kühn erhob –
Ein Bild, verwischt im Schaume?
Oh, wär' des Sängers Harfe hier,
Daß frohe Lieder klängen,
Um aus dem schweren Busen mir
Die Öde zu verdrängen!
Wordsworth

Die Szene war nicht ohne ihre erhabenen Momente. Die glühende, hochherzige Mabel fühlte ihr Blut durch die Adern dringen und ihre Wangen erröten, als der Kahn in den Strom einlenkte, um den Platz zu verlassen. Die Finsternis der Nacht hatte nachgelassen, da die Wolken sich zerstreuten; aber das überhängende Gehölz umnachtete die Ufer so sehr, daß die Kähne wie in einem dunkeln Schachte, welcher sie gegen Entdeckung schützte, in der Strömung hinabfuhren. Demungeachtet aber durften sich die in den Kähnen Befindlichen keineswegs für sicher halten, und selbst Jasper, welcher für das Mädchen zu zittern begann, warf bei jedem ungewöhnlichen Tone, der von dem Walde aufstieg, besorgte Blicke umher. Das Ruder wurde mit Leichtigkeit und der äußersten Sorgfalt geführt; denn der leichteste Ton mochte in der tiefen Ruhe dieser Stunde und dieses Ortes den wachsamen Ohren der Irokesen ihre Stellung verraten.

Alles dies steigerte noch die großartigen Eindrücke der Lage auf das Mädchen und trug dazu bei, den gegenwärtigen Augenblick zu dem aufregendsten zu machen, der Mabel je in ihrem kurzen Leben vorgekommen war. Mutig, voll Selbstvertrauen, wie sie war, und noch gehoben durch den Stolz, welchen sie als die Tochter eines Soldaten fühlte, konnte man kaum von ihr sagen, daß Furcht auf sie einwirke, aber ihr Herz schlug oft schneller als gewöhnlich, ihr schönes Auge strahlte, unbemerkt in der Finsternis, mit dem Ausdruck der Entschlossenheit, und ihre lebhaften Gefühle steigerten noch die Erhabenheit dieser Szene und der Ereignisse dieser Nacht.

»Mabel«, sprach Jasper mit unterdrückter Stimme, als die Kähne so nahe beieinander schwammen, daß die Hand des jungen Mannes sie zusammenhalten konnte. »Sie haben keine Furcht und vertrauen freimütig unserer Sorgfalt und unserm guten Willen Ihren Schutz – nicht wahr?«

»Ich bin eines Soldaten Tochter, wie Ihr wißt, Jasper Western, und müßte erröten, wenn ich Furcht bekennen sollte.«

»Verlassen Sie sich auf mich – auf uns alle. Euer Onkel, der Pfadfinder, der Delaware, wenn der arme Bursche hier wäre, – und ich selbst werden eher alles wagen, ehe Ihnen ein Leids zustoßen soll.«

»Ich glaube Euch, Jasper«, erwiderte das Mädchen, indem sie unwillkürlich ihre Hand in dem Wasser spielen ließ. »Ich weiß, daß mein Onkel mich liebt und nie an sich selber denkt, ohne zuerst an mich gedacht zu haben; auch glaube ich, daß Ihr alle Freunde meines Vaters seid und gerne seinem Kinde beisteht. Aber ich bin nicht so schwach und zaghaft, als Ihr glauben mögt; denn obgleich ich nur ein Stadtmädchen und wie die meisten von dieser Klasse ein wenig geneigt bin, Gefahr zu sehen, wo keine ist, so verspreche ich Euch doch, Jasper, daß keine törichte Furcht von meiner Seite der Ausübung Eurer Pflicht in den Weg treten soll.«

»Des Sergeanten Tochter hat recht, und sie ist wert, ein Kind des wackern Thomas Dunham zu sein«, warf der Pfadfinder ein. »Ach, mein Kind, wie oft spähte oder marschierte ich mit Ihrem Vater an den Flanken oder der Nachhut des Feindes in Nächten, die dunkler waren als diese, und zwar unter Umständen, wo keiner wissen konnte, ob ihn nicht der nächste Augenblick in einen blutigen Hinterhalt führe. Ich war an seiner Seite, als er an der Schulter verwundet wurde, und der wackere Kamerad wird Ihnen, wenn wir zu ihm kommen, erzählen, wie wir's anstellten, um über den Fluß, der uns im Rücken lag, zu setzen und seinen Skalp zu retten.«

»Er *hat* mir's erzählt«, sagte Mabel mit mehr Feuer, als in ihrer gegenwärtigen Lage klug sein mochte. »Ich habe Briefe von ihm, in welchen er dies alles erwähnt, und ich danke Euch von Grund meines Herzens für Eure Dienste. Gott möge es Euch vergelten, Pfadfinder; es gibt keine Erkenntlichkeit, die Ihr von der Tochter fordern könntet, welche sie nicht mit Freuden für ihres Vaters Leben leisten würde.«

»Ja, das ist so die Weise von euch sanften und reinen Geschöpfen. Ich habe früher einige von euch kennengelernt und von andern gehört. Der Sergeant selbst hat mir von seinen jüngern Tagen erzählt, von Ihrer Mutter, von der Art, wie er um sie freite und von all den Querstrichen und widrigen Zufällen, bis er es zuletzt durchsetzte.«

»Meine Mutter lebte nicht lange genug, um ihn für alles zu entschädigen, was er tat, sie zu gewinnen«, sprach Mabel mit bebender Lippe.

»So sagte er mir. Der brave Sergeant hat gegen mich keinen Rückhalt, und da er um manches Jahr älter ist als ich, so betrachtete er mich auf unsern mannigfaltigen Späherzügen als so eine Art von Sohn.«

»Vielleicht, Pfadfinder«, bemerkte Jasper mit einer Unsicherheit der Stimme, welche den beabsichtigten Scherz vereitelte, »würde er erfreut sein, in Euch wirklich einen solchen zu besitzen?«

»Und wenn er's wäre, Eau-douce, läge etwas Arges darin? Er weiß, was ich auf der Fährte und als Kundschafter bin, und hat mich oft Aug in Auge mit den Franzosen gesehen. Ich habe bisweilen gedacht, Junge, daß wir alle uns Weiber suchen sollten; denn der Mann, der beständig in den Wäldern und in Berührung mit seinen Feinden oder seiner Beute steht, muß zuletzt einige menschliche Gefühle verlieren.«

»Nach den Proben, die ich davon gesehen habe«, erwiderte Mabel, »möchte ich sagen, daß die, welche viel in den Wäldern leben, auch vergessen, so manches von der Hinterlist und den Lastern der Städte zu lernen!«

»Es ist nicht leicht, Mabel, immer in der Gegenwart Gottes zu weilen und nicht die Macht seiner Güte zu fühlen. Ich habe den Gottesdienst in den Garnisonen besucht und, wie es einem braven Soldaten ziemt, versucht, an den Gebeten Anteil zu nehmen; denn obgleich ich nicht auf der Dienstliste des Königs stehe, so kämpfe ich doch in seinen Schlachten und diene seiner Sache; – aber sosehr ich mich auch bemühte, den Garnisonsbrauch würdig mitzumachen, so konnte ich mich doch nie zu den feierlichen Gefühlen und zu der treuen Hingebung erheben, welche ich empfinde, wenn ich allein mit Gott in den Wäldern bin. Hier stehe ich Angesicht in Angesicht mit meinem Meister. Alles um mich ist frisch und schön, wie es aus seiner

Hand kommt. Da gibt es keine spitzfindigen Doktrinen, um das Gefühl zu erkälten. Nein, nein; die Wälder sind der wahre Tempel Gottes, in welchen die Gedanken frei sich erheben und über die Wolken dringen.«

»Ihr sprecht die Wahrheit, Meister Pfadfinder«, sagte Cap, »und eine Wahrheit, welche alle, die viel in der Einsamkeit leben, kennen. Was ist zum Beispiel der Grund, daß die Seeleute im allgemeinen so religiös und gewissenhaft in ihrem ganzen Tun und Lassen sind, wenn es nicht der Umstand ist, daß sie sich so oft allein mit der Vorsehung befinden und so wenig mit der Gottlosigkeit des Landes verkehren? Oft und vielfach habe ich auf meiner Wache gestanden, unter dem Äquator oder auf dem südlichen Ozean, wenn die Nächte leuchteten von dem Feuer des Himmels; und dieses, meine Lieben, ist der geeignetste Zeitpunkt, dem sündigen Menschen seinen Zustand zu zeigen. Ich habe mich unter solchen Umständen wieder und wieder niedergeworfen, bis die Wanten und Taljereepe meines Gewissens mit Macht erknarrten. Ich stimme Euch daher bei, Meister Pfadfinder, und sage, wenn Ihr einen wahrhaft religiösen Mann sehen wollt, geht aufs Meer oder geht in die Wälder.«

»Onkel, ich habe geglaubt, die Seeleute stünden im allgemeinen in dem Rufe, daß sie wenig Achtung vor der Religion hätten?«

»Alles heillose Verleumdung, Mädchen! Frage einmal einen Seefahrer, was seine wirkliche Herzensmeinung über die Bewohner des Landes, die Pfarrer und alle übrigen sei, so wirst du etwas ganz anderes hören. Ich kenne keine Menschenklasse, welche in dieser Beziehung mehr verleumdet wird als die Seeleute, und aus keinem andern Grund, als weil sie nicht zu Hause bleiben, um sich zu verteidigen und die Geistlichkeit zu bezahlen. Sie haben freilich nicht soviel Unterricht als die auf dem Land; aber was das Wesen des Christentums anbelangt, so segeln die Seeleute stets die Ufermenschen in den Grund.«

»Ich will für alles dies nicht einstehen, Meister Cap«, entgegnete Pfadfinder, »obschon einiges davon wahr sein mag. Aber es bedarf nicht des Donners und des Blitzes, um mich an meinen Gott zu erinnern, und ich bin nicht der Mann, seine Güte eher in der Verwirrung und Trübsal zu bewundern als an einem feierlichen, ruhigen Tage, wo seine Stimme aus dem Krachen der toten Baumzweige oder im Gesange eines Vogels meinen

Ohren wenigstens ebenso lieblich tönt, als wenn ich sie in dem Aufruhr der Elemente vernehmen müßte. Wie ist Euch, Eau-douce? Ihr habt es ebensogut mit Gewittern zu tun als Meister Cap und müßt etwas von den Gefühlen kennen, welche im Angesicht eines Sturmes auftauchen.«

»Ich fürchte, daß ich zu jung und unerfahren bin, um viel über diesen Gegenstand sagen zu können«, erwiderte Jasper bescheiden.

»Ihr fühlt aber doch etwas dabei!« sagte Mabel rasch. »Ihr könnt nicht – niemand kann unter solchen Szenen leben, ohne zu empfinden, wie sehr er des Vertrauens auf Gott bedarf.«

»Ich will meine Erziehung nicht zu sehr verleugnen und deshalb gestehen, daß ich wohl dabei bisweilen meine Gedanken habe, aber ich fürchte, daß dieses nicht so oft und so viel geschieht, als es sollte.«

»Frisch-Wasser!« erwiderte Cap nachdrücklich. »Du wirst doch nicht zuviel von dem jungen Mann erwarten, Mabel. Ich denke, man nennt Euch bisweilen mit einem Namen, der alles dies bezeichnet, Eau-de-vie, nicht wahr?«

»Eau-douce«, entgegnete mit Ruhe Jasper, der sich bei Gelegenheit seiner Fahrten auf dem See sowohl die Kenntnis des Französischen wie auch mehrere Dialekte der Indianer angeeignet hatte. »Es ist der Name, den die Irokesen mir gegeben haben, um mich von einigen meiner Gefährten zu unterscheiden, welche einmal eine Fahrt auf dem Meere mitgemacht haben und nun die Ohren der Landbewohner mit Geschichten von ihren großen Salzwasserseen erfüllen.«

»Und warum sollten sie das nicht tun? Sie tun dadurch den Wilden keinen Schaden, und wenn es auch nichts zu ihrer Zivilisation beiträgt, so kommen sie dadurch doch nicht in eine noch größere Barbarei. Ja, ja, Eau-douce; denn das mag doch wohl den weißen Branntwein bedeuten, den man füglich genug Eau-deuce (Teufelswasser) nennen kann, weil er so ein verteufelter Stoff ist.«

»Die Bedeutung von Eau-douce ist süßes Wasser oder Wasser, welches getrunken werden kann; die Franzosen nennen so das frische Wasser«, erwiderte Jasper, welchen die von Cap gemachte Bemerkung, obgleich er Mabels Onkel war, nicht aufs angenehmste berührte.

»Aber wie zum Henker können sie aus Eau in Eau-deuce

Wasser machen, wenn sie unter Eau-de-vie Branntwein verstehen? So mögen es meinetwegen die Franzosen in dieser Gegend halten; das ist aber nicht der Brauch in Burdox und andern französischen Häfen. Außerdem versteht man bei den Seeleuten unter Eau immer Branntwein und unter Eau-de-vie einen Branntwein von höherer Stärke. Ich verdenke Euch übrigens Eure Unwissenheit nicht; denn sie ist Eurer Stellung angemessen, und da ist nicht zu helfen. Wenn Ihr mich aber zurückbegleiten und eine Reise oder zwei auf dem Weltmeer mitmachen wollt, so möchte das für den Rest Eurer Tage einen geeigneten Wendepunkt abgeben, und Mabel hier, wie auch alle anderen jungen Frauenspersonen werden besser von Euch denken, wenn Ihr auch so alt werden solltet als einer von den Bäumen in diesem Forste.«

»Nein, nein!« unterbrach ihn der redliche und freimütige Wegweiser, »ich kann Euch versichern, daß es Jasper in dieser Gegend nicht an Freunden fehlt; und obgleich das Umsehen in der Welt ihm so gut als einem andern von Nutzen sein kann, so soll doch niemand geringer von ihm denken, selbst wenn er uns nie verläßt. Eau-douce oder Eau-de-vie – er ist ein braver, treuherziger Junge, und ich habe immer so gesund geschlafen, wenn er auf der Wache war, als wenn ich selbst aufgewesen wäre und mich umgetan hätte; ja, und ebendeshalb noch gesünder. Des Sergeanten Tochter wird es nicht für nötig halten, daß ein junger Bursche aufs Meer gehe, um ein Mann zu werden oder sich Achtung und Ansehen zu erwerben.«

Mabel erwiderte nichts auf diese Berufung und blickte gegen das westliche Ufer, obgleich die Finsternis auch ohne diese natürliche Bewegung ihr Antlitz verborgen hätte. Aber Jasper fühlte die Notwendigkeit, hier zu sprechen; denn der Stolz der jugendlichen Männlichkeit empörte sich gegen den Gedanken, daß er nicht in der Lage sei, über die Achtung seiner Kameraden oder das Lächeln seiner Altersgenossinnen zu gebieten. Er wollte sich jedoch keine unfreundlichen Äußerungen gegen Mabels Onkel erlauben, und so mochte vielleicht seine Selbstbeherrschung noch achtungswerter erscheinen als seine Bescheidenheit und sein Geist.

»Ich mache keinen Anspruch auf Dinge, die ich nicht besitze«, sprach er, »und habe nie gesagt, daß ich von dem Meere und seiner Schiffahrt etwas verstehe. Wir steuern auf unsern

Seen nach den Sternen und dem Kompaß, und fahren von einem Vorgebirge zum andern, ohne uns der Zahlen und Berechnungen zu bedienen, deren wir wenig bedürfen. Wir dürfen uns aber demungeachtet auch etwas darauf zugute tun, wie ich oft von solchen, welche sich jahrelang auf dem Meere herumgetrieben, gehört habe. Erstens haben wir überall das Land am Bord und oft an dem Legerwall, und dies macht, wie ich häufig gehört habe, kühne Segler. Unsere Winde sind plötzlich und heftig, und wir sind keine Stunde sicher, daß wir nicht nach einem Hafen eilen müssen –«

»Ihr habt Eure Lote«, unterbrach ihn Cap.

»Sie sind von geringem Nutzen und werden selten ausgeworfen.«

»Das Tieflot –«

»Ich habe von einem solchen Ding gehört, muß aber gestehen, daß ich nie eines sah.«

»Oh! zum Henker!« rief Cap mit Heftigkeit. »Ein Schiffer und kein Tieflot! Junge, Ihr könnt keinen Anspruch darauf machen, so ein Stück von einem Seemann zu sein. Wer, zum Teufel, hat je von einem Schiffer gehört ohne sein Tieflot?«

»Ich mache keinen Anspruch auf irgendeine besondere Geschicklichkeit, Meister Cap –«

»Das Schießen über die Fälle und die Stromengen ausgenommen, Jasper«, sagte Pfadfinder, der ihm zu Hilfe kam. »In diesem Geschäft müßt auch Ihr, Meister Cap, ihm einige Gewandtheit zugestehen. Nach meinem Urteil muß jeder nach seinen Gaben geschätzt oder verurteilt werden; und wenn Meister Cap bei dem Hinabschießen über die Oswegofälle zu nichts nütze ist, so will ich nur daran erinnern, daß er gute Dienste zu leisten vermag, wenn er das Land aus dem Gesichte verloren hat. Wenn nun Jasper auch für die offene See nicht taugt, so vergesse ich dabei nicht, daß er ein treues Auge und eine sichere Hand hat, wenn er über die Fälle setzt.«

»Aber Jasper taugt wohl – würde wohl für die offene See taugen«, sagte Mabel mit einer Lebhaftigkeit in ihrer hellen und süßen Stimme, daß alle mitten in der Stille dieser außerordentlichen Szene darüber erschraken. »Ich meine, ein Mann, der hier so viel zu leisten vermag, kann dort nicht untauglich sein, wenn er gleich nicht so mit den Schiffen vertraut ist wie mein Onkel.«

»Ja, ja, unterstützt Euch nur gegenseitig in Eurer Unwissenheit«, erwiderte Cap mit höhnischem Lächeln. »Wir Seeleute haben immer die Mehrzahl gegen uns, wenn wir am Ufer sind, und können deshalb selten zu unserem Recht kommen; aber wenn es die Verteidigung oder den Handelstransport gilt, da sind wir dann doch der Gutgenug!«

»Aber, Onkel, die Bewohner des Landes kommen nicht, um unsere Küsten anzugreifen. Es treffen also die Seeleute nur mit Seeleuten zusammen.«

»Da hat man wieder die Ignoranz! – Wo sind alle die Feinde, die in dieser Gegend gelandet sind, Franzosen und Engländer? Ich will nur das fragen.«

»In der Tat, wo sind sie?« rief Pfadfinder aus. »Niemand kann das besser sagen als die, welche sich in den Wäldern aufhalten, Meister Cap. Ich habe oft ihre Marschlinie verfolgt nach den Gebeinen, die im Regen bleichten; ich habe Jahre nachher ihre Spur bei Gräbern gefunden, nachdem sie und ihr Stolz lange verschwunden waren. Generale und Gemeine lagen durch das Land zerstreut als ebenso viele Beweise, was der Mensch ist, wenn ihn der Ehrgeiz und der Wunsch, mehr zu sein als seine Nebenmenschen, leiten.«

»Ich muß sagen, Meister Pfadfinder, daß Ihr bisweilen Meinungen äußert, die etwas merkwürdig aus dem Munde eines Mannes klingen, der stets unter dem Gewehr lebt und selten die Luft anders als mit Pulverdampf gemengt atmet – eines Mannes, der kaum seine Hängematte verläßt, ohne einem Feind zu Leibe zu gehen.«

»Wenn Ihr glaubt, daß ich mein Leben im ewigen Krieg gegen mein Geschlecht zubringe, so kennt Ihr weder mich noch meine Geschichte. Der Mann, der in den Wäldern und an den Grenzen lebt, muß sich den Wechsel der Dinge, die ihn umgeben, gefallen lassen. Ich bin nur ein einfacher, machtloser Jäger, Kundschafter und Wegweiser und dafür nicht verantwortlich. Mein wahrer Beruf ist jedoch, für die Armee auf dem Marsch sowohl als in Friedenszeiten zu jagen; obgleich ich eigentlich im Dienste eines Offiziers stehe, der aber abwesend und in den Ansiedlungen ist, wohin ich ihm nie folgen werde. Nein, nein! Blutdurst und Krieg sind nicht meine eigentlichen Gaben, sondern Mitleid und Friede. Dem Feinde aber blicke ich so gut als ein anderer ins Gesicht, und was die Mingos anbetrifft, so betrachte ich jeden, wie man eine Schlange betrachtet – als ein Geschöpf, das man unter die Ferse tritt, sobald sich eine günstige Gelegenheit dazu darbietet.«

»Wohl, wohl, ich habe mich in Eurem Beruf geirrt, den ich für so regelmäßig kriegerisch hielt als den eines Schiffs-Kanoniers. Da ist nun auch mein Schwager; er ist von seinem sechzehnten Jahr an Soldat gewesen und betrachtet sein Gewerbe jedenfalls als ebenso respektabel wie das eines Seefahrers. Das ist nun freilich ein Punkt, über den es kaum der Mühe wert ist, mit ihm zu streiten.«

»Man hat meinen Vater gelehrt, daß es ehrenvoll sei, die Waffen zu tragen«, sagte Mabel, »denn auch sein Vater war vor ihm Soldat.«

»Ja, ja«, fuhr der Wegweiser fort, »die meisten Gaben des Sergeanten sind kriegerisch, und er betrachtet die meisten Dinge dieser Welt nur über seinen Musketenlauf. So ist's auch einer von seinen Einfällen, ein königliches Gewehr einer regelmäßigen, langläufigen Büchse mit doppeltem Visierpunkt vorzuziehen. Aber solche Begriffe können wohl durch lange Gewohnheit aufkommen, und Vorurteil ist vielleicht der allgemeine Fehler der Menschennatur.«

»Am Lande, das geb' ich zu«, sagte Cap. »Ich komme nie von einer Reise zurück, ohne dieselbe Bemerkung zu machen. Als ich das letztemal eingelaufen war, fand ich in ganz York kaum einen Mann, der im allgemeinen über die Dinge und Gegenstände dachte wie ich. Jeder, mit dem ich zusammentraf, schien seine Ideen gegen den Wind aufgetaljet zu haben, und wenn er ein wenig von seinen einseitigen Ansichten abfiel, so war es gemeiniglich, um auf dem Kiel kurz umzufieren und so dicht als möglich auf einen andern Gang anzulegen.«

»Versteht Ihr dies, Jasper?« flüsterte Mabel mit Lächeln dem jungen Manne zu, der sein eigenes Fahrzeug ganz dicht an ihrer Seite hielt.

»Es ist kein so großer Unterschied zwischen Salz- und Frischwasser, daß wir, die wir unsere Zeit auf denselben zubringen, uns nicht gegenseitig sollten verstehen können. Ich halte es für kein großes Verdienst, Mabel, die Sprache unseres Gewerbes zu verstehen.«

»Selbst die Religion«, fuhr Cap fort, »liegt nicht mehr an derselben Stelle vor Anker wie in meinen jungen Tagen. Sie fieren und holen sie am Land an, wie sie es mit andern Dingen auch machen, und es ist kein Wunder, wenn sie hin und wieder festzusitzen kommen. Alles scheint zu wechseln, nur der Kompaß nicht, und auch der hat seine Abweichungen.«

»Wohl«, entgegnete Pfadfinder, »ich habe aber immer das Christentum und den Kompaß für etwas ziemlich Beständiges gehalten.«

»Ja, wenn sie auf dem Meere sind, mit Ausnahme der Abweichungen. Die Religion auf dem Meere ist heute noch dasselbe, was sie war, als ich zum erstenmal meine Hand in den Teerkessel tauchte. Niemand wird mir das bestreiten, der die Gottesfurcht nicht aus den Augen läßt. Ich kann am Bord keinen Unterschied zwischen dem heutigen Zustand der Religion und dem aus der Zeit, da ich noch ein junges Bürschlein war, erkennen. So ist es aber keineswegs am Ufer. Nehmt mein Wort dafür, Meister Pfadfinder, es ist schwer, einen Mann zu finden – ich meine auf dem Festlande – dessen Ansichten über diesen Gegenstand noch genau dieselben wären, wie er sie vor vierzig Jahren hatte.«

»Und doch ist Gott unverändert, seine Werke sind unverändert, sein heiliges Wort ist unverändert; es muß daher auch alles, was zum Preise und zur Ehre seines Namens dient, unverändert sein.«

»Nicht am Lande. Es ist das gerade das Miserabelste von dem Lande, daß es beständig in Bewegung ist, obgleich es fest aussieht. Wenn Ihr einen Baum pflanzt, ihn verlaßt, und nach einer dreijährigen Reise wieder zurückkommt, so findet Ihr ihn nicht wieder, wie Ihr ihn verlassen habt. Die Städte vergrößern sich, neue Straßen tun sich auf, die Kaje werden verändert, und die ganze Oberfläche der Erde erleidet einen Wechsel. Ein Schiff aber, das von einer Indienfahrt zurückkommt, ist noch geradeso, wie es aussegelte, wenn man den fehlenden Anstrich, die Abnützung der Schiffsgerätschaften und die Zufälligkeit der Fahrt abrechnet.«

»Das ist nur zu wahr, Meister Cap, und daher um so mehr zu beklagen. Ach! die Dinge, welche die Leute Verbesserungen nennen, dienen zu nichts, als das Land zu untergraben und zu verunstalten. Die herrlichen Werke Gottes werden täglich niedergeworfen und zerstört, und die Hand des Menschen scheint erhoben zu sein in Verachtung seines mächtigen Willens. Man hat mir gesagt, es seien schreckenerregende Zeichen dessen, was noch kommen solle, in dem Süden und Westen der Großen Seen anzutreffen: denn ich selbst bin in diesen Gegenden noch nie gewesen.«

»Was meint Ihr damit, Pfadfinder?« fragte Jasper bescheiden.

»Ich meine die Stellen, welche die Rache des Himmels bezeichnete oder die sich vielmehr als feierliche Warnungszeichen dem Gedankenlosen und Üppigen in den Weg stellen. Man nennt sie die Prärien, und ich habe einen so wackern Delawaren, als ich nur je einen kannte, erzählen hören, die Hand Gottes liege so schwer auf ihnen, daß nicht *ein* Baum dort gedeihe. Eine solche Heimsuchung der unschuldigen Erde muß Scheu erregen und kann nur die Absicht haben zu zeigen, zu welchen schrecklichen Folgen eine unbesonnene Zerstörungssucht führen mag.«

»Und doch habe ich Ansiedler gesehen, welche sich viel von diesen offenen Plätzen versprachen, weil sie ihnen die Mühe der Lichtung ersparten. Euer Brot schmeckt Euch, Pfadfinder, und doch kann der Weizen dazu nicht im Schatten reifen.«

»Aber ein redlicher Wille, einfache Wünsche und die Liebe Gottes können's, Jasper. Selbst Meister Cap wird Euch sagen, daß eine baumlose Ebene einer öden Insel gleichen muß.«

»Kann sein«, warf Cap ein. »Indes haben öde Inseln auch ihren Nutzen; denn sie dienen dazu, die Kursberechnungen zu korrigieren. Wenn es auf meinen Geschmack ankommt, so habe ich nie etwas gegen eine Ebene wegen ihres Mangels an Bäumen einzuwenden. Da einmal die Natur dem Menschen Augen zum Umherblicken und eine Sonne zum Scheinen gegeben hat, so kann ich, wenn es nicht wegen des Schiffbaues oder hin und wieder wegen Errichtung eines Hauses wäre, in einem Baum keinen besondern Nutzen entdecken, zumal, wenn keine Affen oder Früchte auf demselben sind.«

Auf diese Bemerkung antwortete Pfadfinder nur durch einen leisen Ton, welcher die Absicht hatte, seine Gefährten zum Stillschweigen zu veranlassen. Während die eben erwähnte wechselnde Unterhaltung mit gedämpfter Stimme geführt wurde, waren die Kähne unter den tiefen Schatten des westlichen Ufers langsam mit der Strömung abwärts gegangen, ohne daß man sich der Ruder anders, als um ihnen die erforderliche

Richtung und die geeignete Lage zu geben, bediente. Die Kraft des Stromes wechselte so bedeutend, daß das Wasser stellenweise ganz stillzustehen schien, indes die Geschwindigkeit desselben an andern Orten mehr als zwei oder drei Meilen in der Stunde betragen mochte. Besonders drängte es an den Stromengen mit einer Eile vorwärts, welche ein ungeübtes Auge erschrecken konnte. Jasper war der Meinung, daß sie mit der Strömung die Mündung des Flusses in zwei Stunden, von der Zeit ihrer Einschiffung an gerechnet, erreichen dürften, und er und Pfadfinder hatten es für geeignet gehalten, die Kähne eine Zeitlang oder wenigstens, bis sie über die ersten Gefahren ihres neuen Kurses hinaus waren, für sich schwimmen zu lassen. Der Dialog war in leise gehaltenen Tönen geführt worden; denn obgleich eine tiefe einsame Ruhe in diesem weiten und fast endlosen Forste herrschte, so sprach doch die Natur mit tausend Zungen in der beredten Sprache einer Nacht in den Wäldern. Die Luft seufzte durch Myriaden von Bäumen; das Wasser rieselte und brauste stellenweise an den Ufern; dann hörte man hin und wieder das Knarren eines Zweiges oder eines Stammes, der sich unter wogenden Bebungen an ähnlichen Gegenständen stieß. Aber alles Leben schwieg. Nur einmal glaubte Pfadfinder das Geheul eines entfernten Wolfes, deren einige durch die Wälder streiften, zu vernehmen: dieser Ton war jedoch so vorübergehend und zweifelhaft, daß seine Deutung wohl auf Rechnung der Einbildungskraft kommen konnte. Als er aber gegen seine Gefährten den Wunsch des Stillschweigens in der eben erwähnten Weise ausdrückte, hatte sein wachsames Ohr den eigentümlichen Ton erfaßt, der durch das Zerbrechen eines trockenen Baumzweiges hervorgebracht wird und der, wenn ihn seine Sinne nicht täuschten, von dem westlichen Ufer herkam. Wer einen solchen Ton öfters gehört hat, weiß, wie leicht ihn das Ohr erkennt, und wie gut der Tritt, welcher den Zweig zerbricht, von jedem andern Geräusch des Waldes zu unterscheiden ist.

»Es ist der Fußtritt eines Mannes am Ufer«, sagte Pfadfinder zu Jasper mit einer Stimme, die zwar nicht flüsternd, jedenfalls aber nicht laut genug war, um in einiger Entfernung gehört zu werden. »Können die verfluchten Irokesen schon mit ihren Waffen und ohne ein Boot über den Fluß gesetzt sein?«

»Es kann der Delaware sein. Möglich, daß er unsern Kurs an

dem Ufer abwärts verfolgt, da er weiß, wo er uns zu finden hat. Laßt mich dichter ans Ufer fahren und rekognoszieren!«

»Geht, Junge, aber seid leicht mit dem Ruder, und in keinem Fall wagt Euch aufs unsichere andere Ufer!«

»Ist das klug?« fragte Mabel mit einer Heftigkeit, welche sie die Vorsicht, ihre süße Stimme zu dämpfen, vergessen ließ.

»Sehr unklug, meine Liebe, wenn Sie so laut sprechen. Ich liebe zwar ihre sanfte und angenehme Stimme, nachdem ich so lange nur die der Männer gehört habe; aber sie darf sich im gegenwärtigen Augenblick doch nicht zuviel und zu frei vernehmen lassen. Ihr Vater, der wackere Sergeant, wird Ihnen sagen, daß Schweigen auf einer Fährte eine doppelte Tugend ist. Geht, Jasper, und benehmt Euch klug in der Sache!«

Zehn drückende Minuten folgten dem Verschwinden von Jaspers Kahn, welcher von dem des Pfadfinders so geräuschlos wegglitt, daß er in der Dunkelheit verschwunden war, ehe noch Mabel glauben konnte, der junge Mann werde wirklich ein Unternehmen wagen, welches die Phantasie ihr in so gefährlichen Farben malte. Während dieser Zeit fuhr die Gesellschaft fort, mit der Strömung zu schwimmen, ohne einen Laut, man möchte fast sagen: ohne einen Atemzug sich zu gestatten, um ja nicht den leichtesten Ton, der vom Ufer herkäme, zu überhören. Aber es herrschte dieselbe feierliche oder vielmehr erhabene Stille wie früher. Nur das Plätschern des Wassers, wenn es gegen ein leichtes Hindernis anstieß, und das Seufzen der Bäume unterbrachen den Schlummer des Forstes. Am Ende des erwähnten Zeitraums wurde das Knacken dürrer Zweige wieder schwach gehört, und es war dem Pfadfinder, als ob er den Ton gedämpfter Stimmen vernähme.

»Vielleicht irre ich mich; denn die Gedanken malen einem gerne, was das Herz wünscht; aber ich glaube, diese Töne gleichen der gedämpften Stimme des Delawaren.«

»Gehen die Wilden auch im Tode noch umher?« fragte Cap.

»Ja, und jagen dazu – in ihren glücklichen Jagdgründen, aber nirgends anders. Mit einer Rothaut ist's auf der Erde aus, sobald der letzte Atemzug ihren Leib verlassen hat. Es ist keine von ihren Gaben, bei ihrer Hütte zu weilen, wenn ihre Stunde vorüber ist.«

»Ich sehe einen Gegenstand auf dem Wasser«, flüsterte Mabel, welche ihre Augen nicht von der dunkeln Hülle abgewendet hatte, seit Jasper in ihr verschwunden war.

»Es ist der Kahn«, erwiderte Pfadfinder mit großer Erleichterung. »Es muß alles gut stehen, sonst würden wir von dem Jungen gehört haben.«

In der nächsten Minute schwammen die zwei Kähne, welche den Führern, erst als sie sich näher kamen, sichtbar wurden, wieder Seite an Seite, und man erkannte Jaspers Gestalt in dem Stern seines Bootes. Die Figur eines zweiten Mannes saß in dem Bug und da der junge Schiffer sein Ruder in einer Weise regierte, daß das Gesicht seines Gefährten dem Pfadfinder und Mabel unter die Augen trat, so erkannten beide den Delawaren.

»Chingachgook – mein Bruder!« sagte der Pfadfinder in der Sprache des andern mit einem Beben in seiner Stimme, welches die Gewalt seiner Gefühle verriet – »Häuptling der Mohikaner! Mein Herz ist hoch erfreut. Oft sind wir miteinander durch Blut und Streit gegangen! aber ich habe gefürchtet, es werde nie wieder geschehen.«

»Hugh! – Die Mingos sind Weiber! – Drei von ihren Skalpen hängen an meinem Gürtel. Sie wissen nicht die Große Schlange der Delawaren zu treffen. Ihre Herzen haben kein Blut, und ihre Gedanken sind auf dem Rückweg über die Wasser des Großen Sees.«

»Bist du unter ihnen gewesen, Häuptling? Und was wurde aus dem Krieger, der im Fluß war?«

»Er ist zum Fisch geworden und liegt auf dem Grunde mit den Aalen. Laß seine Brüder die Angelhaken nach ihm auswerfen! Pfadfinder, ich habe die Feinde gezählt und ihre Büchsen berührt.«

»Ah! Ich dachte, er würde verwegen sein«, rief der Wegweiser in englischer Sprache. »Der waghalsige Bursche ist mitten unter ihnen gewesen und hat uns ihre ganze Geschichte mitgebracht. Sprich, Chingachgook, damit ich unsern Freunden mitteilen kann, was wir selbst wissen.«

Der Delaware erzählte nun in gelassener und ernster Weise das Wesentliche der Entdeckungen, welche er gemacht, seit wir ihn zuletzt im Flusse mit den Feinden haben ringen sehen. Von dem Schicksal seines Gegners sprach er nicht mehr, da es gegen die Gewohnheit eines Kriegers ist, bei mehr ins einzelne gehenden Berichterstattungen großzutun. Sobald er aus diesem furchtbaren Kampfe als Sieger hervorgegangen war, schwamm er gegen das östliche Ufer, stieg mit Vorsicht ans Land und nahm seinen Weg unter dem Schutze der Finsternis, unentdeckt und im Grunde auch unbeargwohnt, mitten durch die Irokesen. Einmal wurde er angerufen; da er sich aber für Arrowhead ausgab, so wurden keine weitern Fragen an ihn gestellt. Aus ihren Reden war ihm bald klargeworden, daß der Haufen ausdrücklich auf Mabel und ihren Onkel lauerte, über dessen Rang sie jedoch augenscheinlich im Irrtum waren. Er hatte auch genug erfahren, um den Verdacht zu rechtfertigen, daß Arrowhead sie ihren Feinden verraten habe, obgleich ein Beweggrund hierzu nicht leicht aufzufinden war, da er die Belohnung für seine Dienste noch nicht empfangen hatte.

Pfadfinder teilte von diesen Nachrichten seinen Gefährten nicht mehr mit, als er zu Milderung ihrer Besorgnisse für nötig erachtete, indem er zugleich andeutete, daß es nun Zeit sei, ihre Kräfte zu brauchen, ehe die Irokesen sich von der Verwirrung erholt hätten, in welche sie durch ihre Verluste geraten waren.

»Wir werden sie ohne Zweifel an der Stromenge wiederfinden«, fuhr er fort, »und dort müssen wir an ihnen vorbei oder in ihre Hände fallen. Die Entfernung von der Garnison ist nur noch gering, und ich habe daran gedacht, mit Mabel zu landen, sie auf einigen Seitenwegen weiterzugeleiten und die Kähne ihrem Schicksal in den Stromschnellen zu überlassen.«

»Es wird nicht gelingen, Pfadfinder«, unterbrach ihn Jasper lebhaft. »Mabel ist nicht stark genug, um in einer solchen Nacht durch die Wälder zu gehen. Setzt sie in meinen Kahn, und ich will mein Leben verlieren, oder sie glücklich über die Stromenge wegführen, so dunkel es auch sein mag.«

»Ich zweifle nicht, daß Ihr das werdet, Junge. Niemand zweifelt an Eurem guten Willen, der Tochter des Sergeanten einen Dienst zu leisten; aber das Auge der Vorsehung muß es sein und nicht das Eurige, welches in einer Nacht wie diese Euch glücklich über die Stromschnelle des Oswego bringen kann.«

»Und wer wird sie denn zu Lande glücklich nach der Garnison bringen? Ist die Nacht am Ufer nicht so dunkel wie auf dem Wasser? Oder glaubt Ihr, ich verstehe mich weniger auf meinen Beruf als Ihr Euch auf den Eurigen?«

»Kühn gesprochen, Junge, aber angenommen, ich verlöre meinen Weg in der Finsternis – und ich glaube, es kann mir niemand in Wahrheit nachsagen, daß mir das je begegnet ist – angenommen, ich verlöre den Weg, so würde daraus kein anderes Unglück entspringen, als daß wir die Nacht im Walde zubringen müßten; indes eine falsche Wendung des Ruders oder ein breiteres Scheren des Kahns Euch und das junge Frauenzimmer in den Fluß werfen kann, aus dem aller Wahrscheinlichkeit nach des Sergeanten Tochter nicht mehr lebendig kommen wird.«

»Wir wollen das Mabel selbst überlassen; ich bin überzeugt, daß sie sich in dem Kahne sicherer fühlen wird.«

»Ich habe ein großes Vertrauen zu Euch beiden«, antwortete das Mädchen, »und zweifle nicht, daß jeder tun wird, was er kann, um meinem Vater zu beweisen, wie wert dieser ihm ist. Aber ich bekenne, daß ich nicht gern den Kahn verlassen möchte, da wir die Gewißheit haben, daß Feinde, wie wir sie gesehen, in dem Walde sich befinden. Doch mein Onkel mag in dieser Sache den Ausschlag geben.«

»Ich liebe die Wälder nicht, solange man eine so schöne Bahn wie hier auf dem Fluß vor sich hat. Außerdem, Meister Pfadfinder, um von den Wilden nichts zu sagen, Ihr überseht die Haifische.«

»Haifische! wer hat je von Haifischen in der Wildnis gehört?«

»Ach! Haifische oder Bären oder Wölfe – es ist gleichgültig, wie Ihr das Ding nennt. Es ist eben etwas, was die Lust und die Macht hat zu beißen.«

»Hilf Herr! Mensch, fürchtet Ihr ein Geschöpf, das in einem amerikanischen Forste gefunden werden kann? Ich will zwar zugeben, daß eine Pantherkatze ein ungebärdiges Tier ist; doch was will das heißen, wenn ein geübter Jäger bei der Hand ist? Sprecht von den Mingos und ihren Teufeleien, soviel Ihr wollt; aber macht mir keinen falschen Lärm mit Euren Bären und Wölfen!«

»Ja, ja, Meister Pfadfinder, das ist wohl alles gut genug für Euch, der Ihr wahrscheinlich den Namen einer jeden Kreatur, mit der Ihr zusammentrefft, kennt. Gewohnheit ist schon etwas und macht einen Mann kühn, wo er sonst vielleicht schüchtern wäre. Ich habe in der Nähe des Äquators die Matrosen stundenlang unter fünfzehn bis zwanzig Fuß langen Haifischen herumschwimmen sehen, und sie hatten dabei keine andern Gedanken, als die ein Landbewohner sich macht, wenn er sonntags nachmittags unter seinesgleichen aus der Kirchtüre geht.«

»Das ist außerordentlich!« rief Jasper, welcher in seiner Treuherzigkeit sich jenen wesentlichen Teil seines Gewerbes, den man die Fähigkeit, ›ein Garn zu spinnen‹, nennt, noch nicht angeeignet hatte. »Ich habe immer gehört, daß der Tod gewiß sei, wenn man sich in das Wasser unter die Haie wage.«

»Ich vergaß zu sagen, daß die Jungen immer Spillspaken, Kanonenspaken oder Brechstangen mit sich nahmen und die Bestien auf die Nase schlugen, wenn sie ihnen lästig wurden. Nein, nein, ich finde kein Behagen an Bären und Wölfen, obgleich ich mir aus einem Walfisch so wenig mache als aus einem Hering, wenn er getrocknet und gesalzen ist. Mabel und ich halten besser Stich in dem Kahne.«

»Mabel würde gut tun, das Fahrzeug zu wechseln«, fügte Jasper bei. »Das meine ist leer, und der Pfadfinder wird zugeben, daß auf dem Wasser mein Auge sicherer ist als das seine.«

»Das tue ich mit Freuden, Junge. Das Wasser gehört zu Euren Gaben, und niemand wird in Abrede ziehen, daß Ihr sie aufs beste erprobt habt. Ihr habt recht, wenn Ihr glaubt, daß des Sergeanten Tochter in Eurem Kahne sicherer sei als in dem meinigen, und obgleich ich gerne selber in ihrer Nähe wäre, so liegt mir doch ihre Wohlfahrt zu sehr am Herzen, um sie nicht aufrichtig zu beraten. Bringt Euren Kahn dicht an unsere Seite, Jasper, damit ich Euch das, was Ihr als einen kostbaren Schatz betrachten müßt, übergeben kann.«

»Ich betrachte es als einen solchen«, erwiderte der Jüngling, welcher keinen Augenblick verlor, um dieser Aufforderung nachzukommen. Als Mabel von dem einen Kahn in den andern getreten war, setzte sie sich zu dem Gepäcke, welches bisher die einzige Last desselben ausgemacht hatte.

Nachdem diese Anordnung getroffen war, trennten sich die Kähne und fuhren in einiger Entfernung voneinander, wobei man sich vorsichtig, ohne ein Geräusch zu erregen, der Ruder bediente. Die Unterhaltung hörte nach und nach auf, und die Annäherung der gefürchteten Stromenge durchdrang alle mit dem Ernste des Augenblicks. Es war fast gewiß, daß ihre Feinde sich alle Mühe gegeben hatten, diesen Punkt vor ihnen zu erreichen, und der Versuch, in der tiefen Dunkelheit auf dem Strome über ihn wegzukommen, schien so wenig wahrscheinlich, daß der Pfadfinder der Überzeugung lebte, die Wilden hätten sich an beiden Ufern verteilt, in der Hoffnung, sie beim Landen abzufangen. Er würde auch seinen früheren Vorschlag nicht gemacht haben, wenn er es nicht seinen eigenen Fähigkeiten zugetraut hätte, dieses Vorgefühl eines günstigen Erfolgs von seiten der Irokesen zu einer Vereitelung ihrer Pläne zu benutzen. Da aber nun die Anordnung feststand, so hing alles von der Geschicklichkeit der Kahnführer ab. Denn wenn ein Fahrzeug auf einen Felsen stieß, so mußte es, wenn es nicht zertrümmert wurde, fast notwendig aufsitzen, und dann war man nicht bloß den Zufällen des Stromes, sondern Mabel auch der Gewißheit ausgesetzt, in die Hände ihrer Verfolger zu fallen. Es war daher die äußerste Umsicht nötig, und jeder blieb zu sehr mit seinen eigenen Gedanken beschäftigt, um sich geneigt zu fühlen, mehr zu äußern, als was gerade die Dringlichkeit des Augenblicks erforderte.

Die Kähne stahlen sich ruhig vorwärts, und das Brausen der Stromenge wurde hörbar. Cap mußte alle seine Tapferkeit aufbieten, um sich auf seinem Sitz zu erhalten, indes jene bedeutungsvollen Töne immer näher kamen, wobei die Finsternis kaum die Umrisse des waldigen Ufers und das darüber hängende dunkle Himmelsgewölbe erkennen ließ. Der Eindruck, welchen die Wasserfälle auf ihn gemacht hatten, arbeitete noch in seiner Seele, und seine Phantasie war nicht untätig, die Gefahren der Stromenge sich gleich jenen des jähen Absturzes, den er durchgemacht hatte, zu denken, wenn nicht der Zweifel und die Ungewißheit sie gar noch steigerten. Hierin war jedoch der alte Seemann im Irrtum; denn die Stromenge des Oswego und seine Fälle sind in ihrem Charakter und in ihrer Heftigkeit sehr verschieden, da die erstere nichts weiter als eine Stromschnelle ist, welche über Untiefen und Felsen geht, indes die letzteren den Namen, den sie tragen, wie wir eben gesehen haben, wirklich verdienen.

Mabel mochte allerdings Beklemmung und Furcht fühlen. Aber ihre ganze Lage war so neu und das Vertrauen zu ihrem Führer so groß, daß sie sich in einer Selbstbeherrschung erhielt, deren sie wohl nicht fähig gewesen wäre, wenn sie sich klarere Vorstellungen von der Wahrheit hätte machen können oder die Hilflosigkeit des Menschen, wenn es den Kampf gegen die Macht und Majestät der Natur gilt, besser gekannt hätte.

»Ist das die Stelle, die Ihr erwähnt habt?« sagte sie zu Jasper, als ihr das Geräusch der Stromschnelle zum erstenmal frisch und deutlich zu Ohren kam.

»Sie ist es, und ich bitte Sie, Vertrauen zu mir zu haben. Unsere Bekanntschaft ist zwar noch jung, Mabel; aber wir leben hier in der Wildnis viele Tage in *einem*, und es kommt mir bereits vor, als ob ich Sie schon jahrelang gekannt hätte.«

»Auch ich fühle gegen Euch nicht wie gegen einen Fremden, Jasper. Ich habe einiges Vertrauen zu Eurer Geschicklichkeit sowohl als zu Eurem guten Willen, mir einen Dienst zu leisten.«

»Wir werden sehen, wir werden sehen! – Pfadfinder befährt die Schnellen zu nahe am Mittelpunkt des Flusses, das Wasserbette ist gegen das östliche Ufer zu enger; aber ich kann mich ihm jetzt nicht verständlich machen. Halten Sie sich fest am Kahn und befürchten Sie nichts!«

Im nächsten Augenblick hatte die rasche Strömung sie in die Stromschnelle getrieben. Drei oder vier Minuten sah das mehr von heiliger Scheu als von Furcht ergriffene Mädchen rund um sich nichts als die Güsse glänzenden Schaumes und hörte nichts als das Brausen der Wasser. Zwanzigmal schien der Kahn von irgendeiner kräuselnden, glänzenden Welle, die man sogar in der Dunkelheit der Nacht erkennen konnte, überschüttet zu werden, und ebensooft glitt er unbeschädigt daran vorbei, getrieben durch den kräftigen Arm dessen, der seine Bewegungen leitete. Einmal, aber auch nur einmal, schien Jasper seine Herrschaft über die zerbrechliche Barke zu verlieren. In diesem kurzen Augenblick wirbelte sie rund herum, aber durch eine verzweifelte Anstrengung brachte er sie wieder in seine Gewalt, gewann das verlorene Fahrwasser wieder und fühlte sich bald für alle seine Beängstigungen dadurch belohnt, daß er den Kahn ruhig in dem tiefen Wasser unterhalb der Stromschnellen dahinschwimmen sah, ohne daß dieser von dem Elemente so viel eingenommen, als zu einem Trunke hätte dienen können.

»Alles ist vorüber«, rief der junge Mann freudig. »Die Gefahr ist vorbei, und Sie dürfen nun hoffen, noch in dieser Nacht Ihren Vater zu umarmen.«

»Gott sei gepriesen! Jasper, Euch verdanken wir dieses große Glück.«

»Der Pfadfinder kann einen guten Teil des Verdienstes in Anspruch nehmen. Aber was ist aus dem andern Kahn geworden?«

»Ich sehe etwas in der Nähe auf dem Wasser. Ist es nicht das Boot unserer Freunde?«

Wenige Ruderschläge brachten Jasper an die Seite des fraglichen Gegenstandes. Es war der andere Kahn, leer und mit aufwärts gerichtetem Kiel. Der junge Mann hatte sich kaum über diesen Umstand Gewißheit verschafft, als er anfing, sich nach den Schwimmern umzusehen, und zu seiner großen Freude entdeckte er bald Cap, welcher mit der Strömung abwärts trieb. Der alte Seemann hatte die Gefahr des Ertrinkens derjenigen, mit welcher er von den Wilden beim Landen bedroht war, vorgezogen. Er wurde, obschon nicht ohne Schwierigkeit, in den Kahn geholt, und damit hatte das Nachforschen ein Ende. Jasper war nämlich überzeugt, daß der Pfadfinder in dem seichten Wasser ans Ufer waten werde, um seine geliebte Büchse nicht verlassen zu müssen.

Der Rest der Fahrt war kurz, obgleich sie mitten in der Dunkelheit und Ungewißheit gemacht wurde. Nach einer kleinen Weile ließ sich ein dumpfes Getöse vernehmen, welches zuweilen dem Rollen eines entfernten Donners und dann wieder dem Brausen der Wasser ähnelte. Jasper erklärte seinen Gefährten, daß sie nun die Brandung des Sees hörten. Vor ihnen lagen niedrige gekrümmte Landspitzen, eine von ihnen bildete eine Bai.

Hier fuhr der Kahn ein und schoß geräuschlos an das kiesige Ufer. Dieser Übergang war so rasch und ergreifend erfolgt, daß Mabel die Vorgänge kaum fassen konnte. Im Laufe weniger Minuten kamen sie an den Schildwachen vorbei; das Tor wurde geöffnet, und das bewegte Mädchen fand sich in den Armen eines Vaters, der ihr fast ein Fremder geworden war.

Achtes Kapitel

Ein Land der Lieb', ein Land voll Licht,
Wo Nacht und Mond und Sonne nicht;
Wo lebend rasch die Welle fließt,
Ein Himmelsstrahl das Licht ergießt.
Ich sah das Land, und 's ist mir kaum,
Als wär's ein ew'ger stiller Traum.

Der Königin Erwachen

Die Ruhe, welche der Anstrengung folgt, ist gewöhnlich tief und süß, wenn sie mit dem Gefühle der Sicherheit verbunden ist. Dies war auch bei Mabel der Fall, welche sich erst von ihrer ärmlichen Pritsche – denn nur auf ein solches Lager konnte eine Sergeantentochter auf einem abgelegenen Grenzposten Anspruch machen – erhob, als die Garnison schon lange der gewöhnlichen Aufforderung der Trommeln gehorcht und sich zur Morgenparade versammelt hatte. Sergeant Dunham, dessen Geschäft es war, den gewöhnlichen täglichen Dienst zu beaufsichtigen, hatte bereits seine Morgenverrichtungen vollbracht und begann eben an sein Frühstück zu denken, als seine Tochter ihr Zimmer verließ und in die freie Luft heraustrat, in gleichem Grade verwirrt, erfreut und dankerfüllt über die Neuheit und Sicherheit ihrer jetzigen Lage.

Zu der Zeit, in welcher unsere Erzählung spielt, war Oswego einer der äußersten Grenzposten der britischen Besitzungen auf diesem Kontinent. Es war noch nicht lange besetzt und hatte in seiner Garnison ein Bataillon eines ursprünglich schottischen Regiments, in das aber seit seiner Ankunft in dieser Gegend viele Amerikaner aufgenommen worden waren. Durch diese Neuerung wurde es dem Vater Mabels möglich gemacht, die zwar unbedeutende, aber doch verantwortliche Stelle des ältesten Sergeanten einzunehmen. Es befanden sich auch einige junge Offiziere, welche in den Kolonien geboren waren, bei dem Korps. Das Fort selbst war wie die meisten derartigen Werke besser geeignet, einem Angriff der Wilden zu widerstehen, als eine regelmäßige Belagerung auszuhalten; aber die große Schwierigkeit, welche mit dem Transport der schweren Artillerie und andere Erfordernisse verbunden war, machte die letztere so unwahrscheinlich, daß die Ingenieure bei dem Entwurf der Verteidigungswerke auf eine solche gar nicht Bedacht nehmen zu müssen glaubten. Man hatte Bollwerke von Erde und Holzstämmen, einen trockenen Graben, Palisaden, einen Paradeplatz von beträchtlicher Ausdehnung und eine Kaserne aus Holzstämmen, welche dem doppelten Zwecke der Wohnung und der Befestigung diente. Einige leichte Feldstücke standen im Innern des Forts, um schnell dahin, wo man ihrer bedurfte, geführt werden zu können, und eine oder zwei schwere eiserne Kanonen blickten aus den Spitzen der vorspringenden Winkel, als ebenso viele Ermahnungen an den Verwegenen, ihre Macht zu respektieren.

Als Mabel die bequeme, aber vergleichsweise einsame Lagerhütte, in welcher ihr Vater sie unterbringen durfte, verlassen hatte und in die reine Morgenluft trat, fand sie sich am Fuße einer Bastei, welche so einladend vor ihr lag, daß sie sich von hier aus einen Überblick über alles das, was ihr die Finsternis der vorigen Nacht verborgen hatte, versprach. Das Mädchen hüpfte mit ebenso leichten Füßen als leichtem Herzen die grasige Anhöhe hinan und befand sich auf einmal auf einem Punkte, welcher ihr in wenigen Blicken die Übersicht über alle äußeren Verhältnisse ihrer neuen Lage gestattete.

Gegen Süden lag der Wald, durch den sie so viele ermüdende Tage gewandert war, und der sie die ganze Fülle seiner Gefahren hatte empfinden lassen. Er war von den Palisaden des Forts durch einen Gürtel freien Feldes getrennt, welches hauptsächlich deshalb gelichtet worden war, um den kriegerischen Vorkehrungen Raum zu geben. Dieses Glacis, denn als solches diente es in der Tat für den Kriegszweck, mochte ungefähr hundert Morgen betragen; aber mit ihm wich auch jede Spur von Zivilisation. Jenseits war alles Wald – jener dichte, endlose Wald, welchen Mabel sich nun aus ihren Erinnerungen mit seinen verborgenen, glänzenden Seen, seinem dunkel rollenden Strome und seiner ganzen Welt von Natur deutlich vor die Seele führen konnte.

Als unsere Heldin sich von diesem Anblick abwendete, fühlte sie auf ihren Wangen das Fächeln eines frischen und angenehmen Lüftchens, wie sie es, seit sie die ferne Küste verlassen, nicht wieder empfunden hatte. Bald zeigte sich ihr ein neues Schauspiel, das sie, obschon es nicht unerwartet kam, dennoch nicht wenig überraschte, und ein schwacher Ausruf bekundete, mit welcher Lust ihre Augen die vor ihnen liegenden Reize verschlangen. Gegen Norden, Osten und Westen in jeder Richtung, kurz, über die ganze Hälfte des neuen Panoramas lag eine weite Fläche wogenden Wassers. Das Element hatte weder das glänzende Grün, welches im allgemeinen die amerikanischen Gewässer bezeichnet, noch das tiefe Blau des Ozeans; es war von einer lichten Ambrafarbe, welche kaum seine Durchsichtigkeit beeinträchtigte. Nirgends Land mit Ausnahme der anliegenden Küste, welche sich rechts und links an einem ununterbrochenen Saume von Wäldern hinzog, mit weiten Baien und niedrigen Vorsprüngen oder Spitzen. An vielen Stellen war das Ufer felsig, und in den Höhlen desselben rollte das träge Wasser hin und wider in einem hohlen Tone, der einem entfernten Kanonendonner glich. Kein Segel glänzte auf der Oberfläche, kein Wal oder sonstiger Fisch spielte auf dieser Ebene, und kein Zeichen menschlichen Tuns und Treibens belohnte den anhaltendsten und sorgfältigsten Blick auf dieser endlosen Ausdehnung. Es war eine Szene, die auf der einen Seite die endlosen Wälder, auf der andern die weiten unbegrenzten Wasser zeigte, und die Natur schien eine Lust daran gefunden zu haben, einen großartigen Effekt dadurch hervorzurufen, daß sie ihre beiden Hauptbestandteile kühn nebeneinander sich abheben ließ, ohne auf deren Einzelheiten einzugehen. Das Auge flog mit Lust und Bewunderung von dem breiten Blätterteppich zu dem noch breiteren Wasserfelde und von dem endlosen, sanften Wellenschlag des Sees zu der heiligen Ruhe, der poetischen Einsamkeit des Urwaldes zurück.

Mabel Dunham war zwar fern von jeder Verbildung, wie die meisten ihrer Landsmänninnen in jener Zeit, aber da sie so empfänglich und offen wie nur irgendein Mädchen mit warmem Herzen und reiner Seele war, so gebrach es ihr nicht ganz an dem Sinne für die Poesie unserer schönen Erde. Obgleich man nicht sagen konnte, daß sie überhaupt eine Erziehung genossen – denn nur wenigen ihres Geschlechts wurden in jenen Tagen und in diesen Gegenden viel mehr als die Anfangsgründe des englischen Unterrichts zuteil – so hatte sie doch sehr viel mehr gelernt, als bei Mädchen ihrer Stellung gewöhnlich war, und in *einer* Beziehung wenigstens machte sie ihrem Lehrer keine Unehre.

Die Witwe eines Offiziers aus dem Regimente, zu welchem ihr Vater gehörte, hatte sich nach dem Tode ihrer Mutter des Mädchens angenommen; unter der Sorgfalt dieser Frau konnte Mabel einigermaßen ihren Geschmack ausbilden und sich zu Ideen erheben, welche ihr unter andern Umständen wohl immer fremd geblieben wären. Ihre Stellung in der Familie war eher die einer Gesellschafterin als die eines Dienstboten gewesen, was man schon an ihrer Kleidung, ihrer Sprache, ihren Meinungen und insbesondere an ihren Gefühlen erkennen konnte, obgleich sie sich vielleicht nie zu der Höhe erhoben hatte, welche geeignet war, eine Frau von Stand zu bezeichnen. Sie hatte die rauheren und wenig verfeinerten Gewohnheiten und Manieren ihrer ursprünglichen Stellung verloren, ohne jedoch ganz den Punkt zu erreichen, der sie für jene Lebenslage, welche die Zufälligkeiten der Geburt und des Vermögens ihr wahrscheinlich anwiesen, untauglich gemacht hätte. Alle andern Eigentümlichkeiten gehörten ihrem natürlichen Charakter an.

Unter diesen Umständen wird sich der Leser nicht wundern, wenn er erfährt, daß Mabel das vor ihr liegende neue Schauspiel mit einem weit höheren Genusse betrachtete, als ihn eine gewöhnliche Überraschung zu geben vermag. Sie fühlte die allgemeinen Schönheiten, wie sie die meisten gefühlt haben würden; aber sie hatte auch einen Sinn für ihre Erhabenheit, für jene sanfte Einsamkeit, jene ruhige Größe und beredte Ruhe, welche sich immer über eine weite Aussicht breiten, in der die Natur durch die Mühen und Anstrengungen des Menschen nicht gestört wird. »Wie schön!« rief sie, ohne es selbst zu beachten, aus, als sie auf dem einsamen Bollwerk stand und ihr die Luft des Sees entgegenwehte, die ihren Körper und ihren Geist in gleicher Weise belebend durchdrang. »Wie wahrhaft schön! und doch so einfach!«

Diese Worte und der Gang ihrer Gedanken wurden durch eine leichte Berührung ihrer Schulter unterbrochen, und als sie sich umdrehte, fand Mabel, welche ihren Vater zu sehen erwartete, den Pfadfinder an ihrer Seite. Er lehnte ruhig an seiner langen Büchse und lachte in seiner stillen Weise, während er mit ausgestrecktem Arm über das ganze Wasser- und Landpanorama hinfuhr.

»Hier haben Sie unsere beiden Domänen«, sagte er, »die Jaspers und die meinige. Ihm gehört der See, mir die Wälder. Der Junge tut bisweilen groß mit der Breite seiner Besitzungen; aber ich sage ihm, daß meine Bäume ein so großes Stück Fläche auf dieser Erde ausmachen als all sein Wasser. Nun, Mabel, Sie passen wohl für beide; denn ich sehe nicht, daß die Furcht vor den Mingos oder die Nachtmärsche Ihre hübschen Augen trüben können.«

»Ich lerne den Pfadfinder in einem ganz neuen Charakter kennen, indem er einem einfältigen Mädchen Komplimente sagt!«

»Nicht einfältig, Mabel, nein, nicht im mindesten einfältig. Des Sergeanten Tochter würde ihrem würdigen Vater Unehre machen, wenn sie etwas tun oder sagen würde, was man mit Recht einfältig nennen könnte.«

»Dann muß sie sich in acht nehmen und trügerischen Schmeichelreden nicht zuviel Glauben schenken. Aber, Pfadfinder, ich freue mich, Euch wieder unter uns zu sehen; denn obgleich sich Jasper nicht viel daraus zu machen schien, so war ich doch besorgt, daß irgendein Unfall Euch und Euern Freund in dieser fürchterlichen Stromenge betroffen haben möchte.«

»Der Junge kannte uns beide und wußte wohl, daß wir nicht ertrinken würden; denn dies ist schwerlich eine von meinen Gaben. Es wäre auch wahrlich nicht gut schwimmen gewesen mit einer langläufigen Büchse in der Hand, und was diesen Spaß anbelangt, so sind der Hirschtöter und ich zu oft schon durch Wilde und Franzosen gegangen, als daß ich mich so leicht von ihm hätte trennen können. Nein, nein, wir wateten ans Ufer; die Enge war mit Ausnahme einiger kleiner Stellen seicht genug dazu – und landeten mit den Waffen in den Händen. Ich gebe zwar zu, daß wir uns um der Irokesen willen Zeit ließen; aber sobald diese schleichenden Vagabunden die Lichter erblickten, welche der Sergeant nach Eurem Kahn herunterschickte, wußten wir wohl, daß sie sich aus dem Staub machen würden, um einer allenfallsigen Visite von der Garnison aus zu entgehen. So saßen wir denn ungefähr eine Stunde geduldig auf den Steinen, und die Gefahr war vorüber. Geduld ist für einen Waldbewohner die wichtigste Tugend.«

»Ich freue mich, das zu hören! denn selbst die Müdigkeit konnte mich kaum schlafen machen, wenn ich bedachte, was Euch zugestoßen sein könnte.«

»Der Herr segne Ihr empfindsames kleines Herz, Mabel! aber das ist so die Weise sanfter Frauenzimmer. Was mich anbelangt, so war ich froh, als ich die Laternen auf das Wasser zukommen sah, weil ich daraus entnehmen konnte, daß Sie in Sicherheit waren. Wir Jäger und Wegweiser sind zwar rauhe Burschen, aber wir haben unsere Gefühle und unsere Gedanken, so gut als ein General in der Armee. Wir beide, Jasper und ich, hätten uns lieber totschlagen lassen, ehe Sie hätten Schaden nehmen sollen – ja, das hätten wir.«

»Ich danke Euch, Pfadfinder, für alles, was Ihr für mich getan habt; aus dem Grunde meines Herzens danke ich Euch, und verlaßt Euch drauf, daß es mein Vater erfahren soll. Ich habe ihm schon viel erzählt, aber es bleibt mir in dieser Sache noch eine weitere Verpflichtung.«

»Pah! Mabel! Der Sergeant weiß, was die Wälder sind, und kennt auch die Weise der echten Rothäute. Es ist nicht nötig, ihm diese Dinge weitläufig zu erzählen. Nun, Sie sind ja jetzt mit Ihrem Vater zusammengetroffen? Finden Sie den braven alten Soldaten als so eine Art Person, wie Sie sie zu finden erwarteten?«

»Er ist mein teurer Vater und hat mich aufgenommen, wie ein Soldat und Vater sein Kind aufnehmen soll. Kennt Ihr ihn schon lange, Pfadfinder?«

»Allerdings, wenn wir wie die Leute rechnen wollen. Ich war gerade zwölf Jahre alt, als der Sergeant mich zu meiner ersten Späherstreife mitnahm, und das ist nun schon über dreißig Jahre. Es war die Zeit unseres Herumvagabundierens, und da dieses geschah, ehe Sie geboren waren, so würden sie wohl keinen Vater gehabt haben, wäre nicht die Büchse eine von meinen natürlichen Gaben gewesen.«

»Erklärt Euch deutlicher.«

»Es ist zu einfach für viele Worte. Wir waren in einen Hinterhalt gefallen; der Sergeant wurde schwer verwundet und würde wohl seine Kopfhaut verloren haben, hätte ich nicht aus so einer Art von Instinkt zum Gewehr gegriffen. Wir brachten ihn dann weg, und ein schönerer Haarkopf ist, solange das Regiment besteht, nicht in demselben gefunden worden, als wie ihn der Sergeant noch an diesem gesegneten Tage herumträgt.«

»Ihr habt meines Vaters Leben gerettet, Pfadfinder«, rief Mabel und faßte unwillkürlich, aber mit Wärme, seine harten; sehnigen Hände mit den ihrigen. »Gott segne Euch auch hierfür wie für Eure andern guten Handlungen!«

»Nein, ich sagte das nicht, obgleich ich glaube, daß ich seinen Skalp gerettet habe. Ein Mensch kann ohne Kopfhaut leben, und so kann ich nicht sagen, daß ich sein Leben gerettet habe. Aber Jasper könnte das wohl von Ihnen behaupten; denn ohne sein Auge und seinen Arm würde der Kahn nimmermehr in einer Nacht wie die letzte glücklich über die Stromenge gekommen sein. Die Gaben des Jungen sind für das Wasser, während die meinigen für die Jagd und die Fährte passen. Er ist dort, in der Bucht, sieht nach den Kähnen und verwendet kein Auge von seinem lieben kleinen Fahrzeug. In meinen Augen gibt es keinen schmuckeren Burschen in dieser Gegend als Jasper Western.«

Das erstemal, seit sie ihr Zimmer verlassen, blickte jetzt Mabel abwärts, um auch einen Überblick über den Vordergrund des merkwürdigen Gemäldes, in das sie sich mit solcher Lust vertieft hatte, zu gewinnen. Der Oswego ergoß sein dunkles Wasser zwischen etwas erhöhten Dämmen, von denen der östliche sich kühner erhob und weiter gegen Norden in den See vorsprang als der westliche. Das Fort lag auf der Westseite, und unmittelbar unter ihm befanden sich einige Blockhäuser, welche, da sie nichts zur Verteidigung des Platzes beitragen konnten, an dem Ufer errichtet worden waren, um die Vorräte aufzunehmen und aufzubewahren, welche gelandet wurden oder nach den verschiedenen befreundeten Häfen an den Ufern des Ontario eingeschifft werden sollten. Dann zeigten sich zwei niedrige, gekrümmte, kiesige Punkte, welche mit überraschender Regelmäßigkeit durch die einander entgegenwirkenden Kräfte der Nordwinde und der schnellen Strömung gebildet waren und sich mitten in dem Fluß zu zwei gegen die Seestürme geschützten Baien gestalteten. Die auf der Westseite war am tiefsten ausgeschnitten, und da sie auch das meiste Wasser hatte, so konnte man sie als einen kleinen malerischen Hafen betrachten. Längs des nahen Ufers, welches sich zwischen der geringen Ansteigung des Forts und dem Wasser dieser Bucht befand, waren die eben erwähnten rohen Gebäude errichtet.

Mehrere kleine Schiffe, Nachen und Rindenkähne waren an dem Ufer aufgestellt, und in der Bai selbst lag das kleine Fahrzeug, welchem Jasper seinen Ruf als Schiffer verdankte. Es mochte ungefähr vierzig Tonnen haben, war kutterartig aufgetakelt und so zierlich gebaut und gemalt, daß es einigermaßen das Aussehen eines Kriegsschiffs ohne Schanzen hatte. Dabei war es so genau nach den Proportionen der Schönheit sowohl als der Zweckmäßigkeit aufgetaktelt und mit Spieren versehen, daß sein geputztes und schmuckes Aussehen sogar Mabel auffiel. Seine Form war bewundernswürdig; denn ein Arbeiter von großer Geschicklichkeit hatte auf die ausdrückliche Requisition des Offiziers, welcher es bauen ließ, den Riß dazu aus England geschickt. Die Malerei war dunkel, kriegerisch und nett, und die lange geißelförmige Flagge, welche es trug, bezeichnete es auf den ersten Blick als Eigentum des Königs. Sein Name war der Scud[8].

»Das ist also Jaspers Schiff!« sagte Mabel, welche den Führer des kleinen Fahrzeugs natürlich schnell mit dem Kutter selbst in Verbindung brachte. »Gibt es noch viele andere auf diesem See?«

»Die Franzosen haben drei. Eines davon ist, wie ich mir sagen ließ, ein wirkliches Schiff, wie man sich ihrer auf dem Meere bedient; das andere ist eine Brigg, und das dritte ein Kutter, wie der Scud hier, und heißt ›das Eichhörnchen‹ in ihrer Sprache. Dieses scheint einen natürlichen Haß gegen unser zierliches Boot zu haben; denn Jasper geht selten aus, ohne daß das ›Eichhörnchen‹ ihm auf der Ferse ist.«

»Und ist Jasper der Mann, der vor einem Franzosen flieht, wenn er auch in der Gestalt eines Eichhorns erscheint, und noch dazu auf dem Wasser?«

»Wozu nützt die Tapferkeit, wenn man es an den Mitteln fehlen läßt, ihr Nachdruck zu geben? Jasper ist ein mutiger Junge, wie alle an dieser Grenze wohl wissen; aber er hat kein Geschütz mit Ausnahme einer kleinen Haubitze, und dann besteht seine Mannschaft außer ihm nur noch aus zwei Leuten und einem Schiffsjungen. Ich war einmal auf einer seiner Fahrten mit ihm, und der Bursche wagte genug, indem er uns so nahe an den Feind brachte, daß die Büchsen zu sprechen anfingen; aber die Franzosen haben Kanonen und Geschützpforten und zeigen ihr Gesicht nie außerhalb Frontenac, ohne etwa zwanzig

Mann am Bord zu haben, zumal das Eichhörnchen. Nein, nein; dieser Scud ist für den Flug gebaut, und der Major sagt, er wolle ihn nicht durch Bemannung und Bewaffnung zum Fechten geneigt machen, damit er nicht beim Wort genommen und dem Fahrzeug die Flügel beschnitten werden. Ich verstehe mich wenig auf diese Dinge, die mit meinen Gaben in keiner Beziehung stehen, aber ich sehe der Sache auf den Grund – ich sehe ihr auf den Grund, obgleich das Jasper nicht tut.«

»Ah! da kommt mein Onkel, wohlgemut, trotz seines gestrigen Schwimmens – um diesen Binnensee zu betrachten.«

Wirklich erschien auch Cap, der bereits seine Annäherung durch ein Paar kräftige »Hems« angekündigt hatte, auf der Bastei, wo er, nachdem er seiner Nichte und ihrem Gesellschafter zugenickt hatte, bedachtsam seinen Blick über die vor ihm liegende Wasserfläche hinstreifen ließ. Um sich den Überblick zu erleichtern, stieg er auf eine der alten eisernen Kanonen, kreuzte seine Arme über der Brust und wiegte seinen Körper, als ob er die Bewegung eines Schiffes fühle. Dabei hatte er, um das Gemälde vollständig zu machen, eine kurze Pfeife in seinem Munde.

»Nun, Meister Cap«, fragte der Pfadfinder in aller Unschuld; denn er bemerkte nicht den Ausdruck der Verachtung, welcher sich allmählich auf den Zügen des andern lagerte, »ist das nicht eine schöne Wasserfläche, die man ganz füglich ein Meer nennen könnte?«

»Das ist's also, was Ihr Euern See nennt?« fragte Cap und fuhr mit seiner Pfeife an dem nördlichen Horizont hin. »Ich sage, ist das wirklich Euer See?«

»Gewiß, und wenn das Urteil eines Mannes, der an den Ufern von manchen andern herumgekommen ist, etwas gilt, so ist es ein recht guter See.«

»Gerade, wie ich's erwartete. Ein Teich im Umfang und eine Lukenrinne im Geschmack. Man reist rein vergebens ins Land hinein, wenn man etwas Ausgewachsenes oder Nützliches zu sehen hofft. Ich wußte es ja, daß es geradeso gehen werde.«

»Was ist es denn mit dem Ontario, Meister Cap? Er ist groß, schön anzusehen und angenehm zu trinken für die, welche kein Quellwasser kriegen können.«

»Nennt Ihr das groß?« fragte Cap, indem er wieder mit der Pfeife durch die Luft fuhr. »Ich möchte Euch doch fragen, was denn Großes daran ist? Hat nicht Jasper selbst zugestanden, daß er nur etwa zwanzig Stunden von einem Ufer zum andern mißt?«

»Aber, Onkel«, fiel Mabel ein, »man sieht doch kein Land als hier an unserer Küste. Mir kommt es gerade wie der Ozean vor.«

»Dies bißchen Teich wie der Ozean! Ei, Magnet, das ist von einem Mädchen, welches wirkliche Seeleute in ihrer Familie gehabt hat, der handgreiflichste Unsinn. Was ist denn daran, ich bitte dich, das auch nur einen Zug vom Meere hätte?«

»Nun, hier ist Wasser – Wasser – Wasser – nichts als Wasser, Meilen an Meilen – soweit das Auge sehen kann.«

»Und ist nicht auch Wasser – Wasser – Wasser – nichts als Wasser, Meilen an Meilen, in den Flüssen, auf denen wir gefahren sind? – ja, und soweit das Auge sehen kann, obendrein?«

»Ja, Onkel, aber die Flüsse haben ihre Ufer und Bäume an ihren Seiten hin; auch sind sie schmal.«

»Und ist das etwa kein Ufer, worauf wir stehen? Nennen es die Soldaten nicht den Damm des Sees? Sind hier nicht Bäume zu Tausenden? Und sind nicht zwanzig Stunden schmal genug bei gutem Gewissen? Wer zum Teufel hat je von den Dämmen des Ozeans gehört, wenn es nicht etwa die Dämme unter dem Wasser sind?«

»Aber Onkel, wir können doch nicht über den See hinübersehen wie über einen Fluß?«

»Fehlgeschossen, Magnet! Sind nicht der Amazonenstrom, der Orinoko und der La Plata auch Flüsse, und kannst du über sie hinübersehen? Hört, Pfadfinder, ich bin noch sehr im Zweifel, ob dieser Streifen Wasser hier auch wirklich ein See ist; denn mir scheint er nur ein Fluß zu sein. Ihr seid hier oben in den Wäldern keineswegs besonders bewandert in eurer Geographie, wie ich merke.«

»Diesmal habt Ihr fehlgeschossen, Meister Cap. Es ist ein Fluß da, und zwar ein prächtiger, an jedem Ende. Aber das, was Ihr vor Euch habt, ist der alte Ontario, und obgleich es nicht zu meinen Gaben gehört, auf einem See zu leben, so gibt es doch nach meinem Urteil wenig bessere als diesen hier.«

»Und, Onkel, wenn wir auch am Strand zu Rockaway ständen, was könnten wir denn mehr sehen als hier? Es ist dort ein

Ufer oder ein Damm auf einer Seite und Bäume so gut wie hier.«

»Das ist lauter Verkehrtheit, Magnet, und junge Mädchen sollten von allem Widerspruchsgeist klar absteuern. Erstens hat der Ozean Küsten und keine Dämme, mit Ausnahme der großen Dämme, der großen Sandbänke, sage ich dir, die man vom Lande aus gar nicht sieht, und du wirst doch nicht behaupten wollen, daß dieser Damm außer Sicht des Landes oder gar unter dem Wasser ist?«

Da Mabel diese abschweifende Meinung mit keinen besonders stichhaltigen Gründen umzustoßen wußte, so verfolgte Cap den Gegenstand weiter, wobei sein Gesicht in dem Triumph eines glücklichen Wortkämpfers zu strahlen anfing.

»Und dann sind jene Bäume mit diesen Bäumen gar nicht zu vergleichen. Die Küsten des Ozeans haben Meiereien, Städte, Landsitze und in einigen Teilen der Welt Schlösser, Klöster und Leuchttürme – ja, ja – Leuchttürme ganz besonders, – lauter Dinge, von denen man hier nicht ein einziges sieht. Nein, nein, Meister Pfadfinder; ich habe nie von einem Meere gehört, an dem nicht mehr oder weniger Leuchttürme gewesen wären, während es hier herum nicht einmal eine Feuerbake gibt.«

»Hier gibt es aber etwas Besseres, etwas viel Besseres, einen Hochwald und prächtige Bäume, einen vollendeten Tempel Gottes.«

»Ja, Euer Hochwald mag wohl gut sein für einen See, aber wozu würde das Weltmeer nützen, wenn die ganze Erde darum Wald wäre? Man brauchte keine Schiffe, da sich das Bauholz flößen ließe, und dann hätte es ein Ende mit dem Handel; was würde aber eine Welt ohne Handel sein? Ich bin der Meinung des Philosophen, welcher sagt, die menschliche Natur sei für den Zweck des Handels erfunden worden. Magnet, ich bin erstaunt, daß du nur daran denken kannst, dieses Wasser sehe aus wie Seewasser! Es ist am Ende nicht einmal so ein Ding wie ein Walfisch in Eurem ganzen See, Meister Pfadfinder?«

»Ich gestehe, daß ich nie von einem gehört habe. Aber ich verstehe mich nicht auf die Tiere, die im Wasser leben, wenn es nicht die Fische in den Flüssen und Bächen sind.«

»Kein Schwertfisch oder etwa ein Meerschwein? Nicht einmal so ein armer Teufel von Haifisch?«

»Ich will's nicht auf mich nehmen zu sagen, daß irgendeiner

davon da ist. Ich sage Euch ja, Meister Cap, daß meine Gaben nicht auf diesem Wege liegen.«

»Kein Hering, kein Sturmvogel oder ein fliegender Fisch?« fuhr Cap fort, welcher sein Auge fest auf den Wegweiser richtete, um zu sehen, wie weit er gehen dürfe. »Nicht einmal so etwas wie ein Fisch, der fliegen kann, he?«

»Ein Fisch, der fliegen kann? Meister Cap, Meister Cap, glaubt ja nicht, daß wir, weil wir nur Grenzleute sind, keine Begriffe von der Natur hätten, und von dem, was ihr zu schaffen beliebt haben mag. Ich weiß zwar, daß es Eichhörnchen gibt, die fliegen können –«

»Ein fliegendes Eichhörnchen? – Zum Teufel, Meister Pfadfinder, glaubt Ihr da oben, Ihr hättet einen Jungen auf seiner ersten Fahrt vor Euch?«

»Ich weiß nichts von Euern Fahrten, Meister Cap, obschon ich glaube, daß Ihr manche gemacht habt. Aber was die Natur in den Wäldern anbelangt, so scheue ich mich nicht, jedem ins Gesicht zu sagen, was ich gesehen habe.«

»Ihr wollt mir also zu verstehen geben, daß Ihr ein fliegendes Eichhörnchen gesehen habt?«

»Ich will Euch die Macht Gottes zu verstehen geben, Meister Cap, und Ihr werdet wohl tun, dies und noch manche andere derartige Dinge zu glauben; denn Ihr könnt Euch darauf verlassen, daß es wahr ist.«

»Und doch, Pfadfinder«, sagte Mabel, mit einem so lieblichen Blicke, während sie des Wegweisers Schwäche berührte, daß er ihr von Herzen vergab – »scheint Ihr, die Ihr doch mit so großer Verehrung von der Macht der Gottheit sprecht, daran zu zweifeln, daß ein Fisch fliegen könne?«

»Nein, das habe ich nicht gesagt, und wenn Meister Cap bereit ist, mir die Tatsache zu bezeugen, so will ich's gerne versuchen, sie für wahr zu halten, so unwahrscheinlich sie auch aussieht. Ich halte es für jedermanns Schuldigkeit, an die Macht Gottes zu glauben, so schwer es ihm auch werden mag.«

»Und warum sollte mein Fisch nicht ebensogut Schwingen haben können als Euer Eichhörnchen?« fragte Cap mit mehr Logik, als bisher seine Gewohnheit gewesen war. »Daß Fische fliegen und fliegen können, ist ebenso wahr, als es zweckmäßig ist.« –

»Nein, das ist's eben, was einem das Glauben an diese Geschichte so schwer macht«, entgegnete der Wegweiser. »Es scheint unzweckmäßig, einem Tiere, das im Wasser lebt, Schwingen zu geben, die doch keinen Nutzen für dasselbe haben können.«

»Und glaubt Ihr, daß die Fische solche Esel seien, um unter dem Wasser fliegen zu wollen, wenn sie einmal schön mit Schwingen ausgestattet sind?«

»Ich verstehe mich nicht auf diese Sache. Aber daß ein Fisch in der Luft fliegen soll, scheint mir noch mehr gegen die Natur zu sein, als wenn er in seinem eigenen Element flöge, in dem Elemente, in welchem er geboren und groß geworden ist, meine ich.«

»Was das für verschrumpfte Ideen sind, Magnet! Der Fisch fliegt aus dem Wasser, um seinen Feinden im Wasser zu entgehen; und da habt Ihr nicht nur das Faktum, sondern auch das Zweckmäßige daran.«

»Dann will ich glauben, daß es wahr sein muß«, sagte der Wegweiser ruhig. »Wie lang sind ihre Schwingen?«

»Nicht ganz so lang als die der Tauben vielleicht, jedenfalls aber lang genug, um damit eine freie See zu gewinnen. Was Eure Eichhörnchen anbelangt, so wollen wir nichts mehr darüber sprechen, Freund Pfadfinder; denn ich denke, daß Ihr dieselben nur als eine Zugabe zu dem Fisch zugunsten der Wälder erwähntet. Aber was ist das für ein Ding, das da unter dem Hügel vor Anker liegt?«

»Das ist Jaspers Kutter, Onkel«, sagte das Mädchen schnell, »und ein sehr zierliches Fahrzeug, wie ich denke. Es heißt ›der Scud‹.«

»Ja, es mag vielleicht für einen See gut genug sein, doch will es gerade nicht viel besagen. Der Junge hat da ein stehendes Bugspriet, und wer hat je vorher einen Kutter mit einem stehenden Bugspriet gesehen?«

»Aber mag das auf einem See wie dieser nicht seinen guten Grund haben, Onkel?«

»Wahrscheinlich – man muß sich erinnern, daß dieses nicht das Meer ist, obgleich es so aussieht.«

»Ah, Onkel, dann *sieht* der Ontario also doch wie das Meer aus?«

»In deinen Augen, meine ich, und in denen des Pfadfinders; aber nicht im mindesten in den meinigen, Magnet. Ihr könntet mich dort in der Mitte dieses Stückchens Weiher, und zwar in der dunkelsten Nacht, die je vom Himmel fiel, und in dem kleinsten Kahne aussetzen – ich wollte Euch doch sagen, daß es nur ein See ist. Was das anbelangt, so würde es die Dorothy (der Name seines Schiffes) so schnell weg haben als ich selbst. Ich glaube nicht, daß die Brigg im äußersten Fall mehr als ein paar kurze Streckungen machen dürfte, um den Unterschied zwischen dem Ontario und dem alten Atlantischen Ozean zu spüren. Ich führte sie einmal hinab in eine von den großen südamerikanischen Baien, und sie benahm sich dabei so tölpelhaft wie ein unruhiger Bube in einer Methodistenversammlung. Und Jasper segelt dieses Boot? Ich muß mit dem Jungen einen Kreuzzug machen, ehe ich Euch verlasse, nur um des Namens dieses Dings willen; denn es ginge doch nicht wohl an zu sagen, ich hätte diesen Weiher gesehen und sei fortgegangen, ohne einen Abstecher darauf gemacht zu haben.«

»Gut, da dürft Ihr nicht lange darauf warten«, erwiderte Pfadfinder, »denn der Sergeant ist im Begriff, sich mit einer Partie einzuschiffen und einen Posten an den Tausend Inseln abzulösen; und da ich ihn sagen hörte, daß er Mabel mitnehmen wolle, so könnt auch Ihr Euch der Gesellschaft anschließen.«

»Ist das wahr, Magnet?«

»Ich glaube so«, antwortete das Mädchen mit einem so leichten Erröten, daß es der Beobachtung ihrer Gesellschafter entging, »obgleich ich so wenig Gelegenheit hatte, mit meinem lieben Vater zu sprechen, daß ich es nicht mit Sicherheit behaupten kann. Doch da kommt er, und Ihr könnt ihn selber fragen.«

Ungeachtet seines niederen Ranges war doch etwas Achtung Gebietendes in der Miene und dem Charakter des Sergeanten Dunham. Seine hohe imponierende Gestalt, sein ernstes und düsteres Aussehen, die Bestimmtheit und Entschiedenheit seiner Denk- und Handlungsweise machten sogar auf den absprechenden und anmaßenden Cap Eindruck, so daß er es nicht wagte, sich gegen den alten Soldaten die Freiheiten zu erlauben, welche er sich gegen seine übrigen Freunde herausnahm. Man konnte oft bemerken, daß der Sergeant Dunham von seiten Duncans of Lundie, des schottischen Lairds, welcher den Posten kommandierte, sogar weit mehr Achtung genoß als die meisten Subalternoffiziere; denn Erfahrung und erprobte

Dienste hatten in den Augen des alten Majors ebensoviel Wert wie Geburt und Vermögen. Da der Sergeant kaum noch höher zu steigen hoffte, so respektierte er sich selbst und seine Stellung so weit, daß er immer in einer Weise handelte, welche Achtung gebot. Auch hatte die Gewohnheit, immer unter seinen Untergebenen zu leben, deren Leidenschaften und Neigungen er notwendig durch eine gewisse Abgeschlossenheit und Würde im Zaume halten mußte, seinem ganzen Benehmen eine Färbung gegeben, von deren Einfluß nur wenige frei blieben. Da die Kapitäne ihn freundlich und wie einen alten Kameraden behandelten, so wagten es die Leutnants selten, seinen militärischen Ansichten zu widersprechen, und die Fähnriche legten gegen ihn eine Art von Achtung an den Tag, welche fast bis zu Verehrung stieg. Es ist daher kein Wunder, daß Mabels Ankündigung plötzlich dem einfachen Gespräche, welches wir eben mitgeteilt haben, eine Ende machte, obgleich man oft bemerken konnte, daß der Pfadfinder der einzige in dieser Grenzfeste war, welcher es sich, ohne ein Mann von Stand zu sein, erlaubte, den Sergeanten als seinesgleichen oder vielmehr mit der herzlichen Vertraulichkeit eines Freundes zu behandeln.

»Guten Morgen, Bruder Cap«, sagte der Sergeant, militärisch grüßend, als er mit ernstem und stattlichem Anstand auf das Bollwerk zukam. »Es könnte scheinen, daß mein Morgendienst mich deiner und Mabels vergessen ließ; aber wir haben dafür nun eine oder zwei Stunden übrig, um bekannter zu werden. Bemerkst du nicht, Schwager, eine große Ähnlichkeit zwischen dem Mädchen und derjenigen, welche wir schon so lange verloren haben?«

»Mabel ist das Ebenbild ihrer Mutter, Sergeant, wie ich immer gesagt habe, mit einer kleinen Beimischung von deinem festeren Bau; obgleich es, was das anbelangt, den Caps auch nie an Schnellkraft und Behendigkeit fehlte.«

Mabel warf einen furchtsamen Blick auf die ernsten und strengen Züge ihres Vaters, die sie sich mit ihrem warmen Herzen während ihrer Abwesenheit immer mit dem Ausdruck der elterlichen Liebe gedacht hatte; und als sie die Äußerung derselben durch das Steife und Methodische seiner Manier durchblicken sah, so hätte sie gerne in seine Arme fliegen und sich nach Herzenslust an seinem Busen ausweinen mögen. Aber es war mehr Kälte, mehr Förmlichkeit und Abgeschlossenheit in seinem Äußern, als sie zu finden erwartet hatte, so daß sie nimmer sich eine solche Freiheit herauszunehmen gewagt hätte, selbst wenn sie allein mit ihm gewesen wäre.

»Du hast um meinetwillen eine lange und mühselige Reise unternommen, Bruder, und wir wollen versuchen, dir den Aufenthalt unter uns angenehm zu machen.«

»Ich habe gehört, daß du wahrscheinlich Befehl erhalten werdest, die Anker zu lichten und deine Koje in einen Teil der Welt zu schaffen, wo, wie man sagt, tausend Inseln sein sollen.«

»Pfadfinder, ist das ein Stückchen von Eurer Vergeßlichkeit?«

»Nein, nein, Sergeant, ich habe nichts vergessen; aber es schien mir nicht nötig, Eure Absichten vor Eurem eigenen Fleisch und Blut so streng zu verbergen.«

»Alle militärischen Bewegungen müssen mit so wenig Gerede als möglich gemacht werden«, erwiderte der Sergeant, indem er des Wegweisers Schulter zwar freundlich, aber doch mißbilligend berührte. »Ihr habt zuviel von Eurem Leben den Franzosen gegenüber zugebracht, um nicht den Wert des Schweigens zu kennen. Doch es macht nichts; die Sache muß doch bald bekanntwerden, und es würde nicht viel nützen, wenn man es jetzt noch versuchen wollte, sie geheimzuhalten. Wir werden in kurzem eine Ablösungsmannschaft nach einem Posten am See schicken, obgleich ich damit nicht sagen will, daß es nach den Tausend Inseln gehe. Ich werde wohl selbst mitgehen, und in diesem Fall habe ich die Absicht, Mabel mitzunehmen, damit sie mir meine Suppe koche, und ich hoffe, Schwager, du wirst etwas Soldatenkost auf etwa einen Monat nicht ausschlagen.«

»Das wird von der Art des Marsches abhängen. Ich habe keine besondere Freude an Wäldern und Sümpfen.«

»Wir werden in dem Scud segeln, und in der Tat, der ganze Dienst, der uns nichts Neues ist, kann wohl einem, der ans Wasser gewöhnt ist, gefallen.«

»An Salzwasser, willst du sagen, aber nicht an das Wasser eines Sees. Doch, wenn ihr niemand habt, dieses Stückchen Kutter da für euch zu regieren, so habe ich nichts dagegen, für diese Reise den Schiffer zu machen, obgleich ich die ganze Geschichte für verlorene Zeit halte. Wie man sich doch so täuschen kann, ein Segeln auf diesem Weiher herum ein ›zur See Gehen‹ zu heißen.«

»Jasper ist jedenfalls imstande, den Scud zu handhaben, Bruder Cap, und in dieser Hinsicht kann ich gerade nicht sagen, daß wir deiner Dienste bedürften, obschon uns deine Gesellschaft Vergnügen machen wird. Du kannst erst nach den Ansiedlungen zurückkehren, wenn eine Abteilung dahin gesendet wird, und dies wird wahrscheinlich nicht vor unserer Zurückkunft geschehen. – Nun, Pfadfinder, es ist das erstemal, daß ich Leute auf der Fährte der Mingos weiß, ohne daß Ihr an ihrer Spitze seid.«

»Um ehrlich gegen Euch zu sein, Sergeant«, erwiderte der Wegweiser nicht ohne einige Derbheit und eine merkliche Veränderung der Farbe seines sonnenverbrannten Gesichts, »ich habe diesen Morgen nicht gefühlt, daß so etwas meine Gabe war. Erstens weiß ich recht wohl, daß die Soldaten des Fünfundfünfzigsten nicht die Leute dazu sind, die Irokesen in den Wäldern zu erwischen, und die Schurken warten sicher nicht, bis man sie umringt, wenn sie wissen, daß Jasper die Garnison erreicht hat. Dann kann sich ein Mann nach einem heißen Tagewerk wohl ein wenig Ruhe gönnen, ohne daß man Ursache hat, seinen guten Willen zu verdächtigen. Außerdem ist der Serpent mit ihnen ausgezogen, und wenn die Schelme überhaupt zu finden sind, so könnt Ihr Euch wohl auf seinen Haß und sein Auge verlassen, von denen der eine stärker, das andere nahezu, wo nicht ganz so gut als mein eigenes ist. Er liebt die schleichenden Vagabunden so wenig wie ich, und ich möchte in dieser Beziehung sagen, daß meine Gefühle gegen einen Mingo nichts weiter sind als die Gaben eines Delawaren, gepfropft auf einen christlichen Stamm. Nein, nein! Ich dachte, ich wolle die Ehre dieses Tages, wenn anders Ehre zu erwerben ist, dem jungen Fähnrich, der das Kommando führt, überlassen. Er kann dann, wenn er nicht seinen Skalp verliert, mit diesem Feldzug in den Briefen an seine Mutter großtun. Ich möchte übrigens einmal in meinem Leben auch den Faulenzer spielen.«

»Und niemand hat ein besseres Recht dazu, wenn lange und treue Dienste zu einem Urlaub berechtigen«, entgegnete der Sergeant freundlich. »Mabel wird nicht schlechter von Euch denken, daß Ihr ihre Gesellschaft der Fährte der Wilden vorzieht, und sich obendrein freuen, Euch einen Teil ihres Frühstücks abzutreten, wenn Ihr Lust habt, etwas zu genießen. Du darfst jedoch nicht glauben, Mädchen, daß es die Gewohnheit Pfadfinders ist, die Spitzbuben um das Fort Retraite schlagen zu lassen, ohne daß sich der Knall seiner Büchse dabei hören läßt.«

»Wenn ich dächte, daß sie das glaubte, Sergeant, so würde ich, obgleich ich nicht viel auf Gepränge und Parade-Evolutionen gebe, den Hirschtöter schultern und die Garnison verlassen, ehe noch ihre schönen Augen Zeit hätten, finster zu blikken. Nein, nein, Mabel kennt mich besser, obgleich unsere Bekanntschaft noch neu ist; denn es hat nicht an Mingos gefehlt, um den kurzen Marsch, den wir bereits in Gesellschaft miteinander gemacht haben, zu beleben.«

»Es würde überhaupt gewichtiger Beweismittel bedürfen, um mir, in was immer für einer Beziehung, eine üble Meinung über Euch beizubringen, geschweige denn hinsichtlich dessen, was Ihr da erwähnt«, erwiderte Mabel mit aufrichtigem Ernste, um jeden Verdacht, der in seiner Seele von dem Gegenteil auftauchen könnte, zu beseitigen. »Vater und Tochter, glaube ich, verdanken Euch ihr Leben, und seid überzeugt, daß keines von beiden es je vergessen wird.«

»Danke, danke, Mabel, von ganzem Herzen! Aber ich will von eurer beiderseitigen Unwissenheit keinen Vorteil ziehen, Mädchen, und deshalb will ich sagen, daß ich nicht glaube, die Mingos hätten Ihnen auch nur ein Haar Ihres Kopfes verletzt, wenn ihnen ihre Teufeleien und Pfiffe geglückt und Sie in ihre Hände gekommen wären. Mein Skalp, Jaspers und Caps seiner da, wie auch der des Serpent wären zwar sicher in den Rauch gehängt worden; was aber des Sergeanten Tochter anbelangt, so glaube ich nicht, daß ihr ein Haar gekrümmt worden wäre.«

»Und warum sollte ich annehmen, daß Feinde, von denen bekannt ist, daß sie weder Weiber noch Kinder schonen, mir mehr Mitleid erwiesen hätten als anderen? Ich fühle, Pfadfinder, daß ich Euch mein Leben verdanke.«

»Ich sage nein, Mabel; sie würden nicht das Herz gehabt haben, Sie zu verletzen. Nein, nicht einmal ein hitziger Mingoteufel würde das Herz gehabt haben, ein Haar Ihres Hauptes zu krümmen. Für wie schlimm ich auch diese Vampire halten mag, so glaube ich sie doch keiner solchen Verruchtheit fähig. Sie würden Sie wohl gezwungen haben, das Weib eines ihrer

Häuptlinge zu werden, und das wäre Qual genug für ein junges Christenmädchen; aber weiter, glaube ich, wären selbst die Mingos nicht gegangen.«

»Nun, so verdanke ich Euch doch, daß ich diesem großen Unglück entgangen bin«, sagte Mabel, indem sie, gewiß zum großen Vergnügen des ehrlichen Pfadfinders, seine harte Hand freimütig und herzlich mit der ihrigen faßte. »Es wäre ein geringeres Übel für mich gewesen, getötet, als das Weib eines Indianers zu werden.«

»Das ist ihre Gabe, Sergeant«, rief Pfadfinder, indem er sich mit einem Vergnügen, das aus jedem Zuge seines ehrlichen Gesichtes strahlte, gegen seinen alten Kameraden wandte, »und die will ihren Weg haben. Ich sage dem Serpent immer, daß das Christwerden nicht einmal einen Delawaren zu einem weißen Mann machen kann; und so wird auch weder das Kriegsgeschrei noch das Kampfgeheul ein Blaßgesicht in eine Rothaut verwandeln. Dies ist die Gabe eines jungen, von christlichen Eltern geborenen Weibes, und die muß festgehalten werden.«

»Ihr habt recht, Pfadfinder; und was Mabel Dunham anbelangt, so ist es gewiß, daß sie sie festhalten wird. Aber es ist Zeit, euer Fasten zu brechen, und wenn du mir folgen willst, Bruder Cap, so will ich dir zeigen, wie wir armen Soldaten hier in einer entfernten Grenzfeste leben.«

Neuntes Kapitel

> Nun, Brüder und Genossen meines Banns,
> Sagt, ist dies Leben Euch nicht angenehmer
> Als aller Luxus? Sagt, ist dieser Wald
> Nicht freier von Gefahren als der Hof?
> Hier fühlen wir die Strafe Adams nur.
>
> *Wie es euch gefällt*

Es lag keine leere Prahlerei in dem Versprechen des Sergeanten Dunham, mit welchem wir das vorige Kapitel beschlossen haben. Ungeachtet der abgeschiedenen Lage des Grenzpostens erfreute sich doch seine Besatzung einer Tafel, um die sie in manchen Beziehungen von Königen und Fürsten hätte beneidet werden können. Zur Zeit unserer Erzählung und auch noch ein halbes Jahrhundert später war die ganze weite Gegend, welche man damals den Westen nannte und die seit dem Revolutionskrieg den Namen der *Neuen Länder* führt, vergleichsweise unbevölkert und verlassen, obschon sie alle lebenden Naturprodukte, welche diesem Klima angehören, mit Ausnahme des Menschen und der Haustiere, in üppiger Fülle hervorbrachte. Die wenigen Indianer, welche in den Wäldern umherstreiften, vermochten den Überfluß an Wild nicht sichtlich zu vermindern, und die zerstreuten Garnisonen wie auch die einzelnen Jäger, auf welche man hin und wieder traf, übten keinen größern Einfluß als den einer Biene auf ein Buchweizenfeld oder den des Kolibris auf ein Blumenbeet.

Die Erzählungen von der wunderbaren Menge der wilden Tiere, Vögel und Fische, welche insbesondere an den Ufern der Großen Seen gefunden wurden, werden durch die Erfahrung mancher noch lebenden Menschen bestätigt; sonst hätten wir Anstand nehmen müssen, ihrer zu erwähnen. Da wir aber selbst Augenzeugen von solch verschwenderischer Fülle gewesen sind, so entledigen wir uns dieser Aufgabe mit der ganzen Zuversicht, welche eigene Überzeugung zu geben vermag. Besonders war der Oswego geeignet, die Speisekammer eines Epikureers immer reichlich zu versorgen. Fische von verschiedener Art wimmelten in seinem Strome, und der Fischer durfte nur seine Leine auswerfen, um einen Barsch oder ein anderes Glied der mit Flossen versehenen Zunft herauszuholen, die in ebenso großer Menge das Wasser bevölkerte, wie die Luft über den Sümpfen dieser fruchtbaren Breite von Insekten erfüllt war. Unter andern stand der Salm der Seen, eine Varietät der wohlbekannten Art, an Leckerhaftigkeit dem des nördlichen Europas kaum nach. Die Wälder und Wasser wimmelten von verschiedenen Zugvögeln, und man sah oft Hunderte von Morgen Landes an den großen Baien, welche in die Ufer des Sees einschneiden, von Gänsen und Enten bedeckt. Hirsche, Bären, Kaninchen, Eichhörnchen und verschiedene andere Vierfüßler, unter denen sich auch bisweilen der Elch befand, halfen die Summe der natürlichen Hilfsmittel vervollständigen, durch welche die entfernten Grenzbesatzungen sich für ihre übrigen Entbehrungen mehr oder minder schadlos hielten.

An einem Orte, wo Fleischsorten, welche anderswo unter die Luxusartikel gerechnet werden, in solchem Übermaße vorhanden waren, blieb niemand von ihrem Genusse ausgeschlossen. Der Geringste an dem Oswego speiste Wildbret, das den Glanz einer Pariser Tafel ausgemacht haben würde, und es war nur ein heilsamer Kommentar über die Launen des Geschmacks und die Verkehrtheit der menschlichen Begierden, daß die kräftige Diät, welche unter andern Umständen ein Gegenstand des Neides und Ärgers gewesen wäre, den Appetit hier bis zum Ekel übersättigte. Die gewöhnliche rauhe Nahrung der Armee, welche man wegen der Schwierigkeit des Transportes zu Rate halten mußte, stieg in der Achtung des gemeinen Soldaten, und er würde Wildbret, Enten, Tauben und Salme mit Freuden verlassen haben, um bei den Annehmlichkeiten des geräucherten Schweinefleisches, pelziger Rüben und halbgaren Kohles zu schwelgen.

Um auf die Tafel des Sergeanten Dunham zurückzukommen, so trug sie das Gepräge des Überflusses und des Luxus der Grenze wie ihrer Entbehrungen. Ein köstlich gebratener Salm dampfte auf einer schlichten Platte, heiße Wildbretstückchen sandten ihre einladenden Düfte aus, und verschiedene Schüsseln kalter Speisen, welche alle aus Wildbret bestanden, wurden den Gästen vorgesetzt, um den neuangekommenen Besuch zu ehren und des alten Soldaten Gastfreundlichkeit zu beweisen.

»Du scheinst in diesem Erdwinkel nicht karg gehalten zu

sein, Sergeant«, sprach Cap, nachdem er sich in die Geheimnisse der verschiedenen Schüsseln eingeweiht hatte. »Ein solcher Salm kann deine Schottländer wohl zufriedenstellen.«

»Und doch tut er's nicht, Bruder Cap; denn unter den zwei- oder dreihundert Burschen, welche wir in dieser Garnison haben, gibt es kaum ein halbes Dutzend, welche nicht darauf schwören würden, daß dieser Fisch ungenießbar sei. Selbst solche, die nie Wildbret kosteten, wenn sie es nicht in ihrer Heimat aus irgendeinem Gehege stahlen, rümpfen ihre Nasen über die fettesten Hirschschlegel, welche wir hier bekommen können.«

»Ja, das ist Christennatur«, warf Pfadfinder ein, »und ich muß sagen, sie gereicht ihnen nicht zur Ehre. Eine Rothaut ist nie unzufrieden, sondern immer dankbar für die Nahrung, welche sie findet, mag sie nun fett oder mager, Hochwild oder Bär, die Brust eines wilden Puters oder der Flügel einer Wildgans sein. Zur Schande der Weißen muß man es sagen, daß wir so unzufrieden mit den Segnungen sind und unbedeutende Übel als Dinge von großer Wichtigkeit betrachten.«

»Es ist so, wenigstens beim Fünfundfünfzigsten, obschon ich von seinem Christentum nicht viel sagen kann«, erwiderte der Sergeant. »Selbst der Major, der alte Duncan of Lundie, pflegt bisweilen zu sagen, ein Haferkuchen sei eine bessere Speise als der Oswegobarsch, und seufzt dabei nach einem Schluck Hochlandwasser, obschon er den ganzen Ontario hat, um seinen Durst zu löschen, wenn es ihn darnach gelüstet.«

»Hat Major Duncan Frau und Kinder?« fragte Mabel, deren Gedanken sich in ihrer neuen Lage natürlicherweise zuerst auf ihr eigenes Geschlecht richteten.

»Nein, Mädchen, aber man sagt, er habe eine Verlobte in der Heimat. Die Dame scheint jedoch lieber warten als sich den Beschwerlichkeiten , welche mit einem Dienst in dieser wilden Gegend verbunden sind, unterziehen zu wollen. Es entspricht das freilich nicht den Begriffen, welche ich von den Pflichten eines Weibes habe, Bruder Cap. Deine Schwester dachte anders, und wenn es Gott gefallen hätte, sie mir zu erhalten, so würde sie wohl in diesem Augenblicke auf demselben Lagerstuhl sitzen, der nun ihrer Tochter so gut ansteht.«

»Ich hoffe nicht, Sergeant, daß du dir Mabel je als ein Soldatenweib denken wirst«, erwiderte Cap ernsthaft. »Unsere Familie hat in dieser Beziehung das ihrige schon getan, und es ist hohe Zeit, daß man sich auch das Meer wieder ins Gedächtnis ruft.«

»Ich kann dir versichern, Bruder, daß ich nicht daran denke, ihr einen Mann aus dem Fünfundfünfzigsten oder irgendeinem andern Regiment auszusuchen, obschon ich glaube, daß es für das Mädchen wohl Zeit wäre, eine anständige Heirat einzugehen.«

»Vater!«

»'s ist keine von ihren Gaben, Sergeant, so offen über derartige Gegenstände zu sprechen«, sagte der Wegweiser, »denn ich habe mich aus Erfahrung überzeugt, daß man, wenn man der Fährte von der Herzensneigung einer Jungfrau folgen will, nicht vor ihr seine Gedanken laut werden lassen darf. Wir wollen daher, wenn's beliebt, von etwas anderem reden.«

»Gut also, Bruder Cap! Ich hoffe, daß dieses Stückchen von einem kalten, gerösteten Ferkel nach deinem Sinn sein wird. Ich glaube, du liebst diese Speise.«

»Ja, ja, gib mir eine zivilisierte Kost, wenn ich essen soll«, erwiderte der hartnäckige Seemann. »Wildbret ist gut genug für eure Landschiffer, aber wir von dem Ozean lieben ein wenig das, was wir kennen.«

Hier legte der Pfadfinder Messer und Gabel nieder, brach in ein herzliches, aber stilles Lachen aus, wie er es gewöhnt war, und fragte dann etwas neugierig:

»Vermißt Ihr nicht die Schwarte, Meister Cap, vermißt Ihr nicht die Schwarte?«

»Ich glaube selber auch, daß es in seiner Jacke besser gewesen wäre, Pfadfinder; aber ich hielt es für eine Mode in den Wäldern, die Ferkel so aufzutragen.«

»Nun, nun – man kann um die ganze Erde herumkommen und doch nicht alles wissen. Wenn Ihr die Haut dieses Ferkels hättet abziehen müssen, so möchtet Ihr wohl wunde Hände davongetragen haben. Das Geschöpf ist ein Stachelschwein.«

»Die Pest auf mich, wenn ich es je für ein ganz natürliches Schwein gehalten habe«, erwiderte Cap. »Aber ich dachte eben, daß sogar ein Spanferkel hier oben in den Wäldern einige von seinen guten Eigenschaften verloren haben könnte. Es schien mir nicht mehr als vernünftig, daß ein Frischwasserschwein nicht ganz so gut sei als ein Salzwasserschwein. Ich denke aber, Sergeant, daß dir das nichts ausmacht.«

»Wenn nur das Hautabstreifen nicht an mich kommt, Schwager. – Pfadfinder, ich hoffe, Ihr fandet Mabel nicht ungehorsam auf dem Marsche?«

»Gewiß nicht. Wenn Mabel nur halb so zufrieden mit Jasper und Pfadfinder ist als der Pfadfinder und Jasper mit ihr, Sergeant, so werden wir wohl für den Rest unserer Tage Freunde bleiben.«

Während der Wegweiser sprach, richtete er seine Augen mit dem unschuldigen Wunsche, ihre Meinung zu erfahren, auf das errötende Mädchen; dann aber blickte er mit einem angebornen Zartgefühl, welches bewies, wie sehr er über das niedrige Verlangen, in das Heiligtum weiblicher Gefühle einzudringen, erhaben sei, auf seinen Teller und schien seine Kühnheit zu bereuen.

»Nun, nun – wir müssen uns erinnern, mein Freund, daß Weiber keine Männer sind«, sprach der Sergeant, »und ihrer Natur und Erziehung manches zugute halten. Ein Rekrut ist kein Veteran. Man weiß, daß es länger braucht, einen guten Soldaten, als etwas anderes zu bilden, und so muß es auch mehr als gewöhnliche Zeit brauchen, eine gute Soldatentochter zu werden.«

»Das ist eine neue Lehre, Sergeant«, sagte Cap etwas hochmütig. »Wir alten Seeleute halten eher dafür, daß man sechs Soldaten, und dazu Kapitalsoldaten, bilden könne, bis nur ein Matrose seine Schule durchgemacht hat.«

»Ah, Bruder Cap, ich kenne die hohe Meinung ein wenig, welche die seefahrenden Leute von sich selbst haben«, erwiderte der Schwager mit einem so milden Lächeln, als sich mit seinen ernsten Zügen vertrug, »denn ich habe manche Jahre in einer Hafengarnison zugebracht. Wir haben früher schon über diesen Gegenstand gesprochen, und ich fürchte, wir werden nie darüber eins werden. Wenn du aber den Unterschied zwischen einem wirklichen Soldaten und einem Menschen, der sich sozusagen noch in seinem Naturzustande befindet, kennenlernen willst, so darfst du nur heute nachmittag bei der Parade einen Blick auf ein Bataillon des Fünfundfünfzigsten werfen und dann, wenn du nach York zurückkommst, eines von den Milizregimentern, wenn es seine größten Anstrengungen macht, betrachten.«

»Nun, Sergeant, da ist in meinen Augen kein besonderer

Unterschied, vielleicht kein größerer als der, den du zwischen einer Brigg und einer Schnau finden würdest. Mir kommen sie ganz gleich vor; Scharlach und Federn, Puder und Pfeifenerde.«

»So weit reicht allenfalls eines Seemanns Verstand«, erwiderte der Sergeant mit Würde, »aber vielleicht hast du noch nicht bemerkt, daß es ein Jahr braucht, um einen rechten Soldaten nur essen zu lehren?«

»Um so schlimmer für ihn! Die Miliz weiß sich im Augenblick darein zu finden, wie sie essen soll; denn ich habe oft gehört, daß sie auf ihren Märschen gemeiniglich alles, was ihnen in den Wurf kommt, verspeisen, wenn sie auch sonst nichts weiter tun.«

»Ich denke, sie haben ihre Gaben wie andere Leute«, bemerkte der Pfadfinder in der Absicht, den Frieden zu erhalten, welcher augenscheinlich durch die hartnäckige Vorliebe der beiden Sprecher für ihren Beruf gefährdet war, »und da der Mensch seine Gaben von der Vorsehung hat, so ist es gewöhnlich fruchtlos, ihnen zu widerstreben. Das Fünfundfünfzigste, Sergeant, ist ein sehr verständiges Regiment, was das Essen anbelangt, wie ich wohl weiß, da ich so lange schon mit ihm umgehe; aber vielleicht findet sich's daß es doch von dem Milizenkorps in derartigen Kunststücken übertroffen wird.«

»Onkel«, sagte Mabel, »wenn Ihr gefrühstückt habt, so werde ich es Euch Dank wissen, wenn Ihr mich wieder auf das Bollwerk hinaus begleitet. Wir haben beide den See noch nicht halb gesehen, und es würde sich doch schlecht ausnehmen, wenn ein junges Frauenzimmer am ersten Tage ihrer Ankunft so ganz allein um das Fort spazieren müßte.«

Cap verstand Mabels Absicht wohl. Da er aber im Grunde gegen seinen Schwager eine herzliche Freundschaft hegte, so war er bereit, den Gegenstand auf sich beruhen zu lassen, bis sie länger beisammen gewesen wären; denn der Gedanke, ihn ganz aufzugeben, konnte einem so überklugen und hartnäckigen Manne nicht in den Sinn kommen. Er begleitete daher seine Nichte, während Sergeant Dunham und sein Freund Pfadfinder allein miteinander zurückblieben. Der Sergeant, welcher das Manöver seiner Tochter nicht ganz so gut verstanden hatte, wandte sich nach dem Abzug seines Gegners an seinen Gefährten und bemerkte mit einem Lächeln, welches nicht ohne Triumph war:

»Die Armee, Pfadfinder, hat sich noch nie in Behauptung ihrer Rechte Gerechtigkeit widerfahren lassen, und obgleich jedem, mag er nun in einem roten oder in einem schwarzen Rocke oder gar nur in seinen Hemdärmeln stecken, Bescheidenheit ziemt, so lasse ich doch nicht gern eine gute Gelegenheit entschlüpfen, um zu ihren Gunsten ein Wort zu sprechen. – Nun, mein Freund«, er legte dabei seine Hand auf die des Pfadfinders und drückte sie herzlich, »wie gefällt Euch das Mädchen?«

»Ihr habt Ursache, stolz auf sie zu sein, Sergeant; Ihr habt Ursache, stolz zu sein, daß Ihr der Vater eines so schönen und wohlgesitteten jungen Frauenzimmers seid. Ich habe manche ihres Geschlechts gesehen und darunter einige, die ansehnlich und schön waren; aber nie zuvor traf ich mit einer zusammen, bei welcher, wie ich glaube, die Vorsehung die verschiedenen Gaben in ein solches Gleichgewicht gebracht hatte.«

»Und die gute Meinung – kann ich Euch versichern, Pfadfinder – ist wechselseitig. Sie erzählte mir in der letzten Nacht alles – von Eurer Besonnenheit, Eurem Mute, Eurer Güte – besonders von dieser letztern; denn Güte zählt bei Weibern mehr als die Hälfte, mein Freund – und die erste Beschauung scheint auf beiden Seiten befriedigend ausgefallen zu sein. Bürstet nur die Uniform aus und verwendet mehr Aufmerksamkeit auf das Äußere, Pfadfinder, und Ihr werdet das Mädchen haben, Herz und Hand.«

»Nein, nein, Sergeant, ich habe nichts von dem vergessen, was Ihr mir gesagt habt, und will mich keine vernünftige Mühe reuen lassen, in Mabels Augen so angenehm zu erscheinen, als sie den meinigen geworden ist. Diesen Morgen, mit Sonnenaufgang, habe ich den Hirschtöter geputzt und aufpoliert, und nach meinem Urteil hat das Gewehr nie besser als in diesem Augenblick ausgesehen.«

»Das ist so Euern Jägerbegriffen gemäß, Pfadfinder, aber Feuerwaffen müssen schimmern und funkeln in der Sonne, und ich habe nie etwas Schönes an einem damaszierten Lauf erblikken können.«

»Lord Howe dachte anders, Sergeant, und der galt doch für einen guten Soldaten.«

»Sehr wahr, Seine Herrlichkeit hat alle Läufe seines Regiments anlaufen lassen; aber was kam dabei Gutes heraus? Ihr könnt sein Wappenschild in der englischen Kirche zu Albany hängen sehen. Nein, nein, mein würdiger Freund, ein Soldat muß ein Soldat sein und sich nie schämen oder scheuen, die Zeichen und Symbole seines ehrenwerten Gewerbes an sich zu tragen. Habt Ihr Euch viel mit Mabel unterhalten, als Ihr in dem Kahne miteinander fuhret?«

»Es gab nicht viel Gelegenheit dazu, Sergeant, und dann fand ich meine Gedanken so weit unter den ihrigen, daß ich mich scheute, viel mehr, als was in den Bereich meiner Gaben fällt, zu sprechen.«

»Da habt Ihr teilweise recht und teilweise unrecht, mein Freund! Die Frauenzimmer lieben unbedeutende Diskurse; denn sie wollen den größten Teil davon selber führen. Ihr wißt ja, daß ich nicht der Mann bin, der wegen jedes schwindeligen Gedankens seine Zunge schießen läßt, und doch gab es eine Zeit, da Mabels Mutter nicht geringer von mir dachte, weil ich ein bißchen von meinem männlichen Ernste abfiel. Es ist wahr, ich war damals um zweiundzwanzig Jahre jünger als jetzt, und obendrein, statt der älteste Sergeant im Regiment zu sein, war ich der jüngste. Würde ist allerdings empfehlend und nützlich, und ohne sie macht man keine Fortschritte bei den Männern; wenn Ihr aber auch von den Weibern geschätzt werden wollt, so ist es durchaus nötig, gelegentlich ein bißchen zu ihnen hinunterzusteigen.«

»Ach, Sergeant! ich fürchte bisweilen, daß es nicht gehen wird.«

»Warum denkt Ihr von einer Sache so entmutigend, bei der ich der Meinung war, daß beider Gemüter schon im reinen seien?«

»Wir sind übereingekommen, daß ich, wenn Mabel sich als solche bewähre, wie Ihr sie mir geschildert habt, und sie einen rohen Jäger und Wegweiser gernhaben könnte, von meinen Wanderzügen etwas ablassen und den Versuch machen solle, meinen Geist für Weib und Kind herabzuhumanisieren. Aber seit ich das Mädchen gesehen habe, sind mir, ich muß es gestehen, manche Besorgnisse aufgestiegen.«

»Was soll das?« fiel der Sergeant ernst ein. »Habe ich Euch etwa unrecht verstanden, als Ihr sagtet, sie gefiele Euch? – und ist Mabel ein Frauenzimmer, um die Erwartung zu täuschen?«

»Ach, Sergeant, nicht Mabel ist's der ich mißtraue, sondern meine eigene Wenigkeit. Ich bin weiter nichts als ein armer unwissender Waldmann und vielleicht doch in Wirklichkeit nicht so gut, als eben Ihr und ich von mir denken mögen?«

»Wenn Ihr auch an der Richtigkeit Eures Urteils über Euch zweifeln mögt, Pfadfinder, so muß ich bitten – zweifelt wenigstens nicht an dem meinigen! Sollte ich etwa nicht der Mann sein, eines Mannes Charakter zu beurteilen? Gehört dieses nicht zu meinen besondern Dienstverrichtungen? Habe ich mich je getäuscht? Fragt den Major Duncan, wenn Ihr hierfür noch besonderer Versicherungen bedürft.«

»Aber, Sergeant, wir sind lange Freunde gewesen, haben dutzendemal Seite an Seite gefochten, und jeder hat dem andern manchen Dienst erwiesen. Unter solchen Umständen kann ein Mann wohl allzufreundlich von einem andern denken, und ich fürchte, daß die Tochter einen einfachen unwissenden Jäger vielleicht nicht mit den wohlwollenden Blicken ihres Vaters betrachtet.«

»Still, still, Pfadfinder, Ihr kennt Euch selbst nicht und mögt Euch deshalb getrost auf mein Urteil verlassen. Einmal habt Ihr Erfahrung, und da diese allen Mädchen abgeht, so wird kein kluges junges Frauenzimmer diese Eigenschaft übersehen. Dann seid Ihr keiner von den Gecken, welche sich breitmachen, sobald sie in ein Regiment eingetreten sind, wohl aber ein Mann, der den Dienst gesehen hat und die Merkmale desselben an seiner Person und in seinem Gesichte mitherumträgt. Ich darf sagen, daß Ihr etwa dreißig- oder vierzigmal im Feuer gestanden habt, wenn ich alle die Scharmützel und Hinterhalte, die Ihr gesehen habt, in Rechnung bringe.«

»Wohl wahr, Sergeant, wohl wahr; aber was wird das helfen bei der Gewinnung des Wohlwollens eines zartherzigen jungen Frauenzimmers?«

»Es wird den Ausschlag geben! Erfahrung im Felde ist so gut für die Liebe als für den Krieg. Ihr seid ein so ehrenhafter und loyaler Untertan, wie der König – Gott segne ihn! – nur immer einen haben kann.«

»Das mag alles sein, das mag alles sein; aber ich bin – ich fürchte – ich sei zu roh und zu alt und zu wildartig, um für die Phantasie eines so jungen und feinen Mädchens wie Mabel zu passen, die der Weise unserer Wälder zu ungewohnt ist und wohl denken wird, daß die Ansiedlungen ihren Gaben und Neigungen besser zusagen.«

»Das sind wieder neue Zweifel von Euch, Freund, und ich wundre mich, daß sie nie vorher paradierten.«

»Weil ich vielleicht nie meine eigene Wertlosigkeit so erkannte, bis ich Mabel sah. Ich bin wohl mit einigen Schönen gewandert und habe sie durch die Wälder geführt – habe sie in ihren Gefahren und in ihrer Heiterkeit gesehen; aber sie standen immer zu hoch über mir, um sie anders zu betrachten denn als Wehrlose, welche zu beschützen und zu verteidigen, ich mich verpflichtet erachtete. Der Fall ist nun verschieden. Mabel und ich, wir stehen uns so nahe, daß es mich fast erdrückt, uns so ungleich finden zu müssen. Ich wünschte, Sergeant, daß ich um zehn Jahre jünger, schöner und geeigneter wäre, einem jungen, hübschen Frauenzimmer zu gefallen.«

»Faßt Mut, mein braver Freund, und verlaßt Euch auf einen Vater, der die Weiberart kennt. Mabel liebt Euch bereits halb, und so eine Bekanntschaft von vierzehn Tagen, da unten an den Inseln, wird die andere Hälfte vollends ganz machen. Das Mädchen hat mir das in der letzten Nacht selbst gesagt.«

»Ist's möglich, Sergeant?« sagte der Wegweiser, dessen demütige und bescheidene Natur zurückbebte, als er sich selbst in so günstigen Farben erblickte. »Ist's wirklich möglich? Ich bin nur ein armer Jäger, und Mabel ist dazu gemacht, eine Offiziersfrau zu werden. Glaubt Ihr, das Mädchen werde einwilligen, alle die beliebten Gebräuche der Ansiedlungen zu verlassen, ihre Visiten, ihre Kirchgänge, um mit einem einfachen Wegweiser und Jäger hier oben in den Wäldern zu wohnen? Wird sie nicht am Ende ihre alten Weisen und einen bessern Mann begehren?«

»Ein besserer Mann, Pfadfinder, dürfte schwer zu finden sein«, erwiderte der Vater. »Was die Stadtgebräuche anbelangt, so werden diese bald in der Freiheit der Wälder vergessen sein, und Mabel hat Mut genug, um an der Grenze zu wohnen. Ich habe den Plan zu der Heirat nicht entworfen, ohne vorher darüber wie ein General bei einem Feldzug reiflich nachzudenken. Fürs erste dachte ich daran, Euch in das Regiment zu bringen, damit Ihr mein Nachfolger werden könnt, wenn ich mich zurückziehe, was früher oder später geschehen muß; aber das braucht noch Überlegung, Pfadfinder; denn ich glaube kaum, daß Ihr dem Dienst gewachsen seid. Nun, wenn Ihr aber auch nicht gerade ein Soldat im vollen Sinne des Wortes seid, so seid

Ihr doch ein Soldat im besten Sinne desselben, und ich weiß, daß Ihr Euch des Wohlwollens aller Offiziere im Korps erfreut. Solange ich lebe, kann Mabel bei mir wohnen, und Ihr werdet immer eine Heimat haben, wenn Ihr von Euren Kundschaftsreisen und Märschen zurückkommt.«

»Ein schöner Gedanke, Sergeant, wenn nur das Mädchen unsern Wünschen mit gutem Willen entgegenkommen kann. Aber ach! es scheint mir nicht, daß ein Mensch wie ich ihren schönen Augen besonders angenehm sein werde. Wenn ich jünger und schöner wäre, wie zum Beispiel der Jasper Western, so möchte die Sache wohl ein anderes Gesicht bekommen; ja dann – in der Tat, möchte es ein bißchen anders aussehen.«

»Das für den Jasper Eau-douce und für jeden jungen Burschen innerhalb oder außerhalb des Forts!« erwiderte der Sergeant, indem er mit den Fingern schnippte. »Wenn Ihr auch nicht in Wirklichkeit zu den Jungen gehört, so seht Ihr doch wie ein Junger aus und jedenfalls besser als der Scudsmeister –«

»Wie?« sagte Pfadfinder, indem er auf seinen Gefährten mit dem Ausdruck des Zweifels blickte, als ob er seine Meinung nicht verstanden hätte.

»Ich sage nicht gerade jünger an Tagen und Jahren, aber Ihr seht kräftiger und sehniger aus als Jasper oder einer von diesen; und es wird noch in dreißig Jahren mehr an Euch sein als an allen diesen Burschen zusammengenommen. Ein gutes Gewissen macht einen Mann wie Euch sein ganzes Leben über zu einem Jüngling.«

»Jasper hat so ein reines Gewissen als irgendein Jüngling von meiner Bekanntschaft, Sergeant; und wird sich deshalb wahrscheinlich so lang jung erhalten wie nur irgendeiner in den Kolonien.«

»Zudem seid Ihr mein Freund«, er drückte dabei die Hand des andern – »mein erprobter, geschworener und langjähriger Freund.«

»Ja, wir sind nun Freunde fast an zwanzig Jahre, Sergeant, – ehe noch Mabel geboren war.«

»Ganz recht – ehe noch Mabel das Licht erblickte, waren wir schon geprüfte Freunde, und das Weibsbild wird sich doch nicht einfallen lassen, einen Mann auszuschlagen, der schon ihres Vaters Freund war, ehe sie zur Welt kam?«

»Wer weiß, Sergeant, wer weiß! Gleich und gleich gesellt

sich. Junge ziehen die Gesellschaft der Jungen und Alte die Gesellschaft der Alten vor.«

»Das ist nicht so bei den Weibern, Pfadfinder. Ich habe noch keinen alten Mann gesehen, der etwas gegen ein junges Weib einzuwenden gehabt hätte. Zudem seid Ihr geachtet und geschätzt von jedem Offizier im Fort, wie ich bereits gesagt habe, und es wird ihr schmeicheln, einen Mann zu lieben, den alle andern lieben.«

»Ich hoffe, daß ich keine andern Feinde habe als die Mingos«, erwiderte der Wegweiser, indem er sich die Haare niederstrich und gedankenvoll weitersprach. »Ich hab's versucht, recht zu handeln, und das muß Freunde machen, obschon es bisweilen auch fehlschlägt.«

»Auch muß man sagen, daß Ihr Euch stets zu der besten Gesellschaft haltet. Der alte Duncan of Lundie freut sich, sooft er Euch sieht, und Ihr bringt oft ganze Stunden bei ihm zu. Von allen Wegweisern setzt er in Euch das größte Vertrauen.«

»Ja, es sind wohl noch Größere, als er ist, tagelang an meiner Seite marschiert und haben sich mit mir unterhalten, als ob ich ihr Bruder wäre; aber Sergeant, ich habe mir nie etwas auf ihre Gesellschaft eingebildet; denn ich weiß wohl, daß die Wälder oft eine Gleichheit hervorbringen, die man in den Ansiedlungen vergeblich suchen würde.«

»Zudem kennt man Euch als den besten Büchsenschützen, der je in dieser Gegend den Drücker berührt hat.«

»Wenn Mabel um dieser Eigenschaft willen einen Mann lieben könnte, so hätte ich keine besondere Ursache zu verzweifeln; und doch, Sergeant, denke ich bisweilen, daß ich das eher dem Hirschtöter als meiner eigenen Geschicklichkeit zuschreiben müsse. Er ist gewiß ein wunderbares Gewehr und würde in den Händen eines andern wohl dieselben Dienste tun.«

»Das ist wieder die demütige Meinung, die Ihr von Euch selbst hegt, Pfadfinder; aber wir haben mit der nämlichen Waffe zu viele fehlen sehen, und Ihr habt zu oft mit den Büchsen anderer gut getroffen, als daß ich da Eurer Meinung sein könnte. Wir wollen in einem oder zwei Tagen ein Wettschießen halten, wo Ihr Eure Geschicklichkeit zeigen könnt, und dann mag sich Mabel ein Urteil über Euren wahren Charakter bilden.«

»Wird das aber auch gut sein, Sergeant? Jedermann weiß, daß der Hirschtöter selten fehlt. Müssen wir daher einen derartigen Versuch machen, wenn alle bereits vorher wissen, was das Resultat sein wird?«

»Still, still da! Ich sehe voraus, daß ich die Werbung für Euch zur Hälfte selbst machen muß. Für einen Mann, der bei einem Gefecht immer innerhalb des Pulverdampfes stand, seid Ihr der feigherzigste Freier, mit dem ich je zusammengekommen bin. Erinnert Euch, daß Mabel von einem kühnen Stamme kommt, und Mabel wird ebensogern einen *Mann* bewundern wie ehedem ihre Mutter.«

Hier erhob sich der Sergeant und entfernte sich, ohne sich zu entschuldigen, um seinem Dienste, in dem er es nie an sich fehlen ließ, nachzukommen. Der Fuß, auf welchem der Wegweiser mit allen in der Garnison stand, ließ diese Freiheit als ganz natürlich erscheinen.

Der Leser wird aus der eben mitgeteilten Unterredung eine der Absichten entnommen haben, welche den Sergeanten veranlaßt hatten, seine Tochter nach der Grenzfeste kommen zu lassen. Obgleich er notwendig der Liebkosungen und Schmeicheleien entwöhnt war, welche ihm sein Kind während der ersten paar Jahre seines Witwenstandes so teuer gemacht, so liebte er sie doch im stillen aufs zärtlichste. An das Kommando und den Gehorsam gewöhnt, ohne selbst gefragt zu werden oder andere über den Grund der Befehle zu befragen, war er vielleicht zu sehr zu der Annahme geneigt, seine Tochter werde den Mann, den er ihr auswähle, heiraten, obschon er durchaus nicht beabsichtigte, ihren Wünschen Gewalt anzutun. In der Tat kannten auch nur wenige den Pfadfinder genauer, ohne ihn insgeheim für einen Mann von außerordentlichen Eigenschaften zu halten. Immer derselbe, einfach, redlich, furchtlos und doch klug, zumal bei Unternehmungen, welche in der Meinung des Tages als gerechtfertigt galten, und nie in eine Sache verstrickt, die ihn hätte erröten lassen oder ihm hätte zum Vorwurf gereichen können, war es unmöglich, viel mit einem Wesen umzugehen, das in seiner eigentümlichen Weise als eine Art Adam vor dem Falle – jedoch sicher nicht ohne Sünde – erschien, ohne eine Achtung und Bewunderung gegen dasselbe zu fühlen, welche sich nicht allein auf seine Stellung im Leben bezog. Kein Offizier begegnete ihm, ohne ihn wie seinesgleichen zu grüßen; kein Gemeiner wandte sich an ihn anders als mit dem Vertrauen und der Freimütigkeit eines Kameraden.

Die überraschendste Eigentümlichkeit des Mannes war jedoch die gänzliche Gleichgültigkeit, mit welcher er alle Auszeichnungen, die nicht von dem persönlichen Dienst abhingen, betrachtete. Er zollte seinen Oberen Respekt aus Gewohnheit; man wußte aber, daß er oft ihre Mißgriffe verbesserte und ihre Fehler tadelte – mit einer Furchtlosigkeit, welche bewies, wie sehr es ihm um die Wahrheit zu tun war, und mit einem gesunden natürlichen Urteil, wie man es nie von seiner Erziehung erwartet haben würde. Kurz, ein Zweifler an der Fähigkeit des Menschen, ohne Unterricht zwischen Gut und Böse unterscheiden zu können, würde durch den Charakter dieses außerordentlichen Bewohners der Grenze irregemacht worden sein. Seine Gefühle schienen die Frische und die Natur des Waldes, in dem er einen so großen Teil seines Lebens zugebracht hatte, zu besitzen, und kein Kasuist hätte wohl die Unterscheidungen zwischen Recht und Unrecht bündiger zu entwickeln vermocht. Und doch war er nicht ganz ohne Vorurteile, welche, wenn ihrer auch nur wenige sein mochten, die Farbe seines Charakters und seiner Gewohnheiten trugen, tief wurzelten und fast einen Teil seines Wesens ausmachten. Der hervorstechendste Zug in der moralischen Organisation des Pfadfinders war jedoch sein schöner und nie fehlgreifender Sinn für Gerechtigkeit. Dieser edle Zug, ohne den kein Mensch wahrhaft groß genannt werden kann, übte wahrscheinlich seinen unsichtbaren Einfluß auf alle, die mit ihm in Verbindung standen; denn man wußte, daß der gemeine und grundsatzlose Prahler von einer Expedition, welche er in Pfadfinders Gesellschaft gemacht hatte, nicht zurückkehrte, ohne die ergreifende Kraft solcher Gesinnungen zu fühlen und sich durch seine Sprache besänftigen, wie durch sein Beispiel bessern zu lassen. Wie sich von einem Manne von so ausgezeichneten Eigenschaften erwarten läßt, war auch seine Treue unwandelbar wie ein Felsen. Verrat war in seiner Seele eine Unmöglichkeit, und wie er sich selten vor einem Feinde zurückzog, so konnte man auf ihn bauen, daß er unter keinen Umständen einen Freund verließ. Die freundschaftlichen Verbindungen, welche ein solcher Charakter unterhielt, trugen das Gepräge der Gleichheit. Seine Kameraden und Vertrauten, obgleich er hier mehr oder weniger durch den Zufall bestimmt wurde, standen im allgemeinen auf einer hohen Stufe der Sittlichkeit; denn er schien eine instinktartige Unterscheidungsgabe zu besitzen, welche ihn, vielleicht ohne daß er es selbst wußte, veranlaßte, sich fest an diejenigen anzuschließen, welche am besten seine Freundschaft zu erwidern vermochten. Kurz, ein Forscher in der sittlichen Natur des Menschen würde von Pfadfinder gesagt haben, daß er das Musterbild eines gerechten und reinen Mannes sei, der, unangefochten von unregelmäßigen und ehrgeizigen Begierden, mitten in der Größe der Einsamkeit und unter den veredelnden Einflüssen einer erhabenen Natur, nur dem Drange seiner Gefühle zu folgen sich erlaubte und sich weder durch die Reize der Zivilisation irreleiten ließ, die so oft zu schlimmer Handlungsweise Anlaß geben, noch je des allmächtigen Wesens vergaß, dessen Geist über der Wildnis wie über den Städten wohnt.

Dies war der Mann, welchen Sergeant Dunham seiner Tochter zum Gatten bestimmt hatte. Als er eine derartige Wahl traf, hatte er sich vielleicht weniger durch die klare und richtige Würdigung der individuellen Verdienste desselben als durch seine eigene Zuneigung bestimmen lassen, obschon niemand den Pfadfinder so genau wie er selbst kannte, ohne dem ehrlichen Wegweiser den hohen Platz in seiner Achtung einzuräumen, welchen er durch wirkliche Vorzüge verdiente. Daß seine Tochter ernste Einwendungen gegen seinen Plan haben könne, kam dem alten Soldaten gar nicht zu Sinne. Diese Heirat öffnete ihm auf der andern Seite die Aussicht auf manche Vorteile, die er mit der Neige seiner Tage in Verbindung brachte und die ihn hoffen ließen, den Abend seines Lebens unter Nachkom-

men zuzubringen, welche ihm durch beide Eltern gleich teuer waren. Es selbst hatte seinem Freunde den ersten Antrag gemacht. Dieser hatte zwar freundlich darauf geachtet, verriet aber bald, wie der Sergeant zu finden glaubte, eine Geneigtheit, sich seine eigenen Ansichten zu bilden, welche mit den Zweifeln und den Besorgnissen, die aus einem bescheidenen Mißtrauen gegen sich selbst flossen, gleichen Schritt hielten.

Zehntes Kapitel

> Denk nicht, ich lieb' ihn, weil ich für ihn bitte;
> Er ist ein läppisch Kind – zwar spricht er gut –
> Allein was sind mir Worte?

Eine Woche verging in der gewöhnlichen Weise des Garnisonlebens. Mabel gewöhnte sich an ihre Lage, welche sie im Anfang nicht nur neu, sondern auch ein wenig lästig gefunden hatte. Die Offiziere und Soldaten machten sich der Reihe nach allmählich mit der Anwesenheit eines jungen und blühenden Mädchens vertraut, dessen Anmut und Betragen das Gepräge einer bescheidenen höheren Bildung an sich trugen, welche sie dem Aufenthalte in der Familie ihrer Beschützerin verdankte. Dabei ließ sie sich wenig durch die schlecht verhehlte Bewunderung dieser Leute beunruhigen, indem sie die Achtungsbeweise, welche ihr zuteil wurden, gerne auf die Rechnung ihres Vaters schrieb, obschon sie ihr in der Tat mehr um ihres eigenen bescheidenen, aber geistvollen Benehmens willen als aus Ehrerbietung gegen ihren würdigen Vater gezollt wurden.

Bekanntschaften, welche in einem Urwald oder unter Umständen von ungewöhnlicher Aufregung gemacht werden, erreichen bald ihre Grenzen. Mabel fand den Aufenthalt einer Woche an dem Oswego hinreichend, ihr diejenigen, mit welchen sie einen vertraulichern Umgang wünschen konnte, und diejenigen, welche sie vermeiden mußte, zu bezeichnen. Die gewissermaßen neutrale Stellung, welche ihr Vater einnahm, da er kein Offizier war und doch so weit über dem gemeinen Soldaten stand, um diese beiden militärischen Klassen von ihr fernzuhalten, verminderte die Zahl derer, mit denen sie sich bekannt machen mußte, und machte ihr die Entscheidung vergleichsweise leicht. Doch bemerkte sie bald, daß es selbst unter denen, welche auf einen Sitz an der Tafel des Kommandanten Anspruch machen konnten, einige gab, welche nicht abgeneigt waren, um der Neuheit einer gewandten Figur und eines artigen, gewinnenden Gesichtes willen die Hellebarde des Unteroffiziers zu übersehen, und am Schlusse der ersten zwei oder drei Tage hatte sie ihre Bewunderer auch unter den Vornehmeren der Garnison. Besonders war der Quartiermeister, ein Soldat von mittlerem Alter, welcher schon mehr als einmal die Segnungen des Ehestandes versucht hatte, zur Zeit aber als Witwer lebte, augenscheinlich bemüht, mit dem Sergeanten in ein vertrauteres Verhältnis zu treten, obgleich sie durch die Pflicht des Dienstes oft zusammengeführt wurden. Die jüngeren von seinen Kameraden ermangelten daher nicht, ihre Bemerkungen zu machen, als dieser methodische Mann, der ein Schottländer war und of Muir hieß, die Quartiere seines Untergebenen öfter als bisher besuchte. Ein Gelächter oder ein Scherz zu Ehren der »Sergeantentochter« machte dann gewöhnlich den Schluß ihrer Witzeleien, obgleich »Mabel Dunham« bald ein Toast wurde, den kein Fähnrich oder Leutnant auszubringen Anstand nahm.

Am Ende der Woche ließ Duncan of Lundie nach dem Abendverlesen den Sergeanten Dunham wegen eines Geschäfts rufen, das, wie es hieß, einer persönlichen Besprechung bedürfe. Der alte Veteran wohnte in einer beweglichen Baracke, welche er, da sie auf Rädern stand, nach Belieben umherschieben lassen konnte, so daß er das einemal in diesem, das anderemal in jenem Teile des innern Raumes der Feste sein Quartier hielt. Bei der gegenwärtigen Gelegenheit hatte er so ziemlich im Mittelpunkt desselben haltgemacht, und hier fand ihn sein Untergebener, welcher unverzüglich, und ohne lange in dem Vorzimmer warten zu müssen, eintreten durfte. In der Tat war auch nur ein sehr geringer Unterschied in der Beschaffenheit der Wohnungen, welche den Offizieren, von denen, die der Mannschaft angewiesen waren. Erstere hatten nur den größeren Raum voraus, und Mabel mit ihrem Vater wohnte fast, wo nicht ganz so gut wie der Kommandant des Platzes selbst.

»Herein, Sergeant, herein, mein guter Freund«, sagte der alte Lundie herzlich, als sein Untergebener in respektvoller Haltung an der Türe einer Art von Bibliothek- und Schlafzimmer, in welches er eingetreten war, stehenblieb. »Herein, und nehmt auf diesem Stuhl da Platz. Ich habe nach Euch geschickt, Mann, aber nicht, um diesen Abend von den Zahlungslisten mit Euch zu sprechen. Wir sind nun schon so manches Jahr Kameraden gewesen, und so eine lange Bekanntschaft alter Burschen kann doch für etwas gelten, zumal zwischen einem Major und seiner Ordonnanz, einem Schotten und einem Yankee. Sitzt nieder, Mann, und macht's Euch bequem. – Es ist ein schöner Tag gewesen, Sergeant.«

»In der Tat, Major Duncan«, erwiderte der andere, welcher, obgleich er sich darein schickte, Platz zu nehmen, doch viel zu erfahren war, um nicht zu wissen, welchen Grad von Achtung er zu beobachten habe. »Ein sehr schöner Tag ist heute gewesen, Sir, und wir möchten wohl gerne noch mehrere solche in dieser Jahreszeit sehen.«

»Ich hoffe das, von Herzen. Die Früchte sehen gut aus, Mann, und Ihr werdet finden, daß das Fünfundfünfzigste fast ebenso gute Bauern wie Soldaten bildet. Ich sah nie bessere Kartoffeln in Schottland, als die sind, welche wir wahrscheinlich von unserem Neubruch kriegen werden.«

»Sie versprechen einen guten Ertrag, Major Duncan, und in dieser Hinsicht einen behaglichern Winter, als der letzte war.«

»Das Leben schreitet fort, Sergeant, in seinen Bequemlichkeiten sowohl als in dem Bedürfnis derselben. Wir werden alt und fangen an, auf den Rückzug und an ein Ruheplätzchen zu denken. Ich fühle, daß meine Arbeitstage bald vorüber sind.«

»Der König, Gott segne ihn, hat noch einen guten Diener in Euer Gnaden.«

»Kann sein, Sergeant Dunham, besonders wenn es sich zutragen sollte, daß eine Oberstleutnantsstelle für mich übrigbleibt.«

»Das Fünfundfünfzigste wird sich geehrt fühlen an dem Tage an welchem das Patent Duncan of Lundie übertragen wird, Sir.«

»Und Duncan of Lundie wird sich geehrt fühlen an dem Tage, an welchem er es erhält. Aber, Sergeant, wenn Ihr auch nie eine Oberstleutnantsstelle hattet, so habt Ihr doch ein gutes Weib gehabt, und das ist das nächste an dem Range, um einen Mann glücklich zu machen.«

»Ich bin verheiratet gewesen, Major Duncan; aber es ist schon so lange her, daß ich keinen Vorbehalt mehr habe vor der Liebe, welche ich für Seine Majestät und meine Pflicht hege.«

»Was, Mann, nicht einmal die Liebe, welche Ihr gegen die rührige, kleine, rundgliedrige, rosenwangige Tochter hegt, die ich in den letzten paar Tagen in dem Fort gesehen habe? Pfui, Sergeant! So ein alter Bursche ich bin, so könnte ich doch fast das Mädchen selbst lieben und die Oberstleutnantsstelle zum Teufel schicken.«

»Wir wissen alle, wo Major Duncans Herz ist, und das weilt in Schottland, wo eine schöne Dame geneigt und bereit ist, ihn glücklich zu machen, sobald sein eigenes Pflichtgefühl es gestattet.«

»Ach, die Hoffnung ist immer ein fernes Ding«, erwiderte der Vorgesetzte, indes, während er sprach, ein Schatten von Melancholie über seine harten schottischen Züge glitt, »und das hübsche Schottland ist ein fernes Land. Nun, wenn wir auch keine Heiden und kein Hafermehl in dieser Gegend haben, so haben wir doch Hochwild zu schießen und Salme in einer Fülle, wie zu Berwick über dem Tweed. Ist es wahr, Sergeant, daß die Mannschaft sich beklagt, weil sie in der letzten Zeit überwildbretet und mit Tauben ausgestopft worden sei?«

»Seit einigen Wochen nicht, Major Duncan; denn weder Hirsche noch Vögel sind in dieser Jahreszeit so häufig wie sonst. Sie fängt zwar an, ihre Bemerkungen über den Salm zu machen, aber ich denke, wir werden ohne irgendeine ernsthafte Störung wegen der Kost durch den Sommer kommen. Nur die Schotten in dem Bataillon sprechen mehr, als klug ist, über den Mangel an Hafermehl und murren gelegentlich über unser Weizenbrot.«

»Ah! das ist die menschliche Natur, Sergeant – reine, unverfälschte schottische Menschennatur. Ein Haferkuchen, Mann, ist in der Tat ein angenehmer Bissen, und ich schmachte oft selbst nach einem Mundvoll davon.«

»Wenn dieses Gefühl so beunruhigend wird, Major Duncan – ich meine bei der Mannschaft, Sir; denn ich möchte nicht so respektwidrig von Euer Gnaden sprechen – aber wenn die Soldaten so ernstlich nach ihrer natürlichen Nahrung schmachten, so möchte ich untertänig empfehlen, daß etwas Hafermehl für sie eingeführt oder in dieser Gegend bereitet werde. Man würde, meines Erachtens, dann keine Klagen mehr hören. Ein klein wenig möchte wohl für die Kur zureichen.«

»Ihr seid ein Schalk, Sergeant, aber ich will gehangen werden, wenn ich weiß, ob Ihr nicht recht habt. Es mag noch manche angenehmeren Dinge in der Welt geben als Hafermehl. Einmal habt Ihr eine angenehme Tochter, Dunham –«

»Das Mädchen gleicht seiner Mutter, Major Duncan, und

kann sich wohl sehen lassen«, sagte der Sergeant stolz. »Nirgends gedeiht etwas besser als auf echt amerikanischem Boden. Das Mädchen kann sich sehen lassen, Sir.«

»Das kann sie, ich stehe dafür. Nun, ich kann ebensogut auf einmal zur Sache kommen und meine Reserve in die Front des Treffens bringen. Da ist Davy Muir, der Quartiermeister, welcher geneigt ist, Eure Tochter zu seinem Weibe zu machen. Er hat mich eben angegangen, Euch die Sache zu eröffnen, weil er befürchtete, seine Würde zu kompromittieren, und ich möchte dem noch beifügen, daß die Hälfte der jungen Leute im Fort Toaste auf sie ausbringt und von ihr redet vom Morgen bis in die Nacht.«

»Es ist eine große Ehre für sie, Sir«, erwiderte der Vater steif, »aber ich glaube, daß die Herren bald einen würdigeren Gegenstand finden werden, um über diesen lange zu sprechen. Ich hoffe, sie als das Weib eines rechtschaffenen Mannes zu sehen, ehe noch einige Wochen um sind, Sir.«

»Ja, Davy ist ein rechtschaffener Mann, und das ist, denke ich, mehr, als man von allen in des Quartiermeisters Departement sagen kann«, entgegnete Lundie mit einem leichten Lächeln. »Nun denn, darf ich dem in Liebe verstrickten jungen Mann sagen, daß die Sache abgemacht ist?«

»Ich danke Euer Gnaden, aber Mabel ist einem andern verlobt.«

»Zum Teufel, ist's wahr? Das wird eine Störung im Fort hervorbringen. Doch um frei mit Euch zu reden, Sergeant, es tut mir nicht leid, etwas der Art zu hören; denn ich bin kein großer Bewunderer von ungleichen Verbindungen.«

»Ich denke wie Euer Gnaden und trage kein Verlangen darnach, meine Tochter als eine Offiziersfrau zu sehen. Wenn sie erreichen kann, was ihre Mutter vor ihr hatte, so muß sie als eine vernünftige Person zufrieden sein.«

»Und darf ich fragen, Sergeant, wer der glückliche Mann ist, den Ihr Euch zum Schwiegersohn ausersehen habt?«

»Der Pfadfinder, Euer Gnaden.«

»Der Pfadfinder?«

»Ja, Major Duncan, und indem ich Ihnen seinen Namen nenne, gebe ich Ihnen seine ganze Geschichte. Niemand ist an dieser Grenze bekannter als mein ehrlicher, braver, treuherziger Freund.«

»Das ist alles sehr wahr. Ist er aber auch so eine Art von Person, die ein Mädchen von zwanzig glücklich machen kann?«

»Warum nicht, Euer Gnaden? Der Mann ist der erste seines Berufs. Es gibt keinen andern Wegweiser oder Kundschafter bei der Armee, der nur halb soviel Achtung besäße wie der Pfadfinder oder sie nur halb so gut verdiente.«

»Ganz richtig, Sergeant; aber ist die Achtung, die ein Kundschafter genießt, so eine Art von Ruf, um die Phantasie eines Mädchens anzusprechen?«

»Von den Phantasien eines Mädchens zu reden, Sir, ist nach meiner untertänigen Meinung ebensoviel, als wenn man von dem Urteil eines Rekruten sprechen wollte. Wenn wir uns von den Bewegungen einer tölpelhaften Rekrutenabteilung wollten leiten lassen, würden wir das Bataillon nie in eine anständige Linie bringen, Major Duncan.«

»Aber Eure Tochter hat nichts Tölpelhaftes an sich; denn ein anständigeres Mädchen von ihrer Klasse findet man selbst in Altengland nicht. Teilt sie über diesen Punkt Eure Ansichten? – Doch ich denke, sie muß wohl, da Ihr mir sagt, sie sei verlobt.«

»Wir haben noch nicht über diesen Gegenstand miteinander gesprochen, Euer Gnaden; aber ich betrachte sie in ihrem Sinn als so gut wie einverstanden, nach mehreren kleinen Umständen, welche wohl namhaft sein möchten.«

»Und was sind das für Umstände, Sergeant?« fragte der Major, welcher an der Sache mehr Teilnahme zu zeigen begann, als er im Anfang gefühlt hatte. »Ich bekenne, ich bin ein wenig neugierig, etwas von dem Sinne der Weiber kennenzulernen, da ich, wie Ihr wißt, selbst ein Junggeselle bin.«

»Euer Gnaden, wenn ich von dem Pfadfinder zu dem Mädchen spreche, so blickt sie mir immer voll ins Gesicht, stimmt mit allem überein, was ich zu seinen Gunsten sage, und benimmt sich dabei auf eine freie und offene Weise, welche so viel besagt, als ob sie ihn schon halb als ihren Ehemann betrachte.«

»Hm – und diese Zeichen, Sergeant, glaubt Ihr, seien die treuen Merkmale ihrer Gefühle?«

»Ja, Euer Gnaden; denn sie sind auffallend genug. Wenn ich einen Mann finde, Sir, der mir frei ins Gesicht sieht, während er einen Offizier lobt – denn, ich bitte Euer Gnaden um Verzeihung, die Soldaten machen bisweilen ihre Bemerkungen über die Vorgesetzten – wenn ich einen Mann finde, der mir in die

Augen sieht, wenn er seinen Kapitän lobt, so nehme ich immer an, daß der Bursche ehrlich ist und es auch so meint, wie er sagt.«

»Ist aber nicht ein wesentlicher Unterschied zwischen dem Alter des beabsichtigten Bräutigams und dem seiner artigen Braut, Sergeant?«

»Ganz recht, Sir! Pfadfinder ist etwas über vierzig, und Mabel hat jede Aussicht auf ein Glück, welches ein junges Weib mit Sicherheit durch den Besitz eines erfahrenen Ehemannes erwarten darf. Ich war selbst volle vierzig Jahre alt, als ich ihre Mutter heiratete.«

»Aber wird Eure Tochter geneigt sein, ein grünes Jagdhemd, wie es Euer würdiger Wegweiser trägt, mit einer Fuchsmütze ebenso zu bewundern wie die blanke Uniform des Fünfundfünfzigsten?«

»Vielleicht nicht, Sir, dafür wird sie aber das Verdienst der Selbstverleugnung haben, welche immer ein junges Weib weiser und besser macht.«

»Und Ihr befürchtet nicht, daß sie noch als ein junges Weib Witwe werden möchte? Immer unter wilden Tieren und noch wilderen Menschen – man kann von Pfadfinder sagen, daß er sein Leben in seiner Hand trage.«

»Jede Kugel hat ihr bestimmtes Ziel, Lundie«, – denn so ließ sich der Major in Augenblicken der Herablassung, und wenn es sich nicht um militärische Angelegenheiten handelte, gerne nennen – »und kein Mann im Fünfundfünfzigsten kann sich vor dem Unfall eines plötzlichen Todes sicher halten. In dieser Hinsicht würde also Mabel bei dem Tausche nichts gewinnen. Außerdem, Sir, um über einen solchen Gegenstand von der Brust weg zu sprechen, zweifle ich sehr, ob der Pfadfinder je in einer Schlacht oder unter den plötzlichen Wechselfällen der Wildnis stirbt.«

»Und warum das, Sergeant?« fragte der Major, indem er auf seinen Untergebenen mit jener Art von Ehrfurcht blickte, welche ein Schotte jener Zeit, mehr als dies gegenwärtig der Fall ist, vor mysteriösen Einwirkungen hegte. »Er ist ein Soldat, und was die Gefahr anbelangt, einer von denen, welche ihr mehr als gewöhnlich ausgesetzt sind; und, wenn er auch keine Kapitulation hat, warum sollte er da zu entrinnen hoffen dürfen, wo es andere nicht können?«

»Ich glaube nicht, daß der Pfadfinder sein eigenes Geschick als besser betrachtet denn das irgendeines andern; aber der Mann wird nie durch eine Kugel sterben. Ich habe ihn so oft sein Gewehr mit einer Fassung handhaben sehen, als ob es nur ein Schäferstecken wäre, mitten im dichtesten Kugelregen und unter so manchen außerordentlichen Umständen, daß ich mir nicht denken kann, es sei die Absicht der Vorsehung, ihn je auf diese Weise fallen zu lassen. Und doch, wenn irgendein Mann in Seiner Majestät Besitzungen einen solchen Tod verdient, so ist's der Pfadfinder.«

»Wir können das nie wissen, Sergeant«, erwiderte Lundie mit gedankenvollem Ernst in seinen Zügen, »und je weniger wir davon sprechen, desto besser ist's vielleicht. Aber wird Eure Tochter – Mabel, glaube ich, nennt ihr sie – wird Mabel geneigt sein, einen Mann zu nehmen, der im Grunde doch nur ein Anhängsel der Armee ist, und nicht lieber einen aus dem Dienst selbst wählen? Es ist keine Hoffnung zum Avancieren für den Pfadfinder vorhanden, Sergeant.«

»Er ist bereits an der Spitze seines Korps, Euer Gnaden. Kurz, Mabel ist darauf vorbereitet, und da Euer Gnaden sich so weit herabgelassen haben, mit mir von Herrn Muir zu sprechen, so hoffe ich, daß Sie die Güte haben werden, ihm zu sagen, daß das Mädchen so gut als einquartiert für sein Leben ist.«

»Wohl, wohl, das ist Eure eigene Sache, und nun – Sergeant Dunham!«

»Euer Gnaden«, sagte der andere, indem er sich erhob und die übliche Begrüßung ausführte.

»Man hat Euch gesagt, daß es meine Absicht sei, Euch für den nächsten Monat nach den Tausend Inseln zu schicken. Alle die alten Subalternoffiziere haben ihre Diensttour in diesem Quartier gehabt, wenigstens alle, denen ich vertrauen durfte, und es kommt nun endlich die Reihe an Euch. Es ist zwar wahr, Leutnant Muir macht auf sein Recht Anspruch, aber da er Quartiermeister ist, so liebe ich es nicht, altherkömmliche Anordnungen aufzuheben. Sind die Leute ausgewählt?«

»Alles ist bereit, Euer Gnaden. Die Abteilung ist zusammengestellt, und ich hörte von dem Kahne, welcher in der letzten Nacht Botschaft brachte, die Meldung, daß die dortige Mannschaft bereits nach der Ablösung aussähe.«

»Es ist so, und Ihr müßt übermorgen, wenn nicht schon morgen nacht abgehen. Es wird vielleicht klug sein, in der Dunkelheit zu segeln.«

»So denkt Jasper, Major Duncan, und ich kenne niemand, auf den man sich in einer solchen Angelegenheit besser verlassen könnte als auf den jungen Jasper Western.«

»Der junge Jasper Eau-douce?« sagte Lundie, indem sich ein leichtes Lächeln um seinen gewöhnlich ernsten Mund zog. »Wird dieser junge Mensch auch zu Eurem Trupp gehören, Sergeant?«

»Euer Gnaden wird sich erinnern, daß der Scud nie ohne ihn ausläuft.«

»Wahr, aber alle Regeln haben Ausnahmen. Habe ich nicht einen Seemann in den letzten paar Tagen um das Fort gesehen?«

»Ohne Zweifel, Euer Gnaden. Es ist Meister Cap, mein Schwager, welcher mir meine Tochter heraufbrachte.«

»Warum nicht ihn für diesen Kreuzzug in den Scud setzen, Sergeant, und den Jasper zurücklassen? Euer Schwager würde wohl gerne zur Abwechslung einmal auf dem Frischwasser kreuzen, und Ihr könntet Euch mehr seiner Gesellschaft erfreuen.«

»Ich habe beabsichtigt, Euer Gnaden um die Erlaubnis zu bitten, ihn mitnehmen zu dürfen; aber er muß als Volontär mitgehen. Jasper ist ein zu braver Junge, als daß man ihn ohne Grund des Kommandos entheben sollte, Major Duncan, und ich fürchte, mein Schwager Cap verachtet das Frischwasser zu sehr, um darauf Dienste zu tun.«

»Gut, Sergeant, ich überlasse das alles Eurem eigenen Urteil. Wenn man die Sache richtig überlegt, so muß Jasper sein Kommando behalten. Ihr beabsichtigt wohl, den Pfadfinder auch mitzunehmen?«

»Wenn es Euer Gnaden billigt. Es wird Dienste geben für beide Wegweiser, den Indianer sowohl als den Weißen.«

»Ich glaube, Ihr habt recht. Nun, Sergeant, ich wünsche Euch gut Glück zu der Unternehmung, und denkt darauf, daß der Posten zerstört und verlassen werde, wenn Euer Kommando zurückgezogen wird. Er wird seine Dienste dann geleistet haben, oder wir begehen einen großen Mißgriff; denn wir sind dort in einer zu kitzligen Stellung, um sie unnötigerweise zu halten. Ihr könnt abtreten.«

Sergeant Dunham salutierte auf die übliche Weise, drehte sich auf seinen Fersen wie auf Spindelzapfen und hatte fast die Türe hinter sich geschlossen, als er plötzlich wieder zurückgerufen wurde.

»Ich habe vergessen, Sergeant, daß die jüngern Offiziere um ein Wettschießen angesucht haben, und der morgige Tag ist dazu bestimmt. Alle Bewerber werden zugelassen und die Preise bestehen in einem mit Silber ausgelegten Pulverhorn, einer ledernen Flasche dito« – er las dieses von einem Stückchen Papier –, »wie ich aus dem gewerbsmäßigen Jargon dieser Liste ersehe, und einem seidenen Damenkalash[9]. Bei dem letzteren kann der Sieger seine Galanterie zeigen, indem er ihn seiner Liebsten zum Geschenk macht.«

»Alles sehr angenehm, Euer Gnaden, wenigstens für den, welchem es glückt. Darf der Pfadfinder auch teilnehmen?«

»Ich sehe nicht wohl ein, wie man ihn ausschließen könnte, wenn er kommen will. Ich habe aber auch in der letzten Zeit bemerkt, daß er keinen Teil an solchen Belustigungen nimmt, wahrscheinlich weil er von seiner eigenen unübertroffenen Geschicklichkeit überzeugt ist.«

»'s ist so, Major Duncan. Der ehrliche Bursche weiß, daß es keinen an der Grenze gibt, der sich mit ihm messen kann, und wünscht nicht, andere ihres Vergnügens zu berauben. Ich denke, wir können uns jedenfalls auf sein Zartgefühl verlassen, Sir. Es möchte vielleicht gut sein, ihn seinen eigenen Weg gehen zu lassen?«

»In diesem Fall müssen wir es, Sergeant. Ob er in allem andern so guten Erfolg erlebt, werden wir sehen. Ich wünsche Euch guten Abend, Dunham.«

Der Sergeant zog sich nun zurück und überließ Duncan of Lundie seinen eigenen Gedanken. Daß diese nicht ganz unangenehm waren, konnte man an dem Lächeln bemerken, welches gelegentlich auf seinem Gesichte, das gewöhnlich einen harten soldatischen Ausdruck zeigte, sich lagerte, obgleich es auf Augenblicke wieder dem besonnenen Ernste wich. So mochte ungefähr eine halbe Stunde vergangen sein, als ein Pochen an der Türe durch die Aufforderung einzutreten beantwortet wurde. Ein Mann von mittlerem Alter in Offiziersuniform, die aber des in diesem Stande gewöhnlichen geputzen Aussehens entbehrte, trat ein und wurde als Herr Muir begrüßt.

»Ich komme auf Ihren Befehl, Sir, um mein Schicksal zu erfahren«, sagte der Quartiermeister mit hartem schottischem Akzent, sobald er den Sitz eingenommen hatte, der ihm angeboten worden war. »In der Tat, Major Duncan, dieses Mädchen richtet in der Garnison soviel Zerstörung an wie die Franzosen vor Ty. Ich habe nie in so kurzer Zeit eine so allgemeine Verwirrung gesehen.«

»Sie wollen mich doch sicherlich nicht überreden, Davy, daß Ihr junges und unverdorbenes Herz in einer solchen Flamme ist, da es erst die Glut einer Woche trägt? Das wäre noch ein üblerer Umstand als der in Schottland, wo wie man sagt, die innere Hitze so übermächtig war, daß sie sogar ein Loch durch Ihren kostbaren Körper brannte, durch welches alle Mädchen hineingucken konnten, um zu sehen, was das entzündliche Material wert sei.«

»Sie wollen Ihre eigene Weise haben, Major Duncan, und Ihr Vater und Ihre Mutter werden sie vor Ihnen gehabt haben, selbst wenn der Feind im Lager war. Ich sehe nichts so Besonderes dran, wenn junge Leute dem Zug ihrer Neigungen und Wünsche folgen.«

»Sie sind aber den Ihrigen so oft gefolgt, Davy, daß man denken sollte, sie hätten dermalen den Reiz der Neuheit verloren. Einschließlich jener der nötigen Formalitäten entbehrenden Affäre in Schottland, wo Sie noch ein junger Bursche waren, haben Sie sich schon viermal verheiratet.«

»Nur dreimal, Major, so wahr ich hoffe, noch ein Weib zu bekommen. Ich habe noch nicht meine Zahl, nein, nein, bloß dreimal.«

»Ich glaube, Sie rechnen die erwähnte erste Geschichte nicht mit, – ich meine die, wo kein Pfarrer dabei war?«

»Und warum sollte ich, Major? Das Gericht hat entschieden, daß es keine Heirat war, und was braucht ein Mensch weiter? Das Weib zog Vorteil von einer leichten verliebten Neigung, die vielleicht eine Schwäche in meiner Sinnesart sein mochte, und verführte mich zu einem Kontrakt, der als ungesetzlich befunden wurde.«

»Wenn ich mich recht erinnere, Muir, so glaubte man zu jener Zeit, daß diese Angelegenheit zwei Seiten hätte?«

»Es müßte ein sehr gleichgültiger Gegenstand sein, mein lieber Major, der nicht seine zwei Seiten hätte, und ich weiß von manchen, die ihrer drei hatten. Aber das arme Weib ist tot, auch war kein Nachkomme da, und so hatte die Sache keine weiteren Folgen. Dann war ich besonders unglücklich mit meinem zweiten Weibe; ich sage zweites, Major, aus Achtung gegen Sie und unter der Voraussetzung, daß hier doch nur von meiner wirklichen ersten Verheiratung die Rede ist; aber erste oder zweite, ich war besonders unglücklich mit Jeannie Graham, da sie in dem ersten Lustrum starb, ohne mir ein Hähnchen oder Hühnchen zurückzulassen. Ich glaube nicht, daß, wenn Jeannie am Leben geblieben wäre, ich je einen Gedanken auf ein anderes Weib gerichtet hätte.«

»Nun sie aber dies nicht tat, so haben Sie zweimal nach ihrem Tode wieder geheiratet und gehen damit um, es zum dritten Male zu tun.«

»Der Wahrheit kann billigerweise nie widersprochen werden, Major, und ich bin immer bereit, sie anzuerkennen. Ich glaube, Lundie, Sie sind melancholisch an diesem schönen Abend?«

»Nein, Muir, nicht gerade melancholisch, aber ich gestehe es, ein bißchen in Gedanken. Ich blickte ein wenig zurück auf meine Jugendjahre, wo ich, der Lairdssohn, und Sie, der des Pfarrers, auf unsern heimatlichen Hügeln als glückliche, sorglose Knaben herumstreiften, die sich wenig um die Zukunft kümmerten. Dann kamen mir einige Gedanken, die ein wenig schmerzlicher sind, wegen der Folgezeit, wie sie nun geworden ist.«

»Sicherlich, Lundie, beklagen Sie sich nicht über den Ihnen beschiedenen Teil? Sie haben es bis zum Major gebracht und werden bald Oberstleutnant werden, wenn man sich auf Briefe verlassen kann, während ich bloß um eine Stufe höher stehe als zur Zeit, da mir Ihr geehrter Vater meine erste Stelle verschaffte, und ein armer Teufel von einem Quartiermeister bin.«

»Und die vier Weiber?«

»Drei, Lundie, nur drei waren gesetzlich, sogar nach unsern eigenen liberalen und geheiligten Gesetzen.«

»Wohl denn, lassen wir's drei sein, Davy«, sagte Major Duncan, indem er unwillkürlich in die Aussprache und den Dialekt seiner Jugend zurückverfiel, was auch bei gebildeten Schottländern leicht geschieht, wenn sie über einen Gegenstand warm werden, der ihr Herz näher berührt. – »Sie wissen, Davy, daß meine eigene Wahl schon lange getroffen ist, und wie ich ängstlich und in banger Hoffnung auf die glückliche Stunde gewartet, wo ich einmal das Weib, das ich so lange liebte, mein nennen könne, und Sie haben hier, ohne Vermögen, Namen, Geburt oder Verdienst – ich meine besonderes Verdienst –«

»Nä, nä, können Sie so was sagen, Lundie? Die Muirs sind von gutem Blut.«

»Wohl denn, also, ohne was anders als Blut haben Sie vier Weiber gehabt.«

»Ich sag' Ihnen, nur drei, Lundie. Sie werden die alte Freundschaft schwächen, wenn Sie vier sagen.«

»Lassen wir's bei Ihrer eigenen Zahl, Davy, auch die ist schon mehr, als Ihnen gebührt. Unser Leben ist sehr verschieden gewesen, im Punkte des Heiratens wenigstens – Sie müssen das zugeben, mein alter Freund!«

»Und wer, meinen Sie wohl, ist dabei der Gewinnende, Major, wenn wir so frei miteinander sprechen wollen, als wir es taten, wie wir noch Jungen waren?«

»Ich habe nichts zu verhehlen. Meine Tage gingen hin in verzögerter Hoffnung, während die Ihrigen in –«

»Nicht realisierter Hoffnung, ich geb' Ihnen mein Ehrenwort, Major Duncan«, unterbrach ihn der Quartiermeister. »Von jedem neuen Versuch hoffte ich einen Vorteil, aber Täuschung scheint das Los des Menschen zu sein. Ach, es ist eine eitle Welt, Lundie, man muß es zugeben, und in nichts eitler als im Ehestand.«

»Und doch nehmen sie keinen Anstand, Ihren Nacken zum fünften Male in die Schlinge zu stecken?«

»Ich behaupte, daß es das viertemal ist, Major Duncan«, sagte der Quartiermeister mit Bestimmtheit; dann änderte sich der Ausdruck seines Gesichtes plötzlich in den eines knabenhaften Entzückens, und er fuhr fort: »Aber diese Mabel Dunham ist eine rara avis. Unsere schottischen Mädchen sind schön und angenehm, aber man muß zugestehen, diese Kolonialmädchen übertreffen sie an Liebenswürdigkeit.«

»Sie werden wohl tun, Ihre Stellung und Ihr Blut nicht aus dem Auge zu verlieren, Davy. Ich glaube, alle vier Weiber –«

»Ich wünschte, mein lieber Lundie, daß Sie in Ihrer Arithmetik etwas genauer wären. Dreimal eins macht drei.«

»Alle drei also waren, was man Frauen von Stand zu nennen pflegt?«

»Gerade so ist's, Major. Drei waren Frauen von Stand, wie ich Ihnen sage, und die Verbindungen waren angemessen.«

»Und die vierte war die Tochter von meines Vaters Gärtner; diese Verbindung war nicht angemessen. Aber fürchten Sie nicht, daß die Verehelichung mit dem Kinde eines Unteroffiziers, der noch dazu mit Ihnen bei demselben Korps steht, die Folge haben wird, Ihr Ansehen bei dem Regiment zu schmälern?«

»Das ist gerade mein Leben lang meine schwache Seite gewesen, Major Duncan; denn ich habe immer geheiratet, ohne auf die Folgen Rücksicht zu nehmen. Jedermann hat seinen Fehler, und ich fürchte, der meinige ist das Heiraten. Doch, da wir nun verhandelt haben, was man die Prinzipien der Verbindung nennen könnte, so möchte ich fragen, ob Sie mir die Gunst erwiesen haben, mit dem Sergeanten über diese Kleinigkeit zu sprechen?«

»Ich tat es, David, besorge aber, daß ich Ihnen wenig Hoffnung zu einem günstigen Erfolg machen kann!«

»Zu keinem günstigen Erfolg? Ein Offizier und Quartiermeister obendrein, und kein günstiger Erfolg bei eines Sergeanten Tochter?«

»Das ist's gerade, Davy.«

»Und warum nicht, Lundie? Werden Sie wohl die Güte haben, mir das zu beantworten?«

»Das Mädchen ist verlobt. Hand und Wort gegeben, die Liebe verbürgt, – nein, ich will gehangen sein, wenn ich das je glaube: aber sie ist verlobt.«

»Wohl, das ist ein Hindernis, ich geb' es zu, Major, obgleich ich es nur gering anschlage, wenn das Herz frei ist.«

»Ganz wahr, und mir ist es wahrscheinlich, daß das Herz in diesem Fall frei ist. Der beabsichtigte Ehemann scheint eher die Wahl des Vaters als die der Tochter zu sein.«

»Und wer mag das sein, Major?« fragte der Quartiermeister, welcher die ganze Sache mit der Philosophie und Ruhe eines erfahrenen Mannes überblickte. »Ich kann mir doch keinen passenden Freier denken, der mir im Wege stehen könnte.«

»Nein, Sie sind der einzige passende Freier an der Grenze, Davy. Der glückliche Mann ist Pfadfinder.«

»Pfadfinder, Major Duncan?«

»Nicht mehr und nicht weniger, David Muir. Pfadfinder ist der Mann. Aber es mag Ihre Eifersucht ein wenig erleichtern, wenn ich Ihnen sage, daß mir der Handel mehr von dem Vater als von der Tochter auszugehen scheint.«

»Ich dachte mir das«, rief der Quartiermeister aus und schöpfte tief Atem wie einer, der eine Last von seiner Brust genommen fühlt. »Es ist ganz unmöglich, daß mit meiner Erfahrung in der menschlichen Natur –«

»Besonders in der Weibernatur, David –«

Sie wollen Ihren Scherz haben, Lundie, und mag sich auf den einlassen, wer will. Ich kann es aber nicht für möglich halten, daß ich mich täuschen sollte über die Neigungen eines jungen Frauenzimmers, welche – ich kann mich, denke ich, wohl kühn darüber aussprechen, da wir unter uns sind – über den Stand des Pfadfinders hinausgehen. Was das Individuum selbst anbelangt – nun, die Zeit wird's lehren.«

»Sagen Sie doch nur offen, Davy Muir«, sprach Lundie, indem er eine kurze Weile seinen Spaziergang unterbrach und den andern ernst und mit einem komischen Ausdruck der Überraschung ins Gesicht faßte, welcher die Züge des Veteranen in einem spöttischen Ernste erscheinen ließ, – »glauben Sie wirklich, daß ein Mädchen wie die Tochter des Sergeanten Dunham eine ernsthafte Neigung zu einem Manne von Ihren Jahren, Ihrem Aussehen und – Ihrer Erfahrung, möcht' ich hinzusetzen – fassen kann?«

»Pst, ruhig, Lundie! Sie kennen das Geschlecht nicht, und das ist der Grund, warum Sie in Ihrem fünfundvierzigsten Jahre noch unverheiratet sind. 's ist doch 'ne schreckliche Zeit, die Sie als Junggeselle zugebracht haben, Major!«

»Und was mag Ihr Alter sein, Leutnant Muir, wenn man eine so delikate Frage wagen darf?«

»Siebenundvierzig, ich will's nicht verleugnen, Lundie, und wenn ich Mabel kriege, so kommt gerade auf jedes Jahrzehnt eine Frau. Aber nä, ich kann nicht denken, daß Sergeant Dunham so niedrig gesinnt sein sollte, um sich's träumen zu lassen, dieses süße Mädchen einem Menschen wie dem Pfadfinder zu geben.«

»Er träumt sich nichts dabei, Davy, der Mann ist so ernsthaft wie ein Soldat, der gepeitscht werden soll.«

»Wohl, wohl, Major, wir sind alte Freunde« – beide kamen in ihr Schottisch oder vermieden es, je nachdem sie im Gespräch ihre jüngeren Tage berührten oder davon abkamen – »und sollten wissen, wie man außer dem Dienst einen Scherz zu nehmen oder zu geben hat. Es ist möglich, daß der würdige Mann meine Winke nicht verstanden oder sich die Sache nie so gedacht hat. Der Unterschied zwischen einer Offiziersfrau und dem Weib eines Wegweisers ist so ungeheuer als der zwischen dem Alter Schottlands und dem Alter Amerikas. Auch bin ich von altem Blute, Lundie.«

»Nehmen Sie mein Wort dafür, Davy – Ihr Alter wird Ihnen in dieser Angelegenheit nichts nützen, und was Ihr Blut anbelangt, so ist es nicht älter als Ihre Knochen. Nun gut, Sie kennen des Sergeanten Antwort und werden bemerken, daß mein Einfluß, auf den Sie so viel gezählt haben, nichts für Sie tun kann. Lassen Sie uns ein Glas miteinander leeren, alter Bekanntschaft wegen, und dann werden Sie gut tun, sich der Abteilung zu erinnern, die morgen abgehen soll, und Mabel Dunham, so gut als Sie immer können, zu vergessen.«

»Ach, Major! Ich hab' es immer leichter gefunden, ein Weib als ein Schätzchen zu vergessen. Wenn ein Paar so recht ordentlich verheiratet ist, so ist alles im reinen, bis der Tod am Ende uns alle trennt; und es scheint mir höchst unehrerbietig, die Hingeschiedenen zu beunruhigen. Dagegen ist den Mädchen gegenüber soviel Angst, Hoffnung und Glückseligkeit in der liebenden Erwartung, daß die Gedanken immer rege erhalten werden.«

»Das ist gerade auch meine Ansicht von Ihrer Lage, Davy; denn ich habe nie vermutet, daß Sie noch eine weitere Glückseligkeit von Ihren Weibern erwarten. Nun, ich habe wohl schon von Burschen gehört, welche so einfältig waren, das Glück mit ihren Weibern auch jenseits des Grabes zu suchen. Ich trinke Ihnen zu, auf glückliche Fortschritte oder auf baldige Wiedergenesung von diesem Anfalle, Leutnant, und ermahne Sie, für die Zukunft vorsichtiger zu sein, da einige solcher heftigen Zufälle Ihnen am Ende den Garaus machen könnten.«

»Schönen Dank, lieber Major, und baldiges Ende einer bekannten alten Freierei! Das ist ein wahrer Bergtau, Lundie, und wärmt das Herz wie ein Strahl aus dem guten Schottland. Was die Leute, die Sie erwähnt haben, anbelangt, so konnten sie nur ein Weib gehabt haben; denn wenn einer einmal einige gehabt hat, so bringen ihn die Weiber selbst durch ihr Benehmen auf andere Gedanken. Ich denke, ein vernünftiger Ehemann muß zufrieden sein, wenn er seine freie Zeit mit einem wunderlichen Weibe, welches dieser Welt angehört, zubringen kann, und soll nicht wegen unerreichbarer Dinge den Kopf hängen lassen. Ich bin Ihnen unendlich verbunden, Major Duncan, für diesen und alle andern Freundschaftsbeweise, und wenn Sie noch einen weiteren dazufügen wollen, so würde ich glauben, daß Sie den Spielkameraden Ihrer Jugend nicht ganz vergessen hätten.«

»Wohl, Davy, wenn das Gesuch ein vernünftiges ist und so, daß ein Vorgesetzter es zugestehen kann, heraus damit.«

»Wenn Sie nur einen kleinen Dienst für mich da unten an den Tausend Inseln ersinnen könnten, so für etwa vierzehn Tage. Ich denke, ein solcher Umstand würde zur Zufriedenheit aller Parteien ausfallen. Es fällt mir eben auch bei, Lundie, daß das Mädchen die einzige heiratbare Weiße an dieser Grenze ist.«

»Es gibt immer einen Dienst für einen Mann in Ihrer Stellung auf einem Posten, wenn er auch nur unbedeutend ist; aber dort unten kann er von dem Sergeanten ebensogut wie von einem General-Quartiermeister besorgt werden, und wohl noch besser.«

»Aber nicht besser als von einem Regimentsoffizier. Es findet im allgemeinen eine große Verschwendung bei den Ordonnanzen statt.«

»Ich will darauf denken, Muir«, sagte der Major lachend. »Sie sollen morgen meine Antwort haben. Auch wird es morgen für Sie eine schöne Gelegenheit geben, sich vor der Dame zu zeigen. Sie wissen mit der Büchse gut umzugehen, und es gibt Preise zu gewinnen. Machen Sie sich gefaßt, Ihre Geschicklichkeit zu entwickeln, und wer weiß, was geschieht, ehe noch der Scud absegelt.«

»Ich denke, die meisten jungen Leute werden die Sicherheit ihrer Hand bei diesem Spiele versuchen wollen, Major?«

»Das werden sie, und einige von den Alten auch, wenn Sie dabei erscheinen. Um Sie in der Fassung zu erhalten, will ich selbst einen Schuß oder zwei tun, Davy, und Sie wissen, daß ich in dieser Beziehung einigen Ruf habe.«

»Es möchte in der Tat gut sein. Das weibliche Herz, Major Duncan, ist verschiedenartig empfänglich und bisweilen in einer Weise, welche nicht mit den Regeln der Philosophie harmoniert. Einige verlangen von ihrem Anbeter, daß er gegen sie eine regelmäßige Belagerung eröffne, und kapitulieren bloß, wenn der Platz sich nicht mehr länger halten kann; andere lieben es, wenn sie im Sturm genommen werden, indes wieder andere solche Drachen sind, daß man sie nur fangen kann, wenn man sie in einen Hinterhalt leitet. Das erste ist das anständigste und vielleicht am meisten für einen Offizier passende Verfahren, obschon ich sagen muß, daß das letztere am meisten Vergnügen macht.«

»Eine Ansicht, welche Sie ohne Zweifel Ihrer Erfahrung verdanken. Und was ist's mit dem Sturmangriff?«

»Der mag für jüngere Leute passen«, erwiderte der Quartiermeister, indem er aufstand und mit den Augen zwinkerte, eine Freiheit, die er sich oft auf Rechnung seiner langjährigen Vertrautheit gegen seinen kommandierenden Offizier herausnahm; »jede Periode des Lebens hat ihre Erfordernisse, und im siebenundvierzigsten ist es gerade angemessen, sich ein wenig auf den Kopf zu verlassen. Ich wünsche recht guten Abend, Major Duncan, und Freiheit von der Gicht, mit einem süßen und erfrischenden Schlaf.«

»Dasselbe Ihnen, Herr Muir, mit vielem Dank! Vergessen Sie den morgigen Waffengang nicht!«

Der Quartiermeister zog sich zurück und überließ es Lundie, in seiner Bibliothek über das, was eben vorgegangen war, seinen Gedanken nachzuhängen. Langjähriger Umgang hatte den Major Duncan so an den Leutnant Muir und an dessen Weise und Laune gewöhnt, daß das Betragen des letzteren ihm nicht so, wie wahrscheinlich dem Leser, auffiel. In der Tat gehen auch, obgleich wir alle nach einem gemeinsamen Gesetze, welches man Natur nennt, handeln, die Verschiedenheiten in den Neigungen, Urteilsweisen, Gefühlen und Eigenheiten der Menschen ins unendliche.

Elftes Kapitel

Verbiete nur dem wilden Aar den Flug
Und nimm den Hund, der nicht gelehrt, zum Jagen
Und zwing den Freien in der Sklaven Zug
Und muntre Trauer auf durch frohe Sagen;
Verlorne Zeit! du wirst umsonst dich plagen.
So lehrt auch nicht Gewalt die Liebe binden;
Sie dient nur da, wo sich die Herzen finden.

Spiegel für die Obrigkeit

Selten wird die Hoffnung durch einen so vollkommenen Genuß belohnt, als der war, welcher den jungen Leuten der Garnison am folgenden Tage durch die günstige Witterung bereitet wurde. Es gehört vielleicht mit zu der gewöhnlichen Verkehrtheit des Menschen, daß die Amerikaner gerne auf Dinge ihren Stolz setzen, denen das Urteil einsichtsvollerer Personen in Wirklichkeit nur eine untergeordnete Stelle angewiesen haben würde, indes sie Vorteile, welche sie in eine gleiche Höhe mit den meisten ihrer Mitgeschöpfe, wo nicht gar über sie stellen, übersehen oder unter ihrem Wert anschlagen. Unter diese letzteren gehört das Klima, welches zwar im ganzen kein vollkommenes, aber doch unendlich angenehmer und ebenso gesund ist als das der meisten Gegenden, welche sich am lautesten desselben rühmen.

Die Hitze des Sommers wurde in der Zeit, von der wir schreiben, am Oswego wenig gefühlt; denn die Schatten des Urwaldes verminderten in Verbindung mit der erfrischenden Seeluft den Einfluß der Sonne so weit, daß die Nächte immer kühl und die Tage selten drückend waren.

Es war September, ein Monat, in welchem die starken Küstenwinde oft durch das Land hin bis zu den Großen Seen dringen, so daß der Binnenschiffer bisweilen den eigentümlichen Einfluß, welcher die Winde des Meeres charakterisiert, in der höheren Kraft seines Körpers, der größeren Frische des Geistes und der Steigerung seiner moralischen Kräfte fühlt. Ein solcher Tag war der, an welchem die Garnison sich versammelte, um Zeuge des von ihrem Kommandanten scherzweise so betitelten

»Waffenganges« zu sein. Lundie war ein Gelehrter, wenigstens in militärischen Dingen, und tat sich etwas darauf zugute, die Lektüre und die Gedanken der unter seinem Befehl stehenden jungen Leute auf die mehr intellektuellen Teile ihres Berufes hinzuleiten. Seine Bibliothek war für einen Mann in seiner Lage gut und umfassend und stand jedem, der von den Büchern Gebrauch zu machen wünschte, offen. Unter die andern seltsamen Einfälle, welche durch solche Hilfsmittel ihren Weg in die Garnison gefunden hatten, gehörte auch der Geschmack an einer Art von Unterhaltung, welcher man gegenwärtig sich hinzugeben sich anschickte. Dabei hatten einige Chroniken aus den Zeiten des Rittertums Anlaß gegeben, der Belustigung einen Anstrich des Paradeartigen und Romantischen zu verleihen, was nicht gerade ungeeignet für den Charakter und die Gewohnheiten von Soldaten oder für den wilden und isolierten Posten war, welchen diese Garnison besetzt hielt.

Während man jedoch so ernstlich auf das Vergnügen bedacht war, vernachlässigten diejenigen, auf welchen der Dienst ruhte, die Sicherheit der Garnison nicht. Wer an den Bollwerken des Forts stand und auf die ungeheure glänzende Wassermasse, welche die Aussicht des ganzen nördlichen Horizonts begrenzte, von da aus aber auf den schlummernden, scheinbar endlosen Wald blickte, der die andere Hälfte des Panoramas ausfüllte, der hätte allerdings denken können, daß dieser Ort der wahre Aufenthalt des Friedens und der Sicherheit sei. Aber Duncan of Lundie wußte zu wohl, daß diese Wälder im Augenblick Hunderte auszuschicken vermochten, deren einziger Sinn die Vernichtung des Forts und seines ganzen Inhalts war, und daß gerade der trügerische See einen offenen Weg darbot, auf dem seine zwar mehr zivilisierten, aber kaum weniger hinterlistigen Feinde, die Franzosen, leicht nahe kommen und ihn in einem unwillkommenen und unbewachten Moment überfallen konnten. Es wurden Patrouillen unter alten wachsamen Offizieren, Männern, welche sich wenig um die Spiele des Tages kümmerten, ausgeschickt, um durch den Wald zu streifen, und in dem Fort blieb eine ganze Kompanie stets unter den Waffen, mit dem Befehl, ebensosehr auf der Hut zu sein, als ob gemeldet worden wäre, daß ein übermächtiger Feind im Anzug sei. Unter diesen Vorsichtsmaßregeln überließ sich der Rest der Offiziere und der Mannschaft ohne Besorgnis der Beschäftigung des Morgens.

Die für die Belustigung ausersehene Stelle war ein freier Platz etwas westlich vom Fort und unmittelbar an dem Damme des Sees. Man hatte ihn von Bäumen und Strünken gelichtet, um sich seiner als eines Exerzierplatzes zu bedienen, da er den Vorteil hatte, im Hintergrunde von dem Wasser und auf einer Seite durch die Festungswerke gedeckt zu sein. Es war daher nur von zwei Seiten ein Angriff möglich, und da der freie Raum sich weit nach Westen und Süden hinzog, so mußten die Angreifer das Versteck in den Wäldern verlassen, wenn sie nahe genug kommen wollten, um wirklich gefährlich zu werden.

Obgleich die regelmäßige Waffe des Regiments die Muskete war, so brachte man bei dieser Gelegenheit doch etwa fünfzig Büchsen zum Vorschein. Jeder Offizier hatte eine zu seinem Vergnügen, als einen Teil seiner Selbstverpflegung; viele gehörten den Kundschaftern und befreundeten Indianern, deren sich stets mehr oder weniger um das Fort aufhielten; und einige waren das Eigentum des Bataillons, zum Gebrauche derjenigen bestimmt, welche zur Ergänzung der gelieferten Verpflegung der Jagd oblagen. Unter denen, welche eine eigene Waffe führten, waren etwa fünf oder sechs, welche in besonderem Rufe standen und sich durch ihre Geschicklichkeit eine Berühmtheit an der Grenze erworben hatten; zweimal soviel mochten für etwas mehr als gewöhnliche Schützen gelten; dann gab es aber noch manche, die man für gewandt in fast jeder Lage hätte halten mögen, nur nicht gerade in der, in welcher sie sich ebenjetzt hervortun sollten.

Die Zielweite betrug hundert Ellen, ein Auflegen des Gewehres war nicht üblich. Das Ziel bestand aus einer mit den gewöhnlichen Kreisen versehenen weißgemalten Scheibe, welche im Mittelpunkt das Ochsenauge hatte. Die ersten Geschicklichkeitsversuche begannen mit Herausforderungen unter der unedleren Klasse der Bewerber, um ihre Sicherheit und Gewandtheit in einem unbelohnten Wetteifer zu zeigen. Es nahmen jedoch die gemeinen Soldaten an diesem Spiele teil, welches für die Zuschauer, unter denen noch kein Offizier erschienen war, wenig Interesse hatte.

Die meisten der Soldaten waren Schotten. Das Regiment war vor einer Reihe von Jahren in Stirling und dessen Nachbarschaft ausgehoben worden, und nachdem es in den Kolonien angekommen war, hatten sich, wie dies auch mit Sergeant Dunham der Fall war, viele Amerikaner mit demselben vereinigt. Im allgemeinen waren die aus den Provinzen die erfahrensten Schützen, und nach den Proben einer halben Stunde mußte der Ruhm der größten Geschicklichkeit einem in der Kolonie Neuyork geborenen Jüngling von holländischer Abkunft zugestanden werden, der den wohlklingenden Namen van Valtenburg trug, gewöhnlich aber Follock genannt wurde. Gerade als man sich für diese Ansicht entschieden hatte, erschien der älteste Kapitän, begleitet von den meisten Herren und Damen, in festlichem Aufzuge. Ein Schweif von etwa zwanzig Weibern geringeren Standes folgte, unter denen auch die gewandte Gestalt, das ausdrucksvolle, blühende, lebhafte Gesicht und der zierliche Anzug Mabel Dunhams zu sehen war.

Von Frauen, welche offiziell als zur Klasse der Damen von Stand gehörig betrachtet werden mußten, waren nur drei in dem Fort. Diese waren Offiziersfrauen, gesetzte ältere Damen, in deren Benehmen sich die Einfachheit des mittleren Alters zum Teil mit ihren Begriffen von dem Übergewicht ihres Standes, den Rechten und Pflichten der Kaste und der Etikette des Ranges mischte. Die andern Frauen waren Weiber von Unteroffizieren und Gemeinen, und Mabel war im eigentlichen Sinne, wie bereits der Quartiermeister bemerkt hatte, die einzige sich für den Ehestand eignende Person unter ihrem Geschlecht. Allerdings waren auch noch ein Dutzend andere Mädchen da; sie gehörten aber noch unter die Kinder, und es war keine unter ihnen, welche im Alter so vorgerückt gewesen wäre, um einen geeigneten Gegenstand der Bewunderung abzugeben.

Um die Frauen auf eine passende Weise zu empfangen, war ein niedriges Brettergerüst unmittelbar an dem Damm des Sees aufgeschlagen worden. In der Nähe desselben waren die Preise an einem Pfahl aufgehängt. Man hatte Sorge getragen, daß der Vordersitz des Gerüstes von den drei Ladys mit ihren Kindern besetzt wurde, indes Mabel und die Frauen der Unteroffiziere den zweiten Platz einnahmen. Die Weiber und Töchter der Gemeinen bildeten in wildem Durcheinander die Nachhut; einige standen, andere saßen, wie sie eben Platz finden konnten. Mabel, welche bereits in der Eigenschaft einer untergeordneten

Gesellschafterin Zutritt in den Zirkel einiger Offiziersfrauen gefunden hatte, wurde von den Damen auf dem Vordersitze, welche eine bescheidene Selbstachtung und höfliche, feine Sitte zu schätzen wußten, sehr beachtet, obgleich sie alle den Wert des Ranges, zumal in einer Garnison, hoch anschlugen.

Sobald dieser wichtige Teil des schaulustigen Publikums seinen Platz eingenommen hatte, gab Lundie den Befehl, zur Eröffnung der Belustigung in der Weise, wie er es vorher angeordnet hatte, zu schreiten. Acht oder zehn der besten Schützen der Garnison nahmen nun Besitz von dem Stande und begannen nach der Reihe zu feuern. Sie bestanden aus Offizieren und andern Leuten ohne Unterschied, da auch die Gelegenheitsbesucher auf dem Fort vom Wettbewerb nicht ausgeschlossen waren. Man konnte von Leuten, deren Belustigung und behaglicher Unterhalt allein von der Geschicklichkeit in Führung des Gewehrs abhingen, erwarten, daß sie alle hinreichend geübt waren, das Ochsenauge oder den weißen Fleck im Zentrum des Zieles zu treffen. Dann folgten andere, welche weniger sicher waren und mit ihren Kugeln nur in den verschiedenen Kreisen, die das Zentrum umgaben, blieben, ohne letzteres zu berühren.

Nach den Regeln des Tages konnte keiner einen zweiten Schuß tun, wenn er das erstemal gefehlt hatte, und der Platzadjutant, welcher den Zeremonienmeister oder Marschall des Tages machte, rief die glücklicheren Abenteurer bei ihren Namen auf, sich für einen weiteren Versuch bereit zu halten, indem er zugleich ankündigte, daß alle diejenigen, welche das Ochsenauge gefehlt hätten, von aller weiteren Bewerbung ausgeschlossen sein sollten. Gerade in diesem Augenblick erschienen Lundie, der Quartiermeister und Jasper Eau-douce unter der Gruppe bei dem Stande, indes der Pfadfinder gemächlich über den Platz schritt, ohne seine geliebte Büchse bei sich zu führen. Dies war ein zu ungewöhnlicher Umstand, als daß nicht alle Anwesenden daraus hätten entnehmen sollen, es geschehe nur deshalb, weil er sich nicht als einen Mitbewerber um die Ehren des Tages betrachtete. Alles machte dem Major Duncan Platz, welcher, als er sich in gutgelaunter Weise dem Stande näherte, seine Stellung einnahm, sein Gewehr sorglos erhob und Feuer gab. Die Kugel verfehlte das erforderliche Ziel um mehrere Zoll.

»Major Duncan ist von den ferneren Versuchen ausgeschlossen!« proklamierte der Adjutant mit einer so starken und zuversichtlichen Stimme, daß alle älteren Offiziere und Sergeanten wohl erkannten, daß dieser Fehlschuß vorher verabredet war, indes die jüngeren Herren und die Gemeinen sich durch die augenscheinliche Unparteilichkeit, mit welcher die Gesetze des Spiels gehandhabt wurden, aufs neue ermutigt fühlten; denn nichts ist für den Naturmenschen so anziehend wie die Verheißung strenger Gerechtigkeit, und nichts so selten wie ihre wirkliche Ausübung.

»Nun kommt die Reihe an Euch, Meister Eau-douce«, sagte Muir, »und wenn Ihr den Major nicht überbietet, so werde ich sagen, daß Eure Hand besser mit dem Ruder als mit der Büchse umzugehen weiß.«

Jaspers schönes Gesicht errötete. Er schritt auf den Stand zu, warf einen hastigen Blick auf Mabel, deren zierliche Gestalt sich, wie er sich überzeugte, rasch vorwärts beugte, als ob sie auf das Resultat begierig sei, – ließ den Lauf seiner Flinte, anscheinend mit geringer Sorgfalt, auf die Fläche seiner Linken fallen, erhob die Mündung einen Augenblick mit außerordentlicher Fertigkeit und feuerte. Die Kugel drang genau durch das Zentrum des Ochsenauges – der beste Schuß dieses Morgens, da die andern das Bild nur berührt hatten.

»Brav gemacht, Meister Jasper«, sagte Muir, sobald das Resultat bekanntgemacht war, »und ein Schuß, der einem ältern Kopf und einem erfahrenern Auge Ehre gemacht haben würde. Doch ich denke, es war etwas Jungenglück dabei; denn Ihr waret nicht besonders genau beim Zielen. Ihr mögt wohl schnell in der Bewegung sein, Eau-douce, aber Ihr seid nicht philosophisch, nicht wissenschaftlich in der Handhabung Eures Gewehrs. Nun, Sergeant Dunham, ich werde Euch Dank wissen, wenn Ihr die Damen ersucht, etwas mehr als gewöhnlich achtzuhaben; denn ich will jetzt einen Gebrauch von der Büchse machen, den man einen intellektuellen nennen kann. Ich geb' es zu, Jasper würde einen getötet haben; es hätte aber beim Empfang eines solchen Schusses nicht halb soviel Befriedigung stattgefunden als beim Empfang einer wissenschaftlich abgefeuerten Ladung.«

Diese ganze Zeit über bereitete sich der Quartiermeister auf seinen wissenschaftlichen Versuch vor. Er verschob es jedoch zu zielen bis er sah, daß das Auge Mabels, ebenso wie die Blicke der übrigen weiblichen Zuschauer, sich neugierig auf ihn richteten. Da die andern ihm aus Achtung vor seinem Range Raum ließen und nur der Kommandant in seiner Nähe stand, so sagte er zu diesem in seiner familiären Weise:

»Sie sehen, Lundie, daß etwas zu gewinnen ist, wenn man die weibliche Neugierde aufregt, 's ist ein lebhaftes Gefühl um die Neugierde, und zweckmäßig geleitet mag sie am Ende zu etwas Besserem führen.«

»Sehr wahr, Davy, aber Sie lassen uns mit ihren Vorbereitungen zu lange warten, und da kommt der Pfadfinder, der etwas aus Ihrer größeren Erfahrung lernen möchte.«

»Wohl, Pfadfinder, Ihr könnt dabei auch einen Begriff von der Philosophie des Schießens bekommen. Ich habe nicht die Absicht, mein Licht unter den Scheffel zu stellen, und Ihr seid immer willkommen, wenn Ihr etwas von mir lernen wollt. Habt Ihr nicht auch die Absicht, einen Schuß zu versuchen, Mann?«

»Warum sollt' ich, Quartiermeister? Warum sollt' ich? Ich brauche keinen von den Preisen, und was die Ehre anbelangt, so habe ich deren genug gehabt, wenn es überhaupt eine Ehre ist, besser zu schießen als Sie. Ich bin kein Weib, um einen Kalash zu tragen.«

»Sehr wahr, aber Ihr könntet ein Weib finden, daß in Euren Augen kostbar genug ist, ihn von Euch zu tragen, wie –«

»Kommen Sie, Davy«, unterbrach ihn der Major, »wir möchten den Schuß oder Ihren Abzug sehen. Der Adjutant wird ungeduldig.«

»Des Quartiermeisters Geschäftskreis und der des Adjutanten vertragen sich selten miteinander, Lundie. Aber ich bin bereit. Tretet ein wenig auf die Seite, Pfadfinder, und gebt den Damen Raum!«

Leutnant Muir nahm nun seine Stellung mit einem guten Teil studierter Eleganz, erhob seine Büchse langsam, senkte sie, erhob sie aufs neue, wiederholte dieses Manöver nochmals und gab Feuer.

»Gefehlt, die ganze Scheibe«, rief der Mann, der die Treffer zu bezeichnen hatte und wenig Geschmack an des Quartiermeisters lästiger Wissenschaftlichkeit fand. »Die Scheibe verfehlt.«

»Es kann nicht sein«, schrie Muir, und sein Gesicht glühte ebensosehr vor Entrüstung wie vor Scham. »Es kann nicht sein,

Adjutant; denn nie begegnete mir in meinem Leben eine solche Ungeschicklichkeit. Ich appelliere an die Damen um ein gerechteres Urteil!«

»Die Damen schlossen ihre Augen, als Sie feuerten«, riefen die Spötter im Regimente. »Ihre Vorbereitungen erschreckten sie.«

»Ich kann eine solche Schmähung von den Damen nicht glauben und meine Geschicklichkeit nicht auf solche Weise verunglimpfen lassen«, erwiderte der Quartiermeister, der mehr und mehr in sein Schottisch verfiel, je wärmer seine Gefühle wurden. »'s ist eine Verschwörung, um einem verdienten Mann das zu rauben, was ihm gebührt.«

»'s ist eben ein Fehlschuß, Muir«, sagte der Major lachend, »und Sie müssen sich in die Laune des Glückes fügen.«

»Nein, nein, Major«, bemerkte endlich Pfadfinder, »der Quartiermeister ist, seine Langsamkeit ausgenommen, auf eine gemessene Entfernung ein guter Schütze, obgleich nichts Außerordentliches für den wirklichen Dienst. Seine Kugel hat die Jaspers gedeckt, wie man bald sehen wird, wenn einer sich die Mühe nehmen will, die Scheibe zu untersuchen.«

Die Achtung vor Pfadfinders Geschicklichkeit und vor der Schnelligkeit und Sicherheit seines Auges war so groß und allgemein, daß in dem Augenblick, als er diese Erklärung gab, die Zuschauer ihren eigenen Meinungen zu mißtrauen anfingen und ein Dutzend davon nach der Scheibe stürzte, um sich über die Tatsache Gewißheit zu verschaffen. Man fand auch wirklich, daß des Quartiermeisters Kugel durch das von Jasper gemachte Loch, und zwar mit einer Genauigkeit gegangen war, daß es einer sehr scharfen Untersuchung bedurfte, um den Tatbestand außer Zweifel zu stellen; doch lag es am Tage, als man eine Kugel über der andern in dem Pfahle fand, an welchem die Scheibe befestigt war.

»Ich sagt' es ja, meine Damen, daß Sie Zeuginnen des Einflußes der Wissenschaft auf die Kunst zu schießen sein würden«, sprach der Quartiermeister, indem er auf das Gerüst, welches die Frauen besetzt hielten, zuging. »Major Duncan verlachte die Idee, daß sich die Mathematik auf das Scheibenschießen anwenden lasse; aber ich sage ihm, Philosophie färbt, vergrößert, verbessert, erweitert und breitet alles aus, was zum menschlichen Leben gehört, sei es nun ein Wettschießen oder eine Predigt. Mit einem Wort, Philosophie ist Philosophie, und das ist alles, was man über diesen Gegenstand zu sagen nötig hat.«

»Ich denke, Sie schließen die Liebe von diesem Katalog aus«, bemerkte die Frau eines Hauptmannes, welche die Geschichte von des Quartiermeisters Heiraten kannte und einen weiblichen Widerwillen gegen diesen Monopolisten ihres Geschlechtes hatte, – »mir scheint, daß Philosophie wenig mit der Liebe gemein hat.«

Sie würden das nicht sagen, Madame, wenn Ihr Herz viele Versuchungen erfahren hätte. Ein Mann oder eine Frau, die viele Gelegenheit gehabt haben, ihre Sympathien auszubilden, können am besten über solche Gegenstände sprechen; und, glauben Sie mir, von aller Liebe ist die philosophische die beste, da sie die vernünftigste ist.«

»So empfehlen Sie wohl die Erfahrung zur Veredelung der Liebe?«

»Ihr schneller Geist hat diese Idee mit einem Blick erfaßt. Die glücklichsten Heiraten sind die, wo Jugend, Schönheit und Vertrauen auf der einen Seite sich auf den Scharfsinn, die Mäßigung und die Klugheit der Jahre verläßt, des mittleren Alters, meine ich, Madame; denn ich will nicht in Abrede ziehen, daß es auch so ein Ding von einem Ehemann geben kann, das zu alt für ein Weib ist. Hier ist Sergeant Dunhams bezaubernde Tochter, welche sicherlich solchen Gefühlen Beifall zollen wird; denn die Besonnenheit ihres Charakters ist in der Garnison bereits vollkommen anerkannt, so kurz auch ihr Aufenthalt unter uns sein mag.«

»Sergeant Dunhams Tochter ist kaum eine geeignete Sprecherin bei einer Unterhaltung zwischen Ihnen und mir, Leutnant Muir«, erwiderte die Kapitänsfrau, die ihrer Würde nichts vergeben wollte. »Doch, damit wir auf einen andern Gegenstand kommen – dort schickt sich der Pfadfinder an, sein Glück zu versuchen.«

»Ich protestiere, Major Duncan, ich protestiere«, – schrie Muir, indem er mit erhobenen Armen, um seinen Worten Nachdruck zu leihen, nach dem Stand zurückeilte. – »Ich protestiere in strengster Form, meine Herrn, daß Pfadfinder bei diesem Sport mit seinem Hirschtöter zugelassen werde; denn abgesehen von seiner langjährigen Fertigkeit, ist dies ein Gewehr, welches bei einem Geschicklichkeitsversuch außer allem Verhältnis mit den staatlichen Büchsen steht.«

»Der Hirschtöter ist in der Ruhe, Quartiermeister«, erwiderte Pfadfinder, »und niemand denkt hier daran, ihn zu stören. Ich dachte selbst nicht, heute den Drücker zu berühren; aber Sergeant Dunham überzeugte mich, daß ich seiner schönen Tochter, welche unter meinem Schutze hierherkam, keine besondere Ehre erweisen würde, wenn ich bei einer solchen Gelegenheit zurückbliebe. Ich benutze daher Jaspers Büchse, Quartiermeister, wie Sie sehen können, und die ist nicht besser als die Ihrige.«

Leutnant Muir mußte sich zufriedengeben, und jedes Auge richtete sich auf den Pfadfinder, als er die erforderliche Stellung einnahm. Die Haltung dieses gefeierten Wegweisers und Jägers war äußerst schön, als er seine kühne Gestalt erhob und das Gewehr anlegte, wobei er eine vollkommene Selbstbeherrschung und eine genaue Kenntnis der Kraft des menschlichen Körpers sowohl als der Waffe entwickelte. Pfadfinder war nicht, was man gewöhnlich einen schönen Mann nennt, obgleich seine Erscheinung Vertrauen einflößte und Achtung gebot. Hoch und sehnig, hätte man seine Gestalt fast für vollkommen halten mögen, hätte sie nicht alles dessen, was wie Fleisch aussieht, entbehrt. Eine Peitschenschnur war kaum starrer oder zur Not biegsamer als seine Arme und Beine; auch waren seine Umrisse zu eckig für ein Verhältnis, welches angenehm ins Auge fallen soll. Doch waren seine Bewegungen voll natürlicher Anmut, und das Ruhige und Geregelte derselben gab ihm einen Ausdruck von Würde, welchem sich gerne der unabweisbare Gedanke an seine Leistungen und seine persönlichen Verdienste anreihte. Sein ehrliches, offenes Gesicht war zu einem hellen Rot gebräunt, das sich wohl mit den Mühseligkeiten und Gefahren vertrug, denen er immer ausgesetzt war, und seine sehnigen Hände deuteten auf die Kraft und die Art des Gebrauches hin, der von den versteifenden und verunstaltenden Wirkungen der Arbeit ferne war. Obgleich niemand an ihm die zierlicheren und ansprechenderen Eigenschaften, welche auf die Neigung der Frauen gewinnend einzuwirken vermögen, entdecken konnte, so blickte doch, als er seine Büchse erhob, kein weibliches Auge auf ihn ohne ein geheimes Wohlgefallen an der Freiheit seiner Bewegungen und der Männlichkeit seines

Aussehens. Sein Zielen geschah mit der Schnelligkeit des Gedankens, und als der Rauch über seinem Haupte schwebte, erblickte man den Schaft der Büchse schon auf der Erde, die Hand des Pfadfinders war an den Lauf gelehnt, und sein ehrliches Gesicht leuchtete von seinem gewöhnlichen stillen herzlichen Lachen.

»Wenn man bei einer solchen Gelegenheit eine Anspielung machen darf«, rief Major Duncan, »so möchte ich sagen, daß der Pfadfinder auch die Scheibe verfehlt hat!«

»Nein, nein, Major«, erwiderte Pfadfinder mit Zuversicht, »das würde eine gewagte Behauptung sein. Ich habe das Gewehr nicht geladen und kann nicht sagen, was darin war; wenn es aber geladen war, so werden Sie finden, daß die Kugel die des Quartiermeisters und Jaspers tiefer hineingetrieben hat, wenn ich anders Pfadfinder heiße.«

Ein Ruf von der Scheibe her verkündete die Wahrheit dieser Versicherung.

»Das ist nicht alles, das ist nicht alles, Jungen«, rief der Wegweiser aus, welcher nun langsam auf das von den Damen besetzte Gerüst zuging, »wenn ihr die Scheibe nur im mindesten berührt findet, so will ich verloren haben. Der Quartiermeister hat das Holz gestreift, ihr werdet aber nicht finden, daß die letzte Kugel dasselbe angegriffen hätte.«

»Sehr wahr, Pfadfinder, sehr wahr«, antwortete Muir, welcher sich in Mabels Nähe gemacht hatte, obschon er sich scheute, sie in Gegenwart der Offiziersfrauen anzureden. »Der Quartiermeister hat das Holz ausgeschnitten und hierdurch einen Weg für Eure Kugel geöffnet, welche durch das Loch, das er gemacht hat, durchgegangen ist.«

»Wohl, Quartiermeister, doch jetzt kommt's an den Nagel und wir wollen sehen, wer ihn tiefer hineintreiben kann, Sie oder ich; denn obgleich ich heute nicht zu zeigen hoffte, was eine Büchse vermag, so will ich doch, da sie einmal in meiner Hand ist, keinem, der König Georgs Bestallung hat, den Rükken kehren. Chingachgook ist draußen, sonst könnte mich der zu einigen Feinheiten der Kunst veranlassen; aber was Sie anbelangt, Quartiermeister – wenn Sie der Nagel nicht schon zufriedenstellt, so wird's die Kartoffel tun.«

»Ihr tut diesen Morgen gewaltig dick, Pfadfinder, aber Ihr werdet finden, daß Ihr es nicht mit einem grünen Burschen, frisch von den Ansiedelungen und Städten weg, zu tun habt; das versichere ich Euch.«

»Ich weiß das wohl, Quartiermeister, ich weiß das wohl, und will Ihrer Erfahrung nicht zu nahetreten. Sie haben schon viele Jahre an der Grenze gelebt, und ich habe von Ihnen in den Kolonien und selbst unter den Indianern schon vor einem ganzen Menschenalter sprechen hören.«

»Nä, nä«, unterbrach ihn Muir in seinem breitesten Schottisch, »das ist 'ne Ungerechtigkeit, Mann. Ich bin noch nicht so gar alt, nein.«

»Ich will Ihnen Gerechtigkeit widerfahren lassen, auch wenn Sie das Beste in dem Kartoffelversuch wegkriegen sollten. Sie haben für einen Soldaten ein gutes Menschenalter an Orten verlebt, wo die Büchse täglich gebraucht wird, und ich weiß, Sie sind ein geachteter und scharfblickender Schütze; aber doch sind Sie kein rechter Büchsenschütze. Was das Prahlen anbelangt, so hoffe ich, daß ich nicht als ein eitler Auskrämer meiner eigenen Taten bekannt bin; aber die Gaben eines Menschen sind seine Gaben, und es hieße der Vorsehung Trotz bieten, wenn man sie verleugnen wollte. Des Sergeanten Tochter hier soll zwischen uns Richter sein, wenn Sie Lust haben, sich einem so artigen Richter zu unterwerfen.«

Der Pfadfinder hatte Mabel zur Schiedsrichterin gewählt, weil er sie bewunderte, und weil der Rang in seinen Augen wenig oder keinen Wert hatte. Aber Leutnant Muir schrak vor einer solchen Berufung in Gegenwart der Offiziersfrau zurück. Er hätte wohl gern sein Bild beständig vor den Augen und der Seele des Gegenstandes seiner Hoffnungen gewünscht; aber er war doch zu sehr unter dem Einfluß alter Vorurteile und vielleicht zu schlau, um öffentlich als ihr Verehrer aufzutreten, wenn er nicht auf einen sicheren Erfolg hoffen durfte. Zu der Verschwiegenheit Major Duncans hatte er volles Vertrauen und fürchtete von dieser Seite aus keinen Verrat. Er mußte aber sehr vorsichtig zu Werke gehen; denn wenn es ruchbar wurde, daß er von der Tochter eines Unteroffiziers zurückgewiesen worden sei, so konnte er bei der Bewerbung um eine andere Frau von Stand – und auf eine solche durfte er vernünftigerweise doch Anspruch machen – große Schwierigkeiten finden. Aber Mabel erschien so hübsch, errötete so bezaubernd, lächelte so süß und war ein so gewinnendes Bild der Jugend, des

Geistes, der Bescheidenheit und Schönheit, daß er ungeachtet seiner Zweifel und Besorgnisse es äußerst verführerisch fand, seine Person in ihrer ganzen Erhabenheit von der Phantasie des Mädchens Besitz nehmen zu lassen, weshalb er es über sich gewann, sein Wort frei an sie zu richten.

»Es soll geschehen nach Eurem Wunsche, Pfadfinder«, erwiderte er, sobald er mit seinem Zweifeln ins reine gekommen war. »Laßt des Sergeanten Tochter, – seine bezaubernde Tochter sollte ich sie genannt haben – Schiedsrichterin sein, und ihr wollen wir beide den Preis widmen, den einer oder der andere sicher gewinnen muß. Pfadfinder muß, wie Sie bemerken, meine Damen, eigen gelaunt sein, sonst würden wir ohne Zweifel die Ehre gehabt haben, uns dem Urteil einer Dame aus Ihrer bezaubernden Gesellschaft zu unterwerfen.«

Ein Aufruf an die Bewerber führte nun den Quartiermeister und seinen Gegner hinweg, und in wenigen Minuten begann der zweite Versuch. Ein gewöhnlicher Nagel, dessen Kopf gefärbt war, wurde leicht in die Scheibe getrieben, und die Schützen mußten ihn treffen, wenn sie nicht das Recht zur Teilnahme bei den weiteren Proben verlieren wollten. Niemand von denen, welche früher das Ochsenauge gefehlt hatten, wurde zugelassen.

Es gab ungefähr ein halbes Dutzend Bewerber um die Ehre dieses Probestücks. Einer oder zwei, welche bei dem ersten Schießen den gemalten Fleck nur notdürftig berührt hatten, zogen es vor, ihren Ruf nicht aufs Spiel zu setzen; denn sie fühlten, daß bei der schwereren Aufgabe, um die es sich jetzt handelte, nichts für sie zu holen sei. Die drei ersten Schützen fehlten, obschon sie der Marke sehr nahe kamen, ohne sie jedoch zu berühren. Der vierte in der Reihe war der Quartiermeister, welcher, nachdem er seine gewöhnlichen Stellungen durchgemacht hatte, insoweit glücklich schoß, daß seine Kugel ein kleines Stück von dem Kopf des Nagels trennte und an der Seite des Punktes einschlug. Dies wurde als kein außerordentlicher Schuß betrachtet, obgleich er den Abenteurer wieder auf die Liste brachte.

»Sie haben Ihre Haut gerettet, Quartiermeister, wie man in den Ansiedlungen von den Haustieren sagt«, rief Pfadfinder lachend, »aber es würde lange dauern, ein Haus mit einem Hammer zu bauen, der nicht besser als der Ihrige ist. Jasper hier wird

Ihnen zeigen, wie man einen Nagel treffen muß, oder der Junge hat etwas von der Festigkeit seiner Hand und der Sicherheit seines Auges verloren. Sie würden besser getan haben, Leutnant, wenn Sie Ihre Stellungen weniger soldatisch gehalten hätten. Schießen ist eine natürliche Gabe und muß auf eine natürliche Weise geübt werden.«

»Wir werden sehen, Pfadfinder; ich nenne das einen recht artigen Schuß, und ich zweifle, ob das Fünfundfünfzigste einen andern Hammer, wie Ihr es nennt, hat, der wieder gerade dahin zu treffen vermag.«

»Jasper ist nicht im Fünfundfünfzigsten, aber da geht sein Schlag hin.«

Als der Pfadfinder sprach, traf Eau-douces' Kugel das Viereck des Nagels und trieb der Kopf desselben ungefähr einen Zoll tief in die Scheibe.

»Nietet ihn aus, Jungen«, schrie der Pfadfinder, indem er in die Fußtapfen seines Freundes in dem Augenblick, als sie frei wurden, trat. »Laßt es gut sein mit einem neuen Nagel! Ich kann diesen sehen, obgleich die Farbe weggegangen ist, und was ich sehen kann, kann ich auch auf hundert Ellen treffen, und wäre es nur das Auge eines Moskitos. Habt ihr ihn ausgenietet?«

Die Flinte krachte, die Kugel flog ihren Weg, und der Kopf des Nagels wurde in dem Holz begraben, bedeckt von einem Stück plattgedrückten Bleis.

»Nun, Jasper, Junge«, fuhr der Pfadfinder fort, indem er den Schaft seines Gewehrs zur Erde sinken ließ und das Gespräch wiederaufnahm, als ob er gar nicht an seinen eigenen Schuß dächte. »Ihr verbessert Euch täglich. Noch einige Züge am Land in meiner Gesellschaft, und der beste Schütze an der Grenze wird sich zusammennehmen müssen, wenn er seinen Stand nach Euch nimmt. Der Quartiermeister ist respektabel, aber er wird's nicht weiter bringen. Dagegen habt Ihr, Jasper, die Gabe und könnt es eines Tages mit jedem Schützen aufnehmen.«

»Ho, ho!« rief Muir, »Ihr nennt das Streifen eines Nagelkopfes nur respektabel, da es doch die Vollkommenheit der Kunst ist? Jeder der nur in etwas ein verfeinertes und gebildetes Gefühl hat, weiß, daß die leichten Berührungen den Meister bekunden. Dagegen kommen Eure Schmiedehammerschläge nur aus dem Rohen und Ungebildeten. Wenn es beim Schießen heißt: ›Um ein Haar gefehlt, ist so gut als um eine Meile gefehlt‹, so muß dies doch noch mehr bei einem Treffer gelten, Pfadfinder, ob er nur verwundet oder tötet.«

»Der sicherste Weg, diese Nebenbuhlerschaft zu beruhigen, wird wohl ein anderer Versuch sein«, bemerkte Lundie, »und das soll durch die Kartoffel geschehen. Sie sind ein Schotte, Herr Muir, und möchten vielleicht besser fahren, wenn es ein Kuchen oder eine Distel wäre, aber der Grenzbrauch hat sich für die amerikanische Frucht, die Kartoffel, erklärt.«

Da Major Duncan in seiner Weise einige Ungeduld kundgab, so hatte Muir zuviel Takt, den Fortgang der Belustigung noch länger durch seine Bemerkungen zu unterbrechen, sondern bereitete sich klugerweise für den nächsten Aufruf vor. Der Quartiermeister hatte zwar in der Tat wenig oder kein Vertrauen, daß er den nun folgenden Versuch glücklich bestehen werde, und würde es wohl nicht gewagt haben, sich unter die Bewerber zu mischen, wenn er vorausgesehen hätte, daß er wirklich stattfinden würde. Aber Major Duncan, der etwas humoristisch in seiner ruhigen, schottischer Weise war, hatte – ausdrücklich um ihn zu quälen – insgeheim bereits die nötigen Vorbereitungen treffen lassen; denn da er selbst ein Laird war, so konnte er dem Gedanken keinen Geschmack abgewinnen, daß ein Mann, welcher als ein Edelmann betrachtet werden wollte, seiner Kaste durch Eingehung einer ungleichen Verbindung Unehre zu machen gedachte. Sobald alles eingeleitet war, wurde Muir aufgefordert, seinen Stand zu nehmen, und die Kartoffel zum Wurf in Bereitschaft gehalten. Da dem Leser die Weise des Kunststückes, welches wir ihm vorführen werden, vielleicht neu ist, so mag ein erläuterndes Wort die Sache klarer machen. Eine große Kartoffel wurde ausgewählt und jemand gegeben, welcher zwanzig Ellen von dem Schießstand entfernt war. Auf das Wort »auf«, welches von dem Schützen gegeben ward, wurde die Frucht mit einem sanften Stoß in die Luft geworfen, und es war nun die Aufgabe des Glücksritters, eine Kugel durch sie zu schießen, ehe sie den Boden wieder erreichte.

Unter hundert Versuchen war es dem Quartiermeister nur ein einziges Mal gelungen, dieses schwere Kunststück glücklich auszuführen. Er versuchte es deshalb wieder mit einer Art von blinder Hoffnung, die ihm aber fehlschlagen sollte. Die Kartoffel wurde auf die gewöhnliche Weise geworfen: der Schuß fiel, aber das fliegende Ziel blieb unberührt.

»Rechts um – durchgefallen, Quartiermeister«, sagte Lundie, mit einem Lächeln über diesen Erfolg, »die Ehre des seidenen Kalash wird zwischen Jasper Eau-douce und Pfadfinder liegen.«

»Und wie soll der Versuch enden, Major?« fragte der letztere. »Soll der mit den zwei Kartoffeln noch dazukommen, oder ist es mit Zentrum und Haut abgetan?«

»Mit Zentrum und Haut, wenn ein bemerklicher Unterschied stattfindet; im andern Fall muß der Doppelschuß folgen.«

»Das ist für mich ein entsetzlicher Augenblick, Pfadfinder«, bemerkte Jasper, und die Gewalt seiner Gefühle trieb alle Farbe aus seinem Gesichte, als er sich zum Stand hinbewegte.

Pfadfinder blickte ernst auf den jungen Mann; dann bat er den Major, einen Augenblick Geduld zu haben, und führte seinen Freund etwas beiseite, so daß die nahe Stehenden sie nicht hören konnten.

»Ihr scheint Euch diese Sache zu Herzen zu nehmen, Jasper?« bemerkte der Jäger, indem er dem Jüngling mit festen Blicken ins Auge sah.

»Ich muß zugeben, Pfadfinder, daß meine Gefühle sich nie vorher so sehr an den Erfolg knüpften.«

»Und verlangt Ihr so sehr, mich auszustechen, einen alten geprüften Freund? – und das sozusagen auf meinem eigenen Wege? Schießen ist meine Gabe, Junge, und keine gewöhnliche Hand kann sich mit der meinigen messen.«

»Ich weiß es, ich weiß es, Pfadfinder, aber doch –«

»Aber was, Jasper, Junge? – Sprecht frei, Ihr sprecht mit einem Freunde.«

Der junge Mann kniff sich in die Lippen, fuhr mit der Hand über das Auge und errötete und erblaßte abwechselnd wie ein Mädchen, das seine Liebe gesteht. Dann drückte er des andern Hand und sagte ruhig und mit einer Männlichkeit, welche alle andern Gefühle überwältigte: –

»Ich wollte einen Arm drum geben, Pfadfinder, wenn ich diesen Kalash Mabel Dunham anbieten könnte.«

Der Jäger ließ seine Augen zur Erde sinken, und als er langsam zum Stand zurückging, schien er das, was er eben gehört hatte, tief zu erwägen.

»Es kann Euch nie bei dem Doppelversuch glücken, Jasper!« bemerkte er plötzlich.

»Das bin ich nur zu gewiß, und ebendas quält mich.«

»Was für ein Geschöpf ist doch der sterbliche Mensch! Er sehnt sich schmerzlich nach Dingen, welche nicht zu seinen Gaben gehören, und behandelt die Wohltaten, die ihm durch die Vorsehung zugewiesen werden, mit Leichtfertigkeit. Macht nichts – macht nichts! Nehmt Euern Stand, Jasper; denn ich könnte mit weniger als soviel mein Gesicht nicht mehr in der Garnison zeigen.«

»Ich glaube, ich muß mich meinem Schicksal unterwerfen«, erwiderte Jasper, wie früher bald errötend, bald erbleichend, – »aber ich will mir Mühe geben, als ob es mein Leben gälte.«

»Was für ein Ding ist der sterbliche Mensch!« wiederholte der Pfadfinder, indem er sich zurückzog, um seinem Freunde Raum zum Zielen zu geben. – »Er übersieht seine eigenen Gaben und trachtet nach denen von anderen!«

Die Kartoffel wurde geworfen, Jasper feuerte, und das darauf folgende Geschrei leitete die Ankündigung ein, die Kugel sei in das Zentrum oder doch demselben so nahe eingedrungen, daß der Schuß wohl als ein Zentrumschuß beurteilt zu werden verdiente.

»Das ist ein Mitbewerber, der Eurer würdig ist, Pfadfinder«, rief Major Duncan vergnügt, als der erstere seinen Stand nahm, »und wir werden noch einige schöne Schüsse bei dem Doppelversuch zu sehen bekommen.«

»Was für ein Ding ist der sterbliche Mensch!« wiederholte der Jäger, welcher so sehr in seine eigenen Betrachtungen vertieft war, daß er kaum auf das, was um ihn vorging, zu achten schien. »Auf!«

Die Kartoffel flog, die Flinte krachte, wie man bemerkte, gerade als der kleine, schwarze Ball in der Luft zu halten schien: denn der Schütze verwandte augenscheinlich ungewöhnliche Sorgfalt beim Zielen. Dann folgte ein Blick der getäuschten Erwartung und Verwunderung unter denen, welche das fallende Ziel aufgefangen hatten.

»Zwei Löcher auf einer Seite?« rief der Major aus.

»Die Haut, die Haut«, war die Antwort, »nur die Haut!«

»Was ist das, Pfadfinder? Soll Jasper Eau-douce die Ehre des Tages davontragen?«

»Der Kalash ist sein«, erwiderte der andere mit Kopfschütteln und verließ ruhig den Stand. »Was für ein Geschöpf ist der sterbliche Mensch! Nie ist er mit seinen eigenen Gaben zufrieden und trachtet immer nach dem, was ihm die Vorsehung versagt hat!«

Da der Pfadfinder seine Kugel nicht durch die Mitte der Kartoffel geschickt, sondern nur die Haut durchschnitten hatte, so wurde der Preis unmittelbar Jasper zugesprochen. Der Kalash war in den Händen des letzteren, als der Quartiermeister herzutrat und mit einem glatten Scheine von Herzlichkeit seinem glücklichen Nebenbuhler Glück zu dem Siege wünschte.

»Aber nun habt Ihr den Kalash gewonnen, Junge, der Euch zu nichts nütze ist«, fügte er bei. »Ihr könnt weder ein Segel noch eine Flagge daraus machen. Ich denke, Eau-douce, daß es Euch nicht leid täte, seinen Wert in gutem königlichem Silber in Euerer Tasche zu sehen?«

»Er ist für kein Geld feil, Leutnant«, erwiderte Jasper, dessen Auge von dem ganzen Feuer des Glückes und der Freude strahlte. »Dieser gewonnene Kalash ist mir lieber als fünfzig neue vollständige Segel für den Scud!«

»Ho! Ho! Junge! Ihr werdet mir so toll wie alle die andern. Ich habe es eben wagen wollen, Euch eine halbe Guinee für diese Kleinigkeit anzubieten, 's wäre doch besser, als wenn er in der Kajüte Eures Kutters unter den Füßen umherfährt oder am Ende ein Kopfputz für eine Squaw wird.«

Obgleich Jasper nicht wußte, daß der schlaue Quartiermeister ihm nicht die Hälfte des wirklichen Wertes seines Gewinns angeboten hatte, hörte er doch seinen Vorschlag mit Gleichgültigkeit an. Er schüttelte verneinend den Kopf und ging auf das Gerüst zu, wo seine Annäherung eine kleine Bewegung veranlaßte, da die Offiziersfrauen sich samt und sonders entschlossen hatten, wenn Galanterie den jungen Schiffer veranlassen sollte, mit seinem Gewinn ein Geschenk machen zu wollen, es anzunehmen. Aber Jaspers Schüchternheit würde ihn nicht weniger als seine Bewunderung für eine andere gehindert haben, nach der Ehre eines Komplimentes an diejenigen, die er so hoch über sich glaubte, zu streben.

»Mabel«, sagte er, »dieser Preis ist für Sie, wenn nicht –«

»Wenn nicht was, Jasper?« antwortete das Mädchen, welches bei dem natürlichen und großmütigen Wunsche, ihn seiner Verlegenheit zu entheben, seine eigene Schüchternheit verlor, obgleich beide in einer Weise erröteten, welche tiefere Gefühle verriet.

»Wenn Sie ihn nicht für zu unbedeutend halten, da er von einem angeboten wird, welcher kein Recht haben kann zu glauben, daß seine Gabe angenommen werde.«

»Ich nehme sie an, Jasper; sie soll mir ein Erinnerungszeichen der Gefahr, welche ich in Eurer Gesellschaft durchgemacht habe, und der Dankbarkeit sein, welche ich für Eure Sorgfalt um mich fühle – für Eure und des Pfadfinders Sorgfalt.«

»Laßt's gut sein, laßt's gut sein«, rief der letztere. »Dies ist Jaspers Glück und Jaspers Gabe. Geben Sie ihm vollen Kredit für beides. Die Reihe kann an einem andern Tag an mich kommen, an mich und den Quartiermeister, der wegen des Kalashs dem Jungen zu grollen scheint, obgleich ich nicht einsehe, zu was er ihn braucht, da er kein Weib hat.«

»Und hat Jasper Eau-douce ein Weib? Oder habt Ihr selbst ein Weib, Pfadfinder? Ich kann ihn brauchen, daß er mir ein Weib kriegen helfe, oder als ein Erinnerungszeichen, daß ich ein Weib hatte, oder als einen Beweis, wie sehr ich dieses Geschlecht bewundere, oder weil er ein Frauenschmuck ist, oder aus irgendeinem andern gleich achtbaren Grunde. Die Nichtreflektierenden sind nicht die Geachtetsten bei den Gedankenvollen, und es gibt, laßt's euch allen gesagt sein, kein sichereres Zeichen, daß ein Mann ein guter Gatte seiner ersten Gefährtin war, als wenn er sich eilig nach einer geeigneten Nachfolgerin umsieht. Die Liebe ist eine schöne Gabe der Vorsehung, und diejenigen, welche wahrhaft geliebt haben, beweisen, wie reichlich sie diese Wohltat genossen, wenn sie so bald als möglich wieder eine andere lieben.«

»Es mag so sein – es mag so sein. Ich bin kein Praktiker in solchen Dingen, aber Mabel hier, des Sergeanten Tochter, wird Ihre Worte voll zu würdigen wissen. Kommt, Jasper! Obschon wir nichts dabei zu tun haben, so wollen wir doch sehen, was die andern Jungen mit ihren Büchsen ausrichten.«

Pfadfinder und seine Gefährten zogen sich zurück; denn die Belustigung nahm nun wieder ihren Fortgang. Die Damen jedoch waren nicht so sehr von dem Schießen in Anspruch genommen, um den Kalash darüber zu vernachlässigen. Er ging von Hand zu Hand; man befühlte die Seide, krittelte an der Fasson und untersuchte die Arbeit. Dann wagte man auch, verschiedene Meinungen zu äußern, ob es auch passend sei, daß ein so schöner Putz in den Besitz einer Unteroffizierstochter gekommen.

»Ihr werdet vielleicht geneigt sein, den Kalash zu verkaufen, Mabel, wenn Ihr ihn eine kurze Zeit besessen habt?« fragte die Kapitänsfrau, »denn tragen könnt Ihr ihn doch nie, sollte ich denken.«

»Ich will ihn nicht tragen«, erwiderte unsre Heldin bescheiden, »doch möchte ich mich auch nicht von ihm trennen.«

»Sergeant Dunham versetzt Euch freilich nicht in die Notwendigkeit, Eure Kleider zu verkaufen, mein Kind, es ist aber immer weggeworfenes Geld, einen Putzartikel zu behalten, den Ihr doch nie tragen könnt.«

»Ich würde mich ungern von der Gabe eines Freundes trennen.«

»Aber der junge Mann wird um so besser von Eurer Klugheit denken, wenn der Triumph dieses Tages vergessen ist. Es ist ein artiger und anständiger Kalash und sollte nicht weggeworfen werden.«

»Es ist nicht meine Absicht, ihn wegzuwerfen, Madame, und wenn es Ihnen gefällt, will ich ihn lieber behalten.«

»Wie Ihr wollt, Kind; Mädchen in Eurem Alter übersehen oft ihren wahren Vorteil. Doch erinnert Euch, daß er, wenn Ihr Euch entschließt, über ihn zu verfügen, bestellt ist, und daß ich ihn nicht nehmen werde, wenn Ihr ihn je einmal selbst aufgesetzt hättet.«

»Ja, Madame«, sagte Mabel mit möglichst demütiger Stimme, obgleich ihre Augen wie Diamanten funkelten und ihre Wangen sich zu den Tinten zweier Rosen röteten, als sie den verbotenen Schmuck eine Minute lang über ihre wohlgeformten Schultern legte, als ob sie versuchen wolle, wie er ihr passe, und ihn dann ruhig wieder abnahm.

Der Rest der Belustigung bot wenig Interesse. Man schoß wohl gut, aber in keinem Vergleich mit den eben erzählten Leistungen, und die Bewerber wurden bald sich selbst überlassen. Die Damen und die meisten Offiziere zogen sich zurück, und die übrigen Frauen folgten ihrem Beispiel. Mabel kehrte über die niedrigen Felsenplatten, welche das Ufer des Sees bedeckten, heim und ließ den zierlichen Kalash auf ihren noch zierlicheren Fingern flattern, als der Pfadfinder sie traf. Er führte die Büchse bei sich, deren er sich an diesem Tage bedient hatte; aber sein Benehmen zeigte weniger von der freien Leichtigkeit des Jägers als gewöhnlich, und sein Auge schien unstet und düster. Nach einigen nichtssagenden Worten über die vor ihnen liegende großartige Wasserfläche wandte er sich mit dem Ausdruck eines großen Anliegens in seinem Gesicht gegen das Mädchen und sprach: –

»Jasper erntete diesen Kalash für Sie, Mabel, ohne seine Gaben sehr anzustrengen.«

»Er hat sich gut gehalten, Pfadfinder.«

»Kein Zweifel – kein Zweifel. Die Kugel ging hübsch durch die Kartoffel, und niemand hätte mehr tun können, obgleich andere ebensoviel hätten leisten können.«

»Aber keiner leistete ebensoviel!« rief Mabel mit einer Lebhaftigkeit, welche sie im Augenblick bereute; denn sie sah aus dem schmerzlichen Blick des Wegweisers, wie sehr er durch diese Bemerkung sowohl als durch das Gefühl, mit welchem sie dieselbe aussprach, gekränkt wurde.

»Es ist wahr – es ist wahr, Mabel, keiner leistete ebensoviel; aber – doch ich sehe keinen Grund, warum ich meine Gaben, die von der Vorsehung kommen, verleugnen sollte – ja, ja; keiner leistete dort so viel, aber Sie sollen sehen, was hier getan werden kann. Sehen Sie die Möwen, welche über unsern Köpfen fliegen?«

»Sicher, Pfadfinder, es sind ihrer zu viele, um der Beobachtung zu entgehen.«

»Hier, wo sie quer übereinander hinfliegen«, setzte er hinzu, indem er den Hahn spannte und die Büchse erhob, »die zwei – die zwei: nun sehen Sie!«

Das Gewehr wurde mit Gedankenschnelle angelegt, als gerade zwei Vögel in eine Linie kamen, obgleich ihre Entfernung voneinander viele Ellen betragen mochte; der Schuß fiel, und die Kugel drang durch die Körper der beiden Opfer. Die Möwen waren kaum in den See gefallen, als der Pfadfinder seinen Büchsenschaft fallen ließ und in seiner eigentümlichen Weise auflachte. Jeder Schatten von Unzufriedenheit und gekränktem Stolze hatte sein ehrliches Gesicht verlassen.

»Das ist etwas, Mabel – das ist etwas; obgleich ich Ihnen keinen Kalash zu geben habe. Aber fragen Sie Jasper selbst, ich will alles Jasper überlassen; denn eine wahrere Zunge und ein treueres Herz sind nicht in Amerika.«

»Es ist also nicht Jaspers Verdienst, daß er den Preis gewonnen hat?«

»Nicht doch! Er tat sein Bestes und traf gut. Für einen, der bessere Wassergaben als Landgaben hat, ist Jasper ungemein erfahren, und man kann sich weder auf dem Wasser noch auf dem Lande einen bessern Rückhalt wünschen. Aber es war mein Werk, Mabel, daß er den Kalash gewonnen hat, obgleich es gerade keinen Unterschied macht – es macht keinen Unterschied; denn das Ding ist an die rechte Person gekommen.«

»Ich glaube, ich verstehe Euch, Pfadfinder«, sagte Mabel mit unwillkürlichem Erröten, »und ich betrachte nun den Kalash als die vereinte Gabe von Euch und Jaspern.«

»Da würden Sie dem Jungen unrecht tun. Er gewann das Kleidungsstück und hatte ein Recht, es wegzugeben. Ich wünsche nur, Mabel, Sie möchten glauben, daß, wenn ich es gewonnen hätte, es an dieselbe Person gekommen wäre.«

»Ich will es nicht vergessen, Pfadfinder, und Sorge tragen, daß auch andere Eure Geschicklichkeit erfahren, die Ihr in meiner Gegenwart an den armen Möwen erprobt habt.«

»Gott segne Sie, Mabel, aber es ist an dieser Grenze ebenso unnötig, meinem Schießen das Wort zu reden, als von dem Wasser des Sees oder der Sonne am Himmel zu sprechen. Jedermann weiß, was ich in dieser Beziehung leisten kann, und Ihre Worte wären ebenso verloren wie das Französische bei einem amerikanischen Bären.«

»Ihr denkt wohl, Jasper wisse, daß Ihr ihm den Vorteil verschafft habt, welchen er auf eine so unschöne Weise benutzt hat?« sagte Mabel, indem die Farbe, welche ihren Augen soviel Glanz verliehen hatte, allmählich ihr Gesicht verließ, das nun den Ausdruck eines gedankenvollen Ernstes annahm.

»Ich bin weit entfernt, das zu sagen. Wir alle vergessen Dinge, die wir gewußt haben, wenn wir auf unsere Wünsche sehr erpicht sind. Jasper weiß wohl, daß ich eine Kugel ebensogut durch zwei Kartoffeln schicken kann, als ich es eben bei diesen Möwen getan habe, und er weiß, daß kein anderer Mann an der Grenze dieses vermag. Aber mit dem Kalash vor seinen Augen, und der Hoffnung, ihn Ihnen zu geben, war der Junge vielleicht gerade in diesem Augenblick geneigt, besser von sich selbst zu denken, als er hätte tun sollen. Nein, nein, es ist nichts Niedriges oder Verdächtiges an Jasper Eau-douce; denn es ist eine natürliche Gabe aller jungen Leute, vor den Augen schöner, junger Frauen sich auszeichnen zu wollen.«

»Ich will versuchen, alles zu vergessen mit Ausnahme der Güte, welche Ihr beide gegen ein armes, mutterloses Mädchen gezeigt habt«, sagte Mabel, indem sie sich bemühte, Bewegungen zu unterdrücken von denen sie kaum einen Grund anzugeben wußte. »Glaubt mir, Pfadfinder, ich werde es nie vergessen, was Ihr schon alles für mich getan habt – Ihr und Jasper; dieser neue Beweis Eurer Achtung soll nicht verloren sein. Hier, hier ist eine silberne Busennadel, und ich biete sie Euch an als ein Wahrzeichen, daß ich Euch mein Leben oder meine Freiheit verdanke.«

»Was soll ich tun mit diesem, Mabel?« fragte der Jäger verlegen, als er den einfachen Zierat in seiner Hand hielt. »Ich habe weder Schnalle noch Knopf an mir; denn ich trage nichts als lederne Schnüre, und zwar aus guten Hirschhäuten. Es fällt hübsch ins Auge, aber es ist weit schöner an der Stelle, von der es kam, als es an mir sein würde.«

»Nein, macht sie in Euer Jagdhemd; sie wird Euch gut stehen. Erinnert Euch, daß es ein Zeichen unserer Freundschaft ist, und ein Merkmal, daß ich Euer und Eurer Dienste nie vergessen kann.«

Mabel grüßte dann lächelnd zum Abschied, und an dem Damme hinhüpfend, verlor sich ihre Gestalt bald hinter dem Walle des Forts.

Zwölftes Kapitel

Siehst du bei dem bewehrten Strome nicht
Dort jene Masse an dem Damme dunkeln;
Indes die Sterne mit erstorbnem Licht
Kaum durch das dumpfe Nebeldüster funkeln?
Byron

Einige Stunden später stand Mabel in tiefe Gedanken versunken auf dem Bollwerke, von dem aus man den Fluß und den See übersehen konnte. Der Abend war ruhig und sanft, und es war fraglich geworden, ob die Mannschaft wegen der gänzlichen Windstille diese Nacht abfahren könne oder nicht. Die Waffen und Mundvorräte waren bereits eingeschifft und auch Mabels Effekten an Bord; aber die kleine Anzahl Leute, welche mitsegeln sollten, waren noch am Ufer, und es hatte nicht das Aussehen, als ob der Kutter sich auf den Weg machen werde. Da Jasper den Scud aus der Bai stromaufwärts bugsiert hatte, um nach Belieben die Mündung des Flusses passieren zu können, so blieb das Fahrzeug dort ruhig vor einem einzelnen Anker liegen, indes die ausersehene Mannschaft müßig am Ufer der Bai hin und her ging, ohne zu wissen, ob es überhaupt zur Abfahrt kommen werde.

Die Belustigungen des Morgens hatten eine Ruhe in der Garnison zurückgelassen, welche mit der Schönheit des gegenwärtigen Schauspiels im Einklange war, und Mabel fühlte den Einfluß derselben auf ihre Gefühle, obgleich sie wahrscheinlich zu wenig gewöhnt war, über solche Empfindungen nachzusinnen, um den Grund derselben zu bemerken. Alles in der Nähe erschien lieblich und mild, während die feierliche Größe der schweigenden Wälder und die sanfte Fläche des Sees das Gepräge einer Erhabenheit trugen, die man bei andern Szenen wohl vergebens gesucht haben würde. Zum erstenmal fühlte Mabel den Einfluß, welchen die Städte und die Zivilisation auf ihre Gewohnheiten geübt hatten, merklich geschwächt, und ihr warmes Herz fing an zu glauben, daß ein Leben unter den sie umgebenden Verhältnissen wohl ein glückliches sein könnte. Wieweit jedoch die Erfahrung der letzten zehn Tage dieser ruhigen und heiligen Abendstunde zu Hilfe kam und zur Bildung dieser jungen Überzeugung beitrug, das mag in diesem frühen Abschnitte unserer Erzählung eher vermutet als behauptet werden.

»Ein herrlicher Sonnenuntergang, Mabel«, sagte die kräftige Stimme ihres Onkels so dicht vor ihrem Ohre, daß unsere Heldin zurückfuhr – »ein herrlicher Sonnenuntergang! Mädchen, was das Frischwasser betrifft, obgleich wir auf dem Meere nur wenig davon halten würden.«

»Ist nicht die Natur dieselbe, am Lande oder auf dem Meere, auf einem See wie dieser oder dem Ozean? Scheint die Sonne nicht überall gleich, lieber Onkel? Und müssen wir nicht mit innigem Danke die Segnungen der Vorsehung erkennen, an dieser entfernten Grenze so gut als in unserm Manhattan?«

»Das Mädchen ist über einige von ihrer Mutter Büchern gekommen – obgleich ich gedacht hätte, der Sergeant würde kaum einen zweiten Marsch mit solchem Plunder unter seiner Bagage machen. Ist nicht die Natur dieselbe – in der Tat! Wie, Mabel, bildest du dir etwa ein, daß die Natur eines Soldaten dieselbe sei wie die eines Seemannes? Du hast Verwandte in diesen beiden Geschäftszweigen und mußt mir antworten können.«

»Aber, Onkel, ich meine die menschliche Natur –«

»Ja, gerade die mein' ich, Mädchen: die menschliche Natur eines Seemannes und die menschliche Natur eines dieser Burschen vom Fünfundfünfzigsten, selbst deinen eigenen Vater nicht ausgenommen. Da haben sie heute ein Wett-Ziel-Scheibenschießen, wie ich es nennen möchte, gehalten, und was für ein ganz anderes Ding ist das gewesen als ein Scheibenschießen auf dem Meere! Da hätten wir unsere Breitseite springen und die Kugeln spielen lassen auf einen Gegenstand, eine halbe Meile in der größten Nähe entfernt. Und die Kartoffeln? – wenn etwa einige an Bord sich verirrt hätten, was aber wahrscheinlich nicht der Fall gewesen wäre, die wären wohl in des Kochs Kupferkessel geblieben! Es mag ein ehrenwerter Beruf sein, der eines Soldaten, Mabel, aber ein erfahrener Kerl sieht viele Torheiten und Schwächen in einem gewissen Fort. Was das bißchen See da anbelangt, so weißt du bereits, was ich davon denke, und ich will nichts verachten. Kein rechter Seefahrer verachtet etwas! aber ich will v–– sein, wenn ich diesen Ontario da, wie sie ihn nennen, anders betrachte als soviel Wasser in einer Schiffslukenrinne. Nun sieh einmal, Mabel, wenn du den Unterschied zwischen dem Ozean und einem See kennenlernen willst, so kann ich dir das auf einen einzigen Blick begreiflich machen. Dies ist, was man eine Kalme[10] nennen könnte, denn du siehst, daß kein Wind da ist, obgleich ich, die Wahrheit zu gestehen, nicht glaube, das diese Kalme so ruhig ist wie die, welche wir draußen haben –«

»Onkel, es geht ja kein Lüftchen. Die Blätter können unmöglich noch unbeweglicher sein, als sie es in diesem Augenblick durch den ganzen Forst sind.«

»Blätter! was sind Blätter, Kind? Es gibt keine Blätter auf dem Meere. Wenn du wissen willst, ob eine tote Kalme da ist oder nicht, so zünde ein gegossenes Licht an – die gezogenen flackern zu viel – und dann kannst du gewiß wissen, ob ein Wind ist oder keiner. Wenn du in einer Breite wärest, wo die Luft so still ist, daß es dir schwer würde, sie sogar durch deine Atemzüge zu stören, so könntest du dir einen Begriff von einer Kalme machen. In den Kalmbreiten können die Leute nur ganz kurz Atem holen. Nun, sieh einmal wieder auf dieses Wasser! Es ist wie Milch in der Pfanne, mit nicht mehr Bewegung als in einem vollen Faß, ehe der Spund gesprungen ist. Auf dem Meer ist das Wasser nie still, mag die Luft so ruhig sein, als sie will.«

»Das Wasser auf dem Meer ist nie still, Onkel Cap, nicht einmal bei einer Windstille?«

»Gewiß nicht, mein Kind. Das Meer atmet wie ein lebendiges Wesen, und sein Busen hebt sich immer, wie die Versemacher es nennen, wenn auch nicht mehr Luft da ist, als man etwa in einem Saugheber finden kann. Niemand hat je das Meer so still wie diesen See gesehen; es hebt sich und setzt sich, als ob es Lungen hätte.«

»Aber auch dieser See ist nicht ganz ruhig; denn dort bemerkt Ihr den leichten Wellenschlag am Ufer, und zeitweise könnt Ihr auch die Brandung hören, die sich an den Felsen bricht.«

»Alles v––e Dichterei! Man kann, wenn man will, ebensogut eine Wasserblase einen Wellenschlag, und eine Deckenwäsche eine Brandung nennen. Nein, der Ontariosee ist gegen das Atlantische Meer nichts weiter, als was ein Fischerkahn gegen ein Kriegsschiff ersten Ranges. Übrigens der Jasper da, das ist ein ordentlicher Bursche, und es fehlt ihm nichts als Unterricht, um einen Mann aus ihm zu machen.«

»Ihr haltet ihn für unwissend, Onkel«, erwiderte Mabel, indem sie ihre Locken zurechtmachte, wobei sie, sei es, weil sie es mußte, oder weil sie es zu müssen glaubte, ihr Gesicht abwandte. »Mir scheint Jasper Eau-douce mehr zu wissen als die meisten jungen Leute seiner Klasse. Er hat zwar weniger gelesen; denn Bücher sind nicht sehr häufig in dieser Gegend der Welt, aber er hat, wenigstens scheint es mir so, viel gedacht für einen so jungen Menschen.«

»Er ist unwissend, er ist unwissend, wie es notwendig alle sein müssen, die auf einem solchen Binnenwasser segeln. Es ist zwar wahr, er kann einen flachen Knopf machen und einen Timmerstich, aber er hat so wenig einen Begriff von dem Schauermanns-Knopf und dem Rahband-Knopf wie du von dem Verkatten eines Ankers. Doch, Mabel, wir beide sind dem Jasper und dem Pfadfinder in etwas verpflichtet, und ich habe daran gedacht, wie ich ihnen am besten einen Dienst erweisen kann; denn ich halte die Undankbarkeit für das Laster eines Schweins. Einige Leute sagen, sie sei das Laster eines Königs, aber ich sage: es ist das eines Schweines; denn bewirte es mit deinem eigenen Mittagsmahl, so wird es dich zum Dessert verspeisen.«

»Sehr wahr, lieber Onkel! Wir müssen auch in der Tat tun, was wir können, um diesen beiden braven Männern für die geleisteten Dienste unsern Dank auszudrücken.«

»Gesprochen wie deiner Mutter Tochter, Mädchen, und auf eine Art, welche der Capschen Familie Ehre macht. Nun, es ist mir da ein Gegendienst eingefallen, der alle Parteien zufriedenstellen wird, und sobald wir von dieser kleinen Expedition an den See da drunten, wo die Tausend Inseln sind, zurückkommen und ich mich zu der Heimreise anschicke, so ist es meine Absicht, ihnen denselben vorzuschlagen.«

»Liebster Onkel, das ist recht vernünftig und billig von Euch. Darf ich fragen, was Eure Absichten sind?«

»Ich sehe keinen Grund, warum ich sie gegen dich geheimhalten soll; nur ist es nicht gerade nötig, daß du deinem Vater etwas davon sagst; denn der Sergeant hat seine Vorurteile und könnte Schwierigkeiten in den Weg legen. Weder aus Jasper noch aus seinem Freund Pfadfinder kann hierherum etwas werden, und ich will ihnen daher den Vorschlag machen, sie mit mir an die Küste und an Bord zu nehmen. Jasper würde sich in vierzehn Tagen in die Ozeansschuhe finden, und eine Reise von zwölf Monaten würde einen ganzen Mann aus ihm machen. Der Pfadfinder würde freilich mehr Zeit brauchen oder vielleicht nie ganz tauglich werden; doch könnte man auch etwas aus ihm machen, einen Ausluger etwa, weil er so ungewöhnlich gute Augen hat.«

»Onkel, glaubt Ihr wohl, daß sie mit Euch gleiche Ansichten haben werden?« fragte das Mädchen lächelnd.

»Müßte ich sie nicht für Tröpfe halten? Welches vernünftige Wesen wird sein Weiterkommen vernachlässigen? Wenn Jasper diesen Weg verfolgt, so kann er noch als der Herr irgendeines Schiffes mit langen Rahen absterben.«

»Und würde er darum glücklicher sein, lieber Onkel? Um wieviel ist denn der Herr eines Schiffes mit langen Rahen besser als der eines Fahrzeuges mit kurzen?«

»Pah, pah! Magnet; du bist gerade geeignet, vor irgendeiner hysterischen Gesellschaft Vorlesungen über Schiffe zu halten; denn du weißt nicht einmal, von was du sprichst. Überlaß diese Dinge mir, und sie werden besser ausfallen. Ah! da ist der Pfadfinder selbst. Ich möchte ihm wohl so einen kleinen Wink über meine wohlwollenden Gesinnungen gegen ihn hinwerfen. Hoffnung ist ein mächtiger Hebel für unsere Tätigkeit.«

Cap nickte mit dem Kopf und beendigte seine Rede, als der Jäger näher kam. Dieses geschah jedoch nicht mit seiner gewöhnlichen, freien, leichten Manier, sondern mehr in einer Weise, welche andeutete, daß er etwas verwirrt, wo nicht mißtrauisch wegen der Art seines Empfanges war.

»Onkel und Nichte bilden eine Familienpartei«, sagte der Pfadfinder, als er beiden nahe stand, »und ein Fremder möchte wohl nicht der willkommenste Gesellschafter sein.«

»Ihr seid kein Fremder, Meister Pfadfinder«, erwiderte Cap, »und niemand kann willkommener sein als Ihr. Wir sprachen in diesem Augenblick von Euch, und wenn Freunde von einem Abwesenden sprachen, so kann er den Inhalt ihrer Worte erraten.«

»Ich frage nicht nach Geheimnissen, nein. Jeder Mensch hat seine Feinde, und ich habe die meinigen, obgleich ich weder Euch, Meister Cap, noch die liebliche Mabel hier unter ihre Zahl rechne. Was die Mingos anbelangt, so will ich davon schweigen, obschon sie keine gerechte Ursache haben, mich zu hassen.«

»Dafür will ich einstehen, Pfadfinder; denn ich betrachte Euch als ein gutgesinntes und aufrichtiges Wesen. Doch gibt es eine Methode, wie Ihr der Feindschaft gerade dieser Mingos entgehen könnt; wenn Ihr Euch entschließen könntet, sie zu ergreifen, so würde niemand geneigter sein, sie Euch mitzuteilen als ich, ohne daß mein Rat gerade maßgebend sein soll.«

»Ich wünsche keine Feinde, Salzwasser«, – denn so fing Pfadfinder an, Cap zu nennen, indem er unwillkürlich den Namen, welcher diesem von den Indianern in und außer dem Fort gegeben wurde, adoptiert hatte; – »ich wünsche keine Feinde und wäre bereit, die Axt sowohl mit den Mingos als mit den Franzosen zu vergraben; aber Ihr wißt wohl, daß es von einem größern, als wir sind, abhängt, die Herzen so zu lenken, daß ein Mensch ohne Feinde bleibt.«

»Wenn Ihr Euren Anker lichtet und mich an die Küste hinab begleitet, Freund Pfadfinder, sobald wir von dem kurzen Kreuzzug, zu dem wir uns anheischig gemacht haben, zurückkehren, so werdet Ihr Euch außer dem Bereich des Kriegsgeschreis und sicher genug vor einer indianischen Kugel befinden.«

»Und was sollte ich an dem Salzwasser tun? Jagen in Euren Städten? Die Fährten der Leute, welche auf den Markt und wieder zurückgehen, verfolgen und gegen Hunde und Hühner im Hinterhalt liegen? Ihr seid kein Freund meines Glückes, Meister Cap, wenn Ihr mich dem Schatten der Wälder entführen und in die Sonne des gelichteten Landes setzen wollt.«

»Mein Vorschlag geht nicht dahin, Euch in den Ansiedlungen zu lassen, sondern Euch aufs Meer hinauszuführen, wo man allein sagen kann, daß man frei Atem schöpfe. Mabel kann mir's bezeugen, daß das meine Absicht war, ehe ich Euch noch ein Wort über diesen Gegenstand mitteilte.«

»Und was denkt Mabel wohl, daß bei einem solchen Tausch herauskomme? Sie weiß, daß der Mensch seine Gaben hat und daß es ebenso nutzlos ist, denen eines andern nachzustreben, als denen, welche von der Vorsehung kommen, zu widerstehen. Ich bin ein Jäger und Kundschafter oder ein Wegweiser, Salzwasser, und es liegt nicht in mir, dem Himmel Trotz zu bieten und etwas anderes werden zu wollen. Habe ich recht, Mabel, oder sind Sie so sehr Weib, daß Sie eine Natur verändert sehen möchten?«

»Ich möchte keinen Wechsel in Euch sehen, Pfadfinder«, erwiderte Mabel mit einer herzlichen Aufrichtigkeit und Freimütigkeit, welche des Jägers Herz traf. »Sosehr mein Onkel das Meer bewundert, und so groß auch das Gute sein mag, das wir nach seiner Meinung demselben verdanken, so wünschte ich doch, den besten und edelsten Jäger der Wälder nicht einmal in einen Admiral verwandelt zu sehen. Bleibt, was Ihr seid, mein wackerer Freund, und Ihr braucht nichts zu fürchten als den Zorn Gottes.«

»Hört Ihr's, Salzwasser? Hört Ihr, was des Sergeanten Tochter sagt? Und sie ist viel zu aufrichtig, zu edelsinnig und anmutig, um anders zu denken, als sie spricht. Solange sie mit mir zufrieden ist, wie ich bin, werde ich gewiß nicht den Gaben der Vorsehung Trotz bieten und etwas anderes zu werden streben. Ich mag in der Garnison unnütz scheinen; aber wenn wir nach den Tausend Inseln hinunterkommen, so gibt es vielleicht Gelegenheit zu beweisen, daß eine sichere Büchse bisweilen eine wahre Gottesschickung ist.«

»So seid Ihr also auch mit von unserer Gesellschaft«, sagte Mabel, indem sie dem Wegweiser so freimütig und süß zulächelte, daß er ihr bis ans Ende der Erde gefolgt wäre. »Ich werde mit Ausnahme einer Soldatenfrau das einzige Frauenzimmer sein und mich um so sicherer fühlen, Pfadfinder, da Ihr unter unsern Beschützern sein werdet.«

»Sie würden unter des Sergeanten Schutz sicher genug sein, auch wenn Sie nicht seine Verwandte wären. Alles wird auf Sie Bedacht nehmen. Ich denke, auch Ihr Onkel hier wird an einer derartigen Expedition Vergnügen finden, wenn es ans Segeln geht, und sich ein Blick auf das Binnenmeer werfen läßt?«

»Euer Binnenmeer ist von keinem Belang, Meister Pfadfinder, und ich erwarte nichts von ihm. Doch gebe ich zu, daß es mir angenehm sein würde, den Zweck dieses Kreuzzuges kennenzulernen. Man will nicht gerade müßig sein, und mein Schwager, der Sergeant, ist so verschlossen wie ein Freimaurer. Weißt du, Mabel, was alles dieses bedeutet?«

»Nicht im mindesten, Onkel. Ich darf meinen Vater nach nichts fragen, was mit seinem Dienst in Verbindung steht, da er diesen nicht als ein Geschäft für Weiber betrachtet. Alles, was ich sagen kann, ist, daß wir absegeln werden, sobald es der Wind gestattet, und daß wir einen Monat ausbleiben sollen.«

»Vielleicht kann uns Meister Pfadfinder einen nützlichen Wink geben; denn eine Reise ohne Zweck ist nie besonders belustigend für einen alten Seemann.«

»Es ist kein großes Geheimnis, Salzwasser, was unsern Hafen und unsern Zweck anbelangt, obgleich es verboten ist, in der Garnison viel davon zu reden. Doch ich bin kein Soldat und kann meine Zunge nach Gefallen brauchen, obgleich ich sie, wie ich hoffe, so wenig als ein anderer zu einem eiteln Geschwätz benutze. Da wir aber so bald absegeln, und ihr beiden dazugehört, so kann ich wohl sagen, wo es hingeht. Ich setze voraus, daß Ihr wißt, es gebe solche Dinge wie die Tausend Inseln, Meister Cap?«

»Ja, was man hierherum so nennt, obgleich ich es für ausgemacht halte, daß es keine wirklichen Inseln, nämlich solche, wie wir sie auf dem Meer treffen, sind; und daß man unter den Tausenden etwa zwei oder drei versteht, wie das auch bei den Getöteten und Verwundeten nach einer großen Schlacht zu geschehen pflegt.«

»Meine Augen sind gut, und doch haben sie oft versagt, wenn ich es versuchte, diese wirklichen Inseln zu zählen.«

»Ja, ja, ich habe Leute gekannt, die nicht über eine gewisse Zahl zählen konnten. So ein rechter Landvogel kennt nicht einmal sein eigenes Nest, wenn er es von der See aus antun muß, und das sollte doch wohl ein jeder kennen. Wievielmal habe ich die Küste und Häuser und Kirchen gesehen, wo die Passagiere noch lange nichts anderes als Wasser erblickten. Ich kann mir gar keine Idee davon machen, wie man auf dem frischen Wasser nur überhaupt das Land aus dem Gesicht kriegen kann. Die Sache scheint mir ganz unvernünftig, ganz unmöglich.«

»Ihr kennt die Seen nicht, Meister Cap, sonst würdet Ihr das nicht sagen. Ehe wir noch zu den Tausend Inseln kommen, werdet Ihr andere Begriffe von dem erhalten, was die Natur in dieser Wildnis getan hat.«

»Ich habe meine Zweifel, ob Ihr so ein Ding wie eine wirkliche Insel in dieser ganzen Gegend habt. Nach meinen Begriffen kann das frische Wasser gar keine echte und gerechte Insel machen – nicht das, was ich eine Insel nenne.«

»Wir können Euch Hunderte davon zeigen. Wenn es auch

nicht gerade tausend sind, so sind es doch so viele, daß das Auge nicht alle sehen und die Zunge nicht alle zählen kann.«

»Und was für eine Art von Dingern mag das sein?«

»Land, welches rundumher mit Wasser umgeben ist.«

»Gut! aber was für eine Art Land und was für eine Art Wasser? Ich wette, daß sie, wenn man die Wahrheit wüßte, zu nichts als Halbinseln oder Vorgebirgen oder Teilen des Festlandes würden; obgleich das, wie ich wohl sagen darf, Sachen sind, von denen Ihr wenig oder nichts versteht. – Aber Inseln, oder nicht Inseln, was ist der Zweck des Kreuzzugs, Pfadfinder?«

»Nun, da Ihr des Sergeanten Schwager seid und die artige Mabel hier seine Tochter ist, überhaupt auch wir alle die Sache mitmachen werden, so kann es nichts schaden, wenn ich Euch ein bißchen einen Begriff von dem beibringe, was wir vorhaben. Da Ihr ein alter Seemann seid, Meister Cap, so habt Ihr ohne Zweifel von so einem Hafen wie Frontenac gehört?«

»Wer sollte nicht? Ich will nicht gerade sagen, daß ich in dem Hafen selbst, aber doch oft auf der Höhe dieses Platzes gewesen bin.«

»So steht es Euch bevor, einen bekannten Boden zu betreten, obgleich ich nicht verstehe, wie Ihr vom Ozean aus dahin kommen konntet. Diese Großen Seen bilden, wie Ihr wissen müßt, eine Kette, und das Wasser fließt aus dem einen in den andern, bis es den Erie-See erreicht, der von hier aus gegen Westen liegt und ebensogroß ist wie der Ontario selbst. Aus dem Erie-See kommt nun das Wasser, bis es so eine Art niederen Bergrand erreicht, über den es weggeht –«

»Ich möchte doch wissen, wie zum Teufel das geschehen kann?«

»Leicht genug, Meister Cap«, erwiderte Pfadfinder lachend, »denn es darf nur über den Hügel hinunterfallen. Hätte ich gesagt, daß es das Gebirge hinangehe, so wäre das gegen die Natur gewesen; aber wir halten es für nichts Besonderes, daß das Wasser einen Berg hinunterstürzt – ich meine nämlich, das frische Wasser.«

»Ja, ja, aber Ihr sprecht von Wasser, das von einem See an der Seite des Gebirgs herabkommt. Das heißt ja geradezu, der Vernunft gegen den Stachel lecken, wenn anders die Vernunft einen Stachel hat.«

»Nun, nun, wir wollen über diesen Punkt nicht streiten; aber was ich gesehen habe, habe ich gesehen. Ob die Vernunft einen Stachel hat, kann ich nicht sagen, aber das Gewissen hat einen, und dazu einen scharfen. Wenn das Wasser aller dieser Seen in den Ontario gelangt ist, so fließt es durch einen Fluß nach dem Meer ab, und in der Enge, wo die Wassermasse weder als Fluß noch als See betrachtet werden kann, liegen die besprochenen Inseln. Frontenac ist ein über diesen Inseln gelegener Posten der Franzosen. Diese haben weiter unten eine Garnison, und so können sie ihre Mund- und Waffenvorräte flußaufwärts nach Frontenac bringen und dieselben längs der Ufer dieses und der andern Seen weiterschaffen, um den Feind instand zu setzen, seine Teufeleien unter den Wilden zu spielen und christliche Kopfhäute zu gewinnen.«

»Und wird unsere Gegenwart solch einem schrecklichen Treiben vorbeugen können?« fragte Mabel mit Teilnahme.

»Vielleicht, vielleicht auch nicht, wie es die Vorsehung will. Lundie, wie man ihn nennt, der diese Garnison kommandiert, sandte Mannschaften aus, um auf einer dieser Inseln Posto zu fassen und einige der französischen Boote abzuschneiden. Unsere Expedition ist nun die zweite Ablösung. Sie haben bis jetzt noch wenig getan, obgleich sie zwei mit indianischen Gütern beladene Kähne genommen haben. Aber in der letzten Woche kam ein Bote und brachte solche Zeitung, daß der Major jetzt damit umgeht, die letzte Anstrengung zu machen, die Schurken zu überlisten. Jasper kennt den Weg, und wir werden in guten Händen sein; denn der Sergeant ist klug, zumal in einem Hinterhalt; ja, er ist beides, klug und rasch.«

»Ist das alles?« sagte Cap verächtlich. »Nach den Vorbereitungen und Zurüstungen dachte ich mir, wir hätten auch ein rechtes Stück Arbeit im Wind, und es sei ein ehrlicher Pfennig bei diesem Abenteuer zu gewinnen. Wahrscheinlich teilt man sich nicht in Eure Frischwasserprisengelder?«

»Wie?«

»Ich nehme es als ausgemacht an, daß alles, was durch diese Soldatenzüge und Hinterhalte, wie Ihr's nennt, gewonnen wird, dem König zufällt?«

»Davon weiß ich nichts, Meister Cap. Ich nehme mir meinen Anteil Pulver und Blei weg, wenn uns etwas in die Hände fällt, und sage dem König nichts davon. Andere mögen wohl besser dabei wegkommen, obgleich es nun auch für mich Zeit wird, an ein Haus, eine Einrichtung und eine Heimat zu denken.«

Pfadfinder wagte es nicht, als er diese Anspielung auf eine Veränderung in seinem Leben machte, Mabel anzusehen, und doch hätte er eine Welt darum geben mögen, zu wissen, ob sie ihn gehört und wie dabei der Ausdruck ihres Gesichtes gewesen. Aber Mabel ahnte die Natur dieser Anspielung wenig und richtete mit völlig unbefangenem Gesicht ihre Augen auf den Fluß, wo einige Bewegung an Bord des Scud sichtbar zu werden begann.

»Jasper bringt den Kutter hinaus«, bemerkte der Wegweiser, dessen Blick durch den Fall irgendeines schweren Körpers auf dem Verdeck nach derselben Richtung geleitet wurde. »Der Junge sieht ohne Zweifel Zeichen von Wind und wünscht, bereit zu sein.«

»Nun, da werden wir wohl Gelegenheit haben, etwas von der Seefahrerkunst zu lernen«, erwiderte Cap mit einem höhnischen Blick. »Es liegt etwas Subtiles darin, wie man ein Fahrzeug unter Segel bringt, und man kann daran einen befahrenen Seemann so gut als an etwas anderem erkennen. 's ist dabei wie mit dem Zuknöpfen eines Soldatenrocks, ob einer damit oben oder unten anfängt.«

»Ich will nicht sagen, daß man Jasper mit den Matrosen da unten vergleichen kann«, bemerkte Pfadfinder, dessen aufrichtiger Seele das unwürdige Gefühl des Neides oder der Eifersucht fremd war. »Aber er ist ein kühner Bursche und handhabt seinen Kutter so geschickt, als man es nur immer verlangen kann, – auf diesem See wenigstens. Ihr habt gesehen, daß er an den Oswegofällen sich nicht ungeschickt benahm, wo das frische Wasser ohne besondere Schwierigkeit über den Berg hinunterstürzt.«

Cap antwortete nur mit einem Ausruf der Unzufriedenheit; dann folgte allgemeines Schweigen. Alle auf der Bastei betrachteten die Bewegungen des Kutters mit einer Teilnahme, welche um der Beziehung willen, in welche sie selbst zu diesem Fahrzeug treten sollten, natürlich war. Noch war eine tote Windstille, und die Oberfläche des Sees erglänzte im eigentlichsten Sinn von den letzten Strahlen der Sonne. Der Scud war auf einen Schleppanker zugewarpt worden, welcher etwa hundert Ellen über den Punkten der Flußmündung lag, an denen der Strom den Hafen des Oswego bildete und hinreichenden

Raum für die Handhabung des Fahrzeugs bot. Aber die völlige Windstille verhinderte einen solchen Versuch, und es wurde bald klar, daß das leichte Schiff nur mittelst der Ruder durch die Passage gebracht werden könne. Es wurde kein Segel losgemacht, aber sobald der Anker aus dem Grund gehoben war, ließ sich der schwere Fall der Ruder vernehmen, und der Kutter begann mit stromaufwärts gerichteter Spitze nach der Mitte der Strömung zu fahren. Als er diese erreicht hatte, ließ die Tätigkeit der Mannschaft nach, und er trieb gegen den Ausfluß hin. In dem engen Passe selbst beschleunigte sich seine Bewegung, und in weniger als fünf Minuten schwamm der Scud außerhalb der beiden niedern Kieseinschnitte, an denen sich die Wellen des Sees brachen. Da man keinen Anker auswarf, so fuhr das Fahrzeug fort, sich vom Lande zu entfernen, bis sein dunkler Rumpf auf der glatten Fläche des Sees eine volle Viertelmeile jenseits des niedrigen Vorsprungs stillhielt, welcher die östliche Begrenzung des Raumes bildete, den man den äußern Hafen oder den Ankerplatz hätte nennen können. Hier ließ der Einfluß der Strömung nach, und das Fahrzeug kam zur Ruhe.

»Das Schiff kommt mir sehr schön vor, Onkel«, sagte Mabel, deren Blick sich während dieser Positionsveränderung keinen Augenblick von dem Kutter abgewendet hatte. »Ihr mögt vielleicht Fehler in seinem Aussehen und der Art seiner Führung entdecken, aber in meinen unwissenden Augen sind beide gleich vollkommen.«

»Ja, ja, es schwimmt mit der Strömung gut genug, Mädchen, und das würde ein Zimmerspan auch tun. Wenn man aber auf die Feinheiten eingeht, so braucht ein alter Teer keine Brille, um Fehler daran zu finden.«

»Aber, Meister Cap«, warf der Wegweiser ein, welcher selten ein Vorurteil über Jasper aussprechen ließ, ohne sich zum Widerspruch geneigt zu zeigen, »ich habe gehört, wie alte und erfahrene Salzwasserschiffer zugestanden, daß der Scud ein so artiges Fahrzeug sei, als nur eines auf dem Wasser schwimme. Ich verstehe mich nicht auf solche Dinge; man kann aber doch seine Begriffe von einem Schiff haben, wenn sie auch nicht ganz vollständig sind, und es würde mehr als Eures Zeugnisses bedürfen, mich zu überreden, daß Jasper sein Boot nicht in guter Ordnung halte.«

»Ich sage nicht, Meister Pfadfinder, daß der Kutter gar nichts tauge; aber er hat seine Fehler und große Fehler.«

»Und welche sind das, Onkel? Wenn Jasper sie kennen würde, so würde er sie mit Vergnügen verbessern.«

»Welche es sind? Ei, es sind ihrer mehr als fünfzig, hundert sogar; sehr wesentliche und in die Augen fallende Fehler.«

»So nennt sie uns, Herr, und Pfadfinder wird sie gegen seinen Freund erwähnen.«

»Sie nennen? Es ist keine leichte Sache, die Sterne mit Namen zu nennen, aus dem einfachen Grund, weil sie so zahlreich sind. Sie nennen! in der Tat. – Ei, meine artige Nichte, Miß Magnet, was hältst du von diesem Hauptmast da? Meinen unwissenden Augen erscheint er um wenigstens einen Fuß zu hoch getoppt, und dann ist der Wimpel falsch und – und – ja, ich will v– sein, wenn da nicht ein Toppsegelseising losgetrieben ist – und, es würde mich nicht einmal besonders überraschen, wenn diese dicke Troß einen runden Schlag machen würde, ließe man in diesem Augenblick den Anker los. Fehler? – in der Tat! kein Seemann kann's nur einen Augenblick ansehen, ohne daß er fände, es sei so voller Fehler wie ein Bedienter, der schon seinen Abschied in der Tasche hat.«

»Das mag sehr wahr sein, Onkel, obgleich es eine große Frage ist, ob Jasper davon weiß. Ich glaube nicht, Pfadfinder, daß er solche Übelstände dulden würde, wenn man sie ihm einmal zeigte.«

»Lassen Sie Jasper nur selbst für seinen Kutter sorgen, Mabel. Seine Gabe liegt auf diesem Wege, und ich stehe dafür, daß niemand ihn lehren kann, wie er ihn den Händen der Frontenaker und ihrer teuflischen Freunde, der Mingos, zu entziehen hat. Wer kümmert sich um einen runden Schlag des Ankers und um Trosse, die zu hoch getoppt sind, Meister Cap, solange das Fahrzeug gut segelt und sich klar gegen die Franzosen hält? Ich verlasse mich, trotz aller Seefahrer an den Küsten, hier oben an den Seen auf Jasper, obgleich ich damit nicht sagen will, daß seine Gaben auch für das Meer passen, da er sich auf diesem noch nie versucht hat.«

Cap lächelte herablassend, hielt es aber nicht für nötig, im Augenblick seine Kritteleien noch weiter fortzuführen. Sein Aussehen und Benehmen wurde jedoch allmählich übermütiger und hochfahrender, obgleich er bei der Behandlung von

Streitpunkten, mit denen eine der Parteien gänzlich unbekannt war, als ganz gleichgültig zu erscheinen wünschte. Inzwischen hatte der Kutter angefangen, in den Strömungen des Sees hin und her zu treiben, und seine Spitze wendete sich, obgleich nur langsam und nicht in einer Weise, die besondere Aufmerksamkeit auf sich ziehen konnte, nach allen Richtungen. Auf einmal aber wurde der Klüver losgemacht und aufgehißt, und das Segel blähte sich gegen das Land zu, obschon auf der Oberfläche des Wassers noch keine Spuren des Windes zu entdecken waren. So gering übrigens dieser Einfluß war, so gab ihm doch der leichte Rumpf nach, und eine Minute später sah man den Scud sich quer in der Strömung des Flusses mit einer so leichten und gemäßigten Bewegung halten, daß man sie kaum bemerken konnte. Als er durch die Strömung war, stieß er auf einen Wirbel und schoß nach dem Lande, gerade auf die Anhöhe zu, wo das Fort stand. Hier ließ Jasper den Anker fallen.

»Nicht tölpelhaft getan«, brummte Cap in einer Art von Selbstgespräch, »nicht besonders tölpelhaft, obgleich er sein Steuer an das Steuerbord, statt an das Backbord hätte setzen sollen; denn ein Fahrzeug muß immer den Stern gegen das Ufer kehren, sei es nun eine Meile vom Lande oder eine Kabellänge. Es gewinnt dadurch ein achtsameres Aussehen, und das Aussehen gilt etwas auf dieser Welt.«

»Jasper ist ein gewandter Bursche«, bemerkte plötzlich Sergeant Dunham, hart an seines Schwagers Seite, »und wir können uns bei unsern Ausflügen auf seine Geschicklichkeit verlassen. Aber kommt samt und sonders, wir haben nur noch eine

halbe Stunde Tag, um unsre Sachen zu besorgen, und die Kähne werden so schnell für uns bereit sein, als wir es für sie sind.«

Auf diese Mitteilung trennte sich die ganze Gesellschaft, und jedes suchte noch die Kleinigkeiten zusammenzuraffen, welche es nicht bereits eingeschifft hatte. Einige Trommelschläge gaben den Soldaten das nötige Signal, und in wenigen Minuten war alles in Bewegung.

Dreizehntes Kapitel

Der Kobold macht den Toren warm,
Und Unheil braut der Hexen Schwarm;
Den Esel drückt des Alpes Ritt,
Und durch die Flur streift Elfentritt.

Cotton

Die Einschiffung des kleinen Häufleins ging schnell und ohne Verwirrung vonstatten. Die ganze unter dem Befehl des Sergeanten Dunham stehende Macht bestand nur aus zehn Gemeinen und zwei Unteroffizieren. Es war zwar bald bekannt, daß Herr Muir an der Expedition teilnehmen werde; doch wollte der Quartiermeister nur als Freiwilliger mitgehen und sich dabei, wie er es mit dem Kommandanten abgemacht hatte, des Vorwandes einiger Geschäfte, die in sein eigenes Departement gehörten, bedienen. Hierzu kamen noch der Pfadfinder und Cap mit Jasper und seinen Untergebenen, von denen einer ein Knabe war. Der männliche Teil der Gesellschaft bestand also aus nicht ganz zwanzig Personen und einem vierzehnjährigen Jungen, indes das weibliche Geschlecht durch Mabel und die Frau eines Gemeinen repräsentiert wurde.

Sergeant Dunham führte sein Kommando in einem großen Kahne hinüber und kehrte dann zurück, um die Schlußbefehle einzuholen und nachzusehen, ob für seinen Schwager und seine Tochter Sorge getragen werde. Nachdem er Cap das Boot gezeigt hatte, dessen er und Mabel sich bedienen sollten, ging er in das Fort zurück, um seine letzte Zusammenkunft mit Lundie zu halten. Der Major befand sich auf dem oft erwähnten Bollwerk; doch wollen wir ihn und den Sergeanten eine Weile allein beieinander lassen und an das Gestade zurückkehren.

Es war schon ziemlich dunkel, als Mabel das Boot bestieg, welches sie zu dem Kutter führen sollte. Die Oberfläche des Sees war so glatt, daß es nicht nötig wurde, die Kähne in den Fluß zu bringen, um ihre Fracht aufzunehmen, denn da das äußere Ufer ganz ohne Brandung und das Wasser so ruhig wie in einem Teiche war, so konnte die Einschiffung hier geschehen. Man bemerkte, wie Cap gesagt hatte, auf dem See nichts von dem Heben und Sinken, dem Arbeiten der weiten Lungen und der Respiration eines Meeres; denn der Umfang des Ontario gestattet es nicht, daß an einer Stelle Stürme toben, während an einer andern Windstille herrscht, wie dies auf dem Atlantischen Ozean der Fall ist. Es gehört auch zu den gewöhnlichen Bemerkungen der Seeleute, daß das Wasser auf allen den großen Seen des Westens schneller hochgeht und sich früher wieder legt als auf den verschiedenen Meeren, die sie kennen. Als daher Mabel das Land verließ, hätte sie aus keiner Bewegung des Wassers, die unter solchen Umständen so gewöhnlich ist, die Größe der Masse desselben erkennen können. Nach einem Dutzend Ruderschlägen lag das Boot an der Seite des Kutters.

Jasper hielt sich bereit, seine Passagiere zu empfangen, und da das Verdeck des Scud nur zwei oder drei Fuß über dem Wasser lag, so war es nicht schwierig, an Bord zu gelangen. Sobald dies geschehen war, zeigte der junge Mann Mabel und ihrer Gefährtin die Bequemlichkeiten, die er für ihren Empfang vorbereitet hatte, von denen sie auch ohnc weiteres Besitz nahmen. Das kleine Fahrzeug hatte in seinem untern Raume vier Kabinette, da alles zwischen den Decken ausdrücklich zum Zweck des Transports von Offizieren und Mannschaften mit ihren Weibern und Familien eingerichtet war. Das erste im Range war die sogenannte Nebenkajüte, ein kleines Stübchen, das vier Lagerstellen enthielt und den Vorteil hatte, daß durch kleine Fenster Licht und Luft eindringen konnte. Dieses wurde gewöhnlich für die Frauen, welche sich an Bord befanden, bestimmt, und da Mabel und ihre Gefährtin allein waren, so gebrach es ihnen nicht an Raum und Bequemlichkeit. Die Hauptkajüte war größer und erhielt ihr Licht von oben. Sie diente zum Gebrauch des Quartiermeisters, des Sergeanten, Caps und Jaspers, da der Pfadfinder sich überall mit Ausnahme des Frauenkabinetts aufhielt. Die Korporale und Gemeinen hatten ihren Platz unter der großen Luke, welche zu diesem Zweck mit einem Deck versehen war, während die Ruderer wie gewöhnlich im Vorderkastell ihr Lager aufschlugen. Obgleich der Kutter nicht ganz fünfzig Tonnen führte, so war doch die Befrachtung durch die Offiziere und die Mannschaften so gering, daß für alle, die an Bord waren, ein weiter Raum blieb, der im Notfalle die dreifache Anzahl zu bergen imstande gewesen wäre.

Sobald Mabel von ihrem in der Tat recht anständigen und bequemen Kabinett Besitz genommen hatte, – wobei sie sich nicht enthalten konnte, der angenehmen Betrachtung Raum zu geben, daß sie hierbei manches Jaspers Gunst zu verdanken habe, – ging sie wieder auf das Verdeck zurück. Hier war alles in augenblicklicher Bewegung. Die Soldaten liefen hin und her, um nach ihren Tornistern und andern Effekten zu sehen; doch stellten Methode und Gewohnheit die Ordnung bald wieder her, und es erfolgte nun an Bord eine tiefe Stille, welche mit dem Gedanken an das künftige Abenteuer und an die verhängnisvolle Vorbereitung in Verbindung stand.

Die Finsternis fing nun an, die Gegenstände am Ufer undeutlich zu machen. Das ganze Land bildete einen gestaltlosen schwarzen Umriß von gleichmäßig bewaldeten Anhöhen und war von dem darüber hängenden Himmel nur durch das höhere Licht dieses Gewölbes zu unterscheiden. Bald begannen auch an dem letzteren die Sterne nach und nach mit ihrem gewöhnlichen, milden, angenehmen Lichte zu schimmern und brachten das Gefühl der Ruhe mit sich, welches gewöhnlich die Nacht begleitet. Es lag etwas Besänftigendes sowohl als etwas Aufregendes in dieser Szene, und Mabel, welche auf dem Achterdeck saß, fühlte sich lebhaft von diesen beiden Einflüssen ergriffen. Der Pfadfinder stand in ihrer Nähe, wie gewöhnlich an seine lange Büchse gelehnt, und es kam ihr selbst trotz der zunehmenden Dunkelheit der Stunde vor, als ob sie schärfere Linien des Nachdenkens als gewöhnlich in seinen rauhen Zügen entdecke.

»Eine solche Fahrt kann Euch nichts Neues sein, Pfadfinder«; sagte sie, »und es überrascht mich daher, die Leute so still und in Gedanken vertieft zu sehen.«

»Wir lernen dies aus dem Krieg gegen die Indianer. Die Milizen schwatzen viel und handeln im allgemeinen wenig; aber die Soldaten, welche oft mit den Mingos zusammentreffen, lernen den Wert einer klugen Zunge schätzen. Eine schweigende Armee ist in den Wäldern doppelt stark und eine lärmende doppelt schwach. Wenn Zungen Soldaten machten, so würden auf dem Schlachtfeld gewöhnlich die Weiber die Herren des Tages sein.«

»Aber wir sind weder eine Armee noch in den Wäldern! Man hat sich doch in dem Scud nicht vor den Mingos zu fürchten?«

»Fragen Sie Jasper, wie er Herr dieses Kutters geworden ist, und Sie werden sich dies selbst beantworten können. Niemand ist vor einem Mingo sicher, wenn er nicht dessen eigentliche Natur kennt, und gerade dann muß er sorgfältig seiner Kenntnis gemäß handeln. Fragen Sie nur Jasper, wie er zu dem Kommando dieses Kutters gekommen ist!«

»Und wie kam er dazu?« fragte Mabel mit einem Ernst und einer Teilnahme, welche einen angenehmen Einfluß auf ihren einfachen und treuherzigen Gefährten übten, der nie vergnügter war, als wenn er Gelegenheit hatte, zugunsten eines Freundes etwas zu sagen. »Es ist ehrenvoll für ihn, daß er bei seiner Jugend diese Stellung erreicht hat.«

»Es ist so, aber er hat sie verdient und wohl noch mehr. Eine Fregatte wäre nicht zuviel gewesen, um seinen Geist und seine Besonnenheit zu belohnen, wenn es so ein Ding auf dem Ontario gäbe, was aber nicht der Fall ist und auch wahrscheinlich nie der Fall sein wird.«

»Aber Jasper, – Ihr habt mir noch nicht erzählt, wie er zu dem Kommando dieses Schoners gekommen ist.«

»Es ist eine lange Geschichte, Mabel, die Ihnen Ihr Vater, der Sergeant, besser sagen kann als ich; denn er war dabei und ich auf Kundschaft abwesend. Ich muß zugeben, daß Jasper kein guter Erzähler ist, und ich habe ihn, wenn er um diese Sache befragt wurde, immer nur eine schlechte Erzählung geben hören; obschon jedermann weiß, daß es eine gute Sache war. Nein, nein, Jasper erzählt nicht gut; das müssen seine besten Freunde zugestehen. Der Scud war nahe daran, in die Hände der Franzosen und der Mingos zu fallen, als Jasper ihn auf eine Art rettete, die nur ein schnell besonnener Geist und ein kühnes Herz versuchen konnte. Der Sergeant kann Ihnen die Geschichte besser mitteilen als ich, und ich wünsche, daß Sie ihn einmal fragen möchten, wenn es gerade nichts Besseres zu tun gibt. Was den Jasper anbelangt, so wird es nichts nützen, den Jungen damit zu plagen; denn er wird die Sache ganz verstümpern, weil er durchaus keine Geschichte zu geben weiß.«

Mabel entschloß sich, ihren Vater um die Mitteilung der Einzelheiten dieses Ereignisses noch in derselben Nacht anzugehen; denn für ihre jugendliche Phantasie konnte es wohl nichts Besseres zu tun geben, als auf das Lob eines Mannes zu hören, der nur ein schlechter Erzähler seiner eigenen Taten war.

»Wird der Scud bei uns bleiben, wenn wir die Inseln erreicht haben?« fragte sie nach einem leichten Zögern, ob diese Frage auch schicklich sei, »oder werden wir dann uns selbst überlassen sein?«

»Je nachdem, wie es kommt. Jasper läßt den Kutter nicht gerne müßig sein, wenn es etwas zu tun gibt, und wir dürfen von seiner Seite Tätigkeit erwarten. Doch meine Gaben haben im allgemeinen keinen Bezug auf das Wasser und die Fahrzeuge, und wenn es nicht gerade die Stromschnellen, die Fälle und Kähne anbelangt, so mache ich keinen Anspruch darauf, etwas von der Sache zu verstehen. Ich zweifle übrigens nicht, daß unter Jasper alles gut gehen wird, da er auf dem Ontario so gut eine Fährte finden kann, als sie ein Delaware auf dem Land zu entdecken weiß.«

»Und unser Delaware, Pfadfinder, – der Big Serpent, – warum ist er diese Nacht nicht bei uns?«

»Ihre Frage würde natürlicher sein, wenn Sie sagten: ›Warum seid Ihr hier, Pfadfinder?‹ – Der Serpent ist an seinem Platz, während ich nicht auf dem meinigen bin. Er ist mit zweien oder dreien ausgezogen, um die Seeufer auszukundschaften, und wird unten bei den Inseln wieder zu uns stoßen, um uns seine gesammelten Nachrichten mitzuteilen. Der Sergeant ist ein zu guter Soldat, um die Nachhut zu vergessen, wenn er im Angesichte des Feindes steht. Es ist tausendmal schade, Mabel, daß Ihr Vater nicht als ein General geboren wurde, wie wir da so einige Engländer unter uns haben; denn ich bin fest überzeugt, daß in einer Woche kein einziger Franzose mehr in Kanada wäre, wenn er seinen eigenen Weg gehen dürfte.«

»Werden wir den Feind zu Gesicht bekommen?« fragte Mabel lächelnd und fühlte dabei zum erstenmal eine leichte Furcht wegen der Gefahren dieser Fahrt. »Werden wir wohl in ein Treffen verwickelt werden?«

»Wenn das wäre, Mabel, so wird es Leute genug geben, welche bereit und willig sind, sich zwischen Sie und die Gefahr zu stellen. Doch Sie sind die Tochter eines Soldaten, und haben, wie wir alle wissen, den Mut eines Soldaten. Lassen Sie deshalb die Furcht vor einem Gefecht den Schlaf nicht von Ihren schönen Augen scheuchen.«

»Ich fühle mich mutiger, Pfadfinder, hier außen in den Wäldern, als ich mich je mitten in der Weichlichkeit der Städte gefühlt habe, obgleich ich es immer versuchte, mich zu erinnern, was ich meinem lieben Vater schuldig sei.«

»Nun ja, Ihre Mutter dachte vor Ihnen ebenso. – ›Ihr werdet Mabel wie ihre Mutter finden, kein kreischendes und verzärteltes Mädchen, daß ein Mann seine Not mit ihr hat; sondern sie wird ihren Gatten ermutigen und aufrichten, wenn er in Gefahren unter der Sorge erliegen will‹, sagte der Sergeant zu mir, ehe ich noch Ihre süßen Züge gesehen hatte; – ja, das sagte er!«

»Und warum sollte mein Vater Euch das gesagt haben, Pfadfinder?« fragte das Mädchen mit einigem Ernste. »Vielleicht glaubte er, Ihr würdet besser von mir denken, wenn Ihr mich nicht für ein einfältiges, feigherziges Geschöpf halten müßtet, wie unser Geschlecht ihrer so viele aufweist?«

Täuschung, wenn es nicht gerade auf Kosten seiner Feinde im Felde ging, – ja, selbst die Verbergung eines Gedankens war so wenig im Einklang mit dem Wesen des Pfadfinders, daß er bei dieser einfachen Frage in keine geringe Verlegenheit kam. Er fühlte aus einer Art von Instinkt, von dem er sich keine Rechenschaft zu geben vermochte, daß es nicht geeignet sei, die Wahrheit offen zu gestehen. Sie aber zu verbergen, das wollte sich nicht mit seinem Rechtlichkeitsgefühl und seinen Gewohnheiten vertragen. In dieser Klemme nahm er unwillkürlich seine Zuflucht zu einem Mittelweg, welcher das, was er nicht zu sagen wagte, zwar nicht entschleierte, aber auch nicht geradezu verhehlte.

»Sie müssen wissen, Mabel«, sagte er, »daß der Sergeant und ich alte Freunde sind und wir in manchem harten Gefecht, an manchem blutigen Tag Seite an Seite gestanden haben – freilich nicht Seite an Seite im eigentlichen Sinne, da ich etwas mehr in der Vorhut, wie es einem Kundschafter ziemt, und er als ein höher gestellter Soldat des Königs an der Spitze seiner Leute war. – 's ist dann so die Weise von uns Scharmützlern, daß wir wenig an den Kampf denken, wenn die Büchse das ihrige getan hat; und des Nachts an unsern Feuern oder auf unsern Märschen plaudern wir von Gegenständen, die wir lieben, wie ihr jungen Frauenzimmer euch über eure Träumereien und Meinungen unterhaltet und miteinander über eure Einfälle lacht. Nun war es natürlich, daß der Sergeant, der eine Tochter wie Sie hat, diese mehr als alles andere liebt und von ihr öfter als von irgend etwas anderem spricht. Da ich nun weder Tochter noch Schwester, noch Mutter, noch sonstige Verwandte und Bekannte mit Ausnahme der Delawaren zu lieben habe, so stimmte ich natürlich mit ein, und ich gewann Sie lieb, Mabel, ehe ich Sie noch gesehen hatte – ja das tat ich, Mabel, gerade deshalb, weil wir so viel von Ihnen sprachen.«

»Und nun, da Ihr mich gesehen habt«, entgegnete das lächelnde Mädchen, deren unveränderte natürliche Weise bewies, wie wenig sie an etwas mehr als an elterliche oder brüderliche Zuneigung dachte, »fangt Ihr an, die Torheit einzusehen, Freundschaft mit Leuten zu schließen, ehe man sie näher als nur vom Hörensagen kennt.«

»'s war nicht Freundschaft, – 's ist nicht Freundschaft, Mabel, was ich für Sie fühle. Ich bin der Freund der Delawaren und bin es von meinen Knabenjahren an gewesen; aber meine Gefühle für jene oder für den Besten unter ihnen sind nicht dieselben, welche mir der Sergeant gegen Sie einflößte, um so mehr, da ich Sie nun näher kennenzulernen anfange. Bisweilen fürchte ich freilich, es sei nicht gut für einen Mann, der einem wahrhaft männlichen Berufe folgt – sei er nun ein Wegweiser, ein Kundschafter oder ein Soldat – Freundschaft mit Frauen und zumal mit jungen Frauen zu schließen, da sie mir den Unternehmungsgeist zu schwächen und die Gefühle von den Gaben und natürlichen Beschäftigungen abzukehren scheint.«

»Ihr meint doch sicherlich nicht, Pfadfinder, daß Freundschaft gegen ein Mädchen wie mich Euch weniger kühn und weniger geneigt machen würde, mit den Franzosen wie früher anzubinden?«

»Nein, nicht so, nicht so. Mit Ihnen in Gefahr würde ich zum Beispiel fürchten, zu tollkühn zu werden. Aber ehe wir miteinander, sozusagen, vertraut wurden, dachte ich gerne an meine Kundschaftszüge, meine Märsche und Standorte, meine Gefechte und andere Abenteuer. Jetzt kümmert sich mein Geist wenig mehr drum, und ich denke mehr an die Hütten, an die Abende, die man im Gespräch hinbringen kann, an Gefühle, die nichts mit Hader und Blutvergießen zu tun haben, und an junge Frauen, ihr Lachen, ihre heiteren, sanften Stimmen, ihre lieblichen Blicke und ihre gewinnenden Weisen. Ich sage dem Sergeanten bisweilen, daß er und seine Tochter noch einen der besten und erfahrensten Kundschafter an den Grenzen verderben werden.«

»Nicht doch, Pfadfinder! Sie wollen es nur versuchen, das, was schon so ausgezeichnet ist, vollkommen zu machen. Ihr kennt uns nicht, wenn Ihr glaubt, daß eines von uns wünsche, Euch nur im mindesten verändert zu sehen. Bleibt, was Ihr gegenwärtig seid, derselbe ehrliche, aufrichtige, gewissenhafte, furchtlose, einsichtsvolle und zuverlässige Wegweiser, und weder mein lieber Vater noch ich werden je anders von Euch denken, als wir dieses jetzt tun.«

Es war zu dunkel für Mabel, als daß sie die Bewegungen in dem Gesichte ihres Zuhörers hätte bemerken können; aber ihre liebliche Gestalt war ihm zugewandt, als sie mit ebensoviel Feuer wie Freimütigkeit diese Worte sprach, welche zeigten, wie aufrichtig sie gemeint und wie wenig ihre Gedanken in Verwirrung gebracht seien. Ihr Gesicht war zwar leicht gerötet; aber es zeigte den Ausdruck des Ernstes und der Wahrheit ihrer Gefühle, ohne daß dabei ein Nerv bebte, ein Glied zitterte oder ein Pulsschlag rascher flog. Kurz, ihr ganzes Benehmen war das eines redlichen, freimütigen Mädchens, welches eine derartige Erklärung der Achtung und Zuneigung gegen eine Person des andern Geschlechts ausspricht, deren Verdienste und Eigenschaften sie zu schätzen weiß, ohne irgendeine weitere Bewegung zu äußern, wie sie unveränderlich das Bewußtsein einer Neigung, die zu zarteren Enthüllungen hätte führen können, begleitet.

Der Pfadfinder war übrigens zu unerfahren, um auf derartige Unterscheidungen eingehen zu können, und seine Bescheidenheit wurde durch die Geradheit und die Kraft der Worte, die er eben gehört hatte, ermutigt. Nicht geneigt, vielleicht auch nicht fähig, weiter zu reden, entfernte er sich und blickte, an seine Büchse gelehnt, eine Weile in tiefem Schweigen zu den Sternen auf.

Während dieses auf dem Kutter vorging, fand die bereits erwähnte Unterredung Lundies mit dem Sergeanten auf dem Bollwerk statt.

»Sind die Tornister der Mannschaft untersucht worden?« fragte Major Duncan, nachdem er einen Blick auf den geschriebenen Rapport, der ihm von dem Sergeanten eingehändigt worden, geworfen hatte: denn es war bereits zu dunkel, um zu lesen.

»Alle, Euer Gnaden, und alle sind in Ordnung.«

»Wasser und Kriegsbedarf?«

»Alles in Richtigkeit, Major Duncan, und für den Dienst bereit.«

»Ihr habt die Euch von mir bezeichneten Leute genommen, Dunham?«

»Ohne Ausnahme, Sir. Bessere Leute können nicht in dem Regimente gefunden werden.«

»Ihr braucht auch die besten von unserer Mannschaft, Sergeant. Dieses ist nun der dritte Versuch, und er wurde immer unter einem von den Fähnrichen gemacht, auf die ich das größte Vertrauen setzte, und doch sind mir alle früheren fehlgeschlagen. Nach soviel Vorbereitungen und Kosten wollte ich das Projekt doch nicht ganz aufgeben, aber dies soll die letzte Bemühung sein. Das Resultat wird hauptsächlich von Euch und dem Pfadfinder abhängen.«

»Auf uns beide können Sie zählen, Major Duncan. Der Auftrag, den Sie uns gegeben haben, geht nicht über unsere Kräfte und unsere Erfahrung, und ich denke, er soll gut ausgeführt werden. Ich weiß, daß es der Pfadfinder nicht an sich fehlen lassen wird.«

»Darauf wird man sich in der Tat sicher verlassen können. Er ist ein außerordentlicher Mann, Dunham, – ein Mann, der mich lange in Verlegenheit gesetzt hat, der aber, da ich ihn nun kenne, so sehr über meine Achtung zu gebieten hat, als irgendein General in Seiner Majestät Diensten.«

»Ich hoffe, Sir, daß Sie die projektierte Heirat mit Mabel als einen Umstand betrachten würden, den ich wünschen und beschleunigen sollte.«

»Was das anbelangt, Sergeant, so wird's die Zeit lehren«, erwiderte Lundie lächelnd, obgleich auch hier die Dunkelheit die zarteren Schattierungen des Ausdrucks verbarg. »Ein Weib ist bisweilen schwieriger zu leiten als ein ganzes Regiment Soldaten. Zudem wißt Ihr auch, daß Euer Möchte-gern-Schwiegersohn, der Quartiermeister, teilnehmen wird, und ich versehe mir's von Euch, daß Ihr ihm wenigstens ein gleiches Feld gestatten werdet für den Versuch, Eurer Tochter ein Lächeln abzugewinnen.«

»Ich habe Achtung vor seinem Rang, Sir, und wenn mich nicht dieser schon dazu veranlaßte, so würde der Wunsch Eurer Gnaden genügen.«

»Ich danke Euch, Sergeant. Wir haben lange miteinander gedient und müssen uns gegenseitig in unseren Stellungen schätzen. Doch, versteht mich wohl: ich verlange für Davy Muir nichts weiter als freies Feld – keine Begünstigung. In der Liebe wie im Krieg muß jeder selbst den Sieg erringen. – Seid Ihr gewiß, daß die Rationen gehörig berechnet sind?«

»Dafür stehe ich, Major Duncan, aber wenn es auch nicht wäre, so brauchten wir nicht Not zu leiden mit zwei solchen Jägern in unserer Gesellschaft wie dem Pfadfinder und Serpent.«

»Das geht nicht, Dunham«, unterbrach ihn Lundie scharf, »das kommt von Eurer amerikanischen Geburt und Erziehung. Kein rechter Soldat verläßt sich auf etwas anderes als auf seinen Proviant-Kommissar, und ich muß bitten, daß kein Angehöriger meines Regimentes zuerst ein Beispiel von dem Gegenteile gibt.«

»Sie haben zu befehlen, Major Duncan, und es wird gehorcht werden; und doch, wenn ich voraussetzen dürfte, Sir –«

»Sprecht frei, Sergeant; Ihr redet mit einem Freunde.«

»Ich wollte nur sagen, daß, wie ich finde, die Schotten Wildbret und Vögel ebensosehr lieben wie Schweinefleisch, wenn sie schwer zu bekommen sind.«

»Das mag wohl wahr sein, aber Lieben oder Nichtlieben hat nichts mit dem System zu schaffen. Eine Armee kann sich auf nichts verlassen als auf ihre Kommissare. Die Unregelmäßigkeit der Provinzler hat zu oft Teufeleien in des Königs Dienst gebracht, um da länger die Augen zu schließen.«

»General Braddock, Euer Gnaden, hätte sich von dem Oberst Washington sollen raten lassen.«

»Weg mit Eurem Washington! Ihr seid alle miteinander Provinzler, Mann, und jeder hält den andern, als ob Ihr von einer geschworenen Verbindung wäret.«

»Ich glaube, Seine Majestät hat hat keine loyaleren Untertanen als die Amerikaner, Euer Gnaden.«

»Was das anbelangt, so habt Ihr, glaube ich, recht, und ich bin vielleicht ein bißchen zu warm geworden. Ich betrachte Euch nicht als einen Provinzler, Sergeant; denn obgleich Ihr in Amerika geboren seid, so hat doch nie ein besserer Soldat eine Muskete geschultert.«

»Und Oberst Washington, Euer Gnaden?«

»Nun ja, – Oberst Washington mag auch ein brauchbarer

Untertan sein. Er ist das Wundertier der Amerikaner, und ich denke, ich kann ihm wohl all die Ehre widerfahren lassen, die Ihr verlangt. Ihr zweifelt nicht an der Geschicklichkeit dieses Jasper Eau-douce?«

»Der Junge ist erprobt und allem gewachsen, was man von ihm verlangen kann.«

»Er führt einen französischen Namen und hat seine Kindheit meistens in den französischen Kolonien zugebracht, – hat er französisches Blut in seinen Adern, Sergeant?«

»Nicht einen Tropfen, Euer Gnaden. Jaspers Vater war ein alter Kamerad von mir, und seine Mutter ist aus einer ehrbaren und loyalen Familie in unserer Provinz.«

»Wie kam er denn so viel unter die Franzosen, und woher hat er seinen französischen Namen? Er spricht auch die Sprache der Kanadier, wie ich finde.«

»Das ist leicht auseinandergesetzt, Major Duncan. Der Knabe blieb unter der Obhut eines unserer Seeleute aus dem alten Heer, und so kam er zum Wasser wie eine Ente. Euer Gnaden weiß, daß wir an dem Ontario keine Häfen haben, die diesen Namen verdienen, und so brachte er natürlich den größten Teil seiner Zeit auf der andern Seite des Sees zu, wo die Franzosen seit fünfzig Jahren mehrere Schiffe haben. Er lernte da gelegentlich ihre Sprache und erhielt seinen Namen von den Indianern und Kanadiern, welche wahrscheinlich die Leute gerne nach ihren Eigenschaften benennen.«

»Demungeachtet ist aber ein französischer Meister nur ein schlechter Lehrer für einen britischen Schiffer.«

»Ich bitt' um Verzeihung Sir; Jasper Eau-douce ist von einem wirklichen englischen Seemann erzogen worden, von einem Manne, der unter des Königs Flagge segelte und ein Befahrener genannt werden kann; er ist in den Kolonien geboren, aber deshalb, wie ich hoffe, Major Duncan, keiner der Schlechtesten von seinem Gewerbe.«

»Vielleicht nicht, Sergeant, vielleicht nicht, aber auch nicht besser. Außerdem hat sich dieser Jasper brav gehalten, als ich ihm das Kommando des Scud übergab. Kein Bursche hätte sich loyaler oder besser betragen können.«

»Oder tapferer, Major Duncan. Es bekümmert mich, sehen zu müssen, Sir, daß Sie Zweifel in Jaspers Treue setzen.«

»Es ist die Pflicht eines Soldaten, dem die Obhut über einen so entfernten und wichtigen Posten wie diesen anvertraut ist, nie in seiner Wachsamkeit zu erschlaffen, Dunham. Wir haben mit zweien der listigsten Feinde, welche die Welt je hervorgebracht hat, in ihrer verschiedenen Weise zu kämpfen – mit den Indianern und den Franzosen; es darf nichts übersehen werden, was uns in Nachteil bringen könnte.«

»Ich hoffe, Euer Gnaden halten mich für den Mann, dem man irgendeinen besondern Grund, der einen Zweifel an Jasper rechtfertigte, anvertrauen kann, da Sie mich für geeignet halten, mir dieses Kommando zu übertragen?«

»Es ist nicht der Zweifel an Euch, Dunham, der mich veranlaßt, die Enthüllung dessen, was mir zur Kunde gekommen ist, zu verzögern, sondern der Widerwille, eine üble Nachricht über einen Mann, auf den ich bisher etwas gehalten habe, in Umlauf zu bringen. Ihr müßt wohl gut von dem Pfadfinder denken, sonst würdet Ihr nicht wünschen, ihm Eure Tochter zu geben?«

»Für des Pfadfinders Ehrlichkeit stehe ich mit meinem Leben, Sir«, erwiderte der Sergeant mit Festigkeit und nicht ohne eine Würde in seinem Benehmen, welche auf den Vorgesetzten Eindruck machte. »Solch ein Mann weiß gar nicht, was falsch sein heißt.«

»Ich glaube, Ihr habt recht, Dunham, und doch hat diese letzte Mitteilung alle meine alten Meinungen zum Wanken gebracht. Ich habe ein anonymes Schreiben erhalten, Sergeant, welches mich anweist, gegen Jasper Western oder Jasper Eau-douce, wie man ihn nennt, auf der Hut zu sein. Es wird darin behauptet, daß er von dem Feind erkauft sei, und man gibt mir Hoffnung, daß mir eine weitere und genauere Mitteilung in Bälde zugehen werde.«

»Briefe ohne Unterschriften verdienen im Krieg kaum beachtet zu werden.«

»Im Frieden, Dunham! Niemand kann unter gewöhnlichen Umständen von dem Schreiber eines anonymen Briefes eine geringere Meinung haben als ich selbst. Diese Handlung verrät Feigheit, Gemeinheit und Niederträchtigkeit und ist gewöhnlich ein Beweis der Falschheit sowohl als auch anderer Laster. Aber im Krieg ist es nicht derselbe Fall. Außerdem sind mir mehrere verdächtige Umstände namhaft gemacht worden.«

»Sind sie von der Art, daß eine Ordonnanz sie hören darf, Euer Gnaden?«

»Gewiß, wenn es eine ist, der ich so vertraue wie Euch, Dunham. Es wurde zum Beispiel gesagt, daß die Irokesen Eure Tochter und ihre Gesellschaft nur deshalb entrinnen ließen, um Jasper bei mir in Kredit zu bringen. Es heißt dabei, daß den Herren zu Frontenac mehr daran gelegen sei, den Scud mit dem Sergeanten Dunham und seiner Mannschaft wegzunehmen und unsern Lieblingsplan zunichte zu machen, als ein Mädchen und den Skalp ihres Onkels zu erbeuten.«

»Ich verstehe den Wink, Sir, aber ich schenke ihm keinen Glauben. Jasper kann freilich nicht treu sein, wenn Pfadfinder falsch ist; aber was den letztern anbelangt, so möchte ich ebensogut Euer Gnaden mißtrauen wie ihm.«

»Es würde so scheinen, Sergeant, es würde in der Tat so scheinen. Aber Jasper ist jedenfalls nicht Pfadfinder, und – ich muß gestehen, Dunham, ich würde mehr Vertrauen in den Burschen setzen, wenn er nicht Französisch spräche.«

»Ich versicher' Euer Gnaden, 's ist auch keine Empfehlung in meinen Augen, aber der Junge hat es durch Zwang gelernt, und da es einmal so ist, so sollte man ihn, mit Eurer Gnaden Erlaubnis, um dieses Umstandes willen nicht zu schnell verdammen. Wenn er Französisch spricht, so ist's deshalb, weil er es nicht wohl loswerden kann.«

»'s ist ein v–s Gewälsch, und nie hat es einem gut getan, wenigstens keinem britischen Untertanen; denn die Franzosen selbst müssen doch in irgendeiner Sprache miteinander sprechen! – Ich würde mehr Vertrauen in diesen Jasper setzen, wenn er nichts von ihrer Sprache verstände. Dieser Brief hat mich ganz konfus gemacht. Wenn nur noch ein anderer da wäre, dem ich den Kutter anvertrauen könnte, so wollte ich wohl meine Maßregeln treffen, um ihn hier zurückzubehalten. Ich habe schon wegen Eures Schwagers, der von der Partie ist, mit Euch gesprochen, Sergeant. Nicht wahr, er ist ein Schiffer?«

»Er ist ein wirklicher Seefahrer, Euer Gnaden, und etwas von Vorurteilen befangen gegen das frische Wasser. Ich zweifle, ob er veranlaßt werden könnte, seinen Charakter an eine Fahrt auf dem See wegzuwerfen, und ich bin überzeugt, daß er den Posten nie finden würde.«

»Das letztere hat wahrscheinlich seine Richtigkeit, und dann kennt der Mann diesen trügerischen See nicht genug, um einem solchen Auftrag ewachsen zu sein. Ihr müßt daher doppelt wachsam sein, Dunham. Ich gebe Euch unbeschränkte Vollmacht, und solltet Ihr an diesem Jasper irgendeine Verräterei entdecken, so laßt ihn als Opfer der beleidigten Gerechtigkeit fallen.«

»Da er im Dienst der Krone ist, Euer Gnaden, so steht er unter dem Kriegsgericht –«

»Sehr wahr; dann legt ihn in Eisen vom Kopf bis zu den Füßen und sendet ihn hierher in seinem eigenen Kutter. Euer Schwager muß doch imstande sein, den Weg wieder zurückzufinden, wenn er ihn einmal gemacht hat?«

»Ich zweifle nicht, Major Duncan, daß wir imstande sein werden, alles zu tun, was nötig ist, wenn Jasper entfernt werden müßte, wie Sie zum voraus anzunehmen scheinen – obgleich ich denke, ich könnte mein Leben an seine Treue setzen.«

»Eure Zuversicht gefällt mir – sie spricht für den Burschen; – aber der verwünschte Brief! Er hat so das Aussehen der Wahrheit an sich; nein, es ist so viel Wahres darin, was auf andere Gegenstände Bezug hat.«

»Ich glaube, Euer Gnaden sagten, es fehle die Unterschrift des Namens; ein großes Versehen, wenn man da auf einen Ehrenmann schließen soll.«

»Ganz recht, Dunham, und nur ein Schurke, und obendrein ein feiger Schurke kann in Privatangelegenheiten einen anonymen Brief schreiben. Doch das ist im Krieg anders. Da werden Nachrichten fingiert, und List ist immer zu rechtfertigen.«

»Eine männliche Kriegslist, Sir, wenn Sie so wollen; Hinterhalte, Überraschungen, fingierte Angriffe und auch noch Spione; aber nie habe ich gehört, daß ein rechter Soldat den Charakter eines ehrenhaften jungen Mannes durch derartige Mittel zu untergraben beabsichtigt hätte.«

»Ich habe in dem Lauf meiner Erfahrung manches ungewöhnliche Ereignis erlebt und mit allerhand Volk zu tun gehabt. Doch, lebt wohl, Sergeant; ich darf Euch nicht länger aufhalten. Ihr seid nun gewarnt, und ich empfehle Euch unermüdliche Wachsamkeit. Ich glaube, Muir beabsichtigt, sich in Bälde zurückzuziehen, und wenn Ihr mit dieser Unternehmung gut zustande kommt, so will ich meinen ganzen Einfluß aufbieten, Euch an seine Stelle zu bringen, auf die Ihr so manche Ansprüche habt.«

»Ich danke Euer Gnaden untertänig«, erwiderte der Sergeant ruhig, welcher schon seit zwanzig Jahren immer auf diese Weise ermutigt worden war, »und ich hoffe, ich werde meiner Stellung nie Unehre machen, welche sie auch immer sein mag. Ich bin, was die Natur und Vorsehung aus mir gemacht hat, und ich hoffe zu Gott, daß ich mich nie über meinen Posten beklagt habe.«

»Ihr habt doch die Haubitze nicht vergessen?«

»Jasper nahm sie diesen Morgen an Bord, Sir.«

»Seid vorsichtig und traut diesem Mann nicht ohne Not! Macht den Pfadfinder zu Eurem Vertrauten; er kann zur Entdeckung einer Verräterei, die allenfalls im Werke sein könnte, beitragen. Seine ehrliche Einfalt wird seinen Beobachtungen Vorschub leisten, wenn er sie gehörig zu verbergen weiß. Er *muß* treu sein.«

»Für ihn, Sir, stehe ich mit meinem Kopfe ein oder mit meinem Rang im Regiment. Ich habe ihn zu oft geprüft, um an ihm zu zweifeln.«

»Von allen peinigenden Gefühlen, Dunham, ist Mißtrauen da, wo man zum Vertrauen genötigt ist, das peinlichste. Ihr habt doch daran gedacht, daß es Euch nicht an überzähligen Flintensteinen gebreche?«

»Ein Sergeant ist ein sicherer Besorger aller derartigen Einzelheiten, Euer Gnaden.«

»Wohl! Nun, so gebt mir Eure Hand, Dunham. Gott segne Euch und lasse es Euch wohl gelingen! Muir beabsichtigt sich zurückzuziehen – doch, da wir gerade auf den kommen, laßt ihm gleiches Feld bei Eurer Tochter, denn dies kann eine künftige Bewerkstelligung Eures Vorrückens erleichtern. Man wird sich mit einer Gefährtin wie Mabel lieber zurückziehen als im freudlosen Witwerstand, wo man nichts als sein Ich zu lieben hat, und noch dazu solch ein Ich wie das Davys!«

»Ich hoffe, Sir, mein Kind wird eine kluge Wahl treffen, und denke, sie hat sich schon so ziemlich für den Pfadfinder entschieden. Doch sie soll freies Spiel haben, obgleich Ungehorsam ein Verbrechen ist, das der Meuterei am nächsten steht.«

»Untersucht und prüft den Kriegsbedarf sorgfältig, sobald Ihr ankommt; die Ausdünstung des Sees könnte ihm schaden. Und nun noch einmal, lebt wohl, Sergeant! Gebt auf diesen Jasper acht und zieht in irgendeiner Schwierigkeit den Muir zu

Rat! Ich erwarte, daß Ihr heute über einen Monat siegreich zurückkehrt.«

»Gott segne Euer Gnaden! Wenn mir etwas zustoßen sollte, so verlasse ich mich auf Sie, Major Duncan, daß Sie für die Ehre eines alten Soldaten Sorge tragen werden.«

»Verlaßt Euch auf mich, Dunham – Ihr verlaßt Euch auf einen Freund! Seid wachsam, erinnert Euch, daß Ihr in dem Rachen des Löwen sein werdet, – doch nein, nicht einmal in dem Rachen des Löwen, sondern in dem eines verräterischen Tigers, in seinem wahren Rachen und außer dem Bereich einer Unterstützung. Habt Ihr diesen Morgen die Flintensteine gezählt und untersucht? – Und nun, lebt wohl, Dunham, lebt wohl!«

Der Sergeant nahm die dargebotene Hand seines Vorgesetzten mit dem gehörigen Respekt, und endlich trennten sie sich. Lundie eilte in seine bewegliche Wohnung, während der andere das Fort verließ, ans Ufer hinabging und ein Boot bestieg.

Duncan hatte nur die Wahrheit gesagt, als er von den peinigenden Eigenschaften des Mißtrauens sprach. Von allen Gefühlen des menschlichen Gemüts ist dieses das trüglichste in seinen Wirkungen, das hinterlistigste in seiner Annäherung, und am schwersten von einer edlen Seele zu beherrschen. Solange der Zweifel da ist, erscheint alles verdächtig. Wenn die Gedanken keine bestimmten Tatsachen haben, durch welche ihren Wanderungen ein Ziel gesetzt wird, so ist es, wenn einmal dem Argwohn Zutritt gestattet wurde, unmöglich zu sagen, zu welchen Vermutungen er leiten und wohin ihm die Leichtgläubigkeit folgen wird. Was vorher unbedenklich schien, gewinnt die Farbe der Schuld, sobald dieser unbequeme Mietsmann seinen Sitz in der Seele aufgeschlagen hat, und nichts kann gesagt oder getan werden, ohne daß es den Färbungen und Entstellungen des Mißtrauens und des Verdachtes unterworfen würde. Wenn dies schon unter gewöhnlichen Umständen gilt, so wird es doppelt wahr, wenn es sich dabei um eine schwere Verantwortlichkeit handelt, an welcher Leben und Tod hängt, wie dies bei einem militärischen Befehlshaber oder einer leitenden Persönlichkeit in irgendeiner wichtigen politischen Angelegenheiten der Fall ist. Man darf daher nicht glauben, daß Sergeant Dunham, nachdem er sich von seinem kommandierenden Offizier getrennt hatte, die erhaltenen Einschärfungen außer acht ließ. Er hatte zwar im allgemeinen von Jasper eine hohe Meinung; aber zwischen sein früheres Vertrauen und seine Dienstobliegenheit hatte sich der Argwohn eingeschlichen, und da er nun fühlte, daß alles von seiner Wachsamkeit abhänge, so kam er an der Seite des Scud in einer Gemütsstimmung an, welche keinen verdächtigen Umstand unbeachtet und keine ungewöhnliche Bewegung des jungen Schiffers vorbeigehen ließ, ohne daß ihm eine Erklärung abgefordert wurde. Diese Stimmung teilte sich seiner ganzen Betrachtungsweise der Dinge mit, und seine Vorsicht sowohl als sein Mißtrauen trugen das Gepräge der Gewohnheiten, der Meinungen und der Erziehung des Mannes.

Der Anker des Scud wurde gelichtet, sobald man das Boot mit dem Sergeanten, welcher die letzte Person war, auf die man noch wartete, vom Ufer abstoßen sah, und man richtete das Vorderteil des Kutters mittelst der Ruder gegen Osten. Einige kräftige Schläge der letzteren, wobei die Soldaten hilfreich an die Hand gingen, brachten das leichte Fahrzeug in gleiche Linie mit der nachwirkenden Strömung des Flusses, und so kam es wieder weiter vom Land ab. Es war jetzt gänzliche Windstille, da der leichte Luftzug, welcher den Untergang der Sonne begleitete, wieder nachgelassen hatte.

Die ganze Zeit über herrschte eine ungewöhnliche Ruhe auf dem Kutter. Es schien, als fühlten die an Bord befindlichen Personen, daß sie in der Dunkelheit der Nacht auf ein ungewisses Unternehmen ausgehen sollten: und die Wichtigkeit ihres Auftrags, die Stunde und die Art der Abfahrt verliehen ihren Bewegungen eine gewisse Feierlichkeit. Diese Gefühle wurden noch durch die Vorschriften der Disziplin unterstützt. Die meisten schwiegen, und diejenigen, welche sprachen, taten es selten und mit gedämpfter Stimme. In dieser Weise bewegte sich der Kutter langsam in den See hinaus, bis er dahin gelangte, wo die Strömung des Flusses aufhörte, und blieb dort in der Erwartung des gewöhnlichen Landwindes liegen. Eine halbe Stunde lang lag der Scud nun so bewegungslos wie ein auf dem Wasser schwimmender Stamm. Obschon während der geringen Veränderungen, welche in der Lage des Schiffes vorgingen, eine allgemeine Ruhe herrschte, so blieb doch nicht alle Mitteilung unterdrückt; denn der Sergeant führte, nachdem er sich überzeugt hatte, daß seine Tochter und ihre Gefährtin sich auf dem Achterdeck befanden, den Pfadfinder zu der Nebenkajüte, versicherte sich, daß kein Horcher in der Nähe sei, schloß die Tür mit großer Vorsicht und begann mit folgenden Worten:

»Es ist nun schon manches Jahr, mein Freund, seit Ihr angefangen habt, die Beschwerlichkeit und Gefahren der Wälder in meiner Gesellschaft zu versuchen.«

»Es ist so, Sergeant, ja, es ist so. Ich fürchte bisweilen, ich sei zu alt für Mabel, die noch nicht geboren war, als wir schon als Kameraden miteinander gegen die Franzosen fochten.«

»Sei deshalb ohne Furcht, Pfadfinder! Ich war fast so alt wie Ihr, als ich mein Auge auf ihre Mutter warf, und Mabel ist ein festes und verständiges Mädchen, die mehr den Charakter als etwas anderes beachtet. Ein Bursche wie Jasper Eau-douce zum Beispiel würde kein Glück bei ihr machen, obgleich er jung und hübsch ist.«

»Denkt Jasper ans Heiraten?« fragte der Wegweiser mit ernster Einfalt.

»Ich hoffe nicht – wenigstens nicht, bis er jeden überzeugt hat, daß er wirklich geeignet sei, ein Weib zu besitzen.«

»Jasper ist ein braver Junge und hat für sein Fach große Gaben. Er möchte wohl so gut wie ein anderer auf ein Weib Anspruch machen können.«

»Ich will offen gegen Euch sein, Pfadfinder; ich habe Euch hierhergebracht, um gerade wegen dieses jungen Burschen ein Wörtchen mit Euch zu sprechen. Major Duncan hat eine Mitteilung erhalten, welche ihm den Verdacht beibrachte, daß Jasper falsch sei und in dem Solde des Feindes stehe. Ich wünsche, Eure Meinung über diesen Gegenstand zu hören.«

»Wie?«

»Ich sage, der Major argwöhnt, Jasper sei ein Verräter, ein französischer Spion oder, was noch schlimmer ist, erkauft, um uns auszuliefern. Er hat über diesen Umstand einen Brief erhalten und mich beauftragt, ein wachsames Auge auf alle Bewegungen des Jungen zu halten. Er fürchtet, daß wir mit den Feinden zusammentreffen werden, wenn wir's am wenigsten vermuten, und zwar durch seine Veranstaltung.«

»Duncan of Lundie hat Euch dies gesagt, Sergeant Dunham?«

»Ja, Pfadfinder, und obgleich ich nicht geneigt war, von Jasper etwas so Schlimmes zu glauben, so regt sich in mir doch ein

Gefühl, welches mir sagt, daß ich ihm nicht trauen dürfe. Glaubt Ihr an Ahnungen, Freund?«

»An was, Scrgcant?«

»An Ahnungen, eine Art geheimen Vorgefühls zukünftiger Ereignisse. Die Schotten in unserm Regiment sind große Verfechter solcher Dinge, und meine Meinung von Jasper ist so entschieden verändert, daß ich zu fürchten anfange, es sei etwas Wahres an ihren Behauptungen.«

»Aber Ihr habt mit Duncan of Lundie über Jasper gesprochen, und seine Worte haben in Euch Zweifel erregt.«

»Das ist's nicht, nicht im mindesten; denn während ich mit dem Major sprach, dachte ich ganz anders, und ich gab mir alle Mühe, ihm zu beweisen, daß er dem Jungen unrecht tue. Aber ich finde, es hilft nichts, sich gegen eine Ahnung zu sträuben, und ich fürchte, daß doch etwas an dem Verdacht ist.«

»Ich weiß nichts von Ahnungen, Sergeant, aber ich habe Jasper von seinen Knabenjahren an gekannt und hege ein so großes Vertrauen zu seiner Ehrlichkeit als zu meiner eigenen oder selbst der des Serpent.«

»Aber der Serpent, Pfadfinder, hat seine Kniffe und Hinterhalte im Krieg so gut wie ein anderer.«

»Ja, sie sind seine natürlichen Gaben, und sind so wie die seines Volkes. Weder eine Rothaut noch ein Blaßgesicht kann seine Natur verleugnen. Aber Chingachgook ist nicht der Mann, gegen den man eine Ahnung haben kann.«

»Ich glaube das, und ich würde noch diesen Morgen nicht übel von Jasper gedacht haben. Aber es scheint mir, Pfadfinder, seit diese Ahnung in mir aufgestiegen ist, als ob sich der Junge auf seinem Verdeck nicht mehr so natürlich rühre, wie er es sonst gewöhnt ist. Er ist still, schwermütig und gedankenvoll wie ein Mann, der etwas auf seinem Gewissen hat.«

»Jasper ist nie laut, und er sagt mir, daß geräuschvolle Schiffe im allgemeinen übelgeführte Schiffe seien. Auch Meister Cap gibt dies zu, Nein, nein, ich will nichts gegen Jasper glauben, bis ich es sehe. Schickt nach Eurem Schwager, Sergeant, und laßt uns ihn über die Sache befragen; denn mit dem Verdacht gegen einen Freund im Herzen zu schlafen, ist ein Schlaf mit Blei auf demselben. Ich habe keinen Glauben an Eure Ahnungen.«

Da der Sergeant hiergegen kaum etwas einwenden konnte, so fügte er sich darein, und Cap wurde aufgefordert, sich ihrer

Beratung anzuschließen. Pfadfinder war gefaßter als sein Gefährte und übernahm in der vollen Überzeugung von der Treue des angeschuldigten Teiles das Geschäft des Sprechers:

»Wir haben Euch gebeten, zu uns herunterzukommen, Meister Cap«, fing er an, »um Euch zu fragen, ob Ihr diesen Abend nicht etwas Ungewöhnliches in den Bewegungen des Eaudouce bemerkt habt?«

»Seine Bewegungen sind gewöhnlich genug für das frische Wasser, Meister Pfadfinder, obgleich wir das meiste von seinem Verfahren unten an der Küste für unregelmäßig halten würden.«

»Ja, ja; wir wissen, daß Ihr nie mit dem Burschen über die Art, wie ein Kutter zu handhaben ist, einig werden könnt. Aber es ist etwas anderes, worüber wir Eure Meinung hören möchten.«

Der Pfadfinder setzte nun Cap von dem Verdacht in Kenntnis, welchen der Sergeant gegen Jasper hegte, und gab ihm die Veranlassung dazu an, soweit Major Duncan sich darüber ausgesprochen hatte.

»Wie? – der Junge spricht Französisch?« fragte Cap.

»Man sagt, er spreche es besser, als es gewöhnlich gesprochen wird«, erwiderte der Sergeant mit Ernst. »Pfadfinder weiß, daß dies wahr ist.«

»Ich kann nichts dagegen sagen, ich kann nichts dagegen sagen«, antwortete der Wegweiser, »wenigstens erzählt man sich so. Aber dieses würde nichts gegen einen Mississagua, geschweige gegen eine Menschen wie Jasper, beweisen. Ich spreche auch die Sprache der Mingos, die ich gelernt habe, als ich ein Gefangener unter diesem Gewürm war; wer wird mich aber deshalb für ihren Freund halten? Nicht, daß ich nach indianischen Begriffen ihr Feind wäre, obgleich ich zugebe, daß ich in den Augen der Christen ihr Feind bin.«

»Wohl, Pfadfinder, – aber Jasper hat sein Französisch nicht als Gefangener gelernt; er lernte es in seiner Kindheit, wo der Geist am empfänglichsten ist und leicht bleibende Eindrücke aufnimmt, – wo die Natur ein Vorgefühl von dem Wege hat, welchen der Charakter wahrscheinlich später einschlagen wird.«

»Eine sehr wahre Bemerkung«, fügte Cap bei, »denn das ist diejenige Lebenszeit, wo wir alle den Katechismus und andere moralische Lehren lernen. Die Bemerkung des Sergeanten zeigt, daß er die menschliche Natur kennt, und ich bin vollkommen seiner Ansicht. Es ist eine Heillosigkeit, daß so ein junger Bursche auf diesem bißchen Frischwasser da oben Französisch kann. Wenn es noch unten auf dem Atlantischen Meer wäre, wo ein Seemann bisweilen Gelegenheit hat, mit einem Lotsen oder Sprachgelehrten in dieser Sprache zu reden, so würde ich mir nicht so viel daraus machen, obschon wir immer – selbst da – einen Schiffsmaat mit Argwohn betrachten, wenn er zuviel davon versteht. Aber hier oben, auf dem Ontario, halte ich es für einen äußerst verdächtigen Umstand.«

»Aber Jasper *muß* mit den Leuten am andern Ufer französisch sprechen«, sagte Pfadfinder, »oder ganz schweigen, da man dort nur diese Sprache kennt.«

»Ihr wollt mir doch nicht weismachen, Pfadfinder, daß dort drüben auf der entgegengesetzten Küste Frankreich liege?« rief Cap, indem er mit seinem Daumen über die Schulter weg gegen Kanada hinwies. »Wie, soll auf der einen Seite dieses Frischwasserstreifens York und auf der andern Frankreich liegen?«

»Ich will Euch nur sagen, daß hier York und dort Oberkanada ist und daß man in dem ersteren Englisch, Holländisch und Indianisch und in dem letztern Französisch und Indianisch spricht. Selbst die Mingos haben manche französische Worte in ihren Dialekt aufgenommen, wodurch er aber nicht gerade besser geworden ist.«

»Sehr wahr; – aber was für eine Art Leute sind diese Mingos, mein Freund?« fragte der Sergeant, indem er Pfadfinders Schulter berührte, um seiner Bemerkung mehr Nachdruck zu geben, da die Wahrheit derselben sichtlich ihre Bedeutung in den Augen des Sergeanten steigerte: »Niemand kennt sie besser als Ihr, und ich frage Euch: was ist's für ein Menschenschlag?«

»Jasper ist kein Mingo, Sergeant.«

»Er spricht Französisch und könnte deshalb ebensogut einer sein. Bruder Cap, kannst du dich auf irgendeine Bewegung in der Führung seines Berufes besinnen, die auf Verräterei hindeuten könnte?«

»Nicht bestimmt, Sergeant, obgleich er die halbe Zeit über das Hinterste zuvorderst angegriffen hat. Es ist wahr, daß einer seiner Handlanger ein Tau gegen die Sonne aufgeschossen hat, was er, als ich ihn um den Grund fragte, ein *Tau querlen* nannte; aber ich weiß nicht, was er damit meinte, obgleich ich sagen darf, daß die Franzosen die Hälfte ihres laufenden Tauwerks unrecht aufschlagen, und es deshalb vielleicht auch *Querlen* nennen. Dann spliß Jasper selbst das Ende der Klüverfallen mit den Fußstöcken des Tauwerks, anstatt sie an dem Mast anzubringen, wohin sie, wenigstens nach dem Urteil britischer Seeleute, gehören.«

»Es ist wohl möglich, daß Jasper, der sich so viel auf der andern Seite des Sees aufgehalten, bei Behandlung seines Fahrzeugs einige von den kanadischen Begriffen aufgenommen hat«, warf Pfadfinder ein; »aber das Aufgreifen eines Gedankens oder eines Wortes ist weder Verräterei noch Treulosigkeit. Ich habe bisweilen selbst von den Mingos eine Idee aufgefangen, und doch war mein Herz immer bei den Delawaren. Nein, nein, Jasper ist treu, und der König könnte ihm seine Krone ebensogut wie seinem ältesten Sohne anvertrauen, der, da er sie eines Tages tragen soll, gewiß der letzte sein wird, der sie ihm stehlen möchte.«

»Schöne Reden, schöne Reden!« sagte Cap, welcher sich erhob, um durch das Kajütenfenster zu spucken, wie es bei Leuten gewöhnlich ist, wenn sie die ganze Macht ihrer moralischen Überlegenheit fühlen und dabei zufällig Tabak kauen. »Nichts als schöne Reden, aber v– t wenig Logik. Einmal kann des Königs Majestät seine Krone nicht herleihen, da dieses gegen die Gesetze des Reichs ist, welchen zufolge er sie immer tragen muß, damit man seine geheiligte Person erkennt, wie auch der Sheriff auf der See stets das silberne Ruder bei sich führen muß. Dann ist es nach den Gesetzen Hochverrat, wenn Seiner Majestät ältester Sohn nach der Krone trachtet oder ein Kind erzeugt, es sei denn in einer gesetzlichen Ehe, da dadurch die Nachfolge in Unordnung kommen würde. Ihr könnt also daraus sehen, Freund Pfadfinder, daß man, wenn man richtig räsonieren will, die richtigen Segel besitzen muß. Gesetz ist Vernunft, und Vernunft ist Philosophie, und Philosophie ist ein beständiges vor Anker Treiben; woraus denn folgt, daß die Kronen durch Gesetz, Vernunft und Philosophie geregelt werden.«

»Ich verstehe wenig von all diesem, Meister Cap, aber nichts soll mich veranlassen, Jasper Western für einen Verräter zu halten, bis ich mich durch meine eigenen Augen und Ohren überzeugt habe.«

»Da habt Ihr wieder unrecht, Pfadfinder; denn es gibt einen Weg, eine Sache viel folgerichtiger zu prüfen als durch Sehen oder Hören oder beides zusammen, und das ist der Indizienbeweis.«

»So mag es in den Ansiedlungen sein, aber nicht hier an der Grenze.«

»Es liegt in der Natur, und diese herrscht überall gleich. So ist, Euren Sinnen zufolge, Jasper Eau-douce in diesem Augenblicke auf dem Verdeck, und jeder, der da hinauf geht, kann sich durch seine Augen und seine Ohren davon überzeugen. Sollte sich's aber nachher herausstellen, daß in diesem nämlichen Augenblick den Franzosen eine Mitteilung gemacht wurde, die nur von Jasper ausgehen konnte, warum sollten wir uns nicht zu der Annahme verpflichtet fühlen, daß das Indiz wahr ist, und daß uns unsere Sinne getäuscht haben? Jeder Rechtsgelehrte wird Euch das nämliche sagen.«

»Das ist kaum richtig«, sagte Pfadfinder. »Auch ist es nicht möglich, da es aller Wirklichkeit widerspricht.«

»Es ist noch viel mehr als möglich, mein würdiger Wegweiser, es ist Gesetz, ein unbedingtes Gesetz des Königreiches, und als solches verlangt es Achtung und Gehorsam. Ich würde meinen eigenen Bruder auf ein solches Zeugnis hin hängen, ohne weitere Rücksicht auf die Familie zu nehmen, Sergeant.«

»Gott weiß, wieweit dies alles auf Jasper anwendbar ist, Pfadfinder, obgleich ich glaube, daß Meister Cap, was das Gesetz anbelangt, recht hat; denn bei solchen Gelegenheiten haben Indizien eine weit größere Bedeutung als die Sinne. Wir müssen sehr auf unserer Hut sein und dürfen nichts Verdächtiges übersehen.«

»Ich erinnere mich nun«, fuhr Cap fort, indem er sich wieder des Fensters bediente, »daß, gerade als wir diesen Abend an Bord kamen, ein Indiz stattfand, das äußerst verdächtig ist und recht wohl einen neuen Punkt gegen diesen jungen Menschen abgeben kann. Jasper befestigte des Königs Flagge mit eigenen Händen, und während er sich das Ansehen gab, als blicke er auf Mabel und das Soldatenweib, und die Anweisung erteilte, sie da herunterzuführen und ihnen alles zu zeigen, zog er die Flagge der Union nieder.«

»Das kann ein Zufall gewesen sein«, erwiderte der Sergeant, »denn etwas Derartiges ist mir selbst schon begegnet; zudem führen die Fallen zu einem Flaschenzug, und die Flagge mußte recht oder unrecht kommen, je nachdem der Junge sie aufgehißt hatte.«

»Ein Flaschenzug?« rief Cap mit Unwillen, »ich wünschte, Sergeant, ich könnte dich dahin bringen, dich der geeigneten Ausdrücke zu bedienen. Ein Flaggenfallblock ist ebensowenig ein Flaschenzug als deine Hellebarde ein Enterhaken. Es ist zwar wahr, wenn man an dem einen Teil zieht, so muß der andere in die Höhe gehen, aber da Ihr mir einmal Euren Verdacht mitgeteilt habt, so betrachte ich die Geschichte mit der Flagge als ein Indiz, das ich nicht außer acht lassen will. Ich denke übrigens, daß das Abendessen nicht vergessen worden ist, und wenn der ganze Raum voll Verräter wäre.«

»Es wird dafür gehörige Sorge getragen sein, Bruder Cap, aber ich rechne auf deinen Beistand bezüglich der Führung des Scuds, wenn etwas vorfallen sollte, was zu Jaspers Verhaftung Anlaß gäbe.«

»Ich werde dich nicht verlassen, Sergeant, und in diesem Falle kannst du wahrscheinlich lernen, was der Kutter wirklich zu leisten vermag, denn bis jetzt, meine ich, müßte man das mehr erraten.«

»Wohl, was mich anbelangt«, sagte Pfadfinder mit einem tiefen Seufzer, »so will ich die Hoffnung auf Jaspers Unschuld festhalten und empfehle ein offenes Verfahren, indem man den Jungen ohne weiteren Verzug selbst fragt, ob er ein Verräter sei oder nicht. Ich setze auf Jasper mein Vertrauen, trotz aller Ahnungen und Indizien in der Kolonie.«

»Das geht nicht«, erwiderte der Sergeant. »Die Verantwortlichkeit dieses Geschäftes liegt auf mir, und ich bitte und befehle, daß gegen niemand ohne mein Vorwissen irgend etwas verlaute. Wir wollen alle ein wachsames Auge haben und auf die Indizien geeignete Rücksicht nehmen.«

»Ja, ja! die Indizien sind im Grunde die Hauptsache«, erwiderte Cap. »Ein einziges Indiz gilt für fünfzig Tatsachen. Dies ist, soviel ich weiß, das Gesetz des Königreichs. Mancher ist schon auf Indizien hin gehenkt worden.«

Die Besprechung war nun zu Ende, und nach einer kurzen Zögerung kehrten sie auf das Verdeck zurück, wobei jeder in der Absicht, das Betragen des verdächtigen Jasper zu beobachten, der seinen Gewohnheiten und seinem Charakter angemessenen Weise folgte.

Vierzehntes Kapitel

Gerade solch ein Mann, so schwach, so geistlos,
So stumpf, so tot im Blick, so weinerlich,
Hob Priams Vorhang in der Schreckensnacht,
Um ihm zu sagen, daß halb Troja brenne.
Shakespeare

Inzwischen ging alles auf dem Schiff seinen gewohnten Gang. Jasper schien mit seinem Fahrzeug auf den Landwind zu warten, indes die Soldaten, welche an frühes Aufstehen gewöhnt waren, bis auf den letzten Mann ihre Schlafstätten in dem Hauptraume aufgesucht hatten. Nur die Schiffsleute, Muir und die beiden Weiber waren noch auf dem Verdeck. Der Quartiermeister bemühte sich, bei Mabel den Angenehmen zu spielen, während unsere Heldin selbst wenig auf seine Bemühungen achtete, welche sie teilweise der soldatischen Galanterie, teilweise vielleicht auch ihrem hübschen Gesicht zuschrieb und sich an den Eigentümlichkeiten eines Schauspiels und einer Lage erfreute, die ihr so viele Reize der Neuheit darboten.

Die Segel waren aufgehißt, aber noch regte sich kein Lüftchen, und der See war so ruhig und eben, daß an dem Kutter nicht die mindeste Bewegung zu erkennen war. Die Flußströmung hatte ihn etwas über eine Viertelmeile vom Land abgetrieben, und da lag er nun wie festgenagelt in der ganzen Schönheit seiner Form und seines Ebenmaßes. Der junge Jasper war auf dem Achterdeck und stand nahe genug, um gelegentlich die Unterhaltung, die geführt wurde, zu vernehmen; doch wagte er es nicht, sich darein zu mischen, teils weil er seinen eigenen Ansprüchen zu sehr mißtraute, teils weil er von den Obliegenheiten seines Dienstes in Anspruch genommen war. Mabels schönes blaues Auge folgte seinen Bewegungen in neugieriger Erwartung und betrachtete die kleinen Vorfälle auf dem Fahrzeug mit einer solchen Aufmerksamkeit, daß sie die Artigkeiten des Quartiermeisters, welche er mehr als einmal an sie richten mußte, bis sie gehört wurden, nur mit Gleichgültigkeit hinnahm. Endlich schwieg selbst Muir, und eine tiefe Stille herrschte auf dem Wasser. Da fiel plötzlich unter dem Fort eine

Ruderschaufel in ein Boot, und der Ton war auf dem Kutter so vernehmlich, als ob er von seinem eigenen Verdeck ausgegangen sei. Dann kam ein Gemurmel wie ein Seufzer der Nacht: das Flattern eines Segels, das Knarren des Mastes und das Schlagen des Klüvers. Diesen wohlbekannten Tönen folgte eine leichte Hebung des Hinterkiels des Kutters und das Blähen aller Segel.

»Da kommt der Wind, Anderson«, rief Jasper dem ältesten seiner Schiffsleute zu. »Nimm das Steuer!«

Dieser kurzen Anweisung wurde gehorcht, das Steuer gehoben, und die Buge fielen ab. Nach einigen Minuten hörte man das Gemurmel des Wassers unter dem Schnabel, und der Scud schoß in den See mit der Geschwindigkeit von fünf Meilen in einer Stunde. Alles dies geschah mit tiefem Schweigen, als Jasper aufs neue den Befehl gab:

»Laßt die Schoten ein wenig nach und haltet längs dem Lande hin!«

In diesem Augenblick erschienen die drei Männer aus der Nebenkajüte wieder auf dem Achterdeck.

»Ihr habt wohl nicht die Absicht, Junge, unsern Nachbarn, den Franzosen allzunahe zu kommen«, bemerkte Muir, welcher die Gelegenheit ergriff, ein Gespräch anzufangen. »Nun gut! Ich ziehe Eure Klugheit nicht im mindesten in Zweifel; denn ich liebe die Kanadier so wenig, als Ihr sie wahrscheinlich liebt.«

»Ich halte am Ufer wegen des Windes, Herr Muir. Der Landwind ist immer in der Nähe des Strandes am frischesten, vorausgesetzt, daß man nicht nahe genug kommt, um die Bäume im Lee zu haben. Wir haben die Mexikobai zu kreuzen, und diese wird uns bei dem gegenwärtigen Kurse gerade genug offene See geben.«

»Es ist mir recht lieb, daß es nicht die Bai von Mexiko ist«, warf Cap ein, »denn diese ist ein Teil der Welt, den ich in einem von Euren Binnenschiffen lieber nicht besuchen möchte. Hat Euer Kutter ein Luvsteuer, Meister Eau-douce?«

»Er geht leicht nach dem Steuer, Meister Cap, aber er sieht so gern als ein anderes Fahrzeug nach dem Winde, wenn er einmal in lebhafter Bewegung ist.«

»Ich hoffe, Ihr habt doch solche Dinge, die man Reffe heißt, obgleich Ihr kaum eine Gelegenheit haben könnt, sie zu benutzen?«

Mabels leuchtendes Auge entdeckte das Lächeln, das einen Augenblick Jaspers schönes Gesicht überflog, obschon niemand anders diesen vorübergehenden Ausdruck der Überraschung und Verachtung bemerkte.

»Wir haben Reffe, und es gibt oft Gelegenheit, sie zu benutzen«, erwiderte der junge Mann mit Ruhe. »Ehe wir einlaufen, wird sich's schicken, Euch die Art, wie wir sie gebrauchen, zu zeigen; denn im Osten braut das Wetter etwas, und selbst auf dem Meere kann der Wind nicht schneller umspringen, als er auf dem Ontariosee seinen Kehrum macht.«

»Nun, Ihr sprecht wie einer, der es nicht besser versteht. Ich habe den Wind auf dem Atlantischen Meer wie ein Kutschenrad sich drehen sehen, in einer Weise, daß die Segel stundenlang bebten, und das Schiff vollkommen bewegungslos stand, weil es nicht wußte, wohin es sich drehen solle.«

»Wir haben hier freilich keine so plötzlichen Wechsel«, erwiderte Jasper sanft, »obgleich wir glauben, daß wir manchen unerwarteten Veränderungen des Windes ausgesetzt sind. Ich hoffe übrigens, daß wir diesen Landwind bis zu den ersten Inseln behalten werden, und dann wird die Gefahr, von einem Frontenacschen Wachboote gesehen und verfolgt zu werden, weniger groß sein.«

»Meint Ihr, die Franzosen halten Spione hier außen auf dem See, Jasper?« fragte der Pfadfinder.

»Wir wissen, daß es so ist. Letzten Montag war in der Nacht sogar einer vor Oswego. Ein Rindenkahn kam bis an die östliche Spitze und setzte einen Indianer und einen Offizier ans Land. Wenn Ihr damals, wie gewöhnlich, draußen gewesen wäret, so hätten wir, wenn nicht beide, gewiß einen aufgreifen können.«

Es war zu dunkel, um die Röte zu bemerken, welche die Farbe auf den sonnenverbrannten Zügen des Wegweisers vertiefte; denn er war sich bewußt, daß er sich damals in dem Fort aufgehalten hatte, um auf Mabels süße Stimme zu hören, als sie ihrem Vater Balladen vorsang, und ihr in das Auge zu schauen, das für ihn Zauberstrahlen schoß. Rechtschaffenheit im Denken und Handeln war eine charakteristische Eigenschaft in der Seele dieses außerordentlichen Mannes, und obgleich er fühlte, daß eine Art von Schmach seiner bei dieser Gelegenheit gezeigten Trägheit anklebe, so wäre ihm doch der Versuch, seine

Nachlässigkeit zu bemänteln oder in Abrede zu ziehen, am allerletzten eingefallen.

»Ich gebe es zu, Jasper, ich gebe es zu«, sagte er bescheiden. »Wäre ich in jener Nacht draußen gewesen – und ich kann mich keines zureichenden Grundes erinnern, warum ich es nicht war – so könnte es wirklich so gegangen sein, wie Ihr sagt.«

»Das war an jenem Abend, Pfadfinder, den Ihr bei uns zubrachtet«, bemerkte Mabel unschuldig, »und gewiß ist ein Mann, der so viel Zeit in den Wäldern und im Angesicht des Feindes verlebt, zu entschuldigen, wenn er einige Stunden einem alten Freund und seiner Tochter widmet.«

»Nein, nein, ich bin, seit ich in das Fort zurückgekommen, fast nichts als müßig gewesen«, erwiderte der andere mit einem Seufzer, »und es ist gut, daß der Junge davon spricht. Der Müßige bedarf des Tadels, ja, er bedarf des Tadels.«

»Tadel, Pfadfinder? Ich habe nie im Traum daran gedacht, Euch etwas Unangenehmes sagen zu wollen, und am wenigsten fällt es mir bei, Euch zu tadeln, weil ein Spion und ein oder zwei Indianer uns entwischt sind. Überhaupt halte ich, da ich nun weiß, wo Ihr wart, Eure Abwesenheit für die natürlichste Sache von der Welt.«

»Tut nichts, Jasper, tut nichts, daß Ihr es mir gesagt habt; denn ich hab's verdient. Wir sind alle Menschen und tun alle unrecht.«

»Das ist unfreundlich, Pfadfinder.«

»Gebt mir Eure Hand, Junge, gebt mir Eure Hand. Nicht Ihr habt mir diese Lehre gegeben, sondern mein Gewissen.«

»Gut, gut!« unterbrach Cap. »Dieser letztere Gegenstand ist nun zur Zufriedenheit aller Teile beigelegt. Ihr werdet uns aber vielleicht sagen, wie es zuging, daß man Kunde von Spionen, die erst kürzlich in unserer Nähe waren, erhielt. Dies sieht einem Indiz zum Erstaunen ähnlich.«

Als der Seemann diese letzte Äußerung laut werden ließ, drückte er seinen Fuß leicht auf den des Sergeanten, stieß den Wegweiser mit dem Ellenbogen an und blinzelte zu gleicher Zeit mit den Augen, obgleich dieses Zeichen in der Dunkelheit verlorenging.

»Es wurde bekannt, weil der Serpent am andern Tag ihre Fährte fand, welche aus der Spur eines Soldatenstiefels und der eines Mokassins bestand. Zudem hat einer unserer Jäger am andern Morgen den Kahn gegen Frontenac rudern sehen.«

»Leitete die Spur in die Nähe der Garnison, Jasper?« fragte Pfadfinder in dem sanften und demütigen Tone eines getadelten Schulknaben, »leitete die Fährte in die Nähe der Garnison, Junge?«

»Wir glaubten, das nicht zu finden, obgleich sie natürlicherweise auch nicht über den Fluß führte. Man verfolgte sie bis zur östlichen Spitze an der Mündung des Flusses hinab, wo man sehen konnte, was in dem Hafen geschah. Soviel wir jedoch zu entdecken vermochten, kreuzte sie den Fluß nicht.«

»Und warum begabt Ihr Euch nicht auf den Weg, Meister Jasper«, fragte Cap, »um auf sie Jagd zu machen? Wir hatten am Dienstagmorgen guten Wind, bei dem der Kutter wohl hätte neun Knoten ablaufen können.«

»Das mag auf dem Ozean angehen, Meister Cap«, warf Pfadfinder ein, »aber hier ließe sich das nicht machen. Das Wasser hinterläßt keine Fährte, und einen Indianer oder einen Franzosen mag der Teufel verfolgen.«

»Was braucht's einer Fährte, wenn man den Gegenstand, auf den man Jagd macht, von dem Verdeck aus sehen kann, wie dies nach Jaspers Äußerung mit dem Kahne der Fall war? Bei einem guten britischen Kiel in seinem Fahrwasser hätte es nichts zu sagen, wenn es ihrer zwanzig von euren Mingos und Franzosen wären. Ich wette, Meister Eau-douce, daß wir, wenn Ihr mir an jenem Dienstagmorgen etwas von der Sache gesagt hättet, diese Lumpen überholt haben würden.«

»Ich glaube wohl, Meister Cap, daß der Rat eines alten Seemanns, wie Ihr seid, einem so jungen Schiffer, wie ich bin, nicht geschadet hätte, aber die Jagd auf einen Rindenkahn ist eine lange und hoffnungslose.«

»Ihr hättet ihm nur hart zusetzen und ihn ans Ufer treiben dürfen.«

»Ans Ufer, Meister Cap? Ihr kennt die Schiffahrt auf unserm See nicht im mindesten, wenn Ihr es für eine Kleinigkeit haltet, einen Rindenkahn ans Ufer zu treiben. Wenn sich diese Wasserblasen gedrängt fühlen, so rudern sie recht in des Windes Auge, und ehe Ihr's Euch verseht, so befindet Ihr Euch eine Meile oder zwei tot unter ihrem Lee.«

»Ihr wollt mir doch nicht weismachen, Meister Jasper, daß irgend jemand so unbesonnen sich der Gefahr des Ertrinkens aussetzt, in einer dieser Eierschalen in den See hineinzufahren, wenn Wind da ist?«

»Ich habe oft bei ziemlich hoher See in einem Rindenkahn über den Ontario gesetzt. Gut gehandhabt, sind sie die erprobtesten Fahrzeuge, die wir kennen.«

Cap führte nun seinen Schwager und den Pfadfinder beiseite und versicherte, daß Jaspers Zugeständnis bezüglich der Spione »ein Indiz«, und zwar »ein gewichtiges Indiz« sei, das wohl eine weitere Überlegung und Nachforschung verdiene, indes seine Erzählung in betreff der Kähne so unwahrscheinlich klinge, daß sie das Aussehen habe, als wollte er sich nur über seine Zuhörer lustig machen. Jasper hatte zuversichtlich von dem Charakter der zwei gelandeten Personen gesprochen, und dies schien Cap ein ziemlich bündiger Beweis, daß jener mehr von ihnen wisse, als sich aus einer bloßen Fährte erkennen lasse. Von den Mokassins sagte er, daß sie in diesem Teile der Welt von den Weißen sowohl als von den Indianern getragen würden; er hätte selbst ein Paar gekauft, und Stiefel machten bekanntermaßen nicht den Soldaten. Obgleich vieles von dieser Logik dem Sergeanten gegenüber verlorenging, so hatte sie doch einigen Erfolg. Es kam ihm ein wenig sonderbar vor, daß in der Nähe des Forts Spione entdeckt worden sein sollten, ohne daß er etwas davon wußte. Auch glaubte er, daß dies ein Kenntniszweig sei, der nicht gerade in Jaspers Sphäre einschlage. Allerdings war der Scud ein- oder zweimal über den See geschickt worden, um Mannschaft ans Land zu setzen oder weiterzuschaffen; aber damals spielte Jasper, wie er wohl wußte, eine sehr untergeordnete Rolle, und der Führer des Kutters kannte von dem Auftrage der Leute, welche er ab- und zuführte, so wenig als ein anderer; auch sah er nicht ein, warum Eau-douce allein von allen Anwesenden etwas von dem letzten Besuche wissen sollte. Pfadfinder betrachtete übrigens die Sache von einem verschiedenen Standpunkt. Mit seinem gewohnten Mißtrauen tadelte er sich selbst wegen Vernachlässigung seiner Pflicht, und jene Kenntnis, deren Mangel ihm bei einem Manne, der sie besitzen sollte, als ein Fehler erschien, rechnete er dem jungen Mann als Verdienst an. Er sah nichts Außerordentliches in der Bekanntschaft Jaspers mit den von ihm mitgeteilten Tatsachen, während er fühlte, daß es ungewöhnlich, wo nicht gar entehrend für ihn selbst sei, jetzt zum erstenmal davon zu hören.

»Was die Mokassins anbelangt, Meister Cap«, sagte er, als eine kurze Pause ihn zum Sprechen veranlaßte, »so mögen sie allerdings von Blaßgesichtern so gut als von den Rothäuten getragen werden, doch lassen sie nie dieselben Fußspuren zurück. Wer an die Wälder gewöhnt ist, weiß wohl die Fußtapfen eines Indianers von denen eines weißen Mannes zu unterscheiden, mögen sie nun durch einen Stiefel oder einen Mokassin hervorgerufen sein. Man muß mir mit einleuchtenderen Umständen kommen, wenn man mich glauben machen will, daß Jasper falsch sei.«

»Ihr werdet doch zugeben, Pfadfinder, daß es eine Art Dinge auf der Welt gibt, die man Verräter nennt?» warf Cap mit einer hochweisen Miene ein.

»Ich habe nie einen ehrlich gesinnten Mingo gekannt, das heißt: einen, dem man vertrauen konnte, wenn sich ihm eine Versuchung zu Betrug darbot. Freilich, Arglist scheint ihre Gabe zu sein, und es kommt mir bisweilen vor, als ob man sie deshalb mehr bedauern als verfolgen sollte.«

»Warum dann aber nicht glauben, daß Jasper die nämliche Schwäche haben könnte? Mensch ist Mensch, und die menschliche Natur ist bisweilen nur ein armes Ding, wie ich aus eigener Erfahrung weiß, ja, ich kann sagen: recht gut aus eigener Erfahrung weiß – wenigstens, soweit ich von meiner eigenen menschlichen Natur spreche.«

Dies gab die Einleitung zu einer langen und wechselnden Unterhaltung, in welcher für und wider die Wahrscheinlichkeit von Jaspers Schuld oder Unschuld gesprochen wurde, bis der Sergeant und sein Schwager sich fast ganz in die volle Überzeugung von der ersteren hineinräsoniert hatten, indes ihr Gefährte in seiner Verteidigung des Angeklagten immer derber und standhafter wurde und sich in der Meinung, daß man Jasper mit Unrecht Verräterei zur Last lege, nur noch mehr befestigte. Das war nun freilich ganz der gewöhnliche Lauf der Dinge; denn es gibt keinen sicherern Weg, sich irgendeine besondere Ansicht zu eigen zu machen, als wenn man ihre Verteidigung unternimmt, und zu unseren hartnäckigsten Meinungen können diejenigen gerechnet werden, welche aus Erörterungen fließen, in denen wir die Erforschung der Wahrheit zum Vorwand nehmen, während sie in Wirklichkeit nur zur Kräftigung unserer Vorurteile dienen. Mittlerweile war der Sergeant in eine Gemütsstimmung geraten, welche ihn geneigt machte, jede Handlung des jungen Schiffers mit Mißtrauen zu betrachten, und bald kam er mit seinem Verwandten über die Ansicht in Einklang, daß das, was Jasper von den Spionen wußte, nicht in den Kreis seiner regelmäßigen Pflichten gehöre und demnach »ein Indiz« sei.

Während dieses in der Nähe des Heckbords verhandelt wurde, saß Mabel still an der Kajütentreppe. Herr Muir war in den untern Raum gegangen, um nach seinen eigenen Bequemlichkeiten zu sehen, und Jasper stand ein wenig luvwärts mit gekreuzten Armen, indes seine Augen von den Segeln nach den Wolken, von den Wolken zu den dunkeln Umrissen des Ufers, vom Ufer zum See und von dem See wieder zurück zu den Segel wanderten. Auch unsere Heldin fing an, mit ihren Gedanken geheime Zwiesprache zu halten. Die Aufregung der letzten Reise, die Ereignisse, welche mit dem Tage ihrer Ankunft in dem Fort verbunden waren, das Zusammentreffen mit einem Vater, der ihr eigentlich fremd war, die Neuheit ihrer jüngsten Lage in der Garnison und die gegenwärtige Reise – alles dieses bildete für das Auge ihres Geistes eine Perspektive, welche ihr auf Monate zurückzudeuten schien. Sie konnte nicht glauben, daß sie erst vor so kurzer Zeit die Stadt mit all den Gewohnheiten des zivilisierten Lebens verlassen habe, und staunte, daß namentlich die Ereignisse, welche ihr während der Fahrt auf dem Oswego begegnet waren, einen so geringen Eindruck in ihrem Gemüte zurückgelassen hätten. Da sie zu unerfahren war, um zu wissen, daß sich häufende Ereignisse die Wirkung der Zeit haben oder daß eine rasche Aufeinanderfolge neuer Zustände, welche uns auf Reisen begegnen, jene fast zu der Bedeutung wichtiger Begebenheiten erhebt, so forschte ihr Gedächtnis nach Zeit und Tagen, um sich zu überzeugen, daß sie mit Jasper, dem Pfadfinder und ihrem Vater seit wenig mehr als vierzehn Tagen bekannt sei. Mabel war ein Mädchen, bei welchem das Herz über die Einbildungskraft vorherrschte, obgleich die letztere ihr keineswegs fehlte – sie vermochte sich nicht leicht Rechenschaft über die Gewalt der Gefühle zu geben, welche sie gegen Männer hegte, die ihr kurz vorher noch fremd waren, da sie nicht hinreichend geübt war, ihre Empfindungen zu zergliedern und daraus die Natur der erwähnten Einflüsse sich klarzumachen. Ihr reiner Sinn war jedoch bis jetzt frei von dem Gifte des Mißtrauens; keine Ahnung tauchte in ihr auf von den Absichten ihrer beiden Anbeter, und der Gedanke, daß einer derselben ein Verräter an König und Vaterland sein könne, würde wohl zuletzt ihre Zuversicht getrübt haben.

Amerika zeichnete sich zu der Zeit, von der wir schreiben, durch seine Anhänglichkeit an die deutsche Familie, welche auf dem britischen Throne saß, aus: wie man denn überhaupt in allen Provinzen findet, daß die Vorzüge und Eigenschaften, welche man in der Nähe der Macht aus Klugheit und Schmeichelei preist, in solcher Entfernung bei Leichtgläubigen und Unwissenden Teile eines politischen Glaubensbekenntnisses werden. Diese Beobachtung findet man heutzutage in Beziehung auf die Matadore der Republik ebenso wahr, als sie damals in betreff dieser entfernten Herrscher galt, deren Verdienste zu erheben, die Klugheit anriet, und deren Mängel zu enthüllen, als Hochverrat betrachtet wurde. Infolge dieser geistigen Abhängigkeit ist die öffentliche Meinung so oft nur der Preis von Ränken, und die Welt sieht sich trotz ihres Prunkens mit Kenntnissen und Verbesserungen genötigt, in allen Punkten, welche die Interessen der Gewalthaber berühren, nur aus einer so trüben Quelle – und zwar aus einer Quelle, die den Absichten derer dient, welche die Zügel in den Händen haben – ihre Erkenntnis zu schöpfen. Die Franzosen bedrängten damals die britischen Kolonien durch einen Gürtel von Festungen und Ansiedlungen an den Grenzen, wodurch sie auch die Wilden in ihrem Bunde erhielten: man konnte daher kaum sagen, ob die Liebe der Amerikaner zu den Engländern größer war oder ihr Haß gegen die Franzosen, und wer zu jenen Zeiten lebte, würde wahrscheinlich das Bündnis, welches etwa zwanzig Jahre später zwischen den zisatlantischen Untertanen und den alten Nebenbuhlern der britischen Krone stattfanden, als ein Ereignis betrachtet haben, das außer dem Kreise der Möglichkeit liegt. Mit einem Wort – die Ansichten werden in Provinzen, wie die Moden, übertrieben, und die Loyalität, welche in London zum Teil nur eine politische Form war, steigerte sich in Neuyork zu einem Vertrauen, welches fast hätte Berge versetzen können. Man traf daher selten Unzufriedene, und Verrat zugunsten Frankreichs oder der Franzosen wäre in den Augen der Provinzbewohner am allerverhaßtesten erschienen. Mabel würde das Verbrechen, welches man Jasper insgeheim zur Last legte, am wenigsten geahnt haben, und wenn andere in ihrer Nähe die Qual des Argwohns fühlten, so war wenigstens sie von der edlen Zuversicht einer weiblichen Seele erfüllt. Noch war kein Flüstern zu ihr gedrungen, um das Gefühl des Vertrauens, mit welchem sie vom Anfang an auf den jungen Schiffer geblickt hatte, zu stören, und ihr eigener Geist würde ihr gewiß zuletzt einen solchen Gedanken von selbst zugeführt haben. Die Bilder der Vergangenheit und der Gegenwart, welche sich ihrer tätigen Einbildungskraft in so rascher Folge darstellten, waren daher von keinem Schatten verdüstert, der irgend jemand, für den sie Interesse fühlte, hätte verletzen können, und ehe sie in dieser sinnenden Weise eine Viertelstunde zugebracht hatte, atmete die ganze Szene um sie her ungetrübte Wonne.

Die Jahreszeit und die Nacht waren allerdings geeignet, die Gefühle, welche Jugend, Gesundheit und Glück mit dem Reize der Neuheit zu verbinden gewohnt sind, zu steigern. Das Wetter war warm, wie es selbst im Sommer in dieser Gegend nicht immer der Fall ist, während die Luft, welche vom Lande her strömte, die Kühle und den Duft der Wälder mit sich führte. Man konnte den Wind bei weitem keinen steifen nennen, obwohl er kräftig genug war, den Scud lustig vor sich herzutreiben und vielleicht die Aufmerksamkeit in der Unsicherheit, welche mehr oder weniger das Dunkel begleitet, rege zu erhalten. Jasper schien diesen Wind mit Wohlgefallen zu betrachten, wie aus dem kurzen Gespräch, welches nun zwischen ihm und Mabel stattfand, erhellte.

»Wenn es so fortgeht, Eau-douce«, – denn so hatte bereits Mabel den jungen Schiffer nennen gelernt, – »so kann es nicht lange dauern, bis wir den Ort unserer Bestimmung erreichen.«

»Hat Ihr Vater Ihnen denselben namhaft gemacht, Mabel?«

»Er hat mir nichts gesagt. Mein Vater ist zu sehr Soldat und zu wenig an ein Familienleben gewöhnt, um über solche Dinge mit mir zu sprechen. Ist es verboten zu sagen, wohin wir gehen?«

»Da wir in dieser Richtung steuern, so kann es nicht weit sein; denn mit sechzig oder siebzig Meilen kommen wir in den Sankt-Lorenz, den uns die Franzosen heiß genug machen dürften. Auch kann keine Reise auf diesem See besonders lange dauern.«

»So sagt mein Onkel Cap; aber mir, Jasper, scheinen der Ontario und der Ozean ziemlich das gleiche zu sein.«

»Sie sind also auf dem Ozean gewesen, während ich, der ich mich für einen Schiffer ausgebe, noch nie Salzwasser gesehen habe. Sie müssen wohl einen Seemann, wie ich bin, in Ihrem Herzen recht verachten, Mabel?«

»Verachtung wohnt nicht in meinem Herzen, Jasper Eau-douce. Was hätte auch ein Mädchen ohne Erfahrung und Kenntnis für ein Recht, irgend jemand zu verachten, geschweige einen Mann wie Euch, der das Vertrauen des Majors besitzt, und ein Schiff wie dieses hier befehligt. Ich bin nie auf dem Ozean gewesen, obgleich ich ihn gesehen habe, und ich wiederhole es, daß ich keinen Unterschied zwischen diesem See und dem Atlantischen Meere gewahren kann.«

»Auch nicht zwischen denen, welche auf beiden segeln? Ich fürchtete, Mabel, Ihr Onkel habe so viel gegen uns Frischwasserschiffer gesagt, daß Sie uns für wenig mehr als für anmaßende Leute halten müssen?«

»Laßt Euch das nicht kümmern, Jasper; denn ich kenne meinen Onkel, und er sagt, wenn wir zu York sind, ebensoviel gegen die, welche am Lande leben, als er hier gegen die sagt, welche das Frischwasser befahren. Nein, nein, weder mein Vater noch ich halten etwas von solchen Ansichten. Mein Onkel Cap würde wohl, wenn er sich offen ausspräche, von einem Soldaten eine noch geringere Meinung kundgeben als von einem Schiffer, der nie das Meer gesehen hat.«

»Aber Ihr Vater, Mabel, hat eine bessere Meinung von einem Soldaten als von irgend jemand anderm. Er wird wohl wünschen, Sie an einen Soldaten zu verheiraten?«

»Jasper Eau-douce! – ich, einen Soldaten heiraten? – Mein Vater sollte das wünschen? – Warum sollte er das tun? Was für ein Soldat ist denn in der Garnison, den ich heiraten könnte, daß er wünschen sollte, mich zu verheiraten?«

»Man kann einen Beruf so sehr lieben, daß man sich denkt, er verdeckte tausend Unvollkommenheiten.«

»Aber man kann doch wahrscheinlich seinen Beruf nicht so sehr lieben, daß man alles andere darüber übersieht. Ihr sagt, mein Vater wünsche mich an einen Soldaten zu verheiraten, und doch ist in Oswego keiner, dem er mich wahrscheinlich geben möchte. Ich bin in einer unangenehmen Lage; denn während ich nicht gut genug bin, um die Frau eines Gentlemans in der Garnison zu werden, halte ich mich doch – und Ihr werdet mir beistimmen, Jasper – für zu gut, um einen gemeinen Soldaten zu heiraten.«

Als Mabel so offen sprach, errötete sie unwillkürlich, obgleich dies in der Dunkelheit von ihrem Gefährten nicht bemerkt wurde, und lächelte dabei wie jemand, welcher fühlte, daß der Gegenstand, von so zarter Natur er auch sein mochte, aufrichtig behandelt zu werden verdiene. Jasper jedoch schien ihre Lage von einem verschiedenen Gesichtspunkte aus zu betrachten.

»Es ist wahr, Mabel«, sagte er, »Sie sind nicht, was man im gewöhnlichen Sinne des Worts eine Dame nennt –«

»In keinem Sinne des Worts, Jasper«, unterbrach ihn das edle Mädchen mit Lebhaftigkeit, »und ich hoffe, ich bin in diesem Punkte frei von aller Eitelkeit. Die Vorsehung hat mich zu der Tochter eines Sergeanten gemacht, und ich bin zufrieden mit der Stellung, in der ich geboren bin.«

»Aber nicht alle bleiben in der Stellung, in der sie geboren sind, Mabel. Einige erheben sich über dieselbe, und einige sinken noch tiefer. Viele Sergeanten sind Offiziere, sogar Generale geworden, und warum sollten Sergeantentöchter nicht Offiziersfrauen werden können?«

»In dem Falle von Sergeant Dunhams Tochter weiß ich keinen bessern Grund anzugeben, als daß mich wahrscheinlich kein Offizier zu seinem Weibe machen will«, erwiderte Mabel lachend.

»Sie mögen so denken, aber es gibt einige im Fünfundfünfzigsten, die das besser wissen. Es ist gewiß ein Offizier in diesem Regiment, welcher Sie zu seiner Frau zu machen wünscht.«

Mit der Schnelligkeit des Blitzes eilten Mabels Gedanken über die fünf oder sechs Subaltern-Offiziere des Korps weg, deren Alter und Neigungen auf einen derartigen Wunsch schließen lassen konnten. Wir würden vielleicht ihren Gesinnungen unrecht tun, wenn wir es verschwiegen, daß einen Augenblick das Gefühl der Freude lebhaft in ihrem Busen aufleuchtete, als sie sich die Möglichkeit dachte, sich über eine Stellung zu erheben, von der sie trotz ihrer vorgeblichen Zufriedenheit fühlte, daß sie nicht ganz mit ihrer Erziehung im Einklange stehe. Diese Bewegung verschwand jedoch ebensoschnell, als sie erschienen war; denn Mabels Gefühle waren viel zu rein und weiblich, um den Bund der Ehe von einem so weltlichen Gesichtspunkte aus, den bloß die Vorurteile des Standes boten, zu betrachten. Diese vorübergehende Erregung war ein durch erkünstelte Ansichten hervorgebrachter Laut, während die gediegenere Betrachtungsweise, welche zurückblieb, aus Natur und Grundsätzen floß.

»Ich kenne keinen Offizier des Fünfundfünfzigsten oder irgendeines andern Regiments, von dem ich eine solche Torheit vermuten könnte. Auch glaube ich nicht, daß ich selbst die Torheit begehen könnte, einen Offizier zu heiraten.«

»Torheit, Mabel?«

»Ja, Torheit, Jasper. Ihr wißt so gut als ich, was die Welt von solchen Verbindungen denkt, und ich müßte besorgen und wohl mit Grund besorgen, es könnte meinen Gatten einmal reuen, daß er sich durch ein Äußeres, an dem er Gefallen fand, verleiten ließ, die Tochter einer so untergeordneten Person, als ein Sergeant ist, zu heiraten.«

»Ihr Gatte wird wahrscheinlich mehr an die Tochter als an den Vater denken.«

Das Mädchen hatte mit einem Anflug von Laune gesprochen, obgleich auch ihre Gefühle sichtlich an der Unterhaltung teilnahmen. Auf Jaspers letzte Bemerkung schwieg sie beinahe eine Minute und fuhr dann in einer weniger scherzenden Weise fort, in der ein aufmerksamer Beobachter wohl einen leichten melancholischen Zug entdeckt hätte:

»Vater und Kind müssen leben, als ob sie nur *ein* Herz, nur *eine* Gefühls- und Denkweise hätten. Ein gemeinschaftliches Interesse unter allen Verhältnissen ist für Mann und Frau so gut ein Erfordernis zu ihrem Glücke als für die übrigen Glieder einer und derselben Familie. Am allerwenigsten darf aber der Mann oder die Frau irgendeinen ungewöhnlichen Grund haben, sich unglücklich zu fühlen, da die Welt ohnehin deren so viele liefert.«

»Ich soll daraus wohl entnehmen, Mabel, daß Sie die Verheiratung mit einem Offizier bloß um deswillen ausschlagen würden, weil er ein Offizier ist?«

»Habt Ihr ein Recht, eine solche Frage zu stellen, Jasper?« sagte Mabel lächelnd.

»Kein anderes Recht, als wie es der eifrige Wunsch, Sie

glücklich zu sehen, geben kann, und dieses mag im Grunde gering genug sein. Meine Besorgnis hatte zugenommen, als ich zufällig erfuhr, daß Ihr Vater die Absicht habe, Sie zu einer Verbindung mit dem Leutnant Muir zu bereden.«

»Mein lieber, treuer Vater kann keinen so lächerlichen, so grausamen Gedanken hegen.«

»Wäre es denn so grausam, wenn er Sie als die Frau eines Quartiermeisters zu sehen wünschte?«

»Ich habe Euch gesagt, was ich über diesen Gegenstand denke, und kann mich darüber nicht deutlicher ausdrücken. Da ich Euch aber so freimütig geantwortete habe, Jasper, so habe ich wohl ein Recht zu fragen, wie Ihr etwas von den Gedanken meines Vaters erfahren habt?«

»Daß er einen Mann für Sie ausgesucht hat, weiß ich aus seinem eigenen Munde; er erzählte mir's bei Gelegenheit der häufigen Besprechungen, welche ich mit ihm hielt, als er bei der Einschiffung der Vorräte die Aufsicht führte; und daß sich Herr Muir Ihnen antragen wird, hat mir dieser Offizier selbst mitgeteilt. Da ich nun diese beiden Umstände zusammenhielt, so kam ich natürlich zu der vorhin ausgesprochenen Meinung.«

»Kann nicht mein lieber Vater, Jasper« – Mabels Gesicht glühte wie Feuer, während sie sprach, obgleich ihr die Worte nur langsam und wie unter einer Art unwillkürlichen Antriebs von den Lippen glitten – »kann nicht mein lieber Vater an einen andern gedacht haben? Aus dem, was Ihr mir sagtet, folgt nicht, Herr Muir nur um Ihretwillen mitgeht.«

»Ist es nicht nach allen Vorgängen sehr wahrscheinlich, Mabel? Was bringt den Quartiermeister hierher? Er hat es früher nie nötig gefunden, die Mannschaft, welche heruntergeht, zu begleiten. Er wünscht, Sie zum Weibe zu haben, und Ihr Vater ist damit einverstanden. Es muß Ihnen einleuchten, Mabel, daß Herr Muir nur um Ihretwillen mitgeht?«

Mabel gab keine Antwort. Ihr weiblicher Instinkt hatte ihr allerdings gesagt, daß sie ein Gegenstand von des Quartiermeisters Bewunderung sei, obgleich sie dies kaum in der Ausdehnung, welche Jasper der Sache gab, vermutet hatte. Auch hatte sie aus einem Gespräch mit ihrem Vater entnommen, daß er ernstlich daran denke, über ihre Hand zu verfügen; aber kein Grübeln hätte sie je auf den Gedanken gebracht, daß Herr Muir der Mann sei. Sie glaubte es auch jetzt noch nicht, obgleich sie weit davon entfernt war, die Wahrheit zu ahnen. In der Tat betrachtete sie die gelegentlichen Bemerkungen ihres Vaters, welche ihr aufgefallen waren, mehr als Ergüsse des Wunsches, sie überhaupt versorgt zu sehen, denn als Ergebnisse eines Planes, sie mit irgendeinem bestimmten Manne zu vereinigen. Sie hielt jedoch diese Gedanken geheim, da die Selbstachtung und weibliche Zurückhaltung es als unpassend erscheinen ließen, sie zum Gegenstand einer Besprechung mit ihrem gegenwärtigen Gesellschafter zu machen. Um daher dem Gespräch eine andere Richtung zu geben, fuhr sie nach einer Pause, die lange genug gewesen war, um beide Teile in Verlegenheit zu setzen, fort: –

»Auf eines könnt Ihr Euch verlassen, Jasper, und dieses ist auch alles, was ich Euch über den Gegenstand noch zu sagen wünsche, – Leutnant Muir wird, selbst wenn er Oberst wäre, nie der Gatte von Mabel Dunham sein. Und nun erzählt mir von Eurer Reise – wann wird sie enden?«

»Das ist ungewiß. Wenn man einmal auf dem Wasser ist, so ist man dem Wind und den Wellen preisgegeben. Pfadfinder wird Ihnen sagen, daß derjenige, welcher einen Hirsch am Morgen aufjagt, nicht sagen kann, wo er nachts schlafen wird.«

»Aber wir sind weder auf der Hirschjagd, noch ist es Morgen. Pfadfinders Moral ist also verloren.«

»Wir sind freilich nicht auf der Hirschjagd, jagen aber etwas, was wohl ebensoschwer zu fangen ist. Ich kann Ihnen darüber nicht mehr sagen, als bereits geschehen ist; denn es ist unsere Pflicht, den Mund geschlossen zu halten, ob etwas davon abhänge oder nicht. Ich fürchte jedoch, ich werde Sie nicht lange genug auf dem Scud behalten, um Ihnen zeigen zu können, was er im Notfalle zu leisten imstande ist.«

»Ich halte ein Mädchen für unklug, das je einen Seemann heiratet«, sagte Mabel abgebrochen und fast unwillkürlich.

»Das ist eine sonderbare Ansicht; warum glauben Sie das?«

»Weil eines Seemannes Weib darauf rechnen kann, in seinem Schiff eine Nebenbuhlerin zu haben. Selbst Onkel Cap sagt, daß ein Schiffer nie heiraten solle.«

»Er meint die Salzwasserschiffer«, erwiderte Jasper mit Lachen. »Wenn er glaubt, daß die Weiber nicht gut genug für die seien, welche den Ozean befahren, so wird er gewiß denken, sie seien für die, welche auf den Seen segeln, eben recht. Ich hoffe,

Mabel, Sie lassen sich in ihren Meinungen über uns Frischwassermatrosen nicht so ganz von dem, was Meister Cap von uns sagt, bestimmen?«

»Segel, ho!« rief auf einmal der Mann, von dem eben die Rede war, »oder Boot ho! um der Wahrheit näherzukommen.«

Jasper eilte vorwärts. In der Tat ließ sich auch etwa hundert Ellen vor dem Kutter nahe an seinem Leebug ein kleiner Gegenstand bemerken. Jasper erkannte in ihm auf den ersten Blick einen Rindenkahn; denn obgleich die Finsternis das Erkennen der Farben verhinderte, so konnte doch ein an die Nacht gewöhntes Auge naheliegende Gestalten unterscheiden, zumal ein Auge wie das Jaspers, welches zu lange mit den Begegnissen auf dem Wasser vertraut war, um die Umrisse zu verkennen, welche ihn zu der ebengenannten Folgerung veranlaßten.

»Das kann ein Feind sein«, bemerkte der junge Mann, »und es ist wohl rätlich, ihn zu überholen.«

»Er rudert mit aller Macht, Junge«, erwiderte Pfadfinder, »und beabsichtigt, unsern Bug zu kreuzen und windwärts zu kommen, wo Ihr dann ebensogut einem ausgewachsenen Bock in Schneeschuhen nachjagen könntet.«

»Halt bei dem Winde!« rief Jasper dem Steuermanne zu, »luv auf, solange sich das Schiff halten läßt. Nun fest und nahe gehalten.«

Der Steuermann gehorchte, und da der Scud nun die Wellen lustig auf die Seite warf, so brachten eine oder zwei Minuten den Kahn so weit leewärts, daß ein Entrinnen unausführbar war. Jasper sprang nun selbst ans Steuer, und durch eine geschickte und vorsichtige Bewegung kam er dem Gegenstand seiner Jagd so nahe, daß man sich desselben durch einen Bootshaken versichern konnte. Die zwei in dem Kahn befindlichen Personen verließen nun auf erhaltenen Befehl das Boot, und sie waren kaum auf dem Verdecke des Kutters angelangt, als man in ihnen Arrowhead und sein Weib erkannte.

Fünfzehntes Kapitel

Wie heißt die Perle, die kein Gold erkauft,
Auf die gelehrter Stolz verachtend blickt,
Die nur der Arme und Verachtete
Sucht und erhält und ungesucht oft findet?
Sprich – und ich sage dir, was Wahrheit ist.
Cowper

Das Zusammentreffen mit dem Indianer und seinem Weibe hatte für die Mehrzahl derer, welche Zeugen dieses Ereignisses waren, nichts Überraschendes. Aber Mabel und alle, welche wußten, wie dieser Häuptling sich von Caps Gesellschaft getrennt hatte, unterhielten gleichzeitig argwöhnische Vermutungen, die sich weit leichter fühlen als verfolgen und durch irgendeinen Schlüssel zur Gewißheit erheben ließen. Pfadfinder, der sich allein mit den Gefangenen – denn als solche konnten sie jetzt betrachtet werden – zu unterhalten vermochte, führte Arrowhead beiseite, und besprach sich lange mit ihm über die Gründe, welche ihn veranlaßt hatten, sich seinem Auftrage zu entziehen, und über die Weise, wie er sich bisher beschäftigt hatte.

Der Tuscarora antwortete auf die an ihn gestellten Fragen mit der Ruhe eines Indianers. In betreff seines Entweichens waren seine Entschuldigungen einfach und schienen hinreichend annehmbar. Als er gefunden hatte, daß die Gesellschaft in ihrem Verstecke entdeckt worden war, hatte er natürlich an seine eigene Sicherheit gedacht, welche er am besten in den Wäldern zu finden hoffte; denn er zweifelte nicht, daß alle, welchen dieses nicht glückte, auf der Stelle getötet werden würden. Mit einem Wort – er hatte Reißaus genommen, um sein Leben zu retten.

»Das ist gut«, erwiderte Pfadfinder, indem er sich das Ansehen gab, als ob er der Rechtfertigung des andern Glauben beimesse, »mein Bruder hat sehr weise gehandelt. Aber sein Weib folgte ihm?«

»Folgen die Blaßgesichtweiber ihren Männern nicht? Würde

Pfadfinder nicht zurückgeblickt haben, um zu sehen, ob die, welche er liebt, komme?«

Diese Berufung traf den Wegweiser gerade in der günstigsten Gemütsstimmung, um ihre Kraft fühlbar zu machen; denn Mabel, ihre gewinnenden Eigenschaften und ihre Entschlossenheit waren bereits zu Bildern geworden, mit denen sich seine Gedanken vertrauter gemacht hatten. Obgleich der Tuscarora den Grund nicht erraten konnte, so sah er doch, daß seine Entschuldigung angenommen wurde, und erwartete mit ruhiger Würde die weitere Untersuchung.

»Das ist vernünftig und natürlich«, erwiderte Pfadfinder in englischer Sprache; denn er ging unwillkürlich von der einen in die andere über, wie es ihm gerade Gefühl und Gewohnheit geboten, »es ist natürlich und mag sich wohl so verhalten. Wahrscheinlich würde ein Weib dem Manne folgen, dem sie Treue gelobt hat, und Mann und Weib sind *ein Fleisch.* Mabel würde auch dem Sergeanten gefolgt sein, wenn er gegenwärtig gewesen wäre und sich auf diese Weise zurückgezogen hätte, und ich zweifle nicht im mindesten, daß das warmherzige Mädchen mit seinem Gatten gegangen wäre. Eure Worte sind ehrlich, Tuscarora« – er sprach dieses wieder in der Zunge des letzteren – »Eure Worte sind ehrlich, annehmbar und billig. Aber warum ist mein Bruder so lange von dem Fort weggeblieben? Seine Freunde haben oft an ihn gedacht, aber ihn nicht wieder zu Gesicht bekommen.«

»Wenn die Hindin dem Bocke folgt, muß nicht der Bock der Hindin folgen?« antwortete der Tuscarora lächelnd und legte dabei den Finger bedeutungsvoll auf die Schulter des Fragers. »Arrowheads Weib folgte Arrowhead; es war daher billig, daß Arrowhead seinem Weibe folgte. Sie verlor den Weg, und man zwang sie, in einem fremden Wigwam zu kochen.«

»Ich verstehe Euch, Tuscarora. Das Weib fiel in die Hände der Mingos, und Ihr bliebt auf ihrer Fährte.«

»Pfadfinder kann einen Grund so leicht sehen, als er das Moos der Bäume sieht. Es ist so.«

»Seit wie lange habt Ihr das Weib wieder zurückerhalten, und in welcher Weise ist dieses geschehen?«

»Zwei Sonnen. Dew of June ließ nicht lange auf sich warten, als ihr Gatte ihr den Pfad zuflüsterte.«

»Gut, gut, alles dieses scheint mir natürlich und der Ehe angemessen. Aber, Tuscarora, wie erhieltet Ihr diesen Kahn, und warum rudert Ihr dem Sankt-Lorenz zu statt gegen die Garnison hin?«

»Arrowhead weiß sein Eigentum von dem eines andern zu unterscheiden. Der Kahn ist mein; ich fand ihn an dem Ufer, nahe an dem Fort.«

»Auch das klingt vernünftig; denn zu einem Kahn gehört ein Mensch, und ein Indianer gibt nicht viele Worte aus, wenn er sich etwas aneignen will. Es ist aber doch nicht in der Ordnung, daß wir von dem Burschen und seinem Weib nichts gesehen haben, da doch der Kahn den Fluß vor uns verlassen haben muß.«

Dieser Gedanke, der dem Wegweiser plötzlich durch die Seele fuhr, wurde nun dem Indianer in Form einer Frage vorgelegt.

»Pfadfinder weiß, daß ein Krieger Scham haben kann. Der Vater würde mich nach seiner Tochter gefragt haben, und ich konnte sie ihm nicht geben. Ich schickte Dew of June nach dem Kahne aus, und niemand redete das Weib an. Ein Tuscaroraweib wagt es nicht, mit fremden Männern zu sprechen.«

Alles dieses war annehmbar und dem Charakter und den Gewohnheiten der Indianer gemäß. Wie gewöhnlich, hatte Arrowhead die Hälfte seiner Belohnung im voraus erhalten, als er den Mohawk verließ, und es war ein Beweis von dem Bewußtsein gegenseitiger Rechte, welches oft ebenso bezeichnend für die Moral der Wilden wie die der Christen ist, daß er es nicht wagte, den Rest zu fordern. In den Augen eines so rechtlichen Mannes, wie der Pfadfinder war, hatte Arrowhead sich mit Zartheit und Schicklichkeit benommen, obgleich es mit seinem freimütigen Wesen besser im Einklang gewesen wäre, zu dem Vater zu gehen und bei der einfachen Wahrheit zu bleiben; da er jedoch an die Weise des Indianers gewöhnt war, so sah er nichts Auffallendes in dem Benehmen des andern.

»Das geht wie Wasser, welches den Berg herunterkommt, Arrowhead«, antwortete er nach einer kurzen Überlegung, »und die Wahrheit muß ich anerkennen. Es war die Gabe einer Rothaut, auf diese Weise zu handeln, obgleich ich nicht glaube, daß es die Gabe eines Blaßgesichts wäre. Ihr wolltet wohl den Gram nicht sehen, den der Vater um das Mädchen empfand?«

Arrowhead machte eine ruhige Verbeugung, als ob er dies gestehen wolle.

»Mein Bruder wird mir noch eines sagen«, fuhr Pfadfinder fort, »und es wird keine Wolke mehr zwischen seinem Wigwam und dem festen Hause der Yengeese stehen. Wenn er noch dieses bißchen Nebel mit dem Hauche seines Mundes wegblasen kann, so werden seine Freunde auf ihn sehen, wie er bei seinem Feuer sitzt, und er kann auf sie sehen, wie sie ihre Waffen weglegen und vergessen, daß sie Krieger sind. Warum war die Spitze von Arrowheads Kahn gegen den Sankt-Lorenz gekehrt, wo er doch nur Feinde finden wird?«

»Warum blicken der Pfadfinder und seine Freunde auf denselben Weg?« fragte der Tuscarora ruhig. »Ein Tuscarora kann in dieselbe Richtung wie ein Yengeese schauen.«

»Warum, Arrowhead? Um die Wahrheit zu gestehen, wir sind aufs Kundschaften aus, wie das zu Schiff geschehen kann, – oder mit andern Worten, wir sind im Dienste des Königs und haben ein Recht, hier zu sein, obgleich wir vielleicht kein Recht haben zu sagen, warum wir hier sind.«

»Arrowhead sah den großen Kahn, und er liebte es, in das Gesicht von Eau-douce zu sehen. Er ging am Abend gegen die Sonne, um seinen Wigwam zu suchen; da er aber fand, daß der junge Seemann einen andern Weg gehen wolle, so kehrte er um, um in dieselbe Richtung zu schauen. Eau-douce und Arrowhead waren beieinander auf der letzten Fährte.«

»Das mag alles wahr sein, Tuscarora, und Ihr seid willkommen, Ihr sollt von unserm Wildbret essen, und dann müssen wir uns trennen. Die untergehende Sonne ist hinter uns, und wir beide bewegen uns schnell. Mein Bruder wird sich zu weit von dem entfernen, was er sucht, wenn er nicht umgekehrt.«

Pfadfinder kehrte nun zu den übrigen zurück und berichtete das Ergebnis seiner Untersuchung. Er schien selbst zu glauben, daß Arrowheads Erzählung wahr sein könne, obgleich er zugestand, daß die Klugheit Vorsicht gegen einen Menschen fordere, der ihm mißfiel. Seine Zuhörer jedoch waren mit Ausnahme Jaspers wenig geneigt, seinen Erklärungen Glauben zu schenken.

»Dieser Kerl muß sogleich in Eisen gelegt werden, Bruder Dunham«, sagte Cap, als Pfadfinder seine Erzählung beendet hatte. »Er muß dem Profos übergeben werden, wenn es einen solchen Beamten auf dem frischen Wasser gibt. Man muß ein

Kriegsgericht über ihn halten lassen, sobald wir den Hafen erreichen.«

»Ich denke, es ist das klügste, den Burschen festzuhalten«, antwortete der Sergeant. »Aber Eisen ist unnötig, solange er auf dem Kutter bleibt. Morgen soll die Sache untersucht werden.«

Man forderte Arrowhead vor und verkündete ihm die Entscheidung. Der Indianer hörte ernst zu und machte keine Einwürfe; im Gegenteil unterwarf er sich mit der ruhigen und zurückhaltenden Würde, mit der die amerikanischen Ureingebornen sich in ihr Schicksal zu ergeben pflegten, und blieb als ein aufmerksamer, aber ruhiger Beobachter dessen, was vorging, seitwärts stehen. Jasper ließ des Kutters Segel im Winde schwellen, und der Scud nahm seinen Kurs wieder auf.

Es kam nun die Stunde heran, wo die Wachen aufgestellt wurden und man sich, wie gewöhnlich, zur Ruhe begab. Der größte Teil der Mannschaft ging nach unten, und nur Cap, der Sergeant, Jasper und zwei Matrosen blieben auf dem Verdeck. Auch Arrowhead blieb mit seinem Weibe; jener stand luvwärts in stolzer Abgemessenheit, indes letztere in ihrer Haltung und Hingebung die demütige Unterwürfigkeit äußerte, welche das Weib eines Indianers charakterisiert.

»Ihr werdet unten einen Platz für Euer Weib finden, Arrowhead, wo meine Tochter für ihre Bedürfnisse Sorge tragen wird«, sagte der Sergeant mit Güte, als er gerade im Begriff war, das Deck zu verlassen, »und dort ist ein Segel, auf dem Ihr selbst schlafen könnt.«

»Ich danke meinem Vater. Die Tuscaroras sind nicht arm. Das Weib wird nach meinen Decken im Kahne sehen.«

»Wie Ihr wollt; wir halten es für nötig, Euch zurückzuhalten, aber nicht, Euch einzusperren oder übel zu behandeln. Schickt Euer Weib nach den Decken in den Kahn, und Ihr selbst könnt ihr folgen und uns die Ruder überliefern. Da es einige schläfrige Köpfe auf dem Scud geben könnte, Eau-douce«, fügte der Sergeant leise bei, »so wird es wohl gut sein, sich der Ruder zu versichern.«

Jasper nickte Beifall, und Arrowhead und sein Weib, von denen man sich keines Widerstandes versah, gehorchten stillschweigend der Anweisung. Als beide in dem Kahn beschäftigt waren, hörte man einige Ausdrücke scharfen Tadels aus dem

Munde des Indianers gegen sein Weib, welche dieses mit unterwürfiger Ruhe hinnahm und den begangenen Fehler dadurch zu verbessern suchte, daß es die Decke, welche es ergriffen hatte, beiseite legte und nach einer anderen suchte, die mehr nach dem Sinne ihres Tyrannen war.

»Kommt, reicht mir die Hand, Arrowhead«, sagte der Sergeant, der auf dem Schanzdeck stand und die Bewegungen der beiden beobachtete, welche für die Ungeduld eines schläfrigen Mannes viel zu langsam waren; »es wird spät, und wir Soldaten werden beizeiten geweckt – da heißt es, früh ins Bett und früh heraus.«

»Arrowhead kommt«, war die Antwort, als der Tuscarora vorwärts in den Bug seines Kahnes trat.

Ein Schnitt mit seinem scharfen Messer trennte das Tau, an welchem das Boot lag: der Kutter schoß vorwärts und ließ die leichte Schale von Barke fast unbeweglich hinter sich. Dieses Manöver war mit einer solchen Schnelligkeit und Geschicklichkeit ausgeführt worden, daß der Kahn auf der Leeseite des Scud war, ehe der Sergeant die List bemerkte, und schon in dem Kielwasser schwamm, ehe er es seinen Gefährten mitteilen konnte.

»Hart am Lee!« rief Jasper, und ließ mit eigener Hand die Klüverschote fliegen, worauf der Kutter schnell gegen den Wind fuhr und alle Segel hängen ließ, oder, wie die Seeleute sagen, in des Windes Auge lief, bis das leichte Fahrzeug hundert Fuß windwärts von seiner früheren Lage sich befand.

So schnell und sicher diese Bewegung ausgeführt wurde, so war sie doch nicht schneller und geschickter als die des Tuscarora. Mit einer Einsicht, die seine Vertrautheit mit Fahrzeugen bekundete, hatte er das Ruder ergriffen und flog, von seinem Weibe unterstützt, auf dem Wasser dahin. Er schlug seine Richtung nach Südwesten ein, in einer Linie, welche ihn zugleich gegen den Wind und gegen das Ufer führte und ihn so weit von dem Kutter luvwärts brachte, daß dadurch die Gefahr des Zusammenstoßens mit dem großen Fahrzeuge vermieden wurde, wenn letzteres seinen zweiten Gang ausführte. Da der Scud schnell gegen den Wind geschossen war und mit Gewalt vorangetrieben war, so wurde es für Jasper nötig abzufallen, ehe das Fahrzeug seinen Weg ganz verlor, und das Steuer wurde kaum zwei Minuten niedergehalten, als das lebhafte kleine

Schiff back vorwärts lag und so schnell abfiel, daß die Segel sich für den entgegengesetzten Gang füllen konnten.

»Er wird entrinnen!« sagte Jasper, als er einen Blick auf die wechselnden Stellungen und Bewegungen des Kutters und des Kahnes warf. »Der schlaue Schurke rudert windwärts tot, und der Scud kann ihn nimmer überholen.«

»Ihr habt einen Kahn!« rief der Sergeant, welcher auf der Verfolgung mit der Heftigkeit eines Knaben beharrte, »wir wollen ihn ins Wasser lassen und die Jagd fortsetzen!«

»Es wird vergeblich sein. Wenn Pfadfinder auf dem Verdeck gewesen wäre, so hätte es vielleicht gehen mögen, doch damit ist's jetzt vorbei. Bis der Kahn im Wasser ist, gehen drei oder vier Minuten herum, und diese Zeit ist hinreichend für Arrowheads Zweck.«

Cap und der Sergeant sahen die Wahrheit davon ein, die übrigens auch einem in derartigen Dingen ganz Unerfahrenen hätte einleuchten müssen. Das Ufer war kaum eine halbe Meile entfernt, und der Kahn schoß bereits in dessen Schatten in einer Weise, die deutlich erkennen ließ, daß er das Land erreicht haben werde, ehe noch seine Verfolger die Hälfte dieser Entfernung zurücklegen konnten. Man hätte dann allerdings sich des Kahns bemächtigen können; er wäre aber eine nutzlose Prise gewesen, da Arrowhead in den Wäldern wahrscheinlich eher das andere Ufer unentdeckt erreichen konnte, als wenn er sich mit dem Nachen wieder auf den See wagte, obgleich bei ersterem die körperliche Anstrengung größer sein mochte. Das Steuer des Scud wurde, freilich nur ungerne, wiederaufgenommen; der Kutter drehte sich auf seiner Hieling und kam bei dem andern Gang fast instinktartig wieder in seinen Kurs. Alles dieses wurde von Jasper mit der größten Stille vollführt; seine Gehilfen wußten, was not tat, und unterstützten ihn mit einer fast mechanischen Nachahmung. Während diese Bewegungen gemacht wurden, nahm Cap den Sergeanten an dem Knopfe, führte ihn nach der Kajütentüre, wo er außer dem Bereich des Horchers war, und begann, seinen Gedankenvorrat auszuladen.

»Höre, Bruder Dunham«, sagte er mit einer geheimnisvollen Miene, »das ist ein Gegenstand, der reifliche Überlegung und viel Umsicht fordert.«

»Das Leben eines Soldaten besteht aus steter Überlegung

und Umsicht, Bruder Cap. Würden wir sie an dieser Grenze außer acht lassen, so könnten uns bei dem ersten besten Schläfchen die Skalpe vom Kopf genommen werden.«

»Aber ich betrachte Arrowheads Habhaftwerdung als ein Indiz, und ich möchte hinzusetzen: sein Entweichen als ein zweites. Dieser Jasper Frischwasser mag sich in acht nehmen.«

»Beides sind in der Tat Indizien, wie du's nennst, Schwager, aber sie führen zu verschiedenen Resultaten. Es ist ein Indiz gegen den Burschen, daß der Indianer entschlüpfte, und eines für ihn, daß er vorher festgenommen wurde.«

»Ja, ja, aber zwei Indizien heben sich gegenseitig nicht auf wie zwei Verneinungen. Wenn du dem Rate eines alten Seemannes folgen willst, Sergeant, so darfst du keinen Augenblick verlieren, um die nötigen Schritte für die Sicherheit des Schiffes und seiner Bemannung zu tun. Der Kutter gleitet nun in einer Geschwindigkeit von sechs Knoten durch das Wasser, und da die Entfernungen auf diesem Stückchen Weiher da nur gering sind, so können wir uns vor Anbruch des Morgens in einem französischen Hafen, und, ehe es Nacht wird, in einem französischen Gefängnisse befinden.«

»Das wäre wohl möglich, aber wozu rätst du mir Schwager?«

»Nach meiner Meinung sollte man diesen Meister Frischwasser auf der Stelle in Arrest schicken. Laß ihn in den untern Raum bringen, gib ihm eine Wache und übertrage das Kommando des Kutters mir. Zu all diesem hast du die Vollmacht, da das Fahrzeug zu der Armee gehört und du der kommandierende Offizier der gegenwärtigen Truppe bist.«

Sergeant Dunham überlegte mehr als eine Stunde die Tunlichkeit dieses Vorschlages; denn obgleich er rasch in seinen Handlungen war, wenn er sich einmal zu etwas entschlossen hatte, so pflegte er doch nichts zu übereilen und die Klugheit nie außer acht zu lassen.

Da er die polizeiliche Aufsicht über die Personen in der Garnison hatte, so war er mit den Charakteren derselben genau bekannt geworden und hatte seit langer Zeit eine gute Meinung von Jasper. Aber jenes schleichende Gift, der Argwohn, hatte Zutritt zu seiner Seele gefunden: die List und die Ränke der Franzosen wurden so sehr gefürchtet, daß es kein Wunder war, wenn, zumal infolge der vorangegangenen Warnungen des Kommandanten, die Erinnerung an ein jahrelanges gutes Betragen durch den Einfluß eines so scharfen und gegründet scheinenden Verdachts verwischt wurden. In dieser Verlegenheit zog der Sergeant den Quartiermeister zu Rate, dessen Ansicht, da er sein Vorgesetzter war, Dunham zu respektieren hatte, obgleich er bei dem gegenwärtigen Streifzug unabhängig von dessen Befehl war. Es ist ein unglücklicher Umstand, wenn man in zweifelhaften Fällen einen Mann zu Rate zieht, der sich bei dem Fragenden in Gunst setzen will; denn man darf fast mit Gewißheit darauf rechnen, daß der gefragte Teil versuchen wird, auf die Weise zu denken, welche dem andern am angenehmsten ist. In dem gegenwärtigen Falle war es ein weiterer unglücklicher Umstand für eine vorurteilsfreie Betrachtung der Sache, daß nicht der Sergeant selbst, sondern Cap die Verhältnisse auseinandersetzte; denn der eifrige alte Seemann ließ seinen Zuhörer deutlich genug merken, auf welche Seite er den Quartiermeister zu lenken wünschte. Leutnant Muir war viel zu klug, um den Onkel und den Vater des Mädchens, welches er zu gewinnen hoffte und erwartete, zu beleidigen, wenn ihm der Fall auch wirklich zweifelhaft vorgekommen wäre; aber bei der Art, wie ihm die Sache vorgelegt wurde, war er ernstlich geneigt, es für zweckmäßig zu halten, die Führung des Scud einstweilen, als eine Vorsichtsmaßregel gegen Verrat, in Caps Hände zu legen. Diese Ansicht war für den Sergeanten entscheidend, welcher ohne Verzug die nötigen Maßregeln treffen ließ.

Ohne in weitere Erörterungen einzugehen, gab Sergeant Dunham Jasper die einfache Erklärung, daß er es für seine Pflicht halte, ihm vor der Hand das Kommando des Kutters zu entziehen und es seinem Schwager zu übertragen. Ein natürlicher, unwillkürlicher Ausbruch der Überraschung, welcher dem jungen Manne entfuhr, wurde mit der ruhigen Erinnerung erwidert, daß der Militärdienst oft ein Geheimhalten der Gründe fordere; das gegenwärtige Verfahren – wurde ihm weiter erklärt – gehöre dahin, und die getroffene Anordnung sei unvermeidlich gewesen. Obgleich Jaspers Erstaunen ungemindert blieb; denn der Sergeant hatte absichtlich jede Anspielung auf seinen Verdacht umgangen, – so war doch der junge Mann an militärischen Gehorsam gewöhnt; er verhielt sich ruhig, und forderte selbst noch die kleine Rudermannschaft auf, in Zukunft Caps Befehlen zu gehorchen, bis die Sache eine andere

Wendung nehmen würde. Als man ihm jedoch sagte, die Verhältnisse forderten es, daß nicht nur er, sondern auch sein erster Gehilfe, der wegen seiner langen Vertrautheit mit dem See gewöhnlich der Lotse genannt wurde, in dem untern Raume bleiben müsse, trat eine Veränderung in seinen Gesichtszügen und seinem Benehmen ein, welches ein tiefes schmerzliches Gefühl bezeichnete, obgleich Jasper es so sehr zu beherrschen wußte, daß selbst der argwöhnische Cap in Zweifel blieb, was er davon denken solle. Wie natürlich, blieben aber, da ein Mißtrauen einmal vorhanden war, auch die schlimmsten Deutungen über die Sache nicht aus.

Sobald Jasper und der Lotse im untern Raume waren, erhielt die Schildwache an der Luke geheimen Befehl, auf beide sorgfältig achtzugeben, keinem zu erlauben, wieder auf das Verdeck zu kommen, ohne vorher dem dermaligen Befehlshaber des Kutters Nachricht gegeben zu haben, und dann darauf zu bestehen, daß sie so bald als möglich wieder in ihren Raum zurückkehrten. Es bedurfte jedoch dieser Vorsichtsmaßregeln nicht, da Jasper und sein Gehilfe sich ruhig auf ihre Streu warfen und sie in dieser Nacht nicht wieder verließen.

»Und nun, Sergeant«, sagte Cap, sobald er sich als den Herren des Verdecks sah, »wirst du die Güte haben, mir die Kurse und Entfernungen anzugeben, damit ich sehe, ob der Schnabel des Schiffes in der rechten Richtung ist.«

»Ich weiß nichts von beiden, Bruder Cap«, erwiderte Dunham, den diese Frage nicht wenig in Verlegenheit setzte. »Wir müssen eben so bald als möglich die Station auf den Tausend Inseln erreichen, wo wir landen, die dortigen Mannschaften ablösen und weitere Instruktion für unsere Schritte erhalten sollen. Das steht, fast Wort für Wort, in dem geschriebenen Befehl.«

»Aber du kannst doch eine Karte beibringen, auf der die Höhen und Entfernungen vorgezeichnet sind, damit ich mich über den Weg ins klare setze?«

»Ich glaube nicht, daß Jasper etwas der Art bei sich hat.«

»Keine Karte, Sergeant Dunham?«

»Nein, nicht die Spur davon. Unsere Schiffer befahren diesen See, ohne sich je der Karten zu bedienen.«

»Den Teufel auch! – Das müssen ja wahre Yahoos sein. Glaubst du denn, Sergeant Dunham, ich könnte eine Insel aus

Tausenden herausfinden, ohne ihren Namen und ihre Lage zu wissen? – Ja, nicht einmal den Kurs und die Entfernung?«

»Der *Name,* Bruder Cap, braucht dich nicht gerade anzufechten; denn keine von diesen Tausenden hat einen, und so kann in dieser Hinsicht kein Mißgriff stattfinden. Was die Lage betrifft, so kann ich von dieser nichts sagen, da ich nie dort gewesen bin; doch glaube ich, daß sie nicht von besonderem Belang ist, wenn wir nur den Ort ausfindig machen. Vielleicht kann aber einer von den Matrosen auf dem Verdeck uns den Weg angeben.«

»Halt, Sergeant – halt einen Augenblick, wenn's gefällig ist, Sergeant Dunham. Wenn ich das Kommando über diesen Kutter führen soll, so muß dies – mit deiner Erlaubnis – geschehen, ohne daß man mit dem Koch oder Kajütenjungen beratschlagt. Ein Schiffsmeister ist ein Schiffsmeister und muß seiner eigenen Einsicht folgen, wenn sie auch noch so unrichtig ist. Ich denke, du kennst den Dienst gut genug, um einzusehen, daß es besser ist, wenn ein Kommandant einen unrichtigen Weg, als wenn er gar keinen geht. Jedenfalls könnte der Lord Oberadmiral nicht einmal ein Boot mit Würde kommandieren, wollte er den Bootsmann alle Augenblicke um Rat fragen, wenn er ans Ufer zu gehen wünschte. Nein, Herr! Wenn ich sinke, so sinke ich; – aber, Gott v–, wenn ich nicht nach Schiffsart und mit Würde hinuntergehen will.«

»Aber, Bruder Cap, ich wünsche nirgends anders hinunterzugehen als zu der Station an den Tausend Inseln, wohin uns unsere Pflicht ruft.«

»Wohl, wohl, Sergeant! Aber ehe ich bei einem Matrosen vom Vordermast oder irgendeinem andern als bei einem Deckoffizier Rat einhole, ich meine einen direkten, unverhohlenen Rat, will ich lieber um das ganze Tausend herumgehen und eine nach der andern untersuchen, bis wir den rechten Hafen treffen. Aber es gibt so eine Art, etwas herauszukriegen, ohne daß man seine Unwissenheit zutage bringt, und ich will es schon so einleiten, daß ich aus diesen Matrosen alles herauslocke, was sie wissen, indem ich sie zugleich glauben mache, daß ich sie mit den Vorräten meiner Erfahrung überschütte. Wir müssen uns auf dem Meere manchmal des Fernrohres bedienen, wenn weit und breit nichts zu sehen ist, und das Lot auswerfen, wenn wir noch lange nicht auf den Grund kommen. Ich denke, es ist dir von der Armee her bekannt, Sergeant, daß man Dinge, welche man zu wissen wünscht, am besten erfährt, wenn man sich das Ansehen gibt, daß man sie bereits vorher genau kenne. In meinen jüngeren Jahren machte ich zwei Reisen mit einem Manne, welcher sein Schiff durch eine solche Art von Belehrung, die manchmal nicht übel ist, ziemlich gut führte.«

»Ich weiß, daß wir gegenwärtig in der rechten Richtung steuern«, erwiderte der Sergeant, »aber nach einigen Stunden werden wir an ein Vorgebirge kommen, wo wir achtgeben müssen.«

»Ich will den Mann an dem Steuer anpumpen, und du wirst sehen, daß er in wenigen Minuten trocken liegen wird.«

Cap und der Sergeant begaben sich nun zu dem Steuermann, wobei ersterer die Sicherheit und Ruhe eines Mannes, der sich seiner eigenen Überlegenheit bewußt ist, zur Schau trug.

»Das ist eine gesunde Luft, Junge«, bemerkte Cap, als ob es nur so nebenher geschehe, und in einer Weise, wie die Vorgesetzten an Bord eines Schiffes sich bisweilen zu einem begünstigten Untergebenen herabzulassen pflegen. »Ihr habt sie wohl jede Nacht vom Lande her in dieser Weise?«

»In dieser Jahreszeit wohl, Herr!« erwiderte der Mann, indem er aus Achtung vor seinem neuen Befehlshaber und dem Verwandten des Sergeanten Dunham an den Hut griff.

»Ich denke, es wird bei den Tausend Inseln geradeso sein? Der Wind wird wohl die gleiche Richtung halten, obgleich wir dann auf jeder Seite Land haben werden?«

»Wenn wir weiter nach Osten kommen, wird der Wind wahrscheinlich umspringen; denn dort haben wir keinen eigentlichen Landwind.«

»Ja, ja; so ist's mit Eurem Frischwasser. Es hat immer eine Tücke, die der Natur entgegen ist. Zwar da unten an den Westindischen Inseln darf man ebensogut auf den Landwind als auf den Seewind rechnen; es wäre daher in dieser Beziehung kein Unterschied, obgleich es in der Ordnung wäre, wenn es hier oben auf dem Fleckchen Frischwasser sich anders verhielte. Ihr kennt demnach alles um die genannten Tausend Inseln herum?«

»Gott segne Euch, Meister Cap, niemand weiß alles oder auch nur etwas über diese Inseln. Sie bringen den ältesten Schiffer auf dem See in Verwirrung, und wir machen nicht einmal einen Anspruch darauf, ihre Namen zu kennen. Ja, die meisten von Ihnen haben so wenig einen Namen als ein Kind, das vor der Taufe stirbt.«

»Seid Ihr ein römischer Katholik?« fragte Cap scharf.

»Weder das noch etwas anderes. Ich bin ein Generalisierer in Religionssachen und werde nie beunruhigen, was mich nicht beunruhigt.«

»Hm! ein Generalisierer; das ist ohne Zweifel eine von den neuen Sekten, welche das Land bedrängen«, brummte Dunham, dessen Großvater ein New-Jersey-Quäker und dessen Vater ein Presbyterianer gewesen war, indes er selbst nach seinem Eintritt in das Heer sich der Kirche von England angeschlossen hatte.

»Ich vermute, John«, nahm Cap wieder auf, »doch ich glaube, Euer Name ist Jack?«

»Nein, Herr! ich heiße Robert.«

»Nun also, Robert – es ist fast dasselbe, Jack oder Bob; wir brauchen diese zwei Namen ohne Unterschied. Ich sage, Bob, ist es ein guter Haltegrund da unten an der Station, zu der wir gehen sollen?«

»Gott segne Euch, Herr! Ich weiß davon nicht mehr als einer von den Mohawks oder ein Soldat vom Fünfundfünfzigsten.«

»Habt Ihr dort nie geankert?«

»Nie, Herr! Meister Eau-douce legt immer selbst am Ufer an.«

»Aber wenn Ihr auf die Stadt zulauft, so werft Ihr doch ohne Zweifel das Lot aus; auch müßt Ihr, wie gewöhnlich, getalgt haben.«

»Talg? und noch dazu eine Stadt? Gott sei bei Euch, Meister Cap! – Da ist so wenig eine Stadt als auf Eurem Kinn und nicht halb soviel Talg.«

Der Sergeant lächelte sauertöpfisch, aber sein Schwager bemerkte diesen Witz nicht.

»Kein Kirchturm, kein Leuchtturm, kein Fort? Ha, es wird doch wenigstens so etwas um den Weg sein, was Ihr Garnison nennt?«

»Fragt den Sergeanten Dunham, Herr, wenn Ihr das zu wissen wünscht. Die ganze Garnison ist an Bord des Scud.«

»Welchen Kanal haltet Ihr für den geeignetsten zum Einlaufen, Bob? den, welchen Ihr das letztemal fuhret, oder, oder, oder – ja, oder den andern?«

»Ich kann das nicht sagen; denn ich weiß von keinem etwas.«

»Wie, Ihr habt doch nicht an dem Steuer geschlafen, Bursche? Habt Ihr das?«

»Nicht am Steuer, Herr, aber unten in meiner Koje, unter der Fockgaffel. Eau-douce schickte die Soldaten und alles hinunter, den Lotsen ausgenommen, und wir wußten von dem Weg nicht mehr, als ob wir nie über denselben gekommen wären. So hat er es immer gehalten, wir mochten gehen oder kommen, und ich könnte Euch ums Leben nicht etwas von dem Kanal oder dem Kurs sagen, nachdem wir einmal glücklich an den Inseln angelangt waren. Niemand weiß davon als Jasper und der Lotse.«

»Da hast du wieder ein Indiz, Sergeant«, sagte Cap, indem er seinen Schwager etwas beiseite führte. »Es ist niemand an Bord, bei dem etwas herauszupumpen wäre; denn schon bei dem ersten Zug zeigt sich die Trockenheit ihrer Ignoranz. Wie zum Teufel soll ich nun den Weg zu der Station finden, nach welcher unser Auftrag geht?«

»Deine Frage, Bruder Cap, ist wahrhaft leichter gestellt als beantwortet. Läßt sich denn dies durch die Schiffahrtskunst nicht herausbringen? Ich glaubte, das sei für Euch Salzwasserschiffer eine Kleinigkeit. Ich habe auch in der Tat oft gelesen, wie sie Inseln entdeckten.«

»Das hat ganz seine Richtigkeit, Bruder, und diese Entdekkung würde die größte von allen sein, da es sich dabei nicht um die Entdeckung einer einzigen Insel, sondern einer aus Tausenden heraus handelt. Ich könnte wohl, so alt ich auch bin, eine einzige Nadel auf diesem Verdeck auffinden, aber ich zweifle, ob ich sie aus einem Heuschober herauskriegte.«

»Die Schiffer auf diesem See haben aber doch eine Methode, die Plätze zu finden, welche sie zu besuchen wünschen.«

»Wenn ich dich recht verstanden habe, Sergeant, so liegt diese Station oder dieses Blockhaus besonders verborgen?«

»So ist's in der Tat; man hat die größte Sorgfalt angewendet, daß der Feind keine Kunde von ihrer Lage erhalte.«

»Und du erwartest von mir, daß ich, ein Fremder, auf diesem See, jenen Platz auffinden soll ohne Karte, Kurs, Entfernung, Länge, Breite, Tiefe – ja, ich will v– sein, nicht einmal mit dem Talg? Meinst du denn, ein Matrose brauchte bloß seiner Nase nachzugehen wie einer von Pfadfinders Hunden?«

»Nun, Schwager, vielleicht kannst du doch von dem jungen Mann am Steuer noch etwas durch Fragen herausbringen. Ich kann kaum glauben, daß er so unwissend ist, wie er sich anstellt.«

»Hm! das sieht wieder einem Indiz ähnlich. In den ganzen Falle häufen sich die Indizien nachgerade so sehr, daß man kaum weiß, wie man der Wahrheit auf den Sprung kommen soll. Wir werden aber bald sehen, wie es mit dem Wissen dieses Burschen beschaffen ist.«

Cap und der Sergeant kehrten nun zu dem Steuer zurück, und ersterer nahm seine Fragen wieder auf.

»Kennt Ihr vielleicht die Länge und Breite der besprochenen Insel, Junge?«

»Was, Herr?«

»Nun, die Länge oder Breite – eines oder beide; ich mache mir zwar nichts daraus, denn ich frage bloß, um zu sehen, wie man die jungen Leute hier auf diesem Frischwasserstreifen erzieht.«

»Ich mache mir auch nichts aus solchen Dingen, Herr, und weiß daher zufällig nicht, was Ihr meint.«

»Nicht, was ich meine? – Wie? Ihr wißt nicht, was Breite ist?«

»Nein, Herr!« erwiderte der Steuermann zögernd, – »obgleich ich glaube, daß es Französisch von den obern Seen ist.«

»Hu – hu – hu – uh!« stöhnte Cap mit einem schweren Atemzuge gleich dem Tone einer zerbrochenen Orgelpfeife; »Breite, Französisch von den obern Seen! Hört, junger Mann, wißt Ihr, was Länge bedeutet?«

»Ich glaube, ich weiß das, Herr; – fünf Fuß, sechs Zoll, die regelmäßige Höhe für einen Soldaten in des Königs Dienst.«

»Das ist eine Höhe nach dem Meßstock, eine, die für dich paßt, Sergeant. – Ihr habt doch hoffentlich einige Kenntnisse von Graden, Minuten und Sekunden?«

»Ja, Herr! Unter Grad versteht man einen Vorgesetzten, und Minuten und Sekunden bedeuten die langen und kurzen Loglinien. Wir wissen diese Dinge so gut wie das Salzwasservolk.«

»Ich will v– sein, Bruder Dunham, wenn ich denke, daß selbst der Glaube, über diesen See weghelfen kann, soviel man auch davon spricht, daß er Berge zu versetzen vermöge. So viel ist wenigstens gewiß, daß hier das Amt nicht den Verstand gibt.

Nun, mein Bursche, Ihr versteh Euch vielleicht auf das Azimut, das Messen der Entfernungen, und wie man die Punkte des Kompasses in gehöriger Ordnung benennt?«

»Was das erste anbelangt, so weiß ich nichts davon. Die Entfernungen kennen wir alle wohl, da wir sie von einer Landspitze zur andern messen, und wegen des Kompasses – da werde ich keinem Admiral von Seiner Majestät Flotte den Rücken kehren. Nord, Nord zu Ost, Nordnordost, Nordost zu Nord, Nordost; Nordost zu Ost, Ostnordost. Ost zu Nord, Ost –«

»Nun, das geht, das geht. Ihr werdet den Wind ganz herumbringen, wenn Ihr auf diese Weise weiter segelt. Ich sehe deutlich, Sergeant«, sagte er, indem er den Steuermann verließ, mit gedämpfter Stimme, »daß wir von diesem Burschen nichts zu hoffen haben. Ich will noch zwei Stunden auf diesem Gang halten und dann anholen und das Lot auswerfen. Wir müssen uns dann eben nach den Umständen richten.«

Der Sergeant, der gewissermaßen, um mich eines selbstgeschaffenen Wortes zu bedienen, ein Idiosynkranist war, hatte nichts dagegen einzuwenden, und da der Wind, wie gewöhnlich bei fortschreitender Nacht, leichter wurde und sich der Fahrt keine unmittelbaren Hindernisse in den Weg legten, so machte sich Dunham auf dem Verdeck aus einem Segel ein Lager, und verfiel bald in den festen Schlaf eines Soldaten. Cap fuhr fort, auf dem Deck auf und ab zu gehen, denn er war ein Mann, dessen eiserner Körper jeder Ermüdung Trotz bot: er schloß die ganze Nacht kein Auge.

Als Sergeant Dunham erwachte, war es heller Tag. Sobald er sich aber erhob und umherblickte, entfuhr ihm ein Ausruf der Überraschung, der noch kräftiger tönte, als es bei einem Mann, der so oft veranlaßt wurde, sich hören zu lassen, gewöhnlich war. Er fand das Wetter ganz verändert; die Aussicht war durch einen treibenden Nebel verhüllt, welcher den sichtbaren Horizont auf einen Kreis, der im Durchmesser etwa eine Meile maß, beschränkte. Der See tobte in schäumenden Wellen, während der Scud beilag. Eine kurze Besprechung mit seinem Schwager gab ihm Aufschluß über diesen plötzlichen Wechsel.

Caps Bericht zufolge hatte sich der Wind gegen Mitternacht, als er gerade beizulegen und das Lot auszuwerfen gedachte, weil vor ihm einige Inseln aufzutauchen begannen – gelegt und sich in ein totes Wetter verwandelt. Gegen ein Uhr fing er an aus Nordost zu wehen und führte einen Nebelregen mit sich; worauf Cap gegen Nord und West auswich, da er wußte, daß sich die Küste von Neuyork auf der entgegengesetzten Seite befand. Gegen halb zwei Uhr zog er den obern Klüver ein, reffte das Hauptsegel und nahm das Bonnet von dem Klüver. Um zwei Uhr mußte er wieder hinten reffen und um halb drei ein Schonerreff an das Segel legen und beidrehen.

»Ich kann's nicht anders sagen, Sergeant, das Boot hält sich gut«, fügte der alte Seemann bei, »aber es bläst Zweiundvierzigpfünder. Ich hätte mir's nicht gedacht, daß es solche Luftströmungen hier auf diesem Fetzchen Frischwasser gäbe; doch das kümmert mich so wenig als ein Stümpfchen Garn; denn Euer See erhält dadurch doch ein mehr natürliches Aussehen, und« – er spuckte mit Ekel einen Schaumguß, welcher gerade sein Gesicht benetzt hatte, aus dem Munde – »und wenn dieses v– e Wasser so einen angenehmen Salzgeschmack hätte, so könnte man sich recht behaglich darauf fühlen.«

»Wie lange bist du in dieser Richtung vorwärts gefahren, Bruder Cap?« fragte der vorsichtige Krieger – »und mit welcher Geschwindigkeit gehen wir jetzt durch das Wasser?«

»Nun, so etwa zwei oder drei Stunden. In den zwei ersten flog das Schiff wie ein Pferd. Wir haben nun schöne offene See; denn um die Wahrheit zu gestehen, ich fand an der Nachbarschaft der genannten Inseln wenig Geschmack, obgleich sie windwärts lagen, nahm daher selbst das Steuer und machte mich eine oder zwei Meilen davon weg. Ich wette, sie sind jetzt ziemlich leewärts von uns, – ich sage leewärts; denn wenn man auch wünschen mag, von einer oder auch einem halben Dutzend Inseln windwärts zu sein, so ist es doch, wenn einmal von Tausenden die Rede ist, besser, sich von ihnen fernzuhalten und so schnell als möglich unter ihr Lee zu gleiten. Nein, nein, dort drüben sind sie im Nebelduft und mögen da meinetwegen liegenbleiben.«

»Da das Nordufer nur fünf bis sechs Meilen von uns liegt, Bruder, und mir bekannt ist, daß sich dort eine weite Bucht befindet, möchte es da nicht gut sein, einige von dem Schiffsvolk über unsere Lage zu Rate zu ziehen, wenn wir nicht lieber Jasper Eau-douce herausrufen und ihn darum angehen wollen, uns wieder nach dem Oswego zurückzuführen? Wir können jetzt unmöglich die Station erreichen, da wir den Wind gerade in unsern Zähnen haben.«

»Ein Seemann hat mehrere wichtige Gründe gegen alle deine Vorschläge, Sergeant. Einmal würde ein Zugeständnis der Unwissenheit von seiten eines Kommandanten alle Subordination aufheben. Nichts davon, Bruder, ich verstehe dein Kopfschütteln: aber nichts stört die Disziplin mehr als das Bekenntnis, daß man sich nicht zu raten wisse. Ich habe einmal einen Schiffsmeister gekannt, der lieber eine Woche auf einem falschen Kurs blieb, als daß er einen Mißgriff zugestanden hätte, und es war überraschend, wie sehr er sich dadurch in der Meinung seiner Leute hob, gerade weil sie ihn nicht begreifen konnten.«

»Das mag sich auf dem Salzwasser tun lassen, Bruder Cap, aber schwerlich auf diesem See. Ehe ich mein Kommando an Kanadas Ufern scheitern lasse, halte ich es für meine Pflicht, Jasper aus seinem Verhaft heraufzunehmen –«

»Und in Frontenac ans Land zu gehen. Nein, Sergeant, der Scud ist in guten Händen und kann jetzt etwas von Seemannskunst erfahren. Wir haben schöne offene See, und nur ein Verrückter würde in einer Kühlte wie dieser daran denken, sich einer Küste zu nähern. Ich werde jede Wache fieren, und dann werden wir gegen alle Gefahr sicher sein, das Abtreiben ausgenommen, was jedoch in einem so leichten und niedrigen Fahrzeug wie dieses, ohne Windfang, von keinem Belang sein kann. Überlaß nur mir die ganze Sache, Sergeant, und ich stehe mit meiner Ehre dafür, daß alles gutgehen wird.«

Sergeant Dunham mußte wohl oder übel nachgeben. Er hatte ein großes Vertrauen zu der seemännischen Geschicklichkeit seines Verwandten und hoffte, er werde sich bei dem Kutter Mühe geben, diese gute Meinung noch zu erhöhen. Auf der andern Seite war er, da der Verdacht, wie die Sorge, immer größer wird, je mehr man ihm Nahrung läßt – so besorgt wegen Verrats, daß er jedem andern als Jasper gern das Schicksal der ganzen Gesellschaft in die Hände gegeben haben würde. Er hatte übrigens, um die Wahrheit zu gestehen, noch einen weitern Grund. Der Auftrag, welcher ihm anvertraut war, hätte eigentlich einem Offizier überlassen werden sollen, und der Umstand, daß Major Duncan das Kommando einem untergeordneten Sergeanten gegeben, hatte unter den Subalternoffizieren eine große Unzufriedenheit erregt. Wenn er nun zurückkehrte, ohne den Ort seiner Bestimmung erreicht zu haben, so mußte dadurch ein Schatten auf ihn fallen, der sich nicht so bald verwischt haben würde, und die unausbleibliche Folge dieser Maßregel war, daß ihm der Befehl abgenommen und ein Offizier an seine Stelle gesetzt wurde.

Sechzehntes Kapitel

Glorreicher Spiegel, der in Windes Stillen
Wie in dem sanftesten Hauch der Allmacht Hand
Uns zeigt, in raschem Wehn, in Sturmes Brüllen;
Am eis'gen Pol, an Libyens heißem Strand
So dunkelwogend; Bild, so endlos groß,
Der Ewigkeit; dich wählt zum Throne
Die Gottheit; selbst dein tiefer schlammiger Schoß
Schafft Ungeheuer: dein ist jede Zone;
Und du rollst furchtbar hin, allein und bodenlos.

Byron

Mit dem forschreitenden Tag erschienen nach und nach alle, welche sich auf dem Schiff befanden und nicht ihrer Freiheit beraubt waren, auf dem Verdecke. Die Wogen gingen noch nicht besonders hoch, woraus man schloß, daß der Kutter noch unter dem Lee der Inseln liege; aber es war allen, welche den See kannten, klar, daß sie einen der schweren Herbststürme, welche zu dieser Jahreszeit in jener Gegend nicht selten sind, durchzumachen haben würden. Man sah nirgends Land, und der Horizont bot nach allen Seiten nichts als jene düstere Leere, welche der Aussicht auf weiten Wasserflächen den Charakter einer geheimnisvollen Erhabenheit aufdrückt. Die Dünungen oder, wie man es am Lande nennt, die Wogen waren kurz und kräuselnd und brachen sich notwendigerweise früher als die längeren Wellen des Ozeans; während das Element selbst, statt die schöne Farbe zu zeigen, welche mit den tiefen Tinten des südlichen Himmels wetteifert, grün und zürnend aussah, obgleich ihm der Glanz mangelte, den es sonst den Strahlen der Sonne verdankt.

Die Soldaten hatten von diesem Anblick bald genug, und es verschwand einer nach dem andern, so daß außer den Matrosen zuletzt nur noch der Sergeant, Cap, Pfadfinder, der Quartiermeister und Mabel auf dem Verdecke waren. Es lagerte sich ein Schatten um das Auge der letzteren, da sie den wirklichen Stand der Dinge erfahren und es vergebens versucht hatte, die Zurückgabe des Kommandos an Jasper zu erwirken. Auch den Pfadfinder schien die Ruhe und Überlegung einer Nacht in seiner Überzeugung von der Schuldlosigkeit des jungen Mannes befestigt zu haben, so daß er gleichfalls mit Wärme, obschon mit demselben ungünstigen Erfolg, zugunsten seines Freundes sprach.

So vergingen einige Stunden, wobei der Wind allmählich immer heftiger wurde und der See sich hob, bis die Bewegung des Kutters auch Mabel und den Quartiermeister zum Rückzug veranlaßte. Cap fierte öfters, und es war nun klar, daß der Scud in die breiteren und tieferen Gegenden des Sees trieb, wobei die Wogen mit einer solchen Wut auf ihn einstürmten, daß sich nur ein Fahrzeug von besserer Form und stärkerem Bau lange gegen sie halten und Widerstand leisten konnte. Doch Cap machte sich nichts aus all diesem; denn wie der Jagdhund beim Schmettern des Hornes die Ohren spitzt oder das Kriegsroß beim Wirbeln der Trommeln scharrt und schnaubt, so wurden bei dem Anblick dieser ganzen Szene alle Lebensgeister des Mannes rege, und statt der zanksüchtigen, hochmütigen und absprechenden Tadelsucht, die an jeder Kleinigkeit krittelte und unwesentliche Dinge übertrieb, begann er die Eigenschaften des kühnen und erfahrenen Seemannes, der er in der Tat war, zu entwickeln. Die Matrosen hegten bald Achtung vor seiner Geschicklichkeit, und obgleich sie sich über das Verschwinden ihres früheren Befehlshabers und des Lotsen, dessen Grund ihnen nicht mitgeteilt worden war, wunderten, so zollten sie doch gerne ihrem neuen Gebieter unbedingten Gehorsam.

»Dieses bißchen Frischwasser, Bruder Dunham, hat im Grunde doch einiges Leben, wie ich merke«, rief Cap gegen Mittag und rieb vor lauter Vergnügen die Hände, weil er nun wieder einmal seine Kraft gegen die Elemente versuchen konnte. »Der Wind scheint eine ehrliche, altmodische Kühlte zu sein, und die Wellen haben eine wunderliche Ähnlichkeit mit denen des Golfstromes. Ich liebe das, Sergeant, ich liebe das, und werde Euern See achten lernen, wenn er so noch vierundzwanzig Stunden in der angefangenen Weise fortmacht.«

»Land ho!« rief der Mann, der auf dem Vorderdeck aufgestellt war.

Cap eilte vorwärts, und wirklich war durch den Nebelregen in der Entfernung einer halben Meile Land sichtbar, auf welches der Scud lostrieb. Zuerst wollte der alte Seemann Befehl geben, beizulegen und vom Ufer abzufieren, aber der besonnene Soldat hielt ihn zurück.

»Wenn wir etwas näher kommen«, sagte der Sergeant, »so erkennen vielleicht einige die Gegend. Die meisten von uns kennen das amerikanische Ufer an diesem Teile des Sees, und wir werden dadurch über unsere Stellung ins klare kommen.«

»Sehr wahr, sehr wahr! Wahrscheinlich wird dieses der Fall sein, und wir wollen darauf anhalten. Was ist das dort, ein wenig vor unserm Luvbug? Es sieht wie ein niedriges Vorgebirge aus!«

»Die Garnison, beim Jupiter!« rief der andere, dessen geübtes Auge die Umrisse des Forts früher erkannte als das weniger scharfe seines Verwandten.

Der Sergeant hatte sich nicht geirrt. Es war wirklich das Fort, obgleich es in dem feinen Regen nur dunkel und unbestimmt, wie im Düster des Abends oder im Morgennebel, erschien. Die niedrigen, grünen Rasenwälle, die düstern Palisaden, die im Regen noch dunkler erschienen, die Dächer einiger Häuser, die hohe einsame Wimpelstange, deren Flaggentaue mit einer Stetigkeit dem Zuge des Windes folgten, daß sie wie unbewegliche, krumme Linien in der Luft erschienen – alles dieses wurde nach und nach sichtbar, obgleich sich keine Spur des Lebens entdekken ließ. Selbst die Schildwache war untergetreten, und man glaubte zuerst, daß kein Auge die Annäherung des eigenen Schiffes entdecken würde. Aber die unablässige Wachsamkeit einer Grenzgarnison schlummerte nicht, und wahrscheinlich machte einer der Auslugenden die interessante Entdeckung. Bald erschienen einige Männer auf den höhern Standorten, und in kurzem wimmelten alle Wälle in der Nähe des Sees von menschlichen Wesen.

Es war eine der Szenen, deren Großartigkeit noch insbesondere durch den Reiz des Malerischen gehoben wird. Das Wüten des Sturmes war so anhaltend, daß man sich zu der Vermutung geneigt fühlen konnte, es gehöre zu dem beständigen Charakter dieser Gegend. Das Brüllen des Windes tobte in einem fort, und das empörte Wasser begleitete diese gewaltigen, dumpfen Töne mit seinem gischenden Schaum, der drohenden Brandung und den steigenden Wogen. Der leichte Regen ließ dem Auge alles wie in einem dünnen Nebel erscheinen, welcher die Bilder sanfter machte und einen geheimnisvollen Schleier darüber warf, während die erhebenden Gefühle, welche ein Seesturm leicht zu erregen imstande ist, die milderen Eindrücke des Augenblicks steigerten. Der dunkle, unabsehbare Wald erhob sich großartig, düster und ergreifend aus dem Nebelgrau, während die einsamen, eigentümlichen Bilder des Lebens, welche man bei und in dem Fort entdecken konnte, dem Auge einen Ruhepunkt boten, wenn die schrofferen Züge der Natur es erdrücken wollten.

»Sie sehen uns«, sagte der Sergeant, »und glauben, wir seien wegen des Sturmes zurückgekehrt, der uns zu weit leewärts von unserm Hafen getrieben hat. Ja, dort ist Major Duncan selbst auf dem nördlichen Bollwerk. Ich kenne ihn an seiner Länge und den Offizieren, die ihn umgeben.«

»Sergeant, es wäre wohl der Mühe wert, sich ein wenig auslachen zu lassen, wenn wir in den Fluß kommen und einen sichern Ankerplatz gewinnen könnten. Wir würden bei dieser Gelegenheit auch den Meister Eau-douce ans Land setzen und das Boot reinigen.«

»Allerdings, aber sowenig ich auch von der Schiffahrt verstehe, so weiß ich doch, daß sich das nicht tun läßt. Nichts, was auf dem See segelt, kann sich windwärts gegen diese Kühlte wenden, und hier außen ist bei einem Wetter wie diesem kein Ankerplatz.«

»Ich weiß es, ich sehe es, Sergeant, und so lieblich auch dieser Anblick für Euch Landratten sein mag, so müssen wir ihm doch den Rücken kehren. Was mich anbelangt, so fühle ich mich nie wohler, als wenn ich gewiß bin, daß in einem rechten Unwetter das Land weit hinter mir liegt.«

Der Scud war nun so nahe gekommen, daß es unumgänglich nötig wurde, seinen Schnabel wieder vom Lande abzuwenden, wozu denn auch die geeigneten Befehle gegeben wurden. Das untere Stagsegel wurde vorwärts losgemacht, die Gaffel herabgelassen, das Steuer aufgestellt, und das leichte Fahrzeug, das wie eine Ente mit dem Element zu spielen schien, fiel ein wenig ab, drückte schnell von vorn um, folgte dem Ruder und flog bald, tot vor der Kühlte, über die Spitzen der Wellen hin. Während es diese schnelle Flucht machte, verschwanden, obgleich das Land am Backbord noch sichtbar war, das Fort und die ängstlichen Zuschauergruppen auf den Wällen bald in dem Nebel. Nun folgten die nötigen Schwenkungen, um das Vorderteil des Kutters in die Richtung des Windes zu bringen, worauf er ermattet den schwierigen Weg gegen das Nordufer wieder aufnahm.

Stunden vergingen nun, ohne daß eine weitere Veränderung vorgenommen wurde. Die Macht des Windes steigerte sich so sehr, daß endlich selbst der eigensinnige Cap zugeben mußte, es wehe nun eine tüchtige Kühlte. Gegen Sonnenuntergang fierte der Scud wieder, um in der Dunkelheit der Nacht nicht an das Nordufer getrieben zu werden, und gegen Mitternacht glaubte der dermalige Schiffsmeister, welcher sich durch sein indirektes Ausforschen der Matrosen einige allgemeine Kenntnisse von der Größe und der Gestalt des Sees erworben hatte, daß er sich ungefähr in der Mitte zwischen beiden Ufern befinde. Die Höhe und Länge der Wellen machte diese Vermutung wahrscheinlich, und wir müssen noch beifügen, daß Cap zu dieser Zeit eine Achtung vor dem Frischwasser zu fühlen anfing, welche er vierundzwanzig Stunden früher als eine Unmöglichkeit verlacht haben würde. Als der Tag eben zu grauen begann, wurde die Wut des Windes so heftig, daß der Seemann sich nicht mehr gegen sie zu halten vermochte; denn die Wogen fielen in solchen Massen über das Verdeck des kleinen Fahrzeugs, daß sie dasselbe in seinem Innersten erschütterten und ungeachtet seiner Behendigkeit unter ihrem Gewicht zu begraben drohten. Die Matrosen des Scud versicherten, daß sie früher nie einen solchen Sturm auf dem See durchgemacht hätten, was auch richtig war; denn Jasper würde bei seiner genauen Kenntnis aller Flüsse, Vorgebirge und Häfen den Kutter lange vorher ans Ufer geführt und auf einen sichern Ankergrund gebracht haben. Aber Cap verschmähte es noch immer, den jungen Schiffer, der sich fortwährend im untern Raum befand, um Rat zu fragen, und war entschlossen, wie ein Seemann auf dem großen Weltmeer zu handeln.

Um ein Uhr morgens wurde das untere Stagsegel wieder an den Scud gelegt, der obere Teil des Hauptsegels niedergelassen und der Kutter vor den Wind gebracht. Obgleich nun die Oberfläche der Leinwand dem Winde nur einen Streifen darbot, so machte doch das kleine Fahrzeug seinem edlen Namen Ehre; denn es flog in der Tat acht Stunden lang wie eine Wolke dahin, beinahe mit derselben Geschwindigkeit, mit welcher die Möwen, augenscheinlich in Furcht, in den kochenden Kessel des

Sees herunterzufallen, über ihn wegschossen. Das Aufdämmern des Tages brachte wenig Veränderung. Der Horizont blieb auf den kleinen bereits beschriebenen Nebelkreis beschränkt, in welchem die Elemente in chaotischer Verwirrung zu toben schienen. Während dieser Zeit verhielten sich die Matrosen und Passagiere des Kutters in gezwungener Untätigkeit. Jasper und der Lotse blieben unten; als aber die Bewegung des Fahrzeuges leichter wurde, kamen fast alle übrigen auf das Verdeck. Das Frühstück wurde schweigend eingenommen, und jeder blickte dem andern ins Auge, als ob sie sich in dieser stummen Weise fragen wollten, wohin dieser Kampf der Elemente wohl noch führen werde. Cap behielt jedoch vollkommen seine Fassung; sein Auge strahlte, sein Tritt wurde fester und seine ganze Haltung zuversichtlicher, als der Sturm zunahm und größere Anforderungen an seine Geschicklichkeit und seinen Mut machte. Er stand mit gekreuzten Armen und mit seemännischem Instinkt seinen Körper wiegend auf dem Vorderdeck, indes seine Augen auf die Spitzen der Wellen achteten, die sich brachen und an dem taumelnden Kutter vorbeischossen, wobei sie in ihrer raschen Bewegung selbst wie zum Himmel steigende Wolken erschienen. In diesem erhabenen Augenblick gab einer der Matrosen den unerwarteten Ruf: »Ein Segel!«

Der Ontario hatte so viel von dem wilden und einsamen Charakter der Wälder, daß man kaum hoffen durfte, auf seinem Wasser mit einem Schiff zusammenzutreffen. Der Scud selbst erschien denen, die er trug, wie ein einzelner Wanderer in der Wildnis, und dieses Zusammentreffen glich dem zweier einsamer Jäger unter dem breiten Blättergewölbe, welches damals so viele Millionen Morgen des amerikanischen Festlandes bedeckte. Der eigentümliche Wetterstand diente dazu, das Romantische und fast Übernatürliche dieser Begegnung zu steigern. Cap allein war an derartige Erscheinungen mehr gewöhnt, aber doch bebten auch seine eisernen Nerven unter den Gefühlen, welche die wilden Züge dieser Szene erweckten.

Das fremde Schiff befand sich ungefähr zwei Kabellängen vor dem Scud, stand mit seinen Bugen quer gegen den Wind und steuerte in einem Kurse, daß der letztere wahrscheinlich in einer Entfernung von einigen Ellen daran vorbeikommen mußte. Es war vollständig aufgetakelt, und in der stürmischen

Nebelluft konnte selbst das geübteste Auge keine Unvollkommenheit in seinem Bau und seiner Takelage erkennen. Von der Leinwand waren nur das dicht gereffte große Marssegel und zwei kleine untere Stagsegel, das eine vorn, das andere hinten, losgemacht. Doch die Gewalt des Windes drängte das Fahrzeug so heftig, daß es sich fast bis an seine Deckbalkenenden umbeugte, wenn es nicht durch das Steigen der Wellen unter seinem Lee aufgerichtet wurde. Die Spieren waren alle an ihrer Stelle, und an der Bewegung, welche mit einer Geschwindigkeit von vier Knoten in der Stunde vonstatten ging, konnte man erkennen, daß es ein wenig frei steuerte.

»Der Bursche muß seine Stellung gut kennen«, sagte Cap, als der Kutter mit einer Geschwindigkeit, welche beinahe der des Sturmes glich, auf das Schiff zuflog, »denn er steht so kühn gegen Süden an, daß er dort sicher einen Hafen oder Ankerplatz zu finden weiß. Kein vernünftiger Mensch würde in dieser Weise frei davonfahren, ohne genau zu wissen, wohin er will; es müßte denn sein, daß ihn der Sturm einer Wolke gleich vor sich herjagte, wie dies bei uns der Fall ist.«

»Wir haben einen Lauf gemacht, vor dem man allen Respekt haben muß, Kapitän«, erwiderte der Mann, an welchen die vorige Bemerkung gerichtet war. »Dies ist das französische Königsschiff Leemy-Calm (Le Montcalm), und segelt nach dem Niagara, wo sein Besitzer eine Garnison und einen Hafen hat. Wir haben einen respektablen Lauf gemacht.«

»Ach, hol' ihn der Henker! Wie ein echter Franzose rennt er augenblicklich dem Hafen zu, sobald er einen englischen Kiel sieht.«

»Es möchte für uns gut sein, wenn wir ihm folgen könnten«, erwiderte der Mann mit zaghaftem Kopfschütteln, »denn wir kommen hier oben an dem Ende des Sees in eine Bai, und es ist zweifelhaft, ob wir je wieder aus ihr herauskommen.«

»Pah, pah, Mann! Wir haben die offene See vor und einen guten englischen Boden unter uns. Wir sind keine Johnny Crapauds, um uns wegen eines Windstoßes hinter einer Bergspitze oder einem Fort zu verstecken. Vergeßt Euer Steuer nicht, Herr!«

Dieser Befehl wurde wegen des drohenden Näherrückens des feindlichen Schiffes gegeben. Der Scud schoß nun gerade auf die Kielkinnback des Franzosen zu, und da die Entfernung zwischen den beiden Fahrzeugen sich bis auf hundert Ellen vermindert hatte, so war es einen Augenblick zweifelhaft, ob Raum genug vorhanden sei, um aneinander vorbeizukommen.

»An Backbord, an Backbord das Ruder und hinten vorbei!« rief Cap.

Man sah die Schiffsmannschaft des Franzosen sich windwärts versammeln und einige Musketen anlegen, als ob sie der Mannschaft des Scud befehlen wolle, sich fernzuhalten. Auch wurden noch andere Gebärden bemerkt, aber die See war zu wild und drohend, um irgendeine feindselige Demonstration zuzulassen. Aus den Mündungen der zwei oder drei leichten Kanonen an Bord des Schiffs tropfte Wasser, und niemand dachte daran, sich ihrer in diesem Sturme bedienen zu wollen. Die schwarzen Seiten des Fahrzeugs glänzten, wenn sie aus einer Welle auftauchten, und schienen zu zürnen, während der Wind durch das Takelwerk heulte und in den tausend Tönen eines Schiffes herumorgelte, so daß man davor nicht einmal das auf den französischen Schiffen gewöhnliche Rufen und Schreien vernehmen konnte.

»Mag er sich heiser schreien«, grollte Cap. »Wir haben jetzt kein Wetter, in dem man sich Geheimnisse zuflüstern kann. An Backbord das Ruder, Herr!«

Der Mann am Steuer gehorchte, und der nächste Wogenguß trieb den Scud so nahe gegen die Windfierung des Schiffes hinab, daß selbst der alte Seemann einen Schritt zurückprallte und erwartete, daß die vordersten Buge, sobald die Wellen den Schnabel wieder in die Höhe brachten, gerade in die Planken des Gegners treiben müßten. Dies geschah jedoch nicht; denn als der Kutter sich wieder aus seiner geduckten Stellung, die der eines lauernden Panthers vor dem Sprunge glich, aufrichtete, schoß er vorwärts und im nächsten Augenblick an dem Stern des feindlichen Schiffes vorüber, wobei er gerade noch dessen Besanbaum mit seiner eigenen unteren Rahe klärte.

Der junge Franzose, welcher den Montcalm befehligte, sprang auf das Heckbord, lüpfte mit jenem zierlichen Anstand, der auch den niedrigsten Handlungen seiner Landsleute eine gewissen Feinheit verleiht, seine Mütze und winkte einen lächelnden Gruß, als der Scud vorüberschoß. Es lag, da die Umstände keine andern Mitteilungen gestatteten, eine gewisse Leutseligkeit und feine Bildung in diesem Akt der Höflichkeit, die aber bei Cap verlorengingen; denn mit dem seinem Menschenschlag eigenen Instinkt schüttelte er drohend seine Faust und brummte vor sich hin:

»Ja, ja, es ist ein v–s Glück für euch, daß wir kein schweres Geschütz hier an Bord haben; sonst wollte ich euch etwas zusenden, was euch neue Kajütenfenster nötig machen dürfte. Er will uns zum besten haben, Sergeant.«

»Er war höflich, Bruder Cap«, erwiderte der andere, indem er seine Hand sinken ließ, da sein Soldatenstolz ihn veranlaßt hatte, die militärische Begrüßung zu erwidern. »Er war höflich, und das ist so viel, als man von einem Franzosen erwarten kann. Was er damit wirklich meinte, kann wohl niemand sagen.«

»Er setzt sich gewiß nicht umsonst bei diesem Wetter der See aus. Je nun, lassen wir ihn einlaufen, wenn er kann, indes wir uns als mutige englische Matrosen auf dem Wasser halten wollen.«

Das klang wohl schön, aber Cap blickte doch neidisch auf den glänzenden schwarzen Rumpf des Montcalm, sein flatterndes Segel und die verschwimmenden Spierenkreuzungen, bis sich sein Bild immer mehr und mehr verwischte und zuletzt wie ein wesenloser Schatten in dem Nebel verschwand. Cap wäre gern seinem Fahrwasser gefolgt, wenn er es hätte wagen dürfen: denn die Aussicht auf eine zweite Sturmnacht mitten auf dem wilden Wasser, welches rund um ihn her tobte, hatte in der Tat wenig Tröstliches für ihn. Sein seemännischer Stolz gestattete ihm jedoch nicht, sein Unbehagen kundzugeben, und die seiner Obhut Anvertrauten verließen sich auf seine Kenntnisse und seine Geschicklichkeit mit dem blinden und unbedingten Vertrauen, welches bei Unkundigen so gewöhnlich ist.

Es vergingen nun einige Stunden, und die Finsternis begann wieder die Gefahren des Scud zu vermehren. Doch hatte ein Nachlassen der Kühlte Cap veranlaßt, wieder einmal in den Wind umzulenken, und der Kutter lag die ganze Nacht über, wie früher, bei, wobei er jedoch stets nach vorn trieb und gelegentlich fierte, um vom Lande abzuhalten. Wir wollen übrigens nicht bei den Ereignissen dieser Nacht verweilen, da sie so ziemlich dieselben waren wie bei anderen Kühlten: ein Schwanken des Schiffes, ein Gischten des Wassers, ein Spritzen des Schaumes und Erschütterungen, welche das von den Wellen hin und her gestoßene Fahrzeug zu vernichten drohten, das unablässige Heulen des Windes und die schreckenerregende Abtrift. Letztere war am gefährlichsten; denn obgleich der Scud außerordentlich gut Luv unter seinem Segel hielt und durchaus keinen Windfang hatte, so war er doch so leicht, daß ihn die steigenden Wogen bisweilen in reißender Schnelle in ihr Lee hinabzuwaschen schienen.

Während dieser Nacht überließ sich Cap einige Stunden einem gesunden Schlaf. Der Morgen dämmerte eben herauf, als er sich an der Schulter ergriffen fühlte: wie er sich aufrichtete, sah er den Pfadfinder an seiner Seite stehen. Während des Sturmes hatte sich der Wegweiser wenig auf dem Verdeck gezeigt; denn seine natürliche Bescheidenheit belehrte ihn, daß die Leitung des Schiffes nur in den Bereich der Seeleute gehöre, und er war geneigt, den Führern des Scud dasselbe Vertrauen zu schenken, welches er von denen, die ihm durch die Wälder folgten, erwartete. Jetzt aber hielt er eine Einmischung für gerechtfertigt und vollführte diese in seiner eigentümlichen ehrlichen Weise.

»Der Schlaf ist süß, Meister Cap«, sagte er, als dessen Augen sich geöffnet hatten und er sich in seine Lage zu finden begann: – »Der Schlaf ist süß, wie ich aus eigener Erfahrung weiß; aber das Leben ist noch süßer. Seht um Euch und sagt mir, ob das nicht ein Augenblick ist, wo ein Befehlshaber auf seinen Beinen sein muß.«

»Wie, wie – Meister Pfadfinder?« brummte Cap in den ersten Augenblicken des wiederkehrenden Bewußtseins. »Habt Ihr Euch auch auf die Seite der Murrenden geschlagen? Auf dem Lande bewunderte ich Eure Klugheit, die Euch über die gefährlichsten Untiefen ohne Kompaß wegführte; seit wir auf dem Wasser sind, hat mir Eure Mäßigkeit und Ergebung ebensowohl gefallen wie die Zuversicht, mit der Ihr auf Eurem eigenen Boden auftratet. Ich hätte eine solche Aufforderung von Euch am wenigsten erwartet.«

»Was mich anbelangt, Meister Cap, so fühle ich, daß ich meine Gaben habe, welche, wie ich glaube, denen eines andern nicht ins Gehege kommen werden. Mit Mabel Dunham mag es aber ein anderer Fall sein, 's ist wahr, sie hat auch ihre Gaben; sie sind aber nicht so rauh wie die unsrigen, sondern sanft und weiblich, wie sie sein müssen. Ich spreche daher mehr um ihretwillen als um meinetwillen.«

»Ja, ja – ich fange an, zu begreifen. Das Mädchen ist ein gutes Kind, mein werter Freund; aber sie ist die Tochter eines Soldaten und Nichte eines Seemanns und sollte daher in einem Sturme nicht zu furchtsam oder zu zärtlich sein. Läßt sie Furcht blicken?«

»Nein, nicht doch. Mabel ist zwar ein Weib, aber vernünftig und schweigsam. Ich habe sie nicht ein Wort über unser Handeln äußern hören, obgleich ich glaube, Meister Cap, daß es ihr lieber wäre, wenn Jasper wieder seine frühere Stelle einnähme und alles in den alten Zustand versetzt würde. Das ist so die menschliche Natur.«

»Das will ich ohne Schwur glauben – 's ist so ganz nach der Art der Mädchen und zumal der Dunhams. Alles ist besser als ein alter Onkel, und jedermann weiß mehr als ein alter Seemann. Das ist menschliche Natur, Meister Pfadfinder, und hol' mich der –, wenn ich der Mann bin, der, sei es am Back- oder Steuerbord, um der ganzen Menschennatur willen, die in einem solchen zwanzigjährigen Naseweis steckt, auch nur eine Fadenlänge giere; – ja, auch nicht um aller willen« (er dämpfte hierbei seine Stimme ein wenig), »welche in Seiner Majestät fünfundfünfzigstem Regiment zu Fuß auf die Parade ziehen. Ich habe mich nicht vierzig Jahre auf dem Meer herumgetrieben, um hier auf diesem Fetzen Frischwasser zu lernen, was Menschennatur ist. – Wie diese Kühlte anhält! Sie bläst in diesem Augenblick so kräftig, als ob Boreas selber seine Schläuche quetsche. Und was ist das alles auf der Leeseite?« (er rieb die Augen) – »Land! so wahr ich Cap heiße, – und dazu Hochland!«

Der Pfadfinder gab keine unmittelbare Antwort, betrachtete aber mit Kopfschütteln und ängstlicher Sorge den Gesichtsausdruck seines Gefährten.

»Land, so wahr als dieses der Scud ist!« wiederholte Cap. »Ein Legerwall, und noch dazu in der Entfernung einer Stunde, mit einer so schönen Linie von Brandungen, als man nur eine an dem Ufer von ganz Long-Island finden kann!«

»Und ist das ermutigend oder niederschlagend?« fragte der Pfadfinder.

»Ach! ermutigend – niederschlagend! – 's ist keines von beiden. Nein, nein! ich kann nichts Ermutigendes daran sehen, und einen Seemann darf nichts niederschlagen. Es schlägt Euch wohl auch nichts nieder in den Wäldern, mein Freund?«

»Ich will das nicht sagen, – ich will das nicht sagen. Wenn die Gefahr groß ist, so habe ich die Gabe, sie zu sehen, zu erkennen und den Versuch zu ihrer Vermeidung zu machen, sonst würde wohl mein Skalp schon längst in dem Wigwam eines Mingo trocknen. Auf diesem See aber kann ich keine Spur sehen und muß mich daher unterwerfen, obgleich ich meine, wir sollten uns daran erinnern, daß eine Person wie Mabel Dunham an Bord ist. Doch da kommt ihr Vater und wird ohne Zweifel um sein Kind besorgt sein.«

»Wir sind da, glaube ich, in einer bedenklichen Lage, Bruder Cap, so viel ich von den beiden Matrosen am Backbord entnehmen kann«, sagte der Sergeant, als er bei den beiden angelangt war. »Sie sagen mir, der Kutter könne kein Segel mehr führen, und die Abtrift sei so stark, daß sie uns in einer oder zwei Stunden ans Ufer werfen werde. Ich hoffe, daß ihre Furcht sie täuscht.«

Cap antwortete nicht, sondern blickte nur mit einem kläglichen Gesicht gegen das Land, worauf er jedoch mit dem Ausdruck der Entrüstung sich gegen den Wind kehrte, als ob er gern mit dem Wetter Händel angefangen hätte.

»Es möchte wohl gut sein, Bruder«, fuhr der Sergeant fort, »nach Jasper zu schicken, um über das, was geschehen muß, zu beraten. Hier sind keine Franzosen zu fürchten, und möglicherweise wird uns der Junge doch vor dem Ertrinken retten.«

»Ja, ja, diese verwünschten Indizien haben uns in all dieses Ungemach geführt. Doch laßt den Burschen kommen, laßt ihn kommen. Einige gut angebrachte Fragen werden ihm wohl die Wahrheit entlocken, – ich stehe dafür.«

Sobald die Zustimmung des starrköpfigen Cap erlangt war, wurde nach Jasper geschickt. Der junge Mann erschien sogleich und trug in seiner Miene wie auch seinem ganzen Äußern den Ausdruck eines gekränkten und gedemütigten Gefühls, welchen jedoch einige der Beobachter als die Befangenheit der überführten Schuld betrachteten. Sobald er auf dem Verdeck angelangt war, warf er einen schnellen ängstlichen Blick um sich, als ob er neugierig sei, die Lage des Kutters kennenzulernen, und dieser Blick schien hinreichend zu sein, ihm die ganze Gefahr derselben zu enthüllen. Zuerst blickte er nach Seemannsweise gegen den Wind und sah sich dann rings am Horizont um, bis sein Auge auf dem leewärts gelegenen Hochlande haftenblieb, von wo aus ihm auf einmal die traurige Wahrheit in lebendigen Zügen vors Auge trat.

»Ich habe nach Euch geschickt, Meister Jasper«, sagte Cap, indem er die Arme kreuzte und mit der ganzen Backbordwürde seinen Körper wiegte, »um etwas über den Hafen in unserm Lee zu erfahren; denn wir denken, Ihr werdet Euren Unwillen nicht so weit treiben, daß Ihr uns alle ersäuft sehen möchtet, zumal die Weiber. Auch denke ich, Ihr werdet Manns genug sein, uns den Kutter auf ein sicheres Lager bringen zu helfen, bis dieses bißchen Kühlte zu blasen nachgelassen hat.«

»Ich wollte lieber zugrunde gehen, als daß Mabel Dunham ein Leides geschehen sollte«, antwortete der Jüngling mit ruhigem Ernste.

»Ich wußte es – ich wußte es!« rief der Pfadfinder, indem er Jasper freundlich auf die Schulter klopfte. »Der Junge ist so treu wie der beste Kompaß, der je an der Grenze war oder irgend jemand von einer blinden Fährte half. Es ist eine Todsünde, etwas anderes zu glauben.«

»Hum!« rief Cap, »zumal die Weiber! Als ob die in einer *besonderen* Gefahr wären. Doch es macht nichts, junger Mensch; wir werden einander verstehen, wenn wir wie ein paar ehrliche Seeleute miteinander reden. Kennt Ihr irgendeinen Hafen unter unserm Lee?«

»Nein. Es ist eine weite Bucht an diesem Ende des Sees; sie ist aber uns allen unbekannt und die Einfahrt schwierig.«

»Und diese Küste im Lee – sie hat nichts besonders Einladendes, denke ich?«

»Es ist eine Wildnis, die auf der einen Seite bis zur Mündung des Niagara und auf der andern zum Fort Frontenac reicht. Ich habe mir sagen lassen, daß nördlich und westlich tausend Meilen weit nichts als Wälder und Prärien sind.«

»Gott sei Dank! Dann können doch keine Franzosen da sein. Sind auf dem Lande dort vielleicht viele Wilde um den Weg?«

»Man findet in allen Richtungen Indianer, obgleich sie nirgends sehr zahlreich sind. Man kann zufällig auf einen Trupp an irgendeinem Punkte des Ufers stoßen, aber auch monatelang wandern, ohne einen einzigen zu sehen.«

»Nun, was dieses Gesindel anbelangt, so müssen wir es eben nehmen, wie's kommt. Aber um offen mit Euch zu reden, Meister Western, wenn dieser kleine, unangenehme Vorfall mit den

Franzosen nicht dazwischengekommen wäre, was würdet Ihr jetzt mit dem Kutter anfangen?«

»Ich bin ein viel jüngerer Schiffer als Ihr, Meister Cap«, sagte Jasper bescheiden, »und also kaum geeignet, hier eine Meinung zu äußern.«

»Ja, ja – wir wissen das wohl. In einem gewöhnlichen Fall vielleicht nicht. Aber das ist ein ungewöhnlicher Fall, ein Umstand, und dieses Stückchen Frischwasser hat sozusagen seine Eigentümlichkeiten. Ihr mögt also, wenn man es bei Licht betrachtet, wohl geeignet sein, hier Eure Ansichten auszusprechen, und wenn es gegen Euren Vater wäre. In jedem Fall könnt Ihr sprechen, und ich kann Eure Meinung meiner Erfahrung gemäß beurteilen.«

»Ich denke, Herr, daß der Kutter, ehe noch zwei Stunden vorüber sind, vor Anker gebracht werden sollte.«

»Vor Anker? – doch nicht hier außen auf dem See?«

»Nein, Herr, aber dort drinnen, in der Nähe des Landes.«

»Ihr wollt mir doch nicht weismachen, Meister Eau-douce, daß Ihr bei einer solchen Kühlte an einem Legerwall ankern würdet?«

»Wenn ich mein Schiff retten wollte, so würde ich nichts anderes tun.«

»Hu, hu –u! Das ist ein verteufeltes Frischwasser. Hört, junger Mensch, ich bin ein seefahrendes Tier gewesen, als Knabe und Mann, einundvierzig Jahre lang, und nie habe ich von so etwas gehört; auch wollte ich lieber alles Tauwerk über Bord werfen, ehe ich mich eines solchen Schuljungenstreiches schuldig machen würde!«

»Wir handeln so hier auf dem See, wenn wir hart gedrängt werden«, erwiderte Jasper bescheiden. »Vielleicht könnten wir etwas Besseres tun, wenn man es uns gelehrt hätte.«

»Das möchte in der Tat der Fall sein! Nein, niemand wird mich veranlassen, eine solche Sünde gegen meine Erziehung zu begehen. Ich könnte ja nie wieder mein Gesicht innerhalb Sandy Hook zeigen, wenn ich mir einen solchen Schülerstreich hätte zuschulden kommen lassen. Da hat sogar der Pfadfinder mehr Seemannskunst in seinem Leib. Ihr könnt wieder hinuntergehen, Meister Eau-douce.«

Jasper verbeugte sich ruhig und schied. Als er jedoch die Leiter hinunterstieg, warf er, wie die Zuschauer bemerkten, zögernd einen ängstlichen Blick gegen den Horizont windwärts, und gegen das Gestade im Lee, worauf er mit dem Ausdrucke schweren Kummers in jedem Zuge seines Gesichtes verschwand.

Siebzehntes Kapitel

> Er wiederholt die oft verlachten Witze
> Und bietet neuem Einwurf neu die Spitze,
> Indes im Wortkampf stets er tiefer sinkt,
> Und mit dem Streiter auch der Streit ertrinkt.
>
> *Cowper*

Da die Soldatenfrau krank auf ihrem Lager lag, befand sich, als Jasper zurückkehrte, nur Mabel Dunham in der äußern Kajüte; denn der Sergeant hatte ihm die Gunst widerfahren lassen, seinen ihm gebührenden Platz in diesem Teil des Schiffes einnehmen zu dürfen. Wir würden dem Charakter unserer Heldin zu viel Einfalt zuschreiben, wenn wir sagten, sie hätte gegen den jungen Mann infolge seiner Verhaftung kein Mißtrauen gefühlt, zugleich aber auch der Wärme ihres Gefühls unrecht tun, wenn wir nicht beifügten, daß dieses Mißtrauen nur unbedeutend und vorübergehend war. Als er jedoch seinen Sitz neben ihr einnahm und sein ganzes Gesicht die deutlichen Züge seiner Bekümmernis über die Lage des Kutters trug, schwand jede Spur von Verdacht aus ihrer Seele, und sie erblickte in ihm nur den gekränkten Mann.

»Ihr nehmt Euch diese Sache zu sehr zu Herzen, Jasper!« sagte sie hastig mit jener Selbstvergessenheit, mit der die Jüngeren ihres Geschlechts ihre Gefühle zu verraten pflegen, wenn eine lebhafte und edle Teilnahme die Oberhand gewinnt. Niemand, der Euch kennt, kann oder wird an Eure Schuld glauben. Pfadfinder sagt, er stehe mit seinem Leben für Euch.«

»So betrachten Sie mich also nicht als einen Verräter, Mabel, wie dies Ihr Vater zu tun scheint?« erwiderte der Jüngling mit glühenden Blicken.

»Mein lieber Vater ist ein Soldat und muß als ein solcher handeln. Bei meines Vaters Tochter ist das nicht so, und ich will von Euch nicht anders denken, als ich von einem Manne denken muß, der mir bereits so viele Dienste erwiesen hat.«

»Mabel, ich bin nicht gewöhnt, mit Ihresgleichen zu reden oder alles, was ich denke und fühle, auszusprechen. Ich habe nie eine Schwester gehabt, und meine Mutter starb, als ich noch ein

Kind war, so daß ich wenig davon weiß, was Ihr Geschlecht am liebsten hört –«

Mabel hätte die ganze Welt darum geben mögen, wenn sie gewußt hätte, was dem kreißenden Worte, bei welchem Jasper steckenblieb, folgen sollte; aber das wachsame Gefühl weiblicher Schüchternheit, welches sich nicht beschreiben läßt, hieß sie ihre Neugierde unterdrücken. Sie erwartete daher schweigend die weitere Erklärung.

»Ich wollte sagen, Mabel«, fuhr der junge Mann nach einer Weile der peinlichsten Verlegenheit fort, »daß ich nicht an die Weise und die Ansichten von Ihresgleichen gewöhnt bin, und daß Sie sich alles, was ich hinzufügen möchte, denken müssen.«

Es fehlte nun allerdings Mabel nicht an Einbildungskraft: aber es gibt Gedanken und Gefühle, welche das weibliche Geschlecht gern ausgedrückt wissen möchte, ehe es seine eigenen Sympathien dagegen gibt, und sie hatte ein dunkles Vorgefühl, daß Jaspers Gedanken gerade in diese Reihe gehören dürften. Sie zog es deshalb vor, mit der ihrem Geschlechte eigentümlichen Gewandtheit dem Gespräche eine andere Wendung zu geben, statt in dieser lästigen und unbefriedigenden Weise fortzufahren.

»Sagt mir nur *eines,* Jasper, und ich werde zufrieden sein«, sagte sie mit einer Hastigkeit, welche nicht bloß ihre Zuversicht zu sich selbst, sondern auch zu ihrem Gefährten bekundete: »Habt Ihr keinen Anlaß zu dem grausamen Verdacht, der auf Euch lastet, gegeben?«

»Gewiß nicht, Mabel«, antwortete Jasper und blickte ihr dabei mit einer Offenheit und Einfalt in das volle, blaue Auge, daß dadurch auch ein tiefer haftender Argwohn hätte erschüttert werden mögen, »so wahr ich dereinst auf Gnade hoffe.«

»Ich wußte es – ich hätte darauf schwören wollen«, erwiderte das Mädchen mit Wärme. »Und doch ist mein Vater ein wohlmeinender Mann. – Aber laßt Euch diese Sache nicht beunruhigen, Jasper.«

»Ach, es gibt gegenwärtig so ganz andere Dinge, die mich beunruhigen, daß ich an diese kaum denke.«

»Jasper!«

»Ich möchte Sie nicht in Sorge bringen, Mabel, aber wenn nur Ihr Onkel dahin zu bringen wäre, daß er seine Ansichten über die Handhabung des Scud änderte! Freilich ist er viel älter und erfahrender als ich, so daß er vielleicht mit Recht mehr Vertrauen auf sein eigenes Urteil als auf das meinige setzt.«

»Glaubt Ihr, der Kutter sei in Gefahr?« fragte Mabel mit Gedankenschnelle.

»Ich fürchte so; wenigstens würden ihn alle von dem See für höchst gefährdet halten. Vielleicht stehen aber einem alten Seemann von dem Ozean besondere Mittel zu Gebote, um ihn zu retten.«

»Jasper, alle stimmen darin überein, daß Ihr, was Eure Geschicklichkeit in Führung des Scud anbelangt, volles Vertrauen verdient. Ihr kennt den See und den Kutter und müßt daher am besten über unsre gegenwärtige Lage urteilen können.«

»Vielleicht, Mabel, macht mich meine Besorgnis um Sie furchtsamer als gewöhnlich. Aber, um mich frei auszusprechen, ich kenne nur einen Weg zu verhindern, daß der Scud nicht im Laufe der nächsten zwei oder drei Stunden scheitert, und Ihr Onkel weigert sich, diesen einzuschlagen. Doch vielleicht verstehe ich es nicht besser; denn er sagt, der Ontario sei nur Frischwasser.«

»Ihr glaubt doch nicht, daß dieses einen Unterschied mache? Denkt an meinen lieben Vater, Jasper! Denkt an Euch selbst – an alle, deren Leben von einem Worte abhängt, welches Ihr zur rechten Zeit aussprecht.«

»Ich denke an *Sie,* Mabel, und das ist mehr, viel mehr als alles andere zusammengenommen!« erwiderte der junge Mann mit einer Kraft des Ausdrucks und einem Ernst des Blicks, welche unendlich mehr sagten als seine Worte.

Mabels Herz schlug heftig, und ein Strahl zufriedenen Dankes leuchtete aus ihrem errötenden Antlitz. Aber die Beunruhigung war zu lebhaft und zu ernst, als daß sie glücklichern Gedanken hätte Raum geben können. Sie versuchte es nicht, einen dankbaren Blick zu unterdrücken; dann kehrte sie aber schnell wieder zu dem Gefühle zurück, welches nunmehr natürlich die Oberhand gewann.

»Man darf nicht gestatten, daß meines Onkels Starrsinn Anlaß zu diesem Unglück gebe. Geht noch einmal auf das Verdeck und ersucht meinen Vater, in die Kajüte zu kommen.«

Während der junge Mann dieser Bitte entsprach, horchte Mabel mit einer Furcht, die ihr bisher fremd geblieben war, auf das Heulen des Sturmes und das Schlagen der Wellen gegen den

Kutter. Von Konstitution ein wahrer Matrose, wie die Passagiere diejenigen zu nennen pflegen, welchen das Wasser nichts anhaben kann, hatte sie bisher nicht im mindesten an eine Gefahr gedacht und die ganze Zeit seit dem Beginne des Sturmes mit weiblichen Beschäftigungen, wie sie ihre Lage gestattete, zugebracht: da aber nun ihre Besorgnisse ernstlich geweckt waren, so ermangelte sie nicht, sich zu erinnern, daß sie früher nie bei einem solchen Unwetter auf dem Wasser gewesen sei. Die paar Minuten, welche vergingen, bis der Sergeant erschien, deuchten ihr eine Stunde, und als er mit Jasper die Leiter herunterstieg, wagte sie kaum, Atem zu holen. Sie teilte ihrem Vater so schnell, als die Sprache ihren Gedanken folgen konnte, Jaspers Ansicht über ihre gemeinschaftliche Lage mit und beschwor ihn, wenn er sie liebe oder wenn ihm sein eigenes Leben und das seiner Leute teuer sei, gegen ihren Onkel Einrede zu tun und ihn zu veranlassen, daß er die Führung des Kutters wieder in die Hände seines eigentlichen Befehlshabers abgebe.

»Jasper ist treu, Vater«, fügte sie mit Ernst hinzu, »und wenn er auch falsch wäre, so könnte er doch keinen Grund haben, uns unter Gefährdung des Lebens aller, wie auch seines eigenen, in diesem entfernten Teile des Sees scheitern zu lassen. Ich setze mein Leben an seine Redlichkeit.«

»Ja, das ist wohl genug für ein in Furcht gesetztes Weib«, antwortete der phlegmatische Vater, »aber bei einem Manne, der das Kommando für einen Feldzug übernommen hat, möchte es weder klug noch entschuldbar sein. Jasper denkt vielleicht, daß die Möglichkeit, bei einem Näherkommen an das Ufer zu ertrinken, durch die Möglichkeit, beim Landen zu entspringen, voll aufgewogen werde.«

»Sergeant Dunham!«

»Vater!«

Diese Ausrufe erklangen gleichzeitig, äußerten jedoch in ihrem Tone den Ausdruck verschiedener Gefühle. Bei Jasper trug er vorzugsweise das Gepräge der Überraschung, bei Mabel das des Tadels. Der alte Soldat war übrigens zu sehr daran gewöhnt, seine Untergebenen ohne Umstände zu behandeln, als daß er hierauf geachtet hätte, und fuhr nach einer kleinen Weile des Nachdenkens, als ob nichts gesprochen worden wäre, fort:

»Auch ist Bruder Cap wahrscheinlich nicht der Mann, der sich am Bord eines Schiffes Belehrungen gefallen läßt.«

»Aber Vater, wenn unser aller Leben in der größten Gefahr ist?«

»Um so schlimmer! Ein Schiff bei gutem Wetter zu kommandieren, hat nicht viel auf sich, aber wenn es drunter und drüber geht, zeigt sich der gute Offizier in seinem wahren Lichte. Charles Cap wird wahrscheinlich schon deshalb das Steuer nicht abgeben, weil das Schiff in Gefahr ist. Außerdem, Jasper Eau-douce, sagt er, daß Euer Vorschlag gar verdächtig aussehe und mehr nach Verrat als nach Vernunft rieche.«

»Er mag so denken, aber laßt ihn nach dem Lotsen schicken und seine Meinung hören. Man weiß wohl, daß ich diesen Mann seit gestern abend nicht mehr gesehen habe.«

»Das klingt vernünftig, und der Versuch soll gemacht werden. Folgt mir auf das Verdeck, daß alles ehrlich und offen hergehe.«

Jasper gehorchte, und Mabel nahm an der Sache so lebhaften Anteil, daß sie sich bis an die Kajütentreppe wagte, wo ihre Kleidung hinlänglich gegen die Macht des Windes und ihre Person gegen den Schaum der Wogen geschützt war. Ihre Bescheidenheit gestattete ihr nicht, weiterzugehen, und so blieb sie hier, ein verborgener Zeuge dessen, was vorgehen sollte.

Der Lotse erschien bald, und der Blick der Beängstigung, welchen er auf die Umgebung warf, als er sich in der freien Luft befand, war nicht mißzuverstehen. Allerdings hatten auch schon einige Gerüchte über die Lage des Scud ihren Weg in den untern Raum gefunden; aber in dem gegenwärtigen Falle hatten sie, statt die Gefahr zu vergrößern, diese eher vermindert. Es wurde ihm gestattet, sich einige Minuten umzusehen, und ihm dann die Frage vorgelegt, was er unter diesen Verhältnissen für das Klügste halte.

»Ich sehe kein Mittel, den Kutter zu retten, als ihn vor Anker zu bringen«, antwortete er einfach und ohne Zögern.

»Was? Hier außen auf dem See?« fragte Cap, wie er es früher bei Jasper getan hatte.

»Nein, weiter innen, gerade an der äußern Linie der Brandungen.«

Das Ergebnis dieser Besprechung ließ Cap keinen Zweifel, daß es zwischen Jasper und dem Lotsen im geheimen abgekartet worden sei, den Scud zugrunde zu richten, wobei sie wahrscheinlich zu entspringen hofften. Infolgedessen behandelte er die Ansicht des letzteren mit derselben Gleichgültigkeit, welche er gegen die des ersteren an den Tag gelegt hatte.

»Ich sage dir, Bruder Dunham«, erwiderte er auf die Einwendungen des Sergeanten, welcher ihn bat, gegen diese von zweien ausgesprochene übereinstimmende Ansicht nicht taub zu bleiben, »daß kein ehrlicher Seemann eine solche Meinung aussprechen kann. An einem Legerwall in einer solchen Kühlte zu ankern, wäre eine Tollheit, die ich gegen keinen Assekuranten zu verantworten wüßte, solange mir nur noch ein Fetzen Segel auszusetzen bleibt. Der allertollste Unsinn wäre es aber, wenn ich dicht an den Brandungen vor Anker gehen wollte.«

»Ihre Majestät ist der Assekurant des Scud, Bruder, und ich bin für das Leben der meinem Kommando anvertrauten Leute verantwortlich. Diese Männer kennen den Ontariosee besser als wir, und ich glaube, daß man ihrer übereinstimmenden Aussage einigen Glauben schenken sollte.«

»Onkel!« rief Mabel mit Ernst, aber eine Bewegung von Jasper veranlaßte das Mädchen, ihre Gefühle zurückzuhalten.

»Wir treiben so schnell gegen die Brandungen ab«, sagte der junge Mann, »daß über diesen Gegenstand wenig mehr gesagt zu werden braucht. Eine halbe Stunde wird die Sache auf eine oder die andere Weise ins reine bringen. Aber ich gebe Meister Cap zu bedenken, daß selbst der festeste Fuß keinen Augenblick auf dem Verdecke dieses niedrigen Fahrzeuges sich wird aufrechterhalten können, wenn wir einmal in die Brandung eingetreten sind! Ich zweifle in der Tat keinen Augenblick, daß das Schiff sich füllen und sinken wird, ehe wir noch über die zweite Linie der Rollwogen wegkommen.«

»Und wie könnte uns da das Ankern helfen?« fragte Cap wütend, als ob ihm Jasper ebenso verantwortlich für die Wirkungen des Sturmes wie für die gerade ausgesprochene Ansicht sei.

»Es würde wenigstens nicht schaden«, erwiderte Eau-douce mit Sanftmut. »Wenn wir den Schnabel des Kutters seewärts bringen, so werden wir die Abtrift vermindern, und sollten wir auch durch die Brandungen geschleppt werden, so wird es doch mit der möglichst geringen Gefahr geschehen. Ich hoffe, Meister Cap, Ihr werdet mir und dem Lotsen gestatten, wenigstens die Vorbereitungen zum Ankerwerfen zu treffen, da eine solche Vorsorge uns zugute kommen und in keinem Fall schaden kann.«

»Überholt Eure Taue, wenn Ihr wollt, und macht die Anker klar – von ganzem Herzen. Wir sind nun einmal in einer Lage, daß an solchen Dingen nicht mehr viel liegt. Sergeant, auf ein Wort dahinten, wenn's gefällig ist.«

Cap führte seinen Schwager außer Hörweite und öffnete ihm nun sein Herz über ihre wahre Lage mit mehr menschlichem Gefühl in seiner Stimme und seinen Gebärden, als sich von ihm erwarten ließ.

»Das ist eine traurige Geschichte für die arme Mabel«, sagte er mit leichtem Beben und erweiterten Nüstern. »Du und ich, wir sind ein paar alte Gesellen und an die Nähe des Todes gewöhnt, wenn auch nicht an den Tod selbst. Unser Gewerbe hat uns für solche Szenen abgehärtet, aber die arme Mabel! – Sie ist ein liebes und gutherziges Mädchen, und ich habe gehofft, sie anständig versorgt und als Mutter lieber Kinder zu sehen, ehe mein Stündlein kommt. Doch, es muß so auch recht sein! Wir müssen das Schlimme wie das Gute auf unsern Reisen hinnehmen, und der einzige ernstliche Kummer, den sich ein alter Seefahrer mit Recht über ein solches Ereignis machen kann, ist, daß es auf diesem verdammten Fetzen Frischwasser stattfinden soll.«

Sergeant Dunham war ein wackerer Mann und hatte seinen Mut unter Umständen erprobt, die noch weit hoffnungsloser schienen als die gegenwärtigen. Aber bei solchen Gelegenheiten hatte er doch die Macht gehabt, seinen Feinden Widerstand zu leisten, während er hier von einem Gegner gedrängt wurde, zu dessen Bekämpfung ihm die Mittel fehlten. Er war weniger für sich als für seine Tochter bekümmert; denn er fühlte etwas von dem Selbstvertrauen, welches einen Mann, der in der Blüte der Kraft und Gesundheit steht und an persönliche Anstrengungen in Augenblicken der Gefahr gewöhnt ist, selten verläßt. Für Mabel sah er aber kein Mittel des Entkommens, und mit der Zärtlichkeit eines Vaters entschloß er sich, wenn ihr Untergang unvermeidlich sein sollte, zugleich mit ihr zu sterben.

»Glaubst du, daß es so kommen müsse?« fragte er Cap mit Festigkeit, aber mit tiefem Gefühle.

»Zwanzig Minuten werden uns in die Brandungen führen, und betrachte selbst, Sergeant, welche Wahrscheinlichkeit auch der kräftigste Mann unter uns haben kann, aus dem Kessel dort im Lee zu entrinnen.«

Der Anblick war in der Tat wenig geeignet, die Hoffnung zu ermutigen. Mittlerweile war der Scud auf eine Meile in die Nähe des Ufers gekommen, auf welches der Sturm im rechten Winkel mit einer Heftigkeit blies, daß an das Aufsetzen eines weitern Segels, um vom Legerwall abzuarbeiten, nicht zu denken war. Der beigesetzte kleine Streifen des großen Segels, welches jedoch nur dazu diente, das Vorderteil des Scud dem Winde so nahe zu halten, daß die Wellen nicht über ihm zusammenbrachen, zitterte unter den Stößen des Sturmes, unter denen die starken Taue, welche die komplizierte Maschine zusammenhielten, jeden Augenblick zu zerreißen drohten. Der Regen hatte nachgelassen, aber die Luft war hundert Fuß über der Oberfläche des Sees mit blendendem Gischt erfüllt, der einem funkelnden Wasserstaube nicht unähnlich war, indes über dem Ganzen die Sonne glorreich an dem wolkenlosen Himmel strahlte. Jasper bemerkte dieses Vorzeichen und erklärte, daß es ein schleuniges Ende des Sturmes bedeute, obgleich die nächsten paar Stunden über ihr Schicksal entscheiden müßten. Zwischen dem Kutter und dem Ufer war der Anblick noch wilder und niederschlagender.

Die Brandungen erstreckten sich fast auf eine halbe Meile in den See herein, indes das Wasser innerhalb ihrer Linie wie weißer Schaum erschien und die Luft über denselben so hoch mit Dunst und Gischt erfüllt war, daß man das jenseitige Land nur unbestimmt und wie einen Nebel erblicken konnte. Stets blieben aber sein steiles Ansteigen – eine ungewöhnliche Erscheinung an den Ufern des Ontario – und der grüne Mantel des endlosen Waldes, womit es bedeckt war, zu erkennen.

Während der Sergeant und Cap stillschweigend auf dieses Schauspiel blickten, war Jasper mit seinen Leuten am Backbord beschäftigt. Der junge Mann hatte kaum die Erlaubnis erhalten, sein früheres Geschäft wiederaufzunehmen, so ließ er, da er einige Soldaten zur Handreichung aufgerufen hatte, seine fünf oder sechs Gehilfen antreten und begann, mit allem Ernste eine Vorrichtung auszuführen, welche nur zu lange schon verzögert worden war. Auf diesem schmalen Wasserbecken werden weder die Anker innenbords verstaut, noch die für den Dienst bestimmten Kabel von den Ankerringen losgemacht, was Jasper einen großen Teil der Mühe, welche auf dem Meere nötig gewesen wäre, ersparte. Der tägliche Anker und der Teuanker waren bald in dem Zustande, losgelassen zu werden, und der auf dem Deck befindliche Teil der Ankertaue übergeholt, worauf dann innegehalten und nach weiterer Weisung umgesehen wurde. Bis jetzt hatte sich noch nichts zum Besseren gekehrt; aber der Kutter trieb langsam weiter, und man gewann mit jedem Augenblick mehr die Gewißheit, daß man ihn nicht um einen Zoll weiter windwärts bringen könne.

Nach einem langen und ernsten Blick über den See gab Jasper neue Befehle, in einer Weise, welche bewies, wie drängend ihm der Augenblick vorkommen mochte. Zwei Wurfanker wurden auf das Verdeck gebracht und die dicken Trossen daran befestigt; dann wurden die innern Enden der Trossen wieder um die Kronen der Anker geschlungen und alles bereitgehalten, um sie in dem geeigneten Augenblick über Bord zu werfen. Als Jasper mit diesen Vorbereitungen zu Ende war, beruhigte sich seine geschäftige Aufregung, obgleich in seinem Blicke noch die Sorge lagerte. Er verließ das Vorderdeck, wo die Wellen bei jeder Schwankung des Schiffes an Bord schlugen und wo das eben erwähnte Geschäft unter häufigen Wassergüssen, welche die Arbeiter ganz überschütteten, vollführt worden war, und ging an einen trockenen Platz weiter hinten auf dem Verdeck. Hier traf er den Pfadfinder, welcher bei Mabel und dem Quartiermeister stand. Die meisten der an Bord befindlichen Personen, mit Ausnahme des bereits genannten, waren in dem untern Raume und suchten teilweise Linderung ihrer körperlichen Leiden auf ihren Betten, während andere allmählich mit ihrem Gewissen ins reine zu kommen suchten. Es war wahrscheinlich das erstemal, seit dieser Kiel in das klare Wasser des Ontario getaucht war, daß der Ton eines Gebetes an Bord des Scud gehört wurde.

»Jasper«, begann der freundlich gesinnte Wegweiser, »ich bin diesen Morgen zu nichts nütze gewesen; denn meine Gaben sind auf einem solchen Schiffe, wie Ihr wißt, von geringem Belang. Wenn es aber Gott gefallen sollte, des Sergeanten Tochter lebend das Ufer erreichen zu lassen, so dürfte meine Bekanntschaft mit den Wäldern sie wohl glücklich wieder in die Garnison zurückbringen.«

»Es ist eine schreckliche Entfernung bis dahin, Pfadfinder!«

entgegnete Mabel; denn die Gesellschaft stand so nahe beieinander, daß alles, was irgendeiner sprach, auch von den andern gehört werden konnte. »Ich fürchte, daß niemand von uns das Fort lebend erreichen wird.«

»Es würde einen gefährlichen Marsch mit vielen Krümmungen geben, Mabel, obgleich einige Ihres Geschlechts noch viel mehr in dieser Wildnis durchgemacht haben. Aber Jasper, Ihr oder ich oder wir beide müssen diesen Rindenkahn bemannen. Mabels Rettung ist nur dadurch möglich, daß wir sie auf diese Weise durch die Brandungen bringen.«

»Ich wollte gern alles tun, um Mabel zu retten«, erwiderte Jasper mit einem trüben Lächeln, »aber keine menschliche Hand, Pfadfinder, vermag den Kahn in einer solchen Kühlte durch jene Brandungen zu führen. Ich verspreche mir übrigens noch etwas vom Ankerwerfen; denn wir haben früher einmal den Scud in einer fast ebenso großen Gefahr auf diese Weise gerettet.«

»Wenn wir ankern müssen«, fragte der Sergeant, »warum geschieht dies nicht gleich jetzt? Jeder Fußbreit, welchen wir an der Abtrift verlieren, würde wahrscheinlich unsrem Fahrzeug vor dem Anker einen Spielraum geben, wenn er jetzt ausgeworfen würde.«

Jasper näherte sich dem Sergeanten, ergriff mit Ernst seine Hand und drückte sie auf eine Weise, welche ein tiefes, fast unwiderstehliches Gefühl verriet.

»Sergeant Dunham«, sagte er feierlich – »Ihr seid ein guter Mann, obgleich Ihr mich in dieser Angelegenheit sehr hart behandelt habt. Ihr liebt Eure Tochter?«

»Ihr könnt das nicht bezweifeln, Eau-douce«, antwortete der Sergeant mit tonloser Stimme.

»Wollt Ihr ihr – wollt Ihr uns allen das einzig wahrscheinliche Mittel, welches zur Rettung des Lebens noch übrig ist, zugestehen?«

»Was wollt Ihr von mir, Junge? Was soll ich tun? Ich habe bisher immer nach meiner Einsicht gehandelt, – was verlangt Ihr aber jetzt von mir?«

»Unterstützt mich fünf Minuten gegen Meister Cap, und es wird alles geschehen sein, was ein Mensch tun kann, um den Scud zu retten.«

Der Sergeant zögerte; denn er war zu sehr an die Disziplin

gewöhnt, um regelmäßigen Befehlen entgegenzuhandeln. Auch mißfiel ihm jeder Schein von Wankelmut, und zudem hatte er eine große Achtung vor der Seemannskunst seines Verwandten. Während er so überlegte, kam Cap von seinem Platze, den er seit einiger Zeit an der Seite des Steuermanns eingenommen hatte, und näherte sich der Gesellschaft.

»Meister Eau-douce«, sagte er, als er nahe genug war, um verstanden zu werden »ich komme, Euch zu fragen, ob Euch nicht in der Nähe ein Ort bekannt ist, wo man den Kutter ans Ufer bringen könnte. Der Zeitpunkt ist gekommen, welcher zu diesem schweren Entschluß drängt.«

Dieser Augenblick der Unentschlossenheit von seiten Caps sicherte Jaspers Sieg. Er sah den Sergeanten an, und ein Kopfnicken versicherte den jungen Mann, daß ihm in allem willfahrt sei. Er zögerte daher nicht, die Minuten, welche so kostbar zu werden anfingen, zu benutzen.

»Soll ich das Steuer nehmen«, fragte er Cap, »und sehen, ob wir einen Schlupfhafen, der dort im Lee liegt, erreichen können?«

»Macht es so, macht es so«, sagte der andere mit einigem Räuspern; denn er fühlte das Gewicht der Verantwortlichkeit um so schwerer auf seiner Schulter lasten, da er sich seine Unwissenheit eingestehen mußte. »Macht es so, Eau-douce; denn, um von der Leber weg zu reden, ich sehe nicht ein, was man Besseres tun könnte. Wir müssen entweder ans Land kommen oder versinken.«

Jasper verlangte nichts weiter. Er eilte nach hinten und hatte bald die Speichen des Steuerrades in seinen Händen. Der Lotse war auf das Folgende vorbereitet, und auf einen Wink seines jungen Gebieters wurde der Fetzen Segel, welcher noch ausgesetzt war, gestrichen. In diesem Augenblick hob Jasper, der seine Zeit wahrnahm, das Steuer. Der obere Teil eines Stagsegels wurde nach vorn gelöst, und der leichte Kutter fiel ab, als ob er es fühlte, daß er wieder unter der Leitung bekannter Hände sei, und lag bald in dem hohlen Raume zweier Wellen. Dieser gefährliche Augenblick ging glücklich vorüber, und im nächsten Moment flog das Fahrzeug mit einer Geschwindigkeit auf die Brandungen zu, daß man seine plötzliche Vernichtung besorgen mußte. Die Entfernungen waren nun so kurz geworden, daß fünf oder sechs Minuten für alle Wünsche Jaspers genügten, und als die Buge des Scud gegen den Wind aufkamen, was ungeachtet des tobenden Wassers mit der Anmut einer Ente geschah, welche ihre Richtung auf einem spiegelglatten Teiche verändert – ließ Jasper das Steuer wieder nieder. Ein Zeichen von ihm setzte alles auf dem Backbord in Bewegung, und an jedem Bug wurde ein Wurfanker ausgeworfen. Die furchtbare Natur der Abtrift war nun sogar Mabels Augen anschaulich; denn die zwei dicken Trosse liefen aus wie Bugsiertaue. Sobald man an ihnen eine leichte Spannung gewahr wurde, ließ man beide Anker gehen und gab jedem ein Kabel fast bis zu den Betingschlagenden. Es war kein schwieriges Geschäft, den Gang eines so leichten Fahrzeugs mit einem ungewöhnlich guten Ankertauwerk zu hemmen; in weniger als zehn Minuten von dem Augenblick an, wo Jasper das Steuer ergriffen hatte, lag der Scud mit dem Schnabel seewärts an zwei vorwärts gestreckten Kabeln wie zwischen zwei Eisenbalken vor Anker.

»Das ist nicht wohlgetan, Meister Jasper«, rief Cap mit Ärger, sobald er den Streich, welchen man ihm gespielt hatte, bemerkte. »Das ist nicht wohlgetan, Herr. Ich befehle Euch, zu kappen und den Kutter ohne den geringsten Verzug ans Ufer zu führen.«

Es schien jedoch niemand geneigt, diesem Befehl Folge zu leisten; denn die Rudermannschaft wollte, solange Jasper nicht geneigt war, das Kommando abzugeben, nur ihm gehorchen. Da nun Cap, welcher das Fahrzeug in der allergrößten Gefahr glaubte, sah, daß die Mannschaft untätig blieb, so wendete er sich stolz gegen Jasper und erneuerte seine Gegenrede.

»Ihr seid nicht auf den angeblichen Schlupfhafen zugesteuert«, fuhr er fort, nachdem er einige Schmähworte, deren Ausführung wir für unnötig halten, ausgestoßen hatte, »sondern auf diesen Vorsprung, wo jede Seele an Bord hätte ersaufen müssen, wenn wir da das Land erreicht hätten.«

»Und Ihr wollt, daß man kappen solle, damit jede Seele an derselben Stelle ans Ufer geworfen werde?« erwiderte Jasper etwas sarkastisch.

»Werft am Schnabel ein Lot über Bord und ermittelt die Abtrift«, brüllte Cap den vorstehenden Matrosen zu.

Ein Zeichen Jaspers unterstützte diesen Befehl, worauf ihm augenblicklich Folge geleistet wurde. Alle auf dem Verdeck versammelten sich um die Stelle und achteten mit fast atemloser Teilnahme auf das Ergebnis dieses Versuchs. Das Blei war kaum auf dem Grunde, als sich die Leine nach vorn dehnte, und in ungefähr zwei Minuten sah man, daß der Kutter um seine Länge tot gegen den Vorsprung hin abgetriftet hatte. Jasper sah ernst aus; denn er wußte wohl, daß nichts das Schiff anhalten konnte, wenn es in den Strudel der Brandungen gelangt war, deren erste Linie ungefähr eine Kabellänge gerade unter seinem Stern erschien und verschwand.

»Verräter!« schrie Cap und schüttelte die Faust gegen den jungen Befehlshaber, wobei der ganze übrige Körper vor Wut zitterte. »Ihr sollt mir mit Eurem Leben dafür einstehen!« fügte er nach einer kurzen Pause hinzu. »Wenn ich an der Spitze dieses Zuges stände, Sergeant, so ließe ich ihn an das Ende des großen Mastes hängen, damit der Milchbart nicht entwischte.«

»Mäßige deine Hitze, Bruder, ich bitte dich, sei ein wenig gelassener! Jasper scheint in der besten Absicht gehandelt zu haben, und die Sachen stehen vielleicht nicht so schlimm, wie du glaubst.«

»Warum steuerte er nicht auf die Bucht zu, von der er gesprochen hat? Warum hat er uns hierhergebracht, tot windwärts von diesem Vorsprung, und auf einen Fleck, wo die Brandungen nur die Hälfte der gewöhnlichen Weite haben, als ob er sich nicht genug beeilen könne, um alles an Bord zu ersäufen?«

»Ich lief, gerade weil an dieser Stelle die Brandungen so schmal sind, gegen das Vorgebirge«, anwortete Jasper sanft, obgleich ihm bei diesen Worten seines Gegners die Kehle schwoll.

»Wollt Ihr einem alten Seemann, wie ich bin, weismachen, daß der Kutter sich in diesen Brandungen halten könne?«

»Nicht doch, Herr. Ich glaube, er würde sich füllen und sinken, wenn er in ihre erste Linie gelangte. Sicherlich würde er das Ufer nicht auf seinem Kiele erreichen, wenn er einmal drinnen wäre. Ich hoffe übrigens, ihn gegen alles das klar zu halten.«

»Mit der Abtrift einer Schiffslänge in der Minute?«

»Die Anker haben noch nicht in den Grund gebissen. Auch hoffe ich nicht einmal, daß sie das Fahrzeug ganz anhalten können.«

»Auf was verlaßt Ihr Euch denn? Soll vielleicht Glaube,

Hoffnung und Liebe das Fahrzeug vorn und hinten ankerfest machen?«

»Nein, Herr, ich verlasse mich auf den Unterschlepper. Ich hielt deshalb auf das Vorgebirge ab, weil ich weiß, daß er an dieser Stelle stärker ist als an andern Orten, und weil wir dadurch näher an das Land kommen, ohne in die Brandungen einzutreten.«

Jasper sprach diese Worte mit Kraft, ohne jedoch irgendeine Empfindlichkeit blicken zu lassen. Auch machten sie einen augenscheinlichen Eindruck auf Cap, bei welchem das Gefühl der Überraschung sichtlich die Oberhand gewann.

»Unterschlepper?« wiederholte er, »wer, Teufel, hat je gehört, daß ein Fahrzeug durch einen Unterschlepper vom Stranden abgehalten wurde?«

»Vielleicht kommt so etwas auf dem Meere nie vor, Herr«, antwortete Jasper bescheiden, »aber wir wissen, daß es hier schon hin und wieder der Fall war.«

»Der Junge hat recht, Bruder«, warf der Sergeant ein, »denn obgleich ich es nicht besonders verstehe, so habe ich doch die Schiffer auf diesem See oft von einem solchen Dinge reden hören. Wir werden wohl tun, Jasper in dieser Klemme zu vertrauen.«

Cap brummte und fluchte, mußte sich aber doch zuletzt, wohl oder übel, zufriedengeben. Jasper gab nun auf die Frage, was er unter dem Unterschlepper verstehe, die gewünschte Erklärung. Das Wasser, welches durch den Sturm an das Ufer getrieben wurde, mußte notwendig zur Herstellung seines Gleichgewichts auf geheimen Wegen wieder in den See zurückfließen. Dieses konnte auf der Oberfläche wegen des Sturms und der Wellen, welche es beständig landwärts drängten, nicht stattfinden, woraus denn notwendig eine Art Ebbe in der Tiefe gebildet wurde, mittelst der das Wasser wieder in sein früheres Bett abfloß. Diese Tiefenströmung hatte den Namen *Unterschlepper* erhalten; da sie notwendig auf den Kiel eines Fahrzeugs, das so tief wie der Scud im Wasser ging, wirken mußte, so konnte Jasper wohl hoffen, daß diese Beihilfe das Zerreißen der Ankertaue verhindern werde. Mit einem Wort, die obere und die untere Strömung sollten wechselweise einander entgegenarbeiten.

So einfach und sinnreich übrigens diese Theorie war, so blieb doch noch wenig Anschein vorhanden, aus ihr praktischen Nutzen ziehen zu können. Die Abtrift ging weiter, obgleich sie sich sichtlich verminderte, da die Ketschen und Trossen, mit welchen die Anker verkattet waren, sich ausspannten. Endlich gab der Mann am Blei den erfreulichen Bericht, daß die Anker nicht mehr weitertrieben und das Fahrzeug festliege. In diesem Augenblick war die erste Linie der Brandungen noch ungefähr hundert Fuß von dem Sterne des Scud entfernt und schien sogar noch näher zu kommen, wenn der Schaum verschwand und auf den tobenden Wogen zurückkehrte. Jasper eilte vorwärts, warf einen Blick über die Buge und lächelte triumphierend, als er auf die Kabel zeigte. Statt wie früher die Starrheit von Eisenstangen zu zeigen, beugten sie sich nun abwärts, und ein Seemann konnte deutlich bemerken, daß der Kutter sich mit einer Leichtigkeit auf den Wellen hob und senkte, wie dies auf einem Kanal zur Zeit der Ebbe und Flut der Fall ist, wenn die Macht des Windes durch den Gegendruck des Wassers gemildert wird.

»'s ist der Unterschlepper!« rief Jasper voll Wonne, wobei er das Verdeck entlang gegen das Steuer flog, um es zu stellen und den Kutter noch leichter vor Anker zu legen. »Die Vorsehung hat uns gerade in seine Strömung gebracht, und wir haben keine weitere Gefahr zu befürchten.«

»Ja, ja, die Vorsehung ist ein guter Seemann«, grollte Cap, »und hilft oft dem Unwissenden aus der Not. Unterschlepper oder Oberschlepper – der Wind hat nachgelassen, und zu gutem Glück für uns alle hat das Schiff zugleich einen ordentlichen

Haltegrund gefunden. Ah, dieses verdammte Frischwasser hat eine ganz unnatürliche Art an sich.«

Der Mensch ist selten geneigt, mit dem Glücke zu hadern, während er gewöhnlich durch das Unglück vorlaut und zänkisch wird. Die meisten am Bord glaubten, daß Jaspers Kenntnisse und Geschicklichkeit den Schiffbruch verhindert hätten, ohne Caps Gegenreden zu berücksichtigen, dessen Bemerkungen jetzt nur noch wenig beachtet wurden. Allerdings verging noch eine halbe Stunde der Ungewißheit und des Zweifels, während welcher das Blei die ängstliche Aufmerksamkeit in Anspruch nahm. Dann aber bemächtigte sich ein Gefühl der Sicherheit aller Gemüter, und die Ermatteten gaben sich der Ruhe hin, ohne von dem drohenden Tode zu träumen.

Achtzehntes Kapitel

Sie muß geformt aus Seufzern sein und Tränen;
Sie muß bestehn aus Treue und Gehorsam;
Sie muß geschaffen sein aus Phantasien,
Aus Leidenschaften nur und aus Begier,
Aus Sehnen nur, aus Pflicht und aus Ergebung,
Aus Demut und Geduld und Ungeduld,
Aus Reinheit nur, aus Prüfung und Verehrung.

Shakespeare

Gegen Mittag brach sich der Sturm. Seine Wut legte sich ebensoschnell, als sie hervorgebrochen war. In weniger als zwei Stunden nach dem Abfallen des Windes war der glänzende Schaum auf der Oberfläche des Sees verstoben, obgleich dieser noch immer sehr bewegt war; in der doppelten Zeit zeigte die ganze Wassermasse das gewöhnliche unruhige Wogen, auf welches der Sturm keinen Einfluß mehr übt. Die Wellen schlugen nun ohne Unterlaß gegen das Ufer, und die Linie der Brandungen blieb, obgleich das Auffliegen des Gischtes nachgelassen hatte. Das Wogen der Fluten war gemäßigter, und was noch von heftiger Erregung zurückblieb, konnte als die Nachwirkung des gewichenen Sturmes betrachtet werden.

Da es nicht möglich war, bei dem leichten Gegenwinde, welcher aus Osten wehte, gegen die noch aufgeregten Wellen zu steuern, so wurde der Gedanke, sich noch an diesem Nachmittag auf den Weg zu machen, aufgegeben. Jasper, der nun ungehindert sein Kommando wiederaufgenommen hatte, beschäftigte sich mit den Ankern, welche nacheinander gelichtet wurden. Die Ketschen, mit welchen sie verkattet waren, wurden aufgezogen und alles in segelfertigen Stand gesetzt, um, sobald es das Wetter gestattete, abfahren zu können. Inzwischen ergingen sich diejenigen, welche bei der Arbeit nicht beteiligt waren, in Belustigungen, wie ihre eigentümliche Lage sie gerade gestattete.

Mabel ließ, wie es bei Leuten zu gehen pflegt, welche nicht an die Grenzen eines Schiffes gewöhnt sind, sehnsüchtige

Blicke nach dem Ufer hinübergleiten und gab gar bald den Wunsch zu erkennen, daß man, womöglich, landen möchte. Der Pfadfinder, welcher ihr nahe stand, versicherte, daß nichts leichter sei, als ihrem Anliegen zu entsprechen, da sie einen Rindenkahn auf dem Deck hätten, mittelst dessen sich die Durchfahrt durch die Brandung am besten bewerkstelligen lasse. Nach den gewöhnlichen Zweifeln und Bedenklichkeiten wurde der Sergeant aufgerufen, nach dessen Zustimmung sogleich die geeigneten Anstalten getroffen wurden, der Laune des Mädchens zu willfahren.

Die Gesellschaft, welche zu landen wünschte, bestand aus Sergeant Dunham, seiner Tochter und dem Pfadfinder. An die Bewegungen eines Kahns gewöhnt, nahm Mabel ihren Sitz mit großer Festigkeit in der Mitte, ihr Vater setzte sich in den Bug, und der Wegweiser übernahm das Geschäft des Fährmanns, indem er das Ruder im Stern ergriff. Man bedurfte jedoch desselben nur wenig, denn die Rollwogen warfen den Kahn oft mit einer Heftigkeit vorwärts, welche jede Anstrengung, die Bewegungen desselben zu leiten, fruchtlos machte. Bis sie das Ufer erreichten, bereute Mabel mehr als einmal ihre Verwegenheit; aber Pfadfinder ermutigte sie und zeigte in der Tat so viel Selbstbeherrschung, Gelassenheit und persönliche Kraft, daß selbst ein Weib Anstand nehmen mußte, ihre Besorgnis einzugestehen. Unsere Heldin war nicht feigherzig, und während ihr die Fahrt durch eine Brandung als etwas ganz Neues vorkommen mochte, fühlte sie zugleich auch einen großen Teil der damit verbundenen wilden Lust. Bisweilen wollte ihr freilich der Mut entsinken, wenn diese Schaumblase von einem Boot auf dem obersten Kamme der schäumenden Brandung das Wasser nur wie eine streichende Schwalbe zu berühren schien; dann aber lachte sie wieder errötend, wenn man das Element durchschnitten hatte und die Woge hinten zu weilen schien, als ob sie sich schäme, in diesem ungestümen Wettlauf besiegt worden zu sein. Diese Aufregung dauerte jedoch nur kurze Zeit; denn obgleich der Abstand zwischen dem Kutter und dem Lande beträchtlich mehr als eine Viertelmeile betrug, so wurde er doch in einigen Minuten zurückgelegt.

Als sie ans Land gestiegen waren, küßte der Sergeant seine Tochter zärtlich (denn er war so sehr Soldat, daß er sich in jeder Hinsicht auf der Terra firma heimischer fühlte als auf dem Wasser), ergriff dann sein Gewehr und gab seine Absicht zu erkennen, sich eine Stunde auf der Jagd zu ergehen.

»Pfadfinder wird bei dir bleiben, Mädchen, und dir vielleicht einiges von den Überlieferungen dieses Weltteils oder von seinen Erfahrungen unter den Mingos erzählen.«

Pfadfinder lachte, versprach, für das Mädchen Sorge zu tragen, und in wenigen Minuten hatte der Vater eine Anhöhe erstiegen, wo er in dem Walde verschwand. Die Zurückgebliebenen schlugen eine andere Richtung ein und erreichten gleichfalls nach wenigen Minuten eine kleine, kahle Spitze des Vorgebirges, wo sich dem Auge ein weites und ganz eigentümliches Rundgemälde darbot. Mabel setzte sich auf die Trümmer eines umgestürzten Felsens, um auszuruhen und wieder zu Atem zu kommen, während ihr Gefährte, auf dessen Sehnen keinerlei körperliche Anstrengung einen Einfluß zu üben schien, ihr zur Seite stand und sich in seiner eigentümlichen, nicht anmutlosen Weise auf seine lange Büchse lehnte. So vergingen einige Minuten in Stillschweigen, während welcher insbesondere Mabel in Bewunderung des Anblicks verloren war.

Der Ort, auf dem sie sich befanden, lag hoch genug, um den weiten Bereich des Sees zu beherrschen, der sich endlos gegen Nordost erstreckte, unter den Strahlen der Nachmittagssonne erglänzte und noch die Spuren der Bewegung trug, in welche der letzte Sturm ihn versetzt hatte. Das Land säumte seine Ränder mit einem ungeheuren Halbmond und verschwand gegen Südost und Norden in der Ferne. Soweit das Auge reichte, erblickte es nichts als Wälder, und auch nicht *eine* Spur von Zivilisation unterbrach die gleichförmige und hehre Größe der Natur. Der Sturm hatte den Scud über die Linie der Forts hinausgetrieben, mit denen die Franzosen damals die englischen Besitzungen in Nordamerika zu umgürten bemüht waren: denn ihre Posten lagen, da sie den Verbindungskanälen der Großen Seen folgten, an den Ufern des Niagara, indes unsere Abenteurer sich um viele Stunden westlich von dieser berühmten Wasserstraße befanden. Der Kutter lag vor einem einzelnen Anker, außerhalb der Brandungen, und glich einem artigen, sorgfältig gearbeiteten Spielzeuge, welches eher für einen Glasschrank als für den Kampf der Elemente, dem er eben erst ausgesetzt gewesen, bestimmt schien, während der Kahn auf dem schmalen Strande gerade außer dem Bereich der Wellen, die an dem

Lande anschlugen, ruhte und sich wie ein dunkler Punkt auf den Ufersteinchen ausnahm.

»Wir sind hier so fern von menschlichen Wohnungen!« rief Mabel, als sich nach einem langen und sinnenden Blick auf diese Szene die Haupteigentümlichkeiten derselben ihrer geschäftigen und glühenden Phantasie bemächtigt hatten. »Das heißt in der Tat an der Grenze sein!«

»Gibt es wohl ansprechendere Szenen als diese in der Nähe des Meeres und in der Umgebung großer Städte?« fragte Pfadfinder mit soviel Wärme, als er nur auszudrücken vermochte.

»Ich will das nicht sagen. Man erinnert sich dort mehr an seine Nebenmenschen als hier, aber vielleicht auch weniger an Gott.«

»Ja, Mabel, das sind genau meine Gefühle. Ich weiß zwar wohl, daß ich nur ein armer unwissender Jäger bin. Aber Gott ist mir in dieser meiner Heimat so nahe wie dem König in seinem Palast.«

»Wer kann daran zweifeln?« erwiderte Mabel, indem sie ihren Blick von der Aussicht weg auf die harten, aber ehrlichen Züge ihres Gefährten richtete, da der kräftige Ausdruck seiner Worte sie überrascht hatte. »Man fühlt, glaube ich, die Nähe Gottes mehr an einer solchen Stelle, als wenn der Geist durch das Gewühl der Städte zerstreut wird.«

»Sie sagen das alles, was ich sagen könnte, Mabel, aber in einer so viel einfacheren Sprache, daß ich erröten muß, wenn ich das, was ich bei solchen Anlässen fühle, andern mitteilen möchte. Ich habe vor dem Kriege die Küsten dieses Sees durchstreift, um Felle zu erbeuten, und bin schon einmal hier gewesen – nicht gerade auf dieser Stelle; denn wir landeten dort, wo Sie die dürre Eiche über der Gruppe von Schierlingstannen sehen –«

»Wie, Pfadfinder? Ihr könnt Euch aller dieser Einzelheiten so genau erinnern?«

»Sie sind unsere Straßen und Häuser, unsere Kirchen und Paläste. Ob ich mich ihrer erinnere? – in der Tat! Ich machte einmal dem Big Serpent den Vorschlag, mit ihm nach sechs Monaten mittags um zwölf Uhr an dem Fuße einer gewissen Fichte zusammenzutreffen, obschon damals jeder an dreihundert Meilen von der Stelle entfernt war. Der Baum stand und steht noch, wenn nicht das Gericht der Vorsehung auch ihn getroffen hat, in der Mitte des Waldes, fünfzig Meilen von der nächsten Ansiedlung, aber in einer Gegend, wo es ungewöhnlich viele Biber gibt.«

»Und traft Ihr ihn zur Stunde an Ort und Stelle?«

»Geht die Sonne auf und nieder? Als ich bei dem Baum anlangte, fand ich den Serpent, wie er mit zerrissenen Beinkleidern und schmutzigen Mokassins an dem Stamme lehnte. Der Delaware war in einen Sumpf gekommen und hatte nicht wenig Not gehabt, seinen Weg wieder herauszufinden; aber er hielt Ort und Zeit so genau ein wie die Sonne, welche über die östlichen Berge am Morgen heraufkommt und abends hinter den westlichen untergeht. Chingachgook kennt keine Furcht, mag sich's um einen Freund oder einen Feind handeln; er hält jedem Wort.«

»Und wo ist der Delaware jetzt?«

»Er spürt die Mingofährte aus, was ich eigentlich auch tun sollte und aus einer großen menschlichen Schwäche unterlassen habe.«

»Ihr scheint über alle menschlichen Schwächen weit erhaben zu sein, Pfadfinder. Ich habe noch nie einen Mann getroffen, der den Schwachheiten der Natur so wenig unterworfen zu sein schien.«

»Wenn Sie damit Gesundheit und Kraft meinen, Mabel, so hat mich die Vorsehung allerdings gütig behandelt, obgleich ich denke, daß frische Luft, das Jagdleben, rührige Kundschaftsmärsche, Wälderkost und der Schlaf eines guten Gewissens den Doktor immer fernhalten können. Im Grunde bin ich aber doch ein Mensch; ja, und ich fühle, daß ich es bisweilen recht sehr bin.«

Mabel blickte ihn überrascht an, und wir würden nur den Charakter ihres Geschlechtes etwas näher bezeichnen, wenn wir hinzufügten, daß ihr schönes Antlitz dabei einen ziemlichen Anteil Neugierde ausdrückte, obgleich ihre Zunge rücksichtsvoller war.

»Es liegt etwas Bezauberndes in diesem Eurem wilden Leben, Pfadfinder«, rief sie aus, und die Glut der Begeisterung lagerte sich auf ihren Wangen. »Ich finde, daß ich schnell zu einem Grenzmädchen werde, und fange an, dieses großartige Schweigen der Wälder zu lieben. Die Städte erscheinen mir schal, und da mein Vater den Rest seiner Tage wahrscheinlich da zubringen will, wo er so lange gelebt hat, so kann ich mich wohl in das Gefühl finden, daß ich bei ihm glücklich sein werde, ohne nach dem Meeresufer zurückzukehren.«

»Die Wälder schweigen für den nie, der ihre Stimmen versteht, Mabel. Ich habe sie tagelang allein durchwandert, ohne einen Mangel an Gesellschaft zu fühlen; und wenn man ihre Sprache zu deuten weiß, so fehlt es auch nicht an verständiger und belehrender Unterhaltung.«

»Ich glaube, Ihr seid glücklicher, Pfadfinder, wenn Ihr allein seid, als im Gewühle Eurer Mitmenschen.«

»Ich will das nicht sagen, ich will das nicht gerade sagen. Ich habe eine Zeit gekannt, wo ich glaubte, daß mir Gott in meinen Wäldern genug sei, und wo ich um nichts flehte, als um seinen Schutz und seine Gnade. Jetzt haben aber andere Gefühle die Überhand gewonnen, und ich denke, man muß der Natur ihren Lauf lassen. Alle anderen Geschöpfe paaren sich, Mabel, und es ist die Einrichtung getroffen, daß der Mensch ein Gleiches tue.«

»Und habt Ihr nie daran gedacht, Euch ein Weib zu suchen, Pfadfinder, und Euer Geschick mit ihm zu teilen?« fragte das Mädchen mit der offenen Einfalt, welche am besten die Reinheit und Arglosigkeit des Herzens bezeichnet, und mit dem Gefühl der Teilnahme, welches dem weiblichen Geschlecht angeboren ist. »Mir scheint, es fehlt Euch nichts als ein Herd, zu dem Ihr von Euren Wanderungen heimkehren könnt, um das Glück Eures Lebens vollständig zu machen. Wenn ich ein Mann wäre, würde es meine größte Lust sein, nach Gefallen durch diese Wälder zu streifen und über diesen prächtigen See zu segeln.«

»Ich verstehe Sie, Mabel, und Gott segne Sie, daß Sie an die Wohlfahrt so geringer Leute, wie wir sind, denken. Es ist wahr, wir haben unsere Vergnügungen, so gut wie unsere Gaben; aber wir möchten gerne noch glücklicher sein. Ja, ich glaube, wir könnten noch glücklicher sein.«

»Glücklicher? – und wie das, Pfadfinder? In dieser reinen Luft mit diesen kühlen schattigen Wäldern, durch die Ihr wandert, diesem lieblichen See, auf dem Ihr segelt; dazu noch ein reines Gewissen und der Überfluß an allen leiblichen Bedürfnissen – müssen da die Menschen nicht so vollkommen glücklich sein, wie es nur überhaupt bei ihrer Gebrechlichkeit möglich ist?«

»Jedes Geschöpf hat seine Gaben, Mabel, und auch die Menschen haben die ihrigen«, antwortete der Wegweiser mit einem verstohlenen Blick auf seine schöne Gefährtin, deren Wangen erglühten und deren Augen leuchteten unter dem Feuer der Gefühle, welches die Neuheit ihrer ergreifenden Lage anfachte, – »und alles muß ihnen gehorchen. Sehen Sie jene Taube, die gerade gegen das Ufer sich hinunterläßt, dort in einer Linie mit dem umgestürzten Kastanienbaum?«

»Gewiß; denn es ist ja das einzige lebendige Geschöpf, welches sich außer uns in dieser weiten Einsamkeit blicken läßt.«

»Nicht doch, Mabel, nicht doch; die Vorsehung schafft kein Leben, um es ganz allein hinzubringen. Da fliegt gerade ihr Männchen auf; es hat auf einer andern Seite des Ufers Nahrung gesucht, aber es wird nicht lange von seiner Gefährtin getrennt bleiben.«

»Ich verstehe Euch, Pfadfinder«, erwiderte Mabel mit süßem Lächeln, obgleich sie dabei so ruhig blieb, als ob sie mit ihrem Vater spräche. »Aber ein Jäger kann auch in dieser wilden Gegend eine Gefährtin finden. Die indianischen Mädchen sind, soviel ich weiß, zärtlich und treu; denn so war wenigstens das Weib Arrowheads, obgleich ihr Gatte weit öfter die Stirn runzelte als lächelte.«

»Das würde nimmermehr angehen, Mabel, und nie etwas Gutes dabei herauskommen. Art darf nicht von Art und Land nicht vom Lande lassen, wenn einer sein Glück finden will. Wenn ich freilich jemand wie Sie treffen könnte, die einen Jäger zu heiraten sich entschlösse und meine Unwissenheit und Rauheit nicht verspottete, dann würden mir sicher alle Mühen der Vergangenheit nur wie das Spielen des jungen Hirsches und meine künftigen Tage im Glanze der Sonne erscheinen.«

»Jemand wie ich? Ein Mädchen von meinen Jahren und meiner Unbesonnenheit möchte kaum eine passende Gefährtin für den kühnsten Kundschafter und den sichersten Jäger an den Grenzen abgeben.«

»Ach, ich fürchte, Mabel, ich habe zuviel von den Gaben der Rothäute mit der Natur eines Blaßgesichts verbunden! Ein solcher Mann sollte sich wohl ein Weib aus einem indianischen Dorfe suchen.«

»Gewiß, Pfadfinder, – gewiß! es ist nicht Euer Ernst, ein so unwissendes, oberflächliches, eitles und unerfahrenes Geschöpf, wie ich bin, zum Weibe zu nehmen?«

Mabel würde noch hinzugesetzt haben, »und ein so junges«, aber ein instinktartiges Zartgefühl unterdrückte diese Worte.

»Und warum nicht, Mabel? Wenn Sie unwissend sind, was die Grenzbräuche betrifft, so kennen Sie mehr angenehme Geschichten von dem Stadtleben als wir alle miteinander. Was Sie unter oberflächlich verstehen, weiß ich nicht; wenn es aber ›*schön*‹ bedeutet, ach! dann fürchte ich, daß es kein Fehler in meinen Augen ist. Eitel sind Sie nicht, wie man aus der Art, mit der Sie meinen müßigen Erzählungen von Fährten und Kundschaftszügen zuhören, bemerken kann, und was die Erfahrung anbelangt, so kommt diese mit den Jahren. Außerdem fürchte ich, Mabel, daß die Männer über solche Sachen wenig nachdenken, wenn sie ein Weib nehmen wollen; wenigstens geht es mir so.«

»Pfadfinder, Eure Worte – Eure Blicke: – sicherlich, alles dieses ist nur Tändelei, nur Scherz von Euch?«

»Mir ist es immer angenehm, in Ihrer Nähe zu sein, Mabel, und ich würde in dieser gesegneten Nacht weit gesünder schlafen, als ich die ganze vergangene Woche über getan habe, wenn ich denken könnte, daß Sie an solchen Unterhaltungen ebensoviel Vergnügen fänden wie ich.«

Wir wollen nicht sagen, daß Mabel Dunham sich nicht schon vorher für den Liebling des Wegweisers gehalten hätte; denn das hatte ihr schneller weiblicher Scharfsinn bald entdeckt und vielleicht auch gelegentlich bemerkt, daß in seine Achtung und Freundschaft sich zugleich auch etwas von der männlichen Zärtlichkeit mische, welche das stärkere Geschlecht, wenn seine Sitten nicht ganz verwildert sind, dem zarteren hin und wieder zu zeigen geneigt ist. Aber der Gedanke einer ernstlichen Werbung war nie in ihrer Seele aufgetaucht. Nunmehr aber traf sie eine Ahnung der Wahrheit, die vielleicht weniger durch die Worte als vielmehr durch das ganze Benehmen ihres Gefährten geweckt wurde.

Als Mabel mit Ernst in das faltige, ehrliche Gesicht des Wegweisers blickte, gewannen ihre Züge den Ausdruck der Sorge und der Bekümmernis; dann begann sie wieder in einer so gewinnenden Weise zu sprechen, daß Pfadfinder, obgleich ihre

Worte die Absicht hatten, ihn zurückzuweisen, nur noch mächtiger durch sie angezogen wurde.

»Ihr und ich sollten einander verstehen, Pfadfinder«, sagte sie mit aufrichtigem Ernste, »und es sollte sich keine Wolke zwischen uns legen. Ihr seid zu aufrichtig und offen, als daß ich Euch nicht auch mit Aufrichtigkeit und Offenheit entgegenkommen sollte. Gewiß, gewiß – Ihr habt mit alldem nichts sagen wollen; es hat keine andere Verbindung mit Euren Gefühlen als die der Freundschaft, welche ein Mann von Eurem Wissen und Charakter für ein Mädchen wie mich natürlicherweise fühlen kann.«

»Ich glaube, 's ist alles natürlich, Mabel, ja, das glaub' ich. Der Sergeant sagt mir, er habe solche Gefühle gegen Ihre Mutter gehegt; und ich denke, ich habe auch etwas der Art bei den jungen Leuten gesehen, welche ich von Zeit zu Zeit durch die Wildnis geleitete. Ja, ja, ich darf sagen, 's ist alles natürlich genug; deshalb kommt es auch so leicht, und es wird einem so wohl dabei ums Herz.«

»Pfadfinder, Eure Worte machen mich unruhig. Sprecht deutlicher oder laßt uns den Gegenstand für immer abbrechen! Ich glaube nicht – ich kann nicht glauben, daß – daß Ihr mir wolltet zu verstehen geben –« die Zunge des Mädchens stotterte, und die jungfräuliche Scham gestattete ihr nicht, das, was sie so gerne noch gesagt hätte, zu vollenden. Sie sammelte jedoch ihren Mut wieder und entschloß sich, so bald und so unumwunden als möglich der Sache auf den Grund zu gehen. Sie fuhr daher nach einer kurzen Zögerung fort:

– »Ich meine, Pfadfinder, Ihr wollt mir doch nicht zu verstehen geben, daß Ihr mich im Ernste zu Eurem Weibe haben möchtet?«

»Freilich, Mabel, das ist's, das ist's eben, und Sie haben die Sache in ein weit helleres Licht gestellt, als ich mit meinen Waldgaben und meiner Grenzweise je fähig gewesen wäre. Der Sergeant und ich haben den Handel unter der Bedingung abgemacht, daß Sie damit einverstanden sind, und er meint, daß dieses wahrscheinlich der Fall sein werde, wenngleich ich zweifle, ob ich die Eigenschaften besitze, einem Mädchen zu gefallen, welches den besten Gatten in ganz Amerika verdient.«

Mabels Gesicht ging von dem Ausdruck des Unbehagens zu

dem des Staunens und dann in noch rascherer Folge zu dem des Schmerzes über.

»Mein Vater!« rief sie, »mein lieber Vater hatte den Gedanken, daß ich Euer Weib werden sollte, Pfadfinder?«

»Ja, den hatte er, Mabel, den hatte er in der Tat. Er glaubte sogar, diese Sache dürfte Ihnen angenehm sein, und hat mich so lange ermutigt, bis ich glaubte, es sei wahr.«

»Aber Ihr, – Ihr kümmert Euch gewiß wenig darum, ob diese sonderbare Hoffnung je in Erfüllung gehen wird oder nicht?«

»Wie?«

»Ich meine, Pfadfinder, daß Ihr von dieser Angelegenheit mehr wegen meines Vaters als um eines andern Grundes willen mit mir gesprochen habt und daß Eure Gefühle keineswegs dabei beteiligt sind, mag nun meine Antwort ausfallen, wie sie will?«

Der Kundschafter blickte mit Ernst in Mabels schönes Antlitz, welches unter der Glut ihrer Gefühle errötete, und man konnte den Ausdruck der Bewunderung, welche sich in jedem Zuge seines sprechenden Gesichtes verriet, unmöglich verkennen.

»Ich habe mich oft glücklich gefühlt, Mabel, wenn ich in der Fülle der Gesundheit und Kraft auf einer ertragreichen Jagd durch die Wälder streifte und die reine Luft der Berge atmete. Ich weiß aber jetzt, daß dieses noch gar nichts heißen will in Vergleichung mit der Wonne, welche mir das Bewußtsein geben würde, daß Sie besser von mir, als von den meisten andern denken.«

»Besser von Euch? – In der Tat, Pfadfinder, ich denke besser von Euch als von den meisten, vielleicht als von allen andern; denn Eure Wahrheitsliebe, Ehrlichkeit, Einfachheit, Gerechtigkeit und Tapferkeit finden kaum ihresgleichen auf Erden.«

»Ach, Mabel, wie süß und ermutigend klingen diese Worte aus Ihrem Munde, und der Sergeant hat im Grunde doch nicht so ganz unrecht gehabt, wie ich fürchtete.«

»Nein, Pfadfinder, ich beschwöre Euch bei allem, was heilig ist, laßt in einer Sache von so großer Wichtigkeit kein Mißverständnis zwischen uns Platz greifen. Wenn ich Euch auch schätze, achte – nein, sogar verehre, fast so sehr, wie ich meinen teuren Vater verehre, so ist es doch nicht möglich, daß ich je Euer Weib werde, – daß ich –«

Der Wechsel in den Zügen ihres Gefährten war so plötzlich und auffallend, daß Mabel in dem Augenblick, als die die Wirkung ihrer Äußerungen in Pfadfinders Gesichte las, ungeachtet des sehnlichen Wunsches einer Verständigung ihre Worte unterbrach und, weil sie ihm nicht wehe tun wollte, stillschwieg. Es folgte nun eine lange Pause. Der Schatten getäuschter Hoffnung, der sich über die rauhen Züge des Jägers gelagert hatte, wurde immer dunkler, so daß Mabel fast Angst und Furcht empfand, während das Gefühl des Erstickens bei dem Pfadfinder so mächtig wurde, daß er nach seiner Kehle griff, wie einer, der gegen körperliches Leiden Hilfe sucht. Das krampfhafte Arbeiten seiner Finger erfüllte das beunruhigte Mädchen mit wahrer Todesangst.

»Nein, Pfadfinder«, fuhr Mabel hastig fort, sobald sie wieder über ihre Stimme gebieten konnte, – »ich habe vielleicht mehr gesagt, als ich sagen wollte; denn auf dieser Welt sind alle Dinge möglich, und Weiber, sagt man, sind in ihren Entschließungen nicht immer am festesten. Ich wollte Euch nur zu verstehen geben, daß Ihr und ich wahrscheinlich nie voneinander würden denken können, wie Mann und Weib voneinander denken sollen.«

»Ich denke nicht – ich werde nie wieder in dieser Weise an Sie denken, Mabel«, keuchte der Pfadfinder aus der zum Ersticken gepreßten Brust. »Nein, nein – ich werde nie, weder an Sie noch an jemand anders wieder in dieser Weise denken.«

»Pfadfinder, lieber Pfadfinder, versteht mich wohl! Legt nicht mehr Sinn in meine Worte, als ich selbst hineinlege. Eine derartige Heirat wäre unklug, vielleicht unnatürlich!«

»Ja, unnatürlich – gegen die Natur; ich habe das auch dem Sergeanten gesagt, aber er wollte es besser wissen.«

»Pfadfinder! O das ist schlimmer, als ich mir einbilden konnte. Nehmt meine Hand, vortrefflicher Pfadfinder, und laßt mich daraus erkennen, daß Ihr mich nicht haßt. Um Gottes willen, seht mich nur wieder freundlich an!«

»Sie hassen, Mabel? Sie freundlich ansehen? Ach Himmel!«

»Nein, gebt mir Eure Hand, Eure kühne, treue und männliche Hand – beide, beide, Pfadfinder! denn es wird mir nicht wohl, bis ich gewiß weiß, daß wir wieder Freunde sind und daß dies alles nur ein Mißverständnis war.«

»Mabel«, sagte der Wegweiser, indem er einen langen und

sinnenden Blick auf das Antlitz des edlen, heftigen Mädchens warf, welches seine harten, sonnverbrannten Hände zwischen ihren Fingern hielt, und dazu in seiner eigentümlichen, lautlosen Weise lachte, obgleich in jeder Linie seines Gesichtes, das keiner Täuschung fähig zu sein schien, der Ausdruck des Schmerzes hervortrat, da die entgegengesetzten Gefühle sich auf demselben bekämpften – »Mabel! der Sergeant hatte unrecht.«

Die verhaltenen Gefühle waren nun nicht mehr zurückzudrängen, und der Regen der Tränen rann über die Wangen des Kundschafters. Seine Finger arbeiteten wieder krampfhaft an seiner Kehle, und seine Brust hob sich wie unter einer schweren Last, welche sie unter verzweifelten Anstrengungen abwerfen wollte.

»Pfadfinder! Pfadfinder!« rief Mabel laut, »alles, nur das nicht! Sprecht mit mir, Pfadfinder, lächelt wieder; sagt mir nur ein einziges freundliches Wörtchen, zum Beweise, daß Ihr mir vergeben habt.«

»Der Sergeant hatte unrecht«, rief der Wegweiser, indem er mitten in seinem Seelenkampf ein Lachen aufschlug, so daß seine Gefährtin vor dieser unnatürlichen Mischung von Beängstigung und Heiterkeit zurückbebte. »Ich wußt' es, ich wußt' es und habe es vorausgesagt; ja, der Sergeant hatte doch unrecht, wie ich deutlich einsehe.«

»Wir können Freunde sein, ohne daß wir gerade Eheleute sind«, fuhr Mabel fort, welche sich in einem ebenso verwirrten Zustand befand wie ihr Gefährte und kaum wußte, was sie sagte. »Wir können immer Freunde sein und wollen es auch stets bleiben.«

»Ich dachte mir's immer, daß der Sergeant in einem Irrtum befangen sei«, fuhr der Pfadfinder fort, als er mit gewaltiger Anstrengung wieder Herr seiner Bewegungen geworden war, »denn ich bildete mir nie ein, daß meine Gaben von der Art seien, um mir die Neigung eines Stadtmädchens gewinnen zu können. Er hätte besser getan, wenn er unterlassen hätte, mir das Gegenteil aufzuschwatzen, und es wäre vielleicht auch besser gewesen, wenn Sie weniger gefällig und zutraulich gewesen wären; ja, gewiß! das wäre es.«

»Wenn ich dächte, daß ein Irrtum von meiner Seite, wie unabsichtlich er auch sein mochte, trügerische Hoffnungen in

Euch erweckt habe, Pfadfinder, so könnte ich mir nimmer vergeben; denn glaubt mir, ich möchte lieber alles über mich ergehen lassen als Euch leiden sehen.«

»Das ist's eben, Mabel, das ist's eben! Diese Worte und Gedanken, die Sie mit so weicher Stimme und auf eine Weise aussprechen, wie ich sie in den Wäldern noch nie gehört habe, haben all dieses Unheil angerichtet. Es wird mir aber jetzt klarer, und ich fange an, den Unterschied zwischen uns besser zu erkennen. Ich will mir Mühe geben, meine Gedanken zu zügeln, und wieder hinausgehen in die Wälder, um dem Wilde und dem Feinde aufzulauern. Ach, Mabel! ich bin wahrlich auf einer ganz falschen Fährte gewesen, seit ich das erstemal mit Ihnen zusammentraf.«

»Aber Ihr werdet nun wieder auf der rechten wandeln. Bald habt Ihr dieses alles vergessen und blickt auf mich als auf eine Freundin, die Euch ihr Leben verdankt.«

»Das mag vielleicht die Weise der Städter sein, aber ich zweifle, ob es in den Wäldern ebenso natürlich ist. Wenn bei uns das Auge einen lieblichen Anblick trifft, so haftet es lange darauf, und wenn ihn die Seele aufrichtig und auf eine schickliche Weise liebgewinnt, so mag sie sich nicht mehr davon trennen.«

»Aber Eure Liebe zu mir ist weder ein schickliches Gefühl, noch ist mein Anblick ein lieblicher. Ihr werdet alles das vergessen, wenn Ihr zu ernsterer Besinnung kommt und auf einmal einseht, daß ich durchaus nicht zu Eurem Weibe passe.«

»Das habe ich auch zu dem Sergeanten gesagt, aber er wollte es besser wissen. Ich wußte wohl, daß Sie zu jung und zu schön sind für einen Mann, der bereits in den mittleren Jahren steht und selbst als Jüngling nie besonders liebenswürdig ausgesehen hat. Dann sind auch Ihre Wege nicht die meinigen gewesen, und die Hütte eines Jägers würde wohl keine schickliche Wohnung für ein Mädchen sein, welches sozusagen unter Häuptlingen erzogen wurde. Freilich, wenn ich jünger und schöner wäre, etwa wie Jasper Eau-douce –«

»Nichts von Jasper Eau-douce«, unterbrach ihn Mabel ungeduldig. »Wir können von etwas anderem sprechen.«

»Jasper ist ein tüchtiger Bursche, Mabel, ja, und ein hübscher dazu«, erwiderte der arglose Wegweiser mit einem ernsten Blick auf das Mädchen, als ob er ihren Worten nicht traue, da sie sich so geringschätzig über seinen Freund äußerte. »Wäre ich nur halb so schön wie Jasper Western, so würden meine Besorgnisse in dieser Angelegenheit nicht halb so groß und auch wahrscheinlich weniger begründet gewesen sein.«

»Wir wollen nicht von Jasper Western reden«, wiederholte Mabel, bis zur Stirne errötend. »Er mag wohl genug für einen Sturm sein oder auf dem See, aber er ist nicht genug, hier den Gegenstand unseres Gespräches zu bilden.«

»Ich fürchte, Mabel, er ist besser als der Mann, welcher einmal Ihr Gatte sein wird. Zwar sagt der Sergeant, daß aus dieser Sache nie etwas werden könne; aber er hat einmal unrecht gehabt, und so mag dies wohl auch zum zweiten Male der Fall sein.«

»Und wer wird denn wahrscheinlich mein Gatte werden, Pfadfinder? Ihr sprecht da von etwas, was mich kaum weniger befremdet als das, was eben zwischen uns vorgegangen ist.«

»Ich weiß, es ist natürlich, daß Gleiches das Gleiche sucht, und daß solche, welche mit viel Offiziersfrauen umgegangen sind, gern selbst Offiziersfrauen werden möchten. Aber, Mabel, ich weiß auch, daß ich mich unverhohlen gegen Sie aussprechen darf, und hoffe, daß Sie mir meine Worte nicht übelnehmen; denn da es mir nun bekannt ist, wie schmerzlich derartige Täuschungen auf unserer Seele lasten, so möchte ich nicht einmal über das Haupt eines Mingos einen solchen Kummer bringen. Aber das Glück findet sich in einem Offizierszelte nicht häufiger als in dem eines gemeinen Soldaten, und wenn auch die Wohnungen der Offiziere verführerischer aussehen als die übrigen Baracken, so fühlt sich doch oft ein Ehepaar innerhalb der Türen der ersteren recht unglücklich.«

»Ich zweifle nicht im mindesten daran, Pfadfinder, und beruhte die Entscheidung auf mir, so würde ich Euch lieber zu irgendeiner Hütte in die Wälder folgen und Euer Schicksal, möchte es nun gut oder schlimm sein, mit Euch teilen, ehe ich das Innere der Wohnung irgendeines mir bekannten Offiziers in der Absicht beträte, als die Frau ihres Bewohners dort zu bleiben.«

»Lundie hofft oder glaubt, es werde sich wohl anders machen.«

»Was kümmere ich mich um Lundie? Er ist Major vom Fünfundfünfzigsten und mag seine Leute ›Rechts um‹ und ›Marsch‹

machen lassen, solange es ihm beliebt; er kann mich nicht zwingen, irgendeinen, sei er nun der Erste oder der Letzte seines Regiments, zu heiraten. Doch, was kann Euch von Lundies Wünschen über diesen Gegenstand bekannt sein?«

»Ich habe es aus Lundies eigenem Munde. Der Sergeant sagte ihm, daß er mich zu seinem Schwiegersohne haben möchte, und der Major, mein alter und treuer Freund, sprach mit mir über die Sache. Er machte mir unumwunden Vorstellungen, ob es nicht edelmütiger von mir wäre, zugunsten eines Offiziers zurückzutreten, als wenn ich mir Mühe gäbe, Sie in das Schicksal eines Jägers mitzuverflechten. Ich gab zu, daß er recht haben könne – ja, ich tat das; als er mir aber sagte, daß er mit dem Offizier den Quartiermeister meine, so wollte ich nichts mehr von seinen Vorschlägen wissen. Nein, nein, Mabel, ich kenne Davy Muir genau, und wenn er Sie auch zu einer Lady machen kann, so kann er Sie doch nie zu einer glücklichen Frau und sich selbst zu einem Ehrenmanne machen. Das ist so meine ehrliche Meinung, ja, ja; denn ich sehe nun deutlich, daß der Sergeant unrecht gehabt hat.«

»Mein Vater hat sehr unrecht gehabt, wenn er etwas sagte oder tat, was Euch Kummer machte, Pfadfinder: und meine Achtung gegen Euch ist so groß und meine Freundschaft so aufrichtig, daß ich, wäre es nicht um *eines* willen – ich will damit sagen, daß niemand den Einfluß des Leutnants Muir auf mich zu fürchten hat –, lieber bis zu meinem Todestage bleiben würde, wie ich bin, ehe ich um den Preis meiner Hand durch den Quartiermeister eine vornehme Frau werden möchte.«

»Ich glaube nicht, daß Sie etwas sagen, was Sie nicht fühlen?« erwiderte Pfadfinder mit Ernst.

»Nicht in einem solchen Augenblicke, nicht in einer solchen Sache und am allerwenigsten gegen Euch. Nein, Leutnant Muir soll sich seine Weiber suchen, wo er will – mein Name wenigstens wird nie auf seiner Liste stehen.«

»Ich danke Ihnen, Mabel, ich danke Ihnen dafür; denn wenn schon für mich die Hoffnung entschwunden ist, so könnte ich doch nie glücklich sein, wenn Sie den Quartiermeister nähmen. Ich fürchtete, sein Rang möchte für etwas angeschlagen werden – und ich kenne diesen Mann. Es ist nicht die Eifersucht, welche mich in dieser Weise sprechen läßt, sondern die reine Wahrheit; denn ich kenne den Mann. Ja, wenn Ihre Neigung auf einen verdienstvollen jungen Mann fiele, so einen wie Jasper Western zum Beispiel –«

»Warum kommt Ihr mir immer mit diesem Jasper Eau-douce, Pfadfinder? Er steht in keiner Beziehung zu unserer Freundschaft; laßt uns daher von Euch sprechen und von der Weise, wie Ihr den Winter hinzubringen beabsichtigt.«

»Ach! – Ich bin nur wenig wert, Mabel, wenn es nicht etwa einer Fährte oder einer Büchse gilt, und jetzt um so weniger, seit ich des Sergeanten Mißgriff entdeckt habe. 's ist daher nicht nötig, von mir zu sprechen. Es ist mir recht angenehm gewesen, so lange in Ihrer Nähe zu sein und mir dabei ein bißchen einzubilden, daß der Sergeant recht habe; das ist aber nun alles vorbei. Ich will mit Jasper den See hinabgehen, und dann wird es genug Beschäftigung für uns geben, um unnütze Gedanken fernzuhalten.«

»Und Ihr werdet dies vergessen – mich vergessen? Nein, nicht mich vergessen, Pfadfinder, aber Ihr werdet Eure früheren Beschäftigungen wiederaufnehmen und aufhören, ein Mädchen für bedeutend genug zu halten, Euren Frieden zu stören.«

»Ich wußte früher nie etwas von solchen Dingen, Mabel, aber die Mädchen haben doch eine größere Bedeutung im Leben, als ich früher glauben konnte. Ja, ehe ich Sie kannte, schlief das neugeborne Kind nicht süßer, als dies bei mir gewöhnlich der Fall war; mein Haupt lag kaum auf einer Wurzel, einem Stein oder vielleicht auf einem Felle, so war den Sinnen alles entschwunden, wenn nicht etwa die Beschäftigung des Tages in meine Träume überging; und so lag ich, bis der Zeitpunkt des Erwachens kam, und ebenso gewiß, als die Schwalbe mit ihren Schwingen das Licht begrüßt, war ich in dem gewünschten Augenblick auf den Beinen. Alles das schien eine Gabe zu sein, und ich konnte selbst mitten in einem Mingolager darauf rechnen: denn ich habe mich zu meiner Zeit selbst bis in die Dörfer dieser Vagabunden gewagt.«

»Alles dieses wird wiederkommen, Pfadfinder; denn ein so wackerer und biederer Mann wird nimmermehr sein Glück an einen bloßen Wahn wegwerfen. Ihr werdet wieder von Euren Jagden träumen, von dem Hirsch, den Ihr erlegt, und dem Biber, den Ihr gefangen habt.«

»Ach, Mabel! ich wünsche, nie wieder zu träumen. Ehe ich

Sie kannte, gewährte es mir eine gewisse Lust, in meinen Phantasien den Hunden zu folgen und der Fährte der Irokesen nachzustreichen – ja, meine Gedanken führten mich in Scharmützel und Hinterhalte, und ich fand darin das meinen Gaben entsprechende Behagen. Aber all das hat seinen Reiz verloren, seit ich mit Ihnen bekannt geworden bin. Von solchen rohen Dingen kommt nichts mehr in meinen Träumen vor. So dünkte mich in der letzten Nacht, welche wir in der Garnison zubrachten, ich hätte eine Hütte in einem Lustwäldchen von Zuckerahorn, und an dem Fuße eines jeden Baumes stand eine Mabel Dunham, indes die Vögel auf den Zweigen statt ihrer natürlichen Weisen Liedchen sangen, daß selbst der Hirsch horchend stillhielt. Ich versuchte es, ein Schmaltier zu schießen, aber der Hirschtöter gab nicht Feuer, und die Kreatur lachte mir so vergnügt ins Gesicht, wie ein junges Mädchen in ihrer Heiterkeit zu tun pflegt, und dann hüpfte sie fort, wobei sie nach mit zurücksah, als erwarte sie, daß ich ihr folgen werde.«

»Nichts mehr davon, Pfadfinder! Wir wollen nicht mehr über diese Dinge reden«, sagte Mabel, indem sie die Tränen von ihren Augen wischte; denn die einfache und ernste Weise, mit welcher dieser rauhe Waldbewohner verriet, wie tiefe Wurzeln seine Gefühle getrieben hatten, überwältigte fast ihr edles Herz. »Wir wollen uns jetzt nach meinem Vater umsehen; er kann nicht weit weg sein, denn ich hörte den Knall seiner Flinte ganz in der Nähe.«

»Der Sergeant hatte unrecht – ja, er hatte unrecht, und es wird nichts nützen, die Taube mit dem Wolfe paaren zu wollen.«

»Hier kommt mein lieber Vater«, unterbrach ihn Mabel. »Wir müssen heiter und zufrieden aussehen, Pfadfinder, wie es sich für gute Freunde ziemt, und unsere Geheimnisse für uns behalten.«

Es folgte nun eine Pause; dann hörte man ganz nahe den Fuß des Sergeanten die trockenen Zweige zertreten, bis endlich seine Gestalt seitwärts an dem Gebüsche des Unterholzes sichtbar wurde. Als der alte Soldat auf dem freien Platze anlangte, betrachtete er prüfend seine Tochter und ihren Gefährten und sprach in guter Laune:

»Mabel, Kind, du bist jung und leicht auf den Beinen. Sieh nach dem Vogel, den ich geschossen habe, und der gerade dort bei dem Dickicht der jungen Schierlingstanne am Ufer niederfiel. Du brauchst dir dann nicht die Mühe zu geben, wieder den Hügel heraufzukommen; denn da Jasper durch seine Zeichen uns die Absicht zu erkennen gibt, sich auf den Weg zu machen, so können wir nach ein paar Minuten am Gestade zusammentreffen.«

Mabel gehorchte und sprang mit den leichten Schritten der Jugend und Gesundheit den Hügel hinab. Aber ungeachtet der Leichtigkeit ihres Trittes war doch das Herz des Mädchens schwer, und sobald das Dickicht sie der Beobachtung entzog, warf sie sich an dem Fuße eines Baumes nieder und weinte, als ob ihr das Herz brechen wollte. Der Sergeant betrachtete sie, bis sie verschwunden war, mit dem Stolze eines Vaters und kehrte sich dann mit einem so freundlichen und vertraulichen Lächeln, als ihm seine Gewohnheit gegen irgend jemand gestattete, zu dem Wegweiser.

»Sie hat die Leichtigkeit und Rührigkeit ihrer Mutter und etwas von der Kraft ihres Vaters«, sprach er. »Ihre Mutter war, glaube ich, nicht ganz so schön; aber die Dunhams hielt man immer für hübsch, mochten es Männer oder Weiber sein. Nun, Pfadfinder, ich zweifle nicht, daß Ihr die Gelegenheit nicht entschlüpfen ließt und mit dem Mädchen offen gesprochen habt? Weiber lieben in solchen Dingen die Freimütigkeit.«

»Ich glaube, Mabel und ich verstehen einander wenigstens, Sergeant«, erwiderte der andere und schaute nach der entgegengesetzten Richtung, um dem Blick des Soldaten auszuweichen.

»Um so besser. Es gibt Leute, welche glauben, daß ein bißchen Zweifel und Ungewißheit der Liebe noch mehr Leben gebe; ich halte es aber mit der Offenheit und denke, sie führt weit eher zu einem Verständnis. War Mabel überrascht?«

»Ich fürchte, ja – Sergeant, ich fürchte, sie war nur allzusehr überrascht, – ja, das fürchte ich.«

»Gut, gut! Überraschungen in der Liebe sind, was die Hinterhalte im Krieg, und ebenso zulässig, obgleich die Überraschung eines Weibes nicht so leicht zu erkennen ist wie die eines Feindes. Mabel lief davon, mein Freund – nicht wahr?«

»Nein, Sergeant, Mabel versuchte nicht auszuweichen; das kann ich mit gutem Gewissen sagen.«

»Ich hoffe, daß das Mädchen doch nicht allzu willig gewesen ist? Ihre Mutter tat wenigstens einen Monat lang spröde und zimperlich. Aber die Freimütigkeit ist im Grunde doch der beste Empfehlungsbrief für Mann und Weib.«

»Ja, das ist sie; aber ein gesundes Urteil auch.«

»Ach, nach dem darf man bei einem jungen Geschöpf von zwanzig Jahren nicht allzuviel fragen; aber es kommt mit der Erfahrung. Ein Mißgriff von Euch oder mir zum Beispiel dürfte nicht so leicht übersehen werden; aber bei einem Mädchen von Mabels Alter darf man nicht die Fliegen sehen, man möchte sonst ein Kamel zu schlucken bekommen.«

Der Leser möge nicht vergessen, daß Sergeant Dunham nicht eben ein Schriftkundiger war.

Die Muskeln in dem Gesicht des Zuhörers zuckten, als der Sergeant seinen Gefühlen in dieser Weise freien Lauf ließ, obgleich ersterer nun wieder einen Teil jenes Stoizismus erlangt hatte, der ein hervorstechender Zug in seinem Charakter und wahrscheinlich eine Folge seines langen Umgangs mit den Indianern war. Seine Augen erhoben und senkten sich, und einmal schoß ein Strahl über seine harten Züge, als ob er im Begriff sei, seinem eigentümlichen Lachen Raum zu geben. Aber dieser Anflug von Heiterkeit, wenn wirklich eine solche vorhanden war, verlor sich schnell in einen Blick der Bekümmernis. Diese ungewöhnliche Mischung eines wilden und schmerzlichen Seelenkampfes mit der natürlichen einfachen Heiterkeit hatte Mabel am meisten erschreckt. Wenn während der mitgeteilten Unterredung die Bilder des Glücks und der frohen Laune in einem Gemüte auftauchten, welches in seiner Einfalt und Natürlichkeit beinahe kindlich erschien, so fühlte sich das Mädchen oft zu der Annahme versucht, daß das Herz ihres Verehrers nur leicht berührt sei; dieser Eindruck verwischte sich aber bald, als sie die schmerzlichen und tiefen Erregungen bemerkte, welche das Innerste seiner Seele zu zerschneiden schienen. Pfadfinder war in dieser Beziehung wirklich das reine Kind. Unerfahren in der Weise der Welt, fiel es ihm nicht ein, irgendeinen Gedanken zu verhehlen: sein Gemüt nahm jeden Eindruck auf und gab ihn zurück mit der Schmiegsamkeit und Rückhaltlosigkeit dieser Lebensperiode. Ein Kind konnte seine launige Einbildungskraft kaum mit einer größeren Leichtigkeit einer vorübergehenden Erregung hingeben als dieser Mann, welcher so einfach in seinen Gefühlen, so ernst, so gelassen und männlich und so streng in allem war, was sein gewöhnliches Treiben berührte.

»Ihr habt recht, Sergeant«, antwortete der Pfadfinder, »ein Mißgriff von Eurer Seite ist schon eine ernstere Sache.«

»Ihr werdet Mabel zuletzt doch aufrichtig und ehrlich finden, laßt ihr nur ein wenig Zeit.«

»Ach, Sergeant!«

»Ein Mann von Euren Verdiensten würde auf einen Stein Eindruck machen, wenn Ihr ihm Zeit ließt, Pfadfinder.«

»Sergeant Dunham, wir sind alte Kriegskameraden, – das heißt, wie man den Krieg eben hier in den Wäldern führt, – und wir haben uns gegenseitig so viel Liebes erwiesen, daß wir wohl aufrichtig gegeneinander sein können. – Was hat Euch denn veranlaßt zu glauben, daß Mabel einen so rohen Burschen, wie ich bin, gern haben könne?«

»Was? – ach, eine Menge von Gründen, und dazu recht gute, mein Freund. Vielleicht die Liebesbeweise, von denen Ihr eben spracht, und die Kämpfe, die wir miteinander bestanden; und dann seid Ihr mein geschworener und geprüfter Freund.«

»Alles dieses klingt ganz gut, soweit es Euch und mich betrifft; aber es steht in keiner Berührung mit Eurer hübschen Tochter. Sie denkt vielleicht, daß gerade diese Kämpfe das etwas schmuckere Aussehen, welches ich einmal gehabt haben mag, verheerten; und ich bin nicht darüber im reinen, ob des Vaters Freundschaft besonders geeignet ist, einem Anbeter die Liebe eines jungen Mädchens zu verschaffen. Gleich und gleich gesellt sich, sag' ich Euch, Sergeant, und meine Gaben sind nicht ganz Mabel Dunhams Gaben.«

»Das sind wieder einige von Euren alten überbescheidenen Skrupeln, Pfadfinder, die Euch bei dem Mädchen nicht weiterbringen werden. Weiber vertrauen den Männern nicht, wenn diese sich selbst nicht vertrauen, und halten sich an diejenigen, welche gegen nichts ein Mißtrauen haben. Ich gebe zwar zu, die Bescheidenheit ist eine Kardinaltugend für einen Rekruten oder für einen jungen Leutnant, der eben zum Regiment gekommen ist; denn sie hält ihn ab, einen Unteroffizier auszuzanken, ehe er weiß, ob er einen Grund dazu hat; auch weiß ich nicht gewiß, ob sie nicht auch bei einem Kriegskommissar oder einem Pfarrer am Platze wäre; aber sie ist des Teufels, wenn sie von einem wirklichen Soldaten oder einem Liebhaber Besitz nimmt. Ihr dürft so wenig als möglich mit ihr zu tun haben, wenn ihr ein Weiberherz gewinnen wollt. Was Euren Grundsatz, daß sich nur das Gleiche gefalle, anbelangt, so ist er in solchen Dingen so unrichtig als nur immer möglich. Wenn Gleiches das Gleiche liebte, so würden die Weiber einander lieben, und dasselbe müßte auch bei den Männern der Fall sein. Nein, nein, Gleiches liebt Ungleiches –« der Sergeant hatte nämlich seine Schule nur in der Kaserne und dem Lager gemacht – »und Ihr habt in dieser Hinsicht von Mabel nichts zu fürchten. Betrachtet einmal den Leutnant Muir; der Mann hat schon fünf Weiber gehabt, wie ich höre, und es steckt nicht mehr Bescheidenheit in ihm als in einer neunschwänzigen Katze.«

»Leutnant Muir wird nie der Gatte von Mabel Dunham sein, wenn er auch seine Federn noch so schön fliegen läßt.«

»Das ist eine vernünftige Bemerkung von Euch, Pfadfinder; denn ich bin damit im reinen, daß Ihr mein Schwiegersohn werden sollt. Wenn ich selbst ein Offizier wäre, so möchte vielleicht Herr Muir einige Aussicht haben. Aber die Zeit hat eine Türe zwischen mich und mein Kind gestellt, und ich wünsche nicht, daß es auch noch die eines Offizierszeltes sein soll.«

»Sergeant, wir müssen Mabel ihrer Neigung folgen lassen. Sie ist jung und leichten Herzens, und Gott verhüte, daß irgendein Wunsch von mir auch nur das Gewicht einer Feder auf ihr immer heiteres Gemüt lege oder das Glück ihrer Fröhlichkeit nur einen Augenblick verstimme.«

»Habt Ihr frei mit dem Mädchen gesprochen?« fragte der Sergeant rasch und etwas rauh.

Pfadfinder war zu ehrlich, um nicht die unumwundene Wahrheit zu antworten, und doch zu ehrenhaft, um Mabel zu verraten und sie dem Unwillen eines Vaters auszusetzen, von dem er wußte, daß er sehr streng in seinem Zorn war.

»Wir haben uns offen ausgesprochen«, sagte er, »und obgleich Mabel ein Mädchen ist, welches jeder gerne ansieht, so finde ich dabei doch wenig, Sergeant, was mich besser von mir selbst denken ließe.«

»Das Mädchen hat sich doch nicht unterstanden, Euch zurückzuweisen – ihres Vaters besten Freund zurückzuweisen?«

Pfadfinder wandte sein Gesicht ab, um den Blick der Bekümmernis zu verbergen, die, wie er fühlte, seine Züge umdüsterte, fuhr jedoch mit ruhiger männlicher Stimme fort:

»Mabel ist zu gut, um irgend jemanden zurückzuweisen oder selbst nur gegen einen Hund harte Worte zu gebrauchen. Ich habe meinen Antrag nicht so gestellt, daß er geradezu zurückgewiesen werden konnte, Sergeant.«

»Und habt Ihr erwartet, daß meine Tochter nur so in Eure Arme fliegen sollte, ehe Ihr Euch vollkommen erklärt habt? Sie wäre nicht ihrer Mutter Kind gewesen, wenn sie das getan hätte, und ich glaube, auch nicht das meinige. Die Dunhams lieben die Offenheit so gut als des Königs Majestät, aber sie werfen sich nicht weg. Laßt mich die Sache für Euch abmachen, Pfadfinder, und sie wird sich nicht unnötig in die Länge ziehen. Ich will diesen Abend noch selbst mit dem Mädchen reden, und Euer Name soll den Hauptgegenstand des Gespräches bilden.«

»Ich wünschte, Ihr tätet's lieber nicht, Sergeant. Überlaßt die Sache Mabel und mir, und ich denke, daß zuletzt noch alles recht werden soll. Junge Mädchen sind wie scheue Vögel und lieben es nicht sehr, übereilt oder hart angegangen zu werden. Überlaßt mir und Mabel die Sache!«

»Nun, meinetwegen, aber nur unter einer Bedingung, mein Freund. Ihr müßt mir nämlich mit Eurem Ehrenwort versprechen, daß Ihr bei der nächsten schicklichen Gelegenheit offen und ohne gezierte Worte mit Mabel redet.«

»Ich will sie fragen, Sergeant – ja, ich will sie fragen; aber Ihr müßt mir versprechen, daß Ihr Euch nicht in unsere Angelegenheiten mischen wollt. Ich verspreche Euch dann, Mabel zu fragen, ob sie mich heiraten will, selbst auf die Gefahr hin, daß sie mir ins Gesicht lacht.«

Sergeant Dunham gab gern das verlangte Versprechen, denn er hatte sich vollständig in die Überzeugung hineingearbeitet, daß der Mann, den er so sehr achtete und schätzte, auch seiner Tochter annehmbar erscheinen müsse. Er hatte selbst auch eine Frau, die viel jünger als er war, geheiratet, und sah daher nichts Unpassendes in der Altersungleichheit des mutmaßlichen Paares. Auch stand Mabels Erziehung so hoch über der seinigen, daß er den Unterschied nicht gewahrte, welcher wirklich in dieser Beziehung zwischen Vater und Kind obwaltete; denn es ist einer der unangenehmsten Züge in dem Verkehr zwischen Kenntnis und Unwissenheit, Geschmack und Einfalt, Bildung und Roheit, daß die besseren Eigenschaften oft notwendig dem Urteile derer unterworfen sind, welche sich von dem Vorhandensein derselben durchaus keinen Begriff machen können. Die Folge davon war, daß Sergeant Dunham nichts weniger als geeignet sein konnte, die Gesinnung seiner Tochter zu würdigen oder sich eine wahrscheinliche Vermutung zu bilden, welche Richtung jene Gefühle einschlagen könnten, die öfter von augenblicklichen Eindrücken und der Gewalt der Leidenschaft abhängen als von der Vernunft. Der würdige Krieger hatte jedoch die Aussichten Pfadfinders nicht so ganz unrichtig beurteilt, als es auf den ersten Augenblick scheinen mochte. Er kannte die bewährten Eigenschaften des Mannes, seine Treue, seine Rechtschaffenheit, seinen Mut, seine Selbstaufopferung, seine Uneigennützigkeit zu genau, und die Annahme war daher nicht so ganz unvernünftig, daß solche hervorragenden Züge einen tiefen Eindruck auf das weibliche Herz üben müßten, sobald sich nur eine Gelegenheit zu ihrer Entfaltung bot. Der Vater irrte also hauptsächlich nur darin, daß er sich einbildete, die Tochter müsse sozusagen aus innerer Anschauung bereits kennen, was er durch jahrelangen Umgang als bewährt erfunden hatte.

Als der Pfadfinder und sein soldatischer Freund den Hügel hinab zum Seeufer stiegen, wurde die Unterhaltung noch immer weitergeführt. Letzterer fuhr fort, dem ersteren einzureden, daß seine Schüchternheit allein einem vollständigen Erfolge bei Mabel im Wege stehe und daß es nur der Ausdauer bedürfe, um zum Ziele zu kommen. Pfadfinder war von Natur zu bescheiden und durch das Gespräch mit Mabel auf eine zwar schonende, aber zu unumwundene Weise entmutigt worden, um alledem, was er hörte, Glauben zu schenken. Der Vater hatte aber so viele annehmlich scheinende Gründe bei der Hand, und der Gedanke, Mabel doch noch besitzen zu können, enthielt so viel Anziehendes, daß es den Leser nicht überraschen darf, wenn er hört, daß dieser Sohn der Natur Mabels Benehmen doch nicht ganz in dem Lichte betrachten zu müssen glaubte, wie er es zu tun geneigt gewesen war. Er glaubte allerdings nicht alles, was ihm der Sergeant sagte; aber er fing an zu vermuten, daß jungfräuliche Scheu und Unbekanntschaft mit ihren eigenen Gefühlen Mabel veranlaßt hätten, sich auf die obenerwähnte Weise auszusprechen.

»Der Quartiermeister ist nicht ihr Liebling«, antwortete Pfadfinder auf eine von den Bemerkungen seines Gefährten.

»Mabel wird ihn nie anders denn als einen Mann betrachten, der bereits vier oder fünf Weiber gehabt hat.«

»Und das ist mehr, als ihm gebührt. Ein Mann mag allenfalls zweimal heiraten, ohne gegen die Moral und Ehrbarkeit anzustoßen; aber viermal ist ja etwas Ungeheures.«

»Ich sollte das Heiraten zum erstenmal schon für einen Umstand oder ein Indiz halten, wie es Meister Cap nennt«, warf Pfadfinder mit seinem ruhigen Lachen ein, da seine Lebensgeister wieder etwas von ihrer Frische gewonnen hatten.

»Das ist's auch, in der Tat, und dazu ein recht feierlicher Umstand. Wenn nicht Mabel Euer Weib werden sollte, so würde ich Euch raten, lieber gar nicht zu heiraten. Doch da ist das Mädchen selbst, und da gilt jetzt Schweigen als Losung.«

»Ach, Sergeant, ich fürchte, Ihr seid im Irrtum.«

Neunzehntes Kapitel

– Dies war die Stelle.
Ein heitrer Landsitz, wechselnder Umgebung voll.
Milton

Mabel wartete am Ufer, und der Kahn war bald auf dem Wasser. Pfadfinder brachte seine Begleiter mit derselben Geschicklichkeit über die Brandung, wie er sie hergeführt hatte, und obgleich die Anstrengung Mabels Wangen rötete und das Herz ihr oft wieder auf die Zunge zu hüpfen drohte, so erreichten sie doch die Seite des Scud, ohne auch nur im mindesten von dem Gischt benetzt worden zu sein.

Der Ontario gleicht einem Manne von feurigem Temperamente, der plötzlich aufbraust, aber sich auch schnell wieder besänftigen läßt. Die Wellen hatten sich gelegt, und obgleich sich die Brandungen, so weit das Auge reichte, am Ufer brachen, so erschienen sie doch dem Auge nur als glänzende Streifen, welche kamen und gingen wie die einzelnen Wellenringe, welche ein Steinwurf auf ruhigem Wasser hervorbringt. Das Kabel des Scud war kaum über dem Wasser sichtbar, und Jasper hatte bereits seine Segel gehißt, um, sobald der erwartete Wind vom Ufer her wehte, abfahren zu können.

Die Sonne ging eben unter, als das Hauptsegel klappte und der Vordersteven das Wasser zu trennen begann. Der Wind ging leicht aus Süden, und der Schnabel des Schiffes wurde in der Richtung gegen das südliche Ufer gehalten, da man die Absicht hatte, so schnell als möglich ostwärts zu kommen. Die nun folgende Nacht war ruhig, und man konnte sich eines tiefen und ungestörten Schlafes erfreuen.

Es erhoben sich nur einige Schwierigkeiten wegen des Kommandos des Schiffes, welche jedoch zuletzt durch freundliche Übereinkunft ausgeglichen wurden. Da das Mißtrauen gegen Jasper noch lange nicht beseitigt war, so erhielt Cap die Oberaufsicht, während es dem jungen Manne gestattet wurde, das Fahrzeug zu handhaben, wobei er jedoch immer der Kontrolle und der Einrede des alten Seemannes unterworfen war. Jasper ließ sich das gefallen, damit Mabel nicht länger den Gefahren ihrer gegenwärtigen Lage ausgesetzt bliebe; denn da der Kampf der Elemente nachgelassen hatte, so wußte er wohl, daß sie von dem Montcalm aufgesucht werden würden. Er war jedoch vorsichtig genug, seine Besorgnisse über diesen Punkt nicht laut werden zu lassen, da zufällig gerade die Mittel, welche ihm zum Entrinnen die geeignetsten schienen, in den Augen derer, welche die Macht hatten, seine Absichten zu vereiteln, neue Zweifel gegen die Ehrlichkeit seiner Gesinnungen zu wecken imstande sein mochten. Mit anderen Worten – Jasper glaubte, der höfliche, junge Franzose, welcher das feindliche Schiff befehligte, werde seinen Ankerplatz unter dem Fort am Niagara verlassen und, sobald sich der Wind gelegt hatte, wieder in See stechen, um sich über das Schicksal des Scud Gewißheit zu verschaffen, wobei er sich wahrscheinlich in der Mitte zwischen beiden Ufern halten werde, um eine weitere Aussicht zu gewinnen. Es schien daher Jasper am zweckmäßigsten, sich an eine oder die andere Küste anzuschließen, nicht nur um ein Zusammentreffen zu vermeiden, sondern auch um unbemerkt weiterzukommen, da seine Segel und Spieren sich auf der Landschaft im Hintergrunde undeutlich abzeichnen mußten. Er zog das südliche Ufer vor, weil es auf der Luvseite lag, und weil er glaubte, daß der Feind ihn hier am wenigsten erwarten werde, da es notwendig in der Nähe der französischen Ansiedlungen und zu einem der stärksten Posten führte, welchen Frankreich in diesem Teile Amerikas besaß.

Von all diesem wußte jedoch Cap glücklicherweise nichts, und des Sergeanten Geist war zu sehr mit den Einzelheiten seines Auftrags beschäftigt, als daß er in solche Spitzfindigkeiten eingegangen wäre, welche eigentlich außer seinem Bereiche lagen. Es wurde daher nichts dagegen eingewendet, und ehe noch der Morgen anbrach, hatte sich Jasper augenscheinlich in aller Ruhe wieder sein früheres Ansehen verschafft und erließ, als ob nichts vorgefallen sei, seine Befehle, welchen auch ohne Zögerung und Ränke Folge geleistet wurde.

Das Aufdämmern des Tages brachte alles an Bord wieder auf das Verdeck, und nun untersuchte man, wie es bei Reisenden auf dem Wasser gewöhnlich ist, neugierig den sich erschließenden Horizont, wie die Bilder aus der Dunkelheit hervortraten und das werdende Licht das herrliche Rundgemälde mit immer helleren Tinten übergoß. Gegen Osten, Westen und Norden war nichts als Wasser sichtbar, welches unter den Strahlen der aufgehenden Sonne glitzerte; aber im Süden dehnte sich ein endloser Waldgürtel aus, welcher damals den Ontario mit seinem dunkeln Grün umfaßt hielt. Da zeigten sich plötzlich vorn eine Öffnung und dann die festen Mauern eines schloßartigen Gebäudes mit Außenwerken, Basteien, Blockhäusern und Palisaden, welches von einem Vorgebirge herabblickte, das die Mündung eines breiten Stromes begrenzte. Eben als das Fort sichtbar wurde, erhob sich über demselben eine leichte Wolke, und man sah die weiße Flagge von Frankreich an einem hohen Wimpelstocke flattern.

Cap stieß einen Schrei aus, als er diesen unerfreulichen Anblick gewahrte, und warf schnell seinem Schwager einen argwöhnischen Blick zu.

»Da hängt das schmutzige Tischtuch in der Luft, so wahr ich Charles Cap heiße«, brummte Cap, »und wir halten uns an dieses ver– Ufer, als harrten dort unsere Weiber und Kinder auf die Rückkehr von einer Indienfahrt. Hört, Jasper, sucht Ihr eine Ladung Frösche, daß ihr an dieses Neu-Frankreich so nahe heransegelt?«

»Ich halte mich ans Land, Herr, weil ich hoffe, so an dem feindlichen Schiffe unentdeckt vorbeizukommen; denn ich glaube, es muß dort unten irgendwo in unserm Lee sein.«

»Ja, ja, das klingt nicht übel, und ich hoffe, es wird auf das herauskommen, was Ihr sagt. Es wird doch hier kein Unterschlepper sein?«

»Wir sind jetzt am Luv-Ufer«, sagte Jasper lächelnd, »und ich denke, Ihr werdet zugeben, Meister Cap, daß ein starker Unterschlepper ein gutes Kabel ist. Wir alle haben diesem Unterschlepper des Sees unser Leben zu verdanken.«

»Französisches Gewäsch!« brummte Cap, ohne daß er sich darum kümmerte, ob er von Jasper gehört werde oder nicht. »Gebt mir einen guten ehrlichen Englisch-Yankee-Amerikanischen Schlepper in Offenheit und über offenem Wasser, wenn ich je einen Schlepper haben muß, aber nichts von Eurer kriechenden Abtrift unter der Oberfläche, wo man weder etwas sehen noch fühlen kann. Ich darf sagen, daß unser gestriges Entkommen, wenn man die Sache im rechten Licht betrachten wollte, nichts als ein Pfiff war.«

»Wir haben jetzt wenigstens eine gute Gelegenheit, den feindlichen Posten am Niagara zu rekognoszieren, Bruder; denn für diesen muß ich das Fort halten«, warf der Sergeant ein. »Laßt uns beim Vorübersegeln ganz Auge sein und nicht vergessen, daß wir fast im Angesicht des Feindes sind.«

Dieser Rat des Sergeanten bedurfte keiner weiteren Bekräftigung; denn das Interesse und die Neuheit eines von menschlichen Wesen bewohnten Platzes hatte für die Vorbeifahrenden einen hinlänglichen Reiz, um ihre gespannteste Aufmerksamkeit auf dieses Schauspiel einer weiten, aber einsamen Natur zu lenken. Der Wind war jetzt stark genug, um den Scud mit beträchtlicher Schnelle durch das Wasser zu drängen, und Jasper lüpfte das Steuer, als das Fahrzeug durch die Strömung des Flusses fuhr, und luvte fast in der Mündung dieser großartigen Wasserstraße oder dieses Stromes, wie man ihn sonst nennt, an. Ein fernes dumpfes, schweres Donnern kam zwischen den Gestaden herab und verbreitete sich in den Strömungen der Luft wie die tieferen Töne einer ungeheuren Orgel; hin und wieder schien selbst die Erde zu erbeben.

»Das tönt wie die Brandung einer langen ununterbrochenen Küste«, rief Cap, als ein ungewöhnlich tiefer Ton sein Ohr erreichte.

»Ja, das ist so eine Brandung, wie wir sie in dieser Weltgegend haben«, antwortete Pfadfinder. »Da ist kein Unterschlepper, Meister Cap; denn alles Wasser, welches dort an die Felsen schlägt, geht nicht wieder zurück. Es ist der alte Niagara, den ihr hört, oder dieser edle Strom hier, der über ein Gebirge hinunterstürzt.«

»Es wird doch niemand die Unverschämtheit haben, behaupten zu wollen, daß dieser schöne, breite Fluß über jene Hügel hinabstürze?«

»Ja, das tut er, Meister Cap, das tut er, und aus keinem andern Grunde, als weil er keine Stiegen oder keinen Weg hat, um anders hinunterzukommen. Da ist eine Natur, wie wir sie hierherum haben, obschon ich nicht sagen will, daß Ihr uns mit Eurem Meere nicht die Spitze bieten könntet. Ach, Mabel! was für eine glückliche Stunde wäre es, wenn wir an diesem Strome zu zehn oder fünfzehn Meilen hinaufgehen und alle die Herrlichkeiten betrachten könnten, die Gott hier geschaffen hat.«

»Ihr habt demnach diese berühmten Fälle gesehen, Pfadfinder?« fragte Mabel lebhaft.

»Ja, Mabel, ich habe sie gesehen, und war zu gleicher Zeit der Zeuge eines entsetzlichen Schauspiels. Der Sergeant und ich lagen auf Kundschaft in der Nähe der dortigen Garnison, und er erzählte mir, daß die Überlieferungen seines Volkes von einem mächtigen Wasserfall in der Nachbarschaft berichteten, wobei er mich aufforderte, von der Marschlinie ein wenig abzuweichen, um dieses Weltwunder zu betrachten. Ich hatte wohl schon manches Wunderbare darüber von den Soldaten des sechzigsten Regiments gehört – denn dieses ist mein eigentliches Korps und nicht das fünfundfünfzigste, zu welchem ich mich später so lange gehalten habe –; aber im ganzen Regiment waren so viele arge Aufschneider, daß ich kaum die Hälfte, von dem, was sie sagten, glaubte. Nun – wir gingen, und obgleich wir erwarteten, durch unser Gehör geleitet zu werden, und etwas von dem Donner zu hören hofften, den wir heute vernahmen, so wurden wir doch getäuscht; denn die Natur sprach damals nicht in den gewaltigen Tönen dieses Morgens. So geht es in den Wäldern, Meister Cap; es gibt dort Augenblicke, wo Gott in seiner ganzen Macht einherzugehen scheint, und dann ist wieder alles so still, als ob sich sein Geist in Ruhe über die Erde gelagert hätte. Nun – wir kamen plötzlich an den Strom, nicht weit oberhalb des Falles, und ein junger Delaware, der in unserer Gesellschaft war, fand einen Rindenkahn, welchen er in die Strömung bringen wollte, um eine Insel zu erreichen, die gerade im Mittelpunkt des Getümmels und der Verwirrung liegt. Wir suchten ihm seine Torheit auszureden und stellten ihm die Vermessenheit vor, die Vorsehung versuchen und sich in eine Gefahr stürzen zu wollen, die zu gar keinem Ziele führte. Aber die jungen Leute unter den Delawaren sind wie die unter den Soldaten – wagehalsig und großtuerisch. Er beharrte trotz unserer Einsprache auf seinem Sinne, und so mußten wir den Burschen gehen lassen. Es scheint mir, Mabel, als ob alles wirklich Große und Gewaltige eine gewisse ruhige Majestät an sich habe, welche nichts mit der schaumigen und aufsprudelnden Weise kleinerer Dinge gemein hat, und so war es auch mit den dortigen Stromschnellen. Sobald sie den Kahn erfaßt hatten, ging es abwärts, als ob er durch die Luft herabflöge, und keine Geschicklichkeit des jungen Delawaren vermochte der Strömung zu widerstehen. Er wehrte sich noch männlich um sein Leben und brauchte das Ruder bis zun letzten Augenblick wie der Hirsch, der im Schwimmen die Hunde von sich wirft. Zuerst schoß er so schnell quer durch die Strömung, daß wir dachten, er werde den Sieg davontragen; aber er hatte sich in der Entfernung verrechnet, und als ihm die schreckliche Wahrheit klar wurde, kehrte er den Schnabel stromaufwärts, und kämpfte auf eine Weise, welche furchtbar anzusehen war. Ich hätte Mitleid mit ihm haben müssen, und wenn er ein Mingo gewesen wäre. Einige Augenblicke waren seine Anstrengungen so wütend, daß er wirklich der Gewalt des Wassers erfolgreich widerstand; aber die Natur hat ihre Grenzen, und ein unsicherer Ruderschlag warf ihn zurück; er verlor dann Fuß um Fuß, Zoll um Zoll sein Feld, bis er an die Stelle kam, wo der Strom grün und glatt aussieht und sich wie in Millionen Wasserfäden über einen ungeheuren Felsen beugt. Da flog er wie ein Pfeil hinab und verschwand, wobei der Bug des Kahnes gerade noch so weit auftauchte, daß wir sehen konnten, was aus ihm geworden war. Ich traf einige Jahre nachher einen Mohawk, der unten vom Bette des Stromes aus die ganze Szene mitangesehen hatte, und er sagte mir, daß der Delaware mit Rudern in der Luft fortgemacht habe, bis er ihm in dem Wasserstaube der Fälle aus dem Gesicht entschwunden sei.«

»Und was wurde aus dem armen Unglücklichen?« fragte Mabel, welche an der kunstlosen Beredsamkeit des Sprechers warmen Anteil genommen hatte.

»Er ging ohne Zweifel in die glücklichen Jagdgründe seines Volkes; denn obgleich er sich hier als ein Wagehals und Großtuer erwies, so war er doch auch gerecht und tapfer. Ja, er starb in der Torheit dahin, aber der Manitu der Rothäute hat Mitleid mit seinen Geschöpfen, so gut als der Gott der Christen.«

In diesem Augenblick wurde eine Kanone von dem Blockhaus in der Nähe des Forts abgefeuert, und die Kugel, welche nicht gerade eine von den schweren war, pfiff über den Mast des Kutters hin – eine Mahnung, sich nicht näher zu wagen. Jasper stand an dem Steuer und hielt zu gleicher Zeit lächelnd ab, als ob ihn die Roheit dieser Begrüßung wenig kümmere. Der Scud war nun in der Strömung, und eine Drehung nach außen brachte ihn bald genug so weit leewärts, daß von einer Wiederholung des Schusses keine Gefahr zu befürchten stand, worauf er dann ruhig seinen Kurs längs des Ufers fortsetzte. Als der Strom offen vor ihren Augen lag; überzeugte sich Jasper, daß der Montcalm sich nicht in demselben vor Anker befand, und ein Mann, der nach dem Topp hinaufgeschickt wurde, kam mit der Nachricht zurück, daß sich am ganzen Horizont kein Segel blicken lasse. Man hatte nun gute Hoffnung, daß Jaspers Kunstgriff geglückt sei, und daß der französische Befehlshaber sie verfehlt habe, als er bei seinem Vorwärtssteuern auf die Mitte des Sees zuhielt.

Den ganzen Tag hing der Wind gegen Süden hin, und der Kutter setzte seinen Kurs, ungefähr eine Stunde vom Land entfernt, in dem vollkommen glatten Wasser fort, wobei er sechs oder acht Knoten in der Stunde segelte.

Obgleich die Szene ziemlich einförmig war und nur aus einem ununterbrochenen Wäldersaum an dem Wasser bestand, so gewährte sie doch einiges Interesse und Vergnügen. Man kam an vielen Vorgebirgen vorbei, wobei der Kutter durch Buchten segelte, welche sich so tief ins Land hineinstreckten, daß man sie füglich Golfe nennen konnte; aber nirgends traf das Auge die Spuren der Zivilisation. Hin und wieder gaben Flüsse, deren Zug man meilenweit in das Land hinein nach den Umrissen der Bäume verfolgen konnte, ihren Zoll an das große Bekken des Sees ab, und selbst die weiten Baien, die von Wäldern umzogen waren und mit dem Ontario nur durch schmale Straßen in Verbindung standen, kamen und verschwanden, ohne nur eine Spur menschlicher Ansiedlungen zu zeigen.

Unter allen an Bord blickte Pfadfinder mit dem ungeteiltesten Vergnügen auf dieses Schauspiel. Seine Augen hafteten an der endlosen Linie von Wäldern, und ungeachtet er sich in Mabels Nähe so wohl fühlte, indem er dem Klange ihrer lieblichen Stimme zuhorchte und ihr heiteres Lachen in seiner Seele widertönen ließ, so sehnte sich sein Herz doch mehr als einmal an diesem Tage, unter jenen hohen Bogen der Ahornbäume, der Eichen und Linden zu wandern, wo er seinen früheren Gewohnheiten gemäß allein ein dauerndes und wahres Vergnügen hoffen konnte. Cap betrachtete diesen Anblick mit anderen Augen. Mehr als einmal drückte er sein Unbehagen aus, daß man hier keine Leuchttürme, Kirchtürme, Feuerwarten oder Reeden mit ihren Schiffen zu Gesicht bekomme. Er versicherte, daß auf der ganzen Welt keine derartige Küste mehr zu finden sei, und beteuerte allen Ernstes dem Sergeanten, welchen er beiseite nahm, daß aus dieser Gegend nie etwas werden könne, weil die Häfen vernachlässigt seien, die Flüsse verlassen und nutzlos aussähen und selbst der Wind einen Waldgeruch mit sich führe, welcher nicht zugunsten seiner Eigenschaften spreche.

Aber die Launen der verschiedenen Passagiere hielten den Scud nicht in seinem Laufe auf. Als die Sonne sank, war er bereits hundert Meilen auf dem Wege nach dem Oswego, wo sich der Sergeant einzulaufen verpflichtet hielt, um etwaige weitere Mitteilungen von seiten Major Duncans einzuholen. Infolgedessen fuhr Jasper fort, sich die ganze Nacht über am Ufer zu halten, und obgleich der Wind gegen Morgen nachzulassen begann, so hielt er doch noch so lange an, daß man den Kutter an einen Punkt bringen konnte, der, wie sie wußten, nur ein paar Stunden von dem Fort entfernt war. Hier blies der Wind leicht aus Norden, und der Scud wurde ein wenig vom Lande gehalten, um heil die offene See zu gewinnen, wenn derselbe stärker blasen oder nach Osten umspringen sollte.

Mit der Morgendämmerung hatte der Kutter die Mündung des Oswego in der Entfernung von etwa zwei Meilen gut unter seinem Lee, und als eben vom Fort aus die Morgensalve abgefeuert wurde, gab Jasper Befehl, die Schoten loszumachen und sich dem Hafen zu nähern. In diesem Augenblick lenkte ein Schrei vom Vorderdeck aus alle Augen auf einen Punkt an der Ostseite des Ausflusses, und dort, gerade außer Schußweite des leichten Geschützes auf den Werken, lag mit so weit eingezogenen Segeln, um sich an der Stelle zu halten, der Montcalm, augenscheinlich ihre Ankunft erwartend.

Es war unmöglich, daran vorbeizukommen; denn mit gefüllten Segeln konnte das französische Schiff den Scud in wenigen Minuten einholen, und die Umstände forderten einen schnellen Entschluß. Nach einer kurzen Beratung änderte der Sergeant wieder seinen Plan und beschloß nun, so schnell als möglich nach der Station steuern zu lassen, nach welcher der Scud ursprünglich bestimmt war, wobei er hoffte, sein schnelles Fahrzeug werden den Feind so weit im Rücken lassen, daß derselbe über ihre Bewegungen keinen Aufschluß bekäme.

Der Kutter wurde infolge dieses Entschlusses ohne Verzug windwärts gehalten und alles, was zu Beschleunigung seines

Laufes dienen konnte, beigesetzt. Auf dem Fort wurden Kanonen gelöst, Flaggen ausgesteckt, und die Wälle wimmelten wieder von Menschen – Lundie konnte jedoch seiner Partei statt aller Unterstützung nur seine Teilnahme bieten. Auch der Montcalm feuerte höhnend vier oder fünf Kanonen ab, zog einige französische Flaggen auf und begann bald unter einer Wolke von Segeln seine Jagd.

Einige Stunden drängten sich die beiden Fahrzeuge so schnell als möglich durch das Wasser und machten gegen den Wind kurze Manöver, augenscheinlich in der Absicht, den Hafen unter dem Lee zu behalten, das eine, um womöglich in denselben einzulaufen, das andere, um den Feind bei diesem Versuch abzufangen.

Um Mittag befand sich der Rumpf des französischen Schiffes tot leewärts; denn die Ungleichheit des Segelns in dem Winde war sehr groß. Auch lagen einige Inseln in der Nähe, hinter welchen nach Jaspers Aussage der Kutter seine weiteren Bewegungen wahrscheinlich verbergen konnte. Obgleich Cap, der Sergeant und insbesondere Leutnant Muir ihren Reden zufolge noch einen starken Verdacht gegen den jungen Mann fühlten und Frontenac nicht fern war, so wurde doch sein Rat angenommen; denn die Zeit drängte, und der Quartiermeister bemerkte klugerweise, daß Jasper seinen Verrat nicht vollführen könne, ohne offen in den feindlichen Hafen einzulaufen, ein Schritt, welchem sie jeder Zeit zuvorkommen könnten, zumal der einzige bedeutende Kreuzer der Franzosen im gegenwärtigen Augenblick unter ihrem Lee liege und nicht in der Lage sei, ihnen einen unmittelbaren Nachteil zuzufügen.

Da nun Jasper sich selbst überlassen war, zeigte er bald, was er wirklich zu leisten vermochte. Er segelte luvwärts um die Inseln, ging an ihnen vorbei und hielt, als er wieder herauskam, breit ab, so daß hinter ihrem Kielwasser und in ihrem Lee nichts die Aussicht hinderte. Beim Niedergang der Sonne war der Kutter wieder vor der ersten der Inseln, welche am Ausgangspunkte des Sees liegen, und ehe es dunkel wurde, segelte er durch die schmalen Kanäle, welche zu der langgesuchten Station führten. Um neun Uhr verlangte jedoch Cap, daß man Anker werfe; denn die Irrgänge der Inseln wurden so verwickelt und undeutlich, daß er bei jeder Öffnung fürchtete, die Gesellschaft möchte, ehe sie sich's versehe, unter den Kanonen eines französischen Forts liegen. Jasper gab gern seine Einwilligung, da es teilweise zu seiner Dienstvorschrift gehörte, der Station sich nur unter Umständen zu nähern, welche verhinderten, daß die Mannschaft eine genaue Kenntnis von der Lage derselben erhielt, damit nicht etwa ein Deserteur die kleine Garnison dem Feinde verrate.

Der Scud wurde in eine kleine, etwas abgelegene Bai gebracht, wo er selbst am Tage nur schwer aufzufinden gewesen wäre, und also die Nacht über vollkommen gesichert war, obschon alles mit Ausnahme einer einzelnen Schildwache auf dem Verdeck sich zur Ruhe begab. Cap war durch die Anstrengung der letzten achtundvierzig Stunden so abgemattet, daß er in einen langen und tiefen Schlaf fiel und erst mit dem Grauen des Tages wieder erwachte. Er hatte jedoch seine Augen kaum geöffnet, als ihm sein seemännischer Instinkt zu erkennen gab, daß der Scud bereits unterwegs sei. Er sprang auf, und fand, daß das Fahrzeug sich wieder durch die Inseln wand, ohne daß jemand anders als Jasper und der Pilot auf dem Verdecke war, die Schildwache ausgenommen, welche nicht das mindeste gegen diese Bewegungen einzuwenden hatte, da sie allen Grund zu haben glaubte, sie für ebenso regelmäßig als notwendig zu halten.

»Was soll das, Meister Western?« fragte Cap mit Heftigkeit. »Wollt Ihr uns endlich nach Frontenac hinüberbringen, während wir alle unten schlafen wie andere Seeleute, welche auf den Ruf der Schildwache warten?«

»Mein Befehl lautet so, Meister Cap. Major Duncan hat befohlen, ich solle mich der Station nie anders nähern, als wenn die Mannschaft im untern Raume ist; denn er wünscht nicht, daß es mehr Lotsen in diesem Wasser gebe, als der König braucht.«

»Hu – hu ! ein sauberes Geschäft, wenn ich da unter diesen Büschen und Felsen mit nur einem Mann auf dem Verdeck hätte hinunterfahren sollen. Der beste Yorker Matrose wüßte nichts aus einem solchen Kanale zu machen.«

»Ich habe immer gedacht, Herr«, sagte Jasper lächelnd, »Ihr hättet besser getan, den Kutter so lange meinen Händen zu überlassen, bis er glücklich an den Ort seiner Bestimmung gelangt wäre.«

»Wir würden es getan haben, Jasper; wir würden es getan

haben, wenn nicht ein Indiz eingetreten wäre. Solche Indizien oder Umstände sind gar ernsthafter Natur, und kein vernünftiger Mann wird darüber wegsehen.«

»Nun, Herr! ich hoffe, es hat jetzt ein Ende damit. Wir haben nicht ganz mehr eine Stunde zu fahren, wenn der Wind so fortmacht, und dann werdet Ihr gegen alle nur erdenklichen Umstände gesichert sein.«

»Hum!«

Cap mußte sich beruhigen, und da alles um ihn her das Ansehen hatte, als ob Jasper es ehrlich meine, so gab er sich um so leichter darein. Es wäre auch in der Tat für den empfindlichen Indizienwitterer schwer gewesen, sich einzubilden, daß sich der Scud in der Nachbarschaft eines so lange bestehenden und an der Grenze so wohl bekannten Hafens, wie Frontenac das war, befinde. Der Inseln waren wohl nicht gerade buchstäblich tausend an der Zahl, aber immerhin doch so viele und unbedeutende, unter denen sich freilich hin und wieder eine von größerem Umfang befand, daß man nicht an ein Zählen derselben denken durfte. Jasper hatte die Straße, welche man den Hauptkanal nennen konnte, verlassen und wand sich unter einem guten, steifen Winde und günstiger Strömung durch die Pässe, welche bisweilen so enge wurden, daß der Raum kaum hinreichte, um die Spieren des Scud klar vor den Bäumen vorbeizubringen, während er ein andermal durch kleine Baien schoß und sich dann wieder zwischen Felsen, Wäldern und Büschen verlor. Das Wasser war so durchsichtig, daß man keines Senkbleis bedurfte, und da es so ziemlich eine gleiche Tiefe hatte, so konnte man ohne besondere Gefahr durchkommen, obgleich der an das Meer gewöhnte Cap wegen des Anstoßes beständig in Fieberangst lag.

»Ich geb' es auf, ich geb' es auf, Pfadfinder!« rief der alte Seemann endlich aus, als das kleine Fahrzeug aus dem zwanzigsten dieser schmalen Durchlässe, durch welche es mit soviel Kühnheit geführt worden war, glücklich auftauchte. »Das heißt, der Natur der Seemannskunst Trotz bieten und alle ihre Gesetze und Regeln zum T – l schicken!«

»Nein, nein, Salzwasser! Das ist die Vollendung der Kunst. Ihr seht, daß Jasper nie strauchelt, sondern wie ein Hund mit guter Nase, den Kopf aufrecht, dahinschießt, als ob er alles durch den Geruch kenne. Ich setze mein Leben zum Pfand, daß uns der Junge zuletzt an den rechten Ort bringt, wie er es auch schon von Anfang an getan haben würde, wenn man ihn hätte machen lassen.«

»Kein Lotse, kein Senkblei, keine Baken, keine Bojen, keine Leuchttürme, keine –«

»Fährte«, unterbrach ihn Pfadfinder; »denn das ist für mich das Wunderbarste bei der ganzen Sache. Wasser hinterläßt keine Fährte, wie jedermann weiß; und doch geht Jasper hier so kühn vorwärts, als hätte er die Abdrücke der Mokassins auf den Blättern so deutlich vor Augen, als wir die Sonne am Himmel sehen können.«

»Gott v – mich, wenn ich glaube, daß überhaupt nur ein Kompaß da ist.«

»Legt bei, um den Klüver niederzuholen«, rief Jasper, der zu den Bemerkungen seines Kunstverwandten nur lächelte. »Holt nieder – das Steuer an Backbord – hart Backbord – so, recht so – gemach da mit dem Steuer – leicht berührt – nun schnell ans Land, Junge – nein, aufwärts! Da sind einige von unsern Leuten, die es aufnehmen können.«

Alles dies ging mit einer Geschwindigkeit vor sich, daß die Zuschauer kaum Zeit hatten, die verschiedenen Schwenkungen zu bemerken, bis der Scud in den Wind geworfen war und das große Segel killte; dann fiel er unter Beihilfe des Ruders ein wenig ab und legte sich der Länge nach an eine natürliche Felsenkaje, wo er alsbald durch gute, ans Ufer laufende Taue befestigt wurde. Mit einem Wort, die Station war erreicht, und die Soldaten der Fünfundfünfzigsten wurden von den auf sie harrenden Kameraden mit der Freude begrüßt, welche eine Ablösung gewöhnlich mit sich bringt.

Mabel sprang mit einem Entzücken, welchem sie unbekümmert Lauf ließ, ans Ufer, und ihr Vater hieß seine Leute mit einer Freudigkeit folgen, welche zeigte, wie müde er des Kutters geworden war. Die Station; denn so wurde dieser Ort gewöhnlich von den Soldaten des fünfundfünfzigsten Regiments genannt, war auch in der Tat geeignet, bei Leuten, welche so lange in einem Fahrzeug von dem Umfang des Scud eingesperrt gewesen waren, freudige Hoffnungen zu erregen. Keine der Inseln war hoch, obgleich alle weit genug aus dem Wasser hervorragten, um vollkommen gesund und sicher zu sein. Jede hatte mehr oder weniger Bäume, die größere Zahl war aber in jenen

Zeiten noch mit Urwald bedeckt. Die von den Truppen für ihren Zweck ausgewählte war klein (sie umfaßte ungefähr zwanzig Morgen Landes) und durch irgendeinen Zufall der Wildnis vielleicht schon Jahrhunderte vor dem Zeitraum unserer Erzählung teilweise ihrer Bäume beraubt worden, so daß beinahe die Hälfte derselben aus Grasgrund bestand. Nach der Vermutung des Offiziers, welcher diese Stelle für einen militärischen Posten ausgesucht, hatte eine sprudelnde Quelle in der Nähe früh die Aufmerksamkeit der Indianer auf sich gezogen, welche bei Gelegenheit ihrer Jagden und des Salmfanges die Insel häufig besuchten, ein Umstand, durch den der Nachwuchs niedergehalten und den Gräsern Zeit gelassen wurde, sich einzuwurzeln und die Herrschaft über den Boden zu gewinnen. Mochte übrigens die Ursache sein, welche sie wollte, die Wirkung war, daß diese Insel ein weit schöneres Aussehen als die meisten benachbarten hatte und gewissermaßen ein Gepräge von Zivilisation trug, welches man damals in diesen ausgedehnten Gegenden so sehr vermißte.

Die Ufer der Stationsinsel waren ganz von Gebüsch umfaßt, und man hatte Sorge getragen, es zu erhalten, da es dem Zwecke eines Schirms entsprach, der die Personen und Gegenstände im Innern verbarg. Durch diesen Schutz sowohl als auch durch mehrere Baumdickichte und verschiedenes Unterholz begünstigt, hatte man sechs oder acht niedrige Hütten errichtet, die dem Offizier und seiner Mannschaft als Wohnungen dienten und zur Aufbewahrung der Küchen-, Spital- und anderer Vorräte benutzt wurden. Diese Hütten waren, wie gewöhnlich, aus Baumstämmen gebaut und mit Rinde bedeckt, wozu das Material von abgelegeneren Orten herbeigeführt worden war, damit die Spuren menschlicher Arbeit nicht die Aufmerksamkeit auf sich ziehen möchten; da sie jetzt einige Monate bewohnt gewesen, so waren sie so behaglich, als derartige Wohnungen nur immer sein konnten.

Am östlichen Ende der Insel befand sich eine dichtbewaldete Halbinsel mit so verwachsenem Unterholz, daß man, solange die Blätter an den Zweigen waren, nicht durchzusehen vermochte. In der Nähe des schmalen Streifens, der dieses Gehölz mit der übrigen Insel verband, lag ein kleines Blockhaus, welches einigermaßen in wehrhaften Stand versetzt worden war. Die Stämme waren schußfest, vierkantig und mit einer Sorgfalt zusammengefügt, daß kein Punkt ungeschützt blieb. Die Fenster hatten die Gestalt von Schießscharten; die Türe war klein und schwer und das Dach wie der übrige Teil des Gebäudes aus behauenem Stammholz, welches man, um den Regen abzuhalten, mit Rinde bedeckt hatte. Der untere Raum enthielt, wie gewöhnlich, Vorräte und Lebensmittel; hier kaufte die Mannschaft alles ein, was sie brauchte; der zweite Stock diente sowohl zu einer Wohnung als zu einer Zitadelle, und das niedrige oberste Gelaß war in zwei oder drei Dachkämmerchen abgeteilt, in denen für zehn oder fünfzehn Personen Lager aufgeschlagen werden konnten. Alle diese Einrichtungen waren außerordentlich einfach und wohlfeil, aber sie reichten hin, die Soldaten gegen die Wirkungen eines unerwarteten Überfalls zu schützen. Da das ganze Gebäude noch lange nicht die Höhe von vierzig Fuß hatte, so war es bis zum Giebel durch die Wipfel der Bäume bedeckt und konnte nur von denen, welche sich im Innern der Insel befanden, gesehen werden; ebenso bot sich in dieser Richtung von den obern Schießscharten eine freie Aussicht dar, obgleich auch hier mehr oder weniger Gebüsch vorhanden war, welches die untern Teile des hölzernen Turmes verbarg.

Da man bei Errichtung dieses Blockhauses nur die Verteidigung im Auge gehabt hatte, so war dafür gesorgt worden, daß es nahe genug bei einer Aushöhlung des Tuffgesteins erbaut wurde, welches die obere feste Schicht der Insel ausmachte, damit man sich aus dieser Zisterne für den Fall einer Belagerung das wesentlichste Bedürfnis – das Wasser – durch Herablassen von Schöpfeimern verschaffen konnte. Um dieses Geschäft zu erleichtern und die Basis des Gebäudes von oben unter Strichfeuer halten zu können, sprangen, wie es bei Blockhäusern gewöhnlich ist, die oberen Stockwerke um mehrere Fuß über die untern vor, wobei in die hervorragenden Balkenlagen Öffnungen gehauen waren, welche die Dienste von Schießlöchern und Falltüren verrichten konnten, gewöhnlich aber mit Holzstücken bedeckt wurden. Die Verbindung zwischen den verschiedenen Stockwerken wurde durch Leitern vermittelt. Wenn wir noch hinzufügen, daß solche Blockhäuser in den Garnisonen und Ansiedlungen für den Fall eines Angriffs als Zitadellen, in welche man sich zurückziehen konnte, dienten, so wird der Leser sich eine hinreichend genaue Vorstellung von den Einrichtungen machen können, welche wir ihm hier vorzuführen beabsichtigten.

Den größten Vorteil für eine militärische Besatzung gewährte jedoch die Lage der Insel. Es war nicht leicht, sie mitten aus zwanzig anderen herauszufinden, zumal da Fahrzeuge ganz nahe vorbeikommen konnten, ohne daß man dieselbe nach den Ausblicken, welche die offenen Stellen zuließen, für etwas mehr als für ein Stück von einer andern gehalten hätte. In der Tat waren auch die Kanäle zwischen den benachbarten Inseln so schmal, daß es, selbst wenn man zur genauen Ermittelung der Wahrheit einen Standort im Mittelpunkt derselben gewählt hätte, schwer gewesen wäre zu sagen, welche Teile des Landes verbunden und welche getrennt seien. Besonders war die kleine Bucht, deren sich Jasper als eines Hafens bediente, so von Gebüsch überwölbt und von Inseln eingeschlossen, daß selbst das Schiffsvolk des Kutters, als einmal gelegentlich seine Segel niedergelassen waren, nach der Rückkehr von einem kurzen Fischzuge den Scud in den benachbarten Kanälen vier Stunden lang suchen mußte. Kurz, der Ort war wunderbar geeignet für seine gegenwärtigen Zwecke, wobei noch die natürlichen Vorteile, welche er bot, mit soviel Scharfsinn verbessert worden waren, als Sparsamkeit und die beschränkten Mittel eines Grenzpostens nur immer gestatten mochten.

Die Stunde, welche der Ankunft des Scud folgte, war voll hastiger Aufregung. Die Mannschaft, welche bisher im Besitz des Postens war, hatte nichts Bemerkenswertes ausgerichtet und sehnte sich, ihrer Abgeschlossenheit müde, nach Oswego zurück. Der Sergeant und der abzulösende Offizier waren kaum mit den unbedeutenden Förmlichkeiten der Übergabe zu Ende, als letzterer mit seiner ganzen Mannschaft an Bord des Scud eilte, worauf Jasper, der wohl gern einen Tag auf dieser Insel zugebracht hätte, die Weisung erhielt, unter Segel zu gehen, da der Wind eine rasche Fahrt stromaufwärts und über den See in Aussicht stellte. Vor der Abreise hielten jedoch Leutnant Muir, Cap und der Sergeant mit dem abgelösten Fähnrich eine geheime Besprechung, in welcher dem letzteren der Verdacht mitgeteilt wurde, welcher sich gegen die Treue des jungen Schiffers erhoben hatte. Der Offizier versprach gehörige Vorsicht, schiffte sich ein, und weniger als drei Stunden nach seiner Ankunft war der Kutter wieder in Bewegung.

Mabel hatte von einer der Hütten Besitz genommen und traf mit weiblicher Gewandtheit und Fertigkeit nicht nur für ihre eigene, sondern auch für ihres Vaters Bequemlichkeit die Anordnungen, welche die Umstände gestatteten. Zur Erleichterung der Mühe wurde in einer benachbarten Hütte eigens ein Speisetisch für die ganze Mannschaft errichtet, welchen die Soldatenfrau beschickte. Die Wohnung des Sergeanten, die beste auf der ganzen Insel, blieb also von den gewöhnlichen Obliegenheiten der Haushaltung befreit, und Mabel konnte daher so sehr ihrem eigenen Geschmack die Zügel lassen, daß sie das erstemal seit ihrer Ankunft an der Grenze mit einem gewissen Stolze auf ihre häusliche Einrichtung blickte. Sobald sie sich dieser wichtigen Pflichten entledigt hatte, streifte sie auf der Insel umher und schlug einen Pfad ein, der durch einen schönen Baumgang zu der einzigen Stelle führte, welche nicht mit Gebüsch bedeckt war. Hier stand sie, den Blick auf das durchsichtige Wasser gerichtet, welches mit einer fast unbewegten Fläche zu ihren Füßen lag, und sann über die Neuheit der Lage nach, in welche sie versetzt war. Eine freudige und tiefe Erregung überflog ihre Seele, als sie sich der Szenen erinnerte, die sie erst jüngst durchlebt hatte, und sich in Vermutungen über jene erging, welche noch im Schoße der Zukunft schlummerten.

»Sie sind ein schönes Gerät an einer schönen Stelle, Mistreß Mabel«, sagte David Muir, der plötzlich an ihrer Seite erschien, »und ich möchte nicht darauf wetten, daß Sie nicht das Anmutigste von beiden sind.«

»Ich will nicht sagen, Herr Muir, daß Komplimente, welche mir gelten, so ganz unwillkommen seien; denn man würde mir vielleicht doch keinen Glauben schenken«, antwortete Mabel, »aber ich möchte Ihnen bemerklich machen, daß, wenn Sie sich herablassen wollten, mir andersartige Bemerkungen mitzuteilen, dies mich zu dem Glauben veranlassen würde, Sie trauten mir hinlängliche Fähigkeiten zu, solche zu verstehen.«

»Ach, Ihr Geist, schöne Mabel, ist so blank wie der Lauf einer Soldatenmuskete, und Ihre Unterhaltung ist nur zu klug und weise für einen armen Teufel, der seit vier Jahren hier oben an den Grenzen Birkenzweige kaut, statt derselben in einer Anwendung teilhaftig zu werden, welche die Eigenschaft hat, das Wissen zu befördern. Aber ich denke, es tut Ihnen nicht leid, meine Dame, daß Sie Ihren schönen Fuß wieder einmal auf festen Boden setzen können?«

»Es scheint mir so seit zwei Stunden, Herr Muir; aber der Scud sieht, wie er da durch diese Öffnungen der Bäume segelt, so hübsch aus, daß ich beinahe bedauern möchte, nicht mehr zu seinen Passagieren zu gehören.«

Mabel hörte auf zu sprechen und schwenkte ihr Taschentuch, um den Gruß Jaspers zu erwidern, welcher mit unverwandten Augen nach ihr zurückblickte, bis die weißen Segel des Kutters um eine Spitze bogen, in deren grünem Blättersaume sie sich beinahe ganz verloren.

»Da gehen sie hin, und ich will nicht sagen: ›Freude möge sie geleiten‹; aber möchten sie doch glücklich wieder zurückkommen; denn ohne sie wären wir in Gefahr, den Winter auf dieser Insel zubringen zu müssen, wenn uns statt dessen nicht ein Aufenthalt in dem Schloß zu Quebec blüht. Jener Jasper Eau-douce ist eine Art Landstreicher, und es gehen in der Garnison Gerüchte über ihn, die ich nicht ohne Herzeleid hören kann. Ihr würdiger Vater und Ihr fast ebenso würdiger Onkel haben nicht die beste Meinung von ihm.«

»Es tut mir leid, so etwas zu hören, Herr Muir; doch zweifle ich nicht, daß die Zeit alles Mißtrauen beseitigen wird.«

»Wenn die Zeit nur das meinige beseitigen würde«, erwiderte der Quartiermeister mit einschmeichelndem Tone, »so wollte ich keinen General beneiden. Ich glaube, wenn ich in der Lage wäre, mich vom Dienst zurückziehen zu können, so würde der Sergeant in meine Schuhe treten.«

»Wenn mein Vater würdig ist, in Ihre Schuhe zu treten, Herr Muir«, erwiderte das Mädchen mit boshaftem Mutwillen, »so bin ich überzeugt, daß die Befähigungen gegenseitig und Sie in jeder Hinsicht würdig sind, in die seinigen zu treten.«

»Der Teufel steckt in dem Mädchen! – Sie wollen mich doch nicht zu dem Rang eines Unteroffiziers zurücksetzen, Mabel?«

»Gewiß nicht, Herr! denn ich habe gar nicht an die Armee gedacht, als Sie von Ihrem Rückzug sprachen. Meine Gedanken waren selbstsüchtiger, und es schwebte mir gerade vor, wie sehr Sie mich durch Ihre Erfahrung und Ihre Weisheit an meinem lieben Vater erinnern, und wie sehr Sie geeignet wären, seinen Platz in einer Familie einzunehmen.«

»Als ein Bräutigam in derselben, schöne Mabel, aber nicht

als Vater oder natürliches Haupt. Ich sehe, wie es mit Ihnen steht, und liebe Ihre schnellen und witzsprühenden Erwiderungen. Ich liebe den Geist bei jungen Frauenzimmern, wenn es nur nicht der Geist des Zankes ist. – Dieser Pfadfinder ist ein außerordentlicher Mann, Mabel, wenn man die Wahrheit von ihm sagen will.«

»Man muß die Wahrheit oder gar nichts von ihm sagen. Pfadfinder ist mein Freund – ein mir sehr werter Freund, Herr Muir, und man darf ihm in meiner Gegenwart nie etwas Übles nachreden, ohne daß ich Einsprache dagegen tun werde.«

»Ich versichere Sie, Mabel, daß ich ihm nichts Übles nachreden will; aber zu gleicher Zeit muß ich doch bezweifeln, ob sich viel Gutes zu seinen Gunsten sagen läßt.«

»Er weiß wenigstens mit der Büchse gut umzugehen«, erwiderte Mabel lächelnd; »das werden *Sie* doch nicht leugnen?«

»Was seine Taten in dieser Beziehung anbelangt, so mögen Sie ihn so hoch stellen, als Ihnen beliebt; aber er ist so ungebildet wie ein Mohawk.«

»Er versteht vielleicht nichts von dem Lateinischen; aber die Sprache der Irokesen kennt er besser als die meisten Weißen, und diese ist jedenfalls in unserm Erdwinkel die nützlichere von beiden.«

»Wenn Lundie selbst mich aufforderte, ihm zu sagen, ob ich Ihre Person oder Ihren Witz mehr bewundere, meine schöne, spöttische Mabel, so wüßte ich nicht, was ich antworten sollte. Meine Bewunderung ist so sehr zwischen beiden geteilt, daß ich bald der einen, bald dem andern die Palme zuerkennen muß. Ach, die verstorbene Mistreß Muir war auch ein solches Musterbild.«

»Sie sprechen von der zuletzt verstorbenen Mistreß Muir, Herr?« fragte Mabel mit einem unschuldigen Blick auf ihren Gefährten.

»Ach, das ist eine von Pfadfinders Lästerungen. Gewiß hat der Bursche es versucht, Sie zu überreden, daß ich schon mehr als einmal verheiratet gewesen sei?«

»In diesem Falle wäre seine Mühe vergebens gewesen, Herr; denn jedermann weiß, daß Sie das Unglück hatten, schon vier Frauen zu verlieren.«

»Nur drei, so wahr mein Name David Muir ist. Die vierte ist reiner Skandal oder vielmehr noch in petto, wie man in Rom sagt, schöne Mabel; und das bedeutet in Liebesangelegenheiten soviel als im Herzen.«

»Nun, ich bin froh, daß ich nicht diese vierte Person in petto oder in etwas anderem bin; denn es wäre mir nicht angenehm, ein Skandal zu sein.«

»Haben Sie deshalb keine Furcht, meine bezaubernde Mabel; denn wenn Sie die vierte sind, werden alle andern vergessen sein, und Ihre wundervollen Reize und Verdienste würden Sie auf einmal zur ersten erheben. Sie dürfen nicht fürchten, in irgend etwas die vierte zu sein.«

»Es liegt ein Trost in dieser Versicherung, Herr Muir«, sagte Mabel lachend, »was es auch sonst mit den andern Versicherungen für eine Bewandtnis haben mag; denn ich gestehe, daß ich lieber eine Schönheit vierten Ranges als die vierte Frau eines Mannes sein möchte.«

Mit diesen Worten entfernte sie sich und überließ es dem Quartiermeister, über seinen Erfolg nachzudenken.

Mabel war zu einer so freimütigen Benutzung ihrer weiblichen Verteidigungsmittel veranlaßt worden – einmal, weil ihr Verehrer sich in der letzten Zeit auf eine Weise benommen hatte, daß sie die Notwendigkeit einer runden und ernstlichen Abfertigung fühlte, und dann durch seine Sticheleien gegen Jasper und den Pfadfinder. Obgleich raschen Geistes, war sie von Natur nicht vorlaut und hielt sich nur bei der gegenwärtigen Gelegenheit durch die Umstände zu einer mehr als gewöhnlichen Entschiedenheit aufgefordert. Als sie daher ihren Gesellschafter verlassen hatte, hoffte sie endlich der Aufmerksamkeiten enthoben zu sein, welche ihr ebenso übel angebracht schienen, als sie ihr unangenehm waren.

David Muir aber dachte anders. An Körbe gewöhnt und in der Tugend der Beharrlichkeit geübt, sah er keinen Grund zu verzweifeln, obgleich die halb drohende, halb zufriedene Weise, mit welcher er bei dem Rückzuge des Mädchens mit dem Kopfe nickte, ebenso unheilvolle wie entschiedene Entwürfe verraten mochte. Während er so mit sich selbst zu Rate ging, näherte sich der Pfadfinder und kam unbemerkt bis auf einige Fuß an ihn heran.

»'s wird nicht gelingen, Quartiermeister, 's wird nicht gelingen«, begann letzterer mit seinem tonlosen Lachen. »Sie ist jung und lebhaft, und nur ein rascher Fuß kann sie einholen.

Man sagt mir, Sie seien ihr Anbeter, obgleich Sie ihr nicht nachgehen.«

»Und ich höre dasselbe von Euch, Mann, obgleich die Anmaßung so stark wäre, daß ich sie kaum für wahr halten kann.«

»Ich fürchte, Sie haben recht; ja, ja, – ich fürchte, Sie haben recht: wenn ich überlege, was ich bin, wie wenig ich weiß, und wie roh mein Leben gewesen ist, so habe ich ein geringes Vertrauen auf meine Ansprüche, nur einen Augenblick an ein so gut erzogenes, heiteres, frohsinniges und zartes Mädchen denken zu dürfen.«

»Ihr vergeßt das ›schön‹«, unterbrach ihn Muir auf eine etwas rohe Weise.

»Ja, schön ist sie auch, fürchte ich«, erwiderte der bescheidene und anspruchslose Wegweiser. »Ich hätte die Schönheit bei ihren übrigen Eigenschaften mitberühren sollen; denn das junge Reh, das eben erst hüpfen lernt, hat in den Augen eines Jägers nicht mehr Anmut als Mabel in den meinigen. Ich fürchte in der Tat, daß alle Gedanken an sie, welche ich in mir beherberge, eitel und anmaßend sind.«

»Wenn Ihr vielleicht aus natürlicher Bescheidenheit das von Euch selbst glaubt, mein Freund, so halte ich es für meine Pflicht, um unsrer alten Kameradschaft willen Euch zu sagen –«

»Quartiermeister«, unterbrach ihn der andere mit einem durchdringenden Blicke, »Sie und ich haben lange miteinander hinter den Wällen des Forts gelebt, aber sehr wenig draußen in den Wäldern oder im Angesichte des Feindes.«

»Garnison oder Zelt – beides gilt, wie Ihr wißt, Pfadfinder, für einen Teil des Feldzuges. Zudem fordert mein Beruf, daß ich mich mehr in der Nähe der Magazine aufhalte, obschon dies ganz gegen meine Neigung ist, wie Ihr wohl denken könnt, da Ihr selber die Glut des Kampfes in Euern Adern fühlt. Aber wenn Ihr gehört hättet, was Mabel eben von Euch sagte, so würdet Ihr keinen Augenblick mehr daran denken, Euch dieser über alle Vergleichung frechen und widerspenstigen Dirne angenehm machen zu wollen.«

Pfadfinder blickte den Leutnant mit Ernst an; denn es war unmöglich, daß er nicht ein Interesse an Mabels Äußerungen hätte fühlen sollen: aber er hatte zuviel angeborene Zartheit und wahren Edelmut, um zu fragen, was andere von ihm sagten. Muir war jedoch durch diese Selbstverleugnung und Selbstachtung nicht zu überwältigen; denn da er es mit einem Mann von großer Wahrheitsliebe und Einfalt zu tun zu haben glaubte, so beschloß er, auf seine Leichtgläubigkeit einzuwirken und sich auf diese Weise von seinem Nebenbuhler zu befreien. Er verfolgte daher den Gegenstand, sobald er bemerkte, daß die Selbstverleugnung seines Gefährten stärker sei als seine Neugierde.

»Ihr müßt ihre Ansicht erfahren, Pfadfinder«, fuhr er fort, »und ich glaube, jedermann sollte hören, was seine Freunde und Bekannten von ihm sagen. Ich will es Euch daher, um Euch meine Achtung gegen Euren Charakter und Eure Gefühle zu beweisen, in so kurzen Worten als möglich mitteilen. Ihr wißt, daß Mabel mit ihren Augen ein schlimmes und boshaftes Spiel treibt, wenn sie im Sinne hat, den Gefühlen eines Mannes zuzusetzen.«

»Mir schienen ihre Augen immer gewinnend und sanft, Leutnant Muir, obgleich ich zugeben will, daß sie bisweilen lachen. Ja, ich habe sie lachen sehen, und zwar recht herzlich und mit aufrichtigem Wohlwollen.«

»Wohl! das war es aber gerade. Ihre Augen lachten sozusagen mit aller Macht, und mitten in ihrem Mutwillen brach sie in einen Ausruf aus – ich hoffe, es wird doch Eure Empfindlichkeit nicht verletzen, Pfadfinder?«

»Ich will das nicht sagen, Quartiermeister, ich kann das nicht versprechen. Es liegt mir an Mabels Meinung von mir mehr als an der der meisten andern.«

»Dann werde ich Euch nichts sagen, sondern die Sache für mich behalten. Und warum sollte auch jemand einem andern erzählen, was seine Freunde über ihn sagen, zumal wenn etwas zu sagen ist, was ihm nicht angenehm sein möchte zu hören? Ich werde dem, was ich bereits mitteilte, kein Wort mehr zufügen.«

»Ich kann Sie nicht zum Reden zwingen, wenn Sie es nicht gerne tun wollen, Quartiermeister, und vielleicht ist es besser für mich, Mabels Äußerungen nicht zu kennen, da Sie zu glauben scheinen, daß sie nicht zu meinen Gunsten seien. Ach! wenn wir sein könnten, was wir gerne möchten, statt daß wir nur sind, was wir sind, so würde wohl ein großer Unterschied in unsern Charakteren, unserm Wissen und in unserm äußern Erscheinen stattfinden. Wir können immer roh, plump, unwissend und doch glücklich sein, wenn wir es nur nicht wissen; aber es ist hart, unsre Gebrechen im stärksten Lichte sehen zu müssen, wenn wir gerade am wenigsten von ihnen hören möchten.«

»Das ist eben das Rationale, wie die Franzosen sagen, an der Sache; das sagte ich auch Mabel, als sie weglief und mich allein ließ. Ihr habt wohl gesehen, wie sie auf und davon ging, als Ihr Euch nähertet?«

»Das war leicht bemerklich«, sagte Pfadfinder mit einem schweren Atemzuge und umfaßte seinen Büchsenlauf, als ob er seine Finger in das Eisen graben wollte.

»Es war mehr als bemerklich – es war augenfällig; das ist das rechte Wort, und man würde nach stundenlangem Suchen kein besseres in dem Wörterbuche finden. Ja, Ihr sollt es erfahren, Pfadfinder; denn ich kann Euch vernünftigerweise die Gunst nicht verweigern, es Euch wissen zu lassen. So hört denn – das ungezogene Ding hüpfte lieber auf diese Weise davon, als daß sie angehört hätte, was ich zu Eurer Rechtfertigung sagen wollte.«

»Und was hätten Sie über mich sagen können, Quartiermeister?«

»Ei, Ihr müßt mich verstehen, mein Freund; ich hing von den Umständen ab und konnte mich nicht unklugerweise in Allgemeinheiten einlassen, aber ich bereitete mich vor, dem einzelnen sozusagen durch Einzelheiten zu begegnen. Wenn sie Euch für einen wilden Menschen, einen halben Indianer, für so eine Art Grenzformation hielt, so konnte ich ihr, wie Ihr wißt, sagen, daß dieses von dem wilden und halbindianischen Grenzleben herkomme, welches Ihr führt, wodurch denn alle ihre Einwürfe auf einmal zum Schweigen gebracht worden wären, oder es hätte so eine Art Mißverständnis mit der Vorsehung stattfinden müssen.«

»Und Ihr habt ihr das wirklich gesagt, Quartiermeister?«

»Ich kann nicht gerade auf die Worte schwören, aber die Idee war vorherrschend in meiner Seele, wie Ihr Euch denken könnt. Das Mädchen war ungeduldig und wollte nicht die Hälfte von dem hören, was ich zu sagen hatte, sondern sprang fort, wie Ihr mit Euren eigenen Augen gesehen habt, Pfadfinder, als ob sie mit ihren Ansichten vollkommen im reinen sei und nichts mehr zu hören brauche. Ich fürchte, sie ist zu einem bestimmten Entschluß gekommen.«

»Ich fürchte das auch, Quartiermeister, und allem nach ist ihr

Vater irriger Meinung. Ja, ja, der Sergeant ist in einem traurigen Irrtum befangen.«

»Nun, Mann! – was braucht Ihr da zu jammern und den guten Ruf, den Ihr Euch durch so viele mühevolle Jahre erworben habt, zuschanden zu machen? Nehmt Eure Büchse, die Ihr so gut zu brauchen wißt, auf die Schulter, und fort mit Euch in die Wälder; denn es lebt kein weibliches Geschöpf, welches auch nur das Herzeleid einer Minute wert wäre, wie ich aus eigener Erfahrung weiß. Ich gebe Euch das Wort eines Mannes, welcher dieses Geschlecht kennt und zwei Weiber gehabt hat, daß die Weiber überhaupt eine Art von Geschöpfen sind, die wir uns ganz anders vorstellen, als sie in der Tat sind. Nun, wenn Ihr Mabel demütigen wollt, so habt Ihr hier eine so herrliche Gelegenheit, wie sie ein zurückgewiesener Liebhaber nur immer wünschen kann.«

»Es wäre mein letzter Wunsch, Leutnant, Mabel zu demütigen.«

»Nun, Ihr werdet am Ende doch noch so weit kommen; denn es liegt in der menschlichen Natur, denen Unlust zu bereiten, welche uns Unlust bereitet haben. Aber eine bessere Gelegenheit hat sich noch nie dargeboten, die Liebe Eurer Freunde zu gewinnen, als in dem gegenwärtigen Augenblick, und dies ist das sicherste Mittel, die Feinde so weit zu bringen, daß sie uns beneiden.«

»Quartiermeister, Mabel ist nicht meine Feindin, und wenn sie es auch wäre, so würde ich doch zuletzt wünschen, ihr einen unangenehmen Augenblick zu verursachen.«

»Ihr sagt so, Pfadfinder, Ihr sagt so – und ich glaube auch, daß Ihr so denkt; aber Vernunft und Natur sind gegen Euch, wie Ihr zuletzt selbst noch finden werdet. Ihr kennt ja das Sprichwort: ›Liebst du mich, so liebst du auch meinen Hund‹, und das bedeutet rückwärts gelesen: ›Liebst du meinen Hund nicht, so liebst du auch mich nicht.‹ Nun hört, was Ihr zu tun die Macht habt. Ihr wißt, daß wir hier auf einem äußerst unsicheren Posten und sozusagen fast in dem Rachen des Löwen sind?«

»Sie verstehen unter dem Löwen die Franzosen und unter seinem Rachen diese Insel, Leutnant?«

»Nur bildlich, mein Freund; denn die Franzosen sind keine Löwen und dieses Eiland kein Rachen, wenn es sich uns nicht etwa als ein Eselskinnbacken erweisen sollte, was ich sehr befürchte.«

Hier überließ sich der Quartiermeister einem höhnischen Lachen, welches nicht gerade eine besondere Achtung und Bewunderung für die Klugheit seines Freundes Lundie ausdrückte, der diesen Ort für seine Operationen ausgewählt hatte.

»Der Ort ist so gut gewählt wie nur irgendeiner, auf den ich meinen Fuß gesetzt habe«, sagte Pfadfinder und blickte um sich, wie man ein Gemälde zu betrachten pflegt.

»Ich will das nicht in Abrede ziehen. Lundie ist ein großer Krieger in einer kleinen Weise, und sein Vater war auf dieselbe Art ein großer Laird. Ich bin auf seinen Gütern geboren und folgte dem Major so lange, daß ich alles verehre, was er spricht und tut; das ist eben meine schwache Seite, wie Ihr wohl wißt, Pfadfinder. Nun, mögen die Leute diesen Posten für den eines Esels oder den eines Salomo halten, jedenfalls ist seine Lage eine sehr bedenkliche, wie man aus Lundies Vorsichtsmaßregeln und Einschärfungen deutlich erkennen kann. Es liegen auf diesen tausend Inseln und in den Wäldern Wilde, welche nach dem Orte unseres Aufenthaltes spähen, wie Lundie aus sichern Mitteilungen wohl weiß, und es wäre der größte Dienst, den Ihr dem Fünfundfünfzigsten zu leisten vermöchtet, wenn Ihr ihre Fährte auffinden und ihnen eine falsche Witterung beibringen könntet. Unglückseligerweise bildet sich Sergeant Dunham ein, daß die Gefahr stromaufwärts zu befürchten sei, weil Frontenac über uns liegt, indes uns doch die Erfahrung lehrt, daß die Indianer stets von einer Seite kommen, die am meisten mit einer vernünftigen Berechnung im Widerspruch steht, so daß wir sie also eher von unten herauf erwarten dürfen. Nehmt daher Euren Kahn und fahrt stromabwärts durch diese Inseln, damit wir doch Kunde erhalten wenn sich uns von dieser Seite irgendeine Gefahr nähert. Wenn Ihr Euch dann auf einige Meilen in dem See umsehen würdet, zumal auf der Yorker Seite, so würden Eure Berichte wohl die genauesten und deshalb auch die wertvollsten sein.«

»Der Big Serpent erkundet in dieser Richtung, und da er die Station genau kennt, so wird er uns ohne Zweifel zeitig genug Nachricht geben, wenn man uns von dieser Seite aus zu umgehen wünscht.«

»Er ist aber im Grunde doch nur ein Indianer, Pfadfinder,

und dies ist eine Angelegenheit, welche die Kenntnis eines weißen Mannes fordert. Lundie wird dem Manne ewig dankbar sein, welcher dazu beiträgt, daß man sich aus dieser kleinen Unternehmung mit fliegenden Fahnen herauswickeln kann. Um Euch die Wahrheit zu sagen, mein Freund, er fühlt es, daß er die Sache nie hätte versuchen sollen; aber er hat zu viel von des alten Lairds Starrköpfigkeit an sich, um seinen Irrtum zuzugestehen, obschon dieser so augenfällig ist wie der Morgenstern.«

Der Quartiermeister fuhr fort, seinem Gefährten zuzureden, um ihn zu einem unverzüglichen Aufbruch von den Inseln zu veranlassen, wobei er sich solcher Gründe bediente, wie sie ihm der Augenblick darbot; gelegentlich widersprach er sich auch und brachte nicht selten ein Motiv zum Vorschein, dem er im nächsten Augenblick gerade das entgegengesetzte folgen ließ. So einfach auch der Pfadfinder war, so entgingen ihm doch diese Brüche in des Leutnants Philosophie nicht, obgleich er nicht entfernt vermutete, daß sie ihren Grund in dem Wunsche hatten, die Küste von einem Anbeter Mabels zu säubern. Er setzte schlechten Gründen gute entgegen, widerstand jeder Versuchung, welche er nicht mit seinem Pflichtgefühl in Einklang bringen konnte, und war so taub wie gewöhnlich gegen jede lockende Einflüsterung, die vor seinem Rechtlichkeitssinne nicht zu bestehen vermochte. Er hatte allerdings von Muirs geheimen Beweggründen keine Ahnung, war aber auch ebensoweit entfernt, sich durch dessen Sophistereien blenden zu lassen, und das Ergebnis lief darauf hinaus, daß sich beide nach einer langen Zwiesprache unüberzeugt und mit gegenseitigem Mißtrauen trennten, obschon der Argwohn des Wegweisers wie alles, was mit diesem Manne in Verbindung stand, das Gepräge seines aufrichtigen, uneigennützigen und edlen Charakters trug.

Eine Besprechung, welche später zwischen dem Sergeanten Dunham und dem Leutnant stattfand, war erfolgreicher. Nach Beendigung derselben erhielt die Mannschaft geheime Befehle; das Blockhaus und die Hütten wurden besetzt, und wer an die Bewegungen der Soldaten gewöhnt war, konnte leicht entdekken, daß ein Ausflug im Werke war. In der Tat kam auch der Sergeant, als die Sonne eben unterging, von dem sogenannten Hafen, wo er beschäftigt gewesen, mit Cap und Pfadfinder in seine Hütte, und als er sich an den Tisch, welchen Mabel für ihn zierlich gedeckt, gesetzt hatte, begann er, den Vorrat seines Wissens auszukramen.

»Du wirst wahrscheinlich hier von einigem Nutzen sein, mein Kind«, fing der alte Soldat an, »wie dieses gut und zu rechter Zeit angerichtete Nachtessen bezeugen kann, und ich glaube, daß du, wenn der geeignete Augenblick kommt, dich als den Abkömmling derer beweisen wirst, welche wissen, wie man den Feind ins Auge fassen muß.«

»Ihr erwartet doch nicht, lieber Vater, daß ich die Johanna von Arc spielen und die Mannschaft ins Treffen führen soll?«

»Wen spielen, Kind? Habt Ihr je etwas von der Person gehört, von welcher Mabel spricht, Pfadfinder?«

»Nein, Sergeant, wie sollte ich das? Ich bin unwissend und ohne Erziehung, und es ist mir ein zu großes Vergnügen, auf ihre Stimme zu horchen und ihre Worte in mich aufzunehmen, als daß ich mich um Personen kümmern sollte.«

»Ich kenne sie«, sagte Cap, »sie segelte im Krieg mit Kaperbriefen von Morlaix aus und war ein guter Kreuzer.«

Mabel errötete, daß sie unachtsam eine Anspielung gemacht hatte, welche über ihres Vaters Belesenheit ging, und vielleicht auch, von ihres Onkels Überklugheit gar nicht zu sprechen, ein bißchen ob Pfadfinders schlichtem und doch sinnreichem Ernste, obgleich sie nicht umhinkonnte, über den letztern zu lächeln.

»Nun, Vater, ich hoffe nicht, daß man mich zu der schlagfertigen Mannschaft rechnet und daß ich die Insel verteidigen helfen soll?«

»Und doch haben in diesem Weltteile die Weiber oft solche Dinge getan, Mädchen, wie dir unser Freund hier, der Pfadfinder, erzählen kann. Damit es dich aber nicht überrascht, wenn du uns bei deinem morgigen Erwachen nicht mehr siehst, so muß ich dir nur sagen, daß wir diese Nacht noch abzuziehen gedenken.«

»*Wir*, Vater? Und Ihr wollt mich und Jennie allein auf dieser Insel lassen?«

»Nicht doch, meine Tochter! Wir handeln nicht so unmilitärisch. Wir werden den Leutnant Muir, Bruder Cap, Korporal M'Nab und drei Soldaten hier lassen, aus denen in unserer Abwesenheit die Garnison bestehen wird. Jennie wird bei dir in dieser Hütte wohnen, und Bruder Cap meine Stelle einnehmen.«

»Und Herr Muir?« fragte Mabel, ohne selber zu wissen, was sie sagte, obgleich sie voraussah, daß diese Anordnung sie wieder neuen Zudringlichkeiten aussetzen werde.

»Ei, er kann dir den Hof machen, wenn du das gern hast, Mädchen; denn er ist ein verliebter Jüngling, und da er schon vier Weiber geliefert hat, so kann er es nicht erwarten, durch die Wahl einer fünften zu zeigen, wie er ihr Andenken ehrt.«

»Der Quartiermeister sagte mir«, versetzte Pfadfinder unschuldig, »daß das Gemüt eines Mannes, wenn es durch so viele Verluste durcheggt sei, auf keine zweckmäßigere Weise besänftigt werde, als wenn man den Boden aufs neue aufpflüge, damit keine Spur der Vergangenheit mehr zurückbleibe.«

»Ja, das ist gerade der Unterschied zwischen Pflügen und Eggen«, erwiderte der Sergeant mit höhnischem Lächeln. »Doch er mag gegen Mabel sein Herz ausleeren, und dann wird seine Freierei ein Ende haben. Ich weiß recht wohl, daß *meine* Tochter nie das Weib des Leutnant Muir werden wird.«

Er sagte dies in einer Weise, welche mit der Erklärung gleichbedeutend war, daß die fragliche Person nie der Gatte seiner Tochter werden sollte. Mabel errötete, zitterte, und ein halbes Lachen vermochte das Unbehaglichkeitsgefühl, welches sie ergriff, nicht zu verhehlen. Als sie sich jedoch wieder gefaßt hatte, sprach sie mit einer heiteren Stimme, welche ihren innern Kampf vollständig verbarg:

»Aber Vater, wir würden wohl besser tun, zu warten, bis sich Herr Muir erklärt, ob ihn Eure Tochter haben wolle, oder vielmehr, daß er Eure Tochter haben wolle, damit man uns nicht, wie in der Fabel, die sauren Trauben ins Gesicht werfe.«

»Was ist das für eine Fabel, Mabel?« fragte hastig der Pfadfinder, der von dem Unterricht, welcher den Weißen gewöhnlich erteilt wird, nicht besonders viel genossen hatte, »erzählen Sie uns das in Ihrer angenehmen Weise; denn sicherlich hat es der Sergeant noch nie gehört.«

Mabel erzählte die bekannte Fabel, und zwar, wie ihr Verehrer gewünscht hatte, in ihrer eigenen angenehmen Weise, wobei dieser seine Augen unverwandt auf ihr Antlitz heftete, während ein Lächeln seine ehrlichen Züge überflog.

»Das sieht dem Fuchse gleich«, rief Pfadfinder, als sie zu

Ende war, »ja, und auch einem Mingo – schlau und grausam, das ist die Weise dieser beiden schleichenden Tiere. Was die Trauben anbelangt, so sind sie sauer genug in dieser Gegend, selbst für diejenigen, welche sie kriegen können, obgleich ich sagen darf, daß es Zeiten und Orte gibt, wo sie für die, welche keine bekommen, noch saurer sind. So möchte ich glauben, daß mein Skalp in den Augen eines Mingo sehr sauer ist.«

»Die sauren Trauben werden an einem andern Wege wachsen, Kind, und wahrscheinlich wird Herr Muir sich darüber zu beschweren haben. Du möchtest wohl diesen Mann nie heiraten, Mabel?«

»Gewiß nicht«, fiel Cap ein, – »so einen Burschen, der im Grunde doch nur ein halber Soldat ist. Die Geschichte mit diesen Trauben da ist in der Tat ein Indiz.«

»Ich denke überhaupt gar nicht ans Heiraten, lieber Vater und lieber Onkel, und wenn es Euch beliebt, so wollen wir lieber weniger davon reden. Wenn ich aber überhaupt ans Heiraten dächte, so glaube ich kaum, daß meine Wahl auf einen Mann fallen würde, der es bereits mit drei oder vier Weibern versucht hat.«

Der Sergeant nickte dem Wegweiser zu, als wolle er sagen: »Du siehst, wie die Sachen stehen«, und wechselte dann aus Rücksicht auf die Gefühle seiner Tochter den Gegenstand der Unterhaltung.

»Weder du, Bruder Cap, noch Mabel«, fing er an, »keines von beiden darf eine gesetzliche Autorität über die kleine Garnison, welche ich auf der Insel zurücklasse, ausüben, obschon ihr zu einem Rat oder einem sonstigen Einfluß berechtigt seid. Strenggenommen, wird Korporal M'Nab der kommandierende Offizier sein, und ich habe mir Mühe gegeben, ihm die Würde und Wichtigkeit seines Amtes begreiflich zu machen, damit er dem Einflusse des höher gestellten Leutnant Muir nicht zuviel Spielraum lasse; denn da dieser ein Freiwilliger ist, so hat er kein Recht, sich in den Dienst zu mischen. Ich wünsche, daß du den Korporal unterstützest, Bruder Cap; denn wenn der Quartiermeister einmal die Dienstregeln dieser Expedition durchbrochen hat, so möchte er ebensogut mir als dem M'Nab befehlen wollen.«

»Besonders, wenn ihn in deiner Abwesenheit Mabel zur Abtrift kappt. Es versteht sich von selbst, Sergeant, daß du alles, was flott ist, meiner Sorge überläßt? Aus Mißverständnissen zwischen den Befehlshabern auf dem Wasser und auf dem Lande sind oft die verhenkertsten Verwirrungen hervorgegangen.«

»In einer Beziehung, ja, Bruder, obgleich im allgemeinen der Korporal Oberbefehlshaber ist. Die Geschichte erzählt uns in der Tat, daß eine Trennung des Kommandos zu Schwierigkeiten führt, und ich möchte diese Gefahr vermeiden. Der Korporal muß den Befehl führen; aber du kannst ihm freimütig deinen Rat mitteilen, besonders in allen Angelegenheiten, welche auf die Boote Bezug haben, von denen ich Euch eines zurücklassen werde, um für den Notfall Euren Rückzug zu sichern. Ich kenne den Korporal, er ist ein tapferer Mann und ein guter Soldat, auf den man sich verlassen kann, wenn die Santa Cruz von ihm ferngehalten werden kann. Aber dann ist er ein Schotte und wird dem Einflusse des Quartiermeisters nachgeben, gegen den Ihr beide, du und Mabel, auf der Hut sein müßt.«

»Aber warum laßt Ihr uns zurück, lieber Vater? Ich bin so weit mit Euch gereist, um für Eure Bequemlichkeit zu sorgen; warum sollte ich nicht noch weiter mit Euch gehen?«

»Du bist ein gutes Mädchen, Mabel, und schlägst ganz in die Art der Dunhams. Aber du mußt hierbleiben. Wir werden morgen, noch ehe der Tag graut, die Insel verlassen, um nicht von Späheraugen entdeckt zu werden, wenn wir aus unserm Versteck herauskommen, und nehmen die zwei größten Boote mit uns. Es bleiben euch also noch das dritte und ein Rindenkahn. Wir sind im Begriff, uns in dem Kanal, dessen sich die Franzosen bedienen, umzusehen und wollen uns etwa eine Woche lang auf die Lauer legen, um die Vorratsboote, welche vielleicht durchfahren und hauptsächlich mit wertvollen indianischen Gütern beladen sind, auf ihrem Wege nach Frontenac abzufangen.«

»Hast du auch deine Papiere genau angesehen, Bruder?« fragte Cap ängstlich. »Es ist dir zweifelsohne bekannt, daß das Wegnehmen eines Schiffs auf offener See als Seeräuberei angesehen wird, wenn dein Boot sich nicht durch einen regelmäßigen Kaperbrief als ein auf Staats- oder Privatkosten bewaffneter Kreuzer ausweisen kann.«

»Ich habe die Ehre, von meinem Oberst zum Sergeanten des Fünfundfünfzigsten ernannt worden zu sein«, versetzte der andere und richtete sich mit Würde auf, »und das muß selbst dem König von Frankreich genug sein. Wo nicht, so habe ich Major Duncans schriftliche Befehle.«

»Keine Papiere also für einen konzessionierten Kaperzug?«

»Diese müssen hinreichen, Bruder, da ich keine anderen habe. Es ist für Seiner Majestät Interessen in diesem Teile der Welt von der größten Wichtigkeit, daß die in Frage stehenden Boote weggenommen und nach Oswego geführt werden. Sie enthalten die Bettücher, Büchsen, Zierate, die Munition, kurz alle jene Vorräte, mit welchen die Franzosen ihre verwünschten wilden Verbündeten bestechen, ihre Heillosigkeiten auszuführen und unsre heilige Religion mit ihren Vorschriften, die Gesetze der Humanität und alles, was dem Menschen hehr und teuer ist, zu verhöhnen. Wenn wir ihnen diese Hilfsmittel abschneiden, so werden wir ihre Pläne verwirren und Zeit gewinnen; denn sie können in diesem Herbst nicht wieder neue Zufuhr über das Meer her erhalten.«

»Aber Vater, bedient sich Seine Majestät nicht auch der Indianer?« fragte Mabel mit einiger Neugierde.

»Gewiß, Mädchen, und König Georg hat ein Recht, sich ihrer zu bedienen – Gott segne ihn! Es ist etwas ganz anderes, ob ein Engländer oder ein Franzose einen Wilden benutzt, wie jedermann einsehen kann.«

»Das ist klar genug, Bruder Dunham, aber was die Schiffspapiere betrifft, so will mir das doch nicht recht einleuchten.«

»Meine Ernennung zum Sergeanten durch einen *englischen* Oberst muß jedem *Franzosen* als Vollmacht gelten; und was noch mehr ist, sie wird es auch.«

»Aber ich sehe nicht ein, Vater, warum sich die Franzosen nicht ebensogut der Wilden im Krieg bedienen sollen als die Engländer?«

»Tausend alle Welt! Mädchen – doch du bist vielleicht nicht fähig, das zu begreifen. Erstlich ist ein Engländer von Natur menschlich und bedächtig, während der Franzose von Natur wild und furchtsam ist.«

»Und du kannst hinzusetzen, Bruder, daß er vom Morgen bis in die Nacht tanzt, wenn man es zuläßt.«

»Sehr wahr«, erwiderte der Sergeant ernsthaft.

»Aber Vater, ich sehe nicht ein, daß all dieses die Sache ändert. Wenn es an einem Franzosen verwerflich ist, daß er die

Wilden durch Bestechung zum Kampfe gegen seine Feinde veranlaßt, so muß das, wie ich meine, bei einem Engländer ebenso unrecht sein. Ihr werdet mir beistimmen, Pfadfinder?«

»Vernünftigerweise allerdings, vernünftigerweise, und ich bin nie unter denen gewesen, die ein Geschrei gegen die Franzosen erhoben, weil sie das nämliche tun, was wir selbst auch tun. Aber es ist schlimmer, sich mit einem Mingo einzulassen, als sich mit einem Delawaren zu verbünden. Wären von diesem gerechten Stamme noch Indianer übrig, so würde ich es für keine Sünde halten, sie gegen den Feind zu schicken.«

»Und doch skalpieren und töten sie jung und alt, Weiber und Kinder.«

»Sie haben ihre Gaben, Mabel, und sind nicht zu tadeln, wenn sie ihnen folgen. Natur ist Natur, obgleich sie die verschiedenen Stämme in verschiedener Weise kundgeben. Ich für meinen Teil bin ein Weißer und bestrebe mich, die Gefühle eines Weißen festzuhalten.«

»Ich kann dies alles nicht verstehen«, versetzte Mabel. »Was für König Georg recht ist, sollte, wie es mir scheint, auch bei König Louis recht sein.«

»Des Königs von Frankreich wirklicher Name ist Caput[11]«, bemerkte Cap, wobei er den Mund voll Wildbret hatte. »Ich führte einmal einen großen Gelehrten als Passagier auf dem Schiff – der erzählte mir, daß diese dreizehnten, vierzehnten und fünfzehnten Louis lauter Aufschneider wären und eigentlich Caput hießen, was im Französischen Kopf bedeutet; er wollte damit sagen, daß man sie an den *Fuß* der Leiter stellen solle, bis sie bereit wären, an dem Stricke des Henkers in die Höhe zu steigen.«

»Nun, der sieht ganz so aus, als sei die Skalplust auch eine von seinen natürlichen Gaben«, bemerkte der Pfadfinder mit jenem Ausdruck von Überraschung, mit welchem man einen neuen Gedanken aufnimmt, »und ich werde um so weniger Gewissensbisse fühlen, wenn ich gegen diese Heiden kämpfe, obgleich ich nicht sagen kann, daß ich je in dieser Beziehung etwas Namhaftes empfunden habe.«

Alle Teile mit Ausnahme Mabels schienen, durch den Gang, welchen die Unterhaltung genommen hatte, zufriedengestellt, und niemand hielt es für nötig, den Gegenstand weiter zu verfolgen. Die drei Männer glichen in dieser Hinsicht freilich der großen Masse ihrer Mitgeschöpfe, welche gewöhnlich mit ebensowenig Sachkenntnis als Gerechtigkeit über einen Charakter aburteilen, so daß wir es nicht für nötig gehalten haben würden, dieses Gespräch anzuführen, hingen nicht einzelne Tatsachen desselben mit unsrer Erzählung zusammen und trügen nicht die entwickelten Ansichten und Meinungen ganz das Gepräge der Charaktere.

Als das Nachtessen zu Ende war, entließ der Sergeant seine Gäste und hielt dann noch ein langes und vertrauliches Gespräch mit seiner Tochter. Er war wenig geneigt, zarteren Regungen Raum zu geben: aber die Neuheit seiner gegenwärtigen Lage erweckte Gefühle in seiner Seele, von denen er früher nichts erfahren hatte. Der Soldat oder der Seemann denkt, solange er unter der unmittelbaren Aufsicht eines Vorgesetzten handelt, wenig an die Gefahren, denen er sich aussetzen muß; sobald er aber die Verantwortlichkeit eines Befehlshabers fühlt, so beginnen alle Zufälligkeiten seines Unternehmens sich mit den Wechselfällen des Erfolgs und des Fehlschlagens in seinem Geiste zu vergesellschaften. Während er weniger und vielleicht nur dann, wenn dieselbe hauptsächlich in Betracht kommt, an seine eigene Gefahr denkt, hat er lebendigere allgemeine Vorstellungen von der Bedeutsamkeit eines Wagnisses und steht mehr unter dem Einfluß von Gefühlen, welche aus dem Zweifel entspringen. Dies war nun Sergeant Dunhams Fall: statt vorwärts zu blicken und die Siege als sicher zu betrachten, fing er seinem umsichtigen Charakter zufolge an, auch die Möglichkeit zu bedenken, daß er vielleicht auf immer von seinem Kinde scheide.

Nie zuvor war ihm Mabel so schön vorgekommen wie in dieser Nacht. Möglich, daß sie früher nie vor ihrem Vater soviel gewinnende Eigenschaften entwickelt hatte; denn Sorge um seinetwillen beengte ihre Brust, und dann trafen ihre Gefühle auf eine ungewöhnliche Ermutigung von seiten derer, welche in der ernsteren Brust des Veteranen geweckt waren. Sie hatte sich in der Gegenwart ihres Vaters nie recht behaglich gefühlt, da die große Überlegenheit ihrer Erziehung eine Kluft zwischen beiden geschaffen hatte, die durch die militärische Strenge seines Benehmens – eine Folge des langen und genauen Umgangs mit Leuten, welche nur durch eine strenge Handhabung der Disziplin in Unterwürfigkeit erhalten werden konnten, – noch erweitert worden war. Bei der gegenwärtigen Gelegenheit jedoch, als Vater und Tochter allein beisammen waren, wurde ihr Gespräch vertraulicher als gewöhnlich, bis endlich das Mädchen zu ihrer großen Wonne bemerkte, daß es allmählich mehr den Ausdruck einer Herzlichkeit annahm, nach der sie sich seit ihrer Ankunft stets in stiller Sehnsucht vergeblich verzehrt hatte.

»Die Mutter war also ungefähr von meiner Größe?« fragte Mabel, als sie ihres Vaters Hände in den ihrigen hielt und ihm mit tränenfeuchtem Auge ins Gesicht blickte. »Ich glaubte, sie wäre größer gewesen?«

»Das ist die Weise der meisten Kinder, welche gewöhnt wurden, an ihre Eltern mit Achtung zu denken, so daß sie zuletzt diese für größer und ehrfurchtgebietender halten, als sie wirklich sind. Deine Mutter, Mabel, war dir an Größe so ähnlich, als nur ein Frauenzimmer dem andern sein kann.«

»Und ihre Augen, Vater?«

»Ihre Augen waren auch wie die deinigen, Kind – blau, sanft, einladend, obgleich kaum so lachend.«

»Die meinen werden nie wieder lachen, teuerster Vater, wenn Ihr bei diesem Ausflug nicht Sorge für Euch tragt.«

»Ich danke dir, Mabel – hem – ich danke dir, Kind; aber ich muß meiner Pflicht nachkommen. Ich hätte dich wohl gern anständig verheiratet sehen mögen, ehe wir Oswego verließen; es würde mir viel leichter ums Herz sein.«

»Verheiratet? – An wen, Vater?«

»Du kennst den Mann, den ich von dir geliebt wünsche. Du kannst zwar manche munterere und schöner gekleidete Männer treffen, aber keinen mit einem treueren Herzen und einer edleren Seele.«

»Keinen, Vater?«

»Ich kenne keinen. In dieser Hinsicht wenigstens hat Pfadfinder nicht viele seinesgleichen.«

»Aber ich brauche überhaupt nicht zu heiraten. Ihr seid ein einzelner Mann, und ich kann bei Euch bleiben und für Eure Bedürfnisse sorgen.«

»Gott segne dich, Mabel! Ich weiß, du würdest das tun, und ich will nicht sagen, daß du unrecht habest; denn ich glaube nicht, daß dies der Fall ist. Es ist mir aber doch, als ob etwas anderes noch besser wäre.«

»Was kann es Besseres geben, als seine Eltern zu ehren?«

»Es ist ebensogut, den Gatten zu ehren, mein liebes Kind.«

»Aber ich habe keinen Gatten, Vater.«

»Dann nimm einen, so bald als möglich, damit du einen Gatten zu ehren habest. Ich kann nicht immer leben, und wenn mich die Schicksale des Krieges nicht wegraffen, so macht in kurzem die Natur ihre Rechte auf mich geltend. Du bist jung und kannst noch lange leben; daher bedarfst du eines männlichen Beschützers, der dich sicher durchs Leben geleiten und im Alter für dich Sorge tragen kann, wie du es nun für mich tun willst.«

»Und glaubt Ihr«, sagte Mabel, indem sie die sehnigen Finger ihres Vaters mit ihren kleinen Händen umfaßte und auf sie niederblickte, als wären sie Gegenstände von äußerster Wichtigkeit, obgleich sich ihre Lippen zu einem leichten Lächeln verzogen, als ihnen die Worte entglitten, – »und glaubt Ihr, Vater, daß der Pfadfinder hierzu geeignet wäre? Ist er nicht in zehn bis zwölf Jahren so alt, wie Ihr jetzt seid?«

»Was liegt daran? Er hat ein Leben voll Mäßigkeit und Tätigkeit gelebt, und man muß mehr die Leibesbeschaffenheit, als die Jahre in Anschlag bringen, Mädchen. Kennst du einen, der geeigneter wäre, dein Beschützer zu sein?«

Mabel kannte keinen – wenigstens keinen, welcher das Verlangen ausgedrückt hätte, ihr wirklich ein solcher zu werden, was sonst auch immer ihre Hoffnungen und Wünsche sein mochten.

»Nein, Vater, wir sprechen nur von dem Pfadfinder«, antwortete sie ausweichend. »Wenn er jünger wäre, so käme es mir natürlicher vor, ihn mir als meinen Gatten zu denken.«

»Ich sage dir, Kind, das alles hängt von der Leibesbeschaffenheit ab; Pfadfinder ist jünger als die Hälfte unserer Subalternoffiziere.«

»Gewiß ist er jünger als einer – als der Leutnant Muir.«

Mabels Lachen war heiter und frohsinnig, weil sie in diesem Augenblick keine Sorge fühlte.

»Das ist er – jugendlich genug, um sein Enkel zu sein, und auch jünger an Jahren. Gott verhüte, daß du je eine Offiziersfrau werden solltest, wenigstens nicht eher, als bis du eines Offiziers Tochter bist.«

»Das wird kaum zu befürchten sein, wenn ich Pfadfinder heirate«, entgegnete das Mädchen und blickte dem Sergeanten wieder schelmisch ins Gesicht.

»Vielleicht nicht durch des Königs Bestallung, obgleich der Mann jetzt schon der Freund und Gefährte von Generalen ist. Ich denke, ich könnte glücklich sterben, wenn du sein Weib wärest.«

»Vater!«

»Es ist traurig, in den Kampf zu gehen, wenn das Bewußtsein, eine Tochter schutzlos zurückzulassen, auf dem Herzen lastet.«

»Ich wollte die ganze Welt darum geben, Euch von dieser Last zu befreien, lieber Vater.«

»Du könntest es tun«, versetzte der Sergeant, mit einem zärtlichen Blicke auf sein Kind, »obgleich ich dir dadurch keine Last aufbürden möchte.«

Seine Stimme war tief und bebend, und Mabel hatte nie vorher einen solchen innigen Ausdruck der Liebe an ihrem Vater bemerkt. Der gewohnte Ernst des Mannes verlieh seinen Erregungen ein Interesse, dessen sie unter andern Umständen entbehrt haben würden, und das Herz der Tochter sehnte sich, das Gemüt des Vaters zu beruhigen.

»Vater, sprecht deutlich!« rief sie fast kunvulsivisch.

»Nein, Mabel, es möchte nicht recht sein; deine Wünsche könnten mit den meinigen in Widerspruch kommen.«

»Ich habe keine Wünsche – weiß nicht, was Ihr meint. Wollt Ihr von meiner künftigen Heirat sprechen?«

»Wenn ich dich doch mit dem Pfadfinder verbunden sehen könnte, – wenn ich wüßte, daß du gelobt hättest, sein Weib zu werden, so würde ich glauben, daß ich glücklich stürbe, möchte mein Schicksal sein, welches es wollte. Aber ich will dir keine Verpflichtung auferlegen, Kind, und dich zu etwas drängen, was dich gereuen könnte. Küsse mich, Mabel, und geh zu Bette!«

Hätte Sergeant Dunham von Mabel das Versprechen, nach welchem er wirklich so sehr verlangte, *gefordert,* so würde er wahrscheinlich auf einen Widerstand gestoßen sein, den er schwer zu überwinden vermocht hätte; da er aber der Natur ihren Gang ließ, so gewann er einen mächtigen Verbündeten, und das warmherzige, edle Mädchen war bereit, der kindlichen Zärtlichkeit mehr zuzugestehen, als durch Drohungen von ihr erlangt worden wäre. In diesem ergreifenden Augenblick dachte sie nur an ihren Vater, der im Begriff war, sie vielleicht auf immer zu verlassen, und die ganze glühende Liebe für ihn, welche vielleicht ebensosehr durch die Einbildungskraft als durch etwas anderes genährt, aber durch den abgemessenen Verkehr der letzten vierzehn Tage ein wenig zurückgedrängt worden war, kehrte mit einer Kraft wieder, welche durch ihr reines und tiefes Gefühl noch erhöht wurde. Ihr Vater schien ihr alles in allem, und um ihn glücklich zu machen, war sie bereit, jedes Opfer zu bringen. Ein peinlicher, schneller, fast wilder Gedankenstrahl durchkreuzte das Gehirn des Mädchens, und ihr Entschluß wankte; als sie sich aber bemühte, den Anlässen der freundlichen Hoffnung, auf welche er sich gründete, nachzuspüren, so fand sie nichts, was seine Haltbarkeit unterstützen konnte. Ihre Gedanken kehrten daher, da sie als Weib gewöhnt war, ihre glühendsten Gefühle zu unterdrücken, wieder zu ihrem Vater und zu den Segnungen zurück, welche dem Kinde, das den Willen seiner Eltern erfüllt, verheißen sind.

»Vater«, sagte sie gefaßt und fast mit heiliger Ruhe, »Gott segnet eine gehorsame Tocher.«

»Ja, das tut er, Mabel; das *Gute Buch* ist uns Bürge dafür.«

»Ich will den Mann heiraten, den Ihr mir bestimmt.«

»Nein, nein, Mabel! du mußt selbst wählen.«

»Ich habe keine Wahl – das heißt, niemand hat mich zu einer Wahl aufgefordert als Pfadfinder und Herr Muir, und zwischen diesen wird keines von uns beiden im Anstand bleiben. Nein, Vater, ich will den nehmen, welchen Ihr wählt.«

»Du kennst bereits meine Wahl, liebes Kind; niemand kann dich so glücklich machen wie der brave, edle Wegweiser.«

»Gut also; – wenn er es wünscht, wenn er mich wieder fragt – denn Ihr werdet doch nicht wünschen, daß ich mich selbst antrage, oder daß es jemand in meinem Namen tun soll?« Das Blut stahl sich während des Sprechens wieder über Mabels bleiche Wangen, da die ergreifenden und edlen Entschließungen den Strom des Lebens nach dem Herzen gedrängt hatten; – »nein, niemand darf ihm etwas davon sagen; aber wenn er mich wieder aufsucht, wenn ich ihm dann alles sage, was ein ehrliches Mädchen dem Manne, der sie heiraten will, sagen muß und er mich dann nocn zu seinem Weibe nehmen will, so will ich die Seinige werden.«

»Segen über dich, Mabel, Gottes reicher Segen über dich; er möge dich belohnen, wie eine fromme Tochter belohnt zu werden verdient.«

»Ja, Vater, beruhigt Euch, geht mit leichtem Herzen und vertraut auf Gott. Für mich dürft Ihr keine weitere Sorge mehr haben. Nächsten Frühling – ich muß ein wenig Zeit haben, Vater – nächsten Frühling will ich Pfadfinder heiraten, wenn dieser wackere Jäger mich dann noch begehrt.«

»Mabel, er liebt dich, wie ich deine Mutter liebte. Ich habe ihn wie ein Kind weinen sehen, wenn er mit mir von seinen Gefühlen gegen dich sprach.«

»Ja, ich glaube es; ich habe genug gesehen, um überzeugt sein zu können, daß er besser von mir denkt, als ich verdiene; und gewiß, es lebt kein Mann, gegen den ich eine größere Verehrung hege als gegen Pfadfinder – Euch selbst nicht ausgenommen, lieber Vater.«

»So muß es sein, liebes Kind, und deine Verlobung wird gesegnet sein. Darf ich es nicht Pfadfinder mitteilen?«

»Es wäre besser, Ihr tätet's nicht, Vater. Er soll von selbst kommen; er soll ganz natürlich kommen, denn der Mann muß das Weib suchen und nicht das Weib den Mann.« Das Lächeln, welches Mabels Züge überstrahlte, war – wie es selbst ihrem Vater deuchte – das eines Engels, obgleich ein geübterer Blick unter dieser heitern Hülle etwas Wildes und Unnatürliches hätte entdecken können. »Nein, nein – wir müssen der Sache ihren Lauf lassen, Vater, Ihr habt mein feierliches Versprechen.«

»Das ist hinreichend, das ist hinreichend, Mabel! – Nun küsse mich. Gott segne und beschütze dich, Mädchen! Du bist eine gute Tochter.«

Mabel warf sich in ihres Vaters Arme – es war das erstemal in ihrem Leben – und schluchzte an seinem Busen wie ein Kind. Das Herz des ernsten Soldaten schmolz, und beider Tränen mischten sich. Aber Sergeant Dunham riß sich bald los, als schäme er sich, drängte seine Tochter sanft von sich, bot ihr gute Nacht und suchte sein Lager auf. Mabel ging schluchzend in die ärmliche, für ihre Aufnahme zubereitete Ecke, und in wenigen Minuten wurde die Ruhe der Hütte nur noch durch die schweren Atemzüge des Veteranen unterbrochen.

Zwanzigstes Kapitel

Neben dem Stundenstein, alt und grün,
Zwischen dem Schutt eine Ros' ich fand,
Eine Rose der Wildnis, frisch und schön,
Die zeigte, daß hier ein Garten stand.

Campbell

Es war bereits heller Tag, als Mabel erwachte. Sie hatte ruhig geschlafen, da sie sich mit dem Beifall ihres Gewissens zu Bette gelegt und die Ermüdung ihren Schlummer versüßt hatte; auch nicht ein Laut von seiten derjenigen, welche sich so früh in Bewegung setzten, war imstande gewesen, ihren Schlaf zu unterbrechen. Sie sprang auf, kleidete sich rasch an, und bald atmete das Mädchen den Duft des Morgens in der freien Luft. Das erstemal traten ihr die eigentümlichen Reize und die tiefe Abgeschiedenheit ihrer gegenwärtigen Lage recht lebhaft vor Augen. Es war einer der herrlichen Herbsttage, welche in diesem, mehr geschmähten als gehörig gewürdigten, Klima so gewöhnlich sind, und der Einfluß derselben war in jeder Beziehung aufregend und begeisternd. Dieser Umstand wirkte wohltätig auf Mabel ein; denn ihr Herz war, wie sie sich einbildete, schwer wegen der Gefahren, denen ihr Vater, welchen sie mit der Liebe eines vertrauensvollen Weibes zu lieben begann, ausgesetzt sein mochte.

Aber die Insel schien gänzlich verlassen. In der vorhergehenden Nacht hatte ihr der Lärm der Ankunft einen Anstrich von Leben gegeben, der nun wieder völlig gewichen war; unsre Heldin ließ ihren Blick fast über jeden sichtbaren Gegenstand umherstreifen, ehe sie ein menschliches Wesen zu Gesicht bekam, um das Gefühl gänzlicher Einsamkeit zu verscheuchen. Endlich erblickte sie alle Zurückgebliebenen um ein Feuer gruppiert, was das Bild eines Lagers vervollständigte. Die Gestalt ihres Onkels, an den sie am meisten gewöhnt war, benahm ihr jedoch alle Furcht, und mit einer in ihrer Lage natürlichen Neugierde betrachtete sie sich die übrigen näher. Außer Cap und dem Quartiermeister waren noch der Korporal und die drei Soldaten mit dem Weibe, welches das Frühstück bereitete, dort.

Die Hütten waren ruhig und leer, und der niedrige turmartig gebaute Giebel des Blockhauses hob sich mit malerischer Schönheit zum Teil versteckt über das Gebüsch. Die Sonne überstrahlte gerade die freieren Plätze zwischen den Bäumen, und das Gewölbe über ihrem Haupte prangte in dem sanftesten Blau. Kein Wölkchen war sichtbar, und alles schien ihr auf Frieden und Sicherheit hinzudeuten.

Da Mabel bemerkte, daß alle übrigen mit jener wichtigen Angelegenheit der menschlichen Natur – dem Frühstück – beschäftigt waren, so ging sie unbeachtet an ein Ende der Insel, wo Bäume und Gebüsche sie vor allen Augen verbargen. Hier gewann sie, indem sie die niedrigen Zweige auf die Seite drängte, einen Standort an dem Rande des Wassers und lauschte dem kaum bemerklichen Zu- und Abfluß der winzigen Wellen, welche das Ufer wuschen, – einer Art natürlichen Widerhalls zu der Bewegung, welche fünfzig Meilen weiter oben auf dem See herrschte. Der Anblick dieser natürlichen Szenerie war außerordentlich sanft und gefällig, und unsere Heldin, welche ein schnelles und treues Auge für alle Reize der Natur hatte, war nicht lässig, sich an den erhebendsten Bildern dieser Landschaft zu weiden. Sie betrachtete die verschiedenen Aussichten, welche ihr die Öffnungen zwischen den Inseln boten, und gab sich dem Gedanken hin, daß sie nie etwas Lieblicheres gesehen habe.

Während Mabel so beschäftigt war, wurde sie plötzlich durch die Vermutung aufgeschreckt, sie habe etwas wie eine menschliche Gestalt unter den Gebüschen erblickt, welche das Ufer der vor ihr liegenden Insel säumten. Die Entfernung über das Wasser betrug kaum hundert Ellen, und obgleich sie vielleicht im Irrtum war und ihre Phantasie in dem Augenblick, wo ihr die Erscheinung auftauchte, überall umherschweifte, so hielt sie es doch kaum für möglich, daß sie sich getäuscht haben könne. Sie wußte wohl, daß sie ihr Geschlecht nicht gegen eine Büchsenkugel schützen werde, wenn sie ein Irokese zu Gesicht bekommen sollte, und zog sich daher instinktartig zurück, wobei sie Sorge trug, sich so gut als möglich unter den Blättern zu verbergen, während sie fortwährend ihre Blicke auf das gegenüberliegende Ufer heftete, in der geraume Zeit fruchtlosen Erwartung, dem fremden Gegenstand wieder zu begegnen. Sie war eben im Begriff, das Gebüsch zu verlassen und zu ihrem Onkel zu eilen, um ihm ihren Verdacht mitzuteilen, als sie auf der andern Insel einen Erlenzweig hinter dem Saume des Gebüsches sich erheben sah, welcher in der Richtung auf sie bedeutungsvoll und, wie es ihr vorkam, als Zeichen der Freundschaft geschwungen wurde. Dies war ein atemloser, drückender Augenblick für jemand, der so wenig in den Grenzkriegen erfahren war wie unsere Heldin, und doch fühlte sie die Notwendigkeit, ihre Fassung zu bewahren und mit Festigkeit und Umsicht zu handeln.

Es gehörte zu den Eigentümlichkeiten der gefahrvollen Lage, welcher die amerikanischen Grenzbewohner bloßgestellt waren, daß sich die seelischen Eigenschaften der Weiber in einem Grade steigerten, dessen diese sich unter andern Umständen selbst nicht für fähig gehalten hätten, und Mabel wußte wohl, daß die Grenzleute in ihren Erzählungen gern bei der Geistesgegenwart, dem Mut und der Tapferkeit verweilen, welche ihre Weiber und Schwestern unter den gefährlichsten Umständen entfaltet hatten. Solche Erzählungen feuerten sie zur Nachahmung an, und es kam ihr plötzlich zu Sinne, nun sei der Augenblick gekommen, wo sie sich als Sergeant Dunhams wahres Kind beweisen könne. Die Bewegung des Zweiges schien ihr auf eine freundliche Absicht hinzudeuten, und nach einem Augenblick des Zögerns brach sie gleichfalls einen Zweig ab, befestigte ihn an einem Stock, erhob ihn über eine Lücke in dem Gebüsch und erwiderte die Begrüßung, wobei sie genau die Bewegungen des andern nachahmte.

Diese stumme Zwiesprache dauerte auf beiden Seiten zwei oder drei Minuten, als Mabel bemerkte, daß das entgegengesetzte Gebüsch vorsichtig beiseite gedrückt wurde und in der Öffnung ein menschliches Antlitz zum Vorschein kam. Ein zweiter, genauerer Blick überzeugte sie, daß es das Gesicht von Dew-of-June, dem Weibe Arrowheads, war. Solange Mabel in der Gesellschaft dieses Geschöpfes gewandert war, hatte sie dasselbe wegen seines sanften Benehmens, der demütigen Einfalt und der mit Furcht vermischten Liebe gegen seinen Gatten liebgewonnen. Ein- oder zweimal war es ihr im Verlaufe ihrer Reise vorgekommen, als ob der Tuscarora gegen sie selbst seinen unerfreulichen Grad von Aufmerksamkeit an den Tag lege; bei solchen Gelegenheiten war es ihr aufgefallen, daß sein Weib Schmerz und Bekümmernis zu erkennen gab. Da jedoch Mabel ihre Gefährtin für die Kränkung, welche sie ihr in dieser Hinsicht ohne Absicht verursachte, durch Güte und Aufmerksamkeit mehr als entschädigte, so bewies ihr die Indianerin so viel Zuneigung, daß unsere Heldin bei ihrer Trennung der festen Überzeugung lebte, sie habe in Dew-of-June eine Freundin verloren.

Man würde vergeblich den Versuch machen, alle Wege zu erforschen, auf welchen das Vertrauen in das menschliche Herz einzieht. Das junge Tuscaroraweib hatte jedoch ein solches Gefühl in Mabels Seele erweckt, und die letztere fühlte sich zu einem vertraulicheren Verkehr geneigt, da sie überzeugt war, daß diese ungewöhnliche Erscheinung ihr Bestes beabsichtigte. Sie zögerte nicht länger, aus dem Gebüsch herauszutreten, und freute sich zu sehen, daß ihr Vertrauen Nachahmung fand, indem Dew-of-June furchtlos aus ihrem Verstecke herauskam. Die zwei Mädchen – denn obgleich verheiratet, war die Tuscarora doch jünger als Mabel – tauschten nun offen die Zeichen der Freundschaft aus, und letztere bat ihre Freundin, näherzukommen, obgleich es ihr selbst nicht deutlich war, wie dieses ausgeführt werden könne. Aber Dew-of-June säumte nicht zu zeigen, daß es in ihrer Macht stehe; denn nachdem sie auf einen Augenblick verschwunden war, erschien sie wieder an dem Ende eines Rindenkahns, dessen Buge sie in den Saum des Gebüsches gezogen hatte, während der Rumpf in einer Art versteckten Schlupfhafens lag. Mabel wollte sie eben einladen, herüberzukommen, als ihr Name von der Stentorstimme ihres Onkels gerufen wurde. Sie gab dem Tuscaroramädchen einen raschen Wink, sich zu verbergen, eilte von dem Gebüsch weg dem freien Platz zu, woher die Stimme gekommen war, und bemerkte, wie die ganze Gesellschaft sich eben zum Frühstück niedergelassen hatte, wobei Cap seinen Appetit kaum so weit zügelte, um sie aufzufordern, am Mahle teilzunehmen. Mabel begriff schnell, daß dies der günstigste Augenblick zu einer Besprechung sein müsse, entschuldigte sich, daß sie noch nicht zum Essen vorbereitet sei, eilte nach dem Dickicht zurück und erneuerte bald wieder ihren Verkehr mit dem Indianerweibe.

Dew-of-June begriff schnell, und nach einem halben Dutzend lautloser Ruderschläge lag ihr Kahn in dem Verstecke des Gebüsches der Stationsinsel. Eine Minute später hielt Mabel ihre Hand und führte sie durch den Schattengang nach ihrer eigenen Hütte. Zum Glück war diese so gelegen, daß sie von dem Feuer aus nicht gesehen werden konnte, und so langten beide Freundinnen unbemerkt in derselben an. Mabel erklärte ihrem Gast in der Geschwindigkeit so gut sie konnte, daß sie ihn auf eine kurze Zeit verlassen müsse, führte Dew-of-June in ihr eigenes Zimmer mit der festen Überzeugung, daß sie es nicht verlassen würde, bis man sie dazu aufforderte, begab sich dann zu dem Feuer und nahm ihren Platz mit aller Fassung, über die sie zu gebieten vermochte, unter den übrigen ein.

»Wer spät kommt, wird spät bedient, Mabel«, sagte ihr Onkel zwischen zwei Mundladungen voll gebratenen Salms; denn obgleich die Kochkunst an dieser entfernten Grenze sehr ungekünstelt sein mochte, waren doch die Speisen im allgemeinen köstlich. »Wer spät kommt, wird spät bedient: das ist eine gute Regel und treibt die Schlafhauben an ihr Werk.«

»Ich bin keine Schlafhaube, Onkel; denn ich bin schon eine ganze Stunde auf und habe mich auf unsrer Insel umgesehen.«

»Sie werden wenig daraus machen können, Mistreß Mabel«, versetzte Muir, »denn es ist von Natur nicht viel an ihr. Lundie, oder, wie man ihn in solcher Gesellschaft besser nennen könnte, Major Duncan«, – es wurde dies wegen des Korporals und der gemeinen Soldaten gesagt, obgleich diese ihr Mahl etwas abgesondert einnahmen – »hat die Staaten Seiner Majestät mit keinem Reiche vermehrt, als er von dieser Insel Besitz nahm; denn sie gleicht ganz der des berühmten Sancho an Einkünften und Ertrag. Ihr kennt doch ohne Zweifel diesen Sancho, Meister Cap, und werdet oft in Euren Mußestunden, zumal bei einer Windstille oder in Augenblicken der Untätigkeit von ihm gelesen haben?«

»Ich kenne den Ort, den Sie meinen, Quartiermeister. Sanchos Insel – Korallenfels, von neuer Formation und so schlecht in Sicht kommend bei Nacht und stürmischem Wetter, daß sich jeder Sünder davon klar zu halten wünscht. 's ist ein berufener Platz wegen der Kokosnüsse und des bittern Wassers, diese Sanchos Insel.«

»Man soll dort nicht gut zu Mittag speisen«, erwiderte Muir und unterdrückte aus Achtung vor Mabel das Lächeln, das auf seinen Lippen zückte. »Auch glaube ich nicht, daß einem zwischen ihren Einkünften und denen unseres gegenwärtigen Aufenthalts die Wahl besonders schwer werden dürfte. Nach meinem Urteil, Meister Cap, ist unsere Stellung sehr unmilitärisch, und ich sehe voraus, daß uns früher oder später eine Kalamität zustoßen wird.«

»Es wäre zu wünschen, daß es nicht eher geschieht, als bis unser Dienst hier zu Ende ist«, bemerkte Mabel. »Ich trage kein Verlangen darnach, Französisch zu lernen.«

»Wir dürfen uns glücklich schätzen, wenn es nur das und nicht etwa das Irokesische wäre. Ich habe dem Major Duncan Vorstellungen wegen der Besetzung dieses Postens gemacht, aber einen eigensinnigen Mann muß man seinen Weg gehen lassen. Mein Hauptgrund, warum ich mich dem Zuge anschloß, war die Absicht, mich Eurer schönen Nichte nützlich und angenehm zu machen, Meister Cap; dann wollte ich auch einen Überschlag über die Vorräte machen, die ja eigentlich in meinen Geschäftskreis gehören, damit keine Einreden über die Art ihrer Verwendung stattfinden können, wenn der Feind Mittel finden sollte, sie wegzunehmen.«

»Betrachten Sie die Sache so ernst?« fragte Cap, indem er vor lauter Anteil an der Antwort mit dem Kauen eines Wildbretbissens innehielt; denn er ging wechselsweise wie ein moderner Elegant vom Fisch zum Fleisch und vom Fleisch wieder zum Fisch über. »Ist die Gefahr so drängend?«

»Ich will das nicht gerade sagen, möchte aber auch nicht das Gegenteil behaupten. Im Krieg ist immer Gefahr vorhanden und auf vorgeschobenen Posten mehr als im Hauptquartier. Es darf daher keinen Augenblick überraschen, wenn wir einen Besuch von den Franzosen bekommen.«

»Und was, zum Teufel, wäre in einem solchen Fall zu tun? Sechs Mann und zwei Weiber würden sich bei der Verteidigung eines Platzes, wie dieser, erbärmlich genug ausnehmen, wenn die Franzosen einen Überfall machen sollten; denn ohne Zweifel würden sie – so echt französisch – in tüchtigen Massen anrücken.«

»Darauf kann man sich verlassen – gegen die winzigste mit einer furchtbaren Macht. Ohne Zweifel wäre es zweckmäßig, nach den Regeln der Kriegskunst Anstalten zu Verteidigung der Insel zu treffen, obgleich es uns wahrscheinlich an der nötigen Mannschaft fehlen wird, diesen Plan auf eine erfolgversprechende Weise auszuführen. Einmal sollte eine Abteilung an dem Ufer aufgestellt werden, um den Feind beim Landen zu beunruhigen; eine starke Besatzung sollte augenblicklich in das Blockhaus gelegt werden, da es die Zitadelle ist, nach welcher sich natürlich die verschiedenen Abteilungen zurückziehen würden, wenn sie bei dem Vorrücken der Franzosen Unterstützung brauchten; um den festen Platz sollte ein mit Gräben versehenes Lager gelegt werden, da es in der Tat sehr unmilitärisch wäre, den Feind nahe genug zu dem Fuße der Mauern kommen zu lassen, um sie zu unterminieren. Spanische Reiter sollten die Kavallerie im Schach halten, und was die Artillerie anbelangt, so sollten unter dem Versteck jener Wälder Redouten aufgeworfen werden. Starke Plänklerabteilungen würden außerdem zur Verzögerung des feindlichen Marsches außerordentlich gute Dienste leisten, und diese zerstreuten Hütten könnten, gehörig mit Piketten versehen und von Gräben umzogen, treffliche Positionen zu diesem Zweck abgeben.«

»Hu – hu – hu – uh! Quartiermeister. Und wer zum Teufel soll all die Mannschaft aufbringen, um einen solchen Plan auszuführen?«

»Der König, ohne allen Zweifel, Meister Cap. Es ist seine Sache und daher billig, daß er auch die Bürde trage.«

»Und wir sind nur unser sechs! Das ist mir ein sauberes Geschwätz, zum Henker! Da könnte man Sie ans Ufer hinunterschicken, um den Feind vom Landen abzuhalten; Mabel müßte plänkeln, wenigstens mit der Zunge; das Soldatenweib könnte die spanischen Reiter spielen, um die Kavallerie in Verwirrung zu bringen; der Korporal hätte das verschanzte Lager zu kommandieren; seine drei Mann müßten die Hütten besetzen, und mir bliebe dann das Blockhaus. U – u – uff! Sie zeichnen gut, Leutnant, und hätten Maler statt Soldat werden sollen.«

»Nun, ich habe meine Dispositionen in dieser Sache wissenschaftlich und ehrlich gemacht. Daß keine größere Macht da ist, um den Plan auszuführen, ist die Schuld von Seiner Majestät Ministern und nicht die meine.«

»Aber wenn der Feind wirklich erschiene«, sagte Mabel mit mehr Anteil, als sie gezeigt haben würde, wenn sie sich nicht ihres Gastes in der Hütte erinnert hätte, »welchen Weg müßten wir dann einschlagen?«

»Mein Rat, schöne Mabel, wäre ein Versuch zur Ausführung dessen, was Xenophon mit Recht so berühmt machte.«

»Ich glaube, Sie meinen einen Rückzug, obgleich ich ihre Anspielung halb erraten muß.«

»Ihrem hellen, natürlichen Verstand ist meine Meinung nicht entgangen, mein Fräulein. Ich habe bemerkt, daß Ihr würdiger Vater dem Korporal gewisse Methoden angegeben hat, mit denen er diese Insel zu halten hofft, im Falle, daß die Franzosen ihre Lage auffinden sollten. Aber obgleich der ausgezeichnete Sergeant Ihr Vater und im Dienste so gut als irgendein Unteroffizier ist, so ist er doch nicht der große Lord Stair oder gar der Herzog von Marlborough. Ich will die Verdienste des Sergeanten in seiner Sphäre nicht in Abrede ziehen; aber ich kann seine Eigenschaften, mögen sie auch noch so ausgezeichnet sein, nicht höher schätzen als die von Leuten, welche, wenn auch nur in geringem Grade, seine Vorgesetzten sind. Der Sergeant hat sich mit seinem Herzen und nicht mit seinem Kopf beraten, als er solche Befehle erließ; aber wenn das Fort fällt, so wird der Vorwurf auf dem liegen, welcher es zu besetzen befahl, und nicht auf dem, welchem die Verteidigung obliegt. Was aber auch immer der Ausgang der letztern sein mag, wenn die Franzosen mit ihren Verbündeten landen sollten, so wird doch ein guter General nie die nötigen Vorbereitungen für den Fall eines Rückzugs vernachlässigen, und ich möchte Meister Cap als dem Admiral unsrer Flotte raten, ein Boot in Bereitschaft zu halten, um die Insel räumen zu können, wenn Not an den Mann geht. Das größte Boot, welches wir noch haben, führt ein weites Segel, und wenn man es hier herumholt und unter diesen Büschen vor Anker legt, so werden wir da einen ganz geeigneten Platz zu schleuniger Einschiffung erhalten. Und dann werden Sie auch bemerken, schöne Mabel, daß wir kaum fünfzig Ellen zu einem Kanal haben, der zwischen zwei andern Inseln und so versteckt liegt, daß wir recht wohl gegen eine Entdeckung von seiten derer, welche sich auf diesem Eiland befinden mögen, geschützt sind.«

»Was Sie da sagen, ist alles ganz richtig, Herr Muir; aber könnten die Franzosen nicht gerade von dieser Gegend herkommen? Wenn sie so gut für einen Rückzug ist, so ist sie wohl ebenso gut für den Angriff.«

»Sie werden nicht Einsicht genug für einen so klugen Gedanken haben«, erwiderte Muir, wobei er verstohlen und ein wenig unbehaglich umhersah, »es wird ihnen an der gehörigen Klugheit mangeln. Diese Franzosen sind ein übereiltes Volk und rücken gewöhnlich aufs Geratewohl an; wir können also darauf zählen, daß sie, wenn sie überhaupt kommen, auf der andern Seite der Insel landen werden.«

Die Unterhaltung schweifte nun verschiedentlich ab, wobei jedoch immer die Wahrscheinlichkeit eines Überfalls und die geeignetsten Mittel, ihm zu begegnen, die Hauptpunkte blieben.

Mabel zollte dem meisten davon nur geringe Aufmerksamkeit, obgleich sie sich einigermaßen überrascht fühlte, daß Leutnant Muir, ein Offizier, der wegen seines Mutes in gutem Ruf stand, so offen das Aufgeben einer Sache empfahl, deren Verteidigung ihr eine doppelte Pflicht schien, weil die Ehre ihres Vaters dabei im Spiele war. Ihr Geist war jedoch so sehr mit ihrem Gaste beschäftigt, daß sie bei der ersten günstigen Gelegenheit die Gesellschaft verließ und wieder in ihre Hütte eilte. Sie schloß die Türe sorgfältig, und als sie sah, daß der einfache Vorhang an dem einzigen kleinen Fenster vorgeschoben war, führte sie Dew-of-June oder June, wie sie vertraulich von denen, welche englisch mit ihr sprachen, genannt wurde, unter Zeichen der Liebe und des Vertrauens in das äußere Zimmer.

»Es freut mich, dich zu sehen, June«, sagte Mabel mit ihrer gewinnenden Stimme und ihrem süßesten Lächeln. »Recht sehr freut es mich, dich zu sehen. Was hat dich hierhergebracht, und wie entdecktest du diese Insel?«

»Sprich langsam«, sagte June, indem sie das Lächeln mit einem gleichen erwiderte und die kleine Hand ihrer Freundin mit der ihrigen, die kaum größer, aber durch die Arbeit abgehärtet war, drückte:

»Mehr langsam – zu schnell.«

Mabel wiederholte ihre Fragen, wobei sie sich bemühte, den Sturm ihrer Gefühle zu unterdrücken, und es gelang ihr, sich so deutlich auszusprechen, daß sie verstanden wurde.

»June, Freund«, erwiderte das Indianerweib.

»Ich glaube dir, June – von ganzem Herzen glaube ich dir. Aber was hat das mit deinem Besuch zu schaffen?«

»Freund kommen, zu sehen Freund«, antwortete June mit einem offenen Lächeln gegen Mabel.

»Es muß noch ein anderer Grund da sein, June, sonst würdest du dich nicht in diese Gefahr begeben haben und noch dazu allein. Du bist doch allein, June?«

»June bei dir, niemand anders. June kommen allein, Kahn rudern.«

»Ich hoffe es, ich glaube es – nein, ich weiß es. Du würdest mich nicht verraten, June?«

»Was verraten?«

»Du könntest mich nicht betrügen, mich nicht den Franzosen, den Irokesen oder Arrowhead überliefern?« – June schüttelte ernst ihr Haupt. – »Du könntest nicht meinen Skalp verkaufen?«

Hier legte June ihren Arm zärtlich um Mabels schlanken Leib und drückte sie mit einer Innigkeit und Liebe an ihre Brust, daß unsrer Heldin die Tränen ins Auge traten. Dies war in der liebevollen, zarten Weise eines Weibes geschehen, so daß es kaum mehr möglich war, die Aufrichtigkeit eines jungen, offenen Geschöpfs in Zweifel zu ziehen. Mabel erwiderte ihre Umarmung, drückte sie dann mit der Hand etwas zurück, blickte ihr fest ins Gesicht und fuhr mit ihren Fragen fort.

»Wenn June ihrer Freundin etwas zu sagen hat, so mag sie freimütig sprechen. Meine Ohren sind offen.«

»June fürchten, Arrowhead sie töten.«

»Aber Arrowhead wird es nie erfahren.« Mabels Blut stieg ihr gegen die Schläfe, als sie das sagte; denn sie fühlte, daß sie das Weib zu einem Verrat gegen seinen Gatten veranlaßte. »Das heißt, Mabel wird's ihm nicht sagen.«

»Er begraben Tomahawk in Junes Kopf.«

»Das darf nie geschehen, liebe June; sage lieber nichts mehr, als daß du dich dieser Gefahr aussetzest.«

»Blockhaus guter Platz zum Schlafen, guter Platz zum Bleiben.«

»Meinst du, daß ich mein Leben retten könnte, wenn ich mich im Blockhaus aufhielte, June? Sicherlich, sicherlich – Arrowhead wird dir kein Leid zufügen, wenn du mir das sagst. Er kann nicht wünschen, daß mir ein Unglück zustoße; denn ich habe ihn nie beleidigt.«

»Arrowhead wünscht nicht kränken das schöne Blaßgesicht«, erwiderte June mit abgewandtem Antlitz, und ihr Ton, obgleich sie immer mit der sanften Stimme eines Indianermädchens sprach, wurde tiefer, so daß er den Ausdruck der Melancholie und der Furcht trug: »Arrowhead lieben Blaßgesichtsmädchen.«

Mabel errötete unwillkürlich und unterdrückte aus natürlichem Zartgefühl einen Augenblick ihre Fragen; aber es war nötig, mehr zu erfahren, und da ihre Besorgnisse sich immer mehr steigerten, nahm sie ihre Nachforschungen wieder auf.

»Arrowhead kann keinen Grund haben, mich zu lieben oder zu hassen«, sagte sie. »Ist er in der Nähe?«

»Mann immer nahe bei Weib, – hier«, sagte June, indem sie ihre Hand auf ihr Herz legte.

»Herrliches Geschöpf! Aber sag mir, June, soll ich heute – diesen Morgen – jetzt – im Blockhaus sein?«

»Blockhaus sehr gut; gut für Weiber. Blockhaus kriegen nicht Skalp.«

»Ich fürchte, ich verstehe dich nur zu gut, June. Wünschest du, meinen Vater zu sehen?«

»Nicht hier – fortgegangen.«

»Du kannst das nicht wissen, June; du siehst, die Insel ist voll von seinen Soldaten.«

»Nicht voll, fortgegangen.« – Hier hielt June vier Finger in die Höhe. – »Soviel Rotröcke.«

»Und Pfadfinder? Möchtest du nicht gerne den Pfadfinder sehen? Er kann mit dir reden in der Zunge der Irokesen.«

»Zunge mit ihm gegangen«, sagte June lachend, »behalten Zunge in sein Mund.«

Es lag etwas so Süßes und Ansteckendes in dem kindlichen Lachen des Indianermädchens, daß sich Mabel nicht entbrechen konnte, darin einzustimmen, sosehr auch ihre Furcht durch alles, was vorgegangen, erregt war.

»Du scheinst zu wissen, oder glaubst, alles zu wissen, was sich bei uns zuträgt, June. Aber wenn Pfadfinder gegangen ist, Eau-douce kann auch französisch sprechen.«

»Eau-douce auch gegangen, nur nicht Herz, das hier.« Als June dies sagte, lachte sie wieder, blickte nach verschiedenen Richtungen, als ob sie Mabel nicht in Verwirrung bringen wolle, und legte ihre Hand auf den Busen ihrer Freundin.

Unsere Heldin hatte zwar oft von dem wunderbaren Scharfsinn der Indianer und von der überraschenden Weise gehört, mit welcher sie alles auffassen, während sie doch auf nichts zu achten scheinen; aber auf diese eigentümliche Wendung ihres Gesprächs war sie nicht vorbereitet. Sie wünschte, auf einen andern Gegenstand zu kommen, und da sie zugleich ängstlich bekümmert war zu erfahren, wie groß die Gefahr wirklich sein möchte, welche ihr bevorstand, erhob sie sich von dem Feldstuhl, auf dem sie gesessen, und nahm eine Haltung an, die weniger zärtliches Vertrauen ausdrückte, wodurch sie mehr von dem zu erfahren hoffte, was sie zu wissen wünschte, und Anspielungen, welche sie in Verlegenheit setzen könnten, zu vermeiden beabsichtigte.

»Du weißt, wieviel oder wie wenig du mir mitteilen darfst, June«, sagte sie, »und ich hoffe, du liebst mich genug, um mich von dem zu unterrichten, was mir zu hören nötig ist. Auch mein lieber Onkel ist auf der Insel, und du bist seine Freundin, oder solltest es sein, so gut wie die meinige; und wir beide werden dein Benehmen nicht vergessen, wenn wir wieder nach Oswego zurückgekehrt sind.«

»Mag sein, nie kehren zurück, wer wissen?« Sie sprach das im Tone des Zweifels, wie jemand, der eine Vermutung ausspricht, keineswegs aber mit Hohn oder in der Absicht, Mabel zu beunruhigen.

»Nur Gott weiß, was geschehen wird. Unser Leben ist in Seiner Hand. Doch ich glaube, du bist Sein Werkzeug zu unserer Rettung.«

Das ging über Junes Begriffsvermögen, und ihr Blick drückte ihre Unwissenheit aus; doch war es augenscheinlich, daß sie nützlich zu werden wünschte.

»Blockhaus *sehr gut!*« wiederholte sie, als sich der Zug der Unsicherheit aus ihrem Gesichte verloren hatte, und legte einen starken Nachdruck auf die zwei letzten Worte.

»Gut, ich verstehe das, June, und will heute nacht in demselben schlafen. Natürlich darf ich aber meinem Onkel mitteilen, was du mir gesagt hast?«

Dew-of-June war bestürzt und ließ eine große Unbehaglichkeit bei dieser Frage blicken.

»Nein, nein, nein!« antwortete sie mit einer Hast und einer Heftigkeit, welche den Franzosen Kanadas nachgeahmt waren, »nicht gut, zu sagen Salzwasser. Er viel reden und lange Zunge. Denkt, Wälder lauter Wasser, nichts wissen. Sagen Arrowhead, June sterben.«

»Du tust meinem lieben Onkel unrecht; denn es wäre ihm so wenig möglich, dich, wie jemand anders zu verraten.«

»Nichts verstehen. Salzwasser hat Zunge, aber nicht Augen, nicht Ohren, nicht Nase – nichts als Zunge, Zunge, Zunge!«

Obgleich Mabel dieser Ansicht nicht ganz beistimmen konnte, so sah sie doch, daß Cap nicht das Vertrauen der Indianerin besaß und daß es vergeblich sei zu hoffen, man könne ihn zu der gegenwärtigen Besprechung beiziehen.

»Du scheinst zu glauben, daß du unsere Lage ziemlich genau kennest, June«, fuhr Mabel fort, »du bist schon früher auf dieser Insel gewesen?«

»Eben kommen.«

»Wie kannst du denn wissen, daß das, was du sagst, wahr ist? Mein Vater, der Pfadfinder und Eau-douce, alle können hier in dem Bereich meiner Stimme sein, wenn ich sie rufen will.«

»Alle gegangen«, sagte June mit Bestimmtheit, zugleich aber mit gutmütigem Lächeln.

»Nein, das ist mehr, als du mit Gewißheit sagen kannst, da du die Insel nicht durchsucht hast.«

»Haben gute Augen, sehen Boot mit Männern weggehen – sehen Schiff mit Eau-douce.«

»Dann hast du schon einige Zeit auf uns achtgegeben. Ich denke jedoch, du hast die nicht gezählt, welche zurückblieben?«

June lachte, hielt ihre vier Finger wieder in die Höhe und zeigte dann auf ihre zwei Daumen; indem sie mit einem Finger über die ersteren fuhr, wiederholte sie das Wort »Rotröcke«, und während sie die letzteren berührte, setzte sie hinzu »Salzwasser«, »Quartiermeister«. Alles dieses traf genau zu, und in Mabel stiegen nun ernstliche Zweifel auf, ob es geeignet sei, ihren Besuch ziehen zu lassen, ehe sie weitere Aufklärung erhalten hatte. Es stand aber so sehr im Widerspruch mit ihren Gefühlen, das Vertrauen dieses sanften und liebevollen Geschöpfes zu mißbrauchen, daß Mabel den Gedanken, ihren Onkel herbeizurufen, als ihrer selbst unwürdig und gegen ihre Freundin ungerecht wiederaufgab. Dieser Entschluß wurde noch dadurch unterstützt, daß man mit Sicherheit darauf zählen konnte, June werde nichts Weiteres enthüllen, sondern ihre Zuflucht zu einem hartnäckigen Schweigen nehmen, wenn man es versuchen würde, sie zu zwingen.

»Du glaubst also, June«, fuhr Mabel fort, sobald sie mit ihren Betrachtungen zu Ende war, »daß es besser wäre, im Blockhaus zu bleiben?«

»Guter Platz für Weib. Blockhaus nicht kriegen Skalp. Balken dick.«

»Du sprichst so zuversichtlich, als ob du darin gewesen seiest und seine Wände gemessen habest.«

June lachte und gab sich das Ansehen einer Wissenden, ohne jedoch etwas Weiteres zu sagen.

»Weiß jemand außer Dir diese Insel aufzufinden? Hat sie einer der Irokesen gesehen?«

Junes Miene wurde düster; sie warf ihre Augen vorsichtig um sich, als ob sie irgendeinen Horcher befürchte.

»Tuscarora überall – Oswego, hier, Frontenac, Mohawk – überall. Wenn er sieht June, sie töten.«

»Aber wir glaubten, daß niemand etwas von dieser Insel wisse und daß wir keinen Grund hätten, unsere Feinde zu fürchten, solange wir uns auf derselben befinden.«

»Viel Auge, Irokesen.«

»Augen können nicht alles ausrichten, June. – Diese Insel fällt dem Blicke nicht leicht auf, und selbst von unsern Leuten wissen nur wenige sie aufzufinden.«

»Ein Mann kann reden; einige Yengeese sprechen Französisch.«

Mabel überlief es kalt. Der ganze Verdacht gegen Jasper, den sie bisher zu nähren verschmäht hatte, trat auf einmal mit aller Macht vor ihre Seele, und die dadurch erregten Gefühle lasteten so schwer auf ihr, daß sie einer Ohnmacht nahe war. Sie faßte sich jedoch wieder, und eingedenk des ihrem Vater gegebenen Versprechens, erhob sie sich, ging einigemal in der Hütte auf und nieder und suchte sich zu bereden, daß Jaspers Vergehen sie nichts angingen, obgleich sie im innersten Herzen wünschte, ihn unschuldig zu wissen.

»Ich verstehe, was du sagen willst, June«, begann sie wieder; »du willst mir kundtun, daß irgend jemand verräterischerweise deinen Leuten gesagt hat, wo und wie die Insel zu finden sei?«

June lachte; denn in ihren Augen war Kriegslist mehr ein Verdienst als ein Verbrechen. Sie war jedoch ihrem Stamme zu treu, um mehr zu sagen, als die Umstände gerade forderten. Ihre Absicht war, Mabel zu retten, aber auch nur Mabel; sie sah keinen hinreichenden Grund, warum sie mehr tun sollte.

»Blaßgesicht wissen nun«, setzte sie bei, »Blockhaus gut für Mädchen. Nichts mir machen aus Männer und Krieger.«

»Aber *ich* mache mir *viel* daraus, June; denn einer von diesen Männern ist mein Onkel, den ich liebe, und die andern sind meine Landsleute und Freunde. Ich muß ihnen sagen, was vorgegangen ist.«

»Dann June getötet werden«, erwiderte die junge Indianerin ruhig, obgleich augenscheinlich etwas bekümmert.

»Nein, sie sollen nicht erfahren, daß du hier gewesen bist. Aber sie müssen auf ihrer Hut sein, und wir können alle in das Blockhaus gehen.«

»Arrowhead wissen, sehen jedes Ding, und June werden töten. June kommen, zu sagen jungem Blaßgesicht Freund, nicht zu sagen Männer. Jeder Krieger bewachen sein eigen Skalp. June Weib und sagen Weib; nicht sagen Männer.«

Mabel wurde durch diese Erklärung ihrer indianischen Freundin in die äußerste Not versetzt; denn es war nun augenscheinlich, daß die junge Wilde einsah, ihre Mitteilungen dürften nicht weitergehen. Es war ihr unbekannt, wie sehr es dieses Volk für einen Ehrenpunkt hält, ein Geheimnis zu bewahren, und noch weniger war sie imstande zu beurteilen, wieweit eine Unklugheit von ihrer Seite June bloßstellen und das Leben derselben gefährden könne. Alle diese Betrachtungen blitzten durch ihre Seele und wurden durch reiflichere Erwägung nur noch schmerzlicher. Auch June betrachtete die Sache augenscheinlich ernst; denn sie fing an, die verschiedenen Kleinigkeiten, welche ihr entfallen waren, aufzulesen und sich zum Aufbruch anzuschicken. Der Versuch, sie aufzuhalten, kam Mabel nicht in den Sinn, und von ihr zu scheiden, nachdem sie so viel gewagt hatte, um ihr zu dienen, widerstrebte dem Billigkeitsgefühle und dem liebevollen Charakter unsrer Heldin.

»June!« sagte sie lebhaft, indem sie ihren Arm um das zwar ungebildete, aber edle Wesen schlang, »wir sind Freundinnen. Von mir hast du nichts zu befürchten; denn niemand soll etwas von deinem Besuche erfahren. Könntest du mir aber nicht ein Zeichen geben, wenn die Gefahr heranrückt, ein Zeichen, aus dem ich erkennen kann, wann ich in das Blockhaus gehen soll und wie ich für mich Sorge tragen kann?«

June hielt an; denn sie hatte sich bereits ernstlich zum Fortgehen angeschickt; dann sagte sie ruhig: –

»Bring June Taube.«

»Eine Taube? Wo werde ich eine Taube finden, die ich dir bringen könnte?«

»Nächste Hütte; bring eine alte, June gehen zu Kahn.«

»Ich glaube, ich verstehe dich, June; wäre es aber nicht besser, ich ginge mit dir nach dem Gebüsch zurück, damit du nicht mit irgendeinem von den Männern zusammentreffest?«

»Gehen aus zuerst; zählen Männer eins, zwei, drei, vier, fünf, sechs« – hier hielt June ihre Finger in die Höhe und lachte – »alle aus dem Weg – gut. Wenn nur einer, rufen ihn auf Seite. Dann singen und holen Taube.«

Mabel lächelte über die Besonnenheit und den Scharfsinn des Mädchens und schickte sich an, ihren Wünschen zu entsprechen. An der Türe hielt sie jedoch und blickte bittend auf das indianische Weib zurück.

»Darf ich nicht hoffen, daß du mir mehr sagest, June?« fragte sie.

»Alles jetzt wissen; Blockhaus gut, Taube sagen, Arrowhead töten.«

Die letzten Worte genügten; denn Mabel konnte nicht auf weitere Mitteilungen dringen, da ihre Gefährtin selbst sagte, daß die Strafe ihrer Enthüllungen wahrscheinlich der Tod von der Hand ihres Gatten sein werde. Sie öffnete die Türe, winkte June ein Lebewohl zu und verließ die Hütte. Mabel griff zu dem einfachen, von der Indianerin angegebenen Mittel, um sich über die Orte, wo sich die verschiedenen Personen befanden, Gewißheit zu verschaffen, und begnügte sich mit dem Zählen derselben, statt sie genauer ins Auge zu fassen, um sie aus dem Gesicht und dem Anzug zu erkennen. Sie fand, daß drei noch bei dem Feuer saßen, während zwei andere, unter ihnen Herr Muir, zu dem Boote gegangen waren. Der sechste war ihr Onkel, der sich in der Nähe des Feuers mit Zurichtung von Fischgerätschaften beschäftigte. Die Soldatenfrau ging eben in ihre Hütte, und somit war man mit der ganzen Gesellschaft im reinen. Mabel gab sich das Ansehen, als ob sie etwas vergessen habe, kehrte in die Nähe der Hütte zurück, trillerte ein Liedchen, bückte sich, als ob sie etwas von dem Boden aufläse, und eilte nun der von June angegebenen Hütte zu. Diese war ein verfallenes Gebäude, und von den Soldaten der abgelösten Abteilung zu einem Aufbewahrungsort für ihr zahmes Vieh umgewandelt worden. Unter anderem enthielt es einige Dutzend Tauben, welche sich auf einem Haufen Weizen gütlich taten, der von einer der geplünderten Ansiedlungen auf dem Kanadaufer mitgebracht worden war. Es wurde Mabel nicht schwer, eine von den Tauben zu haschen, obgleich diese mit einem trommelähnlichen Geräusch um die Hütte flatterten, und als sie dieselbe unter ihren Kleidern verborgen hatte, stahl sie sich mit ihrem Fange wieder nach ihrer Hütte zurück. Ein Blick durch die Türe überzeugte sie, daß ihr Gast nicht mehr da sei, und nun eilte das Mädchen hastig dem Ufer zu, ohne daß es ihr dabei schwer wurde, der Beobachtung zu entgehen, da die Bäume und Büsche sie vollkommen verbargen. Bei dem Kahne fand sie June, welche die Taube nahm, sie in ein von ihr selbst verfertigtes Körbchen setzte und mit den Worten: »Blockhaus gut«, so geräuschlos, wie sie gekommen war, aus dem Gebüsche und über die schmale Wasserstraße glitt. Mabel wartete noch eine Weile auf ein Zeichen des Abschieds oder der Zuneigung von ihrer landenden Freundin, aber vergebens. Die benachbarten Inseln waren ohne Ausnahme so still, als ob hier nie die erhabene Ruhe der Natur gestört worden sei, und nirgends ließ sich ein Zeichen oder eine Spur entdecken, welche Mabel hätten Aufschluß über die Nähe der Gefahr erteilen können, von welcher June Nachricht gegeben.

Als Mabel vom Ufer zurückkehrte, fiel ihr ein kleiner Umstand auf, der unter gewöhnlichen Verhältnissen kaum ihre Aufmerksamkeit angezogen hätte, jetzt aber, da ihr Argwohn geweckt war, ihrem unruhigen Blicke nicht entging. Ein kleines Stück roten Beuteltuchs, wie man sich dessen zur Verfertigung von Schiffsflaggen bedient, flatterte von dem untern Aste eines kleinen Baumes, an welchem es auf eine Weise befestigt war, daß es wie ein Schiffswimpel sich senken oder vom Winde hinausgeblasen werden konnte.

Da Mabels Furcht einmal rege war, so hätte selbst June sich nicht mit größerer Schnelligkeit Tatsachen klarzumachen vermocht, die, wie zu vermuten stand, auf die Sicherheit der Gesellschaft Bezug hatte. Ein Blick genügte ihr für die Überzeugung, daß dieser Tuchstreifen von der anliegenden Insel aus bemerkt werden konnte, daß er der Linie zwischen ihrer Hütte und dem Kahne so nahe lag, um es außer Zweifel zu setzen, daß June nahe daran, wenn nicht unter demselben habe vorbeikommen müssen und daß es vielleicht ein Signal sei, um denen, welche wahrscheinlich in der Nachbarschaft im Hintergrund lagen, irgendeine wichtige Tatsache, die mit der Art des Angriffs in Verbindung stand, mitzuteilen. Mabel nahm den Tuchstreifen von dem Baume und eilte fort, kaum wissend, was ihr nun zunächst obliege. June konnte falsch gegen sie gewesen sein; aber ihr Benehmen, ihre Blicke, ihre Liebe und Anhänglichkeit, die Mabel schon während ihrer Reise kennengelernt hatte, ließen diesen Gedanken nicht aufkommen. Dann gedachte sie der Anspielung auf Arrowheads Bewunderung der Blaßgesichtsschönheit, erinnerte sich, wenn auch dunkel, der Blicke des Tuscarora, und es wurde ihr schmerzlich klar, daß wenige Weiber mit Zuneigung auf diejenigen blicken können, welche ihnen die Liebe ihrer Männer entfremdet haben. Zwar waren diese Bilder weder bestimmt noch deutlich, sondern durchflogen eher die Seele unsrer Heldin in einem gewissen Helldunkel, als daß sie festen Halt in derselben gewonnen hätten; demungeachtet aber beschleunigten sie die Pulse und die Schritte des Mädchens, ohne in ihr die raschen und klaren Entschlüsse hervorzubringen, welche gewöhnlich ihren Erwägungen folgten. Sie eilte geradewegs nach der von der Soldatenfrau bewohnten Hütte, in der Absicht, sich schnell mit ihr nach dem Blockhaus zu begeben, da sie niemand anders veranlassen konnte, ihr zu folgen, als ihr ungeduldiger Schritt plötzlich durch Muirs Stimme unterbrochen wurde.

»Wohin so schnell, schöne Mabel«, rief er, »und warum so einsam? Der würdige Sergeant wird sich über meine gute Lebensart lustig machen, wenn er hört, daß seine Tochter die Morgenstunden allein und ohne Begleitung zubringen muß, während er doch weiß, wie glühend mein Wunsch ist, Ihr Gesellschafter und Sklave zu sein, vom Anfange des Jahres an bis zu dessen Ende.«

»Sicherlich, Herr Muir, müssen Sie hier einiges Ansehen haben?« sagte Mabel, indem sie plötzlich ihre Schritte anhielt. »Auf einen Mann von Ihrem Rang muß wenigstens ein Korporal hören?«

»Ich weiß das nicht, ich weiß das nicht«, unterbrach sie Muir, mit einer Ungeduld und einem Ausdruck von Beunruhigung, die in einem andern Augenblick Mabels Aufmerksamkeit erregt haben würden. »Kommando ist Kommando, Disziplin ist Disziplin, und Ansehen ist Ansehen. Ihr guter Vater würde es höchst empfindlich aufnehmen, wenn ich ihm ins Gehege ginge und die Lorbeeren, die er zu gewinnen im Begriff ist, besudeln oder für mich davontragen wollte. Ich kann dem Korporal nicht befehlen, ohne zugleich auch dem Sergeanten zu befehlen. Es wird daher für mich das klügste sein, bei dieser Unternehmung in der Dunkelheit des Privatmannes zu bleiben, und so verstehen auch alle von Lundie abwärts die Verhaltensbefehle.«

»Ich weiß das, und es mag wohl gut sein; denn ich möchte meinem lieben Vater keinen Anlaß zur Unzufriedenheit geben. Aber Ihr Ansehen könnte zu des Korporals eigenem Besten dienen.«

»Ich will das nicht sagen«, erwiderte Muir in seiner schlauen schottischen Weise, »es würde viel eher angehen, einen Einfluß zu seinem Schaden auf ihn geltend zu machen. Der Mensch hat seine Besonderheiten, schöne Mabel, und auf ein Mitgeschöpf zu dessen Besten einwirken zu wollen, ist eine der schwierigsten Aufgaben der menschlichen Natur, während das Gegenteil gerade die allerleichteste ist. Sie werden das nicht vergessen, meine Teure, sondern es sich zu ihrer Erbauung und Belehrung ein wenig zu Gemüt führen; aber was ist das, was Sie da um Ihren schlanken Finger wickeln, als ob es einer Ihrer brünstigen Verehrer wäre?«

»Es ist nichts als ein Stückchen Tuch – eine Art Flagge – eine Kleinigkeit, die kaum Ihrer Aufmerksamkeit würdig ist in einem so ernsten Augenblick. – Wenn –«

»Eine Kleinigkeit? Es ist nicht so geringfügig, als Sie sich vorstellen mögen, Mistreß Mabel!« Er nahm ihr das Stückchen Tuch ab und dehnte es mit beiden Armen der Länge nach aus, während sein Gesicht ernst und sein Auge wachsam wurde. »Sie werden das doch nicht in dem Frühstück gefunden haben, Mabel Dunham?«

Mabel teilte ihm einfach mit, wo und wie sie diesen Streifen gefunden habe. Während sie sprach, was das Auge des Quartiermeisters keinen Augenblick ruhig und flog von dem Flaggentuch zu Mabels Gesicht und von da wieder zu dem Flaggentuch zurück. Es war leicht zu bemerken, daß sein Verdacht erregt war, und er ließ Mabel nicht lange im ungewissen über die Richtung desselben.

»Wir sind nicht in einem Teile der Welt, wo unsre Flaggen draußen in dem Winde flattern dürfen, Mabel Dunham!« sagte er mit einem bedeutungsvollen Kopfschütteln.

»Das dachte ich auch, Herr Muir, und nahm deshalb den kleinen Wimpel weg, damit er nicht ein Mittel werde, dem Feinde unsre Anwesenheit zu verraten, selbst wenn durch das Entfalten desselben gar nichts beabsichtigt wurde. Sollte man nicht meinen Onkel von diesem Indiz in Kenntnis setzen?«

»Ich sehe hierfür keine Notwendigkeit, schöne Mabel; denn Sie bezeichnen es ganz richtig als ein Indiz, und Indizien sitzen bisweilen dem würdigen Seemann schwer auf. Aber diese Flagge, wenn man es eine solche nennen kann, gehört zu dem Fahrzeug eines Schiffers. Sie werden bemerken, daß sie aus sogenanntem Beuteltuch gemacht ist, welches bloß zu derartigen Zwecken benutzt wird; denn Sie wissen selbst, daß unsere Fahnen aus Seide oder farbiger Leinwand verfertigt sind. Sie hat auf eine überraschende Weise die Länge des Scud-Wimpels, – und ich erinnere mich nun, daß ein Stück von ebenjener Flagge abgeschnitten war.«

Mabel fühlte ihr Herz erstarren, aber sie hatte genug Selbstbeherrschung, um keine Erwiderung zu versuchen.

»Man darf die Sache nicht so hingehen lassen«, fuhr Muir fort, »und es wird im Grunde doch gut sein, eine kurze Rücksprache mit Meister Cap zu halten; denn ein loyalerer Untertan lebt nicht im britischen Reiche.«

»Ich nehme diese Warnung so ernst«, versetzte Mabel, »daß ich im Begriffe bin, mich in das Blockhaus zu begeben und die Soldatenfrau mit mir zu nehmen.«

»Ich sehe nicht ein, zu was das gut sein soll, Mabel. Das Blockhaus wird zuerst angegriffen werden, wenn wirklich ein Überfall im Werke ist. Wenn ich Ihnen in einer so zarten Angelegenheit raten dürfte, so möchte ich Ihnen empfehlen, Ihre Zuflucht zu dem Boote zu nehmen, welches, wie Sie bemerken können, am günstigsten liegt, um sich in jenen entgegengesetzten Kanal zu flüchten, wo alles, was darin ist, in einer oder zwei Minuten zwischen den Inseln verborgen wäre. Wasser hinterläßt keine Fährte, wie Pfadfinder sagt, und es scheint, es seien so viele verschiedene Durchgänge in dieser Gegend, daß ein

Entkommen mehr als wahrscheinlich wäre. Ich bin immer der Ansicht gewesen, Lundie habe zuviel gewagt, als er einen so weit vorgeschobenen und so sehr gefährlichen Posten, wie dieser ist, besetzen ließ.«

»Es ist nun zu spät, es zu bereuen, Herr Muir, und wir haben jetzt nur für unsre Sicherheit zu sorgen.«

»Und für die Ehre des Königs, schöne Mabel. Ja, Seiner Majestät Waffen und sein ruhmvoller Name dürfen bei keiner Gelegenheit außer acht gelassen werden.«

»Dann, meine ich, dürfte es doch besser sein, wenn wir unsere Augen nach dem Ort, der zu ihrer Aufrechterhaltung gebaut worden ist, richteten als nach dem Boot«, sagte Mabel lächelnd, »und so bin ich, Herr Muir, für das Blockhaus, wo ich die Rückkehr meines Vaters und seiner Leute abwarten möchte. Es müßte ihn wohl sehr betrüben, wenn er siegreich und voll Zuversicht, daß wir unsern Pflichten so treu nachgekommen seien wie er der seinigen, zurückkäme und fände, daß wir geflohen sind.«

»Nein, nein, um's Himmels willen, mißverstehen Sie mich nicht, Mabel«, unterbrach sie Muir etwas beunruhigt. »Ich bin weit entfernt, jemand anders als den Frauen den Rat zu geben, die Zuflucht zum Boote zu nehmen. Die Obliegenheit der Männer ist ohne allen Zweifel klar genug, und mein Entschluß war von Anfang an, mit dem Blockhaus zu stehen oder zu fallen.«

»Und glaubten Sie, Herr Muir, daß zwei Weiber dieses schwere Boot in der richtigen Weise zu führen wüßten, um dem Rindenkahn eines Indianers zu entkommen?«

»Ach, meine schöne Mabel, die Liebe versteht sich selten auf die Logik, und die Besorgnisse derselben sind wohl geeignet, den Verstand ein wenig in Verwirrung zu bringen. Ich sah nur Ihre süße Gestalt in dem Besitz des Rettungsmittels und dachte nicht, daß es Ihnen an der Fähigkeit gebricht, sich desselben zu bedienen. Aber Sie werden nicht so grausam sein, holdes Wesen, mir die lebhafte Besorgnis um Sie als Fehler anzurechnen?«

Mabel hatte genug gehört. Ihr Geist war zu sehr mit den Ereignissen dieses Morgens und mit ihren Befürchtungen beschäftigt, als daß sie länger bei einem Liebesgespräch zu verweilen gewünscht hätte, welches ihr auch in den sorgenfreiesten und heitersten Augenblicken zuwider gewesen wäre. Sie nahm daher hastig Abschied von ihrem Gefährten und beabsichtigte, sich in die Hütte der Soldatenfrau zu begeben, als sie Muir anhielt, indem er mit seiner Hand ihren Arm faßte.

»Ein Wort noch, Mabel«, sagte er, »ehe Sie mich verlassen. Diese kleine Flagge hat entweder eine besondere Bedeutung oder nicht. Hat sie eine, so dürfte es, da wir jetzt wissen, daß sie ausgesteckt worden ist, wohl besser sein, sie wieder an ihren Ort zu hängen, während wir sorgsam darauf achten, ob nicht eine Antwort erfolgt, die uns der Verschwörung auf den Sprung kommen hilft, und hat sie nichts zu bedeuten – ei, so wird auch nichts darauf folgen.«

»Sie mögen wohl recht haben, Herr Muir, obgleich, wenn das Ganze bloß zufällig ist, die Flagge Anlaß zu Entdeckung des Postens geben könnte.«

Mabel stand ihm nicht weiter Rede und war ihm bald aus den Augen, indem sie der Hütte zueilte, nach welcher sie vorhin schon getrachtet hatte.

Der Quartiermeister blieb ungefähr eine Minute auf demselben Platze und in derselben Stellung, in welcher ihn das Mädchen verlassen hatte. Er blickte zuerst auf die forthüpfende Gestalt, dann aber auf das Stückchen Tuch, welches er in der Hand hielt, indes sich Unschlüssigkeit in seinen Zügen ausdrückte. Sein Schwanken dauerte jedoch nicht länger als diese Minute; denn er befand sich bald unter dem Baume, wo er die Flagge wieder an einem Ast befestigte, obgleich er sie, da er die Stelle,

von welcher Mabel sie genommen, nicht kannte, von einem Eichenzweige herabflattern ließ, wo sie noch mehr als vorher den Blicken solcher, die sich auf dem Strome befanden, ausgesetzt war, während sie von der Insel aus weniger gesehen werden konnte.

Einundzwanzigstes Kapitel

> Vorbei ist Speisen nun und Trank;
> Der Käs kommt wieder in den Schrank;
> Die Näpf' und Pfannen – alle rein –
> Schließt jetzt die Speisekammer ein.
>
> *Cotton*

Als Mabel ihre Gefährtin aufsuchte, deuchte es sie sonderbar, daß die andern so gefaßt waren, während sie selbst sich so bedrückt fühlte, als ob eine Verantwortlichkeit für Leben und Tod auf ihren Schultern lastete. Es mischte sich allerdings auch Mißtrauen gegen June in ihre Ahnungen; aber wenn sie der zärtlichen und natürlichen Weise des Indianermädchens, wie auch aller Beweise von Treue und Aufrichtigkeit gedachte, welche sie in ihrem Benehmen während des traulichen Verkehrs auf ihrer gemeinschaftlichen Reise an den Tag gelegt hatte, so verwarf sie diesen Gedanken mit dem Unwillen einer edlen Seele, welche nicht gerne Übles von andern glaubt. Sie sah jedoch, daß sie ihre Gefährten nicht zu größerer Wachsamkeit auffordern konnte, ohne sie in das Geheimnis ihres Gesprächs mit June einzuweihen; ferner, daß sie selbst genötigt sei, zumal unter so bedeutungsvollen Verhältnissen, mit einer Umsicht und Bedachtsamkeit zu handeln, an welche sie nicht gewöhnt war.

Die Soldatenfrau erhielt die Weisung, das Nötige in das Blockhaus zu bringen und sich den Tag über nicht zu weit von demselben zu entfernen. Mabel erklärte ihr den Grund nicht, sondern sagte bloß, daß sie auf ihrem Spaziergang durch die Insel einige Zeichen bemerkt habe, welche in ihr die Befürchtung erregt hätten, der Feind wisse mehr von der Lage der Insel, als man bisher geglaubt, und daß sie beide wenigstens wohl daran tun würden, sich bei dem leichtesten Anlaß zu einem Rückzug in das Blockhaus bereit zu halten. Es war nicht schwer, die Besorgnisse dieser Person zu erwecken, die, obgleich eine mutige Schottländerin, doch keinen Anstand nahm, auf alles zu hören, was ihre Furcht vor den Grausamkeiten der Indianer befestigen konnte. Sobald Mabel sie genug erschreckt zu haben glaubte, um sie vorsichtig zu machen, ließ sie einige Winke über das Unpassende fallen, die Soldaten den Umfang ihrer eigenen Befürchtungen wissen zu lassen. Sie tat dies in der Absicht, Erörterungen und Fragen, welche sie in Verlegenheit bringen könnten, abzuschneiden, indem sie sich vornahm, die Vorsicht ihres Onkels, des Korporals und seiner Leute durch andre Mittel zu steigern.

Unglücklicherweise hätte man in der ganzen britischen Armee keinen unpassendern Mann für den Dienst, den es hier zu erfüllen galt, finden können als den Korporal M'Nab, welchem das Kommando in Sergeant Dunhams Abwesenheit übertragen war. Er war zwar entschlossen, rasch, mit den Einzelheiten des militärischen Dienstes vertraut und an den Krieg gewöhnt, aber zugleich auch anmaßend gegen die in den Provinzen Gebornen, starrsinnig in allem, was mit den engen Grenzen seines Berufs in Verbindung stand, und sehr geneigt, sich das britische Reich als den Mittelpunkt alles Ausgezeichneten auf der Welt zu denken, wobei ihm Schottland als der Herd wenigstens aller moralischen Vorzüge dieses Reiches erschien. Kurz, er war, freilich nur in dem Maßstab seines Ranges, ein Inbegriff jener Eigenschaften, welche den nach den Kolonien gesandten Dienern der Krone so eigentümlich waren, daß sie sich dadurch leicht von den Eingebornen dieser Gegend unterscheiden ließen; – mit andern Worten, er betrachtete die Amerikaner als Geschöpfe, welche weit unter dem elterlichen Stamme stehen, und fand in allen ihren Ansichten, zumal wenn sie vom militärischen Dienst handelten, nichts als Unverdautes und Abgeschmacktes. Braddock selbst konnte nicht abgeneigter sein, von einem Provinzialen einen Rat anzunehmen, als sein unbedeutender Nachahmer; es war bekannt, daß dieser bei mehr als einer Gelegenheit gegen die Weisungen und Befehle zweier oder dreier Offiziere des Korps, welche zufällig in den Kolonien geboren waren, bloß aus diesem einfachen Grunde Bedenklichkeiten erhoben hatte, wobei er sich jedoch mit echt schottischer Schlauheit gegen die Strafen eines wirklichen Ungehorsams sicherzustellen wußte. Mabel hätte daher zur Ausführung ihrer Absichten auf keinen Untauglicheren treffen können, und doch fühlte sie, daß sie keine Zeit verlieren dürfe, ihren Plan zur Verwirklichung zu bringen.

»Mein Vater hat Euch eine große Verantwortlichkeit auferlegt, Korporal«, sagte sie, sobald sie M'Nab ein wenig von den Soldaten weggekriegt hatte, »denn wenn diese Insel in die Hände des Feindes fällt, so werden nicht nur wir gefangen, sondern wahrscheinlich gerät dann auch die übrige Mannschaft, welche mit meinem Vater ausgezogen ist, in Feindes Gewalt.«

»Es bedarf keiner Reise von Schottland bis hierher, um zu wissen, was man von diesen Dingen zu halten hat«, entgegnete M'Nab trocken.

»Ich zweifle nicht, daß Ihr das so gut wißt wie ich, Herr M'Nab; aber ich fürchte, ihr alten Soldaten möchtet, da ihr an Gefahren und Kampfgetümmel gewöhnt seid, die Vorsicht ein wenig außer acht lassen, welche in einer so eigentümlichen Lage wie die unsrige ist, nötig sein dürfte.«

»Man sagt, Schottland sei kein erobertes Land, Mädchen, aber ich denke, es muß sich doch ein bißchen anders verhalten, da wir, seine Kinder, solche Schlafmützen sind, um uns aufheben zu lassen, wo wir es am wenigsten erwarten.«

»Nein, nein, guter Freund, Ihr verkennt meine Absicht. Einmal denke ich überhaupt gar nicht an Schottland, sondern an diese Insel; dann fällt es mir nicht ein, Eure Wachsamkeit zu bezweifeln, wenn Ihr die Beobachtung derselben einmal für nötig erachtet. Aber ich fürchte sehr, es sei Gefahr vorhanden, gegen die Euch Euer Mut gleichgültig macht.«

»Mein Mut, Mistreß Dunham, ist ohne Zweifel von recht armseliger Beschaffenheit, da er nur ein schottischer Mut ist; der Eures Vaters ist der Mut eines Yankee, und wenn er unter uns wäre, so würden wir sicherlich andere Vorbereitungen zu sehen kriegen. Ja, wohl werden die Zeiten immer schlimmer, wenn die Fremden Offiziersstellen erhalten und Hellebarden führen dürfen in einem schottischen Korps. 's ist daher auch kein Wunder, daß Schlachten verloren werden und in den Feldzügen alles drunter und drüber geht.«

Mabel war fast in Verzweiflung; aber die ruhige Warnung Junes haftete noch zu lebhaft in ihrer Seele, um ihr zu gestatten, die Sache aufzugeben. Sie änderte daher ihre Operationsweise, da sie noch immer an der Hoffnung festhielt, die ganze Mannschaft zur Besetzung des Blockhauses zu vermögen, ohne genötigt zu sein, die Quelle zu verraten, aus der sie die Tatsachen, welche Wachsamkeit nötig machten, geschöpft hatte.

»Ihr habt sicherlich recht, Korporal M'Nab«, bemerkte sie,

»denn ich habe oft von den Helden Eures Vaterlandes erzählen hören, welche die ersten in der ganzen zivilisierten Welt waren, wenn das, was man mir sagte, wahr ist.«

»Habt Ihr die Geschichte von Schottland gelesen, Mistreß Dunham?« fragte der Korporal und blickte das erstemal mit einem Zuge in seinem harten, abstoßenden Gesichte, der wie Lächeln aussah, auf seine schöne Gefährtin.

»Ich habe einiges davon gelesen, Korporal, aber noch viel mehr gehört. Die Dame, welche mich erzog, hatte schottisches Blut in ihren Adern und tat sich viel darauf zugute.«

»Ich stehe dafür, den Sergeant kümmert's wenig, bei dem Ruhm des Landes zu verweilen, in welchem sein Regiment ausgehoben wurde?«

»Mein Vater hat an andere Dinge zu denken, und das wenige, was ich weiß, erfuhr ich von der erwähnten Dame.«

»Sie wird doch nicht vergessen haben, Euch von Wallace zu erzählen?«

»Von ihm habe ich ziemlich viel gelesen.«

»Und von Bruce und dem Treffen von Bannockburn?«

»Von diesem auch und von dem bei Culloden Muir.«

Die letztere dieser Schlachten war damals noch ein neues Ereignis und fiel in das Bereich der eigenen Erlebnisse unserer Heldin, deren Erinnerungen daran aber so verwirrt waren, daß sie kaum den Erfolg voraussehen konnte, welchen diese Anspielung bei Ihrem Gefährten hervorbringen mochte. Sie wußte zwar, daß dort ein Sieg erfochten wurde, und hatte oft die Gäste ihrer Beschützerin mit Triumph desselben erwähnen hören; sie glaubte deshalb, daß diese Gefühle in denen eines jeden britischen Soldaten eine gleichgestimmte Saite treffen müßten. Unglücklicherweise hatte aber der Korporal jenen ganzen unseligen Tag auf der Seite des Prätendenten gefochten und als Spur eines deutschen Soldatensäbels, der im Dienste des Hauses Hannover schlug, eine tiefe Narbe auf seinem Gesicht zurückbehalten. Bei Mabels Anspielung vermeinte er, seine Wunde fange aufs neue zu bluten an, und es ist gewiß, daß ihm das Blut in Strömen nach dem Gesichte schoß, als wolle es die alte Narbe durchbrechen.

»Ha! – hinweg!« rief er heftig, »hinweg mit Euren Culloden und Sherif-Muirs, junges Weib! Ihr versteht nichts von dieser ganzen Sache und werdet Euch nicht nur als klug, sondern auch als bescheiden erweisen, wenn Ihr von Eurem eigenen Lande und seinen vielen Fehlern sprecht. Ich zweifle nicht daran, daß König Georg einige loyale Untertanen in den Kolonien hat, aber es wird lange anstehen, bis er etwas Gutes von ihnen sieht oder hört.«

Mabel war über die Heftigkeit des Korporals nicht wenig überrascht, da sie sich keine Idee davon machen konnte, wo ihn der Schuh drücke; aber sie war entschlossen, die Sache nicht aufzugeben.

»Ich habe immer gehört, daß die Schotten zwei von den guten Eigenschaften eines Soldaten hätten«, sagte sie, »nämlich Mut und Umsicht, und ich bin überzeugt, daß Korporal M'Nab diesen Nationalruhm aufrechterhalten wird.«

»Fragt Euren Vater, Mistreß Dunham! Er kennt den Korporal M'Nab und wird nicht anstehen, Euch dessen Verdienste auseinanderzusetzen. Wir haben miteinander im Feuer gestanden, und er ist mein Vorgesetzter, hat also eine Art amtliches Recht, seinen Untergebenen Zeugnisse zu erteilen.«

»Mein Vater denkt gut von Euch, M'Nab, sonst würde er Euch nicht diese Insel samt allem, was darauf ist, seine Tochter miteingeschlossen, übergeben haben. Auch weiß ich wohl, daß er unter anderm viel auf Eure Klugheit baut. Er erwartet, daß man besonders auf das Blockhaus recht aufmerksam sei.«

»Wenn er die Ehre des Fünfundfünfzigsten hinter Holzstämmen zu verteidigen wünscht, so hätte er das Kommando selbst behalten sollen; denn, offen gesprochen, es liegt nicht in des Schottländers Blut und Ansichten, sich aus dem Feld schlagen zu lassen, noch ehe er angegriffen wird. Wir haben gute Säbel und lieben es, mit dem Feind Zehe an Zehe zu stehen. Diese amerikanische Art zu fechten, welche so sehr in Aufnahme kommt, wird den Ruhm von Seiner Majestät Armee vernichten, wenn sie auch nicht ihren Mut vernichtet.«

»Kein rechter Soldat verschmäht die Vorsicht. Selbst der Major Duncan, dem es an Tapferkeit keiner zuvortut, ist berühmt wegen seiner Sorgfalt für seine Leute.«

»Lundie hat seine Schwächen und vergißt den Säbel und die offenen Heiden in diesen Baum- und Büchsengefechten. Aber, Mistreß Dunham, glaubt einem alten Soldaten, der bereits seine fünfundfünfzig Jahre auf dem Rücken hat, wenn er Euch sagt, daß es keinen sichereren Weg gibt, den Feind zu ermutigen, als wenn man ihn zu fürchten scheint, und daß es in diesem indianischen Kriegsleben keine Gefahr gibt, welche nicht die Einbildungen Eurer Amerikaner vermehrt oder erweitert hätten, bis sie zuletzt in jedem Busche einen Wilden sahen. Wir Schotten kommen aus einer nackten Gegend, brauchen diese Verstecke nicht und können auch keinen Geschmack daran finden, und so werdet Ihr sehen, Mistreß Dunham –«

Der Korporal machte einen Luftsprung, fiel vorwärts auf sein Gesicht und drehte sich dann auf den Rücken. All dieses geschah so plötzlich, daß Mabel kaum den scharfen Knall der Büchse, welche eine Kugel durch seinen Körper geschickt, gehört hatte. Kein Schreckensruf ertönte von den Lippen unsrer Heldin, sie zitterte nicht einmal; denn das Ereignis war zu rasch, zu entsetzlich und zu unerwartet, als daß sie eine solche Schwäche zeigen konnte. Sie trat im Gegenteil hastig vorwärts, um dem Gefallenen beizuspringen. Es war noch so viel Leben in ihm, um aller Vorgänge bewußt zu sein. Sein Gesicht zeigte den wilden Blick eines Mannes, der durch den Tod plötzlich überrascht wird, und Mabel bildete sich in ruhigeren Augenblicken ein, es hätte den Ausdruck der späten Reue eines eigensinnigen und hartnäckigen Sünders getragen.

»Ihr müßt so schnell als möglich das Blockhaus zu erreichen suchen«, flüsterte M'Nab, als Mabel sich über ihn beugte, um die letzten Worte des Sterbenden aufzufangen.

Jetzt überfiel unsre Heldin das volle Bewußtsein ihrer Lage und der Notwendigkeit des Handelns. Sie warf einen schnellen Blick auf den Körper zu ihren Füßen, und als sie sah, daß der Atem entschwunden war, ergriff sie die Flucht. In wenigen Minuten gelangte sie zu dem Blockhause, und wie sie durch die Türe eintreten wollte, wurde ihr dieselbe durch Jennie, die Soldatenfrau, welche im blinden Schrecken nur an ihre eigene Sicherheit dachte, mit Gewalt vor dem Gesichte zugeschlagen. Während Mabel sie einzulassen bat, vernahm man den Knall von fünf oder sechs Büchsen, und der dadurch veranlaßte neue Schrecken verhinderte das innen befindliche Weib, die Querhölzer schnell wegzunehmen, welche sie so geschickt vorgelegt hatte. Nach einer Minute des Zögerns fand Mabel jedoch, daß die widerstrebende Tür ihrem anhaltenden Drucke nachgab, worauf sie ihren schlanken Körper durch die Öffnung zwängte, sobald sie weit genug war, um den Durchgang zu gestatten.

Mittlerweile hatte das stürmische Klopfen ihres Herzens nachgelassen, und Mabel gewann nun wieder die nötige Selbstbeherrschung, um besonnen zu handeln. Anstatt den fast krampfhaften Anstrengungen ihrer Gefährtin, die Türe wieder zu schließen, nachzugeben, hielt sie dieselbe so lange offen, bis sie sich überzeugt hatte, daß niemand von ihrer Partei zu sehen sei, der gegenwärtig zu dem Blockhause seine Zuflucht zu nehmen beabsichtigte, und gestattete erst dann das Verriegeln der Pforte. Ihre Anordnungen und Handlungen wurden jetzt ruhiger und besonnener. Sie legte nur einen einzigen Querbalken vor und gab Jennie die Weisung, auch diesen wegzunehmen, sobald ein Freund darum bitte. Dann stieg sie die Leiter hinauf in den oberen Raum, von wo aus sie durch eine Schießscharte die Insel so weit überblicken konnte, als es das umgebende Gebüsch gestattete. Sie ermahnte ihre Gefährtin unten, fest und besonnen zu sein, und untersuchte nun die Umgebungen, so gut es ihre Lage zuließ.

Zu ihrer großen Überraschung konnte Mabel auf der ganzen Insel keine lebende Seele, weder Freund noch Feind, entdekken. Weder ein Franzose noch ein Indianer war sichtbar, obgleich eine kleine, wirbelnde weiße Wolke, welche vor dem Winde hertrieb, ihr sagte, in welcher Gegend sie sie zu suchen habe. Die Schüsse waren aus der Richtung der Insel hergekommen, wo June zuerst erschienen war, obgleich Mabel nicht ermitteln konnte, ob der Feind noch auf jener Insel sei oder bereits auf der ihrigen gelandet sei. Sie ging nun zu der Schießscharte, welche die Richtung, in welcher M'Nab lag, beherrschte; aber ihr Blut erstarrte, als sie die drei Soldaten, augenscheinlich entseelt, an seiner Seite liegen sah. Sie hatten sich bei dem ersten Lärm auf *einen* Punkt zusammengezogen und waren fast gleichzeitig von dem unsichtbaren Feinde, welchen der Korporal mit soviel Verachtung betrachtete, niedergeschossen worden.

Weder Cap noch der Leutnant Muir waren zu sehen. Mit klopfendem Herzen untersuchte Mabel jede Öffnung zwischen den Bäumen und bestieg sogar den obersten Stock oder das Dach des Blockhauses, wo sich ihr, soweit es die Deckungen erlaubten, eine freie Aussicht über die ganze Insel darbot: aber mit keinem bessern Erfolg. Sie hatte erwartet, den Körper ihres Onkels wie die der Soldaten im Grase liegen zu sehen, aber es zeigte sich nichts. Als sie ihre Augen nach der Gegend richtete, wo das Boot lag, fand sie es noch am Ufer befestigt, woraus sie denn folgerte, daß Muir durch irgendeinen Zufall verhindert worden sei, seinen Rückzug dorthin zu bewerkstelligen. Kurz, auf der ganzen Insel herrschte Grabesruhe, und die Körper der erschlagenen Soldaten trugen dazu bei, die Szene so schrecklich zu machen, als sie außerordentlich war.

»Um Gottes willen, Mistreß Mabel«, rief das Weib von unten, – denn obgleich es seine Furcht zu wenig zu beherrschen vermochte, um zu schweigen, so übte doch die feinere Bildung unserer Heldin mehr noch als die Stellung ihres Vaters in dem Regiment, einen Einfluß auf die Weise der Anrede, – »um des großen Gottes willen, Mistreß Mabel, sagen Sie mir, ob noch einer von unsern Freunden am Leben ist? Es ist mir, als höre ich ein Stöhnen, welches immer schwächer und schwächer wird, und ich fürchte, es seien alle erschlagen worden!«

Mabel erinnerte sich nun, daß einer der Soldaten Jennies Gatte war, und zitterte vor den unmittelbaren Folgen, wenn sie den Tod ihres Mannes so plötzlich erfahren würde. Zudem gab ihr das Stöhnen noch einige Hoffnung, obgleich sie fürchtete, es möchte von ihrem Onkel, den sie nirgends erblicken konnte, herrühren.

»Wir sind unter seiner heiligen Obhut, Jennie«, antwortete sie. »Wir müssen auf die Vorsehung bauen und dürfen keines von den Mitteln verabsäumen, welche sie uns wohlwollend zu unserem Schutze bietet. Habt auf die Türe acht und öffnet sie in keinem Fall ohne meine Anweisung!«

»Oh, sagen Sie mir, Mistreß Mabel, ob Sie nicht Sandy irgendwo sehen? Wenn ich ihn nur könnte wissen lassen, daß ich in Sicherheit bin: der gute Mann wäre ruhiger, mag er nun frei oder gefangen sein.«

Sandy war Jennies Gatte und lag tot hingestreckt in der Richtung der Schießscharte, durch welche Mabel eben blickte.

»Sie sagen mir nicht, ob Sie Sandy sehen können?« erwiderte das Weib ungeduldig ob Mabels Schweigen.

»Einige von unsern Leuten sind um M'Nabs Leiche versammelt«, war die Antwort; denn es schien Mabel ein Frevel, unter so schrecklichen Umständen geradezu eine Lüge zu sagen.

»Ist Sandy unter ihnen?« fragte die Frau mit einer erschrekkend heiseren und lauten Stimme.

»Er wird sicherlich dabei sein; denn ich sehe einen, zwei, drei, vier, und alle in den Scharlachröcken unseres Regiments.«

»Sandy!« rief das Weib halb wahnsinnig, »warum sorgst du nicht für dich, Sandy? Komm sogleich hierher, Mann, und teile das Schicksal deines Weibs in Wohl und Wehe. Das ist kein Augenblick für deine einfältige Disziplin und deine großtuerischen Begriffe von Ehre. Sandy! Sandy!«

Mabel hörte den Balken zurückschieben und die Türe in ihren Angeln knarren. Erwartung, um nicht zu sagen: Schrecken, fesselte sie an die Schießscharte, und bald gewahrte sie Jennie, wie sie durch das Gebüsch rauschte und dieser Gruppe des Todes zueilte. Ein Augenblick reichte hin, zu diesem unseligen Ort zu gelangen. Der Schlag geschah aber zu plötzlich und unerwartet, so daß die Ärmste in ihrem Schrecken das Ganze seines Gewichts nicht zu fassen schien. Ein wilder, halb wahnsinniger Gedanke an Täuschung verwirrte ihre Sinne, und sie bildete sich ein, daß die Männer mit ihrer Angst ein Spiel trieben. Sie ergriff die Hand ihres Gatten – sie war noch warm – und meinte, ein verhaltenes Lächeln auf seinen Lippen zucken zu sehen.

»Warum willst du dein Leben so töricht wegwerfen, Sandy?« rief sie, indem sie ihn am Arme zerrte. »Ihr werdet alle von diesen verfluchten Indianern ermordet werden, wenn Ihr Euch nicht wie wackere Soldaten ins Blockhaus begebt! Fort! Fort! Verliert nicht die kostbaren Augenblicke.«

In Ihrer verzweifelten Anstrengung zerrte das Weib den Körper ihres Gatten so, daß der Kopf sich vollständig drehte, und nun enthüllten ihr ein kleines Loch in der Schläfe (die Wirkung einer eingedrungenen Büchsenkugel) und einige Tropfen Blut, welche über die Haut rieselten, den Grund von ihres Mannes Schweigen. Als die schreckliche Wahrheit in ihrer ganzen Ausdehnung Jennies Seele durchfuhr, schlug sie die Hände zusammen, stieß einen Schreckensruf aus, der alle benachbarten Inseln durchdrang, und stürzte der Länge nach auf den Körper des Gefallenen. So schrecklich, so schauderhaft und herzergreifend aber auch dieser Angstruf sein mochte, – er war Wohllaut gegen das Geschrei, welches ihm so rasch folgte, daß sich die Töne fast miteinander vermengten. Der schreckliche Kriegsruf erscholl aus den Verstecken der Insel, und etwa zwanzig Wilde mit ihren fürchterlichen Kriegsfarben und andern Abzeichen stürzten wütend hervor, um sich der ersehnten

Skalpe zu versichern. Arrowhead war an der Spitze; sein Tomahawk zerschmetterte das Gehirn der bewußtlosen Jennie, und ihr bluttriefendes Haupthaar hing kaum zwei Minuten, nachdem sie das Blockhaus verlassen hatte, als Siegeszeichen an dem Gürtel ihres Mörders. Seine Gefährten waren nicht minder tätig, und M'Nab und seine Soldaten zeigten nicht länger den ruhigen Anblick schlummernder Menschen. Man ließ sie in ihrem Blute liegen, – unzweideutig verstümmelte Leichen.

Alles dies geschah in viel kürzerer Zeit, als zu dessen Erzählung erfordert wurde, und Mabel war Augenzeuge davon. Sie stand wie gefesselt an *einer* Stelle und blickte, wie durch Zauber gebannt, auf die ganze schreckliche Szene, ohne auch nur einen Augenblick an sich selbst oder ihre eigene Gefahr zu denken. Als sie jedoch bemerkte, daß der Ort, wo die Männer gefallen waren, von Wilden wimmelte, welche über den Erfolg ihres Überfalls frohlockten, fiel ihr auf einmal ein, daß Jennie die Türe des Blockhauses offengelassen hatte. Ihr Herz schlug heftig; denn jene Türe stand als der einzige Schirm zwischen ihr und dem unmittelbaren Tode. Sie eilte zu der Leiter und war im Begriff herunterzusteigen, um den Eingang zu sichern. Ihr Fuß hatte jedoch den Boden des zweiten Stocks noch nicht ganz erreicht, als sie die Türe in ihren Angeln knarren hörte. Sie hielt sich für verloren. Auf ihre Knie sinkend, bemühte sich das erschreckte, aber doch mutige Mädchen, sich zum Tode zu bereiten und ihre Gedanken zu Gott zu erheben. Die Liebe zum Leben war jedoch kräftiger als ihr Gebetsdrang, und während sie ihre Lippen bewegte, lauschten die argwöhnischen Sinne auf jeden Ton von unten. Als sie hörte, daß die Querbalken, die auf Zapfen liefen, vor die Türe gelegt und in die Klammern eingehängt wurden, und zwar nicht nur einer, wie sie in der Absicht, ihrem Onkel den Einlaß zu erleichtern, selbst befohlen hatte, sondern alle drei, – da sprang sie wieder auf ihre Füße; alle geistlichen Betrachtungen verschwanden unter der Bedrängnis der Zeitlichkeit, und es schien, als ob alle ihre Seelenkräfte sich in dem Sinn des Gehörs konzentriert hätten.

Die Gedanken sind in einem so furchtbaren Augenblick nicht untätig. Zuerst bildete sich Mabel ein, ihr Onkel sei in das Blockhaus getreten, und war im Begriff, die Leiter hinunterzusteigen und sich in seine Arme zu werfen; dann hielt sie aber der Gedanke wieder zurück, es könne ein Indianer sein, welcher die Türe gegen Eindringlinge verschlossen habe, um mit Muße plündern zu können. Die tiefe Stille unten hatte nichts mit den kühnen rastlosen Bewegungen Caps gemein und schien eher auf einen Kunstgriff des Feindes zu deuten. War es ein Freund, so konnte es nur ihr Onkel oder der Quartiermeister sein; denn die schreckliche Überzeugung stellte sich nun unserer Heldin dar, daß die ganze Gesellschaft nur noch aus ihr und diesen zweien bestehe, wenn überhaupt letztere noch am Leben waren. Diese Betrachtung hielt Mabel im Schach, und es herrschte volle zwei Minuten ein atemloses Schweigen in dem Gebäude. Während dieser Zeit stand das Mädchen an dem Fuße der obern Leiter, indes die Falltüre, welche zu der untern führte, auf der entgegengesetzten Seite sich im Boden befand. Mabel war an ihren Platz festgebannt; denn jeden Augenblick fürchtete sie das schreckliche Gesicht eines Wilden durch die Öffnung auftauchen zu sehen. Ihre Angst steigerte sich bald so sehr, daß sie sich schon nach einem Winkel, wo sie sich verbergen könne, umsah; denn jede Verzögerung der Katastrophe, die ihr mit allen Schrecken vor der Seele stand, und wäre es auch nur die eines Augenblicks, gewährte ihr einigen Trost. Der Raum enthielt einige Fässer, und Mabel kroch hinter zwei derselben, wobei sie das Auge an eine Öffnung brachte, durch welche sie nach der Falltüre sehen konnte. Sie versuchte aufs neue zu beten, aber der Augenblick war zu schrecklich, als daß sie hierin hätte Erleichterung finden können. Auch kam es ihr vor, als höre sie ein leichtes Rascheln, wie wenn jemand sich bemühe, mit der äußersten Vorsicht, die sich eben in ihrem Übermaße verraten mußte, die untere Leiter heraufzusteigen; dann folgte ein Knarren, das, wie sie gewiß wußte, von einer der Leitersprossen herrührte, da dieser Laut sich sogar unter ihrem leichten Gewicht zu erkennen gegeben hatte. Dies war einer der Momente, wo man Jahre durchlebt. Leben, Tod, Ewigkeit und die schrecklichsten körperlichen Martern traten in kühnen Zügen aus der Flachheit des gewöhnlichen Lebens hervor, und man hätte Mabel in diesem Augenblick für ein schönes bleiches Abbild ihrer selbst, für eine Statue ohne Bewegung und Leben halten können. Aber trotz dieser anscheinenden Erstarrung hatte es doch in ihrem kurzen Leben nie eine Zeit gegeben, wo sie besser gehört, deutlicher gesehen und lebhafter gefühlt hätte. Noch war in der Falltüre nichts sichtbar, aber ihre Ohren, welche durch die Aufregung ihrer Gefühle außerordentlich geschärft waren, vernahmen deutlich, daß jemand nur einige Zoll unter der Öffnung im Boden sich befand. Bald wurde dies auch dem Auge deutlich, indem das schwarze Haar eines Indianers so langsam in der Falltüre auftauchte, daß man die Bewegungen des Kopfes mit dem Minutenzeiger einer Uhr vergleichen konnte; dann kamen die dunkle Haut und die wilden Züge, bis das Ganze des braunen Gesichtes sich über den Boden erhoben hatte.

Das menschliche Antlitz erscheint in einer teilweisen Verhüllung selten zu seinem Vorteil, und Mabels Einbildungskraft steigerte noch ihre Schrecken bei dem Anblick der schwarzen rollenden Augen und des wilden Ausdrucks, welchen das Gesicht des Indianers sozusagen Zoll für Zoll enthüllte; aber als der ganze Kopf sich über die Diele erhoben hatte, zeigte ein zweiter und schärferer Blick unsrer Heldin, daß sie das zarte, geängstigte und doch schöne Antlitz Junes vor sich sah.

Zweiundzwanzigstes Kapitel

– Mag ich ein Geist auch sein;
Dich zu betrügen oder dich zu schrecken
Ist meine Sendung nicht; – nein, deine Treue
Zu lohnen. –

Wordsworth

Es möchte schwer zu sagen sein, wer sich am meisten freute, als Mabel aus ihrem Verstecke hervoreilte, – ob unsere Heldin selbst, da sie in ihrem Besuch nicht Arrowhead, sondern dessen Weib erkannte, oder June, da sie bemerkte, ihr Rat sei befolgt und das Blockhaus von der Person, welche sie so ängstlich und fast hoffnungslos gesucht hatte, zum Zufluchtsort gewählt worden. Sie umarmten einander, und das unverdorbene Tuscaroweib lachte in ihren süßen Tönen, als sie sich von der Gegenwart ihrer Freundin durch ihre Sinne überzeugen konnte.

»Blockhaus gut«, sagte die junge Indianerin, »nicht kriegen Skalp.«

»Es ist in der Tat gut, June«, antwortete Mabel mit Schaudern, wobei sie zugleich die Augen verhüllte, als ob sie den Anblick des Schreckens vermeiden wolle, dessen Zeuge sie eben gewesen war. »Sag mir um Gottes willen, ob du weißt, was aus meinem lieben Onkel geworden ist; ich habe in allen Richtungen nach ihm ausgesehen, ohne etwas von ihm entdecken zu können.«

»Nicht hier in Blockhaus?« fragte June mit einiger Neugier.

»Nein, er ist's leider nicht. Ich bin ganz allein in demselben, seit Jennie, das Weib, welches bei mir war, zu ihrem Manne hinauseilte, an dessen Seite sie ihre Unklugheit mit dem Leben büßte.«

»June wissen, June sehen; sehr schlimm: – Arrowhead nicht fühlen für irgendein Weib, nicht fühlen für sein eigenes.«

»Ach June, dein Leben ist doch wenigstens sicher!«

»Kann nicht wissen; Arrowhead töten mich, wenn er alles wissen.«

»Gott segne und schütze dich, June; er *muß* dich für deine

Menschlichkeit segnen und schützen. Sage mir, was zu tun ist, und ob mein armer Onkel noch lebt?«

»Weiß nicht. Salzwasser hat Boot; kann sein, gegangen auf Fluß.«

»Das Boot liegt noch am Ufer, aber weder mein Onkel noch der Quartiermeister ist irgendwo zu sehen.«

»Nicht tot, sonst June würde sehen. Versteckt! Rot Mann verstecken; keine Schande für Blaßgesicht.«

»Die Schande kümmert mich wenig, wohl aber ob sie eine Gelegenheit zu einem Versteck gefunden haben. Euer Angriff war fürchterlich schnell, June!«

»Tuscarora!« erwiderte die andere mit einem entzückten Lächeln über die Raschheit ihres Gatten. »Arrowhead großer Krieger!«

»Du bist zu gut und zu hart für solch ein Leben, June; du kannst bei solchen Szenen nicht glücklich sein!«

Junes Gesicht umwölkte sich, und es kam Mabel vor, als liege etwas von dem wilden Feuer eines Häuptlings in ihrem finstern Blick, als sie antwortete:

»Yengeese zu gierig, nehmen weg alle Jagdgründe; jagen sechs Nation von Morgen bis zu Nacht; schlecht König, schlechte Leute. Blaßgesicht sehr böse.«

Mabel wußte, daß viel Wahres in dieser Ansicht liege, obgleich sie zu unterrichtet war, um nicht einzusehen, daß der König in diesem wie in tausend andern Fällen wegen Handlungen getadelt wurde, von denen er wahrscheinlich gar nichts wußte. Sie fühlte daher die Gerechtigkeit des gemachten Vorwurfs zu sehr, um eine Erwiderung zu versuchen, und ihre Gedanken kehrten natürlich wieder zu ihrer Lage zurück.

»Und was muß ich tun, June?« sagte sie. »Es kann nicht lange dauern, bis deine Leute dieses Gebäude angreifen.«

»Blockhaus gut – kriegen nicht Skalp.«

»Aber sie werden bald entdecken, daß hier keine Mannschaft liegt, wenn sie es nicht schon wissen. Du, du selbst hast mir die Anzahl der Leute namhaft gemacht, welche sich auf der Insel befanden, und ohne Zweifel hast du es von Arrowhead erfahren.«

»Arrowhead wissen«, antwortete June, indem sie, um die Zahl der Männer anzudeuten, sechs Finger erhob. »Alle roten

Männer wissen. Vier schon verloren Skalp; zwei noch sie haben.«

»Sprich nicht davon, June, der schreckliche Gedanke läßt mir das Blut in den Adern gerinnen. Deine Leute können nicht wissen, daß ich allein in dem Blockhaus bin, aber sie können denken, mein Onkel und der Quartiermeister seien bei mir, und werden Feuer um das Gebäude legen, um sie herauszutreiben. Man hat mir gesagt, daß Feuer das Gefährlichste für solche Plätze sei.«

»Nicht verbrennen Blockhaus«, sagte June ruhig.

»Du kannst das nicht wissen, meine gute June, und ich habe kein Mittel, sie davon abzuhalten.«

»Nicht verbrennen Blockhaus. Blockhaus gut, kriegen nicht Skalp.«

»Aber sage mir, warum, June; ich fürchte, sie werden es dennoch anzünden.«

»Blockhaus naß – viel Regen – grün Holz – nicht leicht brennen. Rot Mann wissen das – schön Ding – dann es nicht verbrennen, zu sagen Yengeese, daß Irokesen gewesen hier, Vater kommen zurück, fehlen Blockhaus, nicht finden. Nein, nein! Indianer viel zu schlau, nicht berühren etwas.«

»Ich verstehe dich, June, und hoffe, deine Voraussetzung wird eintreffen; denn was meinen lieben Vater anbelangt, wenn er entrinnen sollte – aber vielleicht ist er schon tot oder gefangen, June?«

»Nicht berühren Vater; nicht wissen, wohin er gegangen, Wasser haben keine Fährte – rot Mann nicht können folgen. Nicht verbrennen Blockhaus – Blockhaus gut, nicht kriegen Skalp.«

»Glaubst du, ich könne sicher hierbleiben, bis mein Vater zurückkehrt?«

»Nicht weiß. Tochter sagen am besten, wann Vater kommen zurück.«

Mabel wurde bange bei dem Blicke, welchen Junes schwarzes Auge schoß, als sie diese Worte sprach; denn die schreckliche Vermutung stieg in ihr auf, daß ihre Gefährtin die Absicht habe, einen Umstand auszufinden, welcher ihren Leuten von Nutzen sein könnte, indes er zugleich zur Vernichtung ihres Vaters und seiner Mannschaft führen müßte. Sie war im Begriff, eine ausweichende Antwort zu geben, als auf einmal ein Stoß von außen an die Türe ihre Gedanken auf die Gefahr zurückführte.

»Sie kommen!« rief sie aus, – »vielleicht, June, ist es mein Onkel oder der Quartiermeister. Ich kann sogar Herrn Muir nicht in einem Augenblick, wie dieser ist, ausschließen.«

»Warum nicht sehen? Voller Schießloch, zu sehen.«

Mabel faßte den Wink auf und ging zu einer der abwärts gerichteten Schießscharten, die sich in den Stämmen befanden, welche die Basis des vorspringenden Stockwerkes bildeten. Vorsichtig lüpfte sie den Block, welcher das kleine Loch bedeckte, und warf einen Blick auf das, was an der Türe vorging. Das erblassende Gesicht des Mädchens sagte ihrer Gefährtin, daß einige von ihren eigenen Leuten unten seien.

»Rot Mann«, sagte June, indem sie warnend und zur Vorsicht auffordernd einen Finger erhob.

»Es sind vier; sie sehen schrecklich in ihrer Malerei und mit ihren blutigen Siegeszeichen aus. Arrowhead ist unter ihnen.«

June hatte sich in eine Ecke begeben, wo einige vorrätige Büchsen lehnten, und bereits eine derselben in die Hand genommen, als der Name ihres Mannes ihre weiteren Bewegungen zu hemmen schien. Dies währte jedoch nur einen Augenblick; dann ging sie gerade zu auf die Schießscharte und war eben dabei, die Mündung des Gewehrs durchzustecken, als das Gefühl eines natürlichen Widerwillens Mabel veranlaßte, ihren Arm zu fassen.

»Nein, nein, nein! June«, sagte sie, »beginne nichts gegen deinen Gatten, und sollte es auch mein Leben kosten.«

»Nicht treffen Arrowhead«, erwiderte June mit einem leichten Schauder, »nicht treffen rot Mann überhaupt. Nicht schießen auf sie, nur erschrecken.«

Mabel begriff nun Junes Absicht und widersetzte sich nicht länger. Letztere schob die Mündung des Gewehres durch die Schießscharten, wobei sie hinlänglich Geräusch veranlaßte, um Aufmerksamkeit zu erregen, und drückte ab. Das Gewehr war kaum abgefeuert, als Mabel ihrer Freundin Vorwürfe über dieselbe Handlung machte, welche die Absicht hatte, ihr Dienste zu leisten.

»Du hast gesagt, daß du nicht feuern wollest«, sagte sie, »und hast jetzt vielleicht deinen eigenen Gatten getötet.«

»Alles fortlaufen, ehe ich feuern«, erwiderte June lachend,

ging dann zu einer andern Schießscharte, um die Bewegungen ihrer Freunde zu beobachten und lachte noch herzlicher. »Sieh! suchen Versteck – jeder Krieger. Glauben, Salzwasser und Quartiermeister hier. Nehmen in acht jetzt.«

»Gott sei gepriesen! Und nun, June, kann ich hoffen, meine Gedanken für eine kleine Weile zum Gebet zu sammeln, damit ich nicht wie Jennie sterben möge – auf nichts bedacht als auf das Leben und die Dinge dieser Welt.«

June legte die Büchse beiseite und setzte sich zu Mabel auf die Kiste, auf welche diese infolge der physischen Erschöpfung, einer natürlichen Wirkung der Freude sowohl als des Kummers, niedergesunken war. Sie blickte fest in das Gesicht unserer Heldin, mit einem Ausdrucke, in welchem diese Ernst und Bekümmernis zu finden glaubte.

»Arrowhead großer Krieger«, sagte das Tuscaroraweib. »Alle Mädchen des Stammes viel auf ihn blicken. Die Blaßgesichtsschönheit hat auch Augen?«

»June! – was sollen diese Worte – dieser Blick? Was willst du sagen?«

»Warum du so Angst, June schießen Arrowhead?«

»Wäre es nicht schrecklich gewesen, ein Weib ihren eigenen Gatten erschlagen zu sehen? Nein, June, lieber wäre ich selbst gestorben.«

»Ganz gewiß das alles?«

»Das war alles, so wahr Gott lebt – und gewiß, das war genug. Nein, nein! es hat heute genug des Entsetzens gegeben, eine Handlung wie diese soll es nicht noch vermehren. Was für einen andern Grund konntest du vermuten?«

»Nicht weiß. Armes Tuscaroramädchen sehr töricht. Arrowhead großer Häuptling, und sehen alles auf ihn. Sprechen von Blaßgesichtsschönheit im Schlaf. Großer Häuptling lieben viele Weiber.«

»Kann ein Häuptling unter deinem Volk mehr als ein Weib besitzen, June?«

»Haben so viel, als er kann erhalten. Große Jäger oft heiraten. Arrowhead jetzt nur June haben, aber er sehen zuviel, sprechen zuviel von Blaßgesichtmädchen.«

Mabel wußte von diesem Umstand, der sie bereits während ihrer Reise nicht wenig beunruhigt hatte, aber es verletzte sie, diese Anspielung, wie es jetzt geschah, aus dem Munde von des

Indianers Weibe zu vernehmen. Es war ihr zwar nicht unbekannt, daß Gewohnheiten und Ansichten in solchen Dingen einen großen Unterschied machen, aber zu der ihr widerfahrenen peinlichen Kränkung, die unfreiwillige Nebenbuhlerin eines Weibes zu sein, gesellte sich die Besorgnis, daß in ihrer gegenwärtigen Lage die Eifersucht eine zweideutige Gewährleistung für ihre persönliche Sicherheit sein dürfte. Ein festerer Blick auf June beruhigte sie jedoch wieder; denn es war leicht, in den Zügen dieses Naturkindes den Schmerz eines gebrochenen Herzens zu lesen, während auch nicht eine Spur des Hasses und des Verrates darin zu erkennen war.

»Du wirst mich nicht verraten, June?« sagte Mabel mit einem Händedruck, indem sie sich dem Zuge eines edeln Vertrauens hingab. »Du wirst keine deines eigenen Geschlechts dem Tomahawk preisgeben?«

»Kein Tomahawk berühren dich. Arrowhead es nicht gestatten. Wenn June muß haben Schwesterweib, liebt sie, zu haben dich.«

»Nein, June, meine Religion und meine Gefühle, beide verbieten es. Und zudem, wenn es mir überhaupt möglich wäre, das Weib eines Indianers zu werden, so möchte ich nie in einem Wigwam dich von deinem Platze verdrängen.«

June antwortete nur mit einem frohen und dankbaren Blicke. Sie wußte, daß wenige, vielleicht kein einziges, Indianermädchen aus dem Kreise von Arrowheads Bekanntschaft sich mit ihr an körperlichen Reizen vergleichen ließen, und obgleich ihr Mann sich einfallen lassen konnte, ein ganzes Dutzend Weiber zu nehmen, kannte sie doch außer Mabel keine, deren Einfluß sie wirklich gefürchtet hätte. Sie nahm jedoch an der Schönheit, dem gewinnenden Benehmen, der Güte und der weiblichen Zartheit unserer Heldin so lebhaften Anteil, daß derselbe, wenn die Eifersucht ihre Gefühle erkälten wollte, nur neue Stärke erhielt und sogar zu einer Haupttriebfeder wurde, welche die Indianerin veranlaßte, sich so großer Gefahr auszusetzen, um ihre mutmaßliche Nebenbuhlerin gegen die Folgen des Angriffes zu sichern, der, wie sie wohl wußte, im Schilde geführt wurde. Mit einem Wort: June hatte mit dem Scharfblick eines Weibes die Liebe ihres Gatten zu Mabel entdeckt. Aber statt sich den Qualen der Eifersucht, die ihren Haß gegen die Nebenbuhlerin erregt haben würde, hinzugeben, wie es vielleicht ein Weib getan haben würde, das weniger an die Unterwürfigkeit gegen die Rechte des Mannes gewöhnt war, durchforschte sie die Blicke und den Charakter der Blaßgesichtsschönheit; da sie nichts fand, was ihre eigenen Gefühle zurückstieß, wohl aber alles, was dieselben ansprach, so gewann sie eine Bewunderung und Liebe zu dem weißen Mädchen, welche, wenn schon verschiedener Natur, doch nicht weniger stark, als die zu ihrem Gatten war. Arrowhead selbst hatte sie ausgesendet, Mabel vor der nahenden Gefahr zu warnen, wußte jedoch nicht, daß sein Weib sich gegenwärtig auf der Insel in dem Bereich der Angreifenden befand und mit dem Gegenstand ihrer vereinten Sorgfalt in der Zitadelle verschanzt war. Er glaubte im Gegenteil, wie June angedeutet hatte, daß Cap und Muir sich mit Mabel in dem Blockhaus aufhielten, und daß der Versuch, ihn und seine Kameraden zurückzutreiben, von diesen Männern ausgegangen sei.

»June traurig, Lily –« denn so (Lilie) nannte die Indianerin in ihrer poetischen Sprache unsere Heldin – »June traurig, Lily nicht heiraten Arrowhead. Sein Wigwam groß, und ein großer Häuptling muß haben Weiber genug, zu füllen ihn.«

»Ich danke dir, June, für diesen Vorzug, der mit der Denkweise der weißen Weiber nicht im Einklang steht«, erwiderte Mabel lächelnd ungeachtet der furchtbaren Lage, in welcher sie sich befand. »Aber ich werde vielleicht überhaupt nie heiraten.«

»Muß haben gut Ehemann«, sagte June. »Heiraten Eaudouce, wenn nicht lieben Arrowhead.«

»June, das ist kein geeignetes Gespräch für ein Mädchen, welches kaum weiß, ob es in der nächsten Stunde noch leben wird oder nicht. Ach, wenn es nur möglich wäre, irgendeinen Wink von dem Leben und der Sicherheit meines Onkels zu bekommen!«

»June gehen sehen.«

»Kannst du? – willst du? Kannst du dich mit Sicherheit auf der Insel sehen lassen? Ist deine Anwesenheit den Kriegern bekannt, und würde es ihnen gefallen, ein Weib mit ihnen auf dem Kriegspfade zu finden?«

Alles dieses fragte Mabel in rascher Aufeinanderfolge, da sie fürchtete, die Antwort möchte nicht ausfallen, wie sie wünschte. Sie hielt es für etwas Ungewöhnliches, daß June an dem Zuge teilgenommen hatte, und dachte sich daher, so unwahrscheinlich dies auch sein mochte, das Weib sei heimlich in seinem Kahne den Irokesen gefolgt und denselben vorausgeeilt, bloß um ihr jene Mitteilung zu machen, welche wahrscheinlich ihr Leben gerettet hatte. June suchte und fand in ihrer unvollkommenen Ausdrucksweise Mittel, diesen Irrtum zu beseitigen.

Arrowhead, obgleich ein Häuptling, war bei seinem eigenen Volk in Ungnade gefallen und handelte im gegenwärtigen Augenblick in vollkommenem Einverständnis mit den Irokesen. Er hatte allerdings einen Wigwam, war aber selten in demselben und war, während er Freundschaft für die Engländer heuchelte, in deren Dienst er scheinbar den Sommer hinbrachte, in Wirklichkeit für die Franzosen tätig, wobei ihn sein Weib auf vielen seiner Wanderungen, die er meistens im Kahne machte, begleitete. Mit einem Wort: ihre Gegenwart war kein Geheimnis, da ihr Gatte selten ohne sie auszog. June teilte von diesen Verhältnissen Mabel genug mit, um sie zu dem Wunsche zu ermutigen, ihre Freundin möchte hinausgehen und sich über ihres Onkels Schicksal Gewißheit verschaffen; sie waren aber auch bald darüber im reinen, daß die Indianerin im nächsten günstigen Augenblick das Blockhaus zu diesem Zwecke verlassen solle.

Sie untersuchten zuerst von den verschiedenen Schießscharten aus die Insel, so gut es die Lage des Blockhauses gestattete, und fanden, daß die Sieger ein Gelage vorbereiteten, in welcher Absicht sie die Proviantvorräte der Engländer zusammengetragen und die Hütten geplündert hatten. Die meisten Vorräte waren in dem Blockhaus, aber auch draußen war noch genug zu finden, um die Indianer für einen Angriff zu belohnen, der mit einer so geringen Gefahr verbunden war. Ein Teil derselben hatte bereits die toten Körper auf die Seite geschafft, und Mabel sah, daß ihre Waffen in der Nähe des zum Mahle bestimmten Ortes aufgeschichtet waren. June deutete ihr durch ein Zeichen an, daß die Leichen in das Dickicht gebracht worden seien, um entweder begraben zu werden oder aus dem Gesicht geschafft zu sein. Nichts von den mehr augenfälligen Gegenständen auf der Insel war verändert, da die Sieger den Sergeanten bei seiner Zurückkunft in einen Hinterhalt zu locken wünschten. June machte ihrer Gefährtin einen Mann auf einem Baum bemerklich, der, wie sie sagte, ein Beobachter sei, um rechtzeitig von der Annäherung eines Bootes Nachricht zu erteilen, obgleich die Abreise des Sergeanten erst so kürzlich erfolgt war, daß nur ein unerwartetes Ereignis eine so baldige Rückkehr desselben erwarten ließ. Es hatte nicht den Anschein, als ob man einen unmittelbaren Angriff auf das Blockhaus beabsichtigte; wohl aber waren, wie June sagte, Anzeichen vorhanden, daß es die Indianer bis zur Zurückkunft der Truppe des Sergeanten im Auge behalten würden, damit nicht die Spuren eines Angriffs Pfadfinders geübten Augen einen warnenden Wink geben möchten. Des Bootes hatten sie sich jedoch versichert und es in dasselbe Gebüsch gebracht, wo die Kähne der Indianer verborgen lagen.

June teilte nun ihrer Freundin die Absicht mit, sich zu den ihrigen zu begeben, da der Augenblick ungemein günstig war, das Blockhaus zu verlassen. Mabel fühlte einiges Mißtrauen, als sie die Leiter hinunterstiegen; aber im nächsten Augenblicke schämte sie sich dieses Gefühls, weil es unbillig gegen ihre Gefährtin und ihrer selbst unwürdig war: als sie den Boden erreicht hatten, war das Vertrauen wiederhergestellt. Die Aufriegelung geschah mit der größten Vorsicht, und als der letzte Querbalken weggenommen werden sollte, stellte sich June so nahe als möglich an die Stelle, wo die Türe aufgehen mußte. Dieser war kaum gelüpft und die Türe so weit geöffnet, daß man sich durchdrängen konnte, als June hinausschlüpfte, worauf Mabel unter hörbarem Herzklopfen und mit fast krampfartiger Hast den Riegel wieder vorschob. Jetzt erst fühlte sie sich wieder sicher, und die beiden andern Balken wurden mit mehr Ruhe und Überlegung vorgelegt. Als nun die Türe fest geschlossen war, stieg sie wieder in den ersten Stock hinauf, wo sie allein einen Blick auf das, was draußen vorging, werfen konnte.

Lange, schmerzlich trübe Stunden vergingen, ohne daß Mabel etwas von June erfuhr. Sie hörte das durchdringende Geschrei der Wilden, denn der Branntwein führte sie bereits über die Grenzen der Vorsicht; bisweilen warf sie durch die Schießscharten einen Blick auf die tollen Orgien, und immer riefen ihr Töne und Auftritte, welche wohl das Blut einer jeden, die nicht erst kürzlich Zeuge noch schrecklicherer Ereignisse gewesen, zum Erstarren zu bringen vermocht hätten, die Nähe ihrer Feinde ins Gedächtnis. Gegen Mittag kam es ihr vor, als sähe sie einen Weißen auf der Insel, obgleich sein Anzug und sein wildes Aussehen ihn zuerst als einen neuangekommenen Indianer erscheinen ließ. Ein Blick auf sein Gesicht ließ ihr jedoch, obgleich es dunkel und von der Sonne gebräunt war, keinen Zweifel mehr, daß ihre Vermutung richtig sei: eine erhebende Erscheinung in ihrer Lage, da sie nun einen Mann ihrer eigenen Farbe nahe wußte, dessen Beistand sie in der äußersten Not anrufen könne. Ach, Mabel wußte kaum, wie gering der Einfluß der Weißen auf ihre wilden Verbündeten war, wenn diese einmal Blut gekostet hatten, oder wie wenig erstere überhaupt geneigt waren, den Grausamkeiten der Indianer Einhalt zu tun.

Der Tag kam Mabel wie ein Monat vor, und die einzigen rascher entschwindenden Augenblicke waren die im Gebet zugebrachten Minuten. Sie nahm von Zeit zu Zeit zu diesem Troste ihre Zuflucht, und fühlte sich jedesmal darauf fester, ruhiger und ergebener. Die Vermutung Junes wurde ihr immer wahrscheinlicher, und sie fing an zu glauben, daß das Blockhaus bis zur Rückkehr ihres Vaters unbelästigt bleiben würde, um denselben in einen Hinterhalt zu locken, wodurch ihre Besorgnis vor unmittelbarer Gefahr sich minderte. Aber die Zukunft gab ihr wenig Grund zur Hoffnung, und ihre Gedanken beschäftigten sich bereits mit der Wahrscheinlichkeit der Gefangenschaft. In solchen Augenblicken nahmen Arrowhead und seine anstößige Bewunderung einen großen Teil des Hintergrundes ein; denn unsre Heldin wußte wohl, daß die Indianer gewöhnlich diejenigen Gefangenen, welche sie nicht erschlugen, mit in ihre Dörfer nahmen, um sie ihren Familien einzuverleiben, und daß oft Fälle vorgekommen waren, in welchen Personen ihres Geschlechts den Rest ihres Lebens in den Wigwams ihrer Eroberer zubringen mußten. Dies waren die Gedanken, welche ihr bei ihren brünstigen Gebeten ohne Unterlaß vorschwebten.

Solange es Tag blieb, war die Lage unserer Heldin schon hinreichend beunruhigend; als aber die Schatten des Abends allmählich die Insel umfingen, wurde sie fürchterlich. Da die Wilden sich des ganzen Branntweinvorrates der Engländer bemächtigt hatten, so steigerte sich ihre Erregung nachgerade bis zur Wut, und ihr Lärmen und Toben gab ihnen das Ansehen, als ob sie von bösen Geistern besessen seien. Alle Bemühungen ihres französischen Führers, sie im Zaume zu halten, waren fruchtlos, weshalb dieser sich auch klüglich nach einer Art von

Biwak auf einer benachbarten Insel zurückgezogen hatte, um sich gegen seine so sehr zu Ausschweifungen geneigten Freunde sicherzustellen. Ehe jedoch dieser Offizier seine Stelle verließ, war es ihm unter Gefährdung seines eigenen Lebens gelungen, das Feuer auszulöschen und die gewöhnlichen Mittel, es wieder anzuzünden, beiseite zu schaffen. Er hatte diese Vorsichtsmaßregel angewandt, damit die Indianer das Blockhaus nicht verbrennen sollten, dessen Erhaltung zu Erreichung seiner künftigen Pläne nötig war. Ebensogern hätte er auch alle Waffen entfernt, was sich aber nicht ausführen ließ, da die Krieger ihre Messer und Tomahawks mit der Beharrlichkeit von Männern festhielten, welche es für eine Ehrensache erachteten, sie nicht aus der Hand zu lassen, solange sie noch die Fähigkeit, sie zu führen, besaßen; auch wäre die Entfernung der Büchsen, solange man ihnen die Waffen ließ, welche bei solchen Gelegenheiten gewöhnlich gebraucht wurden, ein vergebliches Unternehmen gewesen. Das Auslöschen des Feuers bewährte sich als die klügste Maßregel; denn der Offizier hatte sich kaum zurückgezogen, als einer der Krieger den Vorschlag machte, das Blockhaus anzuzünden. Arrowhead hatte sich gleichfalls von der betrunkenen Rotte entfernt, sobald er bemerkte, daß sie ihrer Sinne nicht mehr mächtig sei, und eine Hütte aufgesucht, wo er sich auf das Stroh warf, um die Ruhe zu suchen, welche ihm zwei Nächte der Schlaflosigkeit und Tätigkeit nötig gemacht hatten. Es war daher niemand unter den Indianern, der für Mabel Sorge getragen hätte, wenn sie überhaupt etwas von ihrer Anwesenheit wußten; der Vorschlag des Trunkenbolds wurde von acht bis zehn ebenso betrunkenen und viehischen Kerlen mit gellendem Freudengeschrei aufgenommen.

Ein fürchterlicher Augenblick für Mabel! Die Indianer bekümmerten sich in ihrem gegenwärtigen Zustande wenig um die Büchsen, welche sich noch im Blockhause befinden mochten. Die dunkle Erinnerung, welche ihnen noch von den lebenden Wesen, die sich darin aufhielten, geblieben war, diente als ein weiterer Sporn für ihr Vorhaben, und da sie von dem Getränk erst aufgeregt, noch nicht betäubt waren, so näherten sie sich dem Gebäude mit dem Geheul und den Sprüngen losgelassener Teufel. Zuerst versuchten sie es mit der Türe, indem sie in Masse gegen sie anrannten; aber die Festigkeit derselben (sie war ganz aus Baumstämmen) mußte ihre Bemühungen, und wären ihrer hundert gewesen, vereiteln. Mabel wußte das freilich nicht, und ihr Herz wollte sich stets durch einen Hilferuf Luft machen, wenn sie die heftigen Stöße bei jeder neuen Anstrengung vernahm. Endlich jedoch, als sie fand, daß die Tür allen Angriffen widerstand, ohne erschüttert zu werden oder nachzugeben, und nur durch das leichte Knarren in ihren schweren Angeln verriet, daß sie ein von der Wand getrennter Teil sei, belebte sich ihr Mut wieder, und sie ergriff den ersten günstigen Augenblick, um durch die Öffnung hinunterzusehen und womöglich den Umfang der vorhandenen Gefahr kennenzulernen. Ein Schweigen, welches sie sich nicht zu erklären vermochte, steigerte ihre Neugierde; denn nichts ist für die, welche sich der Nähe einer großen Gefahr bewußt sind, beunruhigender als die Unmöglichkeit, ihren Gang zu verfolgen.

Mabel fand, daß zwei oder drei Irokesen die Asche durchsucht und einige glimmende Kohlen gefunden hatten, welche sie zu einer Flamme anzublasen suchten. Das Interesse, mit welchem sie ihr Geschäft betrieben, die Hoffnung des Gelingens ihrer verderblichen Absicht und die Macht der Gewohnheit setzten sie instand, umsichtig und vereint zu handeln, solange sie ihren grausamen Zweck im Auge behielten. Ein Weißer würde an dem Versuch verzweifelt sein, aus der Asche gelesene Fünkchen zu einem Feuer anzublasen; aber diesen Kindern des Waldes standen manche Mittel zu Gebote, von denen die Zivilisation nichts weiß. Mit Hilfe einiger trockener Blätter, welche allein sie zu finden wußten, brachten sie endlich eine Flamme zustande und versicherten sich des gewonnenen Vorteils, indem sie dieselbe durch einige leichte Holzstücke unterhielten. Als Mabel sich über die Schießscharte beugte, häuften die Indianer gerade Gesträuch an der Tür auf, und da sie stehen blieb, um die weiteren Schritte derselben zu beobachten, bemerkte sie, wie die Zweige Feuer fingen und die Flamme von Ast zu Ast flog, bis der ganze Stoß prasselte und sich in glänzender Lohe verzehrte. Die Indianer erhoben nun ein gellendes Triumphgeschrei und kehrten zu ihren Gefährten zurück, überzeugt, daß das Werk der Zerstörung seinen Anfang genommen habe. Mabel blickte fortwährend hinunter, kaum fähig, sich von der Stelle zu bewegen – so mächtig war der Anteil, den sie an dem Fortschreiten des Feuers nahm. Als jedoch der

Holzstoß durchaus in Glut stand, hoben sich die Flammen so weit, daß sie ihr in die Augen loderten und sie zum Rückzuge zwangen. Sie hatte kaum die entgegengesetzte Seite des Raumes, zu der sie sich in ihrer Angst geflüchtet, erreicht, als durch die Öffnung der Schießscharte, welche sie zu schließen vergessen, ein Feuerstrahl heraufschoß und das unscheinbare Gemach mit Mabel und ihrer Trostlosigkeit beleuchtete. Unsere Heldin mußte nun natürlich denken, ihre letzte Stunde sei gekommen; denn die Türe, der einzige Weg zur Flucht, war mit höllischem Scharfsinn durch das brennende Gestrüpp verrammelt worden: zum letztenmal (wie sie glaubte) richtete sie ihr Gebet an ihren Schöpfer. Ihre Augen waren geschlossen, und ihr Geist schien mehr als eine Minute abwesend, aber die Interessen der Welt kämpften noch zu heftig in ihrer Seele, um ganz unterdrückt werden zu können, und als sie unwillkürlich die Augen aufschlug, wurde sie nicht mehr durch den Flammenstrom geblendet, obgleich das Holz rund um die kleine Öffnung Feuer gefangen hatte, und die Glut unter dem Einfluß eines einströmenden Luftstoßes langsam aufflackerte. Eine Tonne mit Wasser stand in einer Ecke, und Mabel griff mehr instinktiv als mit voller Besinnung nach einem Gefäß, füllte es und goß es mit zitternder Hand über das Holz aus, wodurch es ihr gelang, an dieser Stelle die Flamme zu löschen. Sie konnte wegen des Rauches einige Minuten lang nicht hinuntersehen; als ihr aber dies möglich wurde, klopfte ihr Herz hoch auf vor Freude und Hoffnung; denn der brennende Holzstoß war übereinander gestürzt und zerstreut und über die Holzstämme der Tür war Wasser gegossen worden, so daß sie wohl noch rauchten, aber nicht brannten.

»Wer ist da?« rief Mabel durch die Öffnung hinunter. »Welche freundliche Hand hat mir die gütige Vorsehung zum Beistand gesendet?«

Man hörte unten einen leichten Fußtritt und einige schwache Schläge an die Türe, welche kaum die Angeln ertönen ließen.

»Wer begehrt Einlaß? Seid Ihr es, lieber, teurer Onkel?«

»Salzwasser nicht hier. Sankt Lorenz süß Wasser«, war die Antwort. »Öffnet schnell, müssen hinein.«

Mabels Tritt war nie leichter und ihre Bewegungen nie schneller und natürlicher, als wie sie die Leiter hinunterstieg und die Balken von der Tür nahm; doch trug ihr ganzes Benehmen das Gepräge des Ernstes und der Hast. Die ganze Zeit dachte sie nur an ihre Flucht, und sie öffnete die Türe mit einer Eile, welche keine Vorsicht gestattete. Ihr erster Gedanke war, ins Freie zu eilen, damit sie nur aus dem Blockhause käme, aber June verhinderte diesen Versuch und legte, sobald sie eingetreten war, wieder ruhig die Riegel vor, ehe sie auf Mabels Bemühungen, sie zu umarmen, achtete.

»Gott segne dich! Gott segne dich, June!« rief unsre Heldin mit Feuer. »Die Vorsehung hat dich mir als Schutzengel gesendet!«

»Nicht umfassen so fest«, antwortete das Tuscaroraweib. »Blaßgesichtsweib ganz weinen oder ganz lachen. Laß June schließen Türe.«

Mabel kam ein wenig zur Besinnung, und in wenigen Minuten befanden sich die beiden wieder in dem obern Raume. Sie saßen Hand in Hand beisammen, und die Gefühle des Mißtrauens und der Eifersucht waren auf der einen Seite durch das Bewußtsein empfangener, auf der andern durch die Erinnerung an erwiesene Gunst zum Schweigen gebracht.

»Nun sage mir, June«, begann Mabel, sobald die Umarmungen ausgetauscht waren, »hast du etwas von meinem armen Onkel gesehen oder gehört?«

»Nicht weiß. Niemand sehen ihn, niemand hören ihn, niemand wissen etwas. Salzwasser in Fluß laufen, denk' ich, denn ich nicht finden ihn. Ich schauen und schauen und schauen, aber nicht sehen sie; nicht einen, nicht andern, nicht wo.«

»Gott sei gelobt! Sie müssen entkommen sein, obgleich wir nicht wissen, wie. Es kam mir vor, als ob ich einen Franzosen auf der Insel gesehen hätte, June?«

»Ja, französisch Kapitän kommen, aber auch wieder fort sein. Viel Indianer auf der Insel.«

»Oh! June, June, gibt es kein Mittel, meinen lieben Vater aus den Händen seiner Feinde zu retten?«

»Nicht weiß! denk, daß Krieger warten im Hinterhalt, und Yengeese müssen verlieren Skalp.«

»Gewiß, gewiß, June, kannst du, die du so viel für die Tochter getan hast, mir es nicht verweigern, auch dem Vater zu helfen?«

»Nicht kennen Vater, nicht lieben Vater. June helfen eigenem Volk, helfen Arrowhead – Mann lieben Skalp.«

»June, nimmer kann ich das von dir glauben. Nein, ich kann, ich will nicht glauben, daß du unsere Leute ermordet sehen möchtest.«

June richtete ihr dunkles Auge ruhig auf Mabel, und einen Moment wurde ihr Blick ernst, obgleich er bald wieder den Ausdruck einer schwermütigen Teilnahme gewann.

»Lily, Yengeesemädchen?« sagte sie.

»Gewiß, und als ein Yengeesemädchen möchte ich meine Landsleute von der Schlachtbank retten.«

»Sehr gut, wenn können. June nicht Yengeese, June Tuscarora – haben Tuscarora-Mann – Tuscarora-Herz – Tuscarora-Gefühl – ganz und gar Tuscarora. Lily wird nicht gehen und sagen Franzosen, daß ihr Vater wird kommen, zu gewinnen Sieg?«

»Vielleicht nicht«, erwiderte Mabel und drückte die Hand gegen das wirre Gehirn, »vielleicht nicht, aber du dienst mir, hilfst mir, hast mich gerettet, June! Warum hast du das getan, wenn du nur wie eine Tuscarora fühlst?«

»Nicht allein fühlen wie Tuscarora, fühlen als Mädchen, fühlen als Weib. Lieben schöne Lily und in Busen tragen.«

Mabel zerfloß in Tränen und drückte das liebevolle Geschöpf an ihr Herz. Es dauerte eine Minute, bis sie weitersprechen konnte; dann fuhr sie aber mit mehr Ruhe und Zusammenhang fort:

»Laß mich das Schlimmste wissen, June«, sagte sie. »Heute nacht tun sich deine Leute gütlich, was haben sie für morgen vor?«

»Weiß nicht; fürchten, zu sehen Arrowhead; fürchten zu fragen; glauben, verstecken, bis Yengeese kommen zurück.«

»Werden sie keinen neuen Versuch gegen das Blockhaus machen? Du hast gesehen, wie fürchterlich sie sein können, wenn sie wollen.«

»Zuviel Rum. Arrowhead schlafen oder nicht wagen. Französisch Kapitän sein weg oder nicht wagen. Alles gehen zu schlafen, nun.«

»Und du glaubst, daß ich wenigstens für diese Nacht sicher bin?«

»Zuviel Rum. Wenn Lily wie June, könnte tun viel für ihr Volk.«

»Ich bin wie du, June, wenn der Wunsch, meinen Landsleuten zu dienen, mich einem so mutigen Mädchen gleichstellen kann.«

»Nein, nein, nein!« murmelte June leise vor sich hin; »nicht haben Herz, und wenn haben, June nicht lassen dich. Junes Mutter einmal gefangen, und Krieger sein trunken; Mutter alle tomahawken. So Rothautweiber tun, wenn Leute in Gefahr und brauchen Skalp.«

»Du hast recht«, erwiderte Mabel mit Schaudern, indem sie unwillkürlich Junes Hand fallen ließ. »So etwas könnte ich nicht tun. Ich habe weder die Kraft noch den Mut, noch den Willen, meine Hände in Blut zu tauchen.«

»Denken das auch; – dann bleiben, wo du sein – Blockhaus gut – nicht kriegen Skalp.«

»Du glaubst also, daß ich hier sicher sein werde, wenigstens bis mein Vater und seine Leute zurückkehren?«

»Wissen das. Nicht dürfen anrühren Blockhaus morgen. Horch! Alles nun still – trinken Rum, bis Kopf fallen nieder, und schlafen wie Klotz.«

»Könnte ich nicht entkommen? Sind nicht einige Kähne an der Insel? – Könnte ich nicht einen davon nehmen und meinem Vater entgegengehen, um ihm mitzuteilen, was hier vorgegangen ist?«

»Wissen, wie zu rudern?« fragte June mit einem verstohlenen Blick auf Mabel.

»Nicht so gut wie du vielleicht, aber gut genug, um vor Tagesanbruch deinen Leuten aus dem Gesichte zu sein.«

»Was tun dann? – Nicht können rudern sechs – zehn – acht Meilen!«

»Ich weiß das nicht; ich würde viel können, um meinem Vater, dem wackern Pfadfinder und den übrigen einen Wink von der Gefahr zu geben, in der sie sich befinden.«

»Lieben Pfadfinder?«

»Wer ihn kennt, liebt ihn; – auch du müßtest ihn lieben, wenn du sein Herz kennen würdest.«

»Nicht ihn lieben, gar nicht. Zu gut Büchse – zu gut Auge – zuviel schießen Irokesen und Junes Volk. Kriegen müssen sein Skalp, wenn können.«

»Und ich muß ihn retten, wenn ich kann, June. In dieser Beziehung also sind wir Gegnerinnen. Ich will, solange sie noch schlafen, einen Kahn aufsuchen und die Insel verlassen.«

»Nicht können – June dürfen nicht lassen dich. Rufen Arrowhead.«

»June, du wirst mich nicht verraten; du kannst mich nicht preisgeben nach allem, was du schon für mich getan hast!«

»Geradeso«, erwiderte June, indem sie die Hand rückwärts bewegte und mit einer Wärme und einem Ernste sprach, die Mabel nie zuvor an ihr bemerkt hatte. »Rufen Arrowhead mit lauter Stimme. Ein Ruf von Weib wecken Krieger auf. June nicht lassen Lily helfen Feind – nicht lassen Indianer verletzen Lily.«

»Ich verstehe dich, June, und fühle das Natürliche und Gerechte deiner Gefühle; im Grunde ist es doch besser, daß ich hierbleibe, denn ich habe höchstwahrscheinlich meine Kräfte überschätzt. Aber sage mir nur noch *eines:* – wenn mein Onkel in der Nacht kommt und um Einlaß bittet, so wirst du mich doch die Türe des Blockhauses öffnen lassen, daß er herein kann?«

»Gewiß – er gefangen hier, und June lieben Gefangenen mehr als Skalp; Skalp gut für Ehre, Gefangener gut für Gefühl. Aber Salzwasser so gut verborgen; er selbst nicht wissen, wo er sein.«

June lachte dabei in mädchenhaft lustiger Weise; denn sie war mit Szenen der Gewalt zu vertraut, um die Eindrücke derselben so tief zu Herzen zu nehmen, daß sie ihr Naturell geändert hätten. Es folgte nun eine lange und lebhafte Unterhaltung, in welcher sich Mabel bemühte, ihre gegenwärtige Lage genauer kennenzulernen, und sich der schwachen Hoffnung hingab, es möchten sich einige der Tatsachen, welche sie auf diesem Wege erfuhr, zu ihrem Vorteil wenden lassen. June beantwortete ihre Fragen einfach, aber mit einer Vorsicht, welche zeigte, daß sie recht gut zwischen dem, was unwesentlich war, und zwischen dem, was die Sicherheit oder die weiteren Schritte ihrer Freunde gefährden konnte, zu unterscheiden wisse. Unsere Heldin war unfähig, ihre Gefährtin in eine Falle zu locken: ein Versuch, dessen Ausführung übrigens, selbst wenn sie sich einer solchen Niedrigkeit hätte schuldig machen wollen, auf die größten Schwierigkeiten stoßen mußte. June jedoch hatte nur bei dem, was sie enthüllen wollte, vorsichtig zu unterscheiden; und wir fassen das Wesentliche ihrer Mitteilung in dem Folgenden zusammen.

Arrowhead stand schon lange mit den Franzosen in Verbindung, obgleich dieses die erste Gelegenheit war, bei der er seine Maske ganz ablegte. Da er, zumal bei dem Pfadfinder, Spuren des Mißtrauens bemerkt hatte, so wagte er sich nicht mehr unter die Engländer und wollte mit indianischer Prahlerei nun lieber seine Verräterei zur Schau tragen als sie verbergen. Er hatte den Kriegerhaufen bei dem Angriff auf die Insel unter der Oberaufsicht des bereits erwähnten Franzosen angeführt, aber June lehnte es ab, Auskunft darüber zu geben, ob er auch das Mittel zu Entdeckung der Lage dieses Platzes geworden sei, den man den Blicken des Feindes so sehr entzogen gewähnt, obgleich sie zugestand, daß sie und ihr Gatte von der Abreise des Scud an den Kutter im Auge behalten hätten, bis sie von demselben überholt und aufgebracht worden seien. Die Franzosen hatten erst in der neuesten Zeit genaue Mitteilungen über die wahre Lage der Station erhalten, und Mabel fühlte einen Stich durchs Herz, als sie aus den versteckten Anspielungen der Indianerin entnehmen zu müssen glaubte, daß diese Mitteilung von einem unter Duncan of Lundie stehenden Blaßgesicht herrühre. Dies war jedoch eher angedeutet als ausgesprochen, und sobald Mabel Zeit hatte, über die Worte ihrer Gefährtin nachzudenken und sich zu erinnern, wie kurz und abgemessen sie in ihrer Ausdrucksweise war, gab sie der Hoffnung wieder Raum, daß sie dieselbe unrecht verstanden habe und daß Jasper Western sich vollkommen gerechtfertigt aus dieser Sache ziehen werde.

June nahm keinen Anstand zu bekennen, daß sie auf die Insel gesandt worden sei, um über die Anzahl und das Treiben derer, welche darauf geblieben waren, genaue Nachricht einzuziehen, obgleich sie auch in ihrer naiven Weise verriet, daß sie hauptsächlich durch den Wunsch, Mabel zu dienen, veranlaßt worden sei, sich zu diesem Geschäft brauchen zu lassen. Infolge ihrer und anderweitiger Mitteilungen kannte der Feind die Macht, welche gegen ihn aufgebracht werden konnte, genau; auch wußten sie, mit wieviel Mannschaft und in welcher Absicht Sergeant Dunham ausgezogen war, obgleich es ihnen unbekannt blieb, an welcher Stelle er die französischen Boote zu treffen hoffte. Es wäre ein angenehmer Anblick gewesen, Zeuge zu sein des lebhaften Verlangens sowohl, mit welchem diese beiden redlichen Mädchen sich über alles, was für ihre Freunde von Folgen sein konnte, Gewißheit zu verschaffen suchten; als auch der natürlichen Zartheit, mit welcher jede sich hütete, die andere zu ungeeigneten Enthüllungen zu drängen, – der augenfälligen Vorsicht endlich, womit es jede vermied, etwas zu sagen, was ihrem Volke nachteilig werden konnte. In ihren persönlichen Beziehungen herrschte vollkommenes Vertrauen: was ihre eigenen Leute anbelangte, treues Halten an den Ihrigen. June war ebenso ängstlich begierig zu erfahren, wo der Sergeant hingegangen sei, und wann er zurückkehren werde, als Mabel in betreff anderer Punkte; aber sie enthielt sich mit einem Zartgefühl, welches dem zivilisiertesten Volke Ehre gemacht hätte, jeder Frage und versuchte auch keinen andern Weg, welcher mittelbar einen Aufschluß über diese ihr so wichtige Angelegenheit herbeizuführen vermochte, obgleich sie mit fast atemloser Aufmerksamkeit horchte, wenn Mabel in ihrer eigenen Erzählung einen Umstand berührte, welcher möglicherweise ein Licht auf die Sache hätte werfen können.

In dieser Weise entschwanden ihnen die Stunden unbeachtet; denn beide waren zu erregt, um an Ruhe zu denken. Doch forderte gegen Morgen die Natur ihre Rechte, und Mabel ließ sich überreden, sich auf eines der für die Soldaten bestimmten Strohlager zu legen, wo sie bald in einen tiefen Schlaf verfiel. June nahm an ihrer Seite Platz. Auf der ganzen Insel herrschte eine Ruhe, als ob der Bereich des Waldes nie durch einen menschlichen Fußtritt gestört worden sei.

Als Mabel erwachte, strömte das Licht der Sonne durch die Schießscharten, und sie fand, daß der Tag bereits beträchtlich vorgerückt sei. June lag noch neben ihr, und schlief so sanft, als ob sie – ich will nicht sagen »auf Daunen«, da die höhere Kultur unserer Tage eine solche Vergleichung verschmäht – sondern auf einer französischen Matratze ruhe, und so tief, als ob sie die Sorge gar nicht kenne. Demungeachtet weckten Mabels Bewegungen die an Wachsamkeit gewöhnte Indianerin bald, und beide verschafften sich nun durch die bekannten Öffnungen einen Überblick über das, was um sie vorging.

Dreiundzwanzigstes Kapitel

Bedarf der ew'ge Schöpfer dein, o Nacht,
Den Sternenhimmel in der Bahn zu halten,
Daß du nicht achtest seiner Werke Pracht
Und dich erkühnst, die Schöpfung zu entfalten?
Der Faule nur, vom Schlummer festgehalten,
Die Glieder streckend, preist mit trunknem Sinn
Und blindem Wahn dein stygisch düster Walten
Und nennt dich Göttin, Freudebringerin
Und der Natur, der großen Mutter, Helferin.

Feenkönigin

Die Ruhe der vergangenen Nacht stand in keinem Widerspruch zu den Bewegungen des Tages. Obgleich Mabel und June an allen Schießscharten herumgingen, so ließ sich doch mit Ausnahme ihrer selbst kein lebendes Wesen auf der ganzen Insel entdecken. An der Stelle, wo M'Nab und seine Kameraden gekocht hatten, befand sich ein halberloschenes Feuer, als ob der Rauch, welcher sich in die Höhe ringelte, die Absicht hätte, die Abwesenden anzulocken, und ringsumher waren die Hütten wieder in ihren frühern Zustand versetzt worden. Mabel fuhr unwillkürlich zusammen, als ihr Auge auf eine Gruppe von drei Männern in den Scharlachröcken des fünfundfünfzigsten Regiments fiel, welche in nachlässiger Stellung im Grase saßen, als ob sie in sorgloser Sicherheit miteinander plauderten; aber ihr Blut erstarrte, als sie bei einem zweiten Blick die farblosen Gesichter und die gläsernen Augen der Toten erkannte. Sie saßen ganz in der Nähe des Blockhauses, und zwar so nahe, daß sie dem ersten Blicke auffallen mußten; auch lag, da man ihre starren Glieder in verschiedene, das Leben nachahmende Lagen gebracht hatte, eine so spöttische Leichtfertigkeit in ihren Stellungen und Gebärden, daß sich die Seele darüber empörte. So schrecklich übrigens diese Gruppe jedem sein mußte, der nahe genug war, um den schreienden Kontrast zwischen Schein und Wesen zu entdecken – die Täuschung war doch mit so vieler Kunst ausgeführt, daß sie einen oberflächlichen Beobachter auf eine Entfernung von hundert Ellen irreleiten konnte. Nach einer sorgfältigen Untersuchung der Ufer machte June ihre Gefährtin auf einen vierten Soldaten aufmerksam, welcher, an einen Baum gelehnt, mit überhängenden Füßen am Wasser saß und eine Fischerrute in der Hand hielt. Die skalplosen Köpfe waren mit Mützen bedeckt und alle Spuren von Blut vorsichtig von den Gesichtern gewaschen.

Mabel wurde fast ohnmächtig bei diesem Anblick, der nicht nur allen ihren Begriffen von Schicklichkeit zuwiderlief, sondern auch an sich so empörend war und allen menschlichen Gefühlen hohnsprach. Sie sank auf einen Stuhl und verbarg das Antlitz einige Minuten in ihrem Gewande, bis ein leiser Ruf von June sie wieder an die Schießscharten zog. Letztere zeigte ihr nun den Körper von Jennie, welche in einer vorwärtsgebeugten Stellung, als ob sie auf die Gruppe der Männer sähe, in der Türe einer Hütte zu stehen schien, indes ihre Haube in dem Winde flatterte und ihre Hand einen Besen hielt. Die Entfernung war zu groß, um die Züge genau zu unterscheiden; aber es deuchte Mabel, die Kinnlade sei niedergedrückt und der Mund zu einem entsetzlichen Lachen verzogen.

»June! June!« rief sie aus, »das übersteigt alles, was ich je von der Verräterei und der List deines Volkes gehört oder für möglich gehalten habe.«

»Tuscarora sehr schlau«, sagte June in einem Tone, welcher den Gebrauch, der von den Leichnamen gemacht worden, mehr zu billigen als zu verwerfen schien. »Soldaten tun nichts Leid nun; tun Irokesen gut; kriegen Skalp zuerst; nun machen Tote arbeiten. Dann sie verbrennen.«

Aus diesen Worten wurde Mabel klar, wie sehr der Charakter ihrer Gefährtin von dem ihrigen verschieden war, und es vergingen einige Minuten, ehe sie dieselbe wieder anzureden vermochte. Aber diese vorübergehende Anwandlung von Widerwillen war bei June verloren; denn sie schickte sich zur Bereitung ihres einfachen Frühstücks an, wobei ihr ganzes Benehmen bewies, wie unempfindlich sie bei andern gegen Gefühle war, welche sie ihre Erziehung abzulegen gelehrt hatte. Mabel genoß nur wenig, während ihre Gefährtin aß, als ob gar nichts vorgefallen sei. Dann überließen sie sich wieder ihren Gedanken oder setzten ihre Untersuchungen durch die Schießscharten fort. Unsere Heldin brannte zwar von fieberhaftem Verlangen, stets an diesen Öffnungen zu sein; aber sie trat selten vor dieselben, ohne sich mit Widerwillen abzuwenden, obgleich ihre Angst sie nach einigen Minuten wieder dahin zurückführte, wenn sie ein Geräusch, mochte es auch nur das Rauschen der Blätter oder das Seufzen des Windes sein, vernahm. Es war in der Tat etwas feierlich Ergreifendes, diesen verlassenen Ort von Toten in der Kleidung des Lebens und in der Stellung sorgloser Heiterkeit oder rohen Vergnügens bevölkert zu sehen. Der Eindruck auf unsere Heldin war fast derselbe, als ob böse Geister vor ihr ihr Wesen trieben. Diesen ganzen Tag über, der Mabel kein Ende zu nehmen schien, ließ sich weder ein Indianer noch ein Franzose blicken, und die Nacht senkte sich allmählich über diese schweigende Maskerade mit der unabänderlichen Stetigkeit, mit welcher die Erde ihren Gesetzen folgt, ohne sich um das kleinliche Treiben der Menschen zu kümmern. Die Nacht war weit ruhiger als die vorhergehende, und Mabel schlief mit neuer Zuversicht; denn sie fühlte sich nun überzeugt, daß sich ihr Schicksal nicht vor der Zurückkunft ihres Vaters entscheiden würde. Er wurde jedoch schon am folgenden Tag erwartet. Als unsere Heldin erwachte, eilte sie hastig zu den Schießscharten, um über den Stand des Wetters, das Aussehen des Himmels und über die Verhältnisse auf der Insel Erkundigung einzuziehen. Da saß noch die furchtbare Gruppe im Grase; der Fischer beugte sich noch über das Wasser, als ob er lebhaft auf seinen Fang erpicht sei, und das Gesicht Jennies glotzte in schrecklicher Verzerrung aus der Hütte. Aber das Wetter hatte sich geändert. Der Wind blies steif aus Süden, und die Luft war zwar hell, aber doch mit den Elementen des Sturmes erfüllt.

»Es wird mir immer unerträglicher, June«, sagte Mabel, als sie die Öffnung verließ. »Ich wollte lieber den Feind sehen als stets diese schreckliche Heerschau des Todes vor Augen haben.«

»Still! da sie kommen. June denken hören einen Schrei, wie Krieger rufen, wenn er nehmen einen Skalp.« –

»Was meinst du? Es gibt nichts mehr zu schlachten! – es kann nichts mehr geben!«

»Salzwasser!« rief June lachend, indem sie durch die Schießscharte blickte.

»Mein lieber Onkel! Gott sei Dank! Er lebt also! O June, June, du wirst ihm doch kein Leid tun lassen?«

»June arme Squaw. Was Krieger denken, von was ich sagen? Arrowhead bringen ihn her.«

Mabel stand an einer Schießscharte und sah deutlich genug Cap und den Quartiermeister in den Händen von acht oder zehn Indianern, welche jene zu dem Fuße des Blockhauses führten; denn da sie nunmehr gefangen waren, sah der Feind wohl ein, daß kein Mann sich in diesem Gebäude befinden könne. Mabel wagte kaum zu atmen, bis der ganze Haufen unmittelbar vor der Türe stand, wo sie dann zu ihrer großen Freude bemerkte, daß der französische Offizier unter ihnen war. Es folgte nun eine kurze Besprechung, welche Arrowhead und der weiße Führer mit den Gefangenen hielten, worauf der Quartiermeister mit vernehmlicher Stimme unserer Heldin zurief:

»Schöne Mabel! Schöne Mabel«, sagte er, »blicken Sie aus einer Ihrer Schießscharten auf uns herunter und haben Sie Mitleid mit unserer Lage. Wir sind mit augenblicklichem Tode bedroht, wenn Sie nicht den Siegern die Türe öffnen. Lassen Sie sich also erweichen, sonst tragen wir unsere Skalpe von diesem gesegneten Augenblick an keine halbe Stunde mehr.«

Mabel kam es vor, als ob Spott und Leichtfertigkeit in diesem Aufruf liege, ein Benehmen, welches mehr dazu diente, ihren Entschluß, den Platz so lange wie möglich zu halten, zu befestigen als zu entkräften.

»Sprecht Ihr zu mir, Onkel«, rief sie durch die Schießscharte, »und sagt mir, was ich tun soll.«

»Gott sei Dank! Gott sei Dank!« entgegnete Cap. »Der Ton deiner süßen Stimme, Magnet, nimmt mir eine schwere Last vom Herzen; denn ich fürchtete, du habest das Los der armen Jennie geteilt. Es lag mir in den letzten vierundzwanzig Stunden auf der Brust, als ob man eine Tonne Ballasteisen auf sie gestaut hätte. Du fragst mich, was du tun sollst, Kind, und ich weiß nicht, was ich dir raten soll, obgleich du meiner Schwester Tochter bist. Armes Mädchen! Alles was ich dir jetzt sagen kann, ist, daß ich vom Grunde meines Herzens den Tag verwünsche, an dem wir beide jemals diesen Frischwasserstreifen gesehen haben.«

»Aber Onkel, wenn Euer Leben in Gefahr ist – meint Ihr, ich solle die Türe öffnen?«

»Einmal rundherum und zwei halbe Knoten machen ein Tau

fest, und ich würde niemand raten, der außer dem Bereiche dieser Teufel ist, etwas zu entriegeln oder aufzumachen, um in ihre Hände zu fallen. Was den Quartiermeister und mich anbelangt, so sind wir beide ältliche Leute und für die Menschheit von keiner besonderen Bedeutung, wie der ehrliche Pfadfinder sagen würde; es kann jenem daher keinen großen Unterschied ausmachen, ob er seine Zahlungslisten in diesem oder dem nächsten Jahr ausgleicht; und was mich anbelangt, ja, wenn ich auf hoher See an Bord wäre, so wüßte ich wohl, was ich zu tun hätte; aber hier oben, in dieser wässerigen Wildnis kann ich nur sagen, daß ein gutes Stück indianischer Logik dazu gehören würde, mich aus einem solchen bißchen Bollwerk, wenn ich dahinter wäre, herauszukriegen.«

»Sie werden nicht auf alles, was Ihr Onkel sagt, achten«, warf Muir ein, »denn das Unglück hat ihm augenscheinlich den Kopf verwirrt, so daß er nicht imstande ist, das, was im gegenwärtigen Augenblicke not tut, einzusehen. Wir sind hier in den Händen sehr umsichtiger und achtungswerter Personen, wie man anerkennen muß, und wir haben wenig Ursache, irgendeine mißliebige Gewalt zu befürchten. Die Zufälle, welche sich ereignet haben, sind in einem Kriege gewöhnlich und können unsere Gefühle gegen den Feind nicht ändern; denn dieser ist weit entfernt, die Absicht an den Tag zu legen, daß den Gefangenen irgendein Leid zugefügt werde. Ich bin überzeugt, daß Meister Cap so wenig als ich Ursache hat, sich zu beklagen; denn wir haben uns selbst Meister Arrowhead ausgeliefert, der mich durch seine Tugenden und seine Mäßigung an die Römer oder Spartaner erinnert; es wird Ihnen aber bekannt sein, daß die Gebräuche verschieden sind und daß unsere Skalpe als gesetzliche Opfer genommen werden können, um die Manen gefallener Feinde zu sühnen, wenn Sie sie nicht durch Kapitulation retten.«

»Ich werde besser tun, in dem Blockhaus zu bleiben, bis das Schicksal der Insel entschieden ist«, erwiderte Mabel. »Unsere Feinde können mich wenig bekümmern, da sie wissen, daß ich ihnen keinen Schaden zufügen kann. Ich halte es daher für mein Geschlecht und für mein Alter weit passender hierzubleiben.«

»Wenn es sich hier bloß um das, was für Sie passend ist, handelte, Mabel, so würden wir alle uns gern Ihren Wünschen fügen; aber diese Herren glauben, daß das Blockhaus für ihre Operationen sehr günstig sei, und haben daher ein großes Verlangen, es zu besitzen. Offen gesprochen, ich und Ihr Onkel sind in einer eigentümlichen Lage, und ich muß gestehen, daß ich, um übeln Folgen vorzubeugen, vermöge der Macht, welche einem Offizier in Seiner Majestät Diensten zusteht, eine Verbal-Kapitulation abgeschlossen habe, in welcher ich mich verpflichtete, das Blockhaus und die ganze Insel zu übergeben. Das ist das Los des Krieges, und man muß sich ihm unterwerfen. Öffnen Sie also ohne Aufschub die Türe, schöne Mabel, und vertrauen Sie sich der Sorgfalt derjenigen, welche wissen, wie sie Schönheit und Tugend im Unglück zu behandeln haben. Kein Höfling in Schottland ist gefälliger und mehr mit den Gesetzen des Anstandes vertraut als dieser Häuptling.«

»Nicht verlassen Blockhaus«, flüsterte June, welche an Mabels Seite die Vorgänge aufmerksam beobachtete. »Blockhaus gut – kriegen nicht Skalp.«

Ohne diese Aufmunterung hätte Mabel vielleicht nachgegeben; denn es leuchtete ihr nachgerade ein, daß es wohl das beste sein dürfte, den Feind durch Zugeständnisse zu gewinnen, statt ihn durch Widerstand zu erbittern. Muir und Cap befanden sich in den Händen der Indianer, welchen es bekannt war, daß sich kein Mann in dem Gebäude aufhalte. Sie glaubte daher, die Wilden würden aufs neue die Türe berennen oder sich mit den Äxten einen Weg durch die Stämme bahnen, wenn ein friedlicher Einlaß nun, da kein Grund mehr vorhanden war, ihre Büchsen zu fürchten, hartnäckig verweigert würde. Aber Junes Worte veranlaßten sie innezuhalten, und ein ernster Händedruck, ein bittender Blick ihrer Gefährtin befestigten ihren wankenden Entschluß.

»Nicht gefangen noch«, flüsterte June, »laß sie machen gefangen, ehe sie nehmen gefangen – sprechen groß; June sie weisen.«

Mabel begann nun, entschlossener mit Muir zu sprechen, und erklärte ihm, da ihr Onkel geneigt schien, sein Gewissen durch Schweigen zu beschwichtigen, offen, daß es nicht ihre Absicht sei, das Gebäude zu übergeben.

»Sie vergessen die Kapitulation, Mistreß Mabel«, sagte Muir, »die Ehre eines von Seiner Majestät Dienern ist dabei beteiligt, und die Ehre Seiner Majestät durch diesen Diener. Sie wissen, was es mit der militärischen Ehre für eine zarte, empfindliche Bewandtnis hat?«

»Ich weiß genug, Herr Muir, um einzusehen, daß Sie bei dieser Expedition kein Kommando und deshalb auch kein Recht haben, das Blockhaus auszuliefern; ich erinnere mich noch obendrein, von meinem Vater gehört zu haben, daß ein Gefangener für die ganze Zeit der Gefangenschaft seine Machtvollkommenheit verliere.«

»Lauter Spitzfindigkeiten, schöne Mabel, – Verrat gegen den König, Beschimpfung seiner Offiziere und Schmähung seines Namens. Sie werden nicht auf Ihrer Absicht bestehen, wenn Ihr besseres Urteil Muße gehabt hat, nachzudenken und auf die Verhältnisse und Umstände Rücksicht zu nehmen.«

»Ja«, seufzte Cap, »das ist ein Indiz, hol' es der Henker!«

»Kein Sinn, was Onkel sagt«, bemerkte June, welche sich in einer Ecke des Zimmers beschäftigte. »Blockhaus gut – kriegen nicht Skalp.«

»Ich werde bleiben, wo ich bin, Herr Muir, bis Nachrichten von meinem Vater eingehen. Er wird im Laufe der nächsten zehn Tage zurückkommen.«

»Ach! Mabel, diese List wird die Feinde nicht täuschen; denn sie sind durch Mittel, welche unbegreiflich scheinen würden, wenn nicht ein unabweisbarer Verdacht auf einem unglücklichen jungen Manne haftete – von allen unsern Bewegungen und Plänen in Kenntnis gesetzt und wissen wohl, daß der würdige Sergeant, ehe noch die Sonne niedergeht, mit allen seinen Leuten in ihrer Gewalt sein wird. Geben sie nach! Unterwerfung unter die Beschlüsse der Vorsehung ist Christenpflicht.«

»Herr Muir, Sie scheinen über die Stärke dieses Werkes im Irrtum zu sein und es für schwächer zu halten, als es ist. Wollen Sie sehen, was ich zu seiner Verteidigung tun kann, wenn ich will?«

»Ich will's meinen, daß ich das sehen möchte«, antwortete der Quartiermeister, welcher immer in seinen schottischen Dialekt verfiel, wenn ihn etwas lebhaft beschäftigte.

»Was halten Sie von *dem?* Sehen Sie auf die Schießscharte im obern Stock!«

Auf diese Worte richteten sich alle Augen nach oben und erblickten die Mündung einer Büchse, welche vorsichtig durch eine Öffnung geschoben wurde; denn June hatte wieder zu einem Kunstgriff Zuflucht genommen, welchen sie schon einmal mit gutem Erfolg angewendet hatte. Das Resultat entsprach ganz der Erwartung; denn kaum hatten die Indianer diese verhängnisvolle Waffe zu Gesicht bekommen, als sie sich aus dem Staube machten, und in weniger als einer Minute hatte jeder sein Versteck aufgefunden. Der französische Offizier blickte auf den Lauf des Gewehres, um sich zu überzeugen, daß es nicht auf ihn gerichtet sei, und nahm kaltblütig eine Prise Tabak, während Cap und Muir, welche von dieser Seite aus nichts zu befürchten hatten, ruhig stehenblieben.

»Seien Sie klug, meine schöne Mabel, seien Sie klug!« rief Muir, »und veranlassen sie keinen nutzlosen Zwist! Im Namen aller Könige von Albion, wen haben Sie in diesem hölzernen Turm bei sich eingeschlossen, der es so sehr auf Blut abgesehen zu haben scheint? Da steckt Zauberei dahinter, und unsere ganze Reputation hängt von dieser Entwicklung ab.«

»Was halten Sie von dem Pfadfinder, Herr Muir, als Besatzung für einen so starken Posten?« rief Mabel, indem sie zu einem Doppelsinn ihre Zuflucht nahm, welchen die Umstände sehr entschuldbar machten. »Was werden Ihre französischen und indianischen Kameraden von einem Ziele für Pfadfinders Büchse halten?«

»Fahren Sie glimpflich mit dem Unglück, schöne Mabel, und vermischen Sie nicht die Diener des Königs, – der Himmel segne ihn und das ganze königliche Haus – mit des Königs Feinden. Wenn Pfadfinder wirklich im Blockhaus ist, so mag er sprechen. Wir wollen dann unsere Unterhaltungen unmittelbar mit ihm abmachen. Er kennt uns als Freunde, und wir fürchten nichts Schlimmes von seiner Hand, am allerwenigsten aber ich; denn eine edle Seele ist ganz geeignet, Nebenbuhlerschaft in einer gewissen Angelegenheit zu einer sichern Grundlage der Achtung und Freundschaft zu machen, zumal da Bewunderung des nämlichen weiblichen Gegenstandes eine Gleichheit der Gefühle und des Geschmacks beweist.«

Das Vertrauen auf Pfadfinders Freundschaft erstreckte sich jedoch nicht weiter als auf den Quartiermeister und Cap; denn selbst der französische Offizier, welcher sich bisher nicht von der Stelle gerührt hatte, schrak zurück bei dem Klange dieses gefürchteten Namens. In der Tat schien er, obgleich ein Mann von eisernen Nerven und durch lange Jahre an die Gefahren des

Indianerkriegs gewöhnt, sich nicht den Kugeln des Hirschtöters aussetzen zu wollen, dessen Ruf an der ganzen Grenze so wohlbegründet war, als der Marlboroughs in Europa; und er verschmähte es nicht, gleichfalls ein Versteck zu suchen, wobei er darauf bestand, daß ihm seine beiden Gefangenen folgen sollten. Mabel war zu sehr erfreut, ihrer Feinde ledig geworden zu sein, als daß sie die Entfernung beklagt hätte, obgleich sie Cap durch die Schießscharte einen Kuß zuwarf und ihm einige Worte der Liebe nachrief, als er sich zögernd und ungern entfernte.

Der Feind schien nun geneigt, alle Versuche auf das Blockhaus für den Augenblick aufzugeben, und June, welche durch die eine Falltüre auf das Dach gestiegen war, wo sie alles am besten übersehen konnte, berichtete, daß sich der ganze Haufen in einem abgelegenen und geschützten Teil der Insel zum Essen versammelt hätte, wobei Cap und Muir so ruhig an dem Mahle teilnähmen, als ob sie aller Sorge ledig seien. Diese Mitteilung beruhigte Mabel, und sie begann, wieder an die Mittel zu denken, um ihre Flucht zu bewerkstelligen oder ihren Vater vor der Gefahr, die seiner wartete, zu warnen. Die Rückkehr des Sergeanten wurde diesen Nachmittag erwartet, und sie wußte, daß ein gewonnener oder verlorener Augenblick über sein Schicksal entscheiden konnte.

Drei oder vier Stunden entschwanden. Die Insel war wieder in tiefe Ruhe versenkt. Der Tag neigte sich, und noch hatte Mabel keinen Entschluß gefaßt. June bereitete im untersten Raum das frugale Mahl, und Mabel war selbst auf das Dach gestiegen, welches mit einer Falltüre versehen war. Durch diese konnte sie in den Giebel des Gebäudes gelangen, von wo aus die Insel die weiteste Aussicht bot, obgleich diese immer noch beschränkt und häufig durch die Gipfel der Bäume eingeengt war. Das ängstliche Mädchen wagte es nicht, sich sehen zu lassen; denn sie konnte nicht wissen, ob nicht ungezügelte Leidenschaft einen Wilden veranlassen würde, ihr eine Kugel durchs Hirn zu jagen. Sie erhob daher nur ihren Kopf über die Falltüre, von wo aus sie im Laufe des Nachmittags ihre Augen über die verschiedenen Kanäle um die Insel so oft die Runde machen ließ wie ›Anna, Schwester Anna‹, über die Umgebungen von Blaubarts Schloß.

Die Sonne war nun wirklich untergegangen. Von den Booten

hatte sich nichts sehen lassen, und Mabel stieg aufs Dach, um den letzten Blick auszusenden, in der Hoffnung, daß ihre Leute in der Dunkelheit ankommen sollten, wodurch die Indianer wenigstens verhindert würden, ihren Hinterhalt so gefährlich zu machen, als dies unter andern Umständen der Fall gewesen wäre. Sie wurde hierdurch instand gesetzt, mittelst Feuers ein so augenfälliges Warnungszeichen zu geben, als es eben in ihrer Macht stand. Ihr Auge streifte achtsam um den ganzen Horizont herum, und sie war eben im Begriff, sich zurückzuziehen, als sie einen neuen Gegenstand gewahrte, der ihre Aufmerksamkeit fesselte. Die Inseln lagen so dicht beieinander, daß man sechs bis acht verschiedene Kanäle oder Wasserstraßen zwischen denselben erblicken konnte, und in einem der verstecktesten, fast ganz durch das Gebüsch des Ufers verborgenen, erkannte sie bei einem zweiten Blick einen Rindenkahn. Er enthielt außer allem Zweifel ein menschliches Wesen. In der Überzeugung, daß ein Signal, wenn sie es hier mit einem Feinde zu tun habe, nicht schaden, wohl aber im entgegengesetzten Fall von gutem Nutzen sein könne, ließ das Mädchen schnell eine kleine Flagge, welche sie für ihren Vater bereitgehalten hatte, gegen den Fremden wehen, wobei sie Sorge trug, daß diese Bewegung von der Insel aus nicht gesehen werde.

Mabel wiederholte ihr Signal acht- oder zehnmal vergebens und fing schon an, die Hoffnung aufzugeben, daß es bemerkt würde, als auf einmal ihr Zeichen durch eine Bewegung mit dem Ruder erwidert wurde und der Mann so weit hervorkam, daß sie in ihm Chingachgook erkennen konnte. Hier war also endlich ein Freund, und zwar einer, der fähig und, wie sie nicht bezweifelte, geneigt war, ihr Beistand zu leisten. Von diesem Augenblick lebte all ihr Mut wieder auf. Der Mohikaner hatte sie gesehen, mußte sie, da er von ihrer Teilnahme an dem Zuge wußte, erkannt haben und tat ohne Zweifel, sobald es dunkel geworden war, die nötigen Schritte zu ihrer Befreiung. Daß ihm die Anwesenheit des Feindes nicht entgangen sein konnte, ließ sich aus der großen Vorsicht, die er beobachtete, entnehmen, und auf seine Klugheit und Geschicklichkeit konnte sie sich zuversichtlich verlassen. Die Hauptschwierigkeit stand nun von June zu besorgen; denn so anhänglich sie auch an Mabel war, so hatte letztere doch zu viel von der Treue der Indianerin gegen ihr Volk gesehen, als daß sie hoffen durfte, sie werde einem feindlichen Indianer den Eintritt in das Blockhaus gestatten oder sie selbst in der Absicht, Arrowheads Pläne zu vereiteln, entfliehen lassen. Die halbe Stunde, welche der Entdeckung von Big Serpents Nähe folgte, war die peinlichste in Mabels Leben. Sie sah die Mittel zur Ausführung all ihrer Wünsche so ganz in der Nähe, und doch konnte sie nicht danach greifen. Sie kannte Junes Entschlossenheit und Besonnenheit ungeachtet ihrer Herzensgüte und ihrer zarten weiblichen Gefühle und kam endlich, wenn auch mit innerem Widerstreben, zu der Überzeugung, daß es kein anderes Mittel zur Erreichung ihres Zweckes gebe, als ihre erprobte Freundin und Beschützerin zu täuschen. Es empörte allerdings Mabels edle Seele, eine Freundin wie June zu hintergehen, aber ihres Vaters Leben stand auf dem Spiel; ihrer Gefährtin drohte kein unmittelbarer Nachteil, und die Gefühle und Interessen, welche sie selbst berührten, waren von einer Art, daß sie wohl größere Zweifel beseitigt haben würden.

Sobald es dunkel war, begann Mabels Herz mit erneuter Heftigkeit zu pochen, und sie entwarf und wechselte ihre weiteren Pläne wohl ein dutzendmal im Laufe einer einzigen Stunde. June war immer die Quelle ihrer größten Verlegenheit; denn einmal sah sie nicht ein, wie sie sich die Überzeugung zu verschaffen vermöge, daß Chingachgook an der Türe sei, wo er, wie sie nicht zweifelte, bald erscheinen mußte – und dann, wie sie ihn einlassen könne, ohne ihre wachsame Freundin aufmerksam zu machen. Doch die Zeit drängte; denn der Mohikan konnte kommen und wieder fortgehen, wenn sie nicht bereit war, ihn aufzunehmen, da es für den Delawaren gewagt gewesen wäre, lange auf der Insel zu bleiben. Es wurde daher unbedingt nötig, einen Entschluß zu fassen, selbst auf die Gefahr hin, unbesonnen zu handeln. Nachdem sie manche Pläne in ihrem Gehirn erwogen hatte, ging daher Mabel auf ihre Gefährtin zu und sagte zu ihr mit soviel Ruhe, als sie aufzubringen vermochte:

»June, fürchtest du nicht, daß deine Leute, da sie glauben, Pfadfinder sei in dem Blockhause, kommen und aufs neue Feuer anlegen werden?«

»Nicht denken solch Ding. Nicht verbrennen Blockhaus, Blockhaus gut; kriegen nicht Skalp.«

»June, wir können das nicht wissen. Sie haben sich versteckt, weil sie glaubten, was ich ihnen wegen Pfadfinder sagte.«

»Glauben erzeugen Furcht. Furcht kommen schnell, gehen schnell. Furcht machen weglaufen. Verstand machen zurückkommen. Furcht machen Krieger töricht, so gut wie junges Mädchen.«

Hier lachte June in der Weise junger Mädchen, wenn ein possierlicher Einfall ihre Gedanken durchkreuzt.

»Mir ist gar nicht wohl bei der Sache, June, und ich wünschte, du gingest wieder aufs Dach, um dich dort umzusehen, ob nicht etwas gegen uns im Werke ist; du kennst die Zeichen dessen, was deine Leute beabsichtigen, besser als ich.«

»June gehen, Lily wünschen; aber sehr wohl wissen, daß Indianer schlafen, warten auf Vater. Krieger essen, trinken, schlafen, alle Zeit, wenn nicht fechten und gehen auf Kriegspfad; aber dann nie schlafen, essen, trinken – nie fühlen. Krieger jetzt schlafen.«

»Gott gebe, daß es so sein möge! Aber geh hinauf, liebe June, und sieh dich wohl um. Die Gefahr kann kommen, wenn wir es am wenigsten erwarten.«

June erhob sich und schickte sich an, auf das Dach hinaufzusteigen; auf der ersten Sprosse der Leiter hielt sie aber inne. Mabels Herz schlug so heftig, daß sie fürchtete, das Klopfen desselben könne gehört werden, und sie bildete sich ein, daß eine Ahnung ihrer wahren Absicht die Seele ihrer Freundin durchkreuze. Sie hatte zum Teil recht; denn die Indianerin hatte wirklich angehalten, um zu überlegen, ob sie mit diesem Schritte nicht eine Unbesonnenheit begehe. Einmal tauchte in ihr der Verdacht auf, daß Mabel entfliehen wolle; diesen verwarf sie jedoch wieder, weil sie wußte, daß dem Blaßgesicht keine Mittel zu Gebote standen, die Insel zu verlassen, und das Blockhaus war jedenfalls der sicherste Punkt, welchen sie finden konnte. Dann war ihr nächster Gedanke, Mabel könnte Zeichen von der Annäherung ihres Vaters entdeckt haben. Aber auch diese Vermutung haftete nur einen Augenblick; denn June hegte von der Fähigkeit ihrer Freundin, derartige Zeichen zu verstehen – Zeichen, die ihrem eigenen Scharfblicke entgangen waren – ungefähr dieselbe Meinung, welche moderne Damen von den Vorzügen ihrer Kammermädchen zu haben pflegen. Da ihr nun weiter nichts mehr einfiel, so fing sie an, langsam die Leiter hinaufzusteigen.

Sie hatte eben den oberen Boden erreicht, als sich unserer Heldin ein glücklicher Gedanke darbot, und da sie ihn in einer zwar hastigen, aber natürlichen Weise kundgab, gewann sie einen großen Vorteil für die Verwirklichung ihres Planes.

»Ich will hinabgehen, June, und an der Türe horchen, während du auf dem Dach bist; wir sind auf diese Weise oben und unten auf unserer Hut.«

June hielt dies für eine unnötige Vorsicht, da sie wohl wußte, daß niemand ohne Hilfe von innen in das Gebäude hereinkommen könne und daß keine Gefahr von außen zu erwarten stehe, ohne daß sie es vorher bemerken mußte; sie schrieb daher diesen Vorschlag Mabels Unwissenheit und Furcht zu und nahm ihn mit soviel Vertrauen auf, als er mit Unverfänglichkeit gemacht zu sein schien. So wurde es nun unserer Heldin möglich, zu der Türe hinunterzusteigen, während sich ihre Freundin nach dem Dache begab und keinen besonderen Anlaß zu haben glaubte, sie zu bewachen. Die Entfernung zwischen beiden war jetzt zu groß, um ein Gespräch zu gestatten, und die eine beschäftigte sich drei oder vier Minuten mit Umsehen in der Gegend, so gut dieses die Finsternis erlaubte, indes die andere mit so viel Spannung an der Tür horchte, als ob alle ihre Sinne sich in dem Ohre konzentriert hätten.

June bemerkte nichts von ihrem hohen Standpunkte; die Finsternis ließ auch in der Tat kaum einen Erfolg hoffen; es möchte aber nicht leicht sein, das Gefühl zu beschreiben, mit welchem Mabel einen schwachen und vorsichtigen Stoß gegen die Türe zu bemerken glaubte. Fürchtend, es möchte nicht alles sein, wie sie wünschte, und ängstlich bekümmert, Chingachgook ihre Nähe anzudeuten, fing sie an, obgleich in leisen und bebenden Tönen, zu singen. Die Stille war in diesem Augenblick so tief, daß der Laut der unsichern Stimme bis zu dem Dache hinauftönte, und eine Minute später begann June herunterzusteigen. Unmittelbar darauf wurde ein leichtes Pochen an der Türe gehört. Mabel war außer sich; denn jetzt war keine Zeit mehr zu verlieren. Die Hoffnung überwog die Furcht, und mit unsicheren Händen begann sie, die Balken wegzunehmen. Sie hörte auf der Flur über sich Junes Mokassin; und es war erst ein einzelner Balken zurückgeschoben, der zweite gehoben, als die Gestalt der Indianerin bereits zur Hälfte auf der unteren Leiter sichtbar war.

»Was tun du?« rief June mit Heftigkeit. »Laufen weg – toll – verlassen Blockhaus? Blockhaus gut!«

Beide legten ihre Hände an den letzten Riegel, der wahrscheinlich aus den Klammern gehoben worden wäre, wenn nicht ein kräftiger Druck von außen das Holz eingeklemmt hätte. Nun folgte ein kurzer Kampf, obschon beide der Anwendung von Gewalt gleich abgeneigt waren. Wahrscheinlich würde übrigens June den Sieg davongetragen haben, hätte nicht ein weiterer, noch kräftigerer Stoß von außen das leichte Hindernis, welches den Balken noch hielt, überwunden und die Türe geöffnet. Man sah nun die Gestalt eines Mannes eintreten, und beide eilten nach der Leiter, als ob sie gleich besorgt wegen der Folgen seien. Der Fremde schloß die Türe und stieg, nachdem er sich vorher sorgfältig im Erdgeschosse umgesehen hatte, die Leiter hinauf. June hatte, sobald es dunkel geworden war, die Schießscharten im ersten Stocke geschlossen und ein Licht angezündet. Beide erwarteten jetzt in dieser düsteren Beleuchtung die Erscheinung ihres neuen Gastes, dessen vorsichtige und bedachtsame Tritte sie auf der Leiter hören konnten. Es dürfte schwer zu sagen sein, welches von den Weibern am meisten erstaunt war, als der Fremde durch die Falltüre hinaufstieg und die Gestalt des Pfadfinders vor ihren Augen stand.

»Gott sei gepriesen!« rief Mabel; denn der Gedanke, daß das Blockhaus mit einer solchen Besatzung unbezwinglich sei, durchkreuzte ihre Seele. »O Pfadfinder, was ist aus meinem Vater geworden?«

»Der Sergeant ist bis jetzt wohlbehalten und siegreich, obgleich es nicht unter die Gaben des Menschen gehört zu sagen, wie der Ausgang sein wird. Ist das nicht Arrowheads Weib, das sich dort in die Ecke kauert?«

»Macht ihm keine Vorwürfe, Pfadfinder; ich verdanke ihm mein Leben und meine gegenwärtige Sicherheit. Sagt mir, wie es meinem Vater und seinen Leuten gegangen ist und warum Ihr hier seid; ich will Euch dann alle die schrecklichen Ereignisse erzählen, welche auf dieser Insel vorgefallen sind.«

»Für das letztere werden wenige Worte ausreichen, Mabel; denn wenn man an indianische Teufeleien gewöhnt ist, so bedarf es keiner weitläufigen Erörterung eines solchen Begebnisses. Unser Feldzug ging, wie wir es hoffen konnten, vonstatten; denn der Serpent war auf der Spähe und teilte uns mit, was das

Herz nur wünschen konnte. Wir kriegten drei Boote in einen Hinterhalt, nahmen von denselben Besitz, nachdem wir die Franzosen daraus verjagt hatten und versenkten sie vorschriftsmäßig an der tiefsten Stelle des Kanals. Die Wilden in Oberkanada werden diesen Winter mit indianischen Gütern keine großen Sprünge machen. Auch werden Pulver und Blei unter ihnen seltener sein, als es geschickten Jägern und mutigen Kriegern lieb sein mag. Wir haben nicht *einen* Mann verloren, nicht einmal eine Haut wurde gestreift, und ich denke, der Feind wird nicht besonders gut darauf zu sprechen sein. Kurz, Mabel – es ist gerade solch ein Ausflug gewesen, wie ihn Lundie liebt – viel Schaden für den Feind und wenig für uns selbst.«

»Ach, Pfadfinder, ich fürchte, wenn Major Duncan die ganze traurige Geschichte erfährt, so wird er Ursache haben zu bereuen, daß er je diesen Handel unternommen.«

»Ich weiß, was Sie meinen, ich weiß, was Sie meinen; wenn ich Ihnen aber die Umstände geradezu erzähle, so werden Sie sie besser verstehen. Als der Sergeant seinen Strauß mit Ehren beendet hatte, sandte er mich und den Serpent in Kähnen voraus, um Euch zu sagen, wie die Sachen abgelaufen seien, und daß er mit den so sehr beschwerten Booten nicht vor morgen eintreffen könne. Ich trennte mich diesen Vormittag von Chingachgook und wir trafen dabei die Verabredung, daß er die eine und ich die andere Reihe von Kanälen hinauffahren solle, um zu sehen, ob der Pfad sauber sei. Seitdem habe ich den Häuptling nicht wiedergesehen.«

Mabel erklärte ihm nun die Art, wie sie den Mohikaner entdeckt hatte, und daß sie ihn nun in dem Blockhaus erwarte.

»Nein, nein! ein regelmäßiger Kundschafter geht nie hinter Wände und Holzstämme, solange er in freier Luft bleiben und eine nützliche Beschäftigung finden kann. Ich würde auch nicht gekommen sein, Mabel, wenn ich nicht dem Sergeanten versprochen hätte, Ihnen Mut zuzusprechen und für Ihre Sicherheit zu sorgen. Ach, ich habe diesen Vormittag die Insel mit schwerem Herzen untersucht, und es war mir eine herbe Stunde, als ich dachte, Sie könnten unter den Erschlagenen sein.«

»Aber welcher glückliche Zufall hat Euch verhindert, kühn auf die Insel loszurudern, wodurch Ihr in die Hände des Feindes hättet fallen müssen?«

»Durch einen Zufall, Mabel, wie die Vorsehung ihn schuf, um dem Hunde zu sagen, wo der Hirsch zu finden ist, und dem Hirsche, wie er den Hund abwerfen soll. Nein, nein! diese Kunstgriffe und Teufeleien mit Leichen mögen die Soldaten des Fünfundfünfzigsten und die Offiziere des Königs täuschen, aber bei Leuten, welche ihr Leben in den Wäldern zugebracht haben, sind sie verloren. Ich kam in dem Kanal angesichts des vorgeblichen Fischers herunter, und obgleich dieses Gewürm den armen Wicht kunstreich hingesetzt hatte, so geschah es doch nicht mit dem nötigen Scharfsinn, um ein geübtes Auge zu hintergehen. Er hielt die Rute zu hoch; denn die Leute vom Fünfundfünfzigsten haben am Oswego fischen gelernt, wenn sie es vorher auch nicht konnten; und dann war der Mann auch viel zu ruhig für einen, dem nichts anbeißen will. Aber wir gehen nie blindlings auf einen Posten zu, und ich bin einmal eine ganze Nacht vor einer Garnison liegengeblieben, weil man die Schildwachen und die Art ihres Wachestehens verändert hatte. Weder der Serpent noch ich lassen sich durch solche plumpe Pfiffe übertölpeln, die wahrscheinlich mehr auf die Schotten berechnet sind; denn obgleich diese in manchen Stücken ziemlich verschlagen sein mögen, so sind sie doch nichts weniger als Hexenmeister, wenn es sich um indianische Kunstgriffe handelt.«

»Glaubt Ihr, mein Vater und seine Leute könnten noch überlistet werden?« fragte Mabel rasch.

»Nicht, wenn ich's verhindern kann, Mabel! Sie sagen mir, der Serpent sei auch auf der Spähe; und so ist es doppelt wahrscheinlich, daß es uns gelingen wird, ihn von der Gefahr in Kenntnis zu setzen, obgleich wir nicht gewiß wissen, durch welchen Kanal er kommen mag.«

»Pfadfinder«, sagte unsere Heldin feierlich; denn die schrecklichen Szenen, deren Zeuge sie gewesen, malten ihr den Tod mit den furchtbarsten Farben, »Pfadfinder, Ihr habt gesagt, daß Ihr mich liebt und mich zu Euerm Weibe wünscht?«

»Ich wagte es, über diesen Gegenstand mit Ihnen zu sprechen, Mabel, und der Sergeant hat mir erst kürzlich gesagt, daß Sie gegen mich gütig gesinnt seien; aber ich bin nicht der Mann, das zu verfolgen, was ich liebe.«

»Hört mich, Pfadfinder – ich schätze Euch, ich achte Euch, ich verehre Euch – rettet meinen Vater von diesem fürchterlichen Tode, und ich kann Euch anbeten. Hier ist meine Hand;

ich verpflichte mich feierlich, Wort zu halten, sobald Ihr kommt, um Eure Ansprüche auf sie geltend zu machen.«

»Gott segne Sie, Mabel, Gott segne Sie; das ist mehr, als ich verdiene, – mehr, fürchte ich, als ich zu schätzen weiß. Doch bedurfte es dessen nicht, um mich geneigt zu machen, dem Sergeanten Dienste zu leisten. Wir sind alte Kameraden, und jeder verdankt dem andern das Leben, obgleich ich fürchte, Mabel, daß es nicht immer die beste Empfehlung bei der Tochter ist, des Vaters Kamerad zu sein.«

»Ihr bedürft keiner andern Empfehlung als Eurer Handlungen, Eures Mutes und Eurer Treue. Alles, was Ihr tut und sagt, Pfadfinder, billigt meine Vernunft, und das Herz wird – nein es *muß* folgen.«

»Das ist ein Glück, welches ich in dieser Nacht nicht erwartete; aber wir sind in Gottes Hand, und Er wird uns nach Seiner Weise beschützen. Ihre Worte sind süß, Mabel, aber es bedarf ihrer nicht, um mich aufzumuntern, unter den gegenwärtigen Umständen alles, was in menschlicher Kraft steht, aufzubieten; sie werden aber auch in keinem Fall meinen Eifer mindern.«

»Wir verstehen uns jetzt, Pfadfinder«, fügte Mabel mit erstickter Stimme bei. »Laßt uns keinen der kostbaren Augenblicke verlieren, die vielleicht von unberechenbarem Werte sind! Können wir nicht in Euren Kahn eilen und meinem Vater entgegengehen?«

»Ich möchte nicht hierzu raten, da ich nicht weiß, durch welchen Kanal Ihr Vater kommen wird; denn es gibt deren mehr als zwanzig. Verlassen Sie sich übrigens drauf, der Serpent wird sich durch alle zu winden wissen. Nein, nein! Mein Rat ist hierzubleiben. Die Stämme dieses Blockhauses sind noch grün; es wird daher nicht leicht sein, sie in Brand zu stecken, und wenn wir nichts von Feuer zu besorgen haben, will ich den Platz gegen einen ganzen Stamm halten. Das Irokesenvolk soll mich nicht aus dieser Festung herausbringen, solange wir die Flamme abhalten können. Der Sergeant biwakiert jetzt auf irgendeiner Insel und wird erst gegen Morgen kommen. Wenn wir das Blockhaus halten, so können wir ihn rechtzeitig warnen, durch Abschießen von Büchsen zum Beispiel; und sollte er sich zu einem Angriff gegen die Wilden entschließen, wozu sein Temperament ihn wahrscheinlich veranlassen wird, so kann der Besitz dieses Gebäudes im Treffen von keinem geringen Belang sein.

Nein, nein! ich bin dafür, zu bleiben, wenn wir dem Sergeanten einen Dienst leisten wollen, obgleich das Entkommen für uns beide keine schwierige Aufgabe wäre.«

»So bleibt, bleibt, um Gottes willen, Pfadfinder!« flüsterte Mabel. »Ich bin mit allem zufrieden, was meinen Vater retten kann!«

»Ja, das ist Natur. Es freut mich, Sie so sprechen zu hören, Mabel; denn ich gestehe, daß ich den Sergeanten hübsch unterstützt sehen möchte. Wie die Sachen jetzt stehen, so hat er sich Kredit erworben; und könnte er vollends diese Hunde vertreiben und sich ehrenvoll zurückziehen, nachdem er Blockhaus und Hütte in Asche gelegt hat, so ist gar kein Zweifel, daß Lundie an ihn denken und ihm auch wieder Dienste leisten wird. Ja, ja, Mabel, wir müssen nicht allein das Leben des Sergeanten, sondern auch seinen Ruf retten.«

»Wegen des Überfalls dieser Insel kann meinen Vater kein Vorwurf treffen.«

»Davon ist nicht die Rede, davon ist nicht die Rede; militärischer Ruhm ist ein höchst unsicheres Ding. Ich habe die Delawaren in Bedrängnis gesehen, wo sie sich wackerer gehalten haben als in Zeiten, wo sie den Sieg davongetragen hatten. Man ist übel daran, wenn man sein Leben an ein Geratewohl wagt, und am allerübelsten im Krieg. Ich kenne die Ansiedlungen und die Meinungen, welche dort im Schwange sind, wenig; aber hier oben schätzen selbst die Indianer den Wert eines Kriegers nach seinem Glück. Für einen Soldaten ist es immer die Hauptsache, nicht geschlagen zu werden; denn ich glaube nicht, daß sich die Leute lange bei den Betrachtungen aufhalten, wie der Tag gewonnen oder verloren wurde. Was mich anbelangt, Mabel, so mache ich es mir zur Regel, im Angesichte des Feindes ihm so tüchtig zuzusetzen, als ich kann, und mich mit der möglichsten Mäßigung zu benehmen, sobald wir im Vorteile sind. Von dem Gefühl der Mäßigung nach einer Niederlage läßt sich nicht viel sagen, da das Geklopftwerden ohnehin das Demütigendste in der ganzen Natur ist. Die Pfarrer predigen in den Garnisonen von Demut; aber wenn Demut den Christen ausmacht, so müßten des Königs Truppen Heilige sein; denn sie haben bis jetzt wenig mehr in diesem Kriege getan als sich von den Franzosen Lektionen geben lassen, von dem Fort du Quesne an bis zum Ty.«

»Mein Vater konnte nicht ahnen, daß die Lage der Insel dem Feinde bekannt sei«, erwiderte Mabel, deren Gedanken sich mit dem wahrscheinlichen Erfolg der neuesten Ereignisse für den Sergeanten beschäftigten.

»Das ist wahr, und es ist mir unbegreiflich, wie sie die Franzosen herausgefunden haben. Der Ort ist gut gewählt, und es ist selbst für den, welcher den Weg hierher und wieder zurück schon einmal gemacht hat, keine leichte Aufgabe, ihn wiederzufinden. Es ist, wie ich fürchte, Verräterei dabei im Spiel; ja, ja, wir müssen verraten worden sein.«

»O Pfadfinder, wäre dies möglich?«

»Nichts leichter, Mabel; denn Verräterei ist manchen Leuten so natürlich wie das Essen. Wenn ich einen Mann voll schöner Worte treffe, so gebe ich immer genau auf seine Handlungen acht; denn wenn das Herz an der rechten Stelle sitzt und das Gute wirklich mit Eifer sucht, so begnügt man sich im allgemeinen, sein Benehmen und nicht seine Zunge sprechen zu lassen.«

»Jasper Western ist keiner von diesen«, sagte Mabel mit Ungestüm. »Kein Jüngling kann aufrichtiger in seinem Benehmen oder weniger fähig sein, die Zunge statt der Taten reden zu lassen.«

»Jasper Western? Verlassen Sie sich drauf, Mabel, daß bei dem Jungen Herz und Zunge an der rechten Stelle ist, trotz der übeln Meinung, welche Lundie, der Quartiermeister, der Sergeant und Ihr Onkel von ihm haben; man könnte ebensogut glauben, daß die Sonne bei Nacht und die Sterne am Tage scheinen. Nein, nein; ich stehe für Eau-douces Ehrlichkeit mit meinem eigenen Skalp, oder, wenn's not tut, mit meiner eigenen Büchse.«

»Gott segne Euch, Pfadfinder, Gott segne Euch!« rief Mabel, indem sie ihre Hand ausstreckte und die Eisenfinger ihres Gefährten mit einem Gefühle drückte, dessen Kraft ihr selbst unbewußt war. »In Euch vereinigt sich alles Große, alles Edle! Gott wird es Euch vergelten.«

»Ach, Mabel, ich fürchte, wenn dies wahr wäre, so würde ich nicht nach einem Weibe, wie Sie sind, trachten, sondern die Bewerbung den Herren in der Garnison überlassen, was auch Ihren Verdiensten angemessener wäre.«

»Wir wollen heute nacht nichts mehr davon sprechen«, antwortete Mabel mit erstickter Stimme. »Wir müssen jetzt mehr an unsere Freunde als an uns selbst denken, Pfadfinder. Aber es freut mich von ganzer Seele, daß Ihr Jasper für unschuldig haltet. Laßt uns nun von andern Dingen reden! – Sollten wir nicht June freilassen?«

»Ich habe bereits an das Weib gedacht; denn es wäre nicht geraten, hier innen in dem Blockhaus unsere Augen zu schließen, indes die ihrigen offen sind. Wenn wir sie in den oberen Raum brächten und die Leiter wegnähmen, so wäre sie wenigstens in unsern Händen.«

»Ich kann die, welche mein Leben gerettet hat, nicht so behandeln lassen. Es wäre vielleicht besser, sie abziehen zu lassen; denn ich glaube, sie liebt mich zu sehr, um mir Schaden zuzufügen.«

»Sie kennen diese Rasse nicht, Mabel; Sie kennen diese Rasse nicht. Es ist zwar wahr, sie ist keine Vollblut-Mingo; aber sie lebt in Gesellschaft mit diesen Landstreichern und muß etwas von ihren Tücken gelernt haben. – Was ist das?«

»Es klingt wie Ruderschlag, ein Boot kommt den Kanal herunter.«

Pfadfinder schloß die Falltüre, welche zu dem untern Raum führte, um Junes Entspringen zu verhindern, löschte das Licht aus und ging hastig zu einer Schießscharte, wobei Mabel mit atemloser Neugierde über seine Schultern blickte.

Diese verschiedenen Bewegungen nahmen eine oder zwei Minuten weg. Endlich vermochte das Auge des Kundschafters einige Gegenstände in der Dunkelheit zu unterscheiden. Zwei Boote waren vorbeigerudert und schossen an einer Stelle, welche etwa fünfzig Ellen von dem Blockhaus entfernt lag – an dem gewöhnlichen Landungsplatz – ans Ufer. Die Dunkelheit verhinderte ein genaueres Erkennen, und Pfadfinder flüsterte Mabel zu, daß die neuen Ankömmlinge ebensogut Feinde als Freunde sein könnten; denn er glaube nicht, daß es ihrem Vater möglich geworden sei, so bald anzulangen. Jetzt sah man eine Anzahl Leute das Boot verlassen, dann folgten drei kräftige englische Freudenrufe, welche es nicht mehr im Zweifel ließen, daß die erwarteten Freunde gelandet seien. Pfadfinder sprang gegen die Falltüre, hob sie auf, glitt die Leiter hinunter und begann die Türe mit einem Eifer zu entriegeln, welcher bewies, wie entscheidend ihm der Augenblick vorkam. Mabel war ihm gefolgt; sie hinderte aber mehr das Geschäft des Mannes, als daß sie es unterstützt hätte: und kaum war der erste Balken losgemacht, als sich der Knall vieler Büchsen vernehmen ließ. Sie standen noch in atemlosem Zweifel, als plötzlich das Kriegsgeschrei der Indianer die ganze Insel erfüllte. Die Türe war nun offen, und Pfadfinder wie Mabel eilten ins Freie. Alles war wieder still. Als jedoch Pfadfinder eine halbe Minute aufhorchte, kam es ihm vor, als höre er ein ersticktes Ächzen in der Nähe der Boote; aber der Wind blies so frisch, und das Rauschen der Blätter mischte sich so sehr mit dem Sausen des Windes, daß sich keine Gewißheit darüber erlangen ließ. Mabel aber wurde von ihren Gefühlen hingerissen und eilte an dem Gefährten vorüber auf die Boote zu.

»Das geht nicht, Mabel«, sagte der Kundschafter mit ernster, aber leiser Stimme, indem er ihren Arm ergriff; »das geht nimmermehr. Gewisser Tod wird die Folge sein, ohne daß irgend jemand ein Nutzen daraus erwächst. Wir müssen in das Blockhaus zurück.«

»Vater! mein armer, teurer, gemordeter Vater!« sagte das Mädchen mit wirrem Blicke, obgleich die gewohnte Vorsicht auch in diesem schrecklichen Augenblick ihre Stimme dämpfte. »Pfadfinder, wenn Ihr mich liebt, so laßt mich zu meinem teuren Vater gehen!«

»Es geht nicht, Mabel. Es ist sonderbar, daß niemand spricht; niemand erwidert das Feuer von den Booten aus, und ich habe den Hirschtöter im Blockhaus gelassen! Aber was würde eine Büchse nützen, wenn sich kein Feind sehen läßt?«

In diesem Augenblick entdeckte das rasche Auge des Pfadfinders, welcher, während er Mabel fest gefaßt hielt, unablässig seine Blicke über die nächtliche Szene hinstreifen ließ, in der Finsternis vier oder fünf geduckte dunkle Gestalten, die sich an ihm vorbei zu stehlen suchten, ohne Zweifel in der Absicht, den Rückzug nach dem Blockhaus abzuschneiden. Er nahm daher Mabel wie ein Kind auf den Arm, und mit der ganzen Anstrengung seiner Kraft gelang es ihm, in das Gebäude zurückzukommen. Die Verfolger schienen ihm unmittelbar auf den Fersen zu sein. Nachdem er seine Bürde niedergesetzt hatte, wandte er sich, schloß die Türe und hatte eben einen Balken angelegt, als ein Stoß gegen die feste Masse sie aus ihren Angeln zu sprengen drohte. Die andern Riegel vorzulegen, war das Werk eines Augenblicks.

Mabel stieg nun in das erste Stockwerk, während Pfadfinder als Schildwache untenblieb. Das Mädchen war in jenem Zustande, in welchem der Körper scheinbar ohne die Mitwirkung des Geistes tätig ist. Sie zündete nach dem Wunsche ihres Gefährten mechanisch das Licht an und kehrte mit demselben in das Erdgeschoß zurück, wo der Pfadfinder ihrer wartete. Letzterer war kaum im Besitze des Lichtes, als er den Ort sorgfältig untersuchte, um gewiß zu sein, daß sich niemand in der Feste verborgen hatte, was er dann aus demselben Grunde der Reihe nach auch bei den übrigen Stockwerken tat. Das Ergebnis dieser Untersuchung war, daß er sich mit Mabel allein im Blockhaus befand; denn June war entwischt. Sobald er sich über diesen wichtigen Punkt vollkommene Überzeugung verschafft hatte, kehrte Pfadfinder wieder zu unsrer Heldin in das Hauptgemach zurück, stellte das Licht auf den Tisch und setzte sich nieder, nachdem er zuvor das Schloß des Hirschtöters untersucht hatte.

»Unsre schlimmsten Befürchtungen sind eingetroffen!« sagte Mabel, welcher die Hast und die Aufregung der letzten fünf Minuten die Stürme eines ganzen Lebens zu enthalten schienen. »Mein lieber Vater ist mit seinen Leuten entweder erschlagen oder gefangen.«

»Wir können das nicht wissen – der Morgen wird uns Aufschluß geben. Ich glaube nicht, daß die Sache so weit im reinen ist, sonst würden wir das Siegesgeheul dieser landstreicherischen Mingos vor dem Blockhaus hören. Wir können nur auf *eines* mit Sicherheit zählen: wenn der Feind wirklich gesiegt hat, so wird er es nicht lange anstehen lassen, uns zur Übergabe aufzufordern. Die Squaw wird sie in das Geheimnis unserer Lage einweihen, und da sie wohl wissen, daß der Platz nicht bei Tage in Brand gesteckt werden kann, solange der Hirschtöter fortfährt, seinem Rufe Ehre zu machen, so können wir uns darauf verlassen, daß sie nicht säumen werden, einen Versuch zu machen, solange sie dies unter dem Schutze der Dunkelheit tun können.«

»Gewiß – ich höre ein Stöhnen.«

»Das ist Einbildung, Mabel. Wenn der Geist, besonders der weibliche Geist, beunruhigt ist, so steigen ihm oft Dinge auf, die in der Wirklichkeit nicht vorhanden sind. Ich habe welche gekannt, die in Träumen Wahrheit zu finden glaubten –«

»Nein, ich habe mich nicht getäuscht; es ist gewiß jemand unten – ein Leidender.«

Pfadfinder mußte jetzt zugestehen, daß die scharfen Sinne Mabels sie nicht getäuscht hatten. Er empfahl ihr jedoch vorsorglich, ihre Gefühle zu unterdrücken, und erinnerte sie, daß die Wilden alle Kunstgriffe aufzubieten gewöhnt seien, um zu ihrem Zwecke zu gelangen, und daß es mehr als wahrscheinlich sei, man wolle sie durch ein verstelltes Stöhnen aus dem Blockhaus locken oder doch zum Öffnen der Türe veranlassen.

»Nein, nein, nein!« sagte Mabel hastig: »es liegt keine Arglist in diesen Tönen; sie kommen aus einem leidenden Körper, wenn nicht aus einer geängstigten Seele; sie sind schreckhaft natürlich.«

»Nun, wir werden bald sehen, ob ein Freund da ist oder nicht. Verbergen Sie das Licht wieder, Mabel; ich will mit der Person durch die Schießscharte sprechen.«

Nach Pfadfinders Urteil und Erfahrung war selbst zur Ausführung dieses einfachen Vorhabens keine geringe Vorsicht nötig; denn er wußte, daß mancher Sorglose schon erschlagen wurde, weil es ihm an der nötigen Achtsamkeit auf dasjenige gebrach, was dem Unwissenden als ein übertrieben vorsichtiges Schutzmittel erscheinen mochte. Er brachte seinen Mund nicht an die Schießscharte selbst, aber doch so nahe an dieselbe, daß er verstanden werden konnte, ohne die Stimme zu verstärken, und die gleiche Sorgfalt beobachtete er in betreff seines Ohres.

»Wer ist unten?« fragte Pfadfinder, als alle Vorkehrungen nach seinem Wunsche getroffen waren. »Ist es irgendein Bedrängter? Wenn es ein Freund ist, so mag er kühn sprechen und auf unsern Beistand bauen.«

»Pfadfinder«, antwortete eine Stimme, welche beide, Mabel und der Angeredete, sogleich als die des Sergeanten erkannten – »Pfadfinder, sagt mir doch um Gottes willen, was aus meiner Tochter geworden ist?«

»Vater, ich bin hier! unverletzt, sicher! Oh, daß ich das gleiche von Euch glauben dürfte!«

Ein Ausruf des Dankes, welcher jetzt folgte, wurde von beiden vernommen; er war aber deutlich mit dem Ächzen des Schmerzes vermengt.

»Meine schlimmsten Ahnungen sind eingetroffen!« sagte Mabel mit einer Art verzweifelter Ruhe. »Pfadfinder, mein Vater muß in das Blockhaus gebracht werden, mag es auch mit noch soviel Gefahr verbunden sein.«

»Das ist Natur und ist das Gesetz Gottes. Aber ruhig, Mabel, geben Sie sich Mühe, gelassen zu sein! Alles, was ein Mensch für den Sergeanten tun kann, soll geschehen. Ich bitte Sie bloß, gefaßt zu sein.«

»Ich bin es, ich bin es, Pfadfinder. Ich war in meinem Leben nie ruhiger, nie gesammelter als in diesem Momente. Aber bedenkt, wie gefährlich jeder Augenblick werden kann! Um's Himmels willen, laßt uns schnell tun, was geschehen muß!«

Pfadfinder staunte über die Festigkeit in Mabels Stimme und ward vielleicht selbst durch die erzwungene Ruhe und Selbstbeherrschung, die sie angenommen, ein wenig getäuscht. Indessen schien ihm keine weitere Erörterung nötig; er stieg deshalb unverzüglich hinunter und begann die Türe zu entriegeln. Dies geschah mit der gewöhnlichen Vorsicht; als er aber die schwere Balkenmasse sich behutsam in den Angeln drehen ließ, fühlte er einen Druck gegen dieselbe, welcher ihn fast veranlaßt hätte, die Türe wieder zu schließen. Nach einem Blick durch die Spalte jedoch öffnete er sie vollends, und der Körper des Sergeanten Dunham, welcher sich daran lehnte, fiel halb in das Blockhaus herein. Ein Augenblick, und Pfadfinder hatte ihn vollends hereingezogen und die Balken wieder vorgelegt, so daß kein Hindernis mehr vorhanden war, dem Verwundeten ungeteilte Sorgfalt zu weihen.

Mabel benahm sich bei diesem traurigen Auftritte mit jener ungewöhnlichen Seelenstärke, welche ihr Geschlecht in solchen erregenden Momenten zu entwickeln geeignet ist. Sie holte das Licht, benetzte die vertrockneten Lippen ihres Vaters mit Wasser, unterstützte den Pfadfinder bei der Bereitung eines bequemen Strohlagers und machte aus ihren Kleidern ein Kissen für den Kopf des Kranken. Alles dieses geschah unter ernstem Schweigen; selbst Mabel vergoß keine Träne, bis sie die Segensgebete vernahm, welche der Sergeant für ihre Zärtlichkeit und Sorgfalt über ihr Haupt aussprach. Bisher hatte Mabel nur Vermutungen über den Zustand ihres Vaters. Pfadfinder hatte jedoch mehr Aufmerksamkeit auf das körperliche Leiden des Sergeanten verwendet und die Überzeugung gewonnen, daß eine Büchsenkugel durch den Körper des verwundeten Mannes gedrungen sei. Er war mit der Natur solcher Verletzungen zu gut vertraut, um nicht zu wissen, daß für das Aufkommen seines Freundes wenig oder gar keine Hoffnung vorhanden war.

Vierundzwanzigstes Kapitel

So trinke meiner Tränen Flut! –
Wär' Balsam meines Herzens Blut,
So möchte jeder Tropfen fließen,
Dein Leiden, Ärmster, zu versüßen.
Moore

Sergeant Dunhams Augen ließen nicht ab, der Gestalt seiner lieblichen Tochter zu folgen, sobald das Licht erschienen war. Darauf warf er seinen Blick nach der Türe des Blockhauses, um sich zu überzeugen, daß sie gut verschlossen sei; denn man hatte ihn in dem untern Raum gelassen, weil es an den Mitteln fehlte, ihn in das erste Stockwerk zu bringen. Dann suchte er wieder Mabels Antlitz; denn mit dem raschen Hinschwinden des Lebens steigert sich die Macht der Liebe, und wir würdigen das am meisten, was, wie wir fühlen, uns auf immer entrissen werden soll.

»Gott sei gelobt! mein Kind, du wenigstens bist ihren mörderischen Büchsen entronnen«; sagte er mit einer Stimme, deren Kraft seine Schmerzen nicht zu steigern schien. »Erzählt mir den Verlauf dieser traurigen Geschichte, Pfadfinder!«

»Ach, Sergeant! sie ist ja traurig gewesen, wie Ihr sagt. Wir sind verraten worden; man muß dem Feinde die Lage der Insel mitgeteilt haben, – das ist nach meiner Ansicht so gewiß, als daß wir noch im Besitze des Blockhauses sind. Aber –«

»Major Duncan hatte recht«, unterbrach ihn Dunham, indem er seine Hand auf den Arm seines Freundes legte.

»Nicht in dem Sinne, wie Ihr meint, Sergeant – nein, nicht aus diesem Gesichtspunkte: nimmermehr! Wenigstens nach meiner Ansicht nicht. Ich kenne die Schwäche der Natur – der menschlichen Natur, meine ich – und weiß, daß keiner von uns sich seiner Gaben rühmen sollte, sei er nun ein Weißer oder eine Rothaut; aber ich glaube nicht, daß ein treueres Herz an den Grenzen lebt als Jasper Western.«

»Gott segne Euch, Gott segne Euch dafür, Pfadfinder!« rief Mabel aus ganzer Seele, indes eine Flut von Tränen ihrem innern Kampfe Luft machte, der ebenso wechselnd wie ungestüm war. »Oh, Gott segne Euch, Pfadfinder, er segne Euch! Der Brave darf nie den Braven verlassen – der Ehrliche muß dem Ehrlichen beistehen.«

Des Vaters Augen waren ängstlich auf das Gesicht seiner Tochter gerichtet, bis die letztere ihr Antlitz mit dem Gewande verhüllte, um ihre Tränen zu verbergen; dann blickte er forschend in die harten Züge des Wegweisers. Diese zeigten nur den gewöhnlichen Ausdruck der Freimütigkeit, Einfachheit und Biederkeit, und der Sergeant bat ihn fortzufahren.

»Ihr wißt, wo der Serpent und ich Euch verlassen haben, Sergeant«, nahm Pfadfinder wieder auf, »und ich brauche also nichts von dem zu sagen, was vorher geschah. Es ist nun zu spät, das Vergangene zu bereuen, doch glaube ich, daß es, wäre ich bei den Booten geblieben, nicht so gekommen wäre. Andere Leute mögen wohl auch gute Führer sein, – ich zweifle nicht daran, daß es so ist – aber die Natur teilt ihre Gaben verschieden aus, und so muß es bessere und schlechtere geben. Ich denke, der arme Gilbert, der meinen Platz einnahm, hat seinen Mißgriff büßen müssen?«

»Er fiel an meiner Seite«, antwortete der Sergeant mit leisem, traurigem Tone. »Wir haben in der Tat alle für unsere Mißgriffe büßen müssen.«

»Nein, nein, Sergeant, ich hatte nicht die Absicht, ein Urteil über Euch zu fällen; denn nie waren Leute besser geführt als die Eurigen bei dieser Unternehmung. Nie ist man einem Feinde schöner in die Flanken gefallen, und an der Art, wie Ihr Euer Boot gegen seine Haubitzen führtet, hätte selbst Lundie eine Lektion nehmen können.«

Das Auge des Sergeanten leuchtete, und sein Gesicht trug sogar den Ausdruck eines militärischen Triumphes, welcher jedoch stets der bescheidenen Stellung, in welcher der alte Soldat tätig gewesen war, angemessen blieb.

»Es war nicht schlecht ausgeführt, mein Freund«, sagte er, »wir nahmen ihr hölzernes Bollwerk im Sturme.«

»Es war schön ausgeführt, Sergeant, obgleich ich fürchte, es komme am Ende drauf hinaus, daß diese Vagabunden ihre Haubitzen wiederkriegen. Nun, nun, – Mut gefaßt! Versucht, alles Unangenehme zu vergessen, und denkt nur an die angenehme Seite der Geschichte. Das ist die beste Philosophie und die beste Religion obendrein. Wenn der Feind die Haubitzen wiederkriegt, so hat er nur das, was ihm vorher gehörte; wir konnten's nicht ändern. Das Blockhaus aber haben sie noch nicht und sollen's auch nicht kriegen, wenn sie es nicht in der Dunkelheit anzünden. Nun, Sergeant, der Serpent und ich trennten uns ungefähr zehn Meilen weiter unten im Fluß, denn wir hielten es fürs klügste, uns auch einem freundlichen Lager nicht ohne die gewöhnliche Vorsicht zu nähern. Was aus Chingachgook geworden, weiß ich nicht, obgleich mir Mabel sagt, er sei nicht ferne, und ich zweifle nicht daran, daß der wackere Delaware seine Schuldigkeit tut, wenn er auch unsern Augen nicht sichtbar ist. Merkt Euch meine Worte, Sergeant – ehe diese Sache abgetan ist, werden wir in einem entscheidenden Augenblick und auf eine Weise von ihm hören, welche seiner Klugheit und der guten Meinung, welche man von ihm hat, angemessen ist. Ach, der Serpent ist in der Tat ein kluger und tugendhafter Häuptling, und manchem weißen Manne wären seine Gaben zu wünschen, obgleich man zugeben muß, daß seine Büchse nicht ganz so sicher ist wie der Hirschtöter. Als ich näher an die Insel herankam, vermißte ich den Rauch, und dieses veranlaßte mich, auf der Hut zu sein; denn ich wußte, daß die Soldaten des Fünfundfünfzigsten nicht schlau genug sind, um dieses Zeichen zu verbergen, trotz dem, was man ihnen von der Gefährlichkeit desselben gesagt hat. Ich wurde vorsichtiger, bis ich jenen Scheinfischer zu Gesicht bekam, wie ich bereits Mabeln erzählt habe, wo dann das ganze ihrer höllischen Künste so klar vor mir lag, als hätte ich's auf dem Papier. Ich brauche Euch nicht zu erzählen, Sergeant, daß ich zuerst an Mabel dachte und daß ich, sobald ich ausfand, sie sei im Blockhaus, hierherkam, um mit ihr zu leben oder zu sterben.«

Der Vater warf seinem Kinde einen zufriedenen Blick zu, und Mabel fühlte ein Herzweh, welches sie in einem solchen Augenblicke, wo sie gewünscht hätte, ihre ganze Sorge nur auf die Lage ihres Vaters zu verwenden, nicht für möglich gehalten hätte. Als letzterer die Hand nach ihr ausstreckte, ergriff sie dieselbe und bedeckte sie mit Küssen. Dann kniete sie an seiner Seite nieder und weinte, als ob ihr das Herz brechen wollte.

»Mabel«, sagte er fest, »der Wille des Herrn geschehe! Es ist vergeblich, dich, oder mich selbst täuschen zu wollen; meine Stunde ist gekommen, und es ist mir ein Trost, wie ein Soldat zu sterben. Lundie wird mir Gerechtigkeit widerfahren lassen;

denn unser Freund Pfadfinder wird ihm sagen, was geschehen und wie alles so gekommen ist. Du wirst unser letztes Gespräch nicht vergessen haben?«

»Ach, Vater, auch meine Stunde ist wahrscheinlich gekommen!« rief Mabel, welcher in diesem Augenblick der Tod als ein Bote des Trostes erschienen wäre. »Ich habe keine Hoffnung zu entkommen, und Pfadfinder würde besser tun, uns zu verlassen und mit den traurigen Neuigkeiten in die Garnison zurückzukehren, solange es ihm noch möglich ist.«

»Mabel Dunham«, sagte Pfadfinder vorwurfsvoll, obgleich er mit Güte ihre Hand faßte, »ich habe das nicht verdient. Ich weiß, ich bin wild, roh, unbehilflich –«

»Pfadfinder!«

»Nun, nun, wir wollen es vergessen; Sie haben es nicht so gemeint, Sie konnten so etwas nicht denken. Es ist jetzt nutzlos, von Flucht zu reden; denn der Sergeant kann nicht von der Stelle, und das Blockhaus muß verteidigt werden, koste es, was es wolle. Vielleicht erhält Lundie Nachricht von unserm Unglück und schickt uns Mannschaft, um die Belagerung aufzuheben.«

»Pfadfinder – Mabel!« sagte der Sergeant, welcher sich vor Schmerzen wand, bis ihm der kalte Schweiß auf der Stirne stand, »kommt beide an meine Seite. Ihr versteht einander, hoffe ich?«

»Vater, sprecht nicht davon. Es ist alles, wie Ihr es wünscht.«

»Gott sei Dank! Gib mir deine Hand, Mabel – hier, Pfadfinder, nehmt sie. Ich kann nicht mehr tun als Euch das Mädchen auf diese Weise geben. Ich weiß, Ihr werdet ihm ein liebevoller Gatte sein. Verschiebt es nicht wegen meines Todes! Vor dem Eintritt des Winters wird ein Geistlicher in dem Fort eintreffen; laßt Euch dann zusammengeben. Mein Schwager, wenn er noch am Leben ist, wird sich nach dem Meere zurücksehnen, und dann wird das Kind keinen Beschützer haben. Mabel, dein Gatte ist mein Freund gewesen, das wird dir, hoffe ich, zu einigem Troste gereichen.«

»Überlaßt diese Sache mir, Sergeant«, warf Pfadfinder ein. »Sie ist als Euer letzter Wunsch wohlverwahrt in meinen Händen, und verlaßt Euch darauf, daß alles gehen wird, wie es soll.«

»Es ist recht so; ich setze mein ganzes Vertrauen auf dich, treuer Freund, und ermächtige dich, in allen Stücken zu handeln, wie ich es tun würde. Mabel, Kind – reiche mir das Wasser – du wirst diese Nacht nie bereuen. Gott segne dich, meine Tochter! Gott segne dich und bewahre dich unter seinem heiligen Schutze!«

Diese zärtliche Sorge machte einen unaussprechlich tiefen Eindruck auf Mabels Gefühle, und es war ihr in diesem Augenblick, als ob ihre künftige Verbindung mit Pfadfinder eine Weihe empfangen hätte, welche keine kirchliche Zeremonie hätte erhöhen können. Aber doch lag eine Bergeslast auf ihrem Herzen, und sie würde den Tod für ein Glück gehalten haben. Es folgte nun eine kurze Pause, worauf der Sergeant in gebrochenen Sätzen kurz erzählte, wie es ihm gegangen, seit er sich von Pfadfinder und dem Delawaren getrennt hatte. Der Wind war günstiger geworden, und statt auf einer Insel zu lagern, wie es im Anfang seine Absicht war, hatte er sich entschlossen weiterzufahren, um schon in der Nacht die Station zu erreichen. Ihre Annäherung würde, wie er glaubte, nicht bemerkt und ein Teil des Unglücks verhütet worden sein, wenn sie nicht an der Spitze einer benachbarten Insel auf Grund gelaufen wären, wo ohne Zweifel der Lärm, welchen seine Leute beim Aufbringen des Bootes machten, ihre Nähe verraten und den Feind instand gesetzt hatte, sich zu ihrem Empfang vorzubereiten. Sie waren ohne die mindeste Ahnung einer Gefahr gelandet, obschon sie das Fehlen einer Schildwache überraschte, und hatten ihre Waffen in den Booten gelassen, um zunächst ihre Tornister und Mundvorräte auszuschiffen. Das feindliche Feuer war so nahe, daß ungeachtet der Dunkelheit fast jeder Schuß tödlich wurde. Alle waren gefallen, obgleich nachher zwei oder drei sich wieder erhoben und verschwanden. Vier oder fünf Soldaten blieben tot auf dem Platze oder waren doch so verwundet, daß sie nur noch wenige Minuten lebten; doch eilte der Feind aus einem unbekannten Grunde nicht wie gewöhnlich herbei, um sich der Skalpe zu bemächtigen. Sergeant Dunham fiel mit den andern. Mabels Stimme war zu der Zeit, als sie das Blockhaus verlassen hatte, zu seinen Ohren gedrungen, und dieser Ruf der Verzweiflung, der alle seine väterlichen Gefühle aufregte, hatte ihn instand gesetzt, bis an die Türe des Gebäudes zu kriechen, wo er sich auf die bereits erwähnte Weise an dem Gebälk aufrichtete.

Nach dieser einfachen Auseinandersetzung fühlte sich der

Sergeant so schwach, daß er der Ruhe bedurfte, und seine Gefährten verhielten sich, während sie auf seine Pflege bedacht waren, eine Weile schweigend. Pfadfinder nahm diese Gelegenheit wahr, durch die Schießscharten und vom Dache aus Erkundungen anzustellen, und untersuchte den Zustand der Büchsen, von denen sich ungefähr ein Dutzend im Gebäude befanden, da sich die Soldaten bei ihrem Ausfluge der Musketen des Regiments bedient hatten. Mabel jedoch verließ ihren Vater keinen Augenblick, und wenn sie aus seinem Atmen vermutete, daß er schlafe, fiel sie auf ihre Knie nieder und betete.

Die halbe Stunde, welche folgte, verfloß in feierlicher Stille. Man hörte im oberen Stocke kaum den Mokassin des Pfadfinders und hin und wieder das Aufsetzen eines Büchsenschaftes auf dem Boden; denn er war geschäftig, sich die Überzeugung zu verschaffen, daß die Ladungen und Schlösser der Gewehre in Ordnung seien. Außer diesem ließ sich nichts als das Atmen des Verwundeten vernehmen. Mabels Herz sehnte sich nach einer Unterredung mit dem Vater, den sie so bald verlieren sollte, und doch mochte sie den Schlaf, in dem sie ihn glaubte, nicht stören. Aber Dunham schlief nicht. Er war in jenem Zustande, wo die Welt plötzlich ihre Reize, ihre Täuschungen und ihre Macht verliert und eine unbekannte Zukunft die Seele mit Ahnungen, Lichtblicken und ihrer ganzen Unendlichkeit erfüllt. Er war für einen Soldaten ein sittlicher Mann gewesen, hatte aber wenig über diesen allerwichtigsten Lebensabschnitt nachgedacht. Hätte der Schlachtruf in sein Ohr geklungen, so hätte das kriegerische Feuer bis zu seinem Ende ausdauern können; hier aber, in dem Schweigen des fast unbewohnten Blockhauses, ohne irgendeinen belebenden Ton, ohne einen Ausruf, um erkünstelte Gefühle rege zu erhalten, ohne die Hoffnung auf einen zu erringenden Sieg – fingen die Dinge nun an, ihm in ihren wahren Farben zu erscheinen, und er lernte den Zustand des Daseins in seinem eigentlichen Werte würdigen. Er würde Schätze für die Tröstungen der Religion gegeben haben, und doch wußte er nicht, wo er sie zu suchen habe. Er dachte an den Pfadfinder, aber er mißtraute den Kenntnissen desselben. Er dachte an Mabel, aber es schien ihm gegen die Ordnung der Natur zu sein, wenn der Erzeuger bei seinem Kinde einen solchen Beistand suchte. Dann fühlte er auch die volle Verantwortlichkeit eines Vaters, und es kamen ihm einige Gewissensbisse über die Art, mit welcher er sich seiner Pflichten gegen die arme Waise entledigt hatte. Während derartige Gedanken in seiner Seele aufstiegen und Mabel auf die leichteste Veränderung in seinem Atem achtete, vernahm letztere ein leises Pochen an der Türe. Sie dachte, es möchte von Chingachgook herrühren, stand auf, entfernte zwei Querbalken und fragte, den dritten in ihrer Hand, wer draußen sei. Die Stimme ihres Onkels antwortete und bat um augenblicklichen Einlaß. Ohne die mindeste weitere Zögerung drehte sie den dritten Riegel zurück, und Cap trat ein. Er war kaum durch die Öffnung geschlüpft, als Mabel die Türe wieder so fest wie vorher verschloß; denn die Übung hatte sie mit diesem Teile ihrer Obliegenheiten vertraut gemacht.

Als der rauhe Seemann die Lage seines Schwagers erfuhr und sich selbst sowohl als Mabel gerettet sah, wurde er fast zu Tränen bewegt. Sein eigenes Erscheinen erklärte er dadurch, daß er sorglos bewacht worden sei, weil man glaubte, daß er und der Quartiermeister unter dem Einflusse der geistigen Getränke schliefen, welche man ihnen in der Absicht, sie bei dem bevorstehenden Geschäft ruhig zu erhalten, in Mengen vorgesetzt hatte. Muir schlief oder schien zu schlafen, als Cap während der Unruhe des Angriffs sich in das Gebüsch flüchtete, wo er Pfadfinders Kahn fand. So gelang es ihm endlich, das Blockhaus zu erreichen, von wo aus er seine Nichte zu Wasser zu entführen beabsichtigte. Es ist kaum nötig zu sagen, daß er seinen Plan änderte, als er sich von der Lage des Sergeanten und von der augenscheinlichen Sicherheit seines gegenwärtigen Aufenthalts überzeugte.

»Wenn es zum Schlimmsten kommt, Meister Pfadfinder«, sagte er, »so müssen wir eben die Flagge streichen und das wird uns einen Anspruch auf Pardon geben. Wir sind es unserer Mannheit schuldig, uns so lange als tunlich zu halten; für uns selbst aber haben wir die Verpflichtung, die Flagge zu streichen, wenn es noch Zeit ist, anständige Bedingungen zu machen. Ich wünschte, Herr Muir sollte dasselbe tun, als wir von diesen Burschen, welche Ihr Landstreicher nennt, gefangen wurden – ja, sie heißen mit Recht so; denn elendere Landstreicher wandeln nicht auf der Erde –«

»Ihr habt ihren Charakter jetzt kennengelernt?« unterbrach ihn Pfadfinder, welcher immer bereit war, ebensogut in die

Schmähungen gegen die Mingos als in das Lob seiner Freunde einzustimmen. »Ja, wenn Ihr in die Hände der Delawaren gefallen wäret, so würdet Ihr wohl einen Unterschied gefunden haben.«

»Ach, mir schienen sie ganz von derselben Art zu sein, Halunken hinten und vorn, natürlich Euern Freund, den Serpent, ausgenommen, der ein wahrer Gentleman von einem Indianer ist. Aber als diese Wilden ihren Ausfall auf uns machten und den Korporal M'Nab und seine Leute wie die Kaninchen niederschossen, nahmen wir – der Quartiermeister und ich – unsere Zuflucht zu einer der Höhlen dieser Insel, von denen es viele unter den Felsen gibt – regelmäßige, geologische Unterhöhlungen durch das Wasser, wie der Leutnant sagt – und da blieben wir eingestaut, wie zwei Belagerte in einem Schiffsraum, bis uns der Mangel an Nahrung heraustrieb. Man kann sagen, die Nahrung sei das Fundament der Menschennatur. Ich verlangte von dem Quartiermeister, er solle Bedingungen machen; denn wir hätten uns auf dem Platze, so schlecht er auch war, ein oder zwei Stunden verteidigen können; aber er lehnte es ab, weil diese Schurken doch nicht Wort halten würden, wenn man einen von ihnen verwundete, und so war also von Unterhandlungen keine Rede. Ich gab aus zwei Gründen meine Einwilligung zum Streichen; einmal, da man von uns sagen konnte, wir hätten bereits gestrichen; denn das Laufen nach unten wird schon im allgemeinen als ein Aufgeben des Schiffes betrachtet, und dann hatten wir einen Feind in unserm Magen, dessen Angriffe furchtbarer waren als der Feind auf dem Verdecke. Der Hunger ist ein v–s Indiz, wie jeder zugeben wird, der sich achtundvierzig Stunden mit ihm getragen hat.«

»Onkel!« sagte Mabel mit trauriger Stimme und bittender Gebärde, »mein armer Vater ist schwer, schwer verwundet!«

»Du hast recht, Magnet, du hast recht; ich will mich zu ihm setzen und mein Bestes tun, ihn zu trösten. Sind die Balken gut vorgelegt, Mädchen? denn bei einer solchen Gelegenheit muß der Geist ruhig und ungestört sein.«

»Ich glaube, wir sind vor allem sicher, nur nicht vor diesem schweren Schlage des Schicksals.«

»Gut also, Magnet! Gehe in den obern Stock hinauf und versuche es, dich zu sammeln, indes der Pfadfinder über dem Verdecke sich umtreibt und von den Mastbaumkreuzen seinen

Lugaus nimmt. Dein Vater will mir etwas anvertrauen, und es wird gut sein, wenn du uns allein läßt. Das sind feierliche Szenen, und so unerfahrene Leute wie ich haben es nicht gern, daß man alles hört, was sie sagen.«

Obgleich Mabel nie der Gedanke gekommen war, daß ihr Onkel an der Seite eines Sterbebettes von den Tröstungen der Religion Gebrauch machen würde, so glaubte sie doch, daß er irgendeinen besondern Grund zu dieser Bitte habe, welcher ihr unbekannt sei, und fügte sich deshalb darein. Pfadfinder hatte bereits das Dach bestiegen, um sich in der Gegend umzusehen, und die beiden Schwäger blieben allein. Cap setzte sich an die Seite des Sergeanten und sann ernstlich über die wichtige Pflicht nach, welche er zu erfüllen hatte. Einige Minuten herrschte tiefes Schweigen, während welcher Zeit der Seemann den Entwurf seiner beabsichtigten Rede überdachte.

»Ich muß sagen, Sergeant Dunham«, begann Cap endlich in seiner eigentümlichen Weise, »daß in diesem unglücklichen Zuge eine schlechte Führung stattgefunden hat, und da wir nun Gelegenheit haben, die Wahrheit – und nichts als die Wahrheit – auszusprechen, so halte ich es für meine Pflicht, dieses unumwunden zu tun. Mit einem Wort, Sergeant – über diesen Punkt kann es nicht wohl zwei Meinungen geben; denn obgleich ich nur ein Seemann und kein Soldat bin, so kann ich doch selbst mehrere Fehler entdecken, deren Auffindung gerade keiner besonderen Vorstudien bedarf.«

»Was willst du damit, Bruder Cap?« erwiderte der andere mit schwacher Stimme. »Was geschehen ist, ist geschehen; und es ist jetzt zu spät, es zu ändern.«

»Sehr wahr, Bruder Dunham, aber nicht, es zu bereuen; das Gute Buch sagt uns, daß die Reue nie zu spät kommt, und ich habe immer gehört, ein Augenblick wie der gegenwärtige sei der kostbarste zu einem solchen Geschäft. Wenn du etwas auf deiner Seele hast, Sergeant, so gib es los; denn du weißt, daß du dich einem Freund anvertraust. Du bist meiner Schwester Mann gewesen, und die arme kleine Magnet ist meiner Schwester Tochter; magst du nun am Leben bleiben oder sterben, so werde ich dich immer wie einen Bruder betrachten. Es ist jammerschade, daß du nicht mit den Booten liegen bliebst und einen Kahn zum Rekognoszieren vorausschicktest, in welchem Fall du deine Leute gerettet und diesen Unfall von unsern

Häuptern abgewendet haben würdest. Nun, Sergeant, wir sind alle sterblich – das ist ohne Zweifel einiger Trost, und wenn du auch vorangehst, so kommt doch die Reihe bald an uns. Ja, das muß dir zum Troste gereichen!«

»Ich weiß das alles, Bruder Cap, und hoffe, ich bin vorbereitet, das Schicksal eines Soldaten zu erfüllen; – aber die arme Mabel –«

»Ja, ja, das treibt schwer vor Anker, ich weiß es; aber du möchtest sie doch nicht mitnehmen, wenn du auch könntest, Sergeant; und so ist es besser, sich die Trennung so leicht als möglich zu machen. Mabel ist ein gutes Mädchen wie ehedem ihre Mutter; sie war meine Schwester, und ich will dafür sorgen, daß ihre Tochter einen braven Mann bekommt, wenn wir mit dem Leben und unsern Skalpen davonkommen; denn ich denke, daß es niemand darum zu tun sein würde, in eine Familie, welche keine Skalpe hat, zu heiraten.«

»Bruder, mein Kind ist versprochen; sie wird das Weib des Pfadfinders werden.«

»Nun, Bruder Dunham, jeder hat seine besonderen Begriffe und Lebensansichten, und der Handel kann, wie mir vorkommt, Mabel nichts weniger als angenehm sein. Ich habe nichts gegen das Alter des Mannes einzuwenden; denn ich gehöre nicht zu denjenigen, welche es für nötig halten, daß man ein Knabe sei, um ein Mädchen glücklich zu machen, sondern halte im allgemeinen einen Fünfziger für den geeignetsten Ehemann; aber es darf kein Umstand zwischen den Parteien stattfinden, der sie unglücklich machen könnte. Im Ehestande sind Umstände des Teufels, und es kommt mir fast wie ein solcher vor, daß der Pfadfinder nicht so viele Kenntnisse hat wie meine Nichte. Du hast nur wenig von dem Mädchen gesehen, Sergeant, und bist mit dem Umfang ihres Wissens nicht bekannt; aber sie soll ihn einmal auskramen, sie soll ihn dir durch und durch zeigen, und du wirst mir beistimmen, daß nur wenige Schulmeister mit ihr Luv halten können.«

»Sie ist ein gutes Kind, ein liebes, gutes Kind«, flüsterte der Sergeant mit tränenfeuchtem Auge; »und es ist mein Mißgeschick, daß ich nur so wenig von ihr gesehen habe.«

»Sie ist in der Tat ein gutes Mädchen und weiß viel zuviel für den armen Pfadfinder, der zwar in seiner Weise ein ganz vernünftiger und erfahrener Mann ist, aber von der Hauptsache nicht mehr versteht als du von der sphärischen Trigonometrie, Sergeant.«

»Ach, Bruder Cap, wäre der Pfadfinder bei uns in den Booten gewesen, so hätte es wahrscheinlich nicht diesen traurigen Ausgang genommen.«

»Das ist wohl möglich; denn sein ärgster Feind muß ihm nachsagen, daß er ein guter Wegweiser ist. Aber Sergeant, die Wahrheit zu sagen, du hast diese Expedition ziemlich auf die leichte Achsel genommen. Du hättest vor dem Hafen bleiben und ein Rekognoszierboot ausschicken sollen, wie ich dir vorhin gesagt habe. Das ist eine Sache, die du bereuen solltest, und ich sage es dir, weil man in einem solchen Falle die Wahrheit sprechen muß.«

»Meine Verirrungen sind mir teuer zu stehen gekommen, Bruder, und ich fürchte, die arme Mabel wird es auszubaden haben. Doch ich glaube, daß uns das Unglück nicht begegnet wäre, wenn nicht Verrat die Hand im Spiele gehabt hätte. Ich fürchte, es ist ein Streich von Eau-douce.«

»Das ist auch meine Ansicht; denn dieses Frischwasser-Leben muß früher oder später die Sittlichkeit eines jeden untergraben. Leutnant Muir und ich haben viel über diesen Gegenstand gesprochen, während wir da draußen in einem Stückchen Höhle lagen, und wir kamen beide zu dem Schluß, daß nur Jaspers Verräterei uns alle in diese höllische Klemme gebracht hat. Doch, Sergeant, es ist besser, du sammelst deinen Geist und denkst an andere Gegenstände; denn wenn ein Fahrzeug im Begriff ist, in einen fremden Hafen einzufahren, ist es klüger, an den Ankergrund drinnen zu denken, als sich durch Betrachtung aller Begebnisse während der Reise stören zu lassen. Solche Dinge aufzuzeichnen, ist das Logbuch ausdrücklich vorhanden, und was in diesem steht, bildet die Spalten, welche für oder gegen uns sprechen. – Nun, Pfadfinder, was gibt's? Ist etwas gegen uns in dem Wind, daß Ihr die Leiter herunterkommt, wie ein Indianer in dem Kielwasser eines Skalps?«

Der Wegweiser winkte mit dem Finger, zu schweigen, und bedeutete Cap, daß er die Leiter hinaufsteigen und seinen Platz an der Seite des Sergeanten Mabel einräumen solle.

»Wir müssen klug, aber auch zugleich kühn sein«, sagte er leise. »Dieses Gewürm macht Ernst mit seiner Absicht, das Blockhaus anzuzünden; denn sie wissen, daß jetzt nichts mehr zu gewinnen ist, wenn sie es stehen lassen. Ich hörte die Stimme des Landstreichers Arrowhead unter ihnen, der sie antrieb, ihre Teufelei noch in dieser Nacht auszuführen. Wir müssen rührig sein, Salzwasser, und tätig dazu. Zum Glück sind vier oder fünf Tonnen Wasser in dem Blockhaus, und das ist schon etwas bei einer Belagerung. Auch müßte ich mich sehr verrechnen, wenn wir nicht noch einigen Vorteil aus dem Umstand ernten könnten, daß der ehrliche Bursche, der Serpent, in Freiheit ist.«

Cap ließ sich nicht zweimal auffordern, sondern schlich sich weg und war bald mit Pfadfinder in dem obern Raume, indem Mabel seine Stelle an dem ärmlichen Lager ihres Vaters einnahm. Pfadfinder öffnete, nachdem er das Licht so weit verborgen hatte, daß es ihn keinem verräterischen Schuß aussetzen konnte, eine Schießscharte und hielt, da er eine Aufforderung erwartete, sein Gesicht an die Öffnung, um sogleich antworten zu können. Die nun folgende Stille wurde endlich durch Muirs Stimme unterbrochen.

»Meister Pfadfinder«, rief der Schotte, »ein Freund fordert Euch zu einer Besprechung auf. Kommt ohne Scheu an eine der Öffnungen; denn Ihr habt nichts zu fürchten, solange Ihr mit einem Offizier des Fünfundfünfzigsten verhandelt.«

»Was begehren Sie, Quartiermeister? Was wollen Sie? Ich kenne das Fünfundfünfzigste und glaube, daß es ein braves Regiment ist, obgleich ich es mit dem Sechzigsten lieber zu tun habe und am allerliebsten mit den Delawaren. Aber was verlangen Sie von mir, Quartiermeister? Es muß eine dringende Botschaft sein, welche Sie zu dieser Stunde der Nacht unter die Schießscharten eines Blockhauses bringt, in dessen Innerem, wie Sie wissen, der Hirschtöter ist.«

»Oh, ich weiß gewiß, daß Ihr einem Freund kein Leid tun werdet, und das ist meine Beruhigung. Ihr seid ein Mann von Verstand und habt Euch durch Eure Tapferkeit einen zu großen Namen an der Grenze erworben, als daß Ihr es für nötig halten könntet, ihn durch Tollkühnheit in Ehren zu erhalten. Ihr werdet wohl einsehen, mein guter Freund, daß man, wenn Widerstand unmöglich ist, durch eine freiwillige Unterwerfung ebensoviel Achtung gewinnen kann als durch ein hartnäckiges, gegen alle Kriegsregeln laufendes Ausharren. Der Feind ist zu stark für uns, mein wackerer Kamerad, und ich komme, Euch zu raten, das Blockhaus, unter der Bedingung, als Kriegsgefangener behandelt zu werden, zu übergeben.«

»Ich danke Ihnen für diesen Rat, Quartiermeister, der um so annehmlicher ist, da er nichts kostet; aber ich glaube, es gehört nicht zu meinen Gaben, einen solchen Platz aufzugeben, solange Proviant und Wasser da ist.«

»Gut, ich würde der letzte sein, Pfadfinder, der gegen ein solches mutiges Vorhaben etwas zu erinnern hätte, wenn ich die Möglichkeit seiner Ausführung einsehen könnte. Aber Ihr werdet wissen, daß Meister Cap gefallen ist.«

»Ah, bewahre«, grölte die in Frage stehende Person durch eine andere Schießscharte, »er ist so wenig gefallen, Leutnant, daß er vielmehr zu der Höhe dieser Befestigung gestiegen ist, und hat nicht im Sinn, seinen Kopf wieder in die Hände solcher Barbiere zu geben, solange er es ändern kann. Ich betrachte dieses Blockhaus als ein schönes Indiz und denke nicht daran, es von mir zu werfen.«

»Wenn das die Stimme eines Lebenden ist«, erwiderte Muir, »so freut es mich, sie zu vernehmen; denn wir alle glaubten, der Mann, welchem sie gehört, sei in der letzten schrecklichen Verwirrung gefallen. Aber Meister Pfadfinder, obgleich Ihr Euch der Gesellschaft Eures Freundes Cap erfreut, was, wie ich aus Erfahrung weiß, großes Vergnügen gewährt, da ich zwei Tage und zwei Nächte mit ihm in einer Höhle unter der Erde zubrachte, so haben wir doch den Sergeanten Dunham verloren, welcher mit allen Tapferen gefallen ist, die er in der letzten Expedition anführte. Lundie wollte es so haben, obschon es vernünftiger und passender gewesen wäre, einem wirklichen Offizier das Kommando zu übertragen. Dunham war aber demungeachtet ein braver Soldat: Ehre seinem Andenken! Kurz, wir haben alle unser Bestes getan, und mehr läßt sich selbst zugunsten des Prinzen Eugen, des Herzogs von Marlborough oder gar des großen Grafen von Stair nicht sagen.«

»Sie sind wieder irrig daran, Quartiermeister, Sie sind wieder irrig daran«, antwortete Pfadfinder, indem er, um der Stärke seiner Verteidigungsmittel mehr Achtung zu verschaffen, zu einer List eine Zuflucht nahm. »Der Sergeant ist gleichfalls wohlbehalten im Blockhaus und daher sozusagen die ganze Familie beieinander.«

»Gut – es freut mich, das zu hören; denn wir hatten den Sergeanten zuverlässig zu den Erschlagenen gezählt. Aber wenn die schöne Mabel noch in dem Blockhaus ist, so laßt sie nur um des Himmels willen keinen Augenblick mehr darin bleiben; denn der Feind ist im Begriff, das Gebäude der Feuerprobe zu unterwerfen. Ihr kennt die Macht dieses fürchterlichen Elements und werdet mehr als der verständige, erfahrene Krieger, für welchen man Euch allgemein ansieht, handeln, wenn Ihr einen Platz, welchen Ihr nicht verteidigen könnt, aufgebt, als wenn Ihr den Untergang auf Euch selbst und Eure Gefährten herabzieht.«

»Ich kenne die Macht des Feuers, wie Sie es nennen, Quartiermeister, und brauche mir nicht erst sagen zu lassen, daß es sich auch noch zu etwas anderem als zum Kochen des Mittagessens benutzen läßt. Ich bezweifle jedoch nicht, daß Sie auch etwas von der Macht des Hirschtöters gehört haben, und der Mann, welcher es wagt, ein Reisigbündel an diese Balken zu legen, soll etwas davon zu kosten kriegen. Was die Pfeile anbelangt, so gehört es nicht zu ihren Gaben, dieses Gebäude in Brand zu stecken; denn wir haben keine Schindeln auf unserm Dach, sondern gute, kernige Klötze und grüne Rinde, außerdem Wasser die Fülle. Auch ist das Dach so flach, daß wir darauf herumgehen können, wie Sie wohl wissen, Quartiermeister, und so hat es also von dieser Seite keine Gefahr, solange das Wasser ausreicht. Ich bin friedlich genug, wenn man mich zufrieden läßt; wer es aber versucht, dieses Blockhaus über meinem Kopfe anzuzünden, der soll finden, daß sich das Feuer in seinem Blute kühlen wird.«

»Das sind unnütze und romanhafte Reden, Pfadfinder, und Ihr werdet sie selbst nicht festhalten, wenn Ihr über die Wirklichkeit nachdenkt. Ich hoffe, Ihr werdet gegen die Loyalität und den Mut des Fünfundfünfzigsten nichts einzuwenden haben, und ich bin überzeugt, daß ein Kriegsrat sich unverzüglich zu einer Übergabe entschließen würde. Nein, nein, Pfadfinder, Tollkühnheit ist der Tapferkeit eines Wallace und Bruce nicht ähnlicher als Albany am Hudson der alten Stadt Edinburg.«

»Da ein jeder von uns mit sich im reinen zu sein scheint, so sind weitere Worte fruchtlos. Wenn dieses Gewürm in ihrer Nähe Lust hat, sein höllisches Werk auszuführen, so soll es einmal anfangen. Sie können Holz und ich Pulver verbrennen. Wenn ich ein Indianer am Pfahl wäre, so glaube ich, ich könnte ebensogut wie die übrigen prahlen; aber meine Natur und meine Gaben sind die eines Weißen, und ich halte es daher lieber mit Handlungen als mit Worten. Sie haben nun für einen Offizier in des Königs Dienst genug gesagt; und sollten wir auch alle von den Flammen verzehrt werden, so wird niemand von uns Ihnen einen Groll nachtragen.«

»Pfadfinder, Ihr werdet doch Mabel, die schöne Mabel Dunham nicht einem solchen Unglück aussetzen wollen?«

»Mabel Dunham ist an der Seite ihres verwundeten Vaters, und Gott wird für die Sicherheit eines frommen Kindes Sorge tragen. Kein Haar soll von ihrem Haupte fallen, solange mir mein Arm und mein Auge treu bleibt. Mögen Sie immer auf die Mingos Ihr Vertrauen setzen, Herr Muir, ich wenigstens tue es nicht. Sie haben dort einen schurkischen Tuscarora in ihrer Gesellschaft, der Bosheit und Verschlagenheit genug besitzt, die Ehre eines jeden Stammes, zu dem er sich hält, zu vernichten, obgleich er, wie ich fürchte, die Mingos schon hinlänglich verdorben gefunden hat. Doch kein Wort mehr. Mag jede Partei nun von ihren Mitteln und Gaben Gebrauch machen.«

Während des ganzen Gesprächs hatte der Pfadfinder seinen Körper gedeckt gehalten, damit ihn kein verräterischer Schuß durch die Schießscharte treffe, und nun gab er Cap die Weisung, auf das Dach zu steigen, um zur Begegnung des ersten Angriffs bereit zu sein. Obgleich der letztere so ziemlich an Eile gewöhnt war, so fand er doch wenigstens schon zehn flammende Pfeile, die in der Rinde steckten, indes die Luft von den gellenden Tönen des feindlichen Kriegsgeschreis erfüllt wurde. Darauf folgte ein rasches Büchsenfeuer, und die Kugeln knatterten gegen die Holzstämme, so daß es deutlich war, der Kampf habe in der Tat allen Ernstes begonnen.

Dies waren jedoch Töne, welche weder Pfadfinder noch Cap erschreckten, und Mabel war zu sehr in ihren Kummer vertieft, um Unruhe zu fühlen, Auch war sie verständig genug, die Natur der Verteidigungsmittel zu verstehen und ihre Wichtigkeit zu würdigen. In dem Sergeanten jedoch weckte dieser Lärm wieder neues Leben, und mit Wehmut bemerkte in diesem Augenblick sein Kind, daß das gebrochene Auge nochmals zu leuchten begann und das Blut in die erblaßten Wangen zurückkehrte, als er diesen Aufruhr vernahm. Mabel bemerkte jetzt zum erstenmal, daß sein Geist anfing, irre zu werden.

»Leichte Kompanien vor!« flüsterte er. »Grenadiere, Feuer! Wagen sie es, uns in unserm Fort anzugreifen? Warum gibt die Artillerie nicht Feuer auf sie?«

In diesem Augenblick ließ sich der dumpfe Knall eines schweren Geschützes durch die Nacht vernehmen. Man hörte das Krachen des zersplitterten Holzes, als eine schwere Kugel die Stämme des obern Raumes zerriß, und das ganze Blockhaus erbebte unter der Gewalt einer Bombe, welche in das Werk gedrungen war. Der Pfadfinder entging mit genauer Not diesem schrecklichen Geschoß; aber als es platzte, konnte Mabel einen Ruf des Schreckens nicht unterdrücken, da sie alles Lebende und Leblose über ihrem Haupte für zerstört hielt. Um ihr Entsetzen zu vermehren, rief ihr Vater mit wütender Stimme: »Zum Angriff!«

»Mabel«, rief Pfadfinder durch die Falltüre herunter, »das ist echte Mingoarbeit, – mehr Lärm als Schaden. Die Landstreicher haben sich der Haubitze, welche wir den Franzosen abnahmen, bemächtigt, und sie gegen das Blockhaus abgefeuert. Zum Glück haben sie jetzt die einzige Bombe, welche wir hatten, verschossen, und es ist nun nichts Derartiges mehr zu fürchten. Es ist dadurch zwar einige Verwirrung in die Vorräte dieses Stockwerks gekommen, aber niemand ist verletzt. Ihr Onkel ist noch auf dem Dache, und was mich anbelangt, so habe ich schon zu oft im Kugelregen gestanden, um mich durch so ein Ding wie eine Haubitze einschüchtern zu lassen, und dazu noch in den Händen von Indianern.«

Mabel flüsterte ihren Dank und versuchte es, ihre ganze Aufmerksamkeit auf ihren Vater zu verwenden, der immer aufstehen wollte und nur durch seine Schwäche davon abgehalten wurde. Während der schrecklichen Minuten, welche nun folgten, war sie so sehr mit der Pflege des Kranken beschäftigt, daß sie kaum auf das Geschrei, das rundherum tobte, achtete. Der Aufruhr war in der Tat so groß, daß wahrscheinlich eher Verwirrung des Verstandes als Entsetzen die Folge gewesen wäre, hätten ihre Gedanken nicht eine andere Richtung genommen.

Cap entwickelte eine bewundernswürdige Besonnenheit. Er hatte allerdings einen großen und sich immer steigernden Respekt vor der Macht der Wilden und der Majestät des Frischwassers; aber alle seine Befürchtungen vor der ersteren gingen mehr von der Scheu, skalpiert und gemartert zu werden, als von einer unmännlichen Todesfurcht aus; da er nun, wenn auch nicht auf dem Verdeck eines Schiffes, so doch auf dem Verdeck eines Hauses stand und wußte, daß ein Entern nicht zu besorgen war, so bewegte er sich mit einer Furchtlosigkeit und einer tollkühnen Gefährdung seiner Person hin und her, welche der Pfadfinder, wenn er sie bemerkt hätte, zuerst getadelt haben würde. Statt den Gewohnheiten des Indianerkrieges gemäß seinen Körper gedeckt zu halten, zeigte er sich an jeder Stelle des Daches und goß rechts und links mit jener Beharrlichkeit und Unbesorgtheit Wasser aus, mit welcher ein Segelsetzer seine Kunst in einer Seeschlacht ausgeübt hätte. Seine Erscheinung war eine der Ursachen des außerordentlichen Geschreis unter den Angreifenden, welche, nicht daran gewöhnt, ihre Feinde so unbekümmert zu sehen, ihre Zungen gegen ihn wüten ließen wie eine Meute Hunde, welche den Fuchs im Auge hat. Er schien jedoch ein durch Zauber geschütztes Leben zu besitzen; denn obgleich die Kugeln von allen Seiten um ihn pfiffen und seine Kleider verschiedene Male durchbohrten, so konnte ihm doch keine die Haut ritzen. Als die Bombe weiter unten durch die Balken drang, ließ der alte Seemann seinen Eimer fallen, schwenkte seinen Hut und ließ drei Hurras erschallen, während welches heroischen Aktes das gefährliche Geschoß platzte. Diese charakteristische Tat rettete wahrscheinlich sein Leben; denn von diesem Augenblick an ließen die Indianer nach, auf ihn zu feuern oder ihre flammenden Pfeile nach dem Blockhaus zu schießen, da sie gleichzeitig und übereinstimmend die Überzeugung gewannen, daß das ›Salzwasser‹ toll sei; es war ein eigentümlicher Zug ihrer Großmut, daß sie nie Hand an jene legten, deren Verstand sie verwirrt glaubten.

Pfadfinders Benehmen war davon sehr verschieden. Was er tat, geschah mit der genauesten Berechnung – eine Folge langjähriger Erfahrung und gewohnter Besonnenheit. Er hielt sich sorgfältig aus den Linien der Schießscharten, und der Ort, welchen er zu seinem Ausguck gewählt hatte, war keiner Gefahr ausgesetzt. Man wußte von diesem berühmten Wegweiser, daß er oft, wo nichts mehr zu hoffen war, einen glücklichen Ausweg gefunden hatte; daß er schon einmal am Pfahle stand und die Grausamkeiten und Hohnworte des wilden indianischen Witzes ohne einen Klagelaut erduldete; Erzählungen von seinen Taten, von seiner Besonnenheit und seiner Kühnheit waren an der ganzen weiten Grenze, wo nur immer Menschen wohnten und Menschen kämpften, im Umlauf. Aber bei dieser Gelegenheit hätte einer, der seine Geschichte und seinen Charakter nicht kannte, der außerordentlichen Vorsicht und der großen Aufmerksamkeit auf seine Selbsterhaltung einen unwürdigen Beweggrund unterschieben können. Ein solcher Richter hätte jedoch den Mann nicht verstanden. Der Pfadfinder dachte an Mabel und an die wahrscheinlichen Folgen, welchen das arme Mädchen ausgesetzt wäre, wenn ihm selbst ein Unfall begegnete; aber dieser Gedanke schwächte seine gewohnte Klugheit nicht, sondern schärfte eher seine geistigen Kräfte. Er war in der Tat einer von denen, welche die Furcht so wenig kennen, daß sie gar nicht daran denken, wie andere von ihrem Benehmen urteilen mögen. Aber wenn er in Augenblicken der Gefahr mit der Klugheit der Schlange handelte, so tat er es auch mit der Einfalt eines Kindes.

Während der ersten zehn Minuten des Angriffs erhob Pfadfinder nie den Schaft seiner Büchse vom Boden, als wenn er seine Stellung wechselte; denn er wußte wohl, daß die feindlichen Kugeln gegen die dicken Holzstämme des Werks vergeblich abgeschossen wurden; da er bei Wegnahme der Haubitze mit tätig gewesen, so konnte er der festen Überzeugung leben, daß die Wilden keine andere Bombe besäßen als diejenige, welche in dem genommenen Mörser sich befunden hatte. Es war daher kein Grund vorhanden, das Feuer der Angreifenden zu fürchten, wenn nicht zufällig eine Kugel durch die Öffnung einer Schießscharte flog. Dies kam ein- oder zweimal vor, aber die Kugeln waren unter einem Winkel eingedrungen, welcher sie unschädlich machte, solange sich die Indianer in der Nähe des Blockhauses hielten, und wenn sie aus größerer Entfernung abgeschossen wurden, so war kaum die Möglichkeit vorhanden, daß von Hunderten eine die Öffnung träfe. Als aber Pfadfinder den Ton eines Mokassintrittes und das Rascheln von Gestrüpp an dem Fuße des Gebäudes vernahm, wurde es ihm klar, daß der Versuch, Feuer an die Balken zu legen, erneuert werden solle. Er rief daher Cap vom Dache, wo in der Tat keine Gefahr mehr zu befürchten war, und forderte ihn auf, sich mit seinem Wasser an einer Öffnung, welche unmittelbar über der bedrohten Stelle lag, bereit zu halten.

Ein Mann von weniger Erfahrung als unser Held möchte wohl zu hastig einen so gefährlichen Versuch zu vereiteln gesucht und zu früh zu den Hilfsmitteln, welche ihm zu Gebote standen, seine Zuflucht genommen haben, aber nicht so Pfadfinder! Seine Absicht war nicht bloß, das Feuer zu löschen, welches ihm wenig Besorgnis einflößte, sondern vielmehr, dem Feinde eine Lehre zu geben, die ihn für den Rest der Nacht vorsichtig machen sollte. Um das letztere Vorhaben auszuführen, war es nötig zu warten, bis das Licht des beabsichtigten Brandes ihm ein Ziel zeigte; denn er wußte wohl, daß dann eine kleine Probe seiner Geschicklichkeit ausreichen würde. Er ließ daher die Irokesen unangefochten dürres Gestrüpp sammeln, es am Blockhaus aushäufen, anzünden und sich wieder in ihre Verstecke zurückziehen. Cap sollte bloß ein volles Wasserfaß unmittelbar zu der Öffnung über der bedrohten Stelle rollen, um im geeigneten Augenblicke für den Gebrauch bereit zu sein. Dieser Augenblick war aber nach Pfadfinders Ansicht nicht früher vorhanden, als wenn die Flamme das benachbarte Gebüsch beleuchtete und dem raschen und geübten Auge des Wegweisers Zeit gelassen wurde, die Gestalten von drei oder vier lauernden Wilden zu entdecken, welche mit der kalten Gleichgültigkeit von Menschen, die gewöhnt sind, teilnahmslos auf das menschliche Elend zu blicken, auf die Fortschritte des Brandes achteten. Jetzt erst sprach er.

»Seid Ihr bereit, Freund Cap?« fragte er. »Die Hitze fängt an, durch die Spalten zu dringen, und obgleich diese grünen Stämme nicht die feurige Natur eines reizbaren Menschen haben, so mögen sie doch am Ende auflodern, wenn man sie allzusehr herausfordert. Seid Ihr mit dem Faß bereit? Gebt acht, daß Ihr es in die rechte Lage bringt und daß das Wasser nicht unnötig verwendet wird.«

»Alles bereit!« antwortete Cap in dem Tone, in welchem der Matrose auf dem Schiff eine solche Aufforderung zu erwidern pflegt.

»Dann wartet, bis ich Euch weitere Weisung gebe. Man darf so wenig zu hastig in einem gefährlichen Augenblick sein als tollkühn in einer Schlacht. Wartet, bis ich's Euch sage!«

Während der Pfadfinder diese Anweisungen gab, machte er seine eigenen Vorbereitungen; denn er sah, daß der Augenblick des Handelns gekommen sei. Der Hirschtöter wurde vorsichtig gehoben, angelegt und abgefeuert. Das Ganze dauerte ungefähr eine halbe Minute, und nachdem er die Büchse wieder hereingenommen hatte, brachte der Schütze sein Auge an die Schießscharte.

»Eines von diesem Gewürm weniger«, brummte Pfadfinder in den Bart. »Ich habe diesen Landstreicher schon früher gesehen und kenne ihn als einen schonungslosen Teufel. Nun, nun, der Mann hat nach seinen Gaben gehandelt. Noch einen von diesen Schuften, und das wird gut tun für diese Nacht. Wenn das Tageslicht kommt, werden wir heißere Arbeit kriegen.«

Mittlerweile wurde eine andere Büchse bereitgehalten, und als Pfadfinder zu sprechen aufgehört hatte, fiel ein zweiter Wilder. Das war in der Tat hinreichend; denn die ganze Rotte, welche sich in das Gebüsch um das Blockhaus herum verkrochen, hatte nicht Lust, eine dritte Heimsuchung von derselben Hand abzuwarten, und da keiner wissen konnte, wer dem Auge des Schützen ausgesetzt war, so hüpften sie aus ihren Verstecken und flüchteten nach verschiedenen Richtungen, um ihre Haut in Sicherheit zu bringen.

»Jetzt gießt aus, Meister Cap«, sagte Pfadfinder, »ich habe diesen Lumpen ein Denkzeichen gegeben; sie werden uns in dieser Nacht kein Feuer mehr anzünden.«

»Achtung!« schrie Cap, indem er das Faß mit solcher Sorgfalt ausschüttete, daß die Flammen auf einmal und vollständig erloschen.

So endete dieser sonderbare Kampf, und der Rest der Nacht verfloß in Ruhe. Pfadfinder und Cap wachten abwechselnd, obgleich man von keinem sagen konnte, daß er wirklich schliefe. Auch schien der Schlaf in der Tat kein Bedürfnis für sie zu sein, da beide an langes Wachen gewöhnt waren, und es gab Zeiten, wo der erstere buchstäblich gegen die Anforderungen des Hungers und Durstes unempfindlich und gegen die Wirkungen der Ermüdung ganz abgestumpft schien.

Mabel wachte an ihres Vaters Lager und begann zu fühlen, wie oft unser zeitliches Glück nur von Dingen abhängt, welche in der Einbildung bestehen. Bisher hatte sie eigentlich ohne Vater gelebt, da ihre Verbindung mit ihm eher eine geistige als eine wirkliche zu nennen war. Jetzt aber, da sie ihn verlieren sollte, betrachtete sie den Augenblick seines Todes als den Abschnitt, welcher ihr die Welt zur Öde machte und all ihr irdisches Glück zerstörte.

Fünfundzwanzigstes Kapitel

> Die Nacht durch tobte heulend der Wind,
> Der Regen floß in Strömen nieder;
> Doch jetzt behaucht die Sonne lind
> Den Forst, und Vögel singen Lieder.
>
> *Wordsworth*

Als das Licht wiederkehrte, stieg Pfadfinder mit Cap auf das Dach, um den Stand der Dinge auf der Insel zu überblicken. Dieser Teil des Blockhauses hatte rundherum Zinnen, welche den in der Mitte stehenden Personen einen beträchtlichen Schutz gewährten und den Zweck hatten, die Schützen, welche hinter ihnen lagen und darüber weg feuerten, zu decken. Unter Benutzung dieser schwachen Verteidigungsmittel (denn sie waren nicht hoch, obgleich hinreichend breit, soweit sie gingen) gewannen die beiden, die Verstecke ausgenommen, eine ziemlich weite Aussicht über die Insel und über die meisten Kanäle, die zu derselben führten.

Der Wind blies noch sehr steif aus Süden, und an vielen Stellen sah die Oberfläche des Stromes grün und zürnend aus, obgleich sie der Wind kaum kräftig genug peitschte, um die Wellen zum Schäumen zu bringen. Die Gestalt der kleinen Insel war fast oval, und der längste Durchmesser ging von Osten nach Westen. Wenn ein Fahrzeug sich in den Kanälen hielt, welche das Ufer umzogen, so konnte dasselbe infolge ihres verschiedenen Laufes und der Richtung des Windes an den beiden Hauptseiten fast mit vollen Segeln vorbeikommen. Dies waren die Umstände, welche Cap zuerst gewahrte und seinem Gefährten auseinandersetzte; denn die Hoffnung beider beruhte nur auf der Möglichkeit eines Entsatzes von Oswego aus. Während sie in dieser Weise ängstlich um sich blickten, rief der Seemann auf einmal in seiner lustigen, herzlichen Manier: –

»Segel! ho!«

Pfadfinder folgte schnell der Richtung von seines Gefährten Auge, und in der Tat – eben tauchte dort der Gegenstand auf, welchem des alten Matrosen Ausruf galt. Der hohe Standpunkt machte es beiden möglich, über die Niederungen verschiedener anliegender Inseln wegzusehen, und die Leinwand eines Schiffes glänzte durch das Gebüsch, welches ein mehr südwestlich gelegenes Eiland säumte. Das fremde Fahrzeug war unter niederem Segel, wie es die Seeleute nennen; aber die Gewalt des Windes war so groß, daß die weißen Umrisse desselben an den Ausschnitten des Gebüsches mit der Schnelligkeit eines Renners vorbeiflogen – ähnlich einer Wolke, die in der Luft vor dem Winde treibt.

»Das kann nicht Jasper sein«, sagte Pfadfinder niedergeschlagen: denn er erkannte in dem vorbeieilenden Gegenstand den Kutter seines Freundes nicht. »Nein, nein, der Bursche kommt zu spät, und jenes Schiff dort schicken die Franzosen ihren Freunden, den verfluchten Mingos, zu Hilfe.«

»Diesmal habt Ihr Euch verrechnet, Freund Pfadfinder, wenn Ihr es auch nie vorher tatet«, erwiderte Cap in einer Weise, welche selbst unter den gegenwärtigen bedenklichen Umständen von ihrer Rechthaberei nichts verloren hatte. »Frischwasser oder Salzwasser – das ist der obere Teil von des Scuds großem Segel, aus dem ein schmalerer Keil als gewöhnlich ausgeschnitten ist, und dann könnt Ihr sehen, daß eine Schale um die Gaffel gelegt ist; es ist zwar gut ausgeführt, ich geb' es zu, aber doch ist eine Schale daran.«

»Ich bekenne, daß ich nichts hiervon sehen kann«, antwortete Pfadfinder, dem die Ausdrücke seines Gefährten spanisch vorkamen.

»Nicht? Nun, das nimmt mich wunder, denn ich dachte, Eure Augen könnten alles sehen. Was mich anbelangt, so ist mir nichts deutlicher, als dieser Keil und diese Schale, und ich muß sagen, mein ehrlicher Freund, daß ich an Eurer Stelle besorgen würde, mein Gesicht fange an abzunehmen.«

»Wenn das wirklich Jasper ist, so befürchte ich wenig mehr. Wir können dann das Blockhaus gegen die ganze Nation der Mingos auf acht oder zehn Stunden halten, und wenn Eaudouce unsern Rückzug deckt, so verzweifle ich an nichts. Gott gebe, daß der Junge nicht längs dem Ufer auf den Strand läuft und in einen Hinterhalt fällt, wie es dem Sergeanten ergangen ist.«

»Ja, das ist der faule Fleck. Man hätte Signale verabreden und einen Ankergrund ausbojen sollen; – auch eine Quarantäne und ein Lazarett wären nützlich gewesen, wenn man diesen

Mingos einen Respekt vor dem Völkerrechte einflößen könnte. Wenn der Bursche, wie Ihr sagt, irgendwo in der Nachbarschaft dieser Insel anlegt, so können wir den Kutter als verloren betrachten. Aber, Meister Pfadfinder, müssen wir im Grunde diesen Jasper nicht eher für einen geheimen Verbündeten der Franzosen als für unsern Freund halten? Ich kenne des Sergeanten Ansicht in dieser Beziehung und muß sagen, diese ganze Geschichte sieht wie Verrat aus.«

»Wir werden das bald erfahren, Meister Cap, wir werden das bald erfahren; denn da kommt der Kutter in der Tat aus den Inseln heraus, und einige Minuten müssen die Sache ins klare bringen. Es möchte übrigens gut sein, wenn wir dem Burschen ein Zeichen geben könnten, daß er auf der Hut sein soll. Es wäre nicht recht, ihn in die Falle laufen zu lassen, ohne ihm bemerklich zu machen, daß eine gelegt ist.«

Besorgnis und Ungewißheit hinderte jedoch beide an dem Versuche, ein Signal zu geben. Es war auch in der Tat nicht leicht einzusehen, wie dieses geschehen könne; denn der Scud kam schäumend durch den Kanal an der Luvseite der Insel mit einer Geschwindigkeit herunter, welche zu Ausführung eines solchen Vorhabens kaum Zeit ließ. Auch war niemand auf dem Verdeck sichtbar, dem man ein Zeichen zuwinken konnte; selbst das Steuer schien verlassen, obgleich der Kurs des Schiffes so stetig war wie die Schnelligkeit seiner Bewegung.

Cap blickte in schweigender Verwunderung auf ein so ungewohntes Schauspiel. Aber als der Scud näher kam, entdeckte sein geübtes Auge, daß das Ruder mittelst der Steuerreepe in Bewegung gesetzt wurde, obgleich die Person, welche es leitete, verborgen war. Da der Kutter Schutzbretter von einiger Höhe hatte, so ließ sich das Geheimnis leicht erklären, und es unterlag keinem Zweifel, daß die Mannschaft sich hinter denselben befand, um gegen die feindlichen Büchsen geschützt zu sein. Dieser Umstand ließ jedoch erkennen, daß nur wenige Leute an Bord sein konnten, und Pfadfinder nahm diese Auseinandersetzung seines Gefährten mit einem bedeutungsvollen Kopfschütteln hin.

»Das beweist, daß der Serpent Oswego nicht erreicht hat«, sagte er, »und daß wir von der Garnison keine Unterstützung erwarten dürfen. Ich hoffe, Lundie hat sich's nicht in den Kopf gesetzt, dem Jungen das Kommando zu nehmen; denn Jasper

Western würde in einer solchen Klemme für ein ganzes Heer gelten. Wir drei, Meister Cap, könnten den Krieg männlich durchführen; Ihr, als ein Seemann, müßtet den Verkehr mit dem Kutter unterhalten; Jasper kennt den See und weiß, was auf diesem zu tun ist, und ich habe Gaben, welche so gut wie die irgendeines Mingo sind, mag ich auch in anderer Beziehung sein, was ich will. Ich sage, wir sollten um Mabels willen einen mannhaften Kampf bestehen.«

»Das müssen wir, und das wollen wir«, erwiderte Cap mit Herzlichkeit; denn er hatte, da er nun wieder das Licht der Sonne sah, mehr Zuversicht wegen der Sicherheit seines Skalps. »Ich betrachte die Ankunft des Scud als ein Indiz und die Möglichkeit, daß dieser verhenkerte Eau-douce ehrlich ist, als ein zweites. Jasper ist, wie Ihr seht, ein kluger, junger Bursche; denn er hält sich in einer guten Landweite und scheint entschlossen, vorher die Verhältnisse auf der Insel zu rekognoszieren, ehe er anzulegen wagt.«

»Ich hab' es! ich hab' es!« rief Pfadfinder freudig. »Da liegt der Kahn des Serpent auf dem Decke des Kutters; der Häuptling ist am Bord und hat ohne Zweifel einen treuen Bericht über unsere Lage erstattet: denn ein Delaware, ungleich dem Mingo, erzählt gewiß eine Geschichte richtig oder schweigt lieber still.«

Der Leser hat bereits Pfadfinders Neigung bemerkt, von den Delawaren gut und von den Mingos übel zu denken. Für die Wahrheitsliebe der ersteren hatte er die höchste Achtung, während er die letzteren nicht anders betrachtete, als die verständigeren und einsichtsvolleren Klassen dieses Landes beinahe allgemein gewisse Schmierer zu betrachten anfangen, welche sich bekanntlich so sehr ans Lügen gewöhnt haben, daß sie keine Wahrheit mehr herausbringen können, auch wenn sie sich ernstlich alle Mühe dazu geben.

»Möglich, daß der Kahn nicht zu dem Kutter gehört«, sagte der krittlige Seemann, »aber Eau-douce hatte auch einen an Bord, als wir aussegelten.«

»Sehr wahr, Freund Cap, aber wenn Ihr Eure Segel und Masten an den Keilen und Schalen erkennt, so läßt mich mein Grenzmannswissen die Kähne und Fährten unterscheiden. Wenn Ihr an einem Segel neues Tuch seht, so sehe ich an einem Kahne frische Rinde. Das ist das Boot des Serpent, und dieser wackere Bursche ist nach der Garnison gerudert, sobald er sah, daß das Blockhaus eingeschlossen sei; er traf dann den Scud, erzählte die ganze Geschichte und brachte den Kutter mit hierher, um zu sehen, was zu tun sei. Gott gebe, daß Jasper Western noch an Bord ist.«

»Ja, ja, es könnte nicht schaden; denn Verräter oder loyal, der Bursche weiß mit einem Sturm umzuspringen, ich muß das zugeben.«

»Und mit den Wasserfällen!« sagte Pfadfinder, und stieß seinen Gefährten mit dem Ellenbogen an, wobei er in seiner stillen Weise herzlich lachte. »Wir müssen dem Jungen Gerechtigkeit widerfahren lassen, und sollte er uns alle eigenhändig skalpieren.«

Der Scud war nun so nahe, daß Cap die Erwiderung schuldig blieb. Die Szene war im gegenwärtigen Augenblick so eigentümlich, daß sie eine besondere Schilderung verdient, welche dazu dienen mag, dem Leser einen klaren Begriff von dem Gemälde, das wir zeichnen wollen, beizubringen.

Der Wind blies immer noch sehr heftig. Viele von den kleineren Bäumen beugten ihre Gipfel fast bis zur Erde, während das Sausen des Sturmes durch die Äste der Waldung dem Rollen ferner Wagen glich.

Die Luft war mit Blättern angefüllt, die in dieser späten Jahreszeit sich leicht von den Zweigen lösten und wie Scharen von Vögeln von einer Insel zur andern flogen. Im übrigen war alles still wie das Grab. Daß die Wilden noch auf der Insel weilten, ließ sich aus den Kähnen entnehmen, welche mit den Booten des Fünfundfünfzigsten in der kleinen als Hafen dienenden Bucht lagen, obgleich kein anderes Zeichen ihre Gegenwart verriet. Zwar wurden sie durch die plötzliche und unvorhergesehene Rückkehr des Kutters aufs äußerste überrascht; aber ihre gewohnte Vorsicht auf einem Kriegspfad war so allgemein und gewissermaßen instinktmäßig, daß auf das erste Warnungszeichen ein jeder nach seinem Versteck eilte wie der Fuchs nach seinem Bau. Dieselbe Stille herrschte in dem Blockhaus; denn obgleich Pfadfinder und Cap die Aussicht nach der Wasserstraße beherrschten, so nahmen sie doch die nötige Vorsicht wahr, sich verborgen zu halten. Noch merkwürdiger war die ungewohnte Erscheinung, daß sich an Bord des Scud keine Spur von lebendigen Wesen blicken ließ. Da die

Indianer Zeugen seiner scheinbar nicht geleiteten Bewegungen waren, so faßte ein Gefühl des Entsetzens unter ihnen Fuß, und einige der Kühnsten fingen an, über den Ausgang eines Unternehmens besorgt zu werden, welches unter so günstigen Anzeichen begonnen hatte. Selbst Arrowhead, der doch an den Verkehr mit den Weißen auf beiden Seiten des Sees gewöhnt war, erblickte etwas Unheilverkündendes in der Erscheinung dieses unbemannten Schiffes und wäre in diesem Augenblick wohl gerne wieder auf dem Festlande gewesen.

Mittlerweile bewegte sich der Kutter rasch vorwärts. Er segelte durch den mittleren Kanal, bald vor den Windstößen sich beugend, bald wieder aufrecht, wie ein Philosoph, welcher, niedergedrückt von den Stürmen des Lebens, seine freie Haltung wiedergewinnt, sobald sie verschwinden – und trennte die schäumenden Wogen unter seinen Bugen. Obgleich er unter sehr kurzem Segel ging, war doch seine Geschwindigkeit ansehnlich, und es verflossen kaum zehn Minuten von der Zeit an, als seine Leinwand zum erstenmal durch die entfernten Bäume und Gebüsche glänzte, bis zu dem Augenblick, wo er unter dem Blockhause anlangte. Cap und Pfadfinder beugten sich, als der Scud unter ihrem Horste vorbeizog, vorwärts, um besser auf das Verdeck sehen zu können, als zu ihrem beiderseitigen großen Vergnügen Japser aufsprang und einen dreifachen herzlichen Freudenruf erschallen ließ. Ohne auf irgendeine Gefahr Rücksicht zu nehmen, schwang sich Cap auf die hölzerne Brüstung und erwiderte den Gruß – Ruf um Ruf. Zum Glück rettete ihn die Klugheit des Feindes; denn die Indianer lagen noch ruhig, ohne eine Büchse abzufeuern. Auf der anderen Seite behielt Pfadfinder mehr den nützlichen Teil des Kriegszuges im Auge, ohne dem bloß dramatischen irgendeine Aufmerksamkeit zu schenken. Sobald er seinen Freund Jasper erblickte, rief er ihm mit einer Stentorstimme zu:

»Steht uns bei, Junge, und der Tag wird unser sein! Nehmt jene Büsche ein wenig aufs Korn, und Ihr werdet die Halunken wie die Rebhühner aufjagen!«

Ein Teil hiervon erreichte Jaspers Ohr, aber das meiste wurde auf den Schwingen des Windes leewärts getragen. Der Scud war während dieser Worte vorbeigetrieben, und im nächsten Augenblick verbarg ihn die Waldung, in welcher das Blockhaus teilweise versteckt lag.

Nun folgten zwei beängstigende Minuten, aber nach diesem kurzen Zeitraume glänzten die Segel wieder durch die Bäume, da Jasper gefiert, das Segel gedreht und unter dem Lee der Insel zu dem andern Gang aufgeholt hatte. Der Wind war, wie bereits bemerkt wurde, frei genug, um ein solches Manöver zuzulassen, und der Kutter, der die Strömung unter seinem Leebug hatte, wurde zu seinem Kurse auf eine Weise aufgerichtet, daß man wohl sehen konnte, er werde ohne Schwierigkeiten wieder windwärts von der Insel kommen. Diese ganze Schwenkung wurde mit der größten Leichtigkeit ausgeführt und keine Schote berührt; die Segel setzten sich von selbst, und nur das Ruder leitete die wunderbare Maschine. Dies alles schien des Rekognoszierens wegen zu geschehen. Als jedoch der Scud seinen Gang um die ganze Insel herum gemacht und in dem Kanale, in welchem er zuerst sich der Insel genähert, seine Luvlage wieder eingenommen hatte, wurde das Steuer niedergelassen und durch den Wind gewendet. Der Ton des schlagenden, großen Segels, so dicht es auch gerefft war, glich dem Schuß einer Kanone, so daß Cap Angst bekam, die Nahten möchten sich lösen.

»Seine Majestät gibt gute Leinwand, das muß man ihr lassen«, brummte der alte Seemann; »auch muß man dem Jungen zugestehen, daß er sein Boot wie ein befahrener Bursche handhabt. Gott v– mich, Meister Pfadfinder, wenn ich trotz allem, was man darüber sagen mag, glaube, daß dieser verhenkerte Meister Eau-douce sein Gewerbe auf diesem Fetzen Frischwasser gelernt hat!«

»Ei freilich lernte er's hier. Er hat nie das Meer gesehen und ist zu seinem Beruf nirgends anders als hier auf dem Ontario herangebildet worden. Ich habe oft gesagt, daß er eine natürliche Gabe für Schoner und Schaluppen habe, und respektiere ihn auch um deswillen. Was Verrat, Lügen und alle die Laster eines schwarzen Herzens anbelangt, Freund Cap, so ist Jasper davon so frei wie der tugendhafteste Krieger unter den Delawaren, und wenn Ihr ein Verlangen tragt, einen echten ehrlichen Mann zu sehen, so müßt Ihr ihn unter diesem Stamme suchen.«

»Da kommt er herum«, rief der vergnügte Cap, als der Scud sich wieder zu dem ursprünglichen Gang anschickte, »und nun werden wir sehen, was der Junge beabsichtigt; er kann doch nicht immer in diesen Kanälen hin und her fahren wollen wie ein Mädchen bei einem Jahrmarktstanz.«

Der Scud hielt jetzt so weit ab, daß die beiden Beobachter auf dem Blockhaus einen Augenblick fürchteten, Jasper wolle landen; die Wilden betrachteten den Kutter aus ihren Verstekken mit einer Art Lust, wie sie wohl der geduckte Tiger fühlen mag, wenn er das Opfer harmlos seinem Lager sich nähern sieht. Aber Jasper hatte nicht diese Absicht. Vertraut mit dem Ufer und bekannt mit der Tiefe des Wassers an jeder Stelle der Insel, wußte er wohl, daß der Scud ohne Gefahr ans Ufer laufen könne: deshalb wagte er sich furchtlos so nahe, daß er beim Fahren durch die kleine Bai die zwei Boote der Soldaten von den Tauen losriß, sie in den Kanal hinausdrängte und mit sich fortzog. Da jedoch alle Kähne an den beiden Booten Dunhams befestigt waren, so wurden die Wilden durch diesen kühnen und erfolgreichen Versuch auf einmal aller Mittel beraubt, die Insel anders als durch Schwimmen zu verlassen. Auch schienen sie diesen wichtigen Umstand im Augenblick einzusehen: sie erhoben sich insgesamt, erfüllten die Luft mit ihrem Geschrei und unterhielten ein unschädliches Büchsenfeuer. Während dieses unbedachtsamen Beginnens wurden zwei Büchsen von ihren Gegnern abgefeuert. Eine Kugel kam von dem Giebel des Blockhauses, und ein Irokese fiel, durch das Hirn getroffen, rücklings nieder. Die andere kam vom Scud aus. Sie war aus dem Gewehre des Delawaren, aber weniger sicher als die seines Freundes, da sie den Feind nicht erschlug, sondern nur auf Lebenszeit lähmte. Die Mannschaft des Scud jubelte, und die Wilden verschwanden wieder bis auf den letzten Mann, als ob sie die Erde eingeschluckt hätte.

»Das war Serpents Stimme«, sagte Pfadfinder, als die zweite Büchse abgefeuert wurde. »Ich kenne diesen Knall so gut, wie ich den des Hirschtöters kenne. 's ist ein guter Lauf, obgleich nicht sicherer Tod. Nun, nun, mit Chingachgook und Jasper auf dem Wasser und Euch und mir in dem Blockhaus, Freund Cap – da müßte es sonderbar zugehen, wenn wir diese Mingostrolche nicht lehrten, wie man mit Verstand ficht.«

Diese ganze Zeit über war der Scud in Bewegung. Sobald Jasper das Ende der Insel erreicht hatte, ließ er die aufgebrachten Boote in den Wind treiben, bis sie auf einem Punkte, eine halbe Meile leewärts, auf den Strand liefen. Er fierte sodann und kam, gegen die Strömung anlegend, wieder durch den andern Gang. Die auf dem Giebel des Blockhauses konnten nun bemerken, daß etwas auf dem Verdecke des Scud in Tätigkeit war, und zu ihrem großen Vergnügen wurde, als der Kutter in gleiche Linie mit der Hauptbucht und an die Stelle kam, wo die Feinde am gehäuftesten lagen, die Haubitze, welche seine einzige Bewaffnung ausmachte, demaskiert, und ein Kartätschenschauer zischte in die Gebüsche. Ein Flug Wachteln hätte sich nicht schneller erheben können, als dieser unerwartete Eisenhagel die Irokesen aufjagte; da fiel wieder ein Wilder durch eine Kugel aus dem Hirschtöter, indes ein anderer infolge einer Heimsuchung aus Chingachgooks Büchse davonhinkte. Sie hatten jedoch im Augenblick wieder neue Verstecke, und jeder Teil schien sich zu Erneuerung des Kampfes in einer andern Weise vorzubereiten. Aber die Erscheinung Junes, die eine weiße Flagge trug und von dem französischen Offizier und Muir begleitet wurde, brachte alle Hände zur Ruhe und war der Vorläufer einer weiteren Unterhandlung.

Diese wurde so nahe unter dem Blockhaus abgehalten, daß alle, welche sich in keinem Verstecke befanden, der Gnade von Pfadfinders nie fehlender Büchse gänzlich preisgegeben waren. Jasper legte den Kutter quer vor Anker, und auch die Haubitze war auf die Unterhändler gerichtet, so daß die Belagerten und ihre Freunde mit Ausnahme des Mannes, welcher den Zündstock hielt, keinen Anstand nehmen durften, sich offen zu zeigen. Chingachgook allein blieb versteckt, jedoch mehr aus Gewohnheit, als aus Mißtrauen.

»Ihr habt gesiegt, Pfadfinder«, rief der Quartiermeister aus, »und Kapitän Sanglier kommt selbst, um Friedensvorschläge zu machen. Ihr werdet einem tapferen Feinde einen ehrenvollen Rückzug nicht verweigern, weil er brav gekämpft und seinem Könige und seinem Lande soviel Ehre gemacht hat, als er konnte. Ihr seid selbst ein zu loyaler Untertan, um Loyalität und Treue mit einem harten Urteil heimzusuchen. Ich bin von seiten des Feindes bevollmächtigt, die Räumung der Insel, Austausch der Gefangenen und Rückerstattung der Skalpe anzubieten. Da keine Bagage und Artillerie vorhanden ist, so kann man kaum mehr verlangen.«

Da das Gespräch wegen des Windes sowohl als der Entfernung halber sehr laut geführt werden mußte, so konnten die

Worte des Sprechers sowohl auf dem Blockhause als auf dem Kutter verstanden werden.

»Was sagt Ihr dazu, Jasper?« rief Pfadfinder. »Ihr hört den Vorschlag; sollen wir diese Landstreicher gehen lassen, oder wollen wir sie zeichnen, wie man die Schafe in den Ansiedlungen zeichnet, daß wir sie später wieder erkennen können?«

»Wie geht es Mabel Dunham?« fragte der junge Mann, mit einem Stirnrunzeln auf seinem schönen Gesichte, welches selbst denen auf dem Blockhause nicht entging. »Wenn ein Haar ihres Hauptes berührt worden ist, so soll es mir der ganze Stamm der Irokesen büßen.«

»Nein, nein, sie ist wohlbehalten im Erdgeschoß und pflegt einen sterbenden Vater, wie es ihrem Geschlechte ziemt. Wegen der Verwundung des Sergeanten dürfen wir keinen Groll hegen; denn sie ist die Folge eines rechtmäßigen Krieges, und was Mabel anbelangt –«

»Sie ist hier!« rief das Mädchen selbst, welche das Dach erstiegen hatte, als sie vernahm, welche Wendung die Dinge genommen hatten. »Sie ist hier! und im Namen des Gottes, den wir alle gemeinschaftlich anbeten, im Namen unserer heiligen Religion – laßt kein Blutvergießen mehr stattfinden. Es ist schon genug Blut geflossen, und wenn diese Männer gehen wollen, Pfadfinder, – wenn sie im Frieden abziehen wollen, Jasper, – oh, so haltet keinen von ihnen zurück! Mein armer Vater nähert sich seinem Ende, und es wäre besser, wenn er seinen letzten Hauch im Frieden mit der Welt ausatmen könnte. Geht, geht, Franzosen und Indianer; wir sind nicht länger eure Feinde, und werden keinem von euch ein Leid zufügen.«

»Halt, halt, Magnet«, warf Cap ein, »das klingt vielleicht religiös oder wie ein Komödienbuch, aber es klingt nicht wie gesunder Menschenverstand. Der Feind ist bereit, die Flagge zu streichen, Jasper hat, wahrscheinlich mit Springtauen auf den Kabeln, quer geankert, um eine Lage geben zu können, Pfadfinders Auge und Hand sind so treu wie die Magnetnadel, und wir werden Prisengeld, Kopfgeld und Ehre obendrein gewinnen, wenn du dich die nächste halbe Stunde nicht in unsere Angelegenheiten mischst.«

»Ei«, sagte Pfadfinder, »ich halte mich zu Mabel. Es ist für unsern Zweck und für den Dienst des Königs genug Blut geflossen; und was die Ehre anbelangt, so wollen wir sie an junge

Fähnriche und Rekruten überlassen, denn diese können sie besser brauchen als besonnene, eifrige christliche Männer. Die Ehre liegt im Rechthandeln, und nur schlechte Taten vermögen einen zu entehren; ich halte es aber für schlecht, einem, und wäre es auch nur ein Mingo, das Leben zu nehmen ohne irgendeinen nützlichen Zweck; ja, ja – und ich halte es für recht, alle Zeit auf die Stimme der Vernunft zu achten. So lassen Sie uns also hören, Leutnant Muir, was Ihre Freunde, die Franzosen und Indianer, für sich vorzubringen haben?«

»Meine Freunde?« sagte Muir mit Unwillen. »Ihr werdet doch nicht des Königs Feinde meine Freunde nennen wollen, Pfadfinder, weil das Geschick des Krieges mich in ihre Hände geworfen hat? Die größten Krieger der alten und der neuen Zeit sind schon Kriegsgefangene gewesen, und Ihr könnt dort Meister Cap fragen, ob wir nicht alles Menschenmögliche aufboten, um diesem Ungemach zu entfliehen.«

»Ja, ja«, antwortete Cap trocken, *»entfliehen* ist das geeignete Wort. Wir eilten nach unten und verbargen uns so klug, daß wir noch zu dieser Stunde in der Höhle sitzen könnten, hätte uns nicht der Brotkorb zu hoch gehangen. Sie haben sich bei dieser Gelegenheit so geschickt wie ein Fuchs eingegraben, und zum Teufel, mich nimmt's nur wunder, wie Sie das Nest so auf der Stelle zu finden wußten.«

»Und folgtet Ihr mir nicht auf dem Fuße? Es gibt im Menschenleben Augenblicke, wo die Vernunft zum Instinkt hinansteigt –«

»Und die Menschen in Höhlen hinabsteigen«, unterbrach ihn Cap mit einem polternden Lachen, in welches Pfadfinder auf seine ruhige Weise einstimmte. Auch Jasper, obgleich noch voll Bekümmernis wegen Mabels, konnte sich eines Lächelns nicht erwehren. »Man sagt, der Teufel könne kein Matrose werden, wenn er nicht in die Höhe sieht, und nun scheint mir's er wäre auch zum Soldaten verdorben, wenn er nicht nach unten schaute.«

Dieser Ausbruch von Heiterkeit, trug, obgleich Muir nichts besonders Belustigendes darin fand, viel dazu bei, den Frieden aufrechtzuerhalten. Cap bildete sich ein, er habe einen ungewöhnlich guten Witz gemacht, und war daher geneigt, in der Hauptsache nachzugeben, solange seine Gefährten ihn bei dem Glauben ließen, daß sie ihn für einen witzigen Kopf hielten.

Nach einer kurzen Beratung wurden die Wilden insgesamt ohne Waffen hundert Ellen von dem Blockhause und in der Linie der Kanone des Scud versammelt, indes Pfadfinder zu der Türe seiner Feste hinunterstieg und die Bedingungen festsetzte, unter welchen der Feind endlich die Insel räumen solle. In Anbetracht der Verhältnisse waren diese für beide Teile vorteilhaft. Die Indianer mußten, Vorsorge halber, alle ihre Waffen, selbst ihre Messer und Tomahawks ausliefern, weil sie an Zahl immer noch um das Vierfache überlegen waren. Der französische Offizier, Monsieur Sanglier, wie man ihn gewöhnlich nannte und er sich selbst zu nennen pflegte, machte Einwendungen gegen diesen Akt, welcher wahrscheinlich mehr als irgendein anderer Teil des ganzen Verfahrens ein übles Licht auf sein Kommando werfen konnte; aber Pfadfinder, der Zeuge einiger Indianergemetzel gewesen war, wußte wohl, wie wenig Verpflichtungen geachtet wurden, wenn sie mit dem Vorteil in Widerspruch gerieten, und blieb, was die Wilden anbelangte, unerbittlich. Der zweite Punkt war fast von gleicher Wichtigkeit; er enthielt die Bestimmung, daß Kapitäm Sanglier alle Gefangenen ausliefere, die in der Höhle, zu welcher Cap und Muir ihre Zuflucht genommen hatten, bewacht wurden. Als diese Leute zum Vorschein kamen, erwiesen sich vier von ihnen als unverletzt; sie waren nur niedergefallen, um ihr Leben durch einen in dem Indianerkriege gewöhnlichen Kunstgriff zu retten; von den übrigen waren zwei so leicht verwundet, daß sie recht wohl zum Dienst verwendet werden konnten. Da sie ihre Musketen mit sich brachten, so ließ dieser Zuwachs an Macht Pfadfinder wieder beträchtlich leichter atmen; nachdem er die Waffen des Feindes im Blockhause gesammelt hatte, gab er diesen Leuten die Weisung, das Gebäude zu besetzen, und stellte eine regelmäßige Schildwache vor die Türe. Die übrigen Soldaten waren tot, da die Schwerverwundeten sogleich erschlagen worden waren, um ihre heißbegehrten Skalpe nehmen zu können. Sobald Jasper den Inhalt des Vertrages erfahren hatte und die Präliminarien so weit vorgeschritten waren, daß er es wagen konnte, sich zu entfernen, lichtete er die Anker und segelte zu der Stelle hinunter, wo die Boote auf den Strand gelaufen waren, nahm sie wieder ins Schlepptau und brachte sie mit wenigen Gängen in den Kanal leewärts. Hier wurden die Wilden sogleich eingeschifft, worauf Jasper die Kähne zum drittenmal ins

Tau nahm, vor dem Winde herlief und sie etwa eine Meile unter dem Lee der Insel in Freiheit setzte. Die Indianer hatten für jedes Boot nur *ein* Ruder erhalten, da der junge Schiffer wohl wußte, daß sie, wenn sie sich vor dem Winde zu halten vermochten, schon im Laufe des Morgens das Ufer von Kanada erreichen konnten.

Bloß Kapitän Sanglier, Arrowhead und June blieben zurück, nachdem über den Rest ihrer Partei diese Verfügung getroffen worden war. Der erstere hatte mit Leutnant Muir, welcher in seinen Augen allein die mit einer Offiziersstelle verbundenen Befähigungen besaß, gewisse Papiere zu ordnen und zu unterzeichnen, und der letztere zog es nur aus ihm bekannten Gründen vor, sich seinen abziehenden Freunden, den Irokesen, nicht anzuschließen. Man hatte für die Abfahrt dieser drei die erforderlichen Kähne zurückbehalten.

Während der Scud mit den Booten im Schlepptau abwärts segelte, waren Cap und Pfadfinder nebst andern geeigneten Helfern mit der Zurichtung eines Frühstücks beschäftigt, da die meisten schon vierundzwanzig Stunden nichts genossen hatten. Der kurze Zeitraum, welcher bis zur Rückkehr des Kutters verfloß, wurde nur wenig durch Gespräche unterbrochen, obgleich Pfadfinder Muße genug fand, den Sergeanten zu besuchen, Mabel einige freundliche Worte zu sagen und verschiedene Anweisungen zu geben, welche ihm den Hingang des Sterbenden zu erleichtern schienen. Was Mabel anbelangt, so bestand er darauf, daß sie einige Erfrischungen zu sich nähme, und da nun kein weiterer Grund mehr vorhanden war, die Schildwache an dem Blockhaus stehen zu lassen, ließ er sie abziehen, damit die Tochter ungehindert ihren Vater pflegen konnte. Nachdem diese Vorkehrungen getroffen waren, kehrte unser Held wieder zu dem Feuer zurück, um welches der ganze Rest der Gesellschaft, Jasper miteingeschlossen, versammelt saß.

Sechsundzwanzigstes Kapitel

Die Sorge liegt auf seinen blassen Wangen –
Ein schaffend Meer, jüngst noch vom Sturm umfangen,
Wo träg die Woge auf der Tiefe schleicht,
Bis auch der letzte Ton dem Schlummer weicht.

Dryden

Männer, welche an kriegerische Szenen gewöhnt sind, wie wir sie beschrieben haben, eignen sich nicht gerade besonders dazu, auf dem Walplatze dem Einflusse zarterer Gefühle Raum zu geben. Demungeachtet weilte aber während der Begebnisse, welche wir zu berichten im Begriffe sind, mehr als ein Herz bei Mabel in dem Blockhause, und das wichtige Geschäft der Mahlzeit wollte sogar dem kühnsten Krieger nicht besonders behagen, da man wußte, daß der Sergeant dem Verscheiden nahe war.

Als Pfadfinder von dem Blockhause zurückkehrte, traf er auf Muir, welcher ihn beiseite führte, um eine geheime Besprechung mit ihm zu halten. Das Benehmen des Quartiermeisters trug das Gepräge einer übergebührlichen Höflichkeit, welche fast immer der Arglist als Hülle dient; denn während Physiognomik und Phrenologie im besten Falle hinkende Wissenschaften sind und vielleicht zu ebenso vielen falschen als richtigen Folgerungen führen, so halten wir es für das untrügliche Zeichen einer unredlichen Absicht, offene Handlungen ausgenommen, – wenn ein Gesicht immer lächelt oder eine Zunge übermäßig glatt ist. Muir hatte im allgemeinen viel von diesem Ausdruck an sich, obschon sich einige scheinbare Freimütigkeit mit demselben verband, welche durch seine derbe schottische Stimme, seinen schottischen Akzent und seine schottische Ausdrucksweise auf eine eigentümliche Art gehoben wurde. Er verdankte seine Stellung in der Tat einer lange an den Tag gelegten Ergebenheit gegen Lundie und seine Familie; denn wenn auch der Major zu scharfblickend war, um sich von einem Manne täuschen zu lassen, der so weit an wirklichen Kenntnissen und Talenten unter ihm stand, so liegt es doch in der Natur der meisten Menschen, dem Schmeichler freigebige Zugeständnisse zu machen, selbst wenn sie seiner Aufrichtigkeit mißtrauen und seine Beweggründe vollkommen durchschauen. Bei der gegenwärtigen Gelegenheit versuchten zwei Männer gegenseitig ihre Gewandtheit, welche sich in den Grundzügen des Charakters so verschieden verhielten als nur immer möglich. Pfadfinder war so einfach wie der Quartiermeister verschlagen, so aufrichtig wie der andere falsch und so unbefangen wie der andere schleichend. Beide waren besonnen und berechnend und beide mutig, obgleich in verschiedener Art und in verschiedenem Grade, da sich Muir nie einer persönlichen Gefahr aussetzte, wenn er nicht seine eigenen Zwecke dabei hatte, während der Pfadfinder die Furcht unter die Vernunftschwächen zählte oder als ein Gefühl betrachtete, welches nur zulässig sei, wenn etwas Gutes dabei herauskomme.

»Mein teuerster Freund«, begann Muir, »denn nach Eurem letzten Benehmen müßt Ihr uns allen siebenundsiebenzigmal teurer sein, als Ihr uns je gewesen, da Ihr Euch soeben in dieser Verhandlung so sehr hervorgetan habt – es ist zwar wahr, man wird Euch nicht zu einem Offizier machen, da diese Art von Bevorzugung nicht für Euren Stand paßt und, wie ich vermute, auch nicht nach Eurem Wunsch ist; aber als Wegweiser, als Berater, als treuer Untertan und erfahrener Schütze hat Euer Ruf sozusagen seine Glanzhöhe erreicht. Ich zweifle, ob der Oberbefehlshaber soviel Ruhm von Amerika mit fortnehmen wird, als auf Euren Teil fällt. Ihr könnt nun ruhig Euer Haupt niederlegen und Euch für den Rest Eurer Tage gütlich tun. Heiratet, Mann, – ohne Verzug und bereitet Euch das schönste Glück; denn Ihr habt keine Gelegenheit, Euch nach noch mehr Ruhm umzusehen. Nehmt um's Himmels willen Mabel Dunham an Euer Herz, und Ihr habt beides, eine gute Braut, und einen guten Namen!«

»Ei, Quartiermeister, das ist ja ein ganz nagelneuer Rat aus Ihrem Munde! Man hat mir gesagt, ich hätte in Ihnen einen Nebenbuhler?«

»Den hattet Ihr, Mann, und zwar einen furchtbaren, kann ich Euch sagen – einen, der nie vergebens freite und doch fünfmal freite. Lundie reibt mir immer vier unter die Nase, und ich weise den Angriff zurück, aber er hat keine Ahnung davon, daß die Wahrheit sogar seine Arithmetik übersteigt. Ja, ja, Ihr hattet einen Nebenbuhler, Pfadfinder; das ist aber jetzt nicht mehr der

Fall. Ich wünsche Euch alles Glück zu Euren Fortschritten bei Mabel, und wenn der wackere Sergeant am Leben bliebe, so könntet Ihr Euch noch obendrein sicher darauf verlassen, daß ich bei ihm ein gutes Wort für Euch einlegen würde.«

»Ich erkenne Ihre Freundschaft, Quartiermeister, ich erkenne Ihre Freundschaft, obgleich ich Ihres Fürworts bei Sergeant Dunham, der mein langjähriger Freund ist, nicht bedarf. Ich glaube, wir dürfen die Sache als so sicher abgemacht betrachten, wie es nur immer in Kriegszeiten möglich ist; denn Mabel und ihr Vater stimmen ein, und das ganze Fünfundfünfzigste wird es nicht ändern können. Ach! Der arme Vater wird es kaum erleben, seinen so lange gehegten Herzenswunsch erfüllt zu sehen.«

»Aber er hat den Trost, die Gewißheit desselben mit in die Ewigkeit zu nehmen. Oh, es ist eine große Beruhigung für den scheidenden Geist, Pfadfinder, mit der Überzeugung zu sterben, daß die zurückbleibenden Lieben gut versorgt sind. Alle meine Frauen haben auf ihrem Sterbebette pflichtgemäß dieses Gefühl ausgesprochen.«

»Alle Ihre Frauen haben wahrscheinlich diesen Trost *gefühlt,* Quartiermeister.«

»Pfui, Mann! Ich hätte Euch nicht für einen solchen Schalk gehalten. Nun, nun, Scherzworte bringen keinen Groll zwischen alte Freunde. Wenn ich Mabel nicht heiraten kann, so werdet Ihr mich doch nicht hindern wollen, sie zu achten und gut von ihr zu sprechen und von Euch dazu, bei jeder tunlichen Gelegenheit und in allen Gesellschaften. Aber Pfadfinder, Ihr werdet wohl einsehen, daß ein armer Teufel, der eine solche Braut verliert, wahrscheinlich auch einigen Trostes bedarf?«

»Sehr wahrscheinlich, sehr wahrscheinlich, Quartiermeister«, erwiderte der einfache Wegweiser. »Ich weiß, daß es mir selber äußerst schwerfiele, Mabels Verlust zu ertragen. Es mag wohl drückend auf Ihren Gefühlen lasten, uns verheiratet zu sehen. Aber der Tod des Sergeanten wird die Sache wahrscheinlich hinausschieben, und Sie haben dann Zeit, sich männlich darein zu finden.«

»Ich will dieses Gefühl bekämpfen, ja ich will es bekämpfen, obgleich mir das Herz dabei bricht, und Ihr könnt mir an die Hand gehen, Mann, wenn Ihr mir etwas zu tun gebt. Ihr begreift, daß es mit dieser Expedition eine eigentümliche Bewandtnis hat; denn ich bin hier, obgleich ein Offizier des Königs, sozusagen nur ein Freiwilliger, während eine bloße Ordonnanz das Kommando geführt hat. Ich habe mich aus verschiedenen Gründen darein gefügt, obschon ich mit heißem Verlangen auf diesen Auftrag gehofft habe, während ihr als kühne Streiter für die Ehre des Landes und die Rechte des Königs –«

»Quartiermeister«, unterbrach ihn der Wegweiser, »Sie fielen zu früh in die Hände des Feindes, so daß Sie in diesem Betracht Ihr Gewissen leicht beruhigen können. Lassen Sie sich also raten und sprechen Sie nichts mehr davon!«

»Das ist gerade auch meine Meinung, Pfadfinder; wir wollen alle nichts mehr davon reden. Sergeant Dunham ist hors de combat.«

»Wie?« fragte der Wegweiser.

»Nun, der Sergeant kann nicht mehr kommandieren, und es würde kaum angehen, einen Korporal an die Spitze einer siegreichen Truppe wie diese zu stellen; denn Blumen, welche in einem Garten blühen, sterben auf einer Heide, und ich dachte eben daran, den Anspruch an diese Ehre für einen Mann, der Seiner Majestät Patent als Leutnant hat, geltend zu machen. Was die Mannschaft anbelangt, so darf diese keinen Einspruch dagegen erheben, und was Euch betrifft, mein teurer Freund – Ihr habt schon so viel Ruhm geerntet, habt obendrein Mabel und das Bewußtsein, Eure Pflicht getan zu haben, was noch das Kostbarste von allem ist; ich hoffe daher, daß ich in Euch eher einen Verbündeten als einen Gegner meines Planes finden werde.«

»Was den Befehl über die Soldaten des Fünfundfünfzigsten betrifft, Leutnant, so glaube ich, daß Sie ein Recht an denselben haben, und niemand wird hier etwas dagegen einwenden. Zwar sind Sie ein Kriegsgefangener gewesen, und manche könnten es vielleicht nicht ertragen, einen Gefangenen an ihrer Spitze zu haben, der durch ihre Taten befreit worden ist; doch hier wird sich wahrscheinlich niemand Ihren Wünschen entgegenstellen.«

»Das ist's gerade, Pfadfinder, und wenn ich den Bericht von unserm Siege über die Boote, die Verteidigung des Blockhauses und die Hauptoperationen mit Einschluß der Kapitulation abfassen werde, so sollt Ihr finden, daß ich Eure Ansprüche und Verdienste nicht übergangen habe.«

»Still von meinen Ansprüchen und Verdiensten, Quartiermeister! Lundie weiß, was ich in dem Walde und was ich in einem Fort bin, und der General weiß es noch besser als er. Kümmern Sie sich nicht um mich und erzählen Sie Ihre Geschichte; nur lassen Sie dabei Mabels Vater Gerechtigkeit widerfahren, der in einem gewissen Sinne noch gegenwärtig der kommandierende Offizier ist.«

Muir drückte seine vollkommene Zufriedenheit mit dieser Verhandlung und seinen Entschluß aus, allen Gerechtigkeit widerfahren zu lassen; dann gingen beide wieder zu der am Feuer versammelten Gruppe zurück. Hier begann der Quartiermeister das erstemal, seit er Oswego verlassen hatte, einigermaßen seine Ansprüche auf die Würde geltend zu machen, welche eigentlich seinem Range zu gebühren schien. Er nahm den am Leben gebliebenen Korporal beiseite und erklärte demselben unumwunden, daß er ihn für die Zukunft als einen Offizier im aktiven Dienst betrachten müsse und diese Veränderung im Stande der Dinge seinen Untergebenen mitteilen solle. Dieser Dynastiewechsel wurde ohne die gewöhnlichen revolutionären Erscheinungen bewerkstelligt; denn da alle des Leutnants gesetzliche Ansprüche an das Kommando kannten, so fühlte sich niemand geneigt, seinen Befehlen zu widersprechen. Lundie und der Quartiermeister hatten ursprünglich aus Gründen, die ihnen selbst am besten bekannt waren, eine andere Verfügung getroffen, und jetzt betrachtete es der letztere aus persönlichen Gründen für zweckmäßig, von derselben abzugehen. Dies mußte den Soldaten genügen, obgleich die tödliche Verwundung des Sergeanten Dunham den Umstand hinreichend erklärt haben würde, wenn er einer Erklärung bedurft hätte.

Diese ganze Zeit über beschäftigte sich Kapitän Sanglier nur mit seinem Frühstück und zeigte dabei die Ergebung des Philosophen, die Ruhe eines alten Soldaten, die Freimütigkeit und die Kenntnisse eines Franzosen und die Gefräßigkeit eines Straußes. Dieser Mann befand sich schon etwa dreißig Jahre in den Kolonien und hatte Frankreich in ungefähr derselben Stellung bei der Armee verlassen, welche Muir bei dem Fünfundfünfzigsten einnahm. Eine eiserne Körperbeschaffenheit, vollkommene Abstumpfung der Gefühle, eine gewisse Gewandtheit mit den Wilden umzugehen, und ein unbeugsamer Mut hatten ihn früh dem Oberbefehlshaber als einen Mann bezeichnet, der sich als ein geschickter Leiter der militärischen Operationen unter den alliierten Indianern verwenden ließ. In dieser Eigenschaft hatte er sich den Titel eines Kapitäns erworben und mit dieser Rangerhöhung sich zugleich einen Teil der Sitten und Ansichten seiner Verbündeten mit jener Leichtigkeit und Anpassungsfähigkeit angeeignet, welche in diesem Teil der Welt als Eigentümlichkeiten seiner Landsleute betrachtet werden. Er hatte oft die Indianerhorden auf ihren Raubzügen angeführt, und sein Benehmen zeitigte bei solchen Gelegenheiten gerade entgegengesetzte Ergebnisse, indem es das Elend solcher Kriegsfahrten erleichterte und es zugleich wieder durch die ausgedehnteren Pläne und größeren Hilfsquellen der Zivilisation vermehrte. Mit andern Worten – er entwarf Unternehmungen, deren Wichtigkeit und Folgen die gewöhnliche Politik der Indianer weit überragten, und schritt dann ein, um die selbstgeschaffenen Übel zu mindern. Kurz, er war ein Abenteurer, welchen die Umstände in eine Lage geworfen hatten, wo die rauhen Eigenschaften von Leuten seiner Klasse sich im Guten wie im Schlimmen entwickeln konnten; und er war nicht der Mann, das Glück durch unzeitige Gewissenhaftigkeit, etwa infolge früherer Eindrücke zu verscherzen oder mit der Gunst desselben zu spielen, indem er unnötigerweise durch mutwillige Grausamkeit seinen Groll herausforderte. Doch da sein Name unvermeidlich mit vielen von seinen Horden begangenen Ausschweifungen in Verbindung gebracht wurde, so betrachtete man ihn allgemein in den amerikanischen Provinzen als einen Elenden, der seine Lust am Blutvergießen habe und sein größtes Glück in den Qualen der Hilflosen und Unschuldigen finde; der Name Sanglier[12], welchen er sich beigelegt hatte, oder Kieselherz, wie man ihn gewöhnlich an den Grenzen nannte, war den Weibern und Kindern dieser Gegend so furchtbar geworden wie später die von Butler und Brandt.

Das Zusammentreffen zwischen Pfadfinder und Sanglier hatte einige Ähnlichkeit mit der berühmten Zusammenkunft Wellingstons und Blüchers, welche so oft und so malerisch erzählt worden ist. Es fand bei dem Feuer statt, und beide Teile betrachteten sich eine Weile, ohne zu sprechen. Jeder fühlte, daß er in dem andern einen furchtbaren Feind hatte, und zugleich, daß – obschon sie sich gegenseitig mit der männlichen Freimütigkeit von Kriegern behandeln mußten – ein großer Unterschied zwischen ihren Charakteren und Interessen obwaltete. Der eine diente um Geld und Beförderung, der andere, weil ihn sein Schicksal in die Wälder geschleudert hatte, und weil sein Geburtsland seines Armes und seiner Erfahrung bedurfte. Der Wunsch, sich über seine gegenwärtige Lage zu erheben, trübte Pfadfinders Ruhe nicht; auch hatte er nie einen ehrgeizigen Gedanken, im gewöhnlichen Sinne des Worts, gehegt, ehe er mit Mabel bekannt wurde. Seit dieser Zeit aber hatten ihm allerdings sein geringes Selbstvertrauen, die Verehrung für seine Geliebte und der Wunsch, ihr eine bessere Stellung zu verschaffen, manche unbehaglichen Augenblicke gemacht; doch die Geradheit und Einfachheit seines Charakters gewährte ihm bald die erforderliche Beruhigung, und er begann zu fühlen, daß das Weib, welches keinen Anstand nahm, ihn zum Gatten zu wählen, auch kein Bedenken tragen würde, sein Los, so gering es auch sein mochte, zu teilen. Er achtete Sanglier als einen tapferen Krieger und besaß viel zuviel von jener Freisinnigkeit, welche das Ergebnis durch Erfahrung erworbenen Wissens ist, um nur die Hälfte von dem zu glauben, was er zum Nachteile seines Gegners gehört hatte; denn gewöhnlich sind diejenigen, welche am wenigsten von einer Sache verstehen, die befangensten und unduldsamsten Beurteiler derselben. Doch konnte er die Selbstsucht des Franzosen, seine kaltblütigen Berechnungen und die Weise nicht billigen, mit welcher er seine »weißen Gaben« vergessen und die rein »roten« sich angeeignet hatte. Auf der andern Seite war Pfadfinder dem Kapitän Sanglier ein Rätsel, da dieser die Beweggründe des andern nicht zu begreifen vermochte. Er hatte oft von der Geradheit, Gerechtigkeit und Wahrheitsliebe des Wegweisers gehört, und diese hatten ihn schon zu großen Irrtümern verleitet, nach demselben Grundsatze, nach welchem ein freimütiger und offener Diplomat seine Geheimnisse weit besser bewahren soll als der listige und verschlossene.

Als sich die beiden Helden auf die erwähnte Weise betrachtet hatten, berührte Monsieur Sanglier seine Mütze; denn das wilde Grenzleben hatte die feineren Sitten seiner Jugend und den Anstrich von Bonhomie, welche den Franzosen angeboren scheint, nicht ganz zerstört.

»Monsieur le Fadfinder«, sagte er mit sehr entschiedenem Tone, obgleich mit freundlichem Lächeln; »un militaire ehren le courage et la loyauté. Sie sprechen Irokesisch?«

»Ja, ich verstehe die Sprache dieses Gewürms und kann damit fortkommen, wenn sich eine Gelegenheit dazu bietet«, erwiderte der wahrheitsliebende Wegweiser, »obgleich mir weder die Sprache noch der Stamm behagt. Wo Sie immer auf Mingoblut stoßen, Meister Kieselherz, finden Sie einen Schurken. Nun, ich habe Sie oft gesehen, zwar nur in der Schlacht, aber ich muß gestehen – immer im Vordertreffen. Sie müssen die meisten unsrer Kugeln aus eigener Anschauung kennen?«

»Nie, Herr, Ihre eigene; une balle aus Ihrer verehrten Hand sein sicherer Tod. Sie töten meine besten Krieger auf einer Insel.«

»Das kann sein, das kann sein, obgleich ich sagen darf, daß sie sich, wenn man's genauer betrachtet, als die größten Schurken ausweisen werden Nehmen Sie mir's nicht übel, Herr Kieselherz, Sie halten sich zu einer verzweifelt schlechten Gesellschaft.«

»Ja, Herr«, antwortete der Franzose, welcher etwas Artiges erwidern wollte, und da er den andern nur schwer verstehen konnte, seine Worte für ein Kompliment gehalten hatte; »Sie sein zu gütig. Aber un brave immer comme ça. Was das bedeuten? Ha! Was dies jeune homme tun?«

Die Hand und das Auge Kapitän Sangliers leiteten den Blick Pfadfinders auf die entgegengesetzte Seite des Feuers, wo Jasper in diesem Augenblick von zwei Soldaten gepackt wurde, welche ihm auf Muirs Befehl die Hände banden.

»Was soll das heißen, he?« rief der Wegweiser, indem er vorwärts eilte und die zwei Untergebenen mit unwiderstehlicher Muskelkraft zurückdrückte. »Wer wagt es, so mit Jasper umzugehen? Und wer erkühnt sich, das vor meinen Augen zu tun?«

»Es geschieht auf meinen Befehl, Pfadfinder«, antwortete der Quartiermeister, »und ich werde es verantworten. Ihr werdet Euch doch nicht herausnehmen, die Gesetzlichkeit der Befehle, welche ein königlicher Offizier des Königs Soldaten gibt, zu bestreiten?«

»Ich bestreite die Worte des Königs, wenn ich sie aus seinem eigenen Mund habe, sobald sie behaupten, daß Jasper eine solche Behandlung verdiene. Hat nicht der Junge eben die Skalpe von uns allen gerettet, uns aus der Not gerissen und uns zum Siege verholfen? Nein, nein, Leutnant, wenn das der erste Gebrauch ist, welchen Sie von Ihrem Ansehen machen wollen, so werde ich ein für allemal mich dagegenstemmen.«

»Das riecht ein wenig nach Insubordination«, antwortete Muir, »aber wir lassen uns viel von Pfadfinder gefallen. Es ist wahr, daß uns Jasper in dieser Angelegenheit zu dienen schien; wir dürfen aber die Vergangenheit nicht außer acht lassen. Hat ihn nicht Major Duncan selbst dem Sergeanten Dunham als verdächtig bezeichnet, ehe wir die Garnison verließen? Haben wir nicht genug mit unsern eigenen Augen gesehen, um überzeugt sein zu dürfen, daß wir verraten wurden? Und ist es nicht natürlich und fast notwendig, diesen jungen Menschen für den Verräter zu halten? Ach, Pfadfinder, Ihr werdet nie ein großer Staatsmann oder ein großer Feldherr werden, wenn Ihr so sehr dem Schein vertraut. Du lieber Himmel! die Heuchelei ist ein noch gewöhnlicheres Laster als der Neid, der doch der Krebsschaden der menschlichen Natur ist.«

Kapitän Sanglier zuckte die Achseln; dann blickte er ernst von Jasper auf den Quartiermeister und von dem Quartiermeister wieder auf Jasper zurück.

»Ich kümmere mich wenig um Ihren Neid oder Ihre Heuchelei oder um Ihre ganze menschliche Natur«, erwiderte Pfadfinder. »Jasper Eau-douce ist mein Freund; Jasper Eau-douce ist ein mutiger Bursche, ein ehrlicher Bursche und ein loyaler Bursche; und niemand vom Fünfundfünfzigsten soll Hand an ihn legen, solange ich es verhindern kann – es sei denn auf Lundies eigenen Befehl. Sie mögen meinetwegen Macht über Ihre Soldaten haben, aber Sie haben keine über Jasper oder mich, Herr Muir.«

»Bon!« rief Sanglier in einem Tone, an dessen Energie die Kehle und die Nase in gleicher Weise teilnahmen.

»Wollt Ihr der Vernunft kein Gehör geben, Pfadfinder? Bedenkt doch unsere Vermutungen und unsern Argwohn; auch habe ich noch ein weiteres Indiz bereit, das alle andern vermehrt und erschwert. Betrachtet einmal dieses Stückchen Segeltuch; dieses fand Mabel Dunham und noch obendrein an einem Baummast auf unserer Insel, kaum eine Stunde, ehe der Feind seinen Angriff machte. Wenn Ihr Euch nun die Mühe nehmen wollt, die Länge des Scudwimpels zu betrachten, so werdet Ihr selbst sagen müssen, daß dieser Streifen davon abgeschnitten ist. Ein umständlicherer, augenscheinlicherer Beweis ist nie geliefert worden.«

»Ma foi, c'est un peu trop, ceci«, murmelte Sanglier zwischen den Zähnen.

»Was schwatzen Sie mir da von Wimpeln und Signalen, wenn ich das Herz kenne!« fuhr Pfadfinder fort. »Jasper hat die Gabe der Ehrlichkeit, und die ist zu selten, um damit sein Spiel treiben zu dürfen wie mit dem Gewissen eines Mingos. Nein, nein, die Hände weg, oder wir werden sehen, wer sich am wackersten im Kampfe hält – Sie und Ihre Leute vom Fünfundfünfzigsten oder der Serpent hier, der Hirschtöter und Jasper mit seinen Bootsleuten. Leutnant Muir, Sie überschätzen Ihre Macht ebensosehr, als Sie Jaspers Treue zu gering achten.«

»Très bon!«

»Nun, wenn ich offen sprechen muß, Pfadfinder, so muß ich's eben tun. Kapitän Sanglier hier und der brave Tuscarora da haben mir mitgeteilt, daß dieser unglückselige Jüngling der Verräter ist. Nach einem solchen Zeugnis könnt Ihr mein Recht, ihn zu bestrafen, ebensowenig länger bestreiten als die Notwendigkeit dieser Handlung.«

»Scélérat«, brummte der Franzose.

»Kapitän Sanglier ist ein wackerer Soldat und wird nichts gegen das Benehmen eines ehrlichen Schiffers zu sagen wissen«, warf Jasper ein. »Ist ein Verräter hier, Kapitän Kieselherz?«

»Ja«, fügte Muir bei, »er soll sich aussprechen, da Ihr selbst wünscht, unglücklicher Jüngling, daß die Wahrheit bekannt werde; und ich kann Euch nur wünschen, daß Ihr mit dem Leben davonkommt, wenn ein Kriegsgericht über Eure Verbrechen aburteilt. Wie ist es, Kapitän? Sehen Sie einen Verräter unter uns oder nicht?«

»Oui – ja, Herr – bien sûr!«

»Zuviel lügen!« rief Arrowhead mit einer Donnerstimme, indem er in hastiger Bewegung mit seinem Handrücken Muirs Brust berührte. »Wo meine Krieger? – Wo Yengeese Skalp? Zuviel lügen!«

Es fehlte Muir weder an persönlichem Mut noch an einem gewissen persönlichen Ehrgefühl. Er nahm die Berührung des Tuscarora, welche nur die unwillkürliche Folge einer raschen Gebärde war, irrigerweise für einen Schlag: denn das Gewissen erwachte in ihm plötzlich, und mit einem Schritte zurück streckte er die Hand nach einem Gewehr aus. Sein Gesicht war bleich vor Wut, und seine Züge drückten die volle Absicht seines Innern aus. Aber Arrowhead war schneller als er. Der Tuscarora warf einen wilden Blick um sich, griff dann in seinen Gürtel, zog ein verborgenes Messer aus demselben hervor und hatte es in einem Augenblick bis ans Heft in den Körper des Quartiermeisters begraben. Sanglier nahm, als Muir zu seinen Füßen niederstürzte und ihm mit dem stieren Blicke des überraschten Todes ins Gesicht starrte, eine Prise Schnupftabak, und sagte mit ruhiger Stimme: –

»Voilà l'affaire finie; mais«, er zuckte die Achseln, »ce n'est qu'un scélérat de moins.«

Die Tat war zu rasch geschehen, um verhindert werden zu können, und als Arrowhead mit einem gellenden Schrei in das Gebüsch enteilte, waren die Weißen zu bestürzt, um ihm zu folgen. Nur Chingachgook war gefaßter, und die Büsche hatten sich kaum hinter dem Körper des Tuscarora geschlossen, als der des Delawaren ihm in rascher Verfolgung nachrauschte.

Jasper sprach geläufig französisch, und die Worte wie das Benehmen Sangliers waren ihm daher aufgefallen.

»Sprechen Sie, Monsieur«, sagte er englisch, »bin ich ein Verräter?«

»Le voilà«, antwortete der kaltblütige Franzose, »das ist unser espion – unser agent – unser Freund – ma – foi –c'était un grand scélérat – voici.«

Bei diesen Worten beugte sich Sanglier über den toten Körper und griff mit der Hand in die Tasche des Quartiermeisters, aus welcher er eine Börse zog. Als er den Inhalt derselben auf die Erde leerte, rollten mehrere Doppel-Louisdore gegen die Soldaten hin, welche nicht säumten, sie aufzulesen. Dann warf der Glücksritter die Börse verächtlich weg, wendete sich zu der Suppe, welche er mit so großer Sorgfalt bereitet hatte, und da er sie nach seinem Geschmack fand, so begann er sein Frühstück mit einer Gleichgültigkeit, um welche ihn der stoische indianische Krieger hätte beneiden können.

Siebenundzwanzigstes Kapitel

> Die einz'ge unwelkbare Blüt' auf Erden
> Ist Tugend, und ein Schatz, der nie versiegt.
> Die Treue. –
>
> *Cowper*

Der Leser möge sich einige der Begebenheiten, welche dem plötzlichen Tode des Quartiermeisters folgten, selbst ausmalen. Während sein Körper in den Händen der Soldaten war, welche ihn anständig beiseite brachten und mit einem Mantel bedeckten, nahm Chingachgook schweigend wieder seinen Platz am Feuer ein, und Sanglier und Pfadfinder bemerkten, daß ein frischer, noch blutender Skalp an seinem Gürtel hing. Niemand stellte eine Frage, und der erstere, obwohl er vollkommen überzeugt war, daß Arrowhead gefallen sei, zeigte keine Spur von Neugierde oder Teilnahme. Er aß ruhig seine Suppe fort, als ob sich nichts Ungewöhnliches während der Mahlzeit ereignet hätte. In all diesem lag etwas von dem Stolze und der angenommenen Gleichgültigkeit, in welchen er die Indianer nachahmte; doch mochte es noch mehr das Ergebnis eines sturmvollen Lebens, gewohnter Selbstbeherrschung und der Härte seines Gemütes sein. Pfadfinder fühlte etwas anders bei der Sache, obgleich er sich im Äußern fast ebenso benahm. Er liebte Muir nicht, da dessen glatte Höflichkeit wenig mit seinem eigenen freimütigen und edlen Wesen im Einklang stand; aber der unerwartete und gewaltsame Tod desselben hatte ihn, obgleich er an ähnliche Szenen gewöhnt war, ergriffen, und das Offenbarwerden seines Verrates mußte ihn überraschen. Um sich über die Ausdehnung des letzteren Gewißheit zu verschaffen, begann er, sobald die Leiche entfernt war, den Kapitän über die Sache auszuforschen, und da dieser nach dem Tode seines Agenten keinen besondern Grund hatte, sie geheimzuhalten, so enthüllte er während des Frühstücks folgende Umstände, welche dazu dienen mögen, einige untergeordnete Zwischenfälle unserer Erzählung aufzuklären.

Bald nach dem Aufmarsch des Fünfundfünfzigsten an der Grenze hatte Muir freiwillig dem Feinde seine Dienste angeboten. In seinen Anträgen rühmte er sich der Freundschaft mit Lundie, welche ihm Mittel böte, ungewöhnlich genaue und wichtige Mitteilungen zu machen. Seine Bedingungen wurden angenommen; Monsieur Sanglier hielt in der Nähe des Forts Oswego mehrere Zusammenkünfte mit ihm und brachte einmal eine ganze Nacht verborgen in der Garnison zu. Arrowhead war der gewöhnliche Kommunikationskanal; der anonyme Brief an Major Duncan wurde von Muir aufgesetzt, nach Frontenac geschickt, abgeschrieben und durch den Tuscarora zurückgebracht, der eben von dieser Sendung zurückkehrte, als ihn der Scud abfing. Es ist kaum nötig beizufügen, daß Jasper geopfert werden sollte, um den Verrat des Quartiermeisters zu verhüllen und allen Verdacht zu beseitigen, daß durch letzteren die Mitteilung der Lage der Insel an den Feind geschehen sei. Eine außerordentliche Belohnung, welche in seiner Börse gefunden wurde, hatte ihn veranlaßt, Sergeant Dunhams Zug zu begleiten, um die Signale zum Angriff geben zu können. Die Vorliebe Muirs für das andere Geschlecht war eine natürliche Schwäche, und er würde Mabel ebensogut als irgendeine andere, welche sich geneigt gezeigt hätte, seine Hand anzunehmen, geheiratet haben; aber seine Bewunderung für sie war großenteils geheuchelt, um einen Vorwand zur Teilnahme an dem Zuge zu haben, ohne sich bei dem Mißlingen desselben einer Verantwortlichkeit auszusetzen oder Gefahr zu laufen, daß ihm die Begleitung wegen fehlender gewichtiger und hinreichender Gründe abgeschlagen würde. Hiervon war vieles, namentlich der mit Mabel in Verbindung stehende Teil, dem Kapitän Sanglier bekannt, und er ermangelte nicht, seine Zuhörer in das ganze Geheimnis einzuweihen, wobei er oft in seiner sarkastischen Weise lachte, als er die verschiedenen Kunstgriffe des unglücklichen Quartiermeisters enthüllte.

»Touchez-la«, sagte der kaltblütige Parteigänger und hielt, als er mit seinen Erläuterungen zu Ende war, dem Pfadfinder seine sehnige Hand entgegen. »Sie sein honnête, und das is beaucoup. Wir nehmen den Spion, wie wir nehmen la médecine. für gut, mais je les déteste! Touchez-la!«

»Ich nehme Ihre Hand, Kapitän, ja; denn Sie sind ein gesetzmäßiger, natürlicher Feind«, erwiderte Pfadfinder, – »und ein mannhafter obendrein; aber der Körper des Quartiermeisters soll nie den englischen Boden entehren. Ich hatte im Sinn, ihn zu Lundie zurückzuführen, damit dieser seine Dudelsäcke über ihn pfeifen lasse; aber er soll nun hier liegen, an dem Ort, wo er seine Schurkerei geübt, und sein Verrat sei sein Grabstein. Kapitän Kieselherz, ich will glauben, daß die Gemeinschaft mit Verrätern zu den regelmäßigen Dienstpflichten eines Soldaten gehört; aber ich sage Ihnen ehrlich, daß sie mir nicht gefällt und daß es mir lieber ist, Sie haben diese Sache auf ihrem Gewissen, als ich. Welch ein arger Sünder! Verrat zu spinnen, rechts und links gegen Vaterland, Freunde und Gott! Jasper, Junge, ein Wort beiseite, nur eine Minute –«

Pfadfinder führte nun den Jüngling auf die Seite, und indem er ihm mit Tränen in den Augen die Hand drückte, fuhr er fort:

»Ihr kennt *mich,* Eau-douce, und ich kenne *Euch;* diese Neuigkeiten haben meine Meinung von Euch nicht im mindesten geändert. Ich habe ihrem Gerede nie Glauben geschenkt, obgleich es, ich gebe es zu, eine Minute bedenklich genug aussah; ja, es sah bedenklich aus und machte auch mich bedenklich. Aber ich hatte keinen Augenblick Argwohn gegen Euch; denn ich weiß, daß Eure Gaben nicht auf diesem Wege liegen, obschon ich zugestehen muß, daß ich etwas der Art nicht hinter dem Quartiermeister gesucht hätte.«

»Und er war sogar ein Offizier Seiner Majestät, Pfadfinder!«

»Es ist nicht sowohl deswegen, Jasper Western, es ist nicht gerade das. Bestallung hin, Bestallung her; er war von Gott bestellt, recht zu handeln und mit seinen Mitgeschöpfen ehrlich zu Werke zu gehen, und hat sich schrecklich gegen diese Pflicht verfehlt.«

»Und dann noch seine vorgebliche Liebe zu Mabel, für die er auch nicht das mindeste fühlte!«

»Gewiß, das war schlecht; der Kerl muß Mingoblut in seinen Adern gehabt haben. Ein Mensch, der gegen ein Weib unredlich ist, kann nur ein Mischling sein, Junge; denn der Herr hat sie hilflos geschaffen, damit wir ihre Liebe durch Güte und Dienstleistungen gewinnen mögen. Da liegt der arme Mann, der Sergeant, auf seinem Sterbebette, und er hat mich mit seiner Tochter verlobt, und Mabel, das liebe Kind, hat ihre Zustimmung gegeben. Dieses läßt mich nun fühlen, daß ich auf die Wohlfahrt zweier zu denken, für zwei Naturen zu sorgen und zwei Herzen zu erfreuen habe. Ach, Jasper, es kommt mir bisweilen vor, ich sei nicht gut genug für dieses süße Geschöpf!«

Eau-douce schnappte nach Luft, als er zum erstenmal diese Nachricht vernahm, und obgleich es ihm gelang, einige äußere Zeichen seines Seelenkampfes zu verbergen, so überflog doch seine Wangen die Blässe des Todes. Er faßte sich jedoch und antwortete nicht nur mit Festigkeit, sondern sogar mit Kraft: –

»Sagt nicht so, Pfadfinder, Ihr seid gut genug für eine Königin.«

»Ja, ja, Junge – nach Euern Begriffen von meinen Vorzügen; das heißt, ich kann einen Hirsch töten oder im Notfall auch einen Mingo, so gut als irgendeiner an der Grenze; oder ich kann einen Waldpfad mit sicherm Auge verfolgen und in den Sternen lesen, wenn andere das nicht vermögen. Kein Zweifel, kein Zweifel, Mabel wird Wildbret und Fische genug haben; aber wird sie nicht Kenntnisse, Ideen und eine angenehme Unterhaltung vermissen, wenn das Leben sich ein wenig langweilig hinschleppt und jedes von uns sich in seinem wahren Werte zu zeigen beginnt?«

»Wenn Ihr Euern Wert zeigt, Pfadfinder, so muß die größte Dame im Land mit Euch glücklich werden. In dieser Beziehung habt Ihr keinen Grund, besorgt zu sein.«

»Nun, Jasper, ich glaube, daß es Euch Ernst ist – nein, ich weiß es; denn es ist natürlich und der Freundschaft gemäß, daß man die, welche man liebt, in einem allzu günstigen Lichte betrachtet Ja, ja, wenn ich Euch heiraten sollte, Junge, so würde ich mir keine Sorge machen, günstig beurteilt zu werden; denn Ihr habt Euch immer geneigt gezeigt, mich und meine Handlungen mit wohlwollenden Blicken zu betrachten. Aber ein junges Mädchen muß im Grunde doch wünschen, einen Mann zu bekommen, der ihrem eigenen Alter und ihrer Denkweise nähersteht als einer, der seinen Jahren nach ihr Vater sein könnte und rauh genug ist, um ihr Furcht einzujagen. Es nimmt mich wunder, Jasper, daß Mabel nicht lieber ein Auge auf Euch geworfen hat, statt mir ihre Neigung zuzuwenden.«

»Ein Auge auf mich werfen, Pfadfinder?« erwiderte der junge Mann, indem er die Bewegung in seiner Stimme zu verbergen suchte. »Was könnte an mir wohl einem Mädchen, wie Mabel Dunham ist, gefallen? Ich habe alle die Mängel, welche Ihr an Euch selbst findet, und nichts von den Vorzügen, welche Euch sogar die Achtung von Generalen gewonnen haben.«

»Nun, nun, es ist alles Zufall, sage man, was man wolle. Ich habe ein Frauenzimmer nach dem andern durch die Wälder geführt und mit ihnen in der Garnison verkehrt, ohne gegen irgendeine Zuneigung zu empfinden, bis ich Mabel Dunham sah. Es ist wahr, der arme Sergeant hat zuerst meine Gedanken auf seine Tochter gelenkt, aber als wir ein wenig bekannt wurden, bedurfte es nicht vieler Worte, um mich Tag und Nacht an sie denken zu machen. Ich bin zähe, Jasper, ich bin sehr zähe und entschlossen genug, wie ihr alle wißt, und doch glaube ich, es würde mich erdrücken, wenn ich jetzt Mabel Dunham verlieren müßte.«

»Wir wollen nicht mehr davon reden, Pfadfinder«, sagte Jasper, indem er den Händedruck seines Freundes erwiderte und sich wieder dem Feuer zukehrte, obgleich das letztere nur langsam und in der Weise eines Menschen geschah, dem es gleichgültig ist, wohin er geht, – »wir wollen nicht mehr davon reden. Ihr seid Mabels und Mabel ist Eurer würdig – Ihr liebt Mabel, und Mabel liebt Euch – Ihr Vater hat Euch zu ihrem Gatten bestimmt, und niemand hat das Recht, sich darein zu legen. Was aber den Quartiermeister anbelangt, so war seine geheuchelte Liebe gegen Mabel ein noch weit schlechterer Streich als sein Verrat gegen den König.«

Mittlerweile waren sie dem Feuer so nahe gekommen, daß es nötig wurde, den Gegenstand der Unterhaltung zu wechseln. Zum Glück erschien in diesem Augenblick Cap, der in dem Blockhaus seinem sterbenden Schwager Gesellschaft geleistet und von den Vorgängen seit der Kapitulation nichts erfahren hatte, mit ernstem und traurigem Blicke unter der Gesellschaft. Ein großer Teil jenes absprechenden Wesens, welches selbst seinem gewöhnlichen Benehmen den Anschein gab, als ob er alles um sich her verachte, war verschwunden, und sein Äußeres erschien gedankenvoll, wenn nicht gedrückt.

»Der Tod, meine Herren«, begann er, als er nahe genug gekommen war, »ist, von der besten Seite betrachtet, ein trauriges Ding. Da ist nun Sergeant Dunham – ohne Zweifel ein sehr guter Soldat – im Begriff, sein Kabel laufen zu lassen, und doch hält er sich an dem bessern Ende desselben, als ob er entschlossen sei, es für immer in der Klüse zurückzuhalten, – und das nur aus Liebe zu seiner Tochter, wie mir scheint. Was mich anbelangt, so wünsche ich stets, wenn ein Freund in die Notwendigkeit versetzt wird, eine lange Reise anzutreten, daß er gut und glücklich fortkommt.«

»Ihr werdet doch den Sergeanten nicht vor seiner Zeit unter der Erde haben wollen?« antwortete der Pfadfinder vorwurfsvoll. »Das Leben ist süß, auch für den Betagten, und ich habe in dieser Hinsicht Leute gekannt, welchen es am teuersten zu sein schien, wenn es gerade am wenigsten Wert mehr hatte.«

Nichts war Caps Gedanken ferner gewesen als der Wunsch, seines Schwagers Ende beschleunigt zu sehen. Er fühlte sich durch die Pflicht, die letzten Stunden des Sterbenden zu erleichtern, in Verlegenheit gesetzt und wollte einfach bloß seine Sehnsucht ausdrücken, daß der Sergeant glücklich aller Zweifel und Leiden enthoben sein möchte. Die falsche Deutung seiner Worte berührte ihn daher etwas unangenehm, und er erwiderte mit einem Anflug seiner eigentümlichen Rauheit, obgleich ihm sein Gewissen den Vorwurf machte, daß er seinen eigenen Wünschen kein Genüge geleistet habe: –

»Ihr seid zu alt und zu verständig, Pfadfinder«, sagte er, »jemand mit einer Welle einzuholen, wenn er sozusagen seine Gedanken auf eine trübselige Weise auskramt. Sergeant Dunham ist mein Schwager und mein Freund – das heißt ein so inniger Freund, wie ein Soldat es mit einem Seemann sein kann – und ich achte und ehre ihn demgemäß. Ich zweifle übrigens nicht, daß er gelebt hat, wie es einem Manne ziemt, und es kann daher nichts Unrechtes in dem Wunsche liegen, daß er im Himmel eine gute Koje finde. Nun, selbst die Besten von uns müssen sterben, Ihr werdet's mir nicht in Abrede stellen, und das mag uns zur Lehre dienen, damit wir uns unserer Fülle und Kraft nicht überheben. Wo ist der Quartiermeister, Pfadfinder? Es wäre in der Ordnung, wenn er dem armen Sergeanten noch ein Lebewohl sagte, der uns nur um ein kleines vorangeht.«

»Ihr habt wahrer gesprochen, Meister Cap, als Ihr derzeit selbst wißt; das darf uns jedoch nicht wundernehmen; denn der Mensch sagt zuzeiten oft beißende Wahrheiten, wo er es am wenigsten beabsichtigt. Demungeachtet könnt Ihr aber noch weiter gehen und sagen, daß auch die Schlechtesten von uns sterben müssen, was ebenfalls ganz richtig ist und eine noch heilsamere Wahrheit enthält, als wenn man sagt, daß auch die Besten sterblich seien. Was des Quartiermeisters Abschied von dem Sergeanten betrifft, so kann davon keine Rede sein; denn

Ihr werdet sehen, daß er vorangegangen ist, und zwar ohne daß ihm selbst oder irgendeinem andern seine Abreise angekündigt worden wäre.«

»Ihr sprecht Euch nicht so ganz deutlich aus, wie Ihr sonst zu tun pflegt, Pfadfinder. Ich weiß, daß wir alle bei solchen Gelegenheiten ernstere Gedanken fassen sollten; aber ich sehe nicht ein, was es für einen Nutzen hat, in Parabeln zu reden.«

»Wenn meine Worte nicht klar sind, so ist's doch der Gedanke. Kurz, Meister Cap – während sich Sergeant Dunham zu einer langen Reise vorbereitet, langsam und bedächtig, wie es einem gewissenhaften, ehrlichen Manne ziemt, so ist der Quartiermeister vor ihm in aller Hast abgefahren, und obgleich es eine Sache ist, über die mir ein bestimmter Ausspruch nicht zusteht, so muß ich doch die Vermutung äußern, daß die beiden zu verschiedene Wege gehen, um sich je wieder zu treffen.«

»Erklärt Euch deutlicher, mein Freund«, sagte der verwirrte Seemann und sah sich nach Muir um, dessen Abwesenheit ihm verdächtig zu werden anfing. »Ich sehe nichts von dem Quartiermeister, aber ich halte ihn doch nicht für feige genug, um jetzt, da der Sieg errungen ist, davonzulaufen. Wenn der Kampf erst anfinge, statt daß wir jetzt in seinem Kielwasser sind, so möchte das freilich die Sache ändern.«

»Alles, was von ihm übrig ist, liegt unter jenem Mantel dort«, erwiderte der Wegweiser und erzählte dann in kurzen Worten die Geschichte von dem Tode des Leutnants.

»Der Stich des Tuscarora war so giftig wie der der Klapperschlange, obgleich ihm das Warnungszeichen fehlte«, fuhr Pfadfinder fort. »Ich habe manchen verzweifelten Kampf und viele solche plötzlichen Ausbrüche wilden Temperaments gesehen, aber nie kam es mir vor, daß eine Seele so unerwartet oder in einem für die Hoffnungen eines Sterbenden so ungünstigen Augenblicke ihren Körper verließ. Sein Atem stockte mit einer Lüge auf den Lippen, und sein Geist entschwand sozusagen in der Gluthitze der Verworfenheit.«

Cap horchte mit offenem Munde auf und ließ zwei oder drei gewaltige Hems vernehmen, als ob er seinem eigenen Atem nicht traute.

»Ihr führt ein unsicheres und unbequemes Leben hier zwischen dem Frischwasser und den Wilden, Meister Pfadfinder«, sagte er, »und je früher ich es in meinen Rücken kriege, eine desto bessere Meinung werde ich von mir selber hegen. Nun, Ihr habt die Sache erwähnt, und so muß ich denn auch sagen, daß der Mann, als der Feind zuerst auf uns abhielt, nach dem Felsenneste mit einer Art Instinkt eilte, der mich an einem Offizier überraschte; aber ich folgte ihm in zu großer Hast, um mir die ganze Sache zurechtzulegen – Gott sei mit uns! Gott sei mit uns! Ein Verräter, sagt Ihr, und bereit, sein Vaterland zu verkaufen, und noch obendrein an einen schuftigen Franzosen?«

»Alles zu verkaufen, Vaterland, Seele, Leib, Mabel und alle unsere Skalpe, und ich wette, er nahm es nicht genau damit, wer der Käufer sei. Diesmal waren die Landsleute des Kapitän Kieselherz die Zahlmeister.«

»Das sieht ihnen ganz gleich; immer bereit zu kaufen, wenn sie nicht zuschlagen können, und wenn keines von beiden angeht, davonzulaufen.«

Monsieur Sanglier lüpfte seine Mütze mit spöttischem Ernst und erkannte das Kompliment mit einem Ausdruck höflicher Verachtung an, der jedoch bei einem so stumpfsinnigen Gegner verlorenging. Aber Pfadfinder hatte zuviel angeborne Artigkeit und zuviel Gerechtigkeitssinn, um den Angriff unbeachtet vorübergehen zu lassen.

»Nun, nun«, warf er ein, »ich finde da im Grunde keinen großen Unterschied zwischen einem Engländer und einem Franzosen. Ich gebe zwar zu, sie sprechen eine verschiedene Sprache und leben unter verschiedenen Königen, aber beide sind Menschen und fühlen wie Menschen, wenn sich eine Gelegenheit dazu bietet. Wenn der Franzose bisweilen scheu ist, so ist es der Engländer auch, und was das Davonlaufen anbelangt – ei, das wird ein Mensch hin und wieder ebensogut tun wie ein Pferd, mag er von was immer für einem Volke sein.«

Kapitän Kieselherz, wie ihn Pfadfinder nannte, verbeugte sich wieder, aber diesmal war sein Lächeln freundlich und nicht spöttisch; denn er fühlte, daß die Absicht gut war, mochte auch die Art, wie sie ausgedrückt wurde, sein, welche sie wollte. Da er aber zu sehr Philosoph war, um zu beachten, was ein Mann wie Cap dachte oder sagte, so vollendete er sein Frühstück, ohne seine Aufmerksamkeit wieder von diesem wichtigen Geschäfte ablenken zu lassen.

»Ich bin hauptsächlich wegen des Quartiermeisters hergekommen«, fuhr Cap fort, nachdem er das Benehmen des Gefangenen eine Weile beobachtet hatte. »Der Sergeant muß seinem Ende nahe sein, und ich vermutete, er könne wünschen, seinen Amtsnachfolger noch etwas vor seinem Hingang mitzuteilen. Es ist aber zu spät, wie es scheint, und wie Ihr sagt, Pfadfinder, ist der Leutnant in Wirklichkeit ihm vorausgegangen.«

»Das ist er, ja – obgleich auf einem ganz anderen Pfade. Was das Amt anbelangt, so hat jetzt, glaube ich, der Korporal ein Recht auf das Kommando der noch übrigen, kleinen, geplackten – um nicht zu sagen erschreckten – Mannschaft des Fünfundfünfzigsten. Doch wenn etwas getan werden muß, so ist große Wahrscheinlichkeit vorhanden, daß ich dazu berufen bin. Ich denke aber, wir haben nur unsere Toten zu begraben und das Blockhaus mit den Hütten in Brand zu stecken, da sie sich wenigstens ihrer Lage, wenn auch nicht dem Rechte nach auf dem feindlichen Gebiete befinden und nicht zum Dienste des Feindes stehenbleiben dürfen. Wir werden sie ohne Zweifel nicht wieder benutzen; denn da die Franzosen die Insel aufzufinden wissen, so hieße das mit offenen Augen in eine Wolfsfalle greifen. Für diesen Teil unsrer Verrichtung will ich mit Serpent sorgen; denn wir sind sowohl im Rückzug als im Angriff geübt.«

»Alles das ist ganz recht, mein guter Freund, aber was meinen armen Schwager anbelangt, so können wir ihn, nach meiner Ansicht – obgleich er ein Soldat ist – doch nicht ohne ein Wort des Trostes und ohne Lebewohl hinübergehen lassen. Es ist in jeder Hinsicht ein unglückseliger Handel gewesen, obgleich sich ein solches Ende voraussehen ließ, wenn man die Zeitverhältnisse und die Beschaffenheit dieser Schiffahrt ins Auge faßt. Doch, wir müssen's uns gefallen lassen und wollen nun den Versuch machen, dem würdigen Mann vom Grunde wegzuhelfen, ohne seine Ankerketten allzusehr anzuspannen. Der Tod ist im Grunde eben ein Umstand, Meister Pfadfinder, und zwar einer von sehr allgemeinem Charakter, da wir alle ihm früher oder später folgen müssen.«

»Ihr habt recht, Ihr habt recht; ich halte es daher für weise, immer bereit zu sein. Ich habe oft gedacht, Salzwasser, daß derjenige der Glücklichste sei, welcher am wenigsten zurückzulassen hat, wenn die Mahnung an ihn ergeht. So bin ich zum Beispiel ein Jäger, Kundschafter und Wegweiser, und obgleich ich keinen Fußbreit Erde mein eigen nennen kann, so bin ich doch froher und reicher als der große Albany-Schiffsherr. Den Himmel über meinem Haupte, um mich an die letzte große Jagd zu erinnern, und die dürren Blätter unter meinem Fuße, schreite ich über die Erde hin, als ob ich ihr Herr und Besitzer sei, und was bedarf das Herz weiter? Ich will damit nicht sagen, daß ich nichts liebe, was der Erde angehört; denn wie wenig es auch sein mag, Mabel Dunham ausgenommen, so ist mir doch manches teuer, was ich nicht mit mir nehmen kann. Ich habe einige Hunde auf dem obern Fort, die ich sehr schätze, obgleich sie für die Kriegszüge zu laut und deshalb vor der Hand von mir getrennt sind; dann würde es mich, glaube ich, schwer ankommen, von dem Hirschtöter zu scheiden; aber ich sehe nicht ein, warum man ihn nicht mit mir begraben können sollte, da wir beide auf eine Haarsbreite die gleiche Länge – nämlich sechs Fuß – haben; doch außer diesem und einer Pfeife, welche mir der Serpent gab, und einigen Andenken, welche ich von Reisenden erhielt, was man alles in eine Tasche stecken und unter meinen Kopf legen kann – wenn die Reihe an mich kommt, bin ich zu jeder Minute bereit; – und laßt Euch sagen, Meister Cap, das ist so etwas, was ich auch ein Indiz nenne.«

»Gerade so geht es mir«, entgegnete der Seemann, während beide dem Blockhause zugingen, dabei aber zu sehr mit ihren eigenen moralischen Betrachtungen beschäftigt waren, um in diesem Augenblicke des traurigen Auftritts zu gedenken, der ihnen bevorstand. »Das ist ganz meine Gefühls- und Denkweise. Wie oft ist mir, wenn ich nahe am Scheitern war, der Gedanke zum Trost geworden, daß das Fahrzeug nicht mein Eigentum sei. Ich sagte dann oft zu mir: ›Wenn es untergeht, je nun – so geht mein Leben mit verloren, aber nicht mein Eigentum, und darin liegt eine große Beruhigung.‹ Ich habe auf meinen Reisen durch alle Weltgegenden, vom Kap Hoorn bis zum Nordkap, von der Fahrt auf diesem Frischwasserstreifen gar nicht zu reden, die Entdeckung gemacht: ein Mann, der einige Dollars besitzt und sie im Kasten unter Schloß und Riegel verwahrt, darf sicher sein, daß er sein Herz in derselben Truhe miteingeschlossen hat; und so trage ich fast alles, was ich mein eigen nennen darf, in einem Gürtel um meinen Leib herum, damit ich sagen kann, alles zum Leben Dienliche sei an der rechten Stelle. Gott v– mich, Pfadfinder, wenn ich einen Menschen, der kein Herz hat, für besser halte als einen Fisch mit einem Loch in seiner Schwimmblase.«

»Ich weiß nicht, wie sich das verhält, Meister Cap, aber verlaßt Euch drauf: ein Mensch ohne Gewissen ist nur ein armes Geschöpf, wie jeder zugeben wird, der mit den Mingos zu tun gehabt hat. Ich kümmere mich wenig um Dollars oder anderes Geld, wie man es in dieser Weltgegend münzt; aber ich kann, nach dem, was ich bei andern gesehen habe, leicht glauben, daß man von einem Menschen, welcher seinen Kasten damit angefüllt hat, sagen muß, er verschließe sein Herz mit in dieselbe Kiste. Ich war einmal während des letzten Friedens zwei Sommer auf der Jagd, wo ich so viel Pelzwerk sammelte, daß ich endlich fand, die Begierde nach Besitz ersticke meine besten Gefühle; und ich fürchte, wenn ich Mabel heirate, möchte mich die Gier nach solchen Dingen wieder übermannen, damit ich ihr das Leben behaglicher machen könne.«

»Ihr seid ein Philosoph, Pfadfinder, das ist klar, und ich glaube, daß Ihr auch ein Christ seid.«

»Ich dürfte nicht gut auf den Mann zu sprechen sein, der mir das letztere abspräche, Meister Cap. Ich bin allerdings nicht von den Mährischen Brüdern bekehrt worden, wie so viele von den Delawaren, aber ich halte es mit dem Christentum und den weißen Gaben. Ich habe ebensowenig Vertrauen zu einem weißen Mann, der kein Christ ist, wie zu einer Rothaut, welche nicht an ihre glücklichen Jagdgründe glaubt. In der Tat, wenn man einige Verschiedenheiten in den Überlieferungen und einige Abänderungen über die Art, wie sich der menschliche Geist nach dem Tode beschäftigt, abrechnet, so halte ich einen guten Delawaren für einen guten Christen, wenn er auch nie einen Mährischen Bruder sah, und einen guten Christen, was die Natur anbelangt, für einen guten Delawaren. Der Serpent und ich, wir sprechen oft über diese Gegenstände; denn er hat ein großes Verlangen nach dem Christentume –«

»Den Teufel hat er!« unterbrach ihn Cap. »Was will er denn in der Kirche mit all den Skalpen anfangen, die er nimmt?«

»Rennt nicht mit einer falschen Idee durch, Freund Cap, rennt nicht mit einer falschen Idee durch. Diese Dinge gehen nicht tiefer, als die Haut ist, und hängen von der Erziehung und den natürlichen Gaben ab. Betrachtet die Menschen um Euch her und sagt mir, warum Ihr hier einen roten Krieger, dort einen schwarzen, an anderen Orten Heere von weißen seht? Alles dieses und noch viel mehr derartiges, was ich namhaft machen könnte, ist zu besondern Zwecken so eingerichtet, und es ziemt uns nicht, Tatsachen zu widersprechen und die Wahrheit in Abrede zu ziehen. Nein, nein – jede Farbe hat ihre Gaben, ihre Gesetze und ihre Überlieferungen, und keine darf die andere verdammen, weil sie sie nicht ganz begreifen kann.«

»Ihr müßt viel gelesen haben, Pfadfinder, daß Ihr in diesen Dingen so deutlich seht«, erwiderte Cap, dem das einfache Glaubensbekenntnis seines Gefährten nicht wenig geheimnisvoll vorkam. »Es ist mir jetzt alles so klar wie der Tag, obgleich ich sagen muß, daß mir solche Ansichten noch nie zu Ohren gekommen sind. Wie heißen die, zu denen ihr gehört, mein Freund?«

»Wie?«

»Zu welcher Sekte haltet Ihr Euch? Welcher besondern Kirche gehört Ihr an?«

»Seht um Euch und urteilt selbst. Ich bin gegenwärtig in meiner Kirche, ich esse in der Kirche, ich trinke in der Kirche und schlafe in der Kirche. Die Erde ist der Tempel des Herrn, und ich hoffe demütig, daß ich ihm stündlich, täglich und ohne Unterlaß diene. Nein, nein, – ich will weder mein Blut noch meine Farbe verleugnen; ich bin als Christ geboren und will in diesem Glauben sterben. Die Mährischen Brüder haben mir hart zugesetzt, und einer von des Königs Geistlichen hat mir auch sein Sprüchlein gesagt, obgleich das nicht gerade die Leute sind, welche sich mit derartigen Dingen besondere Mühe geben; außerdem sprach noch ein Missionar aus Rom viel mit mir, als ich ihn während des letzten Friedens durch die Wälder geleitete. Aber ich hatte für alle nur eine Antwort: ich bin bereits ein Christ und brauche weder ein Mährischer Bruder noch ein Hochkirchlicher, noch ein Papist zu sein. Nein, nein, ich will meine Geburt und mein Blut nicht verleugnen.«

»Ich denke, ein Wort von Euch könnte den Sergeanten leichter über die Untiefen des Todes wegbringen, Meister Pfadfinder. Er hat niemand um sich als die arme Mabel, und die ist, obgleich seine Tochter, doch nur ein Mädchen und im Grunde noch ein Kind, wie Ihr selber wißt.«

»Mabel ist schwach an Körper, Freund Cap, aber ich glaube,

daß sie in derartigen Dingen stärker ist als die meisten Männer. Doch Sergeant Dunham ist mein Freund; er ist Euer Schwager – und so wird es, da der Drang des Kampfes und die Wahrung unsrer Rechte vorüber ist, geeignet sein, daß wir beide zu ihm gehen und Zeugen seines Hinganges sind. – Ich bin bei manchem Sterbenden gewesen, Meister Cap«, fuhr Pfadfinder fort, der sehr geneigt war, sich über Gegenstände aus seiner Erfahrung weitläufig auszusprechen, wobei er anhielt und seinen Gefährten am Rockknopf faßte, »ich stand schon manchem Sterbenden zur Seite und hörte seinen letzten Atemzug; denn wenn das Getümmel der Schlacht vorüber ist, so muß man der Unglücklichen gedenken, und es ist merkwürdig zu sehen, wie verschieden sich die Gefühle der menschlichen Natur in einem solchen feierlichen Augenblicke aussprechen. Einige gehen diesen Weg so stumpf und dumm, als ob sie von Gott keine Vernunft und kein Gewissen erhalten hätten, indes andere uns freudig verlassen, als ob sie einer schweren Bürde ledig würden. Ich glaube, daß der Geist in solchen Augenblicken deutlich sieht, mein Freund, und daß die Taten der Vergangenheit lebhaft in der Erinnerung auftauchen.«

»Ich wette, es ist so, Pfadfinder! Ich habe selbst etwas der Art bemerkt und hoffe, dadurch nicht schlimmer geworden zu sein. Ich erinnere mich, daß ich einmal glaubte, mein Stündlein sei gekommen, und da überholte ich das Log mit einem Fleiße, dessen ich mich bis zu jenem Augenblick nie für fähig gehalten hätte. Ich bin kein besonders großer Sünder gewesen, Freund Pfadfinder, das heißt – nie in einem großen Maßstabe, obgleich ich der Wahrheit zu Ehren sagen muß, daß eine beträchtliche Rechnung kleiner Dinge gegen mich so gut als gegen einen andern aufgebracht werden könnte; aber nie habe ich Seeräuberei, Hochverrat, Mordbrennerei oder etwas der Art begangen. Was das Schmuggeln und ähnliches anbelangt – ei, ich bin ein Seemann, und ich denke, jeder Stand hat seine schwachen Seiten. Ich wette, Euer Gewerbe ist auch nicht so ganz tadelfrei, so ehrbar und nützlich es auch aussehen mag?«

»Viele von den Kundschaftern und Wegweisern sind ausgemachte Schurken, und einige lassen sich, wie der Quartiermeister hier, von beiden Seiten bezahlen. Ich hoffe, ich bin keiner von diesen, obgleich alle Beschäftigungen ihre Versuchungen haben. Ich bin dreimal in meinem Leben ernstlich geprüft worden, und einmal gab ich ein wenig nach, wenn es sich schon nicht um einen Gegenstand handelte, der meiner Ansicht nach das Gewissen eines Mannes in seiner letzten Stunde beunruhigen könnte. Das erstemal war es, als ich in den Wäldern ein Pack Felle fand, von denen ich wußte, daß sie einem Franzosen gehörten, der auf unserer Seite, wo er eigentlich nichts zu tun hatte, auf der Jagd war – sechsundzwanzig so schöne Biberhäute, als nur je eine das menschliche Auge erfreute. Nun, das war eine schwere Anfechtung; denn ich glaubte, ich hätte fast ein Recht daran, obgleich es damals Friede war. Dann erinnerte ich mich aber, daß solche Gesetze nicht für uns Jäger gemacht seien, und es kam mir der Gedanke, daß der Mann vielleicht große Erwartungen für den nächsten Winter auf das aus den Fellen gelöste Geld baute; und ich ließ sie, wo sie lagen. Die meisten von unsern Leuten sagten zwar, ich hätte unrecht getan; aber die Art, wie ich die Nacht darauf schlief, überzeugte mich von dem Gegenteil. Die andere Anfechtung betraf eine Büchse, welche ich gefunden hatte, die einzige in diesem Weltteil, die sich an Sicherheit mit dem Hirschtöter vergleichen läßt. Wenn ich sie nahm und versteckte, so wußte ich gewiß, daß mir kein Schütze an der ganzen Grenze mehr die Spitze zu bieten vermochte. Ich war damals jung und keineswegs so geübt, als ich es seitdem geworden bin – und die Jugend ist ehrgeizig und hochstrebend: aber, Gott sei Dank, ich habe dieses Gefühl bemeistert, und, Freund Cap, was fast ebensogut ist – ich bemeisterte später meinen Nebenbuhler in einem so schönen Wettschießen, wie nur je eines in der Garnison abgehalten wurde, er mit seiner Büchse, ich mit dem Hirschtöter, – und noch dazu in der Gegenwart des Generals!«

Hier hielt der Pfadfinder an und lachte; in seinem Auge strahlte die Lust der Erinnerung, und eine Siegesfreude umzog seine sonnverbrannten, braunen Wangen. »Nun, der dritte Kampf mit dem Teufel war der schwerste von allen; ich stieß plötzlich auf ein Lager von sechs Mingos, welche in den Wäldern schliefen und ihre Gewehre und Pulverhörner auf einer Stelle angehäuft hatten, so daß ich mich derselben, ohne einen von den Schuften zu wecken, bemächtigen konnte. Was wäre das für eine Gelegenheit für den Serpent gewesen, einen nach dem andern mit seinem Messer abzutun und die Skalpe fast in kürzerer Zeit an seinem Gürtel zu haben, als ich zur Erzählung der Geschichte brauche. Oh, er ist ein wackerer Krieger, dieser Chingachgook, so ehrlich als tapfer und so gut als ehrlich.«

»Und was habt Ihr in dieser Sache getan, Meister Pfadfinder?« fragte Cap, der auf den Ausgang begierig wurde, »es scheint mir, Ihr habt entweder ein sehr gutes oder ein sehr schlimmes Land angetan?«

»Es war gut und schlimm, wie Ihr es nehmen wollt; – schlimm weil die Versuchung eine verzweifelte war, und, wenn man alle Umstände betrachtet, am Ende doch gut. Ich berührte kein Haar ihres Hauptes; denn es gehört nicht zu den Gaben eines weißen Mannes, Skalpe zu nehmen, und bemächtigte mich nicht einer einzigen ihrer Büchsen. Ich traute mir selbst nicht, da ich wohl wußte, daß die Mingos nicht meine Lieblinge sind.«

»Was die Skalpe anbelangt, so habt Ihr wohl recht getan, mein würdiger Freund, aber Waffen und Munition würde Euch jedes Prisengericht in der Christenheit zugesprochen haben.«

»Das ist wohl richtig, aber dann würden die Mingos frei ausgegangen sein; denn ein weißer Mann kann einen unbewaffneten Feind ebensowenig wie einen schlafenden angreifen. Nein, nein, ich ließ mir, meiner Farbe und auch meiner Religion mehr Gerechtigkeit widerfahren. Ich wartete, bis sie ausgeschlafen hatten und wieder auf ihrem Kriegspfad waren, und pfefferte dann die Halunken von hinten und von der Seite herzinnerlichst (der Pfadfinder fing gelegentlich einen schönen Ausdruck von seinen Genossen auf und gebrauchte ihn etwas unzutreffend), so daß nur einer davon in sein Dorf zurückkam, und auch dieser erreichte seinen Wigwam hinkend. Glücklicherweise war der große Delaware, wie sich später zeigte, nur zurückgeblieben, um einem Stück Wild nachzugehen, und folgte meiner Fährte; als er wieder zu mir traf, hingen die Skalpe der fünf Schurken an der Stelle, wo sie hingehörten, und so – seht Ihr – war bei dieser Handlungsweise nichts verloren, weder was die Ehre noch was den Vorteil anbelangt.«

Cap grunzte Beifall, obgleich man gestehen muß, daß ihm die Unterscheidungen in der Moral seines Gefährten nicht so ganz klar vorkamen. Beide waren während ihrer Unterhaltung auf das Blockhaus zugegangen und gelegentlich wieder stehengeblieben, je nachdem ihnen ein Gegenstand von mehr als gewöhnlichem Interesse Halt gebot. Jetzt befanden sie sich aber so nahe an dem Gebäude, daß keiner daran dachte, das Gespräch weiter zu verfolgen, und jeder bereitete sich zu dem letzten Abschiede von dem Sergeanten vor.

Achtundzwanzigstes Kapitel

> Beeistes Feld, du meines Lebens Bild!
> Wie heiter blicktest du im jungen Lenze;
> Wie duftete die Sommerluft so mild
> Im zarten Hauche deiner Lilienkränze.
> Es ist dahin – im Wintersturm verflogen –
> Das Festgewand, das jüngst sich noch umzogen.
>
> *Spenser*

Obgleich der Soldat im Getümmel der Schlacht die Gefahr und selbst den Tod mit Gleichmut betrachtet, so bringt doch, wenn sich der Hingang der Seele verzögert und Augenblicke der Ruhe und Betrachtung eintreten, der Wechsel gewöhnlich ernstere Gedanken, Reue über die Vergangenheit, Zweifel und Ahnungen der Zukunft mit sich. Mancher ist schon mit dem Ausdrucke des Heldenmuts auf seinen Lippen heimgegangen, während sein Herz schwer und trostlos war; denn wie verschieden auch unsere Glaubensbekenntnisse sein mögen; ob unser Hoffen auf der Vermittlung Christi, auf den Verheißungen Mohammeds oder auf irgendeiner andern ausgebildeten Allegorie des Ostens beruhe – es gibt nur eine allen Menschen gemeinsame Überzeugung, daß nämlich der Tod nur eine Übergangsstufe von diesem zu einem höheren Leben sei. Sergeant Dunham war ein tapferer Mann, aber er stand im Begriff, einem Lande entgegenzugehen, in welchem ihm Entschlossenheit nichts nützen konnte; und da er sich immer mehr und mehr von der Erde losgerissen fühlte, so nahmen seine Gedanken und Betrachtungen die für seine Lage passende Richtung; denn wenn es wahr ist, daß der Tod alles gleich macht, so ist nichts wahrer, als daß er alle zu denselben Ansichten von der Eitelkeit des Lebens zurückführt.

Pfadfinder war zwar ein Mann von sonderbaren und eigentümlichen Gewohnheiten und Meinungen, aber auch zugleich nachdenklich und geneigt, alles um sich mit einem gewissen Anstrich von Philosophie und Ernst zu betrachten. Die Szene im Blockhaus erweckte daher in ihm nicht gerade neue Gefühle. Anders war es jedoch mit Cap. Rauh, eigensinnig, absprechend und heftig, war der alte Seemann wenig gewöhnt, selbst auf den Tod mit jenem Ernst zu blicken, den die Wichtigkeit eines solchen Augenblicks fordert; ungeachtet alles dessen, was vorgegangen, und trotz der Achtung, welche er gegen seinen Schwager hegte, trat er jetzt an des Mannes Sterbebett mit einem großen Teil jener stumpfen Gleichgültigkeit, welche die Frucht des langen Aufenthaltes in einer Schule war, die, obgleich sie viele Lehren der erhabensten Wahrheit gibt, im allgemeinen ihre Mahnungen an Schüler verschwendet, welche nur wenig geneigt sind, daraus Nutzen zu ziehen.

Den ersten Beweis, daß er nicht ganz in die feierliche Stimmung einging, welche dieser Moment bei den übrigen hervorbrachte, gab Cap dadurch, daß er eine Erzählung der Ereignisse begann, die den Tod Muirs und Arrowheads herbeigeführt hatten.

»Beide lichteten ihre Anker in aller Eile, Bruder Dunham«, schloß er, »und du hast den Trost, daß andere dir auf deiner großen Reise vorausgegangen sind, und noch obendrein solche, bei denen du keinen besondern Grund hast, sie zu lieben, was mir in deiner Lage viel Vergnügen gewähren würde. Meister Pfadfinder, meine Mutter sagte mir immer, daß man den Geist eines Sterbenden nicht niederbeugen, sondern durch alle geeigneten und klugen Mittel aufrichten müsse, und diese Neuigkeiten werden dem armen Manne eine große Erleichterung verschaffen, wenn er überhaupt gegen diese Wilden fühlt wie ich.«

Bei diesen Nachrichten erhob sich June und schlich mit lautlosem Tritte aus dem Blockhause. Dunham horchte mit leerem starrem Blick zu; denn das Leben löste allmählich so viele seiner Bande, daß er Arrowhead ganz vergessen hatte und sich nicht mehr um Muir bekümmerte. Nur nach Eau-douce fragte er mit schwacher Stimme. Dieser trat auf die an ihn ergangene Aufforderung heran. Der Sergeant blickte ihn mit Wohlwollen an, und der Ausdruck seines Auges bewies, daß er das Unrecht, welches er dem jungen Manne in Gedanken zugefügt, bereue. Die Gesellschaft im Blockhaus bestand nun aus dem Pfadfinder, Cap, Mabel, Jasper und dem Sterbenden. Die Tochter ausgenommen, standen alle um des Sergeanten Lager und harrten auf seine letzten Atemzüge. Mabel kniete an seiner Seite und drückte bald seine feuchte Hand an ihre Stirne, bald benetzte sie die vertrockneten Lippen ihres Vaters.

»Euer Schicksal wird über ein kurzes auch das unsrige sein, Sergeant«, sagte Pfadfinder, von dem man nicht gerade sagen konnte, daß ihn diese Szene ergreife; denn er war vorher zu oft Zeuge von der Annäherung und dem Siege des Todes gewesen, obgleich er den Unterschied zwischen dessen Triumph in der Aufregung des Schlachtgetümmels und in der Ruhe des häuslichen Kreises ganz fühlte, – »und ich zweifle nicht daran, daß wir uns später wieder treffen werden. Es ist zwar wahr, Arrowhead ist seinen Weg gegangen; es kann aber nimmer der Weg eines guten Indianers sein. Ihr habt ihn zum letztenmal gesehen; denn sein Pfad war nicht der Pfad eines Gerechten. Das Gegenteil zu denken, wäre gegen alle Vernunft, was auch meiner Ansicht nach bezüglich des Leutnants Muir der Fall ist. Solange Ihr lebtet, habt Ihr Eure Pflicht getan, und wenn man das von einem Manne sagen kann, so mag er zur längsten Reise mit leichtem Herzen und rüstigen Füßen aufbrechen.«

»Ich hoffe so, mein Freund; ich habe es wenigstens versucht, meine Pflicht zu tun.«

»Ja, ja«, warf Cap ein, »die gute Absicht gilt für eine halbe Schlacht, und obgleich du besser getan hättest, auf dem See draußen zu bleiben und ein Fahrzeug hereinzuschicken, um zu sehen, wie das Land liege, was allem eine ganz andere Wendung hätte geben können – so zweifelt doch niemand hier, daß du in der besten Absicht handeltest, und auch wohl niemand anderswo, wenn ich das, was ich von dieser Welt gesehen und von einer andern gelesen habe, glauben darf.«

»Ja, es ist so; ich habe alles in der besten Absicht getan!«

»Vater! o mein lieber Vater!«

»Magnet ist durch diesen Schlag back gelegt worden, Meister Pfadfinder, und kann nur wenig sagen oder tun, was ihren Vater über die Untiefen bringen könnte; wir müssen deshalb um so ernstlicher an den Versuch gehen, ihm einen freundlichen Abschied zu bereiten.«

»Hast du gesprochen, Mabel?« fragte Dunham und richtete die Augen auf seine Tochter, da er bereits zu schwach war, seinen Körper zu wenden.

»Ach Vater, verlaßt Euch nicht um Eurer Handlungen willen

auf die göttliche Gnade und Erlösung, sondern vertraut allein auf die segensreiche Vermittlung unseres Heilandes!«

»Der Kaplan hat uns auch etwas Derartiges gesagt, Bruder. Das liebe Kind kann wohl recht haben.«

»Ja, ja, das ist ein Glaubenssatz, ohne Zweifel. Er wird unser Richter sein und hält das Logbuch unserer Taten, auf denen er fußen wird am letzten Gerichte; dann wird Er sagen, wer recht und wer unrecht gehandelt hat. Ich glaube, Mabel hat recht; aber dann darfst du unbesorgt sein, da du ohne Zweifel mit deiner Rechnung im reinen bist.«

»Onkel! – liebster Vater: Das ist ein eitles Blendwerk! Ach, setzt Eure ganze Hoffnung auf die Vermittlung unseres heiligen Erlösers! Habt Ihr nicht oft genug gefühlt, wie wenig Eure Kräfte auch nur zur Vollführung der gewöhnlichsten Dinge ausreichten, und wie könnt Ihr Euch einbilden, Eure Handlungen seien imstande, eine gebrechliche und sündige Natur so weit zu heben, daß sie würdig erfunden werde, der vollkommensten Reinheit zu nahen? Die einzige Hoffnung des Menschen beruht auf der Vermittlung Christi!«

»Die Mährischen Brüder pflegten uns dasselbe zu sagen«, sagte Pfadfinder leise zu Cap. »Verlaßt Euch drauf, Mabel hat recht.«

»Recht genug, Freund Pfadfinder, in den Entfernungen, aber unrecht im Kurs. Ich fürchte, das Kind macht den Sergeanten in dem Augenblick triftig, wo wir ihn in dem besten Fahrwasser hatten.«

»Überlaßt das Mabel, überlaßt es Mabel; sie versteht sich besser darauf als einer von uns, und in keinem Falle bringt es Schaden.«

»Ich habe das wohl früher gehört«, erwiderte endlich Dunham. »Ach, Mabel! es ist sonderbar, daß der Vater sich in einem solchen Augenblick auf sein Kind stützen muß.«

»Setzt Euer Vertrauen auf Gott, Vater, stützt Euch auf das Erbarmen Seines heiligen Sohnes. Betet, teuerster – teuerster Vater, bittet um Seinen allmächtigen Beistand.«

»Ich bin das Beten nicht gewöhnt, Bruder Pfadfinder – Jasper, könnt Ihr mir zu Worten helfen?«

Cap wußte kaum, was Beten heißt, und konnte nichts darauf antworten. Pfadfinder betete oft, täglich, wo nicht stündlich, aber nur im Geiste und in seiner einfachen Denkweise ohne

Beihilfe von Worten. Er war daher in dieser Not ebenso nutzlos wie der Seemann und wußte nichts zu erwidern. Jasper würde sich zwar mit Freuden bemüht haben, Berge in Bewegung zu setzen, um Mabel zu unterstützen, aber der Beistand, welcher hier erbeten wurde, lag nicht in seinen Kräften, und er trat beschämt zurück, wie es wohl junge, kräftige Leute zu tun pflegen, wenn man von ihnen Handlungen verlangt, bei welchen sie ihre Schwäche und Abhängigkeit von einer höhern Macht bekennen müssen.

»Vater!« sagte Mabel, indem sie sich die Tränen aus den Augen wischte und sich zu fassen versuchte; denn sie war bleich und ihre Züge bebten von innerer Bewegung. »Ich will mit Euch, für Euch, für mich und für uns alle beten. Selbst das Gebet des Schwächsten und Niedrigsten bleibt nicht unbeachtet.«

Es lag etwas Erhabenes, etwas unendlich Rührendes in diesem Akt kindlicher Liebe. Die ernste, ruhige Weise, mit welcher das junge Wesen sich zu der Erfüllung ihrer Pflicht vorbereitete – die Selbstverleugnung, mit welcher sie die Furchtsamkeit und Schüchternheit ihres Geschlechtes vergaß, um ihren Vater in diesem Augenblick der Prüfung aufrechtzuerhalten – die Erhabenheit des Vorsatzes, welcher sie alle ihre Kräfte mit der Andacht und der geistigen Erhebung eines Weibes, dem die Liebe zum Sporne diente, auf das vor ihr liegende große Ziel verwenden ließ – und die heilige Ruhe, in welche sich ihr Schmerz zusammendrängte, machte sie für diesen Augenblick zu einem Gegenstand der Ehrfurcht und Verehrung ihrer Gefährten.

Mabel war religiös und vernünftig, ohne Überspannung und ohne Selbstgenügsamkeit erzogen worden. Ihr Vertrauen auf Gott war freudig und voller Hoffnung, zugleich aber auch demütig und unterwürfig. Sie war von Kindheit auf daran gewöhnt, zu der Gottheit zu beten, indem sie ein Beispiel an der göttlichen Vorschrift Christi nahm, der seine Jünger vor eitlen Wiederholungen warnte, und selbst ein Gebet hinterließ, welches an Erhabenheit und Kürze des Ausdrucks nicht seinesgleichen hat, als ob es ausdrücklich die Neigung des Menschen, seine irren und zufälligen Gedanken als das annehmbarste Opfer zu betrachten, zurechtweisen sollte. Die Sekte, in welcher sie erzogen worden, hatte ihre Anhänger mit einigen der schönsten Lieder als den geeignetsten Anhaltspunkten für die Andacht und das Gebet ausgestattet. An diese Weise der öffentlichen und häuslichen Erbauung gewöhnt, nahm natürlich der Geist unserer Heldin einen erhabenen Gedankenflug, wobei ihre Ausdrucksweise durch die Übung verbessert, gehoben und verschönert wurde. Kurz, Mabel erschien in diesem Betracht als ein Beispiel, welch großen Einfluß Vertrautheit mit geeigneten Gedanken, angemessener Sprache, und ein anständiges, würdevolles Benehmen auf die Gewohnheiten und die Redeweise selbst derjenigen hat, von denen man annehmen kann, daß sie nicht immer für solche erhebenden Eindrücke empfänglich sind. Als sie an dem Bette ihres Vaters kniete, bereitete das Ehrfurchtsvolle ihrer Haltung und ihrer Gebärden die Anwesenden auf das, was kommen sollte, vor; und da ihr liebevolles Herz die Zunge antrieb und das Gedächtnis beiden zu Hilfe kam, so hätte das Opfer ihres brünstigen Gebetes wohl Engeln zum Vorbild dienen können. Zwar waren die Worte nicht sklavisch geborgt, doch trugen sie den einfachen würdigen Ausdruck des Gottesdienstes, den sie gewöhnt war, und erwiesen sich wahrlich des Wesens, welchem sie galten, so würdig, als es menschlichen Kräften möglich ist. Sie übten einen mächtigen Eindruck auf die Zuhörer; denn es ist merkwürdig, wie wahre Erhabenheit und Schönheit mit der Natur so eng verbunden sind, daß sie trotz der nachteiligen Wirkungen lange gepflogener irriger Gewohnheiten im allgemeinen in jedem Herzen widerhallen.

Als aber unsere Heldin die Lage des Sterbenden berührte, wurde sie ganz überzeugend; denn sie zeigte sich da in ihrem vollen Eifer und in ihrer ganzen Natürlichkeit. Die Schönheit der Sprache wurde beibehalten, aber noch durch die einfache Gewalt der Liebe gehoben, und ihre Worte glühten von einem heiligen Feuer, welches sich der Größe wahrer Beredsamkeit näherte. Wir würden einige ihrer Ausdrücke anführen, wenn wir es nicht für unpassend hielten, solche erhebende Gedanken einer allzu genauen Zergliederung zu unterwerfen, weshalb wir uns dessen enthalten.

Die Wirkung dieses feierlichen Auftritts äußerte sich bei den Anwesenden auf verschiedene Weise. Dunham selbst war bald in den Gegenstand des Gebets verloren und fühlte jene Art von Erleichterung, welche ein Mensch empfindet, der unter einer übermäßig schweren Last an einem Abgrunde wankt, wenn er unerwartet seine Bürde sich abgenommen und dieselbe auf den Schultern eines andern sieht, der besser imstande ist, sie zu tragen. Cap war sowohl überrascht als von Ehrfurcht ergriffen, obgleich die Erregungen in seiner Seele weder besonders tief gingen noch lange anhielten. Er wunderte sich ein wenig über seine Gefühle und hatte seine Zweifel, ob sie auch so männlich und heroisch seien, als sie sein sollten; er war jedoch von den Eindrücken der Wahrheit, der Demut, der religiösen Unterwerfung und der menschlichen Abhängigkeit zu ergriffen, um mit seinen rauhen Einwürfen dagegen anzukämpfen. Jasper kniete mit verhülltem Gesicht Mabel gegenüber und folgte ihren Worten mit dem ernstlichen Wunsch, ihre Bitten mit den seinigen zu unterstützen, wenn es schon zweifelhaft sein mochte, ob seine Gedanken nicht ebensosehr bei den sanften, lieblichen Tönen der Beterin wie bei dem Gegenstand ihres Gebets verweilten.

Die Wirkung auf Pfadfinder war augenfällig und ergreifend: augenfällig, weil er aufrecht und gerade Mabel gegenüberstand und die Bewegungen seiner Gesichtszüge wie gewöhnlich das Schaffen seines Innern verrieten. Er lehnte auf seiner Büchse, und seine sehnigen Finger schienen hin und wieder den Lauf derselben mit aller Gewalt zerdrücken zu wollen, während er ein- oder zweimal, wenn Mabels Gedanken sich in vollster Innigkeit aussprachen, seine Augen gegen die Decke des Gemachs erhob, als ob er erwartete, daß das gefürchtete Wesen, an welches die Worte gerichtet waren, sichtbar über ihm schweben werde. Dann kehrten seine Gefühle wieder zu dem zarten Geschöpfe zurück, welches in heißem, aber ruhigem Gebet für einen sterbenden Vater seine Seele ergoß; denn Mabels Wangen waren nicht mehr bleich, sondern glühten von heiliger Begeisterung, während ihre blauen Augen sich dem Lichte in einer Weise zukehrten, daß das Mädchen wie ein Bild von Guido Reni erschien. In solchen Augenblicken glänzte die ganze ehrliche und männliche Zuneigung Pfadfinders in seinen lebendigen Zügen, und der Blick, welchen er auf unsere Heldin heftete, glich dem des zärtlichsten Vaters gegenüber seinem geliebten Kinde.

Sergeant Dunham legte seine kraftlose Hand auf Mabels Haupt, als sie zu beten aufhörte und ihr Gesicht in seiner Bettdecke verbarg.

»Gott segne dich, mein liebes Kind; Gott segne dich!« flüsterte er. »Du hast mir einen wahren Trost verschafft. Oh, daß auch ich beten könnte!«

»Vater! Ihr kennt das Gebet des Herrn; denn Ihr habt's mich ja selbst gelehrt, als ich noch ein Kind war.«

Auf des Sergeanten Gesicht strahlte ein Lächeln; denn er erinnerte sich, daß er wenigstens diesen Teil der elterlichen Pflicht erfüllt hatte, und die Erinnerung daran gewährte ihm in diesem Augenblick ein inniges Vergnügen. Er schwieg dann einige Minuten, und alle Anwesenden glaubten, er unterhalte sich mit seinem Schöpfer.

»Mabel, mein Kind«, sprach er endlich mit einer Stimme, welche neue Lebenskraft gewonnen zu haben schien – »Mabel, ich verlasse dich jetzt.« – Der Geist scheint bei seinem letzten großen Gange sogar den Körper als ein Nichts zu betrachten. – »Ich verlasse dich jetzt, mein Kind! Wo ist deine Hand?«

»Hier, liebster Vater – hier sind beide – oh, nehmt beide!«

»Pfadfinder«, fuhr der Sergeant fort und tastete nach der entgegengesetzten Seite des Bettes, wo Jasper kniete, wobei er im Mißgriff eine der Hände des jungen Mannes faßte – »nimm sie – sei ihr Vater – wie ihr's beide wünscht – Gott segne dich – Gott segne euch beide!«

Niemand wollte in diesem ergreifenden Augenblick dem Sergeanten seinen Irrtum benehmen, und so starb er einige Minuten später, Jaspers und Mabels Hände mit den seinigen bedeckend. Unsere Heldin wußte nichts von diesen Vorgängen, bis ein Ausruf Caps ihr den Tod ihres Vaters ankündigte. Als sie ihr Gesicht erhob, traf sie auf einen Blick aus Jaspers Augen und fühlte den warmen Druck seiner Hand. In diesem Augenblick war aber nur *ein* Gefühl in ihr vorherrschend; sie zog sich zurück, um zu weinen. Pfadfinder nahm Eau-douce am Arm und verließ mit ihm das Blockhaus.

Die zwei Freunde gingen in tiefstem Schweigen an dem Feuer vorbei durch den Baumgang fast bis zum entgegengesetzten Ufer der Insel, wo sie anhielten. Pfadfinder ergriff das Wort.

»Es ist alles vorbei, Jasper«, sagte er, »es ist alles vorbei. Ach, der arme Sergeant Dunham hat seine Laufbahn beendet, und noch dazu durch die Hand eines giftigen Mingowurms.

Nun, wir wissen nie, was unser wartet, und sein Los kann heute oder morgen das Eurige oder das meinige sein.«

»Und Mabel? was soll aus Mabel werden, Pfadfinder?«

»Ihr habt die letzten Worte des sterbenden Dunham gehört; er hat mir die Obhut über sein Kind gelassen, Jasper, und das ist ein feierliches Vermächtnis, ja, es ist ein sehr feierliches Vermächtnis.«

»Ein Vermächtnis, das Euch jeder gerne abnehmen würde«, versetzte der Jüngling mit einem bittern Lächeln.

»Ich habe oft gedacht, daß es in schlechte Hände gefallen ist. Ich bin nicht eingebildet, Jasper, und denke nicht daran, mir etwas darauf zugute zu tun; wenn Mabel aber geneigt ist, alle meine Unvollkommenheiten und meine Unwissenheit zu übersehn, so wäre es unrecht von mir, etwas dagegen einzuwenden, sosehr ich auch von meiner Wertlosigkeit überzeugt sein mag.«

»Niemand wird Euch tadeln, Pfadfinder, wenn Ihr Mabel Dunham heiratet, ebensowenig, als man es Euch verargen würde, wenn Ihr einen kostbaren Edelstein trüget, den Euch ein Freund geschenkt hätte.«

»Glaubt Ihr, daß man Mabel tadeln würde, Junge? – Ich habe auch meine Bedenklichkeiten darüber gehabt; denn nicht alle Leute sind geneigt, mich mit Euern und mit Mabels Augen zu betrachten.« Jasper Eau-douce fuhr zusammen wie jemand, den ein plötzlicher körperlicher Schmerz überfällt, bewahrte sich jedoch im übrigen seine Selbstbeherrschung. »Die Menschen sind neidisch und schlimm, besonders in den Garnisonen und ihrer Nachbarschaft. Ich wünsche bisweilen, Jasper, daß Mabel zu Euch hätte eine Neigung gewinnen können – ja, ja, und daß Ihr eine Neigung zu ihr gefaßt hättet; denn es kommt mir oft vor, daß ein Bursche wie Ihr sie im Grunde doch glücklicher machen müßte, als ich dazu je imstande bin.«

»Reden wir nicht mehr davon, Pfadfinder«, unterbrach ihn Jasper barsch und ungeduldig – »Ihr werdet Mabels Gatte sein, und es ist nicht recht, von einem andern in dieser Eigenschaft zu sprechen. Was mich anbelangt, so will ich Caps Rate folgen und es versuchen, einen Mann aus mir zu bilden. Vielleicht kann das auf dem Salzwasser geschehen.«

»Ihr, Jasper Western? – Aber warum die Seen, die Wälder und die Grenzen verlassen? und noch dazu um der Städte, der öden Wege in den Ansiedlungen und des bißchen Unterschieds willen in dem Geschmack des Wassers? Haben wir denn nicht die Salzlecken, wenn Ihr Salz braucht? Und sollte nicht ein Mann mit dem zufrieden sein, was andern Geschöpfen Gottes genügt? Ich habe auf Euch gerechnet, Jasper, ja, ich zählte auf Euch – und dachte, da nun Mabel und ich in unserer eigenen Hütte wohnen werden, daß Ihr Euch eines Tages auch versucht fühlen könntet, eine Gefährtin zu wählen, wo Ihr Euch dann in unserer Nachbarschaft niederlassen solltet. Ich habe ein schönes Plätzchen, etwa fünfzig Meilen westlich von der Garnison, für mich im Sinn, und etwa zehn Stunden seitwärts ist ein ausgezeichneter Hafen, wo Ihr mit dem Kutter in der größten Muße ein- und ausfahren könntet. Da habe ich mir denn gerade Euch und Euer Weib vorgestellt, wie Ihr von diesem Platze Besitz nehmt, während Mabel und ich uns auf dem andern niederlassen. Wir hätten eine hübsche, gesunde Jagd dabei, und wenn der Herr überhaupt irgendeines seiner Geschöpfe auf Erden zu beglücken beabsichtigt, so könnte niemand glücklicher sein als wir vier.«

»Ihr vergeßt, mein Freund«, entgegnete Jasper, indem er mit gezwungenem Lächeln des Wegweisers Hand ergriff, »daß es an der vierten Person fehlt, welche mir lieb und teuer sein könnte; und ich zweifle sehr, ob ich je irgend jemand so lieben kann, wie ich Euch und Mabel liebe.«

»Ich danke Euch, Junge, ich danke Euch von ganzem Herzen; aber was Ihr in Beziehung auf Mabel Liebe nennt, ist bloß Freundschaft und etwas ganz anderes, als was ich gegen sie fühle. Jetzt, statt wie früher so gesund zu schlafen wie die Natur um Mitternacht, träume ich jede Nacht von Mabel Dunham. Das junge Wild spielt vor mir, und wenn ich den Hirschtöter erhebe, um mir einen Braten zu holen, blicken die Tiere zurück, und alle scheinen Mabels süße Züge zu tragen; dann lachen sie mir ins Gesicht und sehen dabei aus, als ob sie sagen wollten: ›Schieß mich, wenn du kannst!‹ Oft hörte ich den Klang ihrer süßen Stimme in dem Gesange der Vögel: und erst in meinem letzten Schlummer kam es mir so vor, als wäre ich auf dem Niagara und hielte Mabel in meinen Armen, mit welcher ich lieber über den Fall hinunterstürzte, als ich von ihr lassen wollte. Die bittersten Augenblicke, welche mir je vorkamen, waren die, wenn der Teufel oder vielleicht ein Mingozauberer meinen Träumen die Vorstellung beimischte, daß Mabel für mich durch irgendein unerklärliches Unglück – durch den Wechsel der Dinge oder Gewalt – verlorengegangen sei.«

»O Pfadfinder! wenn Euch das schon im Traume so bitter dünkt, wie muß es erst dem sein, welcher es in Wirklichkeit fühlt und weiß, daß alles wahr, wahr, wahr ist? So wahr, um keinen Funken Hoffnung zurückzulassen – nichts zurückzulassen als die Verzweiflung!«

Diese Worte entquollen Jasper wie die Flüssigkeit einem plötzlich geborstenen Gefäße. Sie entglitten seinen Lippen unwillkürlich, fast unbewußt, aber mit einer Wahrheit und einer Tiefe des Gefühls, daß sich die Aufrichtigkeit derselben nicht bezweifeln ließ.

Pfadfinder blickte seinen Freund in wirrer Überraschung eine Minute lang an; dann tauchte ihm, trotz seiner Unbefangenheit, ein Strahl der Wahrheit auf. Wir wissen, welche verstärkenden Beweise sich in dem Geiste häufen, sobald er einen bestimmten Schlüssel zu einer unerwarteten Tatsache gefunden hat: wie schnell unter solchen Umständen der Flug der Gedanken ist, und wie rasch den Vordersätzen die richtigen Folgerungen sich anreihen. Unser Held war von Natur so zuversichtlich, so gerecht und so geneigt zu glauben, daß alle seine Freunde ihm ein gleiches Glück gönnten, wie er es ihnen wünschte, daß bis zu diesem unglücklichen Augenblick nie eine Ahnung von Jaspers Liebe zu Mabel in seiner Brust aufgetaucht war. Er war aber jetzt zu erfahren in den Regungen, welche eine solche Leidenschaft bezeichnen; auch machten sich die Gefühle seines Gefährten zu heftig und zu natürlich Luft, um den braven Wegweiser länger im Zweifel zu lassen. Er fühlte sich durch diese Entdeckung aufs schmerzlichste gedemütigt. Jaspers Jugend, seine schmuckere Außenseite und alle die Hauptwahrscheinlichkeiten, welche einen solchen Freier dem Mädchen angenehmer machen mochten, traten ihm vor das Auge. Endlich aber machte die edle Geradheit seiner Seele, welche ihn so sehr zu seinem Vorteil auszeichnete, ihre Rechte geltend und wurde noch unterstützt durch die männliche Bescheidenheit, mit welcher er sich selbst beurteilte, und durch seine gewohnte Nachgiebigkeit gegen die Rechte und Gefühle anderer, welche einen Teil seines Wesens auszumachen schien. Er ergriff Jaspers Arm und führte ihn zu einem Baumstrunk, auf welchen er den jungen Mann mit seiner unwiderstehlichen Muskelkraft niederdrückte, bevor er seinen Sitz neben ihm einnahm.

Sobald sich Jaspers innere Bewegung Luft gemacht hatte, fühlte er sich durch die Heftigkeit ihres Ausbruches beunruhigt und beschämt. Er würde gern alles, was er auf Erden sein nennen konnte, darum gegeben haben, hätte er die letzten drei Minuten wieder zurückrufen können; aber er war von Natur zu freimütig und zu sehr daran gewöhnt, gegen seinen Freund offen zu verfahren, als daß er nur einen Augenblick versucht hätte, seine Gefühle zu verhehlen oder die Erklärung, welche ihm, wie er wußte, nun abverlangt wurde, zu umgehen. Zwar zitterte er vor den Folgen, aber er konnte es nicht über sich gewinnen, ein zweideutiges Benehmen einzuschlagen.

»Jasper«, begann Pfadfinder in einem so feierlichen Tone, daß jeder Nerv seines Zuhörers bebte, – »das kam sehr unverhofft. Ihr hegt zartere Gefühle für Mabel, als ich dachte, und wenn mich nicht ein Mißgriff meiner Eitelkeit und Einbildung grausam getäuscht hat, so bedaure ich Euch, Junge, von ganzer Seele. Ja, ich weiß – glaube ich –, wie der zu beklagen ist, welcher sein Herz an ein Wesen wie Mabel gesetzt hat, ohne hoffen zu dürfen, daß sie ihn mit denselben Augen betrachtet, wie er sie betrachtet. Diese Sache muß sich aufklären, bis keine Wolke mehr zwischen uns steht, wie die Delawaren sagen.«

»Was bedarf es da einer Aufklärung, Pfadfinder? Ich liebe Mabel Dunham, und Mabel Dunham liebt mich nicht; sie will lieber Euch zum Gatten haben, und das klügste, was ich tun kann, ist, fort und auf das Salzwasser zu gehen und zu versuchen, euch beide zu vergessen.«

»Mich zu vergessen, Jasper? – das wäre eine Strafe, welche ich nicht verdiene. Aber woher wißt Ihr, daß Mabel mich lieber hat? Wie wißt Ihr das, Junge? – Mir scheint das ja ganz unmöglich!«

»Wird sie nicht Euer Weib werden? und würde Mabel einen Mann heiraten, den sie nicht liebt?«

»Der Sergeant hat ihr hart zugesetzt – ja, so ist's; und einem gehorsamen Kind mag es wohl schwer werden, den Wünschen eines sterbenden Vaters zu widerstehen. Habt Ihr Mabel je gesagt, daß Ihr sie liebt, daß Ihr solche Gefühle gegen sie hegt?«

»Nie, Pfadfinder! Wie konnte ich Euch ein solches Unrecht zufügen?«

»Ich glaube Euch, Junge; ja, ich glaube Euch und glaube auch, daß Ihr imstande wäret, spurlos zu verschwinden und aufs Salzwasser zu gehen. Aber das ist nicht gerade nötig. Mabel soll alles erfahren und Ihren eigenen Weg gehen; ja, das soll sie, und wenn mir das Herz bei dem Versuche bräche. Ihr habt ihr also nie ein Wort davon gesagt, Jasper?«

»Nichts von Belang, nichts Bestimmtes. Aber doch muß ich meine ganze Torheit eingestehen, Pfadfinder, wie es meine Pflicht gegen einen so edeln Freund ist, und dann wird alles zu Ende sein. Ihr wißt, wie junge Leute sich verstehen, oder zu verstehen glauben, ohne sich gerade offen auszusprechen, und wie sie auf hunderterlei Weise gegenseitig ihre Gedanken kennenlernen oder kennenzulernen glauben.«

»Nein, Jasper, das weiß ich nicht«, antwortete der Wegweiser treuherzig; denn, die Wahrheit zu sagen, seine Huldigungen waren nie auf jene süße und köstliche Ermutigung gestoßen, welche das stumme Merkmal der zur Liebe fortschreitenden Zuneigung ist.

»Nein, Jasper, ich weiß nichts von all diesem. Mabel hat mich immer freundlich behandelt und sagte mir, was sie zu sagen hatte, auf die unumwundenste Weise.«

»Ihr hattet aber die Wonne, sie sagen zu hören, daß sie Euch liebe, Pfadfinder?«

»Ei nein, Jasper, nicht gerade mit Worten. Sie hat mir sogar gesagt, daß wir uns nie heiraten könnten, nie heiraten sollten; daß sie nicht gut genug für mich sei, obgleich sie versicherte, daß sie mich achte und ehre. Dann sagte mir aber der Sergeant, dies sei die gewöhnliche Weise junger und schüchterner Mädchen: ihre Mutter habe es zu ihrer Zeit ebenso gemacht und ebenso gesprochen, und ich müsse mich begnügen, wenn sie nur überhaupt einwillige, mich zu heiraten. Ich habe daher auch geschlossen, daß alles in Ordnung sei.«

Wir wären keine treuen Erzähler, wenn wir nicht zugeständen, daß Jasper ungeachtet seiner Freundschaft für den glücklichen Freier und trotz der aufrichtigsten Wünsche für sein Wohl bei diesen Worten sein Herz in überschwenglicher Wonne klopfen fühlte. Nicht als ob er in diesem Umstand eine Hoffnung für sich hätte auftauchen sehen: es war nur das eifersüchtige Verlangen einer unbegrenzten Liebe, welche sich bei der Kunde entzückt fühlte, daß kein anderes Ohr die süßen Geständnisse gehört habe, welche dem eigenen versagt blieben.

»Erzählt mir mehr von dieser Weise, ohne Zunge zu sprechen«, fuhr der Pfadfinder fort, dessen Gesichtszüge ernster wurden, und der nun seinen Gefährten mit dem Tone eines Mannes fragte, der einer unangenehmen Antwort entgegensieht. »Ich kann mich mit Chingachgook auf eine solche Art unterhalten und habe es auch mit seinem Sohne Unkas getan, ehe er gefallen; ich wußte aber nicht, daß junge Mädchen auch in dieser Kunst bewandert sind, und von Mabel Dunham versah ich mich's am allerwenigsten.«

»Es ist nichts, Pfadfinder. Ich meine nur einen Blick, ein Lächeln, einen Wink mit dem Auge, das Zittern eines Armes oder einer Hand, wenn mich das Mädchen gelegentlich berührte; und weil ich schwach genug gewesen bin, selbst zu zittern, wenn mich ihr Atem traf oder ihre Kleider mich streiften, so führten mich meine törichten Gedanken irre. Ich habe mich nie gegen Mabel offen ausgesprochen, und jetzt würde es mir nichts mehr nützen, da nun doch alle Hoffnung vorbei ist.«

»Jasper«, erwiderte Pfadfinder einfach, aber mit einer Würde, welche für den Augenblick alle weiteren Bemerkungen abschnitt, »wir wollen über des Sergeanten Leichenbegängnis und über unsere Abreise von der Insel sprechen. Wenn hierüber die nötigen Verfügungen getroffen sind, werden wir hinlänglich Zeit haben, noch ein Wort über des Sergeanten Tochter zu reden. Die Sache bedarf einer reiflichen Erwägung; denn der Vater hat mir die Obhut über sein Kind hinterlassen.«

Jasper war froh, von diesem Gegenstande abzukommen, und die Freunde trennten sich, um den ihrer Stellung und ihrem Berufe angemessenen Obliegenheiten nachzukommen.

Am Nachmittag wurden die Toten beerdigt. Das Grab des Sergeanten befand sich im Mittelpunkte des Baumganges unter dem Schatten einer hohen Rüster. Mabel weinte bitterlich während der Bestattung und fand in ihren Tränen Erleichterung für ihr bekümmertes Herz. Die Nacht verging ruhig, ebenso der ganze folgende Tag; denn Jasper erklärte, daß der Wind viel zu heftig sei, um sich auf den See wagen zu können. Dieser Umstand hielt auch den Kapitän Sanglier zurück, welcher die Insel erst am Morgen des dritten Tages nach Dunhams Tod verließ, da das Wetter milder und der Wind günstiger wurde. Ehe er abreiste, nahm er zum letztenmal von dem Pfadfinder in der Weise eines Mannes Abschied, welcher sich in der Gesellschaft eines ausgezeichneten Charakters befunden zu haben glaubt. Beide schieden unter Beweisen gegenseitiger Achtung, während jeder fühlte, daß ihm der andere ein Rätsel sei.

Neunundzwanzigstes Kapitel

> Sie dreht sich neckisch, daß er sehe
> Das süße Lächeln ihrer Wangen;
> Doch spricht im Aug' ihm bittres Wehe:
> – Da ist das Lächeln ihr vergangen.
>
> *Lalla Rookh*

Die Ereignisse der letzten Tage waren zu aufregend gewesen und hatten die Kräfte unsrer Heldin zu sehr in Anspruch genommen, als daß sie sich der Hilflosigkeit des Grames hätte hingeben können. Sie trauerte um ihren Vater, und gelegentlich überlief sie ein Schauder, wenn sie sich Jennies plötzlichen Tod und alle die schrecklichen Szenen, deren Zeugin sie gewesen, ins Gedächtnis zurückrief; im ganzen aber war sie gefaßter und weniger niedergedrückt, als dies bei tiefem Schmerze gewöhnlich ist. Vielleicht half das übermächtige, betäubende Seelenleiden, welches die arme June beugte und sie beinahe vierundzwanzig Stunden besinnungslos niedergeworfen hatte, Mabel, ihre eigenen Gefühle zu besiegen, da sie sich zur Trösterin des armen Indianerweibes berufen glaubte; auch erwies sie ihm diesen Dienst in der ruhigen, besänftigenden und einnehmenden Weise, mit welcher ihr Geschlecht bei solchen Gelegenheiten seinen Einfluß geltend macht.

Der Morgen des dritten Tages war für die Abfahrt des Scud bestimmt. Jasper hatte seine Vorbereitungen getroffen, die verschiedenen beweglichen Gegenstände waren eingeschifft, und Mabel hatte von June Abschied genommen – ein schmerzliches und zärtliches Lebewohl. Mit einem Worte, alles war bereit, und mit Ausnahme der Indianerin, Pfadfinders, Jaspers und unsrer Heldin, hatte die ganze Gesellschaft die Insel verlassen. Erstere war in ein Gebüsch gegangen, um zu weinen, und die drei letzteren näherten sich einer Stelle, wo drei Kähne lagen, von denen einer Junes Eigentum war, während die beiden übrigen die Bestimmung hatten, die Zurückgebliebenen dem Scud zuzuführen. Pfadfinder ging voraus; als er aber näher gegen das Ufer kam, forderte er seine Gefährten auf, ihm zu folgen, statt die Richtung nach den Booten einzuschlagen. Er führte sie zu einem umgestürzten Baume, der am Rande der Lichtung und außerhalb des Gesichtskreises des Kutters lag. Hier ließ er sich nieder und hieß Mabel auf der einen und Jasper auf der andern Seite neben ihm Platz nehmen.

»Setzten Sie sich hierher, Mabel – und Ihr, Eau-douce, dahin«, begann er, sobald er seinen Sitz eingenommen hatte. »Mir liegt etwas schwer auf der Seele, und es ist jetzt Zeit, es abzuschütteln, wenn es überhaupt möglich ist. Setzten Sie sich, Mabel, und lassen Sie mich mein Herz, wenn nicht mein Gewissen erleichtern, solange ich noch die Kraft habe, es zu tun.«

Es folgte nun eine Pause von zwei oder drei Minuten, und beide jungen Leute harrten verwundert dessen, was kommen sollte. Der Gedanke, daß Pfadfinder eine Last auf seinem Gewissen haben könne, schien beiden gleich unwahrscheinlich.

»Mabel«, fuhr unser Held fort, »wir müssen offen miteinander reden, ehe wir wieder mit Ihrem Onkel auf dem Scud zusammentreffen, wo Salzwasser seit dem letzten Spaße jede Nacht geschlafen hat, weil dieser, wie er sagt, der einzige Platz sei, wo ein Mann versichert sein dürfe, seine Haare auf dem Kopfe zu behalten. – Aber ach, was kümmern mich jetzt diese Torheiten und albernen Worte! Ich versuche es, heiter und leichten Sinnes zu sein; aber die Kraft des Menschen kann das Wasser nicht stromaufwärts fließen lassen. Mabel, Sie wissen, daß der Sergeant vor seinem Scheiden die Bestimmung getroffen hat, daß wir uns heiraten, beieinander leben und uns gegenseitig lieben sollen, solange es dem Herrn gefällt, uns auf Erden zu lassen: – ja, und auch nachher?«

Mabels Wangen hatten in der frischen Morgenluft wieder etwas von ihrem früheren rosigen Aussehen gewonnen; bei dieser unerwarteten Anrede aber erbleichten sie fast wieder ebenso wie zu der Stunde, wo der herbste Schmerz ihr Inneres erfaßt hatte. Doch blickte sie Pfadfinder mit freundlichem Ernste an und versuchte es, ein Lächeln zu erzwingen.

»Sehr wahr, mein ausgezeichneter Freund«, entgegnete sie; »das war der Wunsch meines armen Vaters, und ich fühle die tiefe Überzeugung, daß ein ganzes, Eurem Glücke und Eurem Wohlbehagen geweihtes Leben kaum imstande ist, Euch für alles, was Ihr für uns getan habt, zu entlohnen.«

»Ich fürchte, Mabel, daß Mann und Weib durch ein kräftigeres Band aneinander geknüpft sein müssen als durch solche Gefühle. Sie haben nichts oder doch nichts von irgendeinem Belang für mich getan, und doch neigt sich mein ganzes Herz zu Ihnen; es dünkt mich daher wahrscheinlich, daß diese Zuneigung von etwas anderem herkommt als von dem Schutze der Skalpe und dem Geleite durch die Wälder.«

Mabels Wangen fingen wieder an zu glühen, und obgleich sie sich alle Mühe gab zu lächeln, so war doch in ihrer Antwort ein leichtes Beben der Stimme nicht zu verkennen.

»Wäre es nicht besser, wenn wir diese Unterhaltung aufschöben, Pfadfinder?« sagte sie. »Wir sind nicht allein, und es heißt, es gebe nichts Unangenehmeres für einen Dritten, als Familienangelegenheiten besprechen zu hören, welche für ihn kein Interesse haben.«

»Gerade weil wir nicht allein sind, oder vielmehr, weil Jasper bei uns ist, Mabel, möchte ich diese Sache zur Sprache bringen. Der Sergeant glaubte, daß ich ein geeigneter Lebensgefährte für Sie sein dürfte, und obgleich ich meine Bedenklichkeiten dabei hatte – ja, ja, ich hatte viele Bedenklichkeiten –, ließ ich mich doch zuletzt bereden, und die Dinge nahmen die Ihnen bekannte Wendung. Als sie aber ihrem Vater versprachen, mich zu heiraten, Mabel, und Sie mir so bescheiden, so anmutig Ihre Hand gaben, war ein Indiz, wie es ihr Onkel nennt, vorhanden, von dem Sie nichts wußten, und ich halte es für billig, Ihnen dasselbe mitzuteilen, ehe die Sachen ganz ins reine gebracht sind. Ich habe mich oft mit einem mageren Hirsch für meine Mahlzeit begnügt, wenn ich kein gutes Wildbret haben konnte, aber es ist natürlich, daß man nicht nach dem Schlechtesten greift, wenn das Beste zu finden ist.«

»Ihr sprecht in einer Weise, Pfadfinder, welche ich nicht verstehen kann. Wenn diese Unterhaltung wirklich so notwendig ist, so hoffe ich doch, daß Ihr Euch deutlicher ausdrückt.«

Gut also. – Mabel, ich habe mir Gedanken darüber gemacht, daß Sie, als Sie sich in die Wünsche des Sergeanten fügten, wahrscheinlich die Natur von Jasper Westerns Gefühlen gegen Sie nicht kannten?«

»Pfadfinder!«

Mabels Wangen erbleichten nun zur Blässe des Todes und erglühten wieder purpurn, ihr ganzer Körper bebte. Pfadfinder hatte jedoch zu sehr seinen Zweck im Auge, um diesen schnellen Wechsel zu bemerken, und Eau-douce bedeckte sein Gesicht mit den Händen.

»Ich habe mit dem Jungen gesprochen, und wenn ich seine Träume, seine Gefühle und seine Wünsche mit den meinigen vergleiche, so fürchte ich, wir denken über Sie zu gleich, als daß wir beide glücklich sein könnten.«

»Pfadfinder, Ihr vergeßt – Ihr solltet Euch erinnern, daß wir verlobt sind«, sagte Mabel hastig und mit so leiser Stimme, daß von seiten der Zuhörer große Aufmerksamkeit erfordert wurde, um ihre Worte zu verstehen. In der Tat waren auch die drei letzten Silben dem Wegweiser völlig entgangen, und er gab dies zu verstehen durch sein gewöhnliches:

»Wie?«

»Ihr vergeßt, daß wir uns heiraten sollen, und solche Anspielungen sind ebenso unpassend wie schmerzlich.«

»Alles, was recht ist, ist *passend,* Mabel, und alles ist recht, was zu einer billigen Ausgleichung und zu einem offenen Verständnis führt, obgleich es, wie mir meine eigene Erfahrung sagt, *schmerzlich* genug ist, wie Sie sich ausdrücken. Nun, Mabel, wenn Sie gewußt hätten, daß Jasper in solcher Weise an Sie denkt, so hätten Sie vielleicht nie eingewilligt, einen so alten und unansehnlichen Mann, wie ich bin, zu heiraten?«

»Warum diese grausame Prüfung, Pfadfinder? Wozu kann das alles führen? Jasper denkt nicht an so etwas; er sagt nichts, er fühlt nichts.«

»Mabel!« entfuhr es den Lippen des Jünglings auf eine Weise, welche die unbezwingliche Natur seiner Gefühle verriet, obgleich er keine Silbe weiter hinzufügte.

Mabel bedeckte ihr Antlitz mit den Händen, und die beiden saßen da wie ein Paar Schuldige, die plötzlich auf einem Verbrechen ertappt wurden, bei welchem es sich um das ganze Glück eines gemeinschaftlichen Gönners handelte. In diesem Augenblick war Jasper vielleicht selbst geneigt, seine Leidenschaft in Abrede zu stellen, da er weit entfernt war, seinem Freunde einen Gram bereiten zu wollen, während für Mabel die unverhohlene Mitteilung einer Tatsache, die sie eher im stillen gehofft als geglaubt hatte, so unerwartet kam, daß sich auf einen Augenblick ihre Sinne verwirrten und sie nicht wußte, ob sie weinen oder sich freuen solle. Doch mußte sie zuerst sprechen, da Jasper nicht imstande war, etwas hervorzubringen, was unredlich oder für seinen Freund schmerzlich erscheinen konnte.

»Pfadfinder«, sagte sie, »Ihr sprecht rauh. Weshalb erwähnt Ihr solche Dinge?«

»Nun, Mabel, wenn ich rauh spreche, so wissen Sie wohl, daß ich von Natur sowohl als auch, wie ich fürchte, aus Gewohnheit ein halber Wilder bin.« Als er dies sagte, suchte er in seiner gewöhnlichen lautlosen Weise zu lachen, aber es gelang nicht, und der Versuch gestaltete sich zu einem seltsamen Mißton, der ihn fast zu ersticken drohte. »Ja, ich *muß* wohl wild sein; ich will nicht unternehmen, es in Abrede zu stellen.«

»Teuerster Pfadfinder! mein bester, fast mein einziger Freund, Ihr könnt und werdet nicht glauben, daß ich etwas der Art zu sagen beabsichtigte!« unterbrach ihn Mabel, indem ihr die Eile, womit sie ihre unbeabsichtigte Kränkung wiedergutmachen wollte, fast den Atem benahm. »Wenn Mut, Treue, Adel der Seele und des Charakters, Festigkeit der Grundsätze und hundert andere ausgezeichnete Eigenschaften einem Manne Achtung, Verehrung und Liebe gewinnen können, so steht Ihr mit Euern Ansprüchen keinem andern menschlichen Wesen nach.«

»Was für zarte und bezaubernde Stimmen sie haben, Jasper!« nahm der Wegweiser, nun mit einem offenen und natürlichen Lachen, die Rede wieder auf. »Ja, die Natur scheint sie geschaffen zu haben, uns in die Ohren zu singen, wenn die Melodien der Wälder schweigen. Aber wir müssen zu einem vollen Verständnis kommen – ja, das müssen wir. Ich frage Sie noch einmal, Mabel – wenn Sie gewußt hätten, daß Jasper Western Sie ebensosehr liebt wie ich, oder vielleicht noch mehr, obgleich dieses kaum möglich ist – daß er mit Ihnen und von Ihnen in seinen Träumen spricht – daß er sich vorstellt, alles, was schön und gut und tugendhaft ist, gleiche Mabel Dunham – daß er glaubt, nie ein Glück gekannt zu haben, ehe er Sie gesehen – daß der den Boden küssen möchte, den Ihr Fuß betreten – daß er alle Freuden seines Berufes vergißt, um an Sie zu denken, mit Entzücken Ihre Schönheit zu bewundern und auf Ihre Stimme zu horchen – würden Sie dann eingewilligt haben, mich zu heiraten?«

Mabel hätte diese Frage nicht beantworten können, selbst wenn sie gewollt hätte; aber obgleich sie ihr Gesicht mit ihren

Händen verhüllte, so war doch die Glut des Blutstromes zwischen ihren Fingern sichtbar, und selbst diese schienen an dem Rot teilzunehmen. Die Natur behauptete jedoch ihre Macht; denn einen Augenblick lang warf das bestürzte, fast erschreckte Mädchen einen verstohlenen Blick auf Jasper, als ob sie Pfadfinders Erzählung von der Art der Gefühle des jungen Mannes mißtraue, und dieser Blick schloß ihr die ganze Wahrheit auf; sie verbarg schnell das Gesicht wieder, als ob sie es für immer der Beobachtung entziehen wolle.

»Nehmen Sie sich Zeit nachzudenken«, fuhr der Wegweiser fort, »denn es ist eine ernste Sache, einen Mann zum Gatten anzunehmen, wenn die Gedanken und Wünsche auf einen andern gerichtet sind. Jasper und ich haben über diesen Gegenstand offen wie zwei alte Freunde gesprochen, und obgleich ich stets wußte, daß wir die meisten Dinge so ziemlich mit gleichem Auge betrachten, so wäre es doch mir nie eingefallen, daß unsere Gedanken über einen Gegenstand so ganz die gleichen wären, bis wir uns gegenseitig unsere Gefühle für Sie mitteilten. Jasper gesteht ein, daß er Sie von der Zeit an, als er Sie das erstemal erblickte, für das süßeste und gewinnendste Wesen hielt, welches er je getroffen, daß der Ton Ihrer Stimme wie das Brausen der Wasser in seinen Ohren klinge, daß ihm seine Segel wie Ihre im Winde flatternden Gewänder vorkämen, daß er Ihr Lächeln in seinen Träumen sehe und daß er wieder und wieder erschreckt auffahre, weil es ihm dünke, es wolle Sie jemand mit Gewalt von dem Scud entführen, wohin seine Einbildungskraft Ihren Aufenthalt verlegt hatte. Ja, der Junge hat sogar zugestanden, daß ihm oft die Tränen ins Auge getreten seien, wenn er dachte, daß Sie Ihre Tage wahrscheinlich mit einem andern und nicht mit ihm verbringen würden.«

»Jasper!«

»Es ist feierliche Wahrheit, Mabel, und es ist recht, daß Sie sie erfahren. Nun stehen Sie auf, und wählen Sie zwischen uns beiden. Ich glaube, Jasper liebt Sie ebensosehr als ich. – Er wollte mich zwar bereden, daß seine Liebe heißer sei, ich kann dies aber nicht zugeben, weil es unmöglich ist; ich glaube aber, daß der Junge Sie von ganzem Herzen und von ganzer Seele liebt, und er hat daher das Recht, gehört zu werden. Der Sergeant hat mich zu Ihrem Beschützer, nicht zu Ihrem Tyrannen bestellt. Ich habe ihm versprochen, daß ich Ihnen Vater und

Gatte sein wolle, und es scheint mir, daß kein gefühlvoller Vater seinem Kinde dieses kleine Vorrecht versagen würde. Stehen Sie daher auf, Mabel, und sprechen Sie Ihre Gedanken so unverhohlen aus, als ob ich der Sergeant selbst wäre, der nichts anderes als Ihr Bestes beabsichtigt.«

Mabel ließ die Hände sinken, erhob sich und stand, Angesicht gegen Angesicht, ihren beiden Freiern gegenüber, obgleich eine fieberische Glut ihre Wangen bedeckte – eher eine Wirkung der Aufregung als der Scham.

»Was wollt Ihr von mir, Pfadfinder?« fragte sie. »Habe ich nicht bereits meinem armen Vater versprochen, ganz nach Euren Wünschen zu handeln?«

»Dann wünsche ich folgendes. Hier stehe ich, ein Mann der Wälder und von wenig Wissen, obgleich ich fürchte, daß mein Ehrgeiz vielleicht meine Verdienste übersteigt, und ich will mir Mühe geben, beiden Teilen Gerechtigkeit widerfahren zu lassen. Fürs erste ist es hinsichtlich unserer Gesinnungen für Sie zugestanden, daß wir beide Sie mit gleicher Innigkeit lieben; Jasper meint zwar, daß seine Gefühle die tieferen sein müßten, aber ich kann das als ehrlicher Mann nicht zugeben, weil es mir vorkommt, als könne es unmöglich wahr sein, sonst würde ich mich frei und offen darüber aussprechen. In dieser Beziehung, Mabel, wären also unsere beiderseitigen Verhältnisse die gleichen. Was mich anbelangt, so steht es mir als dem Ältesten zuerst zu, das bißchen, was zu meinen Gunsten spricht, ebensogut wie das Gegenteil vorzubringen. An der ganzen Grenze, glaube ich, gibt es keinen, welcher mich als Jäger übertrifft. Wenn also Wildbret und Bärenfleisch oder selbst Vögel und Fische in unserer Hütte selten sein sollten, so müßte die Schuld davon wahrscheinlich eher der Natur und der Vorsehung zugeschrieben werden als mir. Kurz, es kommt mir vor, daß das Weib, welches mir folgt, sich nie über Mangel an Nahrung zu beklagen haben wird. Aber ich bin schrecklich unwissend! Es ist zwar wahr, ich spreche mehrere Sprachen, wie sie eben sind, aber ich bin weit entfernt, auch nur in meiner eigenen gründlich bewandert zu sein. Dann bin ich älter als Sie, Mabel, und der Umstand, daß ich so lange der Kamerad Ihres Vaters gewesen, mag gerade kein großes Verdienst in Ihren Augen sein. Auch wollte ich, ich wäre hübscher: aber wir sind eben, wie uns die Natur gemacht hat, und, besondere Anlässe ausgenommen, sollte sich der Mensch am allerletzten über sein Aussehen beklagen. Wenn ich nun alles, Alter, Aussehen, Kenntnisse und Gewohnheiten in Betracht ziehe, Mabel, so sagt mir mein Gewissen, daß ich durchaus nicht für Sie passe, wenn ich nicht etwa gar Ihrer ganz unwürdig bin, und ich würde zur Stunde meine Hoffnung schwinden lassen, wenn nicht etwas in meinen Herzen klopfte, was sich schwer loswerden läßt.«

»Pfadfinder! edler, großmütiger Pfadfinder!« rief unsere Heldin, indem sie seine Hand faßte und mit einer Art heiliger Verehrung küßte: »Ihr tut Euch selbst unrecht – Ihr vergeßt meinen armen Vater und Euer Versprechen – Ihr kennt mich nicht!«

»Nun – da ist Jasper«, fuhr der Wegweiser fort, ohne sich durch die Liebkosungen des Mädchens von seinem Vorsatze abbringen zu lassen, »bei ihm ist der Fall anders. Hinsichtlich der Versorgung und der Liebe findet kein großer Unterschied zwischen uns statt; denn der Junge ist mäßig, fleißig und sorgsam. Auch ist er sehr unterrichtet, kann Französisch, liest viele Bücher, darunter auch einige, die Sie, wie ich weiß, selbst gerne lesen, und kann Sie allezeit verstehen, was vielleicht mehr ist, als ich von mir selbst sagen kann.«

»Wozu dies alles«, unterbrach ihn Mabel ungeduldig – »warum sprecht Ihr jetzt, warum sprecht Ihr überhaupt davon?«

»Dann hat der Junge eine Art, seine Gedanken auszudrükken, in der ich es, wie ich fürchte, ihm nie gleichtun kann. Wenn es etwas auf Erden gibt, was meine Zunge kühn und beredt machen kann, Mabel, so sind Sie es, und doch hat mich Jasper bei unsern letzten Gesprächen auch in diesem Punkte übertroffen, so daß ich mich vor mir selbst schämen muß. Er sagte mir, wie einfach, wie redlich und gütig Sie wären, und wie wenig Sie der Eitelkeiten der Welt achteten; denn obgleich Sie die Gattin von mehr als einem Offizier werden könnten, wie er meint, so hielten Sie doch fest an Ihrem Gefühle und zögen es vor, sich selbst und der Natur treu zu bleiben, statt nach dem Rang einer Oberstenfrau zu trachten. Er hat mir in der Tat das Blut ordentlich warm gemacht, als er von Ihrer Schönheit sprach, auf die Sie gar nicht einmal zu sehen schienen, und wie Sie so natürlich und anmutsvoll gleich einem jungen Reh dahinschritten, ohne es selbst zu wissen; dann von der Richtigkeit und Gerechtigkeit

Ihrer Gedanken und der Wärme und dem Edelmut Ihres Herzens –«

»Jasper!« unterbrach ihn Mabel und ließ nun ihren Gefühlen, die um so unbezwinglicher zum Ausbruch kamen, je länger sie niedergedrückt worden waren, den Zügel schießen; sie fiel in die offenen Arme des jungen Mannes und weinte wie ein Kind und fast ebenso hilflos an seiner Brust – »Jasper! Jasper! warum habt Ihr mir das verborgen?«

Eau-douces' Antwort war nicht sehr verständlich und auch die nun folgende flüsternde Zwiesprache nicht besonders zusammenhängend, aber die Sprache der Liebe versteht sich leicht. Die nächste Stunde entschwand den beiden wie sonst einige Minuten, soweit nämlich die Berechnung der Zeit in Betracht kommt; und als Mabel sich wieder faßte und sich besann, daß es auch noch andere Leute gebe, maß bereits ihr Onkel das Deck des Schiffes mit ungeduldigen Schritten und wunderte sich, warum Jasper den günstigen Wind zu benutzen säume. Zuerst gedachte sie jedoch des Mannes, der wahrscheinlich diese unerwartete Äußerung ihrer wahren Gefühle am schmerzlichsten empfand.

»Oh, Jasper!« rief sie im Tone des plötzlich auftauchenden Schuldbewußtseins – »der Pfadfinder!«

Eau-douce erzitterte – nicht aus unmännlicher Furcht, wohl aber in der schmerzlichen Überzeugung, seinen Freund tief gekränkt zu haben, und sah nach allen Richtungen aus, um ihn zu erblicken. Aber Pfadfinder hatte sich mit einem Zartgefühl, welches dem Takte und der Bildung eines Hofmanns Ehre gemacht hätte, zurückgezogen. Die beiden Liebenden saßen noch einige Minuten beisammen und harrten seiner Rückkehr, ohne zu wissen, was sie unter so bezeichnenden und eigentümlichen Umständen eigentlich tun könnten. Endlich sahen sie ihren Freund langsam und nachdenklich auf sich zukommen.

»Ich weiß nun, was Ihr unter dem Sprechen ohne Zunge und dem Hören ohne Ohren verstandet, Jasper«, sagte er, als er dem Baume nahe genug war, um verstanden zu werden. »Ja, ja, ich weiß es jetzt, und es ist eine sehr angehme Art von Unterredung, wenn man sie mit Mabel Dunham führen kann. Ach! ich habe es ja dem Sergeanten gesagt, daß ich nicht für Sie passe – daß ich zu alt, zu unwissend und zu wild sei; aber er wollte es besser wissen.«

Jasper und Mabel saßen da, Miltons Gemälde von unsern Stammeltern ähnlich, als das Bewußtsein der Sünde zuerst sein Bleigewicht auf ihre Seelen legte. Sie sprachen nicht, sie bewegten sich nicht einmal, obgleich beide sich in diesem Augenblick einbildeten, sie könnten sich von ihrem eben erst gefundenen Glücke trennen, um den Seelenfrieden ihres Freundes wiederherzustellen. Jasper war blaß wie der Tod, Mabel aber hatte die jungfräuliche Scham das Blut auf die Wangen getrieben, die in einem Rote strahlten, welches sich kaum mit dem ihrer heitersten und glücklichsten Stunden vergleichen ließ. Da das Gefühl, welches bei ihrem Geschlechte stets die Gewißheit der erwiderten Liebe begleitet, seinen weichen und zarten Schatten über ihr Antlitz warf, so erschien sie ungemein liebenswürdig. Pfadfinder blickte sie mit einer Innigkeit an, die er nicht zu verbergen suchte, und brach dann mit einem wilden Entzücken in sein gewohntes Lachen aus, wie wohl Leute von geringer Bildung ihre Lustigkeit auszudrücken pflegen. Diese augenblickliche Heiterkeit erstarb aber schnell in dem Schmerze des Bewußtseins, daß dieses herrliche junge Wesen ihm für immer verloren sei. Es bedurfte einer vollen Minute, bis sich der einfache edle Mann von dieser erschütternden Überzeugung erholte; dann gewann er seine frühere würdevolle Haltung wieder und sprach mit Ernst, ja beinahe mit Feierlichkeit:

»Es war mir immer bekannt, Mabel, daß die Menschen ihre Gaben hätten, obschon ich vergaß, daß es nicht zu den meinigen gehöre, den Jungen, Schönen und Unterrichteten zu gefallen. Ich hoffe, daß der Mißgriff keine allzu schwere Sünde gewesen ist, und wenn er es war, so bin ich wahrlich schmerzlich genug dafür gestraft worden. Ich weiß, was Sie sagen wollen, Mabel, aber es ist nicht nötig. Ich fühle es ganz, und das ist so gut, als ob ich es ganz hörte. Ich habe eine bittere Stunde gehabt, Mabel; ich habe eine sehr bittere Stunde gehabt, Junge –«

»Eine Stunde?« wiederholte Mabel, als der Wegweiser sich dieses Wortes zum erstenmal bediente, und das verräterische Blut, welches ihrem Herzen zuzuströmen angefangen hatte, flutete wieder ungestüm gegen ihre Schläfe; »gewiß, es kann keine Stunde gewesen sein, Pfadfinder?«

»Eine Stunde?« rief Jasper gleichzeitig, »nein, nein, mein

würdiger Freund; es sind noch keine zehn Minuten, seit Ihr uns verlassen habt!«

»Nun, es mag so sein, obgleich es mir wie ein Tag vorkam. Ich fange übrigens an zu glauben, daß der Glückliche seine Zeit nach Minuten und der Elende nach Monaten zählt. Doch, reden wir nichts mehr davon; es ist nun alles vorbei, und viele Worte darüber machen euch nicht glücklicher, während sie mir nur sagen, was ich verloren habe, und wahrscheinlich auch, wie sehr ich verdiente, es zu verlieren. Nein, nein, Mabel, Sie brauchen mich nicht zu unterbrechen; ich gebe alles zu, und Ihre Gegenrede, so gut sie auch gemeint sein mag, wird meinen Sinn nicht ändern. Nun, Jasper, sie ist die Eure, und obgleich es mich schwer ankommt, daran zu denken, so will ich doch glauben, daß Ihr sie glücklicher machen werdet, als ich es vermocht hätte; denn Eure Gaben sind besser dazu geeignet, obgleich ich, soweit ich mich kenne, mir alle Mühe gegeben haben würde, das gleiche zu tun. Ich hätte wohl besser getan, dem Sergeanten nicht zu glauben, und hätte mich an das halten sollen, was Mabel mir am See sagte; denn Vernunft und Urteilskraft mußten mir sagen, daß sie recht hatte; aber es ist so angenehm, das zu denken, was wir wünschen, und man läßt sich so leicht beschwatzen, wenn man sich selbst gern überreden möchte. Aber ich habe es schon gesagt, was nützt mir all das Gerede? Es ist zwar wahr, Mabel schien einzuwilligen, aber sie tat es ja nur ihrem Vater zu Gefallen – und weil sie sich vor den Wilden fürchtete –«

»Pfadfinder!«

»Ich verstehe Sie, Mabel, aber ich habe Sie nicht kränken wollen – gewiß nicht. Bisweilen ist's mir, als möchte ich gerne in Eurer Nachbarschaft leben, damit ich Euer Glück mitansehen könnte; es ist aber im Grunde doch besser, wenn ich das Fünfundfünfzigste ganz verlasse und zum Sechzigsten zurückkehre, welches sozusagen mein angebornes Regiment ist. Vielleicht wäre es auch besser gewesen, wenn ich es nie verlassen hätte, obgleich man meiner Dienste in dieser Gegend mehr benötigt war und ich einige vom Fünfundfünfzigsten aus früheren Jahren kannte – den Sergeant Dunham zum Beispiel, da er vordem bei einem andern Korps stand. Doch, Jasper, es reut mich nicht, Euch kennengelernt zu haben –«

»Und mich, Pfadfinder?« unterbrach ihn Mabel ungestüm:

»bereut Ihr es, *mich* gekannt zu haben? Wenn ich das glauben müßte, so könnte ich nimmer zum Frieden mit mir selbst kommen.«

»Sie, Mabel?« erwiderte der Wegweiser, indem er die Hand unserer Heldin ergriff und ihr mit argloser Einfalt und inniger Liebe ins Antlitz blickte – »wie könnte es mir leid tun, daß ein Strahl der Sonne das Dunkel eines freudlosen Tages einen Augenblick erleuchtete? Ich schmeichle mir nicht, daß ich in der nächsten Zeit so leichten Herzens dahin wandern oder so gesund schlafen kann, wie ich es sonst gewöhnt war; aber ich werde mich stets erinnern, wie nahe mir ein unverdientes Glück stand. Weit entfernt, Ihnen Vorwürfe zu machen, Mabel, tadle ich vielmehr nur mich selbst, weil ich eitel genug war, auch nur einen Augenblick an die Möglichkeit zu denken, daß ich einem so holden Wesen gefallen könne; denn gewiß, Sie haben mir alles gesagt, als wir auf der Anhöhe am See darüber sprachen, und ich hätte Ihnen damals glauben sollen. Es ist ja auch ganz natürlich, daß junge Mädchen ihre Neigungen besser kennen als die Väter. Ach – 's ist jetzt im reinen – und mir bleibt nichts mehr übrig, als Euch Lebewohl zu sagen, damit Ihr abreisen könnt. Ich denke, Meister Cap wird ungeduldig sein, und es ist zu befürchten, daß er ans Ufer kommt, um sich nach uns allen umzusehen.«

»Lebewohl zu sagen?« rief Mabel.

»Lebewohl?« wiederholte Jasper, – »es wird doch nicht Eure Absicht sein, uns zu verlassen?«

»Es ist das beste, Mabel; es ist gewiß das beste, Eau-douce, und auch das klügste. Wenn ich bloß meinen Gefühlen folgen wollte, so könnte ich in eurer Gesellschaft leben und sterben; wenn ich aber der Vernunft Gehör gebe, so muß ich euch hier verlassen. Ihr geht nach Oswego zurück und laßt euch, sobald ihr dort ankommt, zusammengeben! denn alles das ist bereits mit Meister Cap abgemacht, der sich wieder nach dem Meere sehnt; er weiß, was geschehen muß. Ich für meinen Teil aber will wieder in meine Wälder und zu meinem Schöpfer zurückkehren. Kommen Sie, Mabel«, fuhr der Pfadfinder fort, indem er sich erhob und unserer Heldin mit ernstem Anstand nähertrat – »Küssen Sie mich! Jasper wird mir diesen Kuß nicht mißgönnen; denn es gilt den Abschied.«

»Oh, Pfadfinder!« rief Mabel, warf sich in die Arme des

Wegweisers und küßte seine Wangen wieder und wieder mit einer Unbefangenheit und Wärme, welche sie nicht an den Tag gelegt hatte, als sie an Jaspers Brust ruhte. »Gott segne Euch, teuerster Pfadfinder! Ihr werdet uns später besuchen? Wir werden Euch wieder sehen? Wenn Ihr alt seid, so werdet Ihr zu unserer Wohnung kommen, und ich darf dann Eure Tochter sein?«

»Ja, das ist's«, erwiderte der Wegweiser, nach Luft schnappend. »Ich will es versuchen, die Sache in diesem Lichte zu betrachten. Sie sind geeigneter, meine Tochter, als mein Weib zu sein – ja, so ist es. Lebt wohl, Jasper! Wir wollen nun zu dem Kahn gehen; es ist Zeit, daß Ihr an Bord kommt.«

Pfadfinder ging ernst und ruhig voraus, dem Ufer zu. Sobald sie den Kahn erreicht hatten, faßte er noch einmal Mabels Hände, hielt sie auf Armeslänge von sich, und blickte ihr aufmerksam ins Antlitz, bis die ungebetenen Tränen aus seinen Augen quollen und über seine rauhen Wangen in Strömen niederflossen.

»Segnet mich, Pfadfinder«, sagte Mabel, indem sie ehrfurchtsvoll sich auf die Knie niederließ, »segnet mich wenigstens, ehe wir scheiden!«

Der einfache, hochherzige Mann tat, wie sie wünschte, half ihr in den Kahn und riß sich dann mit schwerem Herzen los. Ehe er sich jedoch zurückzog, nahm er noch Jasper ein wenig auf die Seite und sprach folgendes:

»Euer Herz ist gut, und Ihr seid von Natur edel, Jasper, aber wir sind beide rauh und wild im Vergleich mit diesem holden Geschöpfe. Gebt auf sie acht und laßt ihren zarten Charakter nie die Rauheit der männlichen Natur fühlen! Ihr werdet sie nie die Rauheit der männlichen Natur fühlen! Ihr werdet sie bald ganz kennen, und der Herr, der in gleicher Weise über dem See und den Wäldern thront, der mit Lächeln auf die Tugend und mit Zürnen auf das Laster blickt, erhalte Euch glücklich und des Glückes würdig!«

Pfadfinder winkte seinem Freund zum Abschied und blieb, auf seine Büchse gelehnt, stehen, bis der Kahn die Seite des Scud erreicht hatte. Mabel weinte, als ob ihr das Herz brechen wolle, und verwendete kein Auge von der offenen Stelle des Baumgangs, wo die Gestalt des Pfadfinders sichtbar war, bis der Kutter um eine Spitze bog, welche die Aussicht nach der

Insel schloß. Bei diesem letzten Blicke war die sehnige Figur dieses außerordentlichen Mannes so bewegungslos, als ob sie eine Statue sei, die an diesem einsamen Orte als Denkstein der kürzlich hier vorgefallenen Ereignisse aufgestellt wäre.

Dreißigstes Kapitel

O laß mich atmen bloß die Lüfte,
Die deinen holden Mund umschweben –
So süß mir wie der Rose Düfte,
Ob Tod sie bringen oder Leben.

Moore

Pfadfinder war an die Einsamkeit gewöhnt, aber als der Scud völlig verschwunden war, umdüsterte das Gefühl des Alleinseins seine Seele. Nie vorher war er sich seiner vereinzelten Stellung in der Welt bewußt geworden; denn erst jetzt hatten sich seine Gefühle allmählich in die Annehmlichkeiten und Bedürfnisse des geselligen Lebens, besonders soweit diese mit häuslichen Freuden in Verbindung standen, gefügt. Nun aber war alles sozusagen in einem Nu verschwunden, und er blieb ohne Gefährten und ohne Hoffnung zurück. Selbst Chingachgook hatte ihn, freilich nur für eine Weile, verlassen, und so fehlte des Freundes Nähe gerade in einem Augenblick, welchen wir den entscheidendsten in dem Leben unseres Helden nennen könnten.

Pfadfinder stand noch in der zu Ende des vorigen Kapitels beschriebenen Stellung, als der Scud schon längst verschwunden war. Seine Glieder schienen erstarrt, und nur ein Mann, der gewöhnt war, seine Muskeln den härtesten Übungen zu unterwerfen, vermochte so lange in einem derartigen, marmorgleichen Zustande zu verharren. Endlich verließ er den Ort, doch ehe er seinen Körper bewegte, stieß er einen Seufzer aus, welcher sich aus den tiefsten Tiefen seiner Brust zu heben schien.

Es war eine Eigentümlichkeit dieses außerordentlichen Mannes, daß ihm seine Sinne und seine Glieder nie den Dienst versagten, mochte der Geist auch noch so sehr in anderweitigen Interessen befangen sein. Auch bei der gegenwärtigen Gelegenheit blieben ihm diese wichtigen Hilfsmittel treu, und obgleich sich seine Gedanken ausschließlich mit Mabel, ihrer Schönheit, dem Vorzuge, welchen sie Jasper gegeben, ihren Tränen und ihrem Abschied beschäftigten, bewegte er sich doch in gerader Linie der Stelle zu, wo June noch an dem Grabe ihres Gatten weilte. Die nun folgende Unterhaltung wurde in der Sprache der Tuscaroras geführt, welche Pfadfinder geläufig war; da diese Zunge aber nur von außerordentlich gelehrten Leuten verstanden wird, so geben wir eine freie Übersetzung derselben, wobei wir, soweit es möglich ist, den Gedankenausdruck sowohl als die eigentümlichen Wendungen der sprechenden Personen beibehalten wollen.

June saß, ohne die Gegenwart des andern zu bemerken, mit aufgelösten Haaren auf einem Stein, der bei dem Ausschaufeln des Grabes in der Erde gefunden worden war und nun an der Stelle lag, wo Arrowheads Körper ruhte. Sie glaubte in der Tat, alle außer ihr hätten die Insel verlassen, und der Tritt von des Pfadfinders Mokassin war zu leise, um sie auf eine rauhe Weise zu enttäuschen.

Pfadfinder betrachtete das Weib einige Minuten mit stummer Aufmerksamkeit. Der Anblick ihres Schmerzes, die Erinnerung an ihren unersetzlichen Verlust und der sichtliche Ausdruck ihrer Trostlosigkeit übten einen heilsamen Einfluß auf seine eigenen Gefühle. Sein Verstand sagte ihm, um wieviel tiefer, als bei ihm selbst, die Quellen des Kummers bei einem jungen Weibe lagen, welche ihres Gatten so plötzlich und gewaltsam beraubt worden war.

»Dew-of-June«, sagte er feierlich und mit einem Ernste, welcher die Innigkeit seiner Teilnahme bezeichnete; – »du bist nicht allein in deinem Schmerze. Wende dich und laß dein Auge auf einen Freund blicken.«

»June hat keinen Freund mehr!« antwortete die Indianerin. »Arrowhead ist zu den glücklichen Jagdgründen gegangen, und niemand ist übrig, der für June Sorge trägt. Die Tuscaroras werden sie aus ihren Wigwams jagen; die Irokesen sind ihren Augen verhaßt, und sie mag sie nicht ansehen. Nein! laß June sterben über dem Grabe ihres Gatten!«

»Das geht nicht – das darf nicht sein. Es ist gegen Vernunft und Recht. Du glaubst an den Manitu, June?«

»Er hat sein Gesicht vor June verborgen, weil er zornig ist. Er hat sie allein gelassen, um zu sterben.«

»Höre auf einen Mann, der schon lange die Natur der Rothäute kennt, obgleich er von Geburt ein Weißer ist und weiße Gaben besitzt. Wenn der Manitu eines Blaßgesichts etwas Gutes in dem Herzen eines Blaßgesichts hervorbringen will, so schickt er ihm Leiden; denn in unsrem Kummer, June, blicken wir mit scharfen Augen in unser Inneres – mit den schärfsten, wenn es sich um Unterscheidung von Recht oder Unrecht handelt. Der Große Geist will dir wohl und hat den Häuptling hinweggenommen, damit dich seine listige Zunge nicht irreleite und dein Charakter nicht der einer Mingo werde, wie du bereits schon in ihrer Gesellschaft warst.«

»Arrowhead war ein großer Häuptling«, erwiderte die Indianerin mit Stolz.

»Er hatte seine Verdienste – gewiß, doch hatte er auch seine Fehler. Aber June, du bist nicht verlassen und wirst es auch nicht so bald sein. Laß deinen Schmerz austoben, laß ihn der Natur gemäß austoben, und wenn die geeignete Zeit kommt, will ich dir mehr sagen.«

Pfadfinder ging nun zu seinem Kahn und verließ die Insel. Im Verlauf des Tages vernahm June ein- oder zweimal den Knall seiner Büchse, und beim Untergange der Sonne erschien er wieder mit Vögeln, die bereits mit einem Wohlgeschmack zubereitet waren, welcher den Appetit eines Epikureers hätte in Versuchung führen können. Diese Art von Verkehr dauerte einen Monat, während dessen June sich hartnäckig weigerte, das Grab ihres Gatten zu verlassen, obgleich sie die freundlichen Gaben ihres Beschützers schweigend hinnahm. Hin und wieder sprachen sie miteinander, und bei diesen Gelegenheiten untersuchte Pfadfinder ihren Gemütszustand; die Unterredungen waren aber stets kurz und selten. June schlief in einer der Hütten, wo sie ihr Haupt sicher niederlegen konnte; denn sie war sich des Schutzes eines Freundes bewußt, obgleich Pfadfinder sich jede Nacht auf eine anliegende Insel, auf der er sich selbst eine Wohnung gebaut hatte, zurückzog.

Mit dem Ablaufe des Monats war jedoch die Jahreszeit zu weit vorgerückt, um Junes Lage angenehm zu machen. Die Bäume hatten ihre Blätter verloren, und die Nächte wurden kalt und winterlich. Es war Zeit zur Abreise.

Da erschien auf einmal Chingachgook wieder. Er hielt mit seinem Freunde eine lange und vertrauliche Unterredung auf der Insel. June war Zeuge ihrer Bewegungen und sah, daß ihr Beschützer sehr betrübt war. Sie schmiegte sich an seine Seite und suchte mit weiblicher Zartheit und weiblichem Instinkt seinen Kummer zu lindern.

»Ich danke dir, June, ich danke dir!« sagte er, »du meinst es gut, aber es ist umsonst. Doch es ist Zeit, daß wir diesen Ort verlassen. Morgen wollen wir abreisen. Du gehst mit uns; denn du bist jetzt wieder zur Vernunft gekommen.«

June gab in der demütigen Weise einer Indianerin ihre Zustimmung und zog sich zurück, um die ihr noch übrige Zeit bei Arrowheads Grabe zuzubringen. Ohne Rücksicht auf Stunde und Jahreszeit brachte sie die ganze Herbstnacht ihr Haupt auf kein Lager. Sie saß in der Nähe der Stelle, welche die irdischen Reste ihres Gatten barg, und betete in der Weise ihres Volkes für sein Glück auf dem endlosen Pfade, den er erst jüngst angetreten hatte, und für ihre Wiedervereinigung in dem Lande der Gerechten. So demütig und niedergedrückt sie auch in den Augen des Gedankenlosen erscheinen mochte – das Bild Gottes war in ihrer Seele, und diese verkündete ihren göttlichen Ursprung durch die sehnsuchtsvollen Gefühle, welche die Stumpfsinnigen, die nur den äußern Anstrich des Gemütes tragen, überrascht haben würden.

Sie reisten am Morgen miteinander ab – Pfadfinder ernst und umsichtig in allem, was er tat – Big Serpent dem Beispiele des Gefährten in tiefem Schweigen folgend und June demütig, entsagend, aber von Kummer gebeugt. Sie fuhren in zwei Kähnen; der des Weibes blieb zurück. Chingachgook ruderte stromaufwärts voraus, und Pfadfinder folgte. Sie steuerten zwei Tage westwärts und schlugen ebensooft ihr Nachtlager auf den Inseln auf. Zum Glück wurde das Wetter milder, und als sie in den See gelangten, fanden sie ihn so glatt und ruhig wie einen Teich. Es war der Indianersommer, die Zeit der Windstillen; die dunstige Atmosphäre hatte fast die Milde des Juni.

Am Morgen des dritten Tages kamen sie an der Mündung des Oswego vorbei, wo das Fort und die ruhige Flagge sie vergeblich zum Landen einluden. Ohne einen Blick seitwärts zu werfen, ruderte Chingachgook über die dunkeln Wasser des Stromes, und Pfadfinder folgte in schweigender Emsigkeit. Die Wälle waren mit Zuschauern angefüllt, aber Lundie, welcher in ihnen seine alten Freunde erkannte, gestattete es nicht, sie anzurufen.

Gegen Mittag fuhr Chingachgook in eine kleine Bai ein, wo der Scud in einer Art Reede vor Anker lag. An dem Ufer befand sich eine kleine, vor alters entstandene Lichtung, und am

Rande des Sees lag ein etwas roh behauenes, neues und vollständig ausgebautes Blockhaus. Der ganze Platz trug das Gepräge der Wohnlichkeit und des Überflusses der Grenze, obgleich er etwas wild und einsam war. Jasper stand am Ufer, und als Pfadfinder landete, bot er ihm zuerst die Hand. Die Begrüßung war einfach, aber sehr herzlich. Es wurden keine Fragen gestellt; denn augenscheinlich hatte Chingachgook die nötigen Erklärungen gegeben. Pfadfinder hatte die Hand seines Freundes nie mit mehr Wärme gedrückt als bei dieser Zusammenkunft und lachte sogar von ganzem Herzen, als er ihm sagte, wie er so recht im Glücke zu sitzen scheine.

»Wo ist sie, Jasper, wo ist sie?« flüsterte endlich der Wegweiser; denn anfangs schien ihm selbst vor der Frage zu bangen.

»Sie erwartet uns im Hause, mein lieber Freund, wohin, wie Ihr seht, June bereits vorausgeeilt ist.«

»Mag auch ein leichter Fuß June Mabel entgegenführen, ihr Herz wird nicht leichter dadurch. Ihr habt also den Geistlichen in der Garnison gefunden, und die Sache ist nun ganz im reinen?«

»Wir ließen uns eine Woche, nachdem wir Euch verlassen hatten, trauen, und Meister Cap reiste des andern Tages ab. Ihr habt vergessen, nach Eurem Freund Salzwasser zu fragen.«

»Nicht doch, nicht doch, der Serpent hat mir alles erzählt; und dann höre ich lieber von Mabel und ihrem Glücke sprechen. Lachte das Kind, oder weinte es, als die Feierlichkeit vorüber war?«

»Sie tat beides, mein Freund, aber ––«

»Ja, das ist so ihre Art – Tränen und Heiterkeit. Ach – sie erscheinen uns Leuten aus den Wäldern so gar liebenswürdig, und ich glaube, ich würde alles für recht halten, was Mabel täte. Und glaubt Ihr, Jasper, daß sie meiner überhaupt bei diesem freudevollen Anlaß gedachte?«

»Gewiß, Pfadfinder! – Sie denkt an Euch und spricht von Euch täglich, fast stündlich. Niemand liebt Euch so wie wir.«

»Ich weiß, daß mich wenige mehr lieben als Ihr, Jasper. Chingachgook ist vielleicht jetzt noch das einzige Geschöpf, von welchem ich das sagen kann. Nun – es führt zu nichts, länger zu zögern; es muß geschehen, und so kann es denn ebensogut gleich geschehen. So zeigt mir den Weg, Jasper, ich will's versuchen, noch einmal in ihr süßes Auge zu blicken.«

Jasper ging voran, und bald trafen sie mit Mabel zusammen. Letztere empfing ihren ehemaligen Verlobten mit hohem Erröten, und ihre Glieder zitterten, so daß sie sich kaum aufrechtzuhalten vermochte. Doch war die Art, wie sie ihm entgegenkam, liebevoll und offen. Bei diesem Besuche Pfadfinders, der, obgleich letzterer in der Wohnung seiner Freunde speiste, nicht länger als eine Stunde dauerte, hätte ein geübter Seelenkenner ein treues Bild von Mabels Gefühlen wie auch von ihrem Benehmen gegen Pfadfinder und ihren Gatten erhalten können. Gegen den letzteren zeigte sie, wie es bei Neuvermählten gewöhnlich ist, noch etwas Zurückhaltung, aber der Ton ihrer Stimme war sogar noch sanfter als gewöhnlich; ihre Blicke waren zärtlich, und sie sah ihn selten an, ohne daß die Glut ihrer Wangen Gefühle verriet, welchen Zeit und Gewohnheit noch nicht den Stempel der vollkommenen Ruhe aufgedrückt hatten. Gegen Pfadfinder war sie ernst, aufrichtig, sogar ängstlich; aber ihre Stimme bebte nie, das Auge senkte sich nicht, und wenn die Wangen erröteten, so geschah dies infolge von Regungen, welche sich mit der Besorgnis verbinden.

Endlich kam der Augenblick, wo Pfadfinder aufbrechen mußte. Chingachgook hatte bereits die Kähne verlassen und sich am Saume des Waldes aufgestellt, wo ein Pfad ins Innere führte. Hier erwartete er ruhig die Ankunft seines Freundes. Sobald letzterer dieses bemerkte, erhob er sich feierlich und nahm Abschied.

»Ich habe bisweilen gedacht, daß das Schicksal ein wenig zu hart mit mir umgegangen sei«, sagte er, »aber dieses Weib, Mabel, hat mich beschämt und zur Vernunft gebracht.«

»June wird bei mir bleiben«, unterbrach ihn rasch unsere Heldin.

»Ich habe mir das auch so vorgestellt. Wenn irgend jemand ihren Schmerz heilen und ihr das Leben wieder wert machen kann, so sind Sie es, Mabel, obgleich ich zweifle, daß es Ihnen gelingen wird. Das arme Geschöpf ist ebensosehr ohne Stamm wie ohne Gatten, und es ist nicht leicht, sich mit dem Gefühle auszusöhnen, beide verloren zu haben. – Ach! warum kümmere ich mich aber um anderer Leute Elend und Heiraten, als ob ich nicht selber genug Leid auf dem Herzen trüge! Sagen Sie mir nichts, Mabel, – sagt mir nichts, Jasper! – Laßt mich in Frieden und wie ein Mann meinen Weg ziehen. Ich habe Euer Glück gesehen, und das ist schon etwas Namhaftes; ich werde um so eher imstande sein, meinen Kummer zu tragen. Nein – ich will Sie nicht wieder küssen, Mabel, ich will Sie nie wieder küssen. – Hier ist meine Hand, Jasper, drückt sie, Junge, drückt sie – ohne Umstände! 's ist die Hand eines Mannes, – und nun, Mabel – da haben Sie sie auch, – nein, nicht so« – Mabel wollte sie küssen und in Tränen baden – »Sie müssen das nicht tun –«

»Pfadfinder«, fragte die junge Frau, »wann werden wir Euch wiedersehen?«

»Ich habe auch schon daran gedacht – ja, ich habe daran gedacht. Wenn einmal die Zeit kommt, wo ich Sie ganz als eine Schwester betrachten kann, Mabel, oder als ein Kind – es ist besser, wenn ich sage, als ein Kind – denn Sie sind jung genug, um meine Tochter sein zu können; dann, verlaßt Euch darauf, – dann will ich wiederkommen; denn es würde mir das Herz erleichtern, Zeuge eures Glücks zu sein. Aber wenn ich nicht kann, – lebt wohl – lebt wohl, – der Sergeant hatte unrecht, – ja, der Sergeant hatte unrecht!«

Dies waren die letzten Worte, welche Jasper Western und Mabel Dunham je von Pfadfinder hörten. Er entfernte sich, da die Macht der Gefühle ihn überwältigte, und befand sich schnell an der Seite seines Freundes. Als dieser ihn kommen sah, lud er sich seinen Pack auf und schlüpfte unter die Bäume, ohne zu warten, bis er angesprochen wurde. Mabel, ihr Gatte und June sahen noch lange der Gestalt des Pfadfinders nach, in der Hoffnung, daß er ihnen noch einen Wink oder einen Scheideblick zuwerfen werde; aber er schaute nicht zurück. Ein- oder zweimal kam es ihnen vor, als ob er den Kopf schüttele wie einer, der im Schmerze seiner Seele erzitterte; dann fuhr er mit der Hand in die Höhe, als ob er wisse, daß man ihm nachsehe; aber ein Schritt, dessen Kraft kein Kummer beugen konnte, entführte ihn bald ihren Blicken, und er verlor sich in den Tiefen des Urwaldes.

Weder Jasper noch seine Gattin sahen Pfadfinder je wieder. Sie blieben noch ein Jahr an den Ufern des Ontario; dann ließen sie sich durch Caps dringende Bitten veranlassen, zu ihm nach Neuyork zu ziehen, wo Jasper ein bemittelter und geachteter Kaufmann wurde. Im Verlaufe der Zeit erhielt Mabel dreimal wertvolle Geschenke von Pelzwerk, und ihre Gefühle sagten ihr, woher sie kämen, obgleich kein Name die Gaben begleitete.

In späterer Zeit jedoch, als sie bereits Mutter mehrerer Kinder war, gab sich ihr eine Veranlassung, das Innere des Landes zu besuchen, und sie befand sich an den Ufern des Mohawk, von ihren Söhnen begleitet, deren ältester bereits fähig war, ihr Beschützer zu sein. Bei dieser Gelegenheit bemerkte sie einen Mann in sonderbarer Tracht, welcher sie aus der Entfernung mit einer Aufmerksamkeit betrachtete, daß sie dadurch veranlaßt wurde, über sein Gewerbe und seinen Charakter Erkundigungen einzuziehen. Sie erfuhr, daß er der berühmteste Jäger in diesem Teil des Staates – es war nach der Revolution – und ein Mann von großer Sittenreinheit und bezeichnenden Eigentümlichkeiten sei und daß man ihn in diesem Landstrich unter dem Namen Lederstrumpf kenne. Etwas Weiteres konnte Frau Western nicht erfahren: aber jener Blick aus der Ferne und das eigentümliche Benehmen des unbekannten Jägers machten ihr eine schlaflose Nacht und warfen einen wehmütigen Schatten über ihre immer noch lieblichen Züge, welcher mehrere Tage lang nicht verschwand.

Auf June hatte der doppelte Verlust ihres Gatten und ihres Stammes den von Pfadfinder vorausgesehenen Einfluß geübt. Sie starb in Mabels Hütte an den Ufern des Sees, und Jasper führte ihre Leiche nach der Insel, wo er sie an Arrowheads Seite beerdigte.

Lundie erlebte es, seine alte Liebe heimzuführen, und nahm als ein gebeugter, schlachtenmüder Veteran seinen Abschied; aber sein Name wurde in unseren Tagen durch die Taten eines jüngern Bruders berühmt, der dem ältern in seinem Lairdstitel nachfolgte, diese Würde aber bald mit der eines großen Seehelden vertauschte.

Anhang

Vorrede Coopers

Der Plan zu dieser Erzählung bot sich dem Autor schon vor Jahren dar, obgleich die Einzelheiten insgesamt von neuer Erfindung sind. Ich teilte einem Verleger die Idee mit, Seeleute und Wilde unter Verhältnissen, welche den Großen Seen eigentümlich wären, miteinander in Verbindung zu bringen, und übernahm somit gewissermaßen gegen denselben die Verpflichtung, irgendwann das Gemälde auszuführen: eine Verpflichtung, deren ich mich nun hiermit – freilich spät und unvollständig – entledige.

In dem Hauptcharakter dieser Novelle wird der Leser einen alten Freund unter neuen Umständen finden. Sollte es sich erweisen, daß die Wiedereinführung dieses alten Bekannten unter veränderten Verhältnissen ihn in der Gunst der Leserwelt nicht sinken läßt, so wird dies dem Verfasser ein um so größeres Vergnügen gewähren, als er an der fraglichen Person warmen Anteil nimmt, gleich als hätte sie einmal unter den Lebenden gewandelt. Es ist jedoch kein leichtes Unternehmen, denselben Charakter mit Beibehaltung der bezeichnenden Eigentümlichkeiten in vier Werken durchzuführen, ohne Gefahr zu laufen, den Leser durch Gleichförmigkeit zu ermüden, und der gegenwärtige Versuch ist ebensosehr infolge derartiger Besorgnisse als aus irgendeinem andern Grunde so lange verzögert worden. Freilich muß in diesem wie in jedem andern Unternehmen »das Ende das Werk krönen«.

Der indianische Charakter bietet so wenig Mannigfaltigkeit dar, daß ich es bei der gegenwärtigen Gelegenheit vermied, allzulange dabei zu verweilen; auch fürchte ich, die Verbindung desselben mit dem des Seemanns wird mehr neu als interessant erscheinen.

Dem Neuling mag es vielleicht als ein Anachronismus auffallen, daß ich schon in der Mitte des achtzehnten Jahrhunderts Schiffe auf den Ontario versetze. In dieser Beziehung aber werden Tatsachen die poetische Lizenz hinreichend rechtfertigen. Zwar haben sich die in diesen Blättern erwähnten Fahrzeuge weder auf dem Ontario noch auf einem andern Gewässer je befunden, aber ganz ähnliche befuhren dieses Binnenmeer in einer noch viel früheren Zeit, und dies mag als hinreichende Berechtigung gelten, jene in ein Werk der Poesie einzuführen. Man erinnert sich vielleicht nicht allgemein des bekannten Umstandes, daß es längs der Linie der Großen Seen vereinzelte Stellen gibt, welche ebensolange wie viele der ältesten amerikanischen Städte bewohnt sind, und die lange, noch ehe der größere Teil selbst der ältern Staaten der Wildnis entrissen wurde, einen gewissen Grad von Zivilisation aufzuweisen vermochten.

Der Ontario ist in unsern Tagen der Schauplatz wichtiger nautischer Entwicklungen gewesen. Wo sich vor einem halben Jahrhundert nur eine öde Wasserfläche zeigte, haben Flotten manövriert, und der Tag ist nicht fern, wo diese Kette von Seen als der Sitz einer Macht und mit allem befrachtet erscheinen wird, dessen die menschliche Gesellschaft bedarf. Ein Rückblick auf das, was diese weiten Räume ehedem waren, und wäre es auch nur durch die farbigen Gläser der Dichtkunst, mag vielleicht einen Beitrag zu der Vervollständigung des Wissens geben, das uns allein zu einer richtigen Würdigung der wunderbaren Mittel führen kann, deren sich die Vorsehung bedient, um dem Fortschritt der Zivilisation über das ganze amerikanische Festland Bahn zu brechen.

Im Dezember 1839

Anmerkungen

1 Pfeilspitze.
2 Cap bedeutet in der Schiffssprache das dicke Holz an jedem Absatz eines Mastes, das sogenannte Eselshaupt.
3 Junitau.
4 Große Schlange.
5 Süßwasser.
6 Wiesel.
7 Der Leser halte diese Schilderung nicht für bloße Fiktion; denn der Verfasser kann hinzufügen, daß er einen langen Zweiunddreißigpfünder gesehen hat, der glücklich über dieselben Fälle geführt worden ist.
8 Die vom Wind gejagte Wolke.
9 Ein Kopfputz.
10 Windstille.
11 Gemeint ist natürlich Capet (Kapetinger).
12 Eber.

Erläuterungen

Abtrift, Abweichung vom Kurs
Achterdeck, Hinterdeck
Acker, etwas über 4000 Quadratmeter
Allston, Washington (1779-1843), amerikanischer Maler, Klassizist
Arrowhead, Pfeilspitze
Assiniboin, Stamm der Dakotas

back, zurück
Back, Aufbau auf dem Vorderdeck
Backbord, linke Schiffsseite
Bake, festes Seezeichen
Berkeley, George (1685-1753), englischer Philosoph
Besansegel, das Gaffelsegel am hintersten Mast
Beting, Gerüst zur Befestigung der Ankerketten
Big Serpent, Große Schlange
Billen, innere Planken am Heck
Bö, heftiger Windstoß
bonne bouche, Nachtisch
Bonnet, Streifen zur Verlängerung des unteren Segels
Bram, die von oben zweite Verlängerung der Segel
Brasse, Tau zum Stellen der Segel
Brigg, zweimastiges Segelschiff, das mit Rahen aufgetakelt wird
Buffon, Graf von (1707-1788), französischer Zoologe, berühmt durch seinen glänzenden Stil. Von ihm stammt das Wort: »Le style, c'est l'homme.« (Wie einer schreibt, so ist er.)
Bugspriet, der Baum, der über den Schiffsbug hervorragt
Bukanier, Freibeuter

chiente (Mischdialekt, halbfranzösisch), »Hundeloch«, schlechte Hütte
Chingachgook, Große Schlange
compos mentis, seiner Sinne mächtig, bei Verstande
Corbeau rouge, rote Krähe

deinsen, rückwärts gehen
Della crusca, Academia, florentinische Sprachreinigungsgesellschaft
dénouement, Lösung des Knotens
Dew-of-June, Junitau
Ducht, Querbank im Boote; auch das Kabelgarn, woraus die Taue zusammengedreht sind.
Dünung, Hochgehen der Wogen

Eau-douce, Süßwasser
Erin, Irland

Fallen, Taue
fieren, Tau ablaufen lassen, Segel niederlassen
Flip, Warmbier mit Branntwein und Zucker
Floating, Schwimmend: Floating Tom = schwimmender Tom (s. Wildtöter)
Fock, Vormast

Gaffel, Segelstange hinter dem Mast, dient oft dazu, die Flagge zu tragen
Gallone, Maß von viereinhalb Liter
Gatt, enger Durchgang
geien, Segel zusammenschnüren
gieren, vom geraden Kurs abweichen
Greenough, Horatio (1805-1852), amerikanischer Bildhauer, Schüler Thorwaldsens, stellte Washington als antike Gottheit dar. *Cooper* war der erste, der seine hohen Fähigkeiten erkannte und ihn seinen Landsleuten bekannt machte. Greenoughs letztes Werk war eine Büste Coopers.
Guinee, Goldmünze im Werte von etwa zwanzig Mark.

Hawk-eye, Falkenauge
Heck, Schiffshinterteil
Helm, Ruderpinne, Steuer
Hieling, hinteres Ende des Kieles
Hintersteven, die Balken hinten am Schiff

Indianersommer, Spätsommer, warme Tage bei Herbstfärbung
Jolle, Boot mit einem Mast

June, s. Dew-of-June
Jury, Schwurgericht

Kabellänge, hundert Faden, etwas weniger als zweihundert Meter
Kaje, Deich; Mauerwerk zur Einfassung eines Hafens.
Kalash, Damenkopfputz
Kalme, Windstille
Kastor, Biberhut
katten, den Anker hochziehen
Ketsche, Geschirr
Killdeer, Töter des Wildes
killen, Flattern der ungefüllten Segel
Klüse, Öffnung im Bug für die Ankerkette
Klüver, dreieckiges Vorsegel
Koje, Schlafstelle
Kühlte, frischer Wind

Lalla Rookh, Tupenwange, Gedicht von Thomas Moore
La Longue Carabine, die Lange Büchse
Lateinisches Kreuz, ein solches, bei dem der untere Teil länger ist als die drei anderen Arme
Le Balafré, der Benarbte, Beiname des Herzogs Franz von Guise (1519-1563) und seines ältesten Sohnes Heinrich (1550 bis 1588). In der »Prärie« Name eines alten Sioux-Häuptlings.
Lecke, Stelle, wo Tiere Salz lecken
Lee, Seite, wohin der Wind weht
Legerwall, die bei stürmischem Winde im Lee vom Schiffe befindliche Küste
lenzen, mit gerefften Segeln vor dem Sturme laufen
Liek, Einfassung des Segels
Lily, Lilie
Log, Instrument zur Bestimmung der Fahrtgeschwindigkeit
Logbuch, Schiffstagebuch
Lomme oder Lumme, Vogel der Regenpfeiferart
Loup-cervier, der Luchs
Lugger, Küstensegelschiff
Luv, Windseite, Gegensatz von Lee
luvwärts, dem Winde zugekehrt

Mährische Brüder, eine böhmische Sekte, die Kriegsdienst und Eid verweigerte
Majordomo, der Verwalter
Marlpfriem, Eisenstab zum Splissen von Tauwerk
Mars (Mastkorb), ein Gerüste an den Mastbäumen zum Halten gewisser Taue und zur Bequemlichkeit der auf den Masten befindlichen Matrosen
Meile, englische, etwas mehr als anderthalb Kilometer
Mêlée, Handgemenge
Minstrel, Spielmann, Sänger
Mokassin, lederner Halbschuh der Indianer

Nahten, Fugen zwischen den Planken
Nock, Ende der Rahe

Paley, William, Verfasser der Grundsätze der Moralphilosophie (1785)
Patois, Mundart
Pool, Teil der Themse unterhalb Londons
preien, ein Schiff anrufen

Rara avis, seltener Vogel, Seltenheit
Reep, Seil
Renard Subtil, Schlauer Fuchs
Reni, Guido (1575-1642), italienischer Maler
Rivenoak, gespaltene Eiche
Rodney (1719-1792), englischer Admiral, Eroberer der französischen Besitzungen in Westindien
Rosa, Salvator (1615-1673), italienischer Maler

Sachem, Häuptling
Sanglier, Eber
Schandeck, Plankengang an der Bordwand
scheren, mit dem Vorderteil aus der Kursrichtung kommen
Schlup, Segeljacht; kleines, zum Rudern eingerichtetes Fahrzeug
Schnau, zweimastiges Fahrzeug
Schoner, zweimastiges Segelschiff
Schote, Segelleine
Schotten, hölzerne Scheidewände

Schwabber, Schiffsbesen
Scud, Winkwolke
Seising, Tau
sobriquet, Spitzname
Solander, Daniel (1736-1782), schwedischer Botaniker, der Cook auf seiner Weltumsegelung begleitete
Spake, Hebebaum
Spiere, Rundholz, Ersatzrahe
Spill, Ankerwinde
spleißen, Tauenden verflechten
Spring, zum ausgeworfenen Anker führende Trosse
Squaw, Indianerfrau
Stenge, Verlängerung des Mastes
Stern, Schiffshinterteil
Steuerbord, rechte Schiffsseite
Stopper, Tauende
Sumach, Essigbaum
Supererogation, übergebührliche Leistung

Tachechana, Hindin
taljen, aufwinden
Taljereep, dünnes Tau am unteren Ende der Wanten, um stärkere straffer anzuspannen
Tomahawk, Streitaxt
Topp, oberes Ende des Mastes
Totem, Bild des Tieres, von dem eine indianische Sippe ihre Abstammung herleitet
Trageplatz, Stelle, wo die Boote über die Stromschnellen getragen werden
Trageweg, s. Trageplatz
triftig, treibend
»Tristram Shandy«, humoristischer Roman von Lawrence Sterne (1713-1768)
Troß, starkes Tau

überholen, nachprüfen
Unze, Jaguar

vis inertiae, Macht der Trägheit
Vorsteven, Balken vorn am Schiff

Wah-ta!-Wah, Still, oh! Still!
Wakonda, Gott der Indianer; anderer Name für Manitu
Wampum, Schnur mit aufgereihten kleinen Muschelscheiben
Wanten, Stütztaue
warpen, durch Schleppanker fortbewegen
Wish-ton-wish, Ziegenmelker (Vogel)

Yahoos, Rasse in Swifts satirischem Roman »Gullivers Reisen«
Yengeese, Engländer

Inhalt

Englische und amerikanische Literatur im insel taschenbuch

Jane Austen: Die Abtei von Northanger. Aus dem Englischen von Margarete Rauchenberger. Mit Illustrationen von Hugh Thomson. it 931
– Anne Eliot. Aus dem Englischen von Margarete Rauchenberger. Mit Illustrationen von Hugh Thomson. it 1062
– Emma. Aus dem Englischen von Charlotte Gräfin von Klinckowstroem. Mit Illustrationen von Hugh Thomson. it 511
– Stolz und Vorurteil. Aus dem Englischen von Margarete Rauchenberger. Mit Illustrationen von Hugh Thomson und mit einem Essay von Norbert Kohl. it 787
Harriet Beecher-Stowe: Onkel Toms Hütte. In der Bearbeitung einer alten Übersetzung. Herausgegeben und mit einem Nachwort versehen von Wieland Herzfelde. Mit 27 Holzschnitten von Georg Cruikshank aus der englischen Ausgabe von 1852. it 272
Ambrose Bierce: Aus dem Wörterbuch des Teufels. Auswahl, Übersetzung und Nachwort von Dieter E. Zimmer. it 440
– Mein Lieblingsmord. Erzählungen. Mit einem Nachwort von Edouard Roditi. Aus dem Amerikanischen von Gisela Günther. it 39
Anne Brontë: Agnes Grey. Aus dem Englischen von Elisabeth von Arx. it 1093
Charlotte Brontë: Jane Eyre. Eine Autobiographie. Aus dem Englischen von Helmut Kossodo. Mit einem Essay und einer Bibliographie herausgegeben von Norbert Kohl. it 813
– Shirley. Aus dem Englischen von J. Reiher und H. Wolf. it 1145
Emily Brontë: Die Sturmhöhe. Aus dem Englischen von Grete Rambach. it 141
Edward George Bulwer-Lytton: Die letzten Tage von Pompeji. Aus dem Englischen von Friedrich Notter. it 801
Lewis Carroll: Alice hinter den Spiegeln. Mit einundfünfzig Illustrationen von John Tenniel. Übersetzt von Christian Enzensberger. it 97
– Alice im Wunderland. Mit zweiundvierzig Illustrationen von John Tenniel. Übersetzt und mit einem Nachwort von Christian Enzensberger. it 42
– Briefe an kleine Mädchen. Herausgegeben und übersetzt von Klaus Reichert. Erweiterte Ausgabe mit dreißig Fotografien des Autors. it 172
– Geschichten mit Knoten. Herausgegeben und übersetzt von Walter E. Richartz. Mit Illustrationen von Arthur B. Frost. it 302
– Die Jagd nach dem Schnark. Übersetzt und ausgeleitet von Klaus Reichert. Mit Illustrationen von Henry Holiday. it 598

153/1/7.88

Englische und amerikanische Literatur im insel taschenbuch

Geoffrey Chaucer: Die Canterbury-Erzählungen. Vollständige Ausgabe. Aus dem Englischen übertragen und herausgegeben von Martin Lehnert. Mit Illustrationen von Edward Burne-Jones. it 1006

Gilbert Keith Chesterton: Pater-Brown-Geschichten. it 1149

James Fenimore Cooper: Der Lederstrumpf. Vollständige Ausgabe. 5 Bände in Kassette. Deutsch von C. Kolb, in einer Bearbeitung von Rudolf Drescher. Mit Illustrationen von O. C. Darley. it 760

Daniel Defoe: Glück und Unglück der berühmten Moll Flanders. Deutsch von Martha Erler. Mit Illustrationen von William Hogarth und einem Essay von Norbert Kohl. it 707

– Robinson Crusoe. Mit Illustrationen von Ludwig Richter. In der Übersetzung von Hannelore Novak. it 41

Charles Dickens: Bleak House. Aus dem Englischen von Richard Zoozmann. Mit Illustrationen von Phiz. it 1110

– David Copperfield. Mit Illustrationen von Phiz. it 468

– Detektivgeschichten. Aus dem Englischen von Franz Franzius. it 821

– Eine Geschichte aus zwei Städten. Mit Illustrationen von Phiz. it 1033

– Große Erwartungen. Aus dem Englischen von Margit Meyer. Mit Illustrationen von F. W. Pailthorpe. it 667

– Harte Zeiten. Aus dem Englischen von Paul Heichen. Mit Illustrationen von F. Walker und Maurice Greiffenhagen. it 955

– Das Leben unseres Herrn Jesus Christus. Von Charles Dickens geschrieben für seine eigenen Kinder. Aus dem Englischen von Hans Mardersteig. Mit Zeichnungen von Gunter Böhmer. it 1154

– Oliver Twist. Aus dem Englischen von Reinhard Kilbel. Mit einem Nachwort von Rudolf Marx und 24 Illustrationen von George Cruikshank. it 242

– Die Pickwickier. Mit Illustrationen von Robert Seymour, Robert William Buss und Phiz. it 896

– Der Raritätenladen. Aus dem Englischen von Leo Feld. Mit Holzschnitten von George Cattermole, H. K. Browne, George Cruikshank und Daniel Maclise. it 716

– Weihnachtserzählungen. Mit Illustrationen von Leech, Stanfiels, Stone u. a. it 358

Charles A. Eastman: Indianergeschichten aus alter Zeit. Deutsch von Elisabeth Friederichs. Mit einem Nachwort herausgegeben von Dietrich Leube. Illustrationen und Anmerkungen von Frederick Weygold. it 861

153/2/7.88

Englische und amerikanische Literatur im insel taschenbuch

Henry Fielding: Mr. Jonathan Wild der Große. Die Geschichte eines Helden. Aus dem Englischen übersetzt von Horst Höckendorf. it 535

– Tom Jones. Die Geschichte eines Findelkindes. 2 Bde. Mit Illustrationen von Gravelot und Moreau le jeune. Herausgegeben und mit einem Nachwort von Norbert Kohl. it 504

Bret Harte: Goldgräbergeschichten. Aus dem Amerikanischen von Wilhelm Lange. Mit zeitgenössischen Fotografien. it 803

Nathaniel Hawthorne: Der Marmorfaun. Aus dem Englischen von Gisela Günther. Mit Zeichnungen von Michael Schroeder. it 1043

– Der scharlachrote Buchstabe. Aus dem Amerikanischen von Barbara Cramer-Nauhaus. Mit Illustrationen von Renate Sendler-Peters. it 436

Samuel Johnson: Reisen nach den westlichen Inseln bei Schottland. Nach einer anonymen Übertragung aus dem Jahr 1775. Herausgegeben von Volker Wolf und Bernd Zabel. Mit zahlreichen Abbildungen. it 663

James Joyce: Die Katze und der Teufel. Deutsche Übertragung von Fritz Senn. Mit Bildern von Richard Erdoes. Vierfarbendruck. it 2024

Edward Lear: Edward Lears kompletter Nonsens. Limericks, Lieder, Balladen und Geschichten. Ins Deutsche geschmuggelt von Hans Magnus Enzensberger. Mit Illustrationen von Edward Lear. it 1119

Matthew Gregory Lewis: Der Mönch. Aus dem Englischen von Friedrich Polakovics. Mit einem Essay und einer Bibliographie von Norbert Kohl. it 907

Lord Byron. Ein Lesebuch mit Texten, Bildern und Dokumenten. Herausgegeben von Gert Ueding. it 1051

Herman Melville: Moby Dick. 2 Bde. Übertragen von Alice und Hans Seiffert. Mit einem Nachwort von Rudolf Sühnel. Mit Illustrationen. it 233

Samuel Pepys: Das geheime Tagebuch. Herausgegeben von Anselm Schlösser und übertragen von Jutta Schlösser. Mit Abbildungen. it 637

Edgar Allan Poe: Das Geheimnis der Marie Rogêt und andere Erzählungen. Aus dem Amerikanischen von Werner Beyer, Felix Friedrich und anderen. it 783

– Grube und Pendel. Und andere Erzählungen. Mit einem Nachwort von Franz Rottensteiner und Illustrationen von Harry Clarke. Aus dem Amerikanischen von Günther Steinig und Elisabeth Seidel. it 362

153/3/7.88

Englische und amerikanische Literatur im insel taschenbuch

Thomas de Quincey: Der Mord als eine schöne Kunst betrachtet. Herausgegeben und eingeleitet von Norbert Kohl. Mit zeitgenössischen Illustrationen. Nach der Übersetzung von Alfred Peuker bearbeitet von Ursula Fischer. it 258

Walter Scott: Im Auftrag des Königs. Die gefährlichen Abenteuer des Quentin Durward. Mit Illustrationen aus dem neunzehnten Jahrhundert und einem Nachwort von Traude Dienel. it 188

– Ivanhoe. Roman. Deutsch von Leonhard Tafel. Textrevision und Nachwort von Paul Ernst. it 751

William Shakespeare: Hamlet. Prinz von Dänemark. Aus dem Englischen von August Wilhelm von Schlegel. Durchgesehen von Levin L. Schücking. Mit Illustrationen von Eugène Delacroix. Herausgegeben und mit einem Essay versehen von Norbert Kohl. it 364

William Shakespeare: Richard III. Aus dem Englischen von Thomas Brasch. it 1109

Mary W. Shelley: Frankenstein oder Der moderne Prometheus. Mit einem Essay von Norbert Kohl. it 1030

Laurence Sterne: Leben und Meinungen von Tristram Shandy Gentleman. In der Übersetzung von Adolf Friedrich Seubert. Durchgesehen und revidiert von Hans J. Schütz. Mit einem Essay von Norbert Kohl. Illustrationen von George Cruikshank. it 621

– Yoricks Reise des Herzens durch Frankreich und Italien. Aus dem Englischen übersetzt und mit einem Nachwort versehen von Helmut Findeisen. Mit zwölf Holzschnitten nach Tony Johannot. it 277

Robert Louis Stevenson: Entführt oder Die Erinnerungen des David Balfour an seine Abenteuer im Jahre 1751. Mit einem Vorwort von E. Y. Meyer. Aus dem Englischen übersetzt von Michael Walter. Mit den Illustrationen der Erstausgabe. it 321

– Die Schatzinsel. Aus dem Englischen von Karl Lerbs. Mit Illustrationen von Georges Roux. it 65

– Der seltsame Fall von Dr. Jekyll und Mr. Hyde. Deutsch von Grete Rambach. Mit Illustrationen von S. G. Hulme Beaman. it 572

Bram Stoker: Dracula. Aus dem Englischen von Karl B. Leder. it 1086

Jonathan Swift: Ausgewählte Werke in drei Bänden. Herausgegeben, eingeleitet und kommentiert von Anselm Schlösser. Mit einem Essay von Martin Walser. it 654

– Ein bescheidener Vorschlag, wie man verhindern kann, daß die Kinder der Armen ihren Eltern oder dem Lande zur Last fallen und andere Satiren. Mit einem Essay von Martin Walser. Übersetzt von Felix Paul Greve. Revision der Übersetzung von Walther Freisburger und Klaus Reichert. it 131

153/4/7.88

Englische und amerikanische Literatur im insel taschenbuch

Jonathan Swift: Gullivers Reisen. Mit Illustrationen von Grandville und einem Vorwort von Hermann Hesse. Aus dem Englischen übersetzt von Franz Kottenkamp. Vervollständigt und bearbeitet von Roland Arnold. it 58

William Makepeace Thackeray: Das Buch der Snobs. Aus dem Englischen von H. Conrad. Mit Illustrationen von W. M. Thackeray. Herausgegeben von Norbert Kohl. it 372

– Jahrmarkt der Eitelkeit. Ein Roman ohne Held. 2 Bde. Mit Illustrationen von Thackeray. Herausgegeben und mit einem Nachwort von Norbert Kohl. Dem deutschen Text wurde eine Übertragung aus dem Nachlaß von H. Röhl zugrunde gelegt. it 485

Mark Twain: Gesammelte Werke in 10 Bänden. Ausgewählt und zusammengestellt von Norbert Kohl. it 831-840

– Band 1: Durch dick und dünn. Deutsch von Hans J. Schütz. Mit Illustrationen von Klaus Ensikat. it 831

– Band 2: Tom Sawyers Abenteuer. Bearbeitet von Karl Heinz Berger. Mit Illustrationen von True W. Williams. it 832

– Band 3: Tom Sawyer im Ausland. Tom Sawyer als Detektiv. it 833

– Band 4: Bummel durch Europa. Deutsch von Gustav Adolf Himmel. Mit Illustrationen der Erstausgabe von W. Fr. Brown, True W. Williams, B. Day, u. a. it 834

– Band 5: Prinz und Bettelknabe. Deutsch von Walter Scherf. Mit Illustrationen der Erstausgabe von Frank T. Merill, John J. Harley und L. S. Ipsen. it 835

– Band 6: Leben auf dem Mississippi. Deutsch von Helene Ritzerfeld. Mit Illustrationen von Klaus Ensikat. it 836

– Band 7: Huckleberry Finns Abenteuer. Deutsch von Barbara Cramer-Nauhaus. Mit Illustrationen von Edward W. Kemble. it 837

– Band 8: Ein Yankee am Hofe des Königs Artus. Deutsch von Maja Ueberle. Mit Illustrationen der Erstausgabe von Daniel C. Beard. it 838

– Band 9: Der berühmte Springfrosch der Provinz Calaveras und andere Erzählungen. it 839

– Band 10: Der geheimnisvolle Fremde und andere Erzählungen. Deutsch von Walter Hasenclever u. a. Mit Illustrationen der Erstausgabe von Lucius Hitchcock, W. T. Smedley und N. C. Wyeth. it 840

Horace Walpole: Die Burg von Otranto. Aus dem Englischen von Joachim Uhlmann. Mit farbigen Illustrationen der Ausgabe von 1796, einem Aufsatz von Walter Scott, einem Essay und einer Bibliographie von Norbert Kohl. it 1087

153/5/7.88

Englische und amerikanische Literatur im insel taschenbuch

Oscar Wilde: Aphorismen. Herausgegeben von Frank Thissen. it 1020

Oscar Wilde: Das Bildnis des Dorian Gray. Deutsch von Hedwig Lachmann und Gustav Landauer. Mit einem Essay, einer Auswahlbibliographie und einer Zeittafel herausgegeben von Norbert Kohl. it 843

Oscar Wilde: Die Erzählungen und Märchen. Mit Illustrationen von Heinrich Vogeler. Aus dem Englischen übersetzt von Felix Paul Greve und Franz Blei. it 5

Oscar Wilde: Gesammelte Werke in zehn Bänden. Herausgegeben von Norbert Kohl. it 582
Band 1: Das Bildnis des Dorian Gray
Band 2: Märchen und Erzählungen
Band 3: Theaterstücke I
Band 4: Theaterstücke II
Band 5: Gedichte
Band 6: Essays I
Band 7: Essays II
Band 8: Briefe I
Band 9: Briefe II
Band 10: Briefe III

– Das Gespenst von Canterville. Erzählung. Mit Illustrationen von Oski. Aus dem Englischen von Franz Blei. it 344

– Lord Arthur Saviles Verbrechen und andere Geschichten. Aus dem Englischen von Christine Hoeppener. Mit Illustrationen von Michael Schroeder. it 1151

– Salome. Dramen, Schriften, Aphorismen und ›Die Ballade vom Zuchthaus zu Reading‹. Mit Illustrationen von Marcus Behmer. it 107

153/6/7.88

Französische, spanische, italienische Literatur im insel taschenbuch

Pietro Aretino: Kurtisanengespräche. Aus dem Italienischen von Ernst Otto Kayser. Mit Anmerkungen des Übersetzers und einem Nachwort von Helmuth Faust. it 948

Honoré de Balzac: Eugénie Grandet. Aus dem Französischen von Gisela Etzel. Herausgegeben von Eberhard Wesemann. it 1127

– Die Frau von dreißig Jahren. Aus dem Französischen übertragen von Werner Blochwitz. it 460

– Das Mädchen mit den Goldaugen. Aus dem Französischen von Ernst Hardt. Mit einem Vorwort von Hugo von Hofmannsthal. Zehn Illustrationen von Marcus Behmer. it 60

– Tolldreiste Geschichten. Aus dem Französichen von Benno Rüttenauer. Mit Illustrationen von Gustave Doré. it 911

– Über die Liebe. Sein Weltbild aus seinen Werken. Zusammengestellt und mit einem Essay herausgegeben von Stefan Zweig. it 715

Giambattista Basile: Das Märchen aller Märchen. ›Der Pentamerone‹. 5 Bde. Deutsch von Felix Liebrecht. Herausgegeben und mit einem Nachwort versehen von Walter Boehlich. it 354

Charles Baudelaire: Die Blumen des Bösen. Übertragen von Carlo Schmid. it 120

Pierre Augustin Caron de Beaumarchais: Die Figaro-Trilogie. Deutsch von Gerda Scheffel. Nachwort von Norbert Miller. Mit zeitgenössischen Illustrationen. it 228

Cesare Beccaria: Über Verbrechen und Strafen. Nach der Ausgabe von 1766. Übersetzt und herausgegeben von Wilhelm Alff. it 1068

Die Wahrheiten des G. G. Belli. Römer, Huren und Prälaten. Eine Auswahl seiner frechen und frommen Verse. Vorgestellt und aus dem Italienischen übertragen von Otto Ernst Rock. it 754

Hector Berlioz: Groteske Musikantengeschichten. Aus dem Französischen von Elly Ellès. it 859

Die Blümlein des heiligen Franziskus von Assisi. Aus dem Italienischen nach der Ausgabe der Tipografia Metastasio, Assisi 1901, von Rudolf G. Binding. Mit Initialen von Carl Weidemeyer. it 48

Boccaccio: Erotische Geschichten. Aus dem Italienischen von Albert Wesselski. Mit einem Aufsatz von Friedrich Schlegel und Zeichnungen von Jakob Schwarzkopf. it 1078

Leben des Benvenuto Cellini florentinischen Goldschmieds und Bildhauers. Von ihm selbst geschrieben, übersetzt und mit einem Anhange herausgegeben von Johann Wolfgang Goethe. Mit einem Nachwort von Harald Keller. it 525

Miguel de Cervantes Saavedra: Die Novellen. Übersetzt von Konrad Thorer. it 1007

152/1/7.88

Französische, spanische, italienische Literatur im insel taschenbuch

Miguel de Cervantes Saavedra: Der scharfsinnige Ritter Don Quixote von der Mancha. Mit einem Essay von Iwan Turgenjew und einem Nachwort von André Jolles. Mit Illustrationen von Gustave Doré. 3 Bde. it 109

George Clémenceau: Claude Monet. Betrachtungen und Erinnerungen eines Freundes. Mit einem Nachwort von Gottfried Boehm. it 1152

Collodi: Pinocchios Abenteuer. Aus dem Italienischen von Nino Erné. Mit farbigen Bildern von Sabine Friedrichson. it 1047

Hernán Cortés: Die Eroberung Mexikos. Drei Berichte von Hernán Cortés an Kaiser Karl V. Mit 112 Federlithographien von Max Slevogt. Übersetzungen von Mario Spiro und C. W. Koppe. Herausgegeben von Claus Litterscheid. it 393

Dante: Die Göttliche Komödie. Mit fünfzig Holzschnitten von Botticelli. Deutsch v. Friedrich Freiherrn von Falkenhausen. 2 Bde. it 94

Alphonse Daudet: Briefe aus meiner Mühle. Aus dem Französichen übertragen von Alice Seiffert. it 446

– Tartarin von Tarascon. Die wunderbaren Abenteuer des Tartarin von Tarascon. Mit 45 Zeichnungen von Emil Preetorius. it 84

Denis Diderot: Erzählungen und Gespräche. Übersetzt von Katharina Scheinfuß. it 554

– Jakob und sein Herr. In der Übersetzung von Mylius. Herausgegeben von Horst Günther. it 772

– Die Nonne. Mit einem Nachwort von Robert Mauzi, die Übersetzung des Nachworts besorgte Margaret Carroux. it 31

– Rameaus Neffe. Le Neveu de Rameau. Ein Dialog. Übersetzt von Goethe. Zweisprachige Ausgabe. Mit Zeichnungen von Antoine Watteau. Herausgegeben und mit einem Nachwort versehen von Horst Günther. it 775

Alexandre Dumas: Die drei Musketiere. Aus dem Französischen von Herbert Bräuning. it 1131

– Der Graf von Monte Christo. 2 Bde. Bearbeitung einer alten Übersetzung von Meinhard Hasenbein. Mit Illustrationen von Pavel Brom und Dagmar Bromova. it 266

– Die Kameliendame. Aus dem Französischen von Walter Hoyer. Mit Illustrationen von Paul Gavarni. it 546

Dominique Fernandez: Süditalienische Reise. Aus dem Französischen von Julia Kirchner. Mit Fotografien von Martin Thomas. it 1076

Gustave Flaubert: Bouvard und Pécuchet. Aus dem Französischen übersetzt von Georg Goyert. Mit Illustrationen von András Karakas. Mit einem Vorwort von Victor Brombert und einem Nachwort von Uwe Japp. it 373

152/2/7.88

Französische, spanische, italienische Literatur
im insel taschenbuch

Gustave Flaubert: Drei Erzählungen. Trois contes. Übersetzt und herausgegeben von Cora van Kleffens und André Stoll. it 571
– Lehrjahre des Gefühls. Geschichte eines jungen Mannes. Übertragen von Paul Wiegler. Mit einem Essay und einer Bibliographie von Erich Köhler. it 276
– Madame Bovary. Revidierte Übersetzung aus dem Französischen von Arthur Schurig. it 167
– November. Aus dem Französischen übersetzt von Ernst Sander. Mit einem Nachwort von Monika Bosse. it 411
– Reise in den Orient. Ägypten. Nubien. Palästina. Syrien. Libanon. Aus dem Französischen von Reinhold Werner und André Stoll. Mit Photographien von Maxime Du Camp, einem Register und einem Nachwort. Herausgegeben von André Stoll. it 619
– Salammbô. Herausgegeben und mit einem Nachwort versehen von Monika Bosse und André Stoll. Aus dem Französischen übersetzt von Georg Brustgi. it 342

Anatole France: Blaubarts sieben Frauen und andere Erzählungen. Mit Illustrationen von Lutz Siebert. Aus dem Französischen von Irmgard Nickel. »Die Affäre Crainquebille« wurde von Günther Steinig übersetzt. it 510

Federico García Lorca: Die dramatischen Dichtungen. Deutsch von Enrique Beck. it 3

Edmond und Jules de Goncourt: Germinie Lacerteux. Aus dem Französischen von Curt Noch. it 1054
– Tagebücher. Aufzeichnungen aus den Jahren 1851-1870. Nach der ersten Gesamtausgabe der Académie Goncourt ausgewählt, übertragen und herausgegeben von Justus Franz Wittkop. it 692

Victor Hugo: Notre-Dame von Paris. Aus dem Französischen von Else von Schorn. Mit zeitgenössischen Illustrationen. it 298

Choderlos de Laclos: Schlimme Liebschaften. Mit 14 Kupferstichen. Übertragen und eingeleitet von Heinrich Mann. it 12

Madame de Lafayette: Die Prinzessin von Clèves. Roman. Aus dem Französischen von Julia Kirchner. Mit einem Nachwort von Emile Magne. it 768

Bartolomé de Las Casas: Kurzgefaßter Bericht von der Verwüstung der Westindischen Länder. Herausgegeben von Hans Magnus Enzensberger. Deutsch von D. W. Andreä. it 553

Giacomo Leopardi: Gedichte und Prosa. Ausgewählte Werke. Ausgewählt und übersetzt von Ludwig Wolde. Mit einem Nachwort von Ralph-Rainer Wuthenow. it 104

152/3/7.88

Französische, spanische, italienische Literatur im insel taschenbuch

Alain René Le Sage: Die Geschichte des Gil Blas von Santillana. Aus dem Französichen von Konrad Thorer. Mit Illustrationen von Daniel Chodowiecki. it 949

Pierre Carlet de Marivaux: Die Abenteuer des jungen Brideron. Eine Parodie. Übersetzt und herausgegeben von Gerda Scheffel. it 1035

– Betrachtende Prosa. Aus dem Französischen übertragen und mit einem Nachwort herausgegeben von Gerda Scheffel. it 1049

– Das Spiel von Liebe und Zufall. Und andere Komödien. Aus dem Französischen und mit einem Nachwort von Gerda Scheffel. it 805

Guy de Maupassant: Bel-Ami. Aus dem Französischen von Josef Halperin. Mit zeitgenössischen Illustrationen. it 280

– Die Brüder. Novelle. Deutsch von Ernst Weiß. Mit Illustrationen von Géo Dupuis. it 712

– Das Haus Tellier. Und andere Erzählungen. Ausgewählt und mit einem Nachwort versehen von Werner Berthel. Mit zeitgenössischen Illustrationen. Aus dem Französischen übersetzt von Helmut Bartuschek und Karl Friese. it 248

– Pariser Abenteuer. Und andere Erzählungen. Ausgewählt von Werner Berthel. Mit zeitgenössischen Illustrationen. Aus dem Französischen von Helmut Bartuschek und Karl Friese. it 106

– Unser einsames Herz. Herausgegeben und mit einem Nachwort versehen von Dolf Oehler. Mit zeitgenössischen Illustrationen. Aus dem Französischen von Josef Halperin. it 357

Louis Sébastien Mercier: Mein Bild von Paris. Mit dreiundvierzig Wiedergaben nach Kupferstichen. Übertragen und herausgegeben von Jean Villain. it 374

Prosper Mérimée: Carmen. Mit Zeichnungen von Pablo Picasso. Aus dem Französischen übersetzt von Franz Schnabel. it 361

Jules Michelet: Die Frauen der Revolution. Herausgegeben und übersetzt von Gisela Etzel. Mit zahlreichen Abbildungen. it 726

Honoré-Gabriel Mirabeau: Der gelüftete Vorhang oder Lauras Erziehung. Aus dem Französischen von Eva Moldenhauer. Nachbemerkung von Norbert Miller. it 32

– Preußische Monarchie und Französische Revolution. Herausgegeben von Horst Günther. it 1118

Jean Baptiste Poquelin Molière: Der eingebildete Kranke. Aus dem Französischen von Johanna Walser und Martin Walser. it 1014

– Der Menschenfeind. Nach dem Französischen des Molière von Hans Magnus Enzensberger. it 401

152/4/7.88

Französische, spanische, italienische Literatur im insel taschenbuch

Michel de Montaigne: Essais. Herausgegeben und mit einem Nachwort versehen von Ralph-Rainer Wuthenow. Revidierte Fassung der Übertragung von Johann Joachim Bode. it 220

– Tagebuch einer Reise durch Italien. Aus dem Französischen von Otto Flake. it 1074

Michel de Montesquieu: Perserbriefe. Aus dem Französischen von Jürgen von Stackelberg. Mit Anmerkungen zum Text und einem Nachwort. it 458

Ippolito Nievo: Pisana oder die Bekenntnisse eines Achtzigjährigen. Roman. Aus dem Italienischen von Charlotte Birnbaum. it 880

Blaise Pascal: Größe und Elend des Menschen. Aus den »Pensées«. Auswahl, Übersetzung und Nachwort von Wilhelm Weischedel. it 441

– Über die Religion. Und über einige andere Gegenstände. Aus dem Französischen übertragen und mit einem Nachwort herausgegeben von Ewald Wasmuth. it 1008

Jan Potocki: Die Handschrift von Saragossa. 2 Bde. Herausgegeben von Roger Caillois. Aus dem Französischen von Louise Eisler-Fischer, aus dem Polnischen von Maryla Reifenberg. Mit Bildern von Goya. it 139

Abbé Prévost: Manon Lescaut. Geschichte des Ritters Des Grieux und der Manon Lescaut. Mit einem Nachwort von Josef Heinzelmann. Illustrationen von Franz von Bayros. Aus dem Französischen von Elisabeth von Hase und Walter Hoyer. it 518

Marcel Proust/Eugène Atget: Ein Bild von Paris. Texte und Photographien. Herausgegeben von Arthur D. Trottenberg. it 669

François Rabelais: Gargantua und Pantagruel. Mit Illustrationen von Gustave Doré. Herausgegeben von Horst und Edith Heintze. 2 Bände. it 77

Jean-Jacques Rousseau: Bekenntnisse. Aus dem Französischen von Ernst Hardt. Mit einer Einführung von Werner Krauss. it 823

– Zehn botanische Lehrbriefe für eine Freundin. Mit siebzehn Illustrationen von P. J. Redouté. Herausgegeben und aus dem Französischen übersetzt von Ruth Schneebeli-Graf. it 366

Marquis de Sade: Schriften aus der Revolutionszeit. 1788-1795 Herausgegeben von Georg Rudolf Lind. it 1117

George Sand: Geschichte meines Lebens. Aus ihrem autobiographischen Werk ausgewählt und mit einer Einleitung versehen von Renate Wiggershaus. it 313

– Indiana. Aus dem Französischen von A. Seubert. Mit einem Essay von Annegret Stopczyk. it 711

152/5/7.88

Französische, spanische, italienische Literatur im insel taschenbuch

George Sand: Lélia. Aus dem Französischen von Anna Wheill. Mit einem Essay von Nike Wagner. it 737
– Lucrezia Floriani. Roman. Aus dem Französischen von Anna Wheill. it 858
– Das Teufelsmoor. Aus dem Französischen von Helene und Herbert Kühn. Mit Illustrationen von Tony Johannot. it 943
Madame de Sévigné: Briefe. Herausgegeben und übersetzt von Theodora von der Mühl. Mit zeitgenössischen Kupferstichen. it 395
Anne Germaine Madame de Staël: Über Deutschland. Vollständige und neu durchgesehene Fassung der deutschen Erstausgabe von 1814 in der Gemeinschaftsübersetzung von Friedrich Buchholz, Samuel Heinrich Catel und Julius Eduard Hitzig. Herausgegeben und mit einem Nachwort versehen von Monika Bosse. it 623
Stendhal: Die Kartause von Parma. Vollständige Ausgabe. Aus dem Französischen übersetzt von Walter Widmer. Mit einem Nachwort von Uwe Japp. it 307
– Rom, Neapel und Florenz im Jahre 1817. Aus dem Französischen von Katharina Scheinfuß und Bernhard Frank. it 1073
– Rot und Schwarz. Vollständige Ausgabe. Aus dem Französischen übersetzt von Walter Widmer. Mit einem Nachwort von Uwe Japp. it 213
– Über die Liebe. Vollständige Ausgabe. Aus dem Französischen und mit einer Einführung von Walter Hoyer. it 124
Eugène Sue: Die Geheimnisse von Paris. 3 Bde. in Kassette. Aus dem Französischen von Helmut Kossodo. Mit zeitgenössischen Illustrationen. it 1080
Paul Verlaine: Galante Feste. Fêtes Galantes. Zweisprachige Ausgabe. Aus dem Französischen von Hans-J. Weitz. Mit Zeichnungen von Robert Pudlich. it 938
François Villon: Sämtliche Dichtungen. Zweisprachige Ausgabe. Aus dem Französischen von Walther Küchler. it 1039
Voltaire: Candide oder der Optimismus. Mit Zeichnungen von Paul Klee. it 11
– Philosophisches Wörterbuch. Nach der Textauswahl von Rudolf Noack. Herausgegeben und eingeleitet von Karlheinz Stierle. Aus dem Französischen von Erich Salewski und Karlheinz Stierle. it 855
– Sämtliche Romane und Erzählungen. Mit einer Einleitung von Victor Klemperer und Stichen von Moreau le jeune. Aus dem Französischen übersetzt von Ilse Lehmann. it 209

152/6/7.88

Französische, spanische, italienische Literatur im insel taschenbuch

Voltaire: Zadig oder das Schicksal. Eine orientalische Erzählung. Aus dem Französischen von Ilse Lehmann. Mit vierzig Radierungen von Marcus Behmer. it 121

Emile Zola: Germinal. Aus dem Französischen von Armin Schwarz. Mit Illustrationen von Renate Sendler-Peters. it 720

– Nana. Aus dem Französischen und mit einem Nachwort versehen von Erich Marx. Illustrationen von Renate Sendler-Peters. it 398

– Thérèse Raquin. Aus dem Französischen von Ernst Hardt. it 1146

152/7/7.88